大鱼

有爱的青春陪伴者

失忆后我火了

一夜从灯 著

花山文艺出版社
河北·石家庄

图书在版编目（CIP）数据

失忆后我火了 / 一夜从灯著. -- 石家庄 ： 花山文艺出版社，2022.1
ISBN 978-7-5511-5672-1

Ⅰ. ①失… Ⅱ. ①一… Ⅲ. ①长篇小说－中国－当代 Ⅳ. ①I247.5

中国版本图书馆CIP数据核字(2021)第239072号

书　　名：失忆后我火了
SHIYI HOU WO HUO LE
著　　者：一夜从灯

责任编辑：郝卫国
责任校对：卢水淹
特约编辑：不　夏
封面设计：周　丽
内文设计：孙欣瑞
封面绘制：晚安婉子
美术编辑：胡彤亮
出版发行：花山文艺出版社（邮政编码：050061）
（河北省石家庄市友谊北大街330号）
销售热线：0311-88643221
传　　真：0311-88643225
印　　刷：长沙鸿发印务实业有限公司
经　　销：新华书店
开　　本：880×1230　1/32
印　　张：11
字　　数：500千字
版　　次：2022年1月第1版
2022年1月第1次印刷
书　　号：ISBN 978-7-5511-5672-1
定　　价：42.80元

目录 ◎

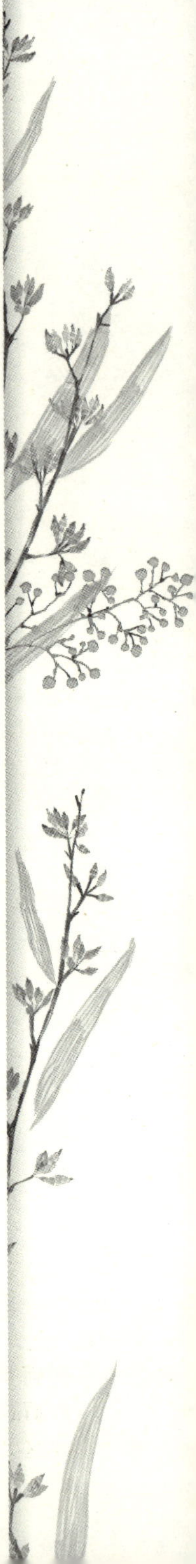

第一章
我失忆了?

梁昭昭是被雷声吵醒的。

她睁开眼那瞬间，望着头顶天花板，视线涣散而迷蒙，脑子昏昏沉沉，不知今夕是何夕。

这是哪儿，我为什么会在这儿?

这是梁昭昭醒来后的第一个念头。

她努力回想，终于想起来自己似乎因为商演前夕嘴馋偷偷溜出去出了车祸。

所以，她现在在医院?

她撑着身体半坐起来。

入目的一切让她心惊胆战，如果不是室内有股医院特有的消毒水气味以及身上穿着的病号服，她会以为自己入住了某家星级酒店。

宽敞舒适的大床，前方是巨大的液晶电视，旁边还有真皮沙发，空调、冰箱等各种家电一应俱全。

比她平常住的地方好上一万倍。

“李总，都说了我来就行，你还跑这一趟干什么？”

“那怎么可以？昭昭可是咱们公司最重要的女艺人之一，她出了事我总得亲自来看看。”

就在这时，一男一女推门走入病房。

女的脚踩高跟鞋，戴着墨镜，一身派头又美又飒，巨星风范十足。男的跟在她身后，西装革履，脸上挂着笑。

这两人她当然认识，一位是她们团的大姐顾子意，另外一位则是她们公司副总李瀚。

她生病子意姐来看她很正常，可是李总……

这位李总堪称是笑面虎的典型代表人物，在她们训练生时期，李瀚经常来看练习生的训练情况，她进公司时没有舞蹈基础，训练时动作经常跟不上，被他骂了很多次，久而久之，她对这位李总都有了心理阴影。

看到李瀚向她笑的那一刻，她终于懂了为什么自己能睡在这样好的病房里。

所谓最后的晚餐，自然格外丰盛。

她这次因为车祸耽误了商演，公司铁定是要放弃她了，反正她也没给公司赚几个钱。

病床上的女人如瀑的青丝披在肩头，脸蛋呈现病态的白，那双含水的杏眼，闪过一丝惊惶。

她手指紧紧攥住被单，深呼吸一口，颤声道："李总，您今天来是要辞退我的吗？"

李瀚露出比她还惶恐的表情。

"昭昭，你这刚醒怎么就和我开起了玩笑？我怎么会辞退你呢！你对公司的重要性可不亚于我啊，就算是我走也不能让你走啊！小祖宗，你就好好养病，剩下的公司都会帮你处理。"

李瀚调整了一下脸上的笑容，使自己看上去尽量真诚和蔼。

看到李瀚笑，梁昭昭更害怕了，她想起当初李瀚也是这样笑着，一巴掌甩在了一位和他起争执的女训练生的脸上。

从来都是骂她们连给他提鞋都不配的李总，此刻居然阴阳怪气地说她比他还对公司重要！

这是什么，这是捧杀啊！

她完了。

想到自己的娱乐圈梦想就要止步于此，姐姐们被她连累P.M女团或许就此解散，梁昭昭急出了眼泪："李总，我求求您，不要就这样放弃我们，千错万错都是我的错，我不该因为贪吃，演出前夕还偷偷跑出去，请您再给我一次机会，不要雪藏我，不要解散咱们团。我一定会好好努力训练，给公司回报的。您想想，现在放弃我们，公司在我们身上投的钱都赚不回来了不是？"

李瀚蒙了，她说的话他咋一个字都听不懂？

顾子意想起之前和医生聊过，梁昭昭这次坠马脑部也有受到创伤。现在这情形看来，这妹妹脑子确实是出了点问题。

顾子意眉头蹙起，直接出去喊了医生。

经过询问和检查，最终医生遗憾地告诉梁昭昭，因为这次事故，她丧失了五年的记忆。

"什么，我失忆了？"

得知这个消息，梁昭昭久久无法回神，任凭她如何在脑中搜寻，都找不到关于她丢失的这五年记忆，并且一想还头疼。

"没错。"顾子意在旁边点头。

"所以我现在不是十七岁，而是二十二岁？"

顾子意再次点头。

这不就等于时间在她不知情的情况下，已经流逝了五年，并且还是少女最宝贵的五年青春。

而她此刻躺在这儿，也不是因为出车祸，而是因为拍戏从马上坠落后昏迷。

梁昭昭一时无法用言语形容自己此刻的心情。

医生出去之后，病房里就剩她、顾子意还有李瀚三人。

尽管子意姐已经告诉梁昭昭，她商演前夕出车祸已经是五年前的事，李瀚不可能现在还来和她讨债，可她对于这位副总的惧怕，是刻在骨子里的。

顾子意看出来梁昭昭的不安，对李瀚道："李总，我有些话想和昭昭聊会儿。"

李瀚是个知趣的人，关切地又问候了梁昭昭几句，就走出了病房。

他出去之后，梁昭昭才放松了下来。

"子意姐，李总怎么怪怪的。"

顾子意："他哪里怪了，他不一直都这样……"话没说完，她想到眼前的人，记忆还停留在五年前，"你是想说他对你的态度奇怪吧？"

梁昭昭疯狂点头。

"你看看这个。"顾子意拿出手机，几下操作之后，手机屏幕放在了梁昭昭眼前。

"这不是我的微博主页吗？"梁昭昭凑近点儿看。

……

等等！

这是什么？

五……五千多万粉丝？

她不是才二十几万粉吗？还有十多万都是公司给买的！这……这五千多万粉是怎么回事？

梁昭昭不敢置信，反复擦了擦眼，看到屏幕上依旧显示的是 5567 万。

"子意姐，我不止脑子出了问题吧？"她僵直转头，"你确定我眼睛没事？"

顾子意冲她一笑："当然没有。这就是李瀚为什么会对你态度和你记忆中相差十万八千里的原因。因为现在我们这个团，也就是 pinkmiracle，占据了公司每年业绩的百分之八十。"

顾子意说完，没等到梁昭昭的回应。她低头一看，床上的人已经重新晕了过去。

梁昭昭表示，她刚刚能重新运转的脑袋，经受不住这个刺激。

首都机场内。

机场今日显得格外拥挤，机场内外都围了无数女生。

为了不给自己的爱豆抹黑，她们已经尽可能井然有序地排着队，保证机场旅客的畅通无阻。

然而，这样的秩序在一个人出来后荡然无存。

"啊啊啊啊，秦舟！是秦舟！"

"哥哥终于回国了！我长达六个月的异地恋可算是熬到头！"

"我没了我没了，怎么过去半年，这男人还是帅到让我呼吸困难，呜呜呜，哥哥我爱你！"

"内娱男星里公认的颜值山脉，众多少女的梦中情人，你以为是开玩笑的吗？"

秦舟在一片粉丝的疯狂尖叫声中，迈上了公司派来接他的保姆车。

上车之后，秦舟摘了口罩，过于好看到有几分凌厉的脸就这样完全暴露出来，微冷的桃花眼里闪过躁意："我回国的消息，是公司散布出去的吧，不然哪有可能这么多人。"

司机兼经纪人周斯耀听了，轻笑出声："公司也只和一些圈内的人透露了风声，从未公开声明。怪就怪你人气太高，待国外的时间又太长。你可不知道你的粉丝们有多如饥似渴日日盼君归，用尽各种渠道打听到你回国的消息和航班，就等着接你回来。再次享受万人簇拥，感觉怎么样，我的大明星？”

“还行。”

秦舟从出道至今，红了快七年，追光无数，对万众瞩目的生活早已经习惯了。

倒是国外这半年的生活，是他人生里难得的自由。

不过经历刚才这么一遭，他又见到了那些为他而来的人。

她们看向他的目光，一声又一声的“秦舟”，都提醒着他，沉寂半年，也该出现了。

秦舟靠在真皮车座里，笔直的长腿随意交叠，他拿出手机，点开了半年没打开的微博。

自从出国之后，他便再也没关注过国内的娱乐新闻，既然回来了，总得了解一下时事动态。

“我不在的时候，圈里发生过什么大事吗？”

周斯耀：“娱乐圈天天都是腥风血雨，半年能发生的事太多了，我这一时半会儿怕是给你讲不完。”

“那就讲讲最近的。”

“最近几天的大新闻当然是……”周斯耀脱口而出的话讲到一半卡了壳。

秦舟凉凉掀开眼皮：“当然是什么？”

“没什么。”

而下一秒，秦舟一刷手机，映入眼帘的都是那个熟悉到在心底发烂生疮的名字。

#梁昭昭惨#

#梁昭昭片场坠马#

#梁昭昭重伤送至医院#

他握住手机的五指收紧，劲瘦白皙的手背隐隐露出青筋。

“梁昭昭出事了。”

周斯耀“嗯”了一声。

“为什么不说？”秦舟冷声问。

周斯耀嘲讽地笑了笑：“告诉你什么？她的事情吗？秦舟，别人不知道你为什么突然跑去国外半年，我还不知道？”

所有人都以为，国内最年轻的当红影帝秦舟是因为压力太大跑去国外散心。只有他，替秦舟操着爹的心的经纪人知道。

秦舟出去，哪里是为了散心，分明是为了疗伤。

再骄傲的人也有一败涂地的时候，而秦舟，从生下来便是无数人难以想象的终点线，童星演戏出道，十四岁开始写歌，搞了三年音乐，又重新爱上了演戏，于是在他十七岁的时候，考入国内最好的电影学院。

从他开始演戏起便是好制作好班底，第一部男主戏便大爆。随后入圈演戏四年，凭借着惊人的天赋，他拿下了金马影帝。从此无人再敢说他是一位流量，他用实力证明，他配得上他的人气，没有辜负那么多人的喜欢。

他的人生太顺了，所以哪怕他狂了点，大众也原谅得理所当然。

这样的人，不狂才不正常，他狂说明他真实。

所以当这样的人，遇到他无法理解的挫败时，他也会采取一些较为偏激的逃避方式。

比如，当他被喜欢的女人甩了的时候。

话题一旦打开，想装作什么都没有发生便有几分困难。

自从梁昭昭这个名字出现后，车内气氛便压抑到了冰点，周斯耀不用回头看都能感觉到身后某位少爷能将他杀死的目光。

“你倒是说说，我为什么去国外？”

秦舟这语气好像在说，你敢说我为了梁昭昭，你就死定了。

“嗯，你只是去散心的，跟梁昭昭一点关系都没有。”周斯耀调侃道。

“不要在我面前提她。”秦舟一脸嫌恶，心中的烦闷糟乱更甚。如果说他心里埋了一颗炸弹，梁昭昭一定是点燃它的那根火柴。都过去这么久，怎么这个女人还是如此轻易就能扰乱他的心。

车内安静下来。

周斯耀悬起来的一颗心稍稍放下，还好秦舟没有继续发作下去，想起之前秦舟和梁昭昭分手时那发疯的样子，他至今心有余悸。

现在看来去国外这大半年养心还是有效果的，按照秦舟以前的性子，听到梁昭昭出事进了医院，自己这会儿绝对已经被他要求以一百码的速度开往医院了，哪能有这么平静。

“现在怎么样？”

过了十分钟，车内传来秦舟没头没尾的发问。

“……”

周斯耀：我果然还是放心太早。

“什么怎么样？你连个主语都没有，我怎么知道你问的是什么？”周斯耀装傻。

身后的人立马垮了脸，狭长的桃花眼里风雨欲来。

周斯耀知道玩笑再开下去，秦舟真得炸，对方这么骄傲的一个人，憋了这么久问出这一句已是不容易，要让对方带前女友大名问他，那真是挑战对方的耐性和自尊。

“跟你新闻里看到的一样，人送医院了，现在还没出来。”

“就这样？”

“嗯，事实就是这样。”

“你说的跟网上的消息有什么区别？”

秦舟话外音：你一个娱乐圈金牌经纪人，圈内人脉广，就知道这么点，我问你还不如看新闻。

周斯耀知道秦舟什么意思。

“我是你的经纪人，不是她的。我为什么要知道那么多她的情况？”

秦舟直直地盯了他半晌，最后敛眸，像是放弃般，冷淡丢下两个字：

“算了。”

周斯耀：“秦舟，你曾经说过，相同的地方，你绝不会再跌倒第二次。既然已经分手了，你知道再多有什么用？难不成你还想去医院看她？”

“你觉得可能吗？”秦舟嘴角扯出一个冰冷的嘲讽弧度，“抛弃我的人，我能放过她已经是念旧情。她是坠马还是昏迷，跟我有什么关系？

“一个女人而已，没什么忘不掉。”

梁昭昭再次醒过来的时候，睁眼看到的还是豪华的 VIP 病房。

这次她身边还坐了一个人，是一位男生。

男生坐在椅子里，手里正在翻着一本书。病房里的窗帘被拉开，阳光透过玻璃洒进来，他棱角分明的脸异常精致，眉目垂着，低头专注在看手中的书。

这幅画面实在太美，主要是这位男生真的很帅，而且看上去，分外眼熟。

“你是谁？”

帅归帅，突然出现在她病房之中，就算是帅哥她也得问个明白。

她一出声，把这位帅哥吓了一跳。

“拜托，你醒的时候能不能给点预兆，突然出声跟诈尸一样，真的很吓人。”

等他缓过神，他想起了刚才她说的话，皱眉道：“你不认识我了？”

梁昭昭上下打量他几眼。

“不认识。”她顿了顿，又说了句，“不过你和我弟弟长得好像啊，只不过你比他还帅一点。”

像归像，梁宇还是太嫩了一点，不及眼前的男生肩宽挺拔，五官也未完全长开，自然没眼前这位帅哥好看。

坐在她对面的男生合上了书，沉脸道：“你再好好看看？”

“是真的挺像的。我弟也挺好看的，不过他比你小很多。”梁昭昭笑，“以前我经常听别人说，很多男孩子小时候好看，青春期后就慢慢长残了，我还一直担心我家梁宇以后会长残，看到你我放心多了。”

瞧瞧，这鼻子眉眼，简直就是梁宇的放大版。

他这么好看，梁宇长大后估计也差不多。

男生下沉的嘴角一点一点弯起来，最后似气笑了：“原来姐还担心过这个。”

姐？

他为什么要叫她姐，他看上去比她还大一点吧？

等等……

梁昭昭想起来了，自己是失忆了五年，也就是说，时间已经过去了五年，她不再是十七岁，梁宇也不再是十三岁。

梁昭昭张了张嘴，震惊道：“你是梁宇？”

梁宇叹气：“昨天听子意姐说你醒过来人却失忆了我还不信，这下我信了，你居然连亲弟弟都不认识。”

梁昭昭：“你站起来我看看。”

梁宇听话地站了起来。

梁昭昭："你变得好大啊！"

"？"这话怎么听着感觉怪怪的。

三百六十度全方位重新审视完弟弟后，梁昭昭感慨："五年变化真大啊你，是大男孩了。"

梁宇重新坐下来，拿起放在床头的一个苹果，给她削起来。

"五年变化最大的不是我，而是你，姐姐。"

听到他这话，梁昭昭想到了自己刚醒来时发生的事。子意姐告诉她，她们的团，pinkmiracle，中文名粉色奇迹，简称 P.M，已经不再是当年的小糊团，现在是娱乐圈里超一流的顶级女团，四位组合成员都拥有超高人气。

怎么会这样呢？

她明明记得她们出道的一年里，除了出道时出了一张粗制滥造的专辑外，之后的资源少得可怜，能接到的都是一些小活动的商演。

不过五年，能改变的实在太多了，看看梁宇就知道了，气质像是换了一个人。

"我变化很大吗？"梁昭昭真诚地发问。

梁宇看了看她，点头："真挺大的，特别是和你现在这副呆呆的样子相比。"

"我怎么呆了！梁宇，你不要以为你现在长大了就可以对姐姐没大没小。"

虽然她确实不是很习惯眼前这个突然变得又高大又帅气的成年弟弟。

"我说的是实话啊，我都好久没看到你这么天然呆的表情了。"

梁昭昭和梁宇的父母早逝，在梁昭昭十五岁和梁宇十一岁时，带着他们的外婆也去世了。

姐弟俩从小相依为命，他们便是彼此最亲的人。

只是梁昭昭走红之后，行程排得很满，姐弟俩一个月也不见得能见上一面。

姐姐红了，他们的苦日子终于结束，好像一切都好了起来。只是梁宇发现，姐姐变了很多，每次和她见面，他都有种恍惚感——

眼前这个人，真的是和他从小一起长大的姐姐吗？

她越来越像一颗被精湛工艺打磨好的钻石，闪亮的同时，身上的棱角也变得锋利起来，她身上的光芒，既璀璨，又冰冷。

梁昭昭虽然醒了，却还在治疗阶段，她在医院睡着的时间比醒来的时间长很多，常常昏昏沉沉一睡就是一天。

足够的静养，有利于恢复身体，医生说她昏迷了那么久，现在依然会有神志模糊的时候，不宜受太多刺激。

梁宇听了医生的话，把她的手机给没收了。

没收手机的时候，他还说了句很欠扁的话：

"姐姐，从现在起你要听我的，好好养病，不准玩手机。"

不能玩手机，看看电视总行吧？

等梁宇走了以后，梁昭昭摸出床边的遥控器，打开了液晶电视。

正好播到的是都市娱乐台，电视里响起娱记兴奋的声音："大家好，我现在的位置是首都国际机场，大家可以看到，今天机场内外全都是前来给秦舟接机的粉丝朋友，光是站在外面就能感受到粉丝的热情。这也是秦舟出国半年之后，首次回国。

"秦舟就是秦舟啊，哪怕沉寂半年，再次归来依旧人气爆棚，这位被媒体评为百年难遇乐坛和影视双料天才的男人，这次回国复出后，又会给大家带来什么惊喜呢？

"现在我耳边全都是粉丝的尖叫声，大家可以看到，秦舟已经出了机场！"

记者的声音被淹没在人潮海浪之中，透过电视巨大的屏幕，梁昭昭看到了人群包围中的那个高大身影。

是秦舟。

他的头发短了很多，不再是她记忆里的碎发刘海，少年感十足的样子。

今天他梳了背头，额头全都露了出来，黑色口罩包围住他大半张脸，露出来的桃花眼绮丽精致，神情却散漫淡漠。

世人喜欢的美感，有美艳近妖的，也有清高冷淡的。

秦舟很奇特，能将这两种特质完美融合在一起。

他的美是惊艳而具有冲击力的，能使人一眼沉沦。

可再看他第二眼，这个男人狂妄桀骜的眼神，和与生俱来的高贵气质，又会让你觉得他高不可攀。

这样的男人，是天生的偶像，活该受万人敬仰。

"他都已经快二十五岁了吧？"坐在病床上的梁昭昭喃喃道。

她永远记得自己在当练习生时，最绝望黑暗的时候，这个少年身上散发的光给了她慰藉。

之后她便一直都视秦舟为偶像，喜欢了他整整两年。她不知道这五年中都发生了什么，但她相信，电视里的这个男人，依然还是她的偶像。

自打知道梁昭昭受伤住院的消息后，秦舟明里暗里会提到这件事，周斯耀跟了他这么久，自然是知道他的心思。

周斯耀最终选择妥协，反正秦舟想知道，不通过他也有其他的办法知道。他把梁昭昭住院的地址和病房号告诉了秦舟。

他最后提醒一句："她病房号只有圈内少数人知道，但是医院门口难保没有狗仔蹲着，当初你们交往又分手的事情没几个人知道，现在你去看她，要是被拍到了又要传绯闻。"

秦舟："谁说我要去看她？"

"你不去看她，你问她的事情干什么？"这些天秦舟没明着说，但各种拐着弯暗示自己帮他打听梁昭昭的事，难道不是为了去见她？

秦舟淡声道："我只是想知道她离开我现在过得有多惨，你告诉我她的病房号干什么？"

周斯耀："你不去？"

"不去。"秦舟坚决道。

周斯耀表情放松了一点："那就好。我这不是怕你跟当年一样，一遇到梁昭昭就从迷妹万千的 Superstar 变成为女人失了智的傻坯嘛！"

深夜。

市中心医院内。

此时已是凌晨两点，医院内除了值班医生和急诊病人，来往的人并不多。

医院里出现了一个穿着黑色连帽衫的男人，他戴着口罩低着头一路上了住院部的十七楼，宽大的衣服和帽子将他整个人遮住了一大半，几乎没有人注意到他。

梁昭昭当晚有些头疼，吃过止痛药便睡了过去。

这药有些副作用，每次吃完之后她都特别困，迷迷糊糊能一觉睡到第二天中午。

当秦舟发现自己出现在梁昭昭病房门口之后，他脑子里回想起了周斯耀白天说的那句话。

"我这不是怕你跟当年一样，一遇到梁昭昭就从迷妹万千的 superstar 变成为女人失了智的傻坯嘛！"

为女人失了智的傻坯。

傻坯。

这句话在他脑中无限循环，导致他放在门把手上的手迟迟没能按下去。

算了。

反正周斯耀说她现在还在昏迷状态，他就偷偷进来看一眼，只要他不说出去又有谁知道呢?

只要没人知道，他就不是傻坯。

门被轻轻推开，秦舟走进去。

房间内很暗，只有床头开了一盏小小的应急台灯。

梁昭昭安静地躺在病床上，呼吸平稳。

这是分手后的半年里，他们的第一次见面。

秦舟就站在梁昭昭的床头，一眨不眨地盯着她看。

他倒要看看是一张怎样的脸，能让他没心思回家，也没心思看合约看剧本，听到她重伤昏迷之后，回国的第一件事便是跑到了这里。

……

好吧，还是很漂亮。哪怕她生了病，闭上了眼睛，不施粉黛，脸色苍白，他依旧觉得她很漂亮。

"我可能真的是傻坯吧，还是瞎了眼的那种。"

秦舟自己都想不通，他是因为什么样的理由出现在这里。

网上梁昭昭坠马的视频他看了，剧组解释是原本训好的温顺马匹莫名地发疯跑了起来，梁昭昭直接被甩下了马，当下便失去了意识。

"疼吗？"

秦舟半边侧脸隐在晦暗的光线里，嗓音沙哑，低声问。

床上的女人依然在沉睡，没有回应他。

她过于安静的样子让秦舟有几分烦躁，理智告诉他，他现在该走了，再待下去遇到查房的医生或者护士，对他来说没有任何好处。

但不想就这样走。

凭什么每次疯掉的只有他一个人，她却好像从不在意般那样平静。

秦舟眸色转暗，氤氲着一团火。

梁昭昭唇色本来就浅，此刻更是淡到没有血色。

这样病恹恹毫无颜色的梁昭昭不是他想看到的，他突然想留下点什么，比如把她的唇咬破。

他这个人向来随心所欲惯了，想做的事情几乎不会犹豫，更何况他对上梁昭昭，理智和自制力基本上自动离家出走。

他背脊弯了下去，双手撑在床边，一点一点慢慢朝她靠近。

他听到了自己肆意搏动的心跳，许久未有过的欢悦、快速。

就在他的脸和她只隔了一寸的距离时，他摘下了自己脸上的口罩。

但他没能如愿报复成功，因为就在他摘下口罩的同时，床上的女人，轻轻梦呓一声，然后睁开了眼睛。

两人四目撞上。

视线对上的那刻，秦舟脑袋卡壳一秒，迅速反应过来，他重新把挂在耳边的口罩戴好然后站起来，想也没想就要朝门口走。

该死的周斯耀，不是说梁昭昭情况很不好，已经昏迷好几天了吗？要是知道她这会儿会睁开眼睛，打死他也不会来看她。

"别走。"

一只柔弱无骨的手拽住了秦舟的衣角，秦舟背过她的身影立马怔住。

"你是秦舟吗？"

梁昭昭的声音很飘，轻轻柔柔的，像根羽毛在他心上挠。

"不是。"秦舟冷声否认。

拽住他的那只小手没有松开。

"既然你来我梦里了，可不可以晚点再走？"

她很想留住他，可是太困了，双眼不争气再次闭上，她再次沉睡过去。

秦舟就这样保持一个动作僵直站了许久，走也不是，留也不是。

身后半晌没有动静，他重新拉起连着外套的帽子给自己戴上，慢慢转过头一看，床上的人又睡着了。

"梁昭昭。"

他试着喊了一声，对方并没有回应。

"以为是，做梦吗？"

秦舟嘴角勾起一抹嘲弄的笑意。

第二天，梁昭昭睁开眼睛的时候，恍然间想到了昨晚的事情。

她昨晚，是梦到了秦舟吗？

虽然她很喜欢秦舟，但好像很少梦到他，梦中的画面真实又让人心动。

她依稀记得，他靠她很近。她以前做的那些梦，都是远远地看着他，这次没想到会和他有近距离接触。

脑子里闪过秦舟俯下身来，差点就要亲到她的画面。

呜呜呜呜，就算是做梦，光是现在回想一下，还是心动得不得了。

她家哥哥实在太帅了！

因为这个“梦”，梁昭昭一早上在床上翻来覆去打着滚犯花痴。

梁昭昭又在医院住了几天，身体恢复得差不多了，医生通知她过两天可以出院了。

梁昭昭出院那天，来的人除了顾子意，还有一个她不认识的女人。

虽然不认识，但从对方的穿着和气场来看，梁昭昭直觉这个人一定不简单。

“子意姐，这位是？”

女人脸上没有什么多余表情，转过头对身边的顾子意说：“好了，我相信她是真的失忆了。”

顾子意问：“因为她问你是谁吗？”

“眼神不一样，我认识的梁昭昭不是这个样子。”

“练习生两年，出道六年，在圈子里待得久了，我们都变了很多。但是昭昭，是我们四个里变化最大的。”顾子意说。

“这也太纯了，眼神这么干净，一点杀气都没有。”女人打量着梁昭昭，眉头微微蹙起。

顾子意笑：“她现在心智可才十七岁，还是个涉世未深的少女，你就多包容一点吧。”

两人你一言我一语地交流了半天，梁昭昭一脸蒙，弱弱地举手问：“等等，你们在说什么，我为什么眼神要有杀气？”

她是做女团的啊！是唱歌跳舞的呀！又不是去做杀手，这位姐姐说的话，怪吓人的。

顾子意：“我先给你介绍一下吧。这位是你的经纪人，裴念寒，裴姐。”

梁昭昭：“我们的经纪人不是李姐吗，什么时候换的？”

“换了很久了，现在我们团很少合体，大家都是分开发展。裴姐是你个人的执行经纪人，不是咱们团的。”顾子意给她解释。

“这样啊。”梁昭昭听完后和裴念寒点了下头，“裴姐你好。”

裴念寒：“身体好了吗？”

梁昭昭摸了摸头发：“好得差不多了，就是丢掉的记忆还没回来。”

裴念寒：“有好好了解过现在的自己吗？”

“了解了一点支付宝余额、银行卡余额这种算吗？”

“没别的了？”

“还没来得及看，我弟把我手机没收了。”

裴念寒不死心地问了句：“这五年发生的事你真一点也不记得了？”

梁昭昭摇摇头。

“唱歌跳舞还会吗？”

“会啊。不过我没什么基础进的公司，训练时间也是最短的，实力还比姐姐们差了挺多。”梁昭昭有些不好意思地道。

“看来真的是忘了个干净。”裴念寒长叹一口气，拿出手机搜了个视频，然后把手机递给梁昭昭，“先看下这个，看看能不能想起点什么。”

梁昭昭接过手机，低头看视频里的内容。

视频里应该是某个节目的舞台，一开始周围很黑，只有伴奏的声音。

而后升降台升上来，观众立马沸腾大叫。

追光打下来，落在一个背影之上。

黑色的薄纱半遮肩膀，露出一半雪白背脊，紧身热裤之下，笔直纤细的长腿抓人眼球。

“哇，这谁啊，身材好好！”梁昭昭赞美道。

“呵。”身边的经纪人裴念寒冷笑一声。

就在梁昭昭还没想明白她笑什么的时候，舞台上的美女转过了身。

梁昭昭惊了。

这不是她自己吗？

可是，又好像不是她。

舞台上的人美艳性感，身材火辣，一张清纯的脸此刻看上去比妖精还妩媚勾人。

音乐节奏加快，台上的人开始热舞，她的动作不算特别复杂，但胜在干净利索。

舞台上，比起专业技巧，台风和表情管理更能抓住观众眼球。她在这点上做到了极致。

随着旋律扭动身体，肆意迸发出能量，每个动作和眼神，都能掀翻全场。她已经不单单是在表演，而是在释放，她的肢体不过是传达她情绪的工具而已。

这是她的舞台，她便是 queen。

一场火辣十足充满野性的表演，哪怕隔着屏幕都能感受到现场观众的燥热激动。

梁昭昭完全看呆了。

“这不会，真的是我吧？”她简直不敢相信。

顾子意捏了下她的脸：“这张脸可是咱们这代女团里的‘神颜山脉’，除了你还能有谁。”

梁昭昭惊了。

她以为自己就算火了，风格也不会大变，没想到居然在舞台上可以是这个样子！

美绝了，美绝了。

她一个女生看了都被视频中的自己撩到体无完肤。

不是她自恋，她压根儿就没觉得刚才看到的那个人是她自己，明明比她更漂亮，也比她更有魅力。

“现在让你做到这个样子，你可以吗？”裴念寒问。

梁昭昭还处在震惊之中，脑子里一片空白，讷讷道：“这是我吗？不可能吧！”

裴念寒彻底放弃。

出院之后，裴念寒开车送梁昭昭回了家。

虽然有了心理准备，但家里的宽敞和豪华程度还是超乎了梁昭昭的想象，是她最爱的复式楼小别墅，装潢设计都很有品格。

一想到这么漂亮的房子是她的，她就兴奋不已，脚踩着拖鞋“噔噔噔”满屋子跑，参观完这个房间，又跑到那个房间看看。

客厅沙发里，裴念寒和顾子意表情不一。

裴念寒看着像只麻雀一般上蹿下跳异常活泼的梁昭昭，嘴角抽动几下：“到了今天，我才知道什么叫作职业生涯的瓶颈。”

她的王牌艺人，一夜之间变成了一个傻子。

顾子意一只手托起腮，目光满含宠溺地跟着梁昭昭转：“怎么了，我觉得她这样挺可爱的啊，你看，多无忧无虑。”

走到她们这个地位，物质能带来的满足和快乐已经很平淡了，但这一切对于十七岁的梁昭昭而言，无异于做梦一般惊喜。

裴念寒：“她这样的无忧无虑能维持多久？她不需要工作了？不需要面对镜头了？她这个样子站在镜头下面，不是笑话吗？”

这确实和大家记忆中的梁昭昭相差甚远，完全不像同一个人。顾子意沉默片刻，把梁昭昭喊了过来：“昭昭，你过来一下。”

梁昭昭走过来后，脸上表情依旧很兴奋，她拉着顾子意的手和对方分享喜悦的心情。

“子意姐，有钱真好，还能住这么大的房子。对了，林灵和楚烟姐呢，我怎么没看见她们？”

林灵和楚烟是团内的另外两个成员，最开始是顾子意她们三个一起训练，之后梁昭昭才加入，又一起训练了一年。最难挨的时候她们相互鼓励扶持前行，队内四个人的关系都很好。

顾子意：“林灵去外地办签售会了，楚烟还在录制节目，她们来看你的时候你还在昏迷，知道你醒了她们也就放心了，忙完便会回来找你。”

“这样啊。”梁昭昭了然地点点头，然后又问了句，“咱们四个现在都很红吗？我都能住这么大的房子了，姐姐们应该更优秀吧。”

她进公司的时候完全没有基础，唱和跳都跟不上，能力也一直是四个人中最差的，她这样的都能火，那姐姐们肯定更红了。

顾子意：“嗯，大家现在发展都挺好的。林灵专注音乐，是现在国内最受欢迎的华语女歌手之一，专辑销量过千万。楚烟这两年参加的综艺比较多，主要是选秀这块，带出了挺多有潜力的后辈。至于我嘛，就拍拍戏，现在也算得上是个演员吧！”

“这你就谦虚了，你可是上届金马影后的得主，你都不算演员，谁能算？”裴念寒在旁边道。

梁昭昭嘴巴成了“○”形，满脸崇拜地看着顾子意。

顾子意笑了笑：“不过论起人气，我们四个里面，还是你人气最高。”

梁昭昭万万没想到是这个结果：“啊？”

“颜即正义啊，谁让你长得这么美呢。”顾子意道。

“子意姐你这么夸我，我会不好意思的。”梁昭昭害羞地低下头。

“嗯，黑粉也是最多的。”裴念寒在旁边及时补刀。

“黑粉？是骂我的人很多吗？”

“嗯，因为你们红的时候，你实力最差，有点德不配位的意思吧，所以那时候黑你的人很多。”

“可是我看视频里……”那个视频很震撼，她虽然实力不怎么样，但到底是女团，也看过很多前辈的舞台表演，就她视频里看到的而言，实力绝对算女团里比较顶尖的。

裴念寒：“这是你近期的舞台。后来你慢慢进步，现在舞台已经很棒了。但是因为你长得太漂亮，花瓶这个标签不是那么好撕的，很多路人对你的印象还停留在你们刚火的那会儿。而且公司最近安排你朝影视发展，你演戏的水平……”

裴念寒没有说下去，梁昭昭已经懂了。

外界对于唱跳爱豆还是有偏见的，演技不行去演戏，注定要被黑，长得太漂亮反而比别人更难得到实力上的肯定。

裴念寒从包里拿出手机交给梁昭昭。

“人红是非多，喜欢你的人多了，讨厌你的人自然也多。梁宇收你的手机是对的，有些负面评论不一定是现在的你能承受的，你还是少去网上搜自己吧。你需要看、需要了解的东西，我会整理成文件发给你。在我没想出对策之前，除了最亲近的人，你暂时不要向其他人透露出你失忆的事。”

拿到自己的手机之后，尽管经纪人有叮嘱过让她少去看网上的东西，但好奇心害死猫啊，这让她怎么忍得住。

进娱乐圈谁不想红，她一觉醒来发现梦想成真了，可不得好好感受一下“红”的感觉。

数据永远都是最直观的东西，比如她银行卡里的余额，比如之前子意姐给她看的，那五千多万的微博粉丝。

梁昭昭再次确认了一遍钱没有看错，随后便点进去了她的微博。

梁昭昭这下终于明白，为什么她以前给秦舟发私信，天天哥哥早安哥哥晚安，显示的都是未读。

不是秦舟不看，是根本看不过来吧。

梁昭昭看了看自己的微博，发的内容除了广告，最多的是一些活动照片和日常生活的照片。

照片的风格有很多种，性感的、甜美的、清纯的。

每一张都很绝，下面评论都是一大圈嗷嗷尖叫。

“啊啊啊，宝贝我爱你！”

“老婆你也太美了，你是仙女！”

“就是这张脸，把我迷得神魂颠倒神思恍惚七窍流血……呜呜呜，我太可以了！”

搜完自己，梁昭昭又去搜了队内其他的人。就跟子意姐和经纪人给她介绍的一样，现在她们这个团是国内最顶尖的女团，每位成员都已成王，在各自的领域发展得很好。

只是因为太忙，她们这个团已经很久没有合体了。

梁昭昭搜 pinkmiracle 的时候，全都是团粉哭着求合体演唱会的。

越看越心虚，梁昭昭没有再搜和自己有关的东西。

一夜爆红带给她的巨大冲击和惊喜感之后，她的心情犹如小时候坐的过山车，一下升腾至云霄，又迅速落下来。

在她没法变成五年后的梁昭昭前，她只能怀着一颗惶恐的心面对如此多的关注。

不过，沮丧并没有持续多久，她可是队内的气氛担当，最能给大家带来快乐的元气少女。

红还不开心吗！能力不行再努力就可以了，失忆前她能做到的事情，现在也能行的！说不定她明天就恢复记忆了呢。

梁昭昭安慰着自己，心情变好了一点。

搜完自己和组合，梁昭昭又在搜索框里，打出了两个字：

秦舟。

秦舟年少成名，在她喜欢上他的时候，便已经很红了。

现在他应该，更红吧？

微博里弹出秦舟的名字，梁昭昭点进去一看。

“啊啊啊啊，哥哥居然一亿粉了！我关注他的时候才一千多万粉呢！”

看到秦舟一亿粉丝，她比看到自己五千万粉还开心。

真好，果然她追的人一如既往地优秀。

梁昭昭搜秦舟的时候，发现秦舟这几年的发展超乎了她的想象。

当年她是听他的歌入坑的，秦舟作为创作才子，出的歌很少，但每首都是精品。

她还以为他虽然是影视童星出道，以后说不定会往音乐上走，毕竟他在音乐方面真的很有才华，却没想到他现在在影视方面取得了这么高的成就，年仅二十五岁，便已经取得华语金马、百花两大奖项，去年的作品更是获得了很多国外电影节的最佳男主角提名，开启国际化道路，名声享誉海内外，是现阶段国内年轻一辈“90后”艺人里无可攀登的高峰。

“呜呜呜，我一觉醒来，我家哥哥都从偶像‘爱豆’变成影帝了，太牛了太牛了。”

一刷一大把夸秦舟的，路人的彩虹屁吹得比粉丝还好听。

梁昭昭抱着手机差点感动落泪，她现在疯狂想写一篇小作文来表达一下自己的心情——论有一个争气的养成系爱豆是一种怎样的体验！

梁昭昭突然又想到什么，连忙退出微博切到微信去看。

既然她现在已经这么红了，说不定她也和秦舟有过交集？红了的话在娱乐圈认识一个人应该挺简单的吧。

在微信里翻了好一会儿，她确实看到了很多圈中早就知名的人，可惜始终没看到秦舟的名字。

啧，还以为五年后的自己有多了不起呢。

还不是连爱豆的微信都没有搞到！

她的追星道路，太失败了。

对自己现在的人气和影响力有一定的认知后，梁昭昭待在家里都不敢出门，明明火的人是她，她却总感觉自己是冒名顶替的一样。

医生说她丢的记忆也不知道什么时候能恢复，有可能再次受到刺激立马就恢复了，也有可能一辈子都找不回来。

裴念寒给她的方案是，先暂时瞒着，必要的时候再发声明告知大众。

梁昭昭：“这怎么瞒啊，我和你们认识的那个梁昭昭相差太大了吧。”

通过这两天的补习，她简直重新认识了一下自己。

五年的时间，完完全全将她变成了另外一个人。

“而且说谎总会被发现的吧。”她又说。

裴念寒：“被发现了公司公关团队自然有办法帮你解决，倒是你不觉得一个当红女明星突然告诉大家自己变成了一个未成年少女的心智，有点过于搞笑吗？”

“……”梁昭昭感觉自己被限制了，她明明差几个月就要成年了！

“你只要不犯太大错就行，我最近不会给你接那种需要表演舞台的节目，你就拍拍戏吧，我会给你安排表演课，反正你这两年演技也没多少提升，现在演戏别人也不会太怀疑。”裴念寒说道。

“还好你这几年圈子里人缘也不太好，和你熟的人不多。你就保持你失忆之前走的高冷美艳风就行，尽量少说话，少说话就不会出错。如果有采访，我会把答案写好给你，你直接背。”

裴念寒在娱乐圈摸爬滚打快八年，干练冷酷的强大气场直接把梁昭昭压得话都不敢多说一句，她除了乖乖听话照做好像也没有其他办法。

“知道了。”梁昭昭应道。

裴念寒：“哦，对了，这些天给你的资料你都记住了吧？今晚有个时尚杂志的大型晚宴需要你出席。”

梁昭昭蒙：“这么多我怎么看得过来，还有些文件我都没点开！”

裴念寒：“没事，到时候我和顾子意她们都会在你身边，有需要注意的地方会提醒你。”

怎么可能不怕，能出席这种晚宴的都是有知名度的艺人，其中不乏大咖，她一个没见过大场面的十八线，好怕出糗。

“能不去吗？好歹也给我一点时间缓冲一下或者准备充足一点吧！”

这个消息太突然，她都要哭了。

裴念寒："这个行程是早就定好的，你现在身体恢复出院了，没有理由推。"

她看出来梁昭昭很紧张，走上前拍了拍梁昭昭的肩，淡声宽慰："迟早要面对的，早点习惯这一切也好。

"你要记住，你是大明星啊，不能㞞。"

临江公馆，秦舟家中。

周斯耀来找他的时候，他还在房间里睡觉。

周斯耀象征性地按了两声门铃无人应答，便直接输了密码进门。

推开秦舟的房门，果不其然看到他整个人窝在被子里，丝毫没有要起床的意思。

"秦舟，起床了。"周斯耀喊道。

床上的人当他是空气，连动都没有动。

周斯耀耐着性子又喊了两声，依旧无果。

他没有办法，只能使出撒手锏。

下一秒，一首魔音一般的旋律在房间里响起，紧接着便是稚嫩清亮的男声开始唱rap。这是秦舟出道前的黑历史，谁在他面前放谁倒霉。

音乐响起不到一分钟，秦舟从床上坐起来，未完全睡醒的眼里压着戾气。

"你再放这个歌，信不信我把你从窗户里丢出去。"

二十分钟后，秦舟洗漱完出现在客厅里。

周斯耀早已坐在客厅沙发里等着他。

看到秦舟来了后，周斯耀也没多说废话，和他商量了一下今天出席活动的具体安排和时间。

"这是你回国后第一个活动，*look you*又是国内最知名的时尚杂志社，这次活动请的都是大咖和当红艺人，关注度不小。但可以肯定的是，其中你的话题度绝对是最高的。"周斯耀说道。

"嗯。"秦舟漫不经心地应了一声。

"梁昭昭醒了，你知不知道？"周斯耀突然转换话题。

秦舟神情没什么变化："醒了吗？我没关注这么多，醒了就醒了吧。"

"她今晚也会去。"

周斯耀说这些的时候，特意观察他的神色。

"她现在不是挺红的吗？会去不意外吧。"秦舟依旧是那副冷冷淡淡的样子，好像梁昭昭的事和他没什么关系。

"现在盯着你的眼睛太多，多一事不如少一事，你俩就当不认识吧。"

"嗯。"

周斯耀见秦舟没说别的什么，还算乖。

和他约好出门时间，先行一步离开了秦舟的家里。

晚宴开始时间是晚上七点，在各大平台同步直播，明星需要提前入场。

下午五点的时候，梁昭昭做好造型，被裴念寒塞进了保姆车。

保姆车里坐满了人，有造型团队，还有摄影师、助理等。

梁昭昭以前听过，大牌的明星团队里，一群人服务一个人的现象很常见，她那时还觉得有点夸张，现在看来一点也不假。

她上车之后，大家笑着和她打招呼。

梁昭昭一颗心时刻悬在悬崖边，整个人都紧绷着。她牢牢记住裴念寒和她说的那些话，不敢多说话，生怕露馅，只是礼貌性地笑了笑。

“放心吧，大家都知道你失忆的事情。”裴念寒这时道。

“姐，你早说啊。”一听这个，梁昭昭松了口气。

“自己团队的人没什么好瞒的，他们都会帮你。”裴念寒说完，指了指坐她身边的女生，“这是落落，是你的生活助理，你有什么需求除了找我也可以找她。”

落落大名叫江落，比梁昭昭大上一岁，大学刚毕业就进了新锐，后来被梁昭昭看上，就做了她的助理，现在已经两年了。

“昭昭，你真的丢了五年记忆？”

江落长了张娃娃脸，看上去比她实际年纪还要小，倒让梁昭昭生出几分亲近感。

“嗯，比如我现在就不记得你是谁了。”梁昭昭带着几分不好意思腼腆地笑。

“怎么会这样啊，还能想起来吗？哎，我一直想去医院看你，但是念寒姐说你需要静养，一直都不让我们去。”江落担心道。

“目前是想不起来的。”

“没事儿，慢慢想，我们陪着你。”江落拉着她的手安慰。

“好。”梁昭昭回她一笑。

“别聊了，快到了。”裴念寒提醒道。

过了一会儿，裴念寒问：“要下车了，准备好了吗？”

梁昭昭捂住胸口，深深呼吸一口：“嗯。”

“下去吧，记住要自信，要笑。”

“好。”

车门被拉开的一刹那，无数人朝梁昭昭这边跑，闪光灯和相机咔嚓的声响包围住了她。

什么是大明星？

就是当他出现的时候，所有人的目光都会自然被他吸引，人群会为他聚拢，镜头会全方位捕捉他。

他便是发光体一般的存在。

这刻，自己已经不是记忆中的那个梁昭昭，比任何时候都真实。

她提起裙摆，踩着高跟鞋，扬起在镜中练习过无数次的笑容，在媒体的闪光灯和粉丝的尖叫声中，走入了会场。

此时还未到晚宴正式开始的时间，到场的明星都被安排在各个休息间里休息。

梁昭昭也跟着经纪人一起进了休息间。

“刚才做得不错。”裴念寒说道，比她想象中镇定很多。

梁昭昭：“太吓人了，我还是第一次面对那么多镜头。”

她也就看上去淡定而已，心都提到了嗓子眼，这会儿没那么多人，她才稍微放松一些。

裴念寒笑：“这不算什么，一会儿你走红毯签名的时候，那场面才是真正的万众瞩目，闪光灯闪瞎你的双眼。”

“我尽量表现好一点。”

梁昭昭现在庆幸，还好她只是丢了五年记忆，毕竟还有两年是在这个圈子里的，也学过如何面对镜头和表情管理。如果再多丢几年，回到她十五岁之前，那她真的不知道该如何扮演一个大明星了。

裴念寒没有多说什么，她摁住梁昭昭的肩，把人固定在凳子上。

休息室里有梳妆镜，裴念寒看着镜中的梁昭昭，弯腰对她说：“看看这张脸，谁能比你漂亮？记住，就算待会儿闪光灯闪到你睁不开眼睛，你也要笑着瞪回去。”

这样的场合，作为梁昭昭的经纪人裴念寒自然有她需要做的事，她需要帮梁昭昭扩张人脉和了解圈内动态。

裴念寒并没有陪梁昭昭多久，很快就出去了，只让落落留在她身边。

这几天相处下来，虽然裴念寒气场太强让梁昭昭有点畏惧，但同样也让她很安心，因为裴念寒这样的人看着就很靠谱。

裴念寒走后，梁昭昭更坐立难安了，还好落落还在这儿。

休息间又进来了九个女艺人。

娱乐圈更新换代速度太快，这些人梁昭昭都不认识，她从落落的眼神里能读懂自己不必要主动去和她们打招呼的信号。

“前辈好。”

对方九人倒是很有礼貌地一个个走过来和梁昭昭问好，脸上表情还很兴奋。

梁昭昭不知道该怎么回应，只是象征性地笑了笑，没有过多和她们交流。

她们终于有人鼓起勇气走过来和梁昭昭搭话，梁昭昭不知道怎么应对这些，几乎都是有求必应。

要签名的给签名了，加微信也给加了。

梁昭昭好说话到超出这些女生想象，几个妹妹分外兴奋。

梁昭昭对这份热情有点招架不住，又怕自己说话太多会说错话，于是对她们笑了笑道：“抱歉，我要去趟洗手间，下次再见吧。”

落落原本在和会场工作人员交流接下来的活动安排，一听到梁昭昭说要出去，连忙说：“我陪你去吧。”

那几位漂亮妹妹此刻还在看着她们，梁昭昭想，当着这么多人的面上个厕所还要助理放下工作陪着去好像有点丢人。

“不用，我自己去就行。你在这儿等我吧。”

去洗手间这一路上，梁昭昭看到了很多光鲜亮丽的明星，有些是她知道的，有些是她不知道的。

她微微低头，一路往洗手间走，会场人多，她来去匆匆倒也没人注意。

走了几步，梁昭昭意识到，她身上穿的这条裙子，似乎并不适合去洗手间，去也能去，只是裙子太长怕不小心弄脏。

于是就在快到洗手间门口的时候，梁昭昭嫌麻烦，选择原路返回。

从洗手间回到她原来休息室的路途中间，有个长长的走廊，走廊里有很多房间，大部分是嘉宾的休息室。

她突然看见前面的一扇门打开，然后，前几天还在梦中见到的人，就这样出现在她眼前。

梁昭昭看到秦舟推开门，从房间里走出来。

就跟慢镜头似的，他每个动作，侧身、迈腿，还有搭在门边修长皓白的手背，都是一帧又一帧让她心脏狂跳的画面。

没有人告诉她秦舟会来啊。

喜欢了那么久的人，在这样毫无征兆的情况下，出现在她视线中，她当场愣住。

这个场合见到谁都不意外，她刚才一路走过来也看见了好几个从五年前就享有盛名的大佬。

但这是秦舟啊，是她喜欢的人，他和其他人自然都是不一样的。

梁昭昭忘记了思考，也忘记了裴念寒对她的那些叮嘱，大脑宕机，站在原地直直地看着秦舟。

虽然嘴上说着爱哥哥是因为他的才华、他真实的性格，心里却还是明白，本质不过就是喜欢哥哥的颜值罢了。

自喜欢上秦舟之后，梁昭昭最大的梦想就是见一见他的真人，近距离感受一下这张在屏幕里已经好看成这样却还天天被大家吐槽不上镜的脸到底有多帅。

直到她看到了真实、鲜活的秦舟。

她才终于懂了为什么那些人会说他不上镜了。

本人太绝了。

镜头怎么能拍出哥哥的大长腿！怎么能拍出哥哥好到连毛孔都看不见的冷白皮！怎么能拍出他那双住着星星的绝美桃花眼！

她没了。

满脑子都是——

秦舟好帅！

在梁昭昭看到秦舟的时候，秦舟一抬头也看到了梁昭昭。

梁昭昭能感觉到，秦舟的视线落在了她身上，并且停留的时间还不短。

嗷嗷嗷，他看她了！

现在该怎么办?

梁昭昭心脏快要蹦出嗓子眼，和爱豆对视的感觉固然心动，可惜火力太足她承受不住。

梁昭昭害羞死了，迅速偏了头，视线落在了墙上挂着的一幅画。

微信都没加，应该不认识吧？至少肯定不熟，那她要主动打招呼吗?

她好歹现在也是个人气偶像了，秦舟是不是会理她?

就那么短短十几秒，无数个想法和场景在她脑中千回百转。

在她想这些的时候，秦舟已经朝这边走过来了。

她余光都能感受到他朝她走过来的样子有多帅气。

他刚才看了她挺久的，应该是知道她的吧?

念寒姐不是说她很红吗？一个圈子的，秦舟知道她也不奇怪。

所以或许可能也许，她能做一下梦——爱豆会率先和她打招呼?

红了真好，以前这样的梦，她是做都不敢做的。

这短短两分钟，绝对是梁昭昭人生里为数不多的紧张刺激时刻。

可惜，事实证明她确实想太多。

秦舟从她身边擦肩而过，什么都没发生，等她反应过来的时候，人已经走远了。

看来还是她想太多，错失和秦舟说话的机会。

呜呜呜，她刚才怎么就那么㞞呢?

好歹也说上一句话啊!

晚宴还没正式开始，酒店大厅为各位前来的嘉宾准备了小食品和酒。

秦舟从房里出来之后，往宴会厅方向走，正巧碰到端着托盘的服务生，他要了一杯香槟，半靠墙一个人喝酒。

秦舟走到哪儿都是焦点，哪怕众星环绕的场合，他也是最亮的那颗星。

每次这样的场合，免不了要被搭讪，特别是女明星。

平常秦舟碍于礼貌，还会多聊几句应付一下，今天完全没心情。

别人能感受出来他的冷淡。来这儿都算有名气的，大家见他没兴致也没多说什么，便识相地走了。

“你怎么出来了？”

周斯耀找了秦舟好一会儿，终于找到他。

“里面闷，出来透个气。”秦舟说。

什么出来透个气，分明是刚才在房里周斯耀和一位制片人聊天，那位制片人很欣赏秦舟，过于热情了点。

秦舟对圈子里的人际往来这些事向来没兴趣，甚至可以说是有几分厌倦，找了个借口出来。

这些年他的人脉几乎都是周斯耀帮忙打理，他本人向来不上心。

大少爷啊，就是被惯大的，随性惯了。

周斯耀也没戳穿他，笑了笑："怎么看你好像有点心情不好，还喝起了酒？"

"想喝了。"秦舟轻描淡写带过去。

周斯耀没多问，站在他身边没再说话。

秦舟想到刚才发生的事，心里憋着气，也不知道怎么就脱口而出："我刚才在走廊上见到她了。"

周斯耀装傻："谁啊？"

秦舟冷笑："知道你还问？"

"见到了，然后呢？"

然后？

然后他这个被她甩的人都还没吭声，她居然在看到他向她走过去之后，当作没看到他一样迅速地转头去看墙上的那幅画。

做作！

他还真搞不懂了，画有什么好看的？

曾经她明明说他才是最好看的，她爱惨了他这张脸。

现在呢？

他在她眼中，还不如挂在墙上的一幅画？

呵！

秦舟心里激起千层浪，面上却一片平静。

"不是你说让我装作不认识吗？我就那么做了。"

这点倒有点出乎周斯耀的意料，半年前秦舟喝酒喝到半死嘴里还喊着梁昭昭名字的画面现在都印在他脑子里。

"真的？连招呼都没打？"

"嗯。"

周斯耀想到了游戏里经常发的一句话，他朝秦舟竖起大拇指。

"干得漂亮！"

秦舟要是真能忘了梁昭昭，把她当成陌生人对待，他第一个鼓掌。

见到秦舟之后，梁昭昭一直处于兴奋状态，她甚至有点忘记自己现在的身份，仿佛做回了十七岁的自己。

是秦舟哎，她有想过之后会碰到他，但没想到她失忆后参加的第一个活动就碰到了。

惊喜来得也太突然了点。

只是好可惜没有和他说上话，也不知道待会儿还有没有机会。

梁昭昭失神地想着这些，一路回到刚才的房间，推开门进去后，不仅看到了落落和念寒姐，还看到了顾子意和林灵，还有楚烟。

和顾子意一样，林灵和楚烟也和她记忆里的样子有很大的变化，变得更成熟和明艳动人。

不管她有没有失忆，几位姐姐还是她的姐姐，梁昭昭看到她们三人穿着闪闪发光的漂亮裙子，坐在一起艳压群芳的画面有些热泪盈眶。

她们最终还是熬过来了啊，那无数个昼夜不眠对着镜子练习的时光都是值得的，姐姐们现在都是大明星了！真好。

“要走红毯签名了，你们一起去吧。”活动方的工作人员过来通知。

四人点点头，表示知道了。

“走吧。”队长顾子意说道。

走红毯，无疑是女明星里最爱暗自较量、争芳夺艳的环节。

梁昭昭上场前很紧张，轮到她走的时候，面对成千上万的镜头，她反而忘记了紧张。

有些事情大脑忘记了，身体还记得。这样的场景她好像过去经历过无数次，该怎么走、怎么挥手、看哪里的镜头，身体都自然而然地替她做出了反应。

过去几年里，梁昭昭走的是百变风格，舞台上以性感霸气著称，私下各种风格都能驾驭。

今天裴念寒给她试了两套礼服，一套是性感低胸的黑色紧身裙，另外一套则是仙气十足的粉色纱裙，两套都是大牌定制，做工极其精美，尤其是这套粉色纱裙，上面镶嵌了百颗碎钻，工艺繁杂，华丽至极。

最终裴念寒还是觉得这套粉色更适合现在的她。

果然，裴念寒的眼光没有错。

今夜的梁昭昭是当之无愧的“国民女神”，真仙女。

这次参加活动的一共三十多位明星，等到走红毯环节快结束的时候，秦舟压轴登场。

秦舟今年满二十五岁，介于男生和成熟男人中间的年纪。

在他身上，男人的荷尔蒙和直击少女心的少年感得到了最完美的融合。

他出场的瞬间，现场的氛围被推向高潮，这是他回国后第一次在公开场所亮相。

阔别公众视线半年，今夜巨星，王者归来。

他一出来，直播间再次被弹幕轰炸，新来的人被卡到压根儿没法进去观看直播。

“啊啊啊啊啊，真的是秦舟！他回来了回来了！”

“帅死了帅死了！今夜是西装贵族王子！”

“感谢哥哥，真的，我何德何能能见到这么神仙颜值的爱豆啊啊啊！”

“呜呜，之前看到站姐发回来的机场图我真的一瞬间眼泪就出来了。哥哥欢迎回来！”

……

弹幕被秦舟的粉丝霸了屏，养成系偶像的粉丝最是长情，何况追秦舟的粉丝都觉得他们的追星路途就是一篇爽文，秦舟各方面都太给他们争气。

他的粉丝也有自己的骄傲，都说爱过秦舟，没兴趣再去爬墙其他明星。

哪怕隔了半年，顶流依旧是顶流，秦舟的人气不容置疑。

在一片为哥哥尖叫欢迎哥哥回来的弹幕中，有几个路人评论显得有几分突出：

“不追星的路人客观评价下，今晚女明星里，梁昭昭艳压群芳。男明星里，秦舟这张脸实在太优越。”

“对对对，这两人算是现在年轻爱豆颜值的天花板了吧，好配啊！”

“你这么一说我也觉得，这两人太绝了，真赏心悦目神颜 CP，没有导演或者制片人考虑让他俩一起出演一部偶像剧吗？”

第二章
你是我爱豆啊

▸▸▸

这话一说出来，立马引起腥风血雨。

“秦舟是演员不是爱豆谢谢，最年轻的金马影帝了解一下。”

“配你的头！梁昭昭的粉丝开始登月碰瓷了是吧？”

“梁昭昭这演技，我哥哥王者也带不动，爱豆就好好做爱豆吧。”

……

秦舟的饭圈历时快十年，粉丝出了名的忠心护主，任何人都别想蹭他们哥哥一点热度。

“我们昭昭独美谢谢，拒绝任何 CP。”

“楼上秦舟的粉丝瞎嚷嚷什么呢？人家觉得帅哥美女配怎么了？戾气真重。”

“嗐，看美女就完事了，今晚仙女真美！”

梁昭昭的粉丝也跟着刷屏。

这个环节直播结束后，微博上秦舟和梁昭昭的名字都上了热搜。

热搜词条从上到下分别是：

秦舟红毯造型

秦舟绝了

梁昭昭太美了

秦舟回归

在这些词条中，还混入了一个其他词条：

秦舟梁昭昭

这个词条是一个营销号博主截取了梁昭昭和秦舟走红毯的照片。

配文说：

今晚 *look you* 时尚晚宴众明星红毯造型曝光，其中梁昭昭和秦舟两位以颜值能打出名，有网友认为这二人太配了！简直是神颜 CP！你怎么看？

这条微博被转载过万，瞬间登上了热搜广场。

比较搞笑的是，评论里全都是秦舟和梁昭昭粉丝的控评，说拒绝捆绑，自家爱豆独美。

转发里的内容却一大半都是在嗑这对 CP 的：

“啊啊啊，绝配啊！这两人为什么还没有合作？”

“请各位导演给这两人安排一部天雷勾地火的爱情偶像剧，最好抱抱吻戏都有的那种！【狗头】”

“要是这对在一起，真的就是神颜 CP。【跪下】【跪下】”

“这两人不论谁公布恋情，微博都得瘫痪吧。特别是秦舟，哈哈哈，一半少女得疯了。”

另外一小部分人则是觉得梁昭昭配不上秦舟，秦舟不论是学历家世还是成就，全方位吊打梁昭昭，而梁昭昭一个除了流量和脸什么都没有的女爱豆拿什么去配影帝，甚至怀疑发这个微博的营销号就是梁昭昭团队请出来的水军。

场内的人自然不知道这些。

红毯环节过后，晚宴正式开始。

今晚到场的嘉宾里，有些是表演嘉宾，此刻正在台上表演。

梁昭昭跟着顾子意她们坐在台下，观看表演。

晚宴表演结束后，直播也结束了。

这样的聚会来的都是圈内有头有脸的一些人，是结交拉拢人的最好场合，自然没有那么快散场。

梁昭昭开始还跟着团走，在姐姐们和其他艺人聊天的时候，她便开始心猿意马。

难得在一个场合见到了偶像，连个招呼都不打也太可惜了！好歹也要说上一句话要个签名啥的吧！

梁昭昭开始在人群里搜寻秦舟的身影。

现场人有点多，她找了好一会儿才看到一人独自站着的秦舟。

啊啊啊，哥哥我来啦！

梁昭昭在心里念了声，提起裙子打算往秦舟那边走过去。

她刚走两步，胳膊便被人碰到。

如果不是江落还站在她旁边，这一下力道不小的碰撞，穿着高跟鞋的梁昭昭很有可能摔倒。

“哟，我当是谁呢，这不就是我们前阵子拍戏坠马送医院的演员梁昭昭吗？”对方特意在“演员”二字放重音，讽刺意味昭然若揭。

梁昭昭看了看这位女明星，觉得有几分眼熟，脑子里想了会儿才想起来对方是谁。

这人名叫萧苒，五年前算是小有名气的女明星，毕业于北电，在她还没毕业前就以“北电校花”的名号被人知晓。

萧苒今年二十四岁，比梁昭昭还早出名。

梁昭昭之所以知道萧苒，是因为从她出道起，就被人说和萧苒长得像，甚至还给她取了个“小萧苒”的称号。

如今见到本人了，对方尖酸刻薄的样子还真让人反感。

到底是前辈，梁昭昭想着还是不要起冲突为好，她忍了忍，打算当作没事发生往前走。

“不是演戏这块料就别上来硬凑，何必那么拼，像骑马这种戏还是找个替身更适合你吧。”萧苒侧头看着梁昭昭，阴阳怪气继续道，“前阵子我和李导还聊天，李导和我说现在演艺圈的风气都被一些流量爱豆给带坏了，占着流量不知道玷污了多少好剧本，垃圾演技辣观众眼睛。”

这波指桑骂槐的操作针对得不要太明显。

梁昭昭停住脚步。

她转头问旁边的江落：“落落，我和萧苒关系很差吗？”

江落点头，似乎一言难尽，说道：“你俩是死对头啊，萧苒每次见你都会找你碴儿，你别理她就行了，现在的你对上她肯定会吃亏的。”

经过这两天相处，江落觉得梁昭昭完全变了一个人，以前强势冷静，现在就是个温柔可爱的小妹妹，怎么会是骄纵跋扈的萧苒的对手。

“我红还是她红？”梁昭昭又问。

“那当然是你。”

梁昭昭听了，了然地点点头。

萧苒见梁昭昭不理她，更气了，走上来拉梁昭昭的手：“我跟你说话呢，你听没听到？”

梁昭昭直接甩开她的手：“我和你熟吗？谁让你碰我的？”

萧苒冷笑：“呵，没镜头就不卖乖了？今晚看你走红毯时候笑得这么甜，赚了不少观众缘吧？还真以为你病一场能长点教训收敛收敛脾气，看来还是一个样。”

“我也以为我不理狗，狗就不会咬我，看来是我错了。”梁昭昭轻描淡写地回了句。

萧苒被梁昭昭一句话呛得什么都说不出来。

她没想到梁昭昭指桑骂槐的本事比她棋高一着。

萧苒用目光狠狠地瞪了梁昭昭几眼，扭头走了。

都是因为萧苒，梁昭昭原本在人群中已经找到了秦舟，但和萧苒说话这会儿秦舟又不知道去哪儿了。

大厅拐角处，秦舟晦暗的眼睛盯着场内某个人看。

“大家都在找你，你躲这儿干吗？”

周斯耀感觉自己天天不是在找秦舟，就是在找秦舟的路上。

秦舟：“那些人你应付就行了，我没兴趣。”

周斯耀感觉秦舟的眼神有点奇怪，就跟猎豹盯兔子似的，捕捉到了就盯住死死不放。

他顺着秦舟的视线看过去，看到了人群里东张西望的梁昭昭。

“？？？”

这么多人赶着巴结你，你一个都不想理，结果自己躲在这里看前女友？

周斯耀很是无语。

“她这是在找人吧？”周斯耀在秦舟旁边说。
秦舟听到他说话，收回看梁昭昭的视线。
“走了。”
他刚转身，没走两步就听到周斯耀在旁边说：“你前女友好像看到了你。”
秦舟：“……”
“我的天，她正在往这边走过来！”周斯耀的声音提高了十个分贝。
秦舟转过去的背脊微微僵硬。
“她离咱们只有五米远，秦舟，你现在跑还来得及。”
“……”
“噢，没机会了，她真来了。”周斯耀遗憾地宣布。
秦舟当然知道她来了，他的余光已经看到了她。
他犹豫了片刻，还是转过了身。

秦舟掩饰住内心那份可耻的兴奋和喜悦感，脸上表情冷到没有温度。
“有事？”
他不知道梁昭昭为什么会过来找他，但在他这儿，前任就只配有这个待遇，谁让当初是她选择分手。
“我是不是应该走？”周斯耀感觉自己站在这两人身边似乎有那么点尴尬。
“不用，该走的不是你。”
秦舟说出来的话一句比一句狠。
他以为梁昭昭会难堪，会露出后悔、痛苦的表情。
结果他想看到的这些，通通都没有。
对方看他一眼，又飞快地低下头，脸上绯红一片，分外娇羞地小声说了句：“您好，我是梁昭昭。”
秦舟：“？”
我攒了这么久的劲憋出两句狠话，你对我的回馈就是给我来个自我介绍？
“果然还是女人更狠。她这个意思就是，她已经完全忘了你，今天是跟你第一次见面！”周斯耀偏头凑到秦舟耳边给他在线解读。
秦舟一听，脸彻底黑了。
行，够狠。
这女人果然没有心。
他被气到说不出话来，身侧的一只手都握成了拳。

“那个，也不知道您认不认识我，但是我真的喜欢您很久了，我很早之前就是您的粉丝了。”
平常能在屏幕前疯狂说“哥哥我爱你”的人在面对哥哥本人时怂得不行，梁昭昭压根儿不敢对上秦舟的眼睛。

她脸上红烫一片，最终还是鼓起勇气说出了那句话：

“可以请您给我签个名吗？”

她还特意去要了纸和笔，为的就是这一刻。

过去了半个世纪，对方都没有说话。

梁昭昭紧张死了，头一点一点地抬起来，水灵的大眼睛期盼地看向秦舟。

秦舟嗤笑一声，桃花眼微眯，冷声道：“梁昭昭，你这是在搞什么把戏？”

啊？

梁昭昭蒙了，她完全没想到秦舟会说上一句这样的话。

秦舟看着梁昭昭呆愣的样子，气极反笑，他朝她这边走两步，目光近距离直勾勾地对上她的眼睛。

他笑起来，那双桃花眼向下弯，漆黑的眸里敛尽风华。

以前梁昭昭觉得他笑起来最是好看，原本过于凌厉硬朗的轮廓都因为这双笑眼柔和不少。而此刻，她只能看到这双眼里的邪气和冷漠。

“你喜欢我很久了？还是我粉丝？”

“对……对啊。”梁昭昭被他这样复杂的表情吓到，往后躲了躲。

秦舟哪会这么容易放过她，他微微低头，仔细品味着她脸上的表情，似乎想从中看出点什么。

梁昭昭倒吸一口气。

啊啊啊，他为什么要突然靠近？

要窒息了！

她现在严重缺氧！

秦舟还没做出下一步举动，梁昭昭突然被人拉到了后面。

梁昭昭一看，是顾子意。

“子意姐？”

顾子意这会儿压根儿没空理梁昭昭，她紧紧地抓着梁昭昭的手，对秦舟露出一个抱歉的微笑。

“昭昭她刚才晚宴上喝了点酒，可能说了点胡话，你见谅。”

秦舟看到顾子意，站直身子收了浑身邪气，眉峰微蹙，冷淡道：“她说的可不是一点胡话。”

顾子意笑了笑：“不打扰你，昭昭我先带走了。”说完便将在状况外的梁昭昭带离了现场。

顾子意将梁昭昭拉到了酒店的一间空房里，迅速拿出手机拨通电话：“发生了点事，来一趟1302房间，昭昭也在我这儿。”

几分钟过后，林灵和楚烟都赶到了这个房间。

大家来了以后，顾子意将房间门反锁上。

“怎么了？”林灵进来问。

顾子意拧了拧眉心，指着乖乖坐在旁边的梁昭昭说：“她刚才去找了秦舟。”

房里的其余人瞠目结舌，震惊的目光在梁昭昭身上打量。

梁昭昭从见到偶像的激动中缓过劲来，察觉出不对劲，弱弱地问了句：“我是不是做错了什么？”

看姐姐们这个表情，好像她去找秦舟是发生了什么不得了的事情一样，而且秦舟刚才也有点怪怪的，看他的反应，他和自己似乎不是陌生人的关系。

“昭昭，你不是什么都忘了吗？你还找他干什么？”林灵接着问。

“找他签名啊。”梁昭昭如实交代，她看着大家越来越头疼的表情，试探着又说了句，“难道我和秦舟认识？”

众人面目惨痛，齐齐点头。

梁昭昭微张唇，十分惊讶：“我的天，那我不是出糗了？没道理啊，认识的话我怎么可能不去加他微信，认识的话我们之前走廊上碰到，他为什么直接无视我走了？”

楚烟叹气，侧头对身边两位队友说：“时间隔得太久，我都要忘了以前昭昭还是秦舟的粉丝。”

林灵摇头：“真是个傻孩子啊，咱们还是把真相告诉她吧。”

梁昭昭被她们仨你一言我一语给整崩溃了：“求求你们了，快说吧。难不成我之前得罪过秦舟？”

她想起他刚才好像看到她表情不是太友善的样子……

“我来说吧。”顾子意站了出来。

她看着梁昭昭睁大的清亮双眼，说：“你俩有过一段。”

梁昭昭脑子蒙了下：“谁啊？我吗？我和谁？”

顾子意：“你和秦舟。”

梁昭昭立马笑了，刚才紧张的心情松下来一半：“子意姐你真是的，怎么开这种玩笑？那是秦舟哎，怎么可能啊？我做梦都不敢这么做的。”

她笑了一会儿，发现整个房间只有她一个人在笑。

对面站的三个人表情分外严肃，完全没有和她开玩笑的意思。

她笑不出来了。

“你们说的不会是真的吧？”

三人齐齐点头。

十多分钟后，梁昭昭才从这个震惊到她瞳孔裂开的消息中回过神。

她抱住自己的脑袋，心痛道：“我好恨啊，为什么我失忆了？虽然你们说我和秦舟在一起了，但是我一点也想不起来！”

想起自己前几天还在感慨自己红了什么用都没有，连爱豆的微信都没加上。这会儿队友们直接告诉她，并不是，你已经成功地追到了你爱豆。

呜呜呜，五年后的自己这么争气的吗？

“是在一起过，不是在一起，你们已经分手了。”顾子意纠正道。

梁昭昭委屈地看她一眼：“我知道啊，所以我才恨自己为什么要失忆，就算分手也好歹拥有过嘛，记得的话好歹还有回忆。现在我感觉自己好像从未拥有。”

她真的太惨了。

刚发现自己很争气，爱豆就变成了前男友。

并且她还什么都不记得！

“林灵姐，你来掐我一下，我还是不敢相信这是真的，我这么厉害的吗？”

一觉醒来发现时间过去五年，自己红了就算了，居然还和秦舟也在一起过，这是什么玄幻人生。

那可是秦舟啊。

她以前都想象不出来他这样骄傲的一个人，和女生在一起会是怎么样的。

圈里追他的人太多了，优秀漂亮的更不在少数，秦舟从未搭理过，怎么就轮到她头上了呢？

林灵笑了：“是真的，所以你以后要注意点，可千万别干出什么向前男友要签名的糗事了。”

林灵这句话成功让梁昭昭想起她刚刚站在秦舟面前那一系列操作。

她那是以为两人不认识，单纯以一个粉丝的姿态站在他面前。

结果他俩非但认识，还交往过。

太尴尬了，秦舟估计觉得她有病。

梁昭昭被自己窘到捂住脸。

又替半小时前的自己尴尬了那么几分钟，她总算接受了这个事实。

“所以，为什么会分手呢？”

怎么会有人舍得和秦舟分手呢！他那张脸明明就是不管他做了什么都没法和他生气的脸啊！

梁昭昭想不通了。

既然老天给了她梦想成真的机会，为什么不干脆成全她一点。

做什么前男友啊，有本事做我男朋友啊！

顾子意她们还没说话，梁昭昭自己先想出了个答案——

“难道是我太‘舔狗’？”

虽然是追到了，但最后还是没留住他的心？

“‘舔狗’？谁舔谁？”顾子意皱眉疑惑。

“当然是我舔秦舟啊！难不成还能让秦舟来舔我？”梁昭昭理直气壮道。

顾子意：“你俩的事我们也不太清楚，只不过最后分手，是你提出来的。”

？？？

她听到了什么？

是她提出来的分手？

是她甩了秦舟？

梁昭昭听到这个，震惊程度不亚于她知道她和秦舟在一起过。

顾子意又说：“哦，你不是疑惑你为什么微信里没秦舟这个人吗？其实本来是有的，分手后你拉黑他了。”

梁昭昭被顾子意拉走之后，秦舟陷入了沉默中。

“她这是闹哪一出，我真没看懂。”周斯耀吐槽，“该不会是想用这种方式引起你的注意吧？”

除了这个原因，他想不透梁昭昭装疯卖傻还有其他理由。

秦舟依旧没说话，脸沉寂得可怕。

周斯耀能感觉到他现在心情并不好，也不适合再在这儿待下去。

回到保姆车里，秦舟感觉周身气压压抑到极致，车内的人都是懂他脾气的，这会儿多看眼色少说话就是了。

秦舟脑子里浮现出梁昭昭今天出现在他眼前，微低着头，花朵般明艳清丽的脸上飘了两抹绯红。

——“您好，我是梁昭昭。”

——“我喜欢你很久了，我是你的粉丝。”

粉丝吗?

这个词算是秦舟人生里比较重要的词。

他这人看着冷感，也很少“宠粉”。

粉丝对他来说其实意义非凡。

他很感谢他们的支持，但更希望他们可以过好自己的生活，他的作品能给他们带来力量和快乐就够了。

他的粉丝大部分为女性，她们天天喊他老公，他又不可能回应她们，还不如早点让她们看清楚现实。

就是因为珍视，所以更要保持距离。

所以以前媒体采访秦舟的时候，有问到他有没有可能和粉丝在一起，他都是很果断地回答：“不可能。”

秦舟和梁昭昭在一起的两年里，她倒也提过她是他的粉丝。

那天她喝了一点酒，醉意微醺的样子媚态天成。她趴在他身上，一只手扯着他的领带，一只手挑起他的下巴。

“其实，以前我也是你的粉丝呢。”

秦舟还是第一次听她说起这个，问了句：“真粉丝假粉丝？”

“当然是真的。”

“喜欢我什么，歌还是戏？”

她杏眼里像起了雾，一口咬在他唇上，连声音里都带了媚：“你错了，我只是——”她顿了顿，指尖从他的下巴移到衣服领口，“我只是馋你的身子而已。”

秦舟眯眼看着上方的女妖精，声音低哑：“我劝你适可而止。”

这么明目张胆地勾引他，看来第二天是不想出门了。

梁昭昭轻轻地笑了声：“秦舟啊，你不是很有原则吗，那我现在问你——哥哥，能爱我吗？”

这声哥哥，让他失了魂。

那刻，他不仅仅想爱她，更想和她一起死。

这晚，梁昭昭彻底失眠了。

因为秦舟。

她想起那天两人碰面时，他冷淡神色下压制住的怒气和不屑，当时不懂，现在全懂了。

比起丢人，她更想知道的是这五年到底发生了什么。

她这时想到了什么，拿起手机登录了一个微博账号。

这个账号并不是她的官方账号，而是她喜欢秦舟后开的记录追星和个人日常的小号。

小号她上得不多，印象中，这个账号里一大半的内容都是转的秦舟的东西，还有一半是她的个人树洞。这个号她谁也没告诉，知道的只有她自己。

娱乐圈外表看着光鲜亮丽，数不清的人想进来闯一闯，背后的压力有多大只有经历过的人才会懂。

就算再明媚灿烂的人，也总有撑不住的时候。

以前，她撑不住了，就会在这个私密空间里说上几句，然后转几张哥哥的美图安慰自己。

她把秦舟当成榜样，也当成力量。

她嘴上喊着“老公”“哥哥”，其实他在她心里还是挺高大神圣的。

虽然都不记得了，这几年里发生过的事情总该留下点痕迹吧。

这个号密码并没有改，梁昭昭成功登录上去。

登录成功后，她看到眼前的微博主页微微张唇，双瞳里有震惊之色。

微博主页的头像变成了一块纯粹的黑色。

最新一条更新日期是在四年前，内容是：

原来没有光。

光是看到这句话，梁昭昭心里“咯噔”了一下。

这条微博之后，这个账号再也没有更新过动态。

不过听姐姐们说，她和秦舟这两年才在一起，这条微博是四年前发的，应该和秦舟没什么关系吧？

为了做个尽职尽责的大明星，梁昭昭被裴念寒要求上了很多课。

什么舞蹈课、声乐课，还有表演课。

在上这些课时，她体会到了什么叫作“前人栽树后人乘凉”。

尽管她失忆了，这五年里身体流过的汗却都还帮她记着。

她没法做到以前那么迅速记住舞蹈动作，但她身体的柔韧性以及对节拍的掌控都和她记忆中的自己完全不是同一个人。

只可惜气场上，还是少了点东西。

和她以前惊艳四方的表演相比，现在的她，还是差了一些。

裴念寒皱眉看着梁昭昭跳了一首她们队内的歌，不停地摇头。

“就这？这首歌是你们三专里的主打歌，每次周年必唱。P.M 去年一整年都没合体办过演唱会，粉丝天天追到官博下面骂公司倒闭，老板压力也挺大的，想着让你们四人今年都抽个空，把巡演办一办。你就打算拿出这样的表演站在舞台上吗？”

“我尽力了姐，动作我会再练的。”梁昭昭说。

裴念寒语重心长道：“不是我要求严格，我知道你已经跳得很好了。可是现在你站的这个位置就有那么高，必须追求完美。粉丝等你们的演唱会等了两年，想看到的就是国内的最强女团，你今天这样的表演上去，恕我直言，只会被其他三个人吊打。”

梁昭昭没再说话，因为她觉得裴念寒说得对。

她这个样子，只会拖姐姐们的后腿。

“当然了，确实就像外界说的，你这张脸站在舞台上随便跳跳也有一大堆人买单，粉丝照样能给你吹上天。外面那些骂你不行骂你花瓶的评论，你不看就行了。”裴念寒道。

“我不要这样。”梁昭昭音色偏柔，又因为练舞太累带了点喘音，听着弱不禁风，小姑娘眼神里那点倔却比任何时候都要亮。

她今天练舞练习了一天，衣服全都湿了，雪白的脖颈上全是汗珠。

“那就再练。”

梁昭昭像是在跟自己赌气，一遍又一遍地看着以前自己跳舞的视频回放，一遍遍地练习。

“念寒姐，我觉得咱们有些事不能强求啊，她毕竟不是我们认识的那个昭昭了。”江落在一旁看着，有些心疼。

跟梁昭昭的这几年里，这位外界褒贬不一永远活在舆论中心的美艳大明星私下对人其实很好。她明明比梁昭昭大点，却有时会有种被对方照顾到的感觉。

现在的昭昭不一样啊，她元气可爱，热情又真诚，让人只想把她当成妹妹宠。

裴念寒说：“过两天昭昭就要上《娱乐大本营》综艺了，她需要跳开场秀，虽然只是个简单舞蹈，但总不能比原来差太远吧？”

“我是觉得练了这么多遍，动作没什么问题了，更多的问题应该是在神态上。”江落说，“现在的昭昭我怎么感觉有点不适合这种性感风的舞蹈呢，她架不住那个气场。”

裴念寒听了，若有所思。

随后，她关了音乐，点开一个视频，对梁昭昭说：

“你试试这个。”

裴念寒放的是一首甜美系的日文歌，这个歌很火，梁昭昭自己也很喜欢，里面的舞蹈她早就会了。

音乐一响起，她终于感觉舒服了，不用再去想着怎样的眼神才能让她看起来像个性感女王。

因为这首歌压根儿就不需要性感！

梁昭昭跟着音乐跳完后，练习室里响起一阵掌声。

江落瞠目结舌地看着她，双手不停地给她鼓掌："我今天算是见识了，什么叫作性感在可爱面前不值一提。"

梁昭昭连蹦带跳地飞到江落面前，杏眼弯弯，期待地问："好看吗？"

"太好看了！我感受到了内心一击！"

两人笑闹了会儿，直到旁边的裴念寒出声，她俩才恢复正经。

"果然最舒服的才是最适合你的。"裴念寒说，"你这样跳就很亮眼且有自己的风格，不像刚才，怎么都感觉不对。"

梁昭昭得到了肯定信心足了些，说："放心吧念寒姐，最优秀的女团成员当然要各种风格都能驾驭，总有一天我也会性感起来！"

她这句话让万年不苟言笑的裴念寒都忍不住笑了："性不性感再说吧，其实我觉得你现在这个风格也挺好的。"

裴念寒接着说："这首歌干脆咱们找人重新编个曲，就弄成你喜欢的风格，或许会有意想不到的效果呢。"

《娱乐大本营》是国内收视率最高的一个老牌综艺节目，国民度相当高。

录制的时间一般是在下午四点开始，一直录到晚上九点多，艺人需要上午赶到广电参加彩排。

梁昭昭跟着工作团队一起坐上保姆车，上午九点时抵达广电门口，在车内她就看到了外面成群结队的粉丝举着应援横幅高声呼唤她的名字。

梁昭昭下了车站在门口对粉丝们鞠躬打过招呼，去了彩排现场。

这次和她一起录制的艺人有两位是一部正在热播的校园偶像剧主演，还有一位歌手，导演组说可能等到正式录制的时候还会有一位神秘嘉宾空降现场。

对于这个神秘嘉宾，导演组保密工作做得十分严格，一点风声都没走漏，就连他们一起参与录制的艺人都不知道这位神秘嘉宾到底是何方神圣。

室内综艺的录制比较简单，台本只是最基本的，更多的是要考验嘉宾的临场应变能力。

梁昭昭负责开场舞，按照流程她第一个上。

她跳的这首歌名字叫作《着迷》，是 P.M 具有代表性的一首主打歌，原曲里加了电子和爵士乐，曲风动感十足，火辣性感。

而她今天跳的《着迷》却是改编之后的，曲风完全变了样，节奏慢下来，整首歌变成了清新治愈风，中间那段舞蹈也改了，和新的编曲相互映衬，变成了甜蜜可爱的风格。

梁昭昭今天穿的是一身日系制服，配上白衬衫，波浪卷发梳成马尾，脑后别了个红色的蝴蝶结。

看上去真像校园里走出来的清纯绝色校花。

她跳开场舞的时候，其他嘉宾就围在台下看。

“我女神真的太美了，可御可甜，我待会儿一定要上去问她微信。”

说话的男生叫纪元洲，因为最近热播的校园网剧《让爱在身边》走红，今年才十九岁。

“嘁，女神会搭理你吗？”坐在他旁边的女生冲他翻了个大大的白眼。这位女生则是《让爱在身边》的女主演黎双，还是一名中戏大二的学生。

这两人不论是年纪还是气质都很适合校园剧，这部剧开播不久，收视率一路飙高，两位主演戏里戏外互动都很甜，圈了一大波粉丝。

黎双手里拿着手机，在道具组上道具的时候还抽空刷了微博。

“我的天！微博上说今天有人看到了秦舟来广电录节目？”

纪元洲一听，连忙凑过去看：“真的假的啊？节目组和我们说的神秘嘉宾不会就是秦舟吧？”

“我觉得很有可能，毕竟都有人在广电门口看到了他下车。就秦舟这样的，哪怕戴着口罩，大家也能一眼把他认出来，身材和气质太突出了。”黎双说着，语气有几分激动。

梁昭昭刚跳完舞停下来，工作人员给她递了一瓶水，她接过来刚喝了两口，就听到蹲在台下的黎双突然冲着导演喊：“导演！你就说吧，咱们这期的神秘嘉宾是不是秦舟？”

梁昭昭愣了，手里的水瓶被攥紧。

导演组的一位姐姐顽皮道：“你们猜。”

黎双扬了扬手机：“姐姐你就别保持神秘啦，我的粉丝都有人看到秦舟了，还艾特我说我今天要圆梦成功呢。我喜欢秦老师很久啦。”

那位导演姐姐听了后笑了笑：“难怪别人说圈里一半女生都是秦舟粉，还真是。”她说完这句后又看向站在台上的梁昭昭，“昭昭，你呢，你不会也喜欢秦舟吧？”

梁昭昭被问得小脸一红，长睫覆下，点点头：“嗯，我也是他粉丝。”

“那恭喜你们，今天还真追星成功。”导演姐姐笑着指了指演播厅里某块阴暗处，“喏，秦舟彩排刚开始就到了，坐在那里看你们排呢。”

大家这才注意到舞台的侧后放机位处半挡着一个人。

秦舟就坐在那儿，手随意地搁在腿上，脸上黑色的口罩还没摘，鸭舌帽压得很低，很有神秘感。

导演姐姐指他的时候，梁昭昭本能地顺着指的方向去看，一瞬间和秦舟隐在阴影下的漆黑双眸撞了个正着，他在看她时，眸里的戏谑、高傲不加掩饰，她被这样具有攻击性的目光看得手一抖，手里的矿泉水瓶都掉在了地上。

“昭昭，你怎么了？跳舞太累了吗？”旁边的工作人员帮她捡起水瓶，关切地问了句。

秦舟这时候站了起来。他今天穿了件宽大的黑色外套，手插在兜里，身影有几分桀骜放荡。

他走到舞台前，对刚才说话的工作人员道：“可能太激动了吧。她不是说是我粉丝吗？”

重音落在“粉丝”二字上，讽刺意味十足。

梁昭昭在看到他的瞬间，脑子里只有两个字“快跑”。

导演姐姐听到秦舟这么说，接话道：“啧，昭昭可是很多人的女神呢，连她都是你的粉丝，还真不愧是我们的秦老师。”

秦舟没接话，目光瞥了眼梁昭昭，再次转头对导演说：“彩排我需要做什么吗？”

导演姐姐叹了一口气：“你是空降的神秘嘉宾，本来为了让节目效果更逼真，我们是安排你正式录制的时候再出现的。谁知道你实在太多人关注了，行程瞒不住，就这样穿都能被人认出来。”

“导演你就放心吧，到时候我们就当不知道，我们都是一级演员。”黎双走过来说道。

纪元洲也跟着一起走了过来。

黎双看到秦舟，一改刚才欢脱热情的形象，小姑娘变得羞涩又拘谨：“秦老师，您好，我叫黎双。”

秦舟点了下头：“你好。”

黎双说完这句话都卡顿了好一会儿，看向秦舟的双眼都在发亮。

“就，我……哎呀，我真不好意思。”她像是受不了自己，用双手将脸捂住。

“刚才知道秦老师来了，扯着我的衣袖在我耳边吹了一万字老师的彩虹屁，现在看见本尊，你怎么连话都说不出来了。”旁边纪元洲开始笑她。

“走开，你好烦。”黎双送了他一个大白眼，“秦老师你别理他。”

纪元洲朝秦舟鞠了个躬：“哥，你好，我是纪元洲。”

“你好。”秦舟同样应了声。

纪元洲是星二代，从小认识的明星大腕就多，看到秦舟，态度要比黎双放松多了。他个性比较皮，这会儿看黎双不好意思，直接帮她说了：“秦哥，我身边这位喜欢你挺久了，你给她签个名呗。”

黎双推了纪元洲一把：“要你说啊。”

她把嬉皮笑脸看热闹的纪元洲推到一边，站在秦舟面前，以一点五倍语速进行了一番慷慨激昂的表白：

“秦老师，我很早就喜欢您了，您的每一首歌我都会唱，每一部戏我反复看了好几遍。没想到会在今天碰到您，我还以为我至少得再奋斗一两年呢。能见到您，真的很开心。

“您说要出国散心暂时不接任何活动的时候我还哭了，真怕您像大家说的那样厌倦了娱乐圈，跑回去继承亿万家产了。我想这可不行啊，我还没机会站在您面前，告诉您我的名字呢。"

黎双真情告白的时候，梁昭昭就站在旁边，两人说的话她都听到了，心道，哦，这是真爱粉啊，又来了一个情敌？

秦舟耐心地听着这些话，注意到黎双有几分紧张，轻笑道："别急，慢慢说。"

听出来对方是自己粉丝，秦舟语气柔了两分，不像刚才那般冷淡疏远。

呜呜呜，果然他平时虽然看着冷，从来不在乎粉丝，其实私下对粉丝很好的。

之前有粉丝深夜冒雨去剧组探班，他表面上教育了大家这么晚太危险，背地里喊人给粉丝买了饭又掏钱包车送他们回家。

现在看到黎双是真诚地喜欢自己，秦舟对黎双也多了些耐心，微低着头，听她说这些。

梁昭昭真的酸了。

呜呜呜，本来她也可以的，她都站在哥哥面前了，却不能对他说出"我爱你"，都是因为这该死的前女友身份。

秦舟肯定很讨厌她！

黎双对秦舟表白完了后，问秦舟是否可以和她签名合影。

秦舟点头："可以，你们先彩排，录制结束了我给你签。"

"谢谢哥哥！"黎双很开心，也没刚开始那么拘谨。

秦舟的粉圈里大多数是女友粉，平常叫他叫得最多的就是哥哥。

人家连签名合照都搞到了，而她，一无所有。

梁昭昭心情有几分沮丧。

梁昭昭跳完后，正好是纪元洲、黎双和那两位歌手的合作秀，她下了台，走到裴念寒身边："你怎么不告诉我今天秦舟会来呢？"

裴念寒："我也只比你早知道半小时而已。"

"裴姐，你能帮我个忙吗？"

"？"

"帮我去问张秦舟的签名，我现在这身份，挺尴尬的，不好意思开口。"

"我的身份难道不尴尬？在这个圈子里，我就代表你。"

希望再次破灭，梁昭昭垂下了头。

"死心吧，忘了他。"裴念寒冷声念出了偶像剧里恶毒配角拆散男女主的标配台词。

梁昭昭冲她露出一个快哭的表情："可我已经忘了啊。"

像这样室内录制的娱乐综艺，彩排只是简单走一下流程，更多的还要看主持人和嘉宾的临场发挥。

彩排结束后，观众开始入场。

节目组派了暖场主持人给观众解闷，入场时间结束后大家等了半个多小时，终于看到了这档综艺的主持人出现。

一共四位主持人，两男两女。

这档综艺从开播到现在有十年的历史，主持人最开始是两位，后来变成了四位，年龄跨度也较大。最年长的那两位男女主持，已经是圈内主持界泰斗，因为尊敬，大家都叫男主持人“谢老师”，女主持人“彤彤姐”。而近几年招的这两位新主持人年纪比他们小很多，男的观众都喊他“小卓”，女生就叫“甜甜”。

“欢迎来到《娱乐大本营》，各位观众朋友晚上好！”

主持人问好之后，念完串场词，接下来便是梁昭昭的开场秀。

因为秦舟是秘密行程，他的粉丝并不知道他会来。除开秦舟，这期嘉宾里最大的流量就是梁昭昭，现场一大半的人都是冲她来的。

音乐响起来后，梁昭昭出现在舞台，大家看到是她，尖叫声快把本就不大的演播厅给掀翻了。

“啊啊啊，我的妈！昭昭这是什么打扮！校园初恋啊啊啊！”

“太可爱了吧！老婆最近风格变化好大！可盐可甜我爱了！”

“咦，这伴奏好像没听过？这什么歌啊？不会是新歌吧？”

新的编曲风是古典和现代的融合，加入了鼓点声。

梁昭昭开场动作是背对着观众，十多秒前奏完了后，她半转过头，不知从哪儿拿出了一把折扇，半遮着脸，清灵的嗓音开口唱：

“就让你为我着迷，不要再遮住眼睛……”

这首歌是P.M最热门的歌曲之一，传唱度极高，各类商店、校园都经常会放，就算你不关注P.M，但肯定听过这首歌。

这句一出来，现场沸腾了。

“啊啊啊啊，是《着迷》啊！姐姐这是弄了新编曲吗？”

“我的天，这和我记忆里的《着迷》差太多了吧！大家都说听这首歌的时候脑子里满满的画面都是绝色美女俘虏她的爱情奴隶，现在变得好小清新哦！”

“我爱了我爱了，昭昭驾驭这种风格居然毫无违和感，眼神好纯好甜啊！”

折扇只在梁昭昭手中存在半分钟，她甩出手中的扇子，落入了观众席，同时曲调节奏变快，更为欢快活泼。

梁昭昭脱下身上穿的那件汉服外套，露出里面的衬衫和制服超短裙，开始边跳边唱：“女孩的含羞怯意，男孩的情不自禁，还记得当初放学后你递到我手里的那罐雪碧……”

观众席又沸腾了。

“歌词不是‘我的含羞怯意，你的情不自禁，不过是一场游戏的博弈，干脆烂醉如泥，谁比谁沉溺’吗？”

“改词了改词了！啊啊啊！我爱美女我爱这版小清新《着迷》！”

“这绝对是最美的校花，所有直男的梦中初恋，昭昭最近给了大家好多惊喜啊！”

“呜呜呜，妹妹今天太甜了，今天我是妈妈粉！”

秦舟大概要在节目录制到一半的时候上场，此刻他正在导播厅看现场录制的情况。

周斯耀站在他的旁边和他一起看。

“梁昭昭最近风格大变啊，这年代清纯系的颜太有杀伤力了，谁说她的粉丝女生比男生多的，我看这期节目播出后，一大波男人要跪倒在她的石榴裙下。”

秦舟没理周斯耀。

他的目光已经被台上的人锁定。

阔别半年，这两次见面，她都和记忆里有很大的不同。

上次是，今天也是。

以前的她，像雾，像风，神秘又飘忽不定。

她的眼里有数不清的心事，两人明明靠得很近，又像隔得很远。

现在的她，眼中的那些阴霾都散了，眼神清透宛如不谙世事的少女。

看了一会儿，秦舟走出演播厅，独自去了一间空房。

周斯耀见状连忙跟了出去，他永远不会低估梁昭昭对秦舟的影响力，半年前的事情他现在还后怕着。

“你坐在这儿干吗，一个小时后你就要上了。”

“你先出去，我一个人待会儿。”

周斯耀没说什么，但不放心秦舟一个人，就帮他带上了门，在外面替他守着。

秦舟脑子里浮现出梁昭昭刚才跳的那支舞，以及和主持人嘉宾互动的画面。

记忆里的她是冰冷又有棱角的，很少会掩饰自己的情绪，对世界的厌倦冷漠都表现在她日常生活里和舞台之上。

而今天，她笑，是真的在笑。

“看来这半年，你真的过得很好。”秦舟在心底自嘲。

他和梁昭昭在一起，像是共饮一杯烈酒，她总是保持三分清醒，而他早已一醉方休。

两个表演结束之后，他们五位嘉宾做了一轮简单的游戏，玩游戏自然有输有赢，赢了的人有权利在下一轮支配输的人。

接下来的环节叫作“情景重现”。

现场会播放一些影视剧的片段，然后让嘉宾扮演里面的角色，重新将银幕里的画面经典再现。

刚才这轮游戏里赢的人是纪元洲，他有权利挑选三段影片的任意一段并且优先选择在场的人和他搭配演戏。

大屏幕上，出现了四个文件夹。

文件夹下方分别写出了影片的风格。

从第一到第四分别是：谍战片、恐怖片、喜剧片、偶像片。

不管是剧里还是私下状态，纪元洲给大家的印象都是阳光帅气型，他本人也比较开朗，这才几个小时的时间，就和在场的嘉宾还有主持人都混得比较熟。

纪元洲看着四个文件夹若有所思，然后转头和身后的观众互动：“大家说我选什么好呢？”

他和黎双的校园网剧正在热播，少男少女青涩悸动的初恋不知道羡煞多少人。

场内的观众都喊：“选偶像剧！选黎双！”

主持人小卓：“麻利点！给大家来一个现场版的《让爱在身边》。”

“我可以选两个吗？我想和昭昭姐演偶像片，和黎双演恐怖片。”纪元洲突然来了句。

不得不承认，他这句话综艺感满分，现场的人都笑了场。

黎双哭笑不得地回了句：“我可以拒绝和他演吗？我第二名呢，不和他演我还能自己选。”

谢老师边笑边说：“不行哦，被选的人没有拒绝的权利。”

“哈哈哈哈哈，谁让你输了呢？”纪元洲冲黎双得意道。

谢老师转过头又对他说：“同样你也只能选一部片子，一个搭档，到底选谁给你五秒钟考虑！”

“五，四，三，二，一！”

“我选黎双。”纪元洲最后还是选了黎双。

同时节目组现场开始播放《让爱在身边》主题曲，现场气氛再次达到高潮。

在现场一大片高呼让他们在一起的呼声中，纪元洲毫不犹豫地选择了恐怖片。

主持人和嘉宾笑成一团，镜头拉到黎双面前，给了她一个满脸无语的特写。

这期节目录下来，梁昭昭感觉到，或许有些人天生就适合综艺，比如纪元洲，梗又多又好玩，能逗大家开心又不会觉得做作。

他和黎双一起来节目本就是为了宣传剧的，但这样的方式反而恰到好处，甜而不腻。

他俩搭档演完以后，那两位歌手应该比较熟，两人一起选了个喜剧。

梁昭昭和谢老师一起演了个偶像剧，两人年纪差了二十岁，演的剧却是《让爱在身边》，谢老师本人又很搞笑，两人最终也把偶像片演成了喜剧。

“怎么回事？咱们这表演让我严重怀疑，今天的片子只有一种风格，那就是喜剧片。”谢老师吐槽。

“还是你们演技不行，这种片子换个人来演绝对不是这样，如果是影帝来演，说不定还能超越经典。”主持人甜甜说。

在一片欢呼声里，舞台后方的门缓缓打开，秦舟从里面走了出来。

“大家好，我是秦舟。”

很简单的问候，一贯的秦舟风格。

在无数人的目光中和秦舟同台，梁昭昭更紧张了，她不自觉地舔了一圈下唇。

主持人拉着秦舟讲了几句寒暄的话，有三四分钟都是秦舟的镜头。

聊完天后，主持人指着前面的四个文件夹让秦舟选一个。

秦舟：“我能先选人吗？”

他低沉充满磁性的声音说出这句话的时候，现场一片尖叫欢呼声。

谢老师："当然可以，你想选谁？"

"我、我、我！"黎双主动举起了手。

她一举手，主持人甜甜和彤彤姐也跟着举手：

"我也想！"

"还有我！"

谢老师："大家都好歹是个腕儿，见到男神你们能不能矜持一点？"

"矜持是什么，矜持在男神面前一文不值。"黎双说道。

台上的女生除了梁昭昭，其他三人都举起了手，谢老师注意到梁昭昭，问："昭昭，你不想和秦舟演戏吗？"

想啊！我当然想！还有比这个更能明目张胆地接近偶像的机会吗？

但是——

我不能。

梁昭昭笑了笑，举起话筒说："我演技不行，和秦老师一起演那不是公开处刑嘛，我害怕。"

观众笑了：

"哈哈哈哈哈，昭昭你对自己的认知好清晰哦！"

"宝贝自信点！你美你有理！你演什么我们都看！"

"啊啊啊，其实我好想看他俩演戏啊，这两人颜值绝了，站一起我都能脑补一万部偶像剧！"

最终话语权还是在秦舟手上，所有人都看着他，等待他最后的答案。

秦舟视线绕了一圈，最后定格在站得离他最远的某个人身上："那我就选那位没举手的女生吧。"

尖叫声再次响起。

某瓣上有个帖子被人盖了数万高楼，帖子的内容就是"如果这两人同台演戏的话，会是什么画面"，下面是梁昭昭和秦舟被人 P 在一起的照片。

连 P 的合照热度都能这么高，可见大家对于这对神颜 CP 从未有过合作演戏这件事有多怨念和渴望了。

"昭昭，站过来。"谢老师招呼梁昭昭站过去。

梁昭昭一小步一小步走过去，站在谢老师身边。

谢老师笑了："你站我旁边干什么，秦舟选了你，你站他旁边去。"

梁昭昭只能又移动步子走到秦舟旁边，握住话筒的手心都起了汗。

两人之间只有半米的距离，她视线稍偏就能看到他精致凛冽的侧脸，鼻尖也能感受到属于秦舟的气息。

清冽、强势，让人无法忽略。

"你想选什么？"秦舟这时对梁昭昭开口。

"你选吧。"梁昭昭根本没法思考。

"那就偶像剧吧。"他都没带思考，拿起话筒随口说出了这句话。

“偶像剧？秦舟红了以后接剧本极为讲究，更喜欢接有难度有深意的剧本，这些年偶像剧基本与他无缘！”

“这期《娱乐大本营》的收视率是奔着创纪录去的啊！”

观众中有人激动道。

第三章

哥哥，你真好

▸▸▸

“这期观众的福利来了，秦舟居然选了偶像剧！男神女神的搭配不容错过，来，下面请大屏幕播放他们需要演绎的片段。”

主持人谢老师说完，手示意大家看大屏幕。

偶像剧的文件夹被点开，画面里依旧是黎双和纪元洲的脸，还是《让爱在身边》里的片段，只不过与刚才梁昭昭和谢老师表演的那段不是同一段。

这段的主题是：告白。

《让爱在身边》是一段高中的纯爱故事，女主人公许白微清纯漂亮，是家长老师心中的乖乖女，同时也是同校学生眼中不可高攀的校花。

男主路鸣是空降学校的转学生，性格乖戾张扬，上课睡觉迟到早退这些“坏学生”做的事他一件没落下。

男主转到女主班级后，和女主做了同桌，日积月累的相处中，两人渐渐产生了青涩悸动的感情。

剧中男主一共给女主告白两次，一次是男主发现自己喜欢女主后的高三。

另一次是男主和女主再次重逢后的大学校园。

梁昭昭和秦舟他们这次需要在现场表演的便是男女主的第一次告白。

银幕上播放完原剧后，梁昭昭拿到了台词本。

一共也就五分钟不到的戏，台词其实不多，只是梁昭昭总会忍不住去看男主的台词。

妈呀，待会儿秦舟就要给我说这些吗？

光是想想就疯狂心动了呢。

万一一兴奋一激动忘词了怎么办？

这是录节目录节目，无数人在看着，梁昭昭你千万不能丢脸！

……

就记词的这一两分钟，梁昭昭内心闪过一万句台词。

等到正式开演，现场还应景地播放起符合气氛的轻音乐。

剧中设定的场景是在学校的天台。

梁昭昭抱着一本书低着头走了出来，她把头发放了下来，飞扬的黑发散了满肩。

“节目组是早就安排好的吧，昭昭今天这个装扮简直是为了演这部偶像剧量身定做。”有观众不禁猜测。

“喂，许白微。”秦舟跑了过来。

他一登场，整幅画面都像活了过来。

清朗的少年音带着痞气，明明刚刚出现在台上的人还是大家嘴里声名赫赫的“秦老师”，这会儿完完全全变成了痞帅的男高中生。

“秦舟绝了，一秒入戏啊！”

“这少年感，我疯狂心动！”

“哈哈哈，秦舟本来就年轻啊，只是他入圈太久地位又高，所以大家总觉得他很资深，其实他也就二十五岁。不过这个男人总是能把十五岁到三十五岁这个年龄段的角色演活。”

观众议论着。

画面里的女生像是没听到他在喊她，羞窘懊恼地咬着唇一路往前走。

她没走多远，就被男生大步跑过来追上，手腕被人拉住。

“许白微，我喊你呢，你没听到？”

女生试图挣开男生的手，男生力气太大，她压根儿就挣不开。

男生满意地笑了。

“跟你说件事呗。”

“什么？”

“我喜欢你，做我女朋友吧！”

“你先放手。”

“你不答应我我就不放。”

“你无赖，不要脸！”

“我爸和我说过，要脸的男生都追不到女生，为了让你以后变成我老婆，这脸我可以不要。”

“我妈也和我说过，千万千万不要理那种死缠烂打不要脸的男生！”

男生听到这句话后明显一愣，女生就在这个间隙，用力地踩了一脚他的鞋。男生吃痛，放开了她的手。

剧本上是这么写的，但到了当事人这儿，梁昭昭看着秦舟脚上那双好看的鞋子，怎么都没法下脚。

“哈哈哈哈哈！她犹豫了！”

“崽！快踩他啊！这个时候你再心软，坏男人就要欺负你了！”

“我感觉昭昭害羞了，耳朵好红。”

“秦舟演技真的牛，简直是路鸣本人，痞帅又深情的坏男孩演得太好了，让人又爱又恨，呜呜呜。别说昭昭，这谁抵得住！”

秦舟另外一只手压住了麦，身体前倾，低头在梁昭昭耳边说：“发什么呆？踩啊。”

梁昭昭听到他说话，双眼一闭，豁出去一般，一脚踩在他鞋上。

“……”

只是录个综艺而已倒也没必要真的用力踩。

演员的职业素养让秦舟没有发作。

他松开了梁昭昭的手。

接下来的剧情应该是，女生趁机跑开，男生对着她背影喊了句：“真不愿意啊？”

女生跑着，回身冲他笑：“不愿意！”

然后镜头定格在女生奔跑中回眸的侧影，一笑万年。

多么经典的一幕啊，将少男少女青涩懵懂欲拒还迎的爱情描绘得淋漓尽致，所有人都期待着接下来的情节发展。

但出乎所有人意料的是——

女主人公还没来得及跑，手腕再次被人拉住，秦舟一个侧身，拦在了她前面。

“踩完我就跑？哪有这么好的事儿？”

“？？？”

努力认真背词的梁昭昭，蒙了。

剧本里没有这么写啊啊啊，她该怎么办？

男生微微偏头，眸中带笑，语调懒散：“为什么躲我？”

梁昭昭脸红成一片，低头小声说：“我没有啊。”

“还说没有，你都不敢看我。”

“……”

要死了要死了。

要熟了要熟了。

梁昭昭觉得自己浑身都在冒热气，像一只放在锅里炸的虾。

作为一个颜控，如果说帅哥对她有杀伤力的话，秦舟绝对是原子弹级别。

他这样说，她只能抬头看他。

那双桃花眼里满满都是笑意，没了平日里的清高狂傲，化成了一汪温柔的水。

他的演技真的太好了。

这一刻，她感觉不到眼前站的人是影帝秦舟，而是一位真诚热忱的少年。

“真不愿意啊？”

他念出了最后一句台词，眼波微微发颤，似乎感受到她会要拒绝。

那瞬间，她能感受到他看起来漫不经心的心里所有的紧张、期待还有害怕。

漂亮如斯的眼睛，她怎么舍得它有一点点的沮丧。

“我愿意。”

现场宛如静止。

良久，大家爆笑出声。

梁昭昭被笑声拉回了现实，她后知后觉地发现，自己居然念错了台词！

“不对不对，是不愿意！”

她崩溃了，直接蹲在了地上。

“哈哈哈哈哈，昭昭你完了。”

“好可爱啊，我的天！原来梁昭昭这么可爱的吗？我都要被她圈粉了！”

“妹妹刚出道那一两年都很活泼的，后来被外界黑怕了，话越来越少，粉丝都挺心疼的。今天能看到这样的昭昭，我们都太开心了！”

“啊啊啊啊啊啊，我愿意我愿意，我也愿意！这两人超级配啊！求求各位大佬让他们去演偶像剧吧，不要剧情纯谈恋爱的那种，我太可以了！”

“而且我感觉昭昭碰到秦舟演技都变好了，她之前演戏是真的用力过度，好不自然，今天这演得也太自然了一点，简直是肉眼可见地对面前的男生疯狂心动！”

“啧，谁能面对秦舟不心动呢？”

梁昭昭是真的很尴尬，她演这段之前给自己定的小目标就是不求演技有多高超，能把台词念对就行。

结果最后还是败了。

她当时怎么就说出了那句，我愿意呢！

“笑得我眼泪都出来了，昭昭，你这改词改得很是精彩啊。”谢老师说。

纪元洲：“嗯，直接拉快了也就二十来集的进度吧。我觉得到这儿就可以完美大结局了。”

“昭昭没事哈，不过就是念错词，这在演戏里很常见啊，我们都经历过。来，先站起来。”谢老师边笑边打算过去扶她。

而有人比谢老师更快一步，站在梁昭昭旁边的秦舟蹲下去直接把人拉了起来。

他并没有多说什么话，从剧中脱离，他又回到了平常脸上没有太多情绪的样子，刚才的深情宛如错觉。

梁昭昭被他扶起来后，水雾蒙眬的大眼睛看了他一眼……

秦舟在这双眼里看到了一丝怨念，还有求饶。

像一只受了委屈向主人卖乖的小猫。

说真的，他也真的没有想到，梁昭昭最后会念错词。

还好戏到这儿就结束了，不然他也不知道自己接下来还能不能再演下去。

梁昭昭只是委屈巴巴看了秦舟一眼，又收回了视线，咬着下唇继续在心里痛责自己不争气念错词。

其实她不是败给了台词，也不是败给了自己。

而是败给了秦舟。

她刚才看秦舟的时候，就想和他说一句话：

“哥哥你饶了我吧。”

这期节目一共录制了四个小时，录制结束后嘉宾都回到了休息室。

《娱乐大本营》作为国内最老牌的综艺，无数艺人愿意不拿任何报酬前来录制，艺人们除了看中它超高的国民度和收视率之外，还与节目里这几位主持人分不开。

四位主持人都是圈内出了名的人缘好，尤其是谢老师，不管是新人还是前辈，只要来到《娱乐大本营》，他都会让你如回到家一般的温暖。

“大家先别走。今天节目录得很成功，也挺晚了，都还没来得及吃晚饭吧？不忙的话大家可以留下来一起吃顿饭。”谢老师说道。

他都开了口，大家也愿意给他这个面子，都没提出来什么意见。

梁昭昭录完节目后，就去更衣室把衣服给换了。

她从更衣室里出来，裴念寒跟着她念了一路：

“你怎么回事啊？演那么一个三分钟的剧，居然还能念错台词，你说你哪句念错不好，偏偏把这句念错了。

“剪肯定不会剪的，这是个爆点，你和秦舟就准备上热搜吧。

“你俩这样下去，真不会被人发现？我看你根本抵不住秦舟。”

梁昭昭：“我本来就抵不住啊，这谁抵得住？”

裴念寒皱了皱眉：“那你准备怎么办？他现在回国了，你俩一个圈子里的，总会碰到。”

“大不了我躲着他就是了。”梁昭昭小声念道。

两人刚走到会客厅，秦舟正好从里面出来。

他一眼就看到了梁昭昭。

秦舟径直走了过来，站在梁昭昭身边说了句：“跟我过来。”

梁昭昭求助的眼神看向裴念寒。

裴念寒对秦舟道：“秦影帝，有些事情过去就过去了，大家当作无事发生不好吗？你这样的人，也不希望沾上绯闻吧？”

秦舟笑了，漆黑的眸看了眼梁昭昭：“你问问她，这样的事我怕过吗？”

裴念寒也看了眼梁昭昭。

梁昭昭欲哭无泪。

别看我啊，我不知道！

秦舟收回笑意，正色道：“不想惹事就让她过来，趁我能好好说话的时候。”

“我要过去吗？”梁昭昭看到秦舟往前走的身影，走也不是，留也不是。

“他就是个疯子。”裴念寒盯着秦舟的背影，咬牙切齿。

梁昭昭打了个寒噤：“那我不去了。”

她光是一想到要和秦舟单独对峙的场景就腿软。

而且念寒姐在这儿，肯定也不会让她去的。

裴念寒用眼神朝秦舟的背影发射出无数小箭，在听到梁昭昭和她说话后，她收回视线，对梁昭昭说："你去吧。"

"？？？"

就您刚才那恨不得把秦舟千刀万剐的眼神，我还以为只要我敢说要去，您第一个先剁我呢。

"不要让他知道你失忆，如果碰到你不会回答的问题，你沉默就行。秦舟是个傲气的性子，你对他冷点，他自然不会缠着你。"裴念寒接着说。

梁昭昭抓狂："我就不能直接告诉他我什么都不记得了吗？"

现在这尴尬状况，她都不知道怎么面对秦舟。

"不能。"

"为什么？我哥哥这样的人又不会八卦，肯定不会告诉别人的！"人和人之间为什么不能多点信任呢？天知道自从她知道这件事后，每次见到秦舟的第一反应就是想告诉他真相，她都要憋不住了。

"告诉他然后呢？"裴念寒听到梁昭昭喊秦舟哥哥，忍不住翻了个白眼。

"你是不是第一句想说，哥哥我失忆了，然后第二句直接说，我们重新开始吧！"裴念寒掐着嗓子阴阳怪气说完这句话后，立马又恢复成扑克脸，"你想得美。"

让秦舟知道现在的梁昭昭是个纯白天真的"十七岁"少女，那不是送兔子入虎口吗？

梁昭昭："你怎么能这么说呢……"

残忍且真实。

"让你去是因为，你如果不去的话事情会更难控制。"

"比如现在。"

裴念寒话音刚落，梁昭昭就感觉自己的手被人拉住，她吓一跳回身一看，是秦舟。

他脸色比刚才更阴沉几分，在梁昭昭惊诧的眼神中，人已经被他拖走。

这是秦舟能干出来的事。

裴念寒想起两年前，P.M 的演唱会结束之后，秦舟去了演唱会还不算，演唱会结束后，他直接去了活动结束后大家休息的酒店把人给带走。

当时如果不是运气好，没被狗仔发现，两人的恋情早就瞒不住了。

也就是那天，仅仅是因为梁昭昭刚刚在台上表演和观众互动的时候，收下了一枝男观众送的玫瑰。秦舟在找到梁昭昭后，直接走过去，看了眼房间里的人，说："这些人，都是你信得过的吧。"

梁昭昭没想到他会直接冲进来，本来他今天要来看演唱会，她就很不满了。

"当然是，你……"

他还没等人把话说完，就双手捧起梁昭昭的脸，摘下口罩，唇压了上去。

当时房里，除了她，还有顾子意、林灵、楚烟。

她是梁昭昭的经纪人，天天和梁昭昭在一起，梁昭昭和秦舟恋爱的事瞒不过她，可是队内的其他人压根儿不知情，当时三人的表情甚是精彩。

裴念寒在圈子里混了这么多年，最怕的就是秦舟这种人。

自身背景能力过于强大，凌驾于规则之上，自然无视规则。

别人放狠话可能就只是狠话。

但是秦舟不一样，他真的做得出来。

梁昭昭看着前面的落拓挺拔身影，有些虚幻。

如果不是秦舟抓她的力道不小，手腕上隐隐的疼痛提醒着她，她大概又会觉得自己在做梦。

“你能不能先放开我，万一被人看到会影响你名誉的。”

虽然这么霸道总裁的情节很梦幻，她也很喜欢。可是作为哥哥的事业粉，怎么能只考虑自己的感受，不考虑哥哥的名声呢！

秦舟凉凉地看她一眼。

“我看你不是担心我的名誉，是担心你自己的吧？”

他话虽这么说，到底还是放了手。

两人走到没人的化妆间，秦舟直接将门关上。

梁昭昭左右看看。

“这里真没人会过来吗？”

“不会。”

“没人的地方好像更可疑哎，要不我们还是出去谈吧？同事之间聊个天就算看到了也没什么啊！”

梁昭昭是真心实意地为他着想，哥哥出道后都是绯闻绝缘体，她可不能让自己砸了他的招牌。

“同事？谁跟你是同事？”秦舟冷哼一声。

梁昭昭点点头：“也是，咱们咖位不同，我为我刚才的碰瓷行为给你道歉，对……不起。”

她后面的话没能完整说出来，双臂被人摁住，秦舟微眯双眼：“梁昭昭，你什么时候学会了装疯卖傻？还是你真摔坏了脑袋？”

天啊，哥哥就是哥哥，好聪明！

连她摔坏了脑子都看出来了。

“对啊，你怎么知道？”

她如此迅速地承认，只能让秦舟觉得她是在耍他。

“真摔坏了？”

“真的！”她用力地点头。

秦舟的视线落在梁昭昭的脸上，梁昭昭一脸真诚地看着他。

桃花眼里情绪微动，秦舟手扶在她肩上，脸慢慢靠过去。

秦舟的俊脸放大的那瞬间，梁昭昭人都呆了，心脏怦怦怦一下一下撞击嗓子眼。

“你的脸好红。”他低哑的嗓音在她耳边响起，两人之间的距离不到一尺，“耳朵也红了。”

“我……”

梁昭昭失去了语言能力，其实如果允许的话，她更想尖叫。

秦舟的视线从她的耳畔移到她的脸上。

流转的眼波，似有道不尽的深情。

梁昭昭在他一点一点的靠近下，也不知道是因为紧张还是因为什么，总之，她闭上了眼睛。

“脑子摔坏了你还对我有感觉？”

冷冰冰的声音像一盆凉水浇到了她的头上。

梁昭昭睁开眼睛，入目是秦舟带着嘲弄的冷漠脸。

“我看你不是摔坏了脑子，而是把我当傻子。”

“不是的，是……”梁昭昭本想接着解释，但脑子里又想起裴念寒和她说的那些话，一时有些犹豫。

在她犹豫的这会儿，她看到秦舟凑近的俊脸，突然觉得这一幕，怎么好像似曾相识，好像什么时候，他也像这样凑过来，仿佛下一秒两人就要亲上。

“啊！我想起来了！”

秦舟冷笑一声：“想起来了？不再装傻了？”

“之前我在医院住院的时候，你是不是偷偷来看过我？”小姑娘一双杏眼剔透发亮，直直地看向他。

秦舟：“……”

他是真没想到她会在这个时候突然提起这个，握住她双臂的手松下来。

他站直身体，与她保持一定的距离。

“你看错了。”

“可我明明就记得是你呀，当时太不敢相信了，我还以为在做梦。”

刚刚他靠过来的感觉，就跟那晚一模一样，她不禁怀疑，或许那晚自己不是在做梦，他是真的有来过。

“没有，你确实在做梦。”

他薄唇微抿，移过视线。

这下轮到梁昭昭侧头看他。

男人侧脸冷俊紧绷，耳根爬上一抹红。

“没有你脸红什么？”

软媚的轻笑声飘入秦舟的耳里，他眼珠转动，看到她在笑。

这个笑容他曾经看到过无数次，很多时候她都是这样笑着，然后下一秒或是直接亲吻他，或者扯着他的领带，慢条斯理地解开他衬衣的纽扣。

他便是在她这样状似不经意，实则满含蛊惑的笑里，一点一点地沉陷。

这个女人，在装疯卖傻吸引他注意力后，又开始引逗他了。

秦舟喉头有些干，他再次挪开眼，不去看她。

呜呜呜，哥哥是在害羞吗！太可爱了！

梁昭昭觉得现在就是自己人生的高光时刻，她居然见到了秦舟在她面前脸红！

原来哥哥私下是这个样子啊，和她想象中有些不太一样。

“砰砰——”

这时有人在外面敲门。

梁昭昭瞬间慌了：“怎么办怎么办，要被发现了。”

“秦舟，你在里面吗？”外面的人问。

“嗯。”秦舟应了声。

梁昭昭睁大眼看他，眼睛里像是在说：你怎么就答应了，里面还有我呢！

“笨蛋，是周斯耀。”秦舟冷声说了句，直接打开了门。

周斯耀看到他出来，说：“不是要和谢老师他们一起吃饭吗？你在这儿干什么，我找你好半天。”

“走吧。”秦舟说完走了。

周斯耀觉得不对劲，探头往里面看了看，一眼看到了躲在门后的梁昭昭。

“……”

果然，这才是秦舟不对劲的源头。

周斯耀看到梁昭昭，梁昭昭自然也看到了他。

这个时候被秦舟经纪人发现她在这儿，她有种被人捉奸在床的感觉，心里吐槽了秦舟一万句。

周斯耀面对梁昭昭时，却表现得丝毫不动声色。他只是对她笑了笑，说了句：“梁老师也在这儿啊，快点过去吧，大家要走了。”

“好。”

梁昭昭也扯出一个笑，回应道。

周斯耀没有再说什么，但梁昭昭总觉得他离开前看她的眼神别有深意。

为了让大家感受家乡文化，谢老师没有带他们去那些高级餐厅、星级酒店，反而带他们去了C市当地有名的小吃店里包了场。

主持人还有嘉宾再加上嘉宾经纪人，一大桌能坐满。

菜一个接着一个地上，C市当地口味较重，上来的菜色香味浓，看着很有食欲。

中间摆着一大盆小龙虾，锅里红油和辣椒翻滚，油香味飘满整个屋子。

“看着好好吃啊。”

从小到大，梁昭昭自认为自己算是自制力比较强的人，只是她对食物真没有抵抗力。

大概以前生活太苦了吧，所以最容易满足的也只剩下食欲。

而且她口味也重，C市的菜无比符合她的胃口。

能让她在这么大的诱惑面前，还忍住一口一口矜持吃着身边小菜的，不是她女明星的偶像包袱，而是坐在她不远处的秦舟。

她才不要在男神面前满嘴油光，甚至于妆都弄花掉。

她要维持淑女形象的！

虽然前面的龙虾真的好诱人。

纪元洲笑眯眯地看着梁昭昭：“昭昭姐，你怎么吃饭都这么仙女，我都觉得这儿的烟火味太重让你染了凡气。”

“……”

梁昭昭夹在手中的青菜抖了抖。

这位小朋友，你大概是对我有些误解，其实我本质上与和你打情骂俏那位没什么差别。

都是装的。

入桌吃饭后一直没怎么说话的秦舟这时却突然发出一声低沉的冷笑。

“秦舟，你笑什么？”谢老师问。

秦舟：“没什么，只是觉得现在的小朋友挺可爱。”

“是啊，看他俩这样闹闹腾腾的，小年轻的感情真好。”谢老师一脸慈爱地看着那边还在互怼的两人。

秦舟笑了笑没再接话，冷飕飕的目光却在梁昭昭身上转了一圈。

呵，她吃东西优雅矜持？像仙女？

纪元洲怕是没见过梁昭昭放开吃的样子。

他有次在梁昭昭家里过夜，由于之前通告太累，一觉睡到了中午，起来后就看到她坐在地上正在看电视，怀里抱着半只冰镇西瓜，桌上摆了吃完的外卖还有零食。

“女明星也敢这么吃？你不用管理身材？”他当时问。

梁昭昭冲他笑了笑，一勺西瓜放入口中：“我吃不胖的，再说我也不会天天这样吃。”

最后她还把他拉到身边，逼迫他陪她一起吃垃圾食品。

“我们天天对自己严苛地管理是为了什么，就是为了满足这偶尔的放纵。”她说完还将怀里的西瓜舀了一勺送他嘴里，“你也吃点。”

他就着她的勺子吃完后，她又端起面前那块慕斯蛋糕，同样给他挖了一块递到他嘴边。

他看到上面的奶油本能地偏了头：“我不爱吃太甜的。”

梁昭昭倒也没勉强，侧过去的半个身子直起来，将蛋糕送入自己嘴里：“那我自己吃。”

原本靠得很近的人一下子离开，他莫名感觉怀中空荡，转眼看过去，梁昭昭还在一口一口地吃蛋糕，双眸微微弯起，神态满足。

那天她只穿了一件吊带裙，大片光洁白嫩的肌肤就这样暴露在他视野内，也不知道她是有意还是无意，吃蛋糕时沾了一些在唇边。

雪白的奶油，衬得她唇瓣软红一片。

他眸色暗了下来，手臂勾住眼前人纤细的腰肢，抬起她的下颚。

“我也尝尝。”

……

回忆就此止住，秦舟有些烦闷，他的杯子空得很快，一杯一杯的酒往嘴里灌。

“秦舟，一个人喝什么，来一起喝。”谢老师端起酒杯，敬大家，“明天大家都没工作吧，今晚一起喝个痛快。”

“喝。”秦舟站起来，和大家碰杯，毫不含糊地又干下一杯。

“爽快！”纪元洲拍手。

旁边的黎双瞪了纪元洲一眼，关心地看着秦舟：“秦老师，您今晚喝太多了，还是少喝点吧。”

秦舟薄唇扯出一点笑，灯光下桃花眼里光彩更甚：“不是说好不醉不归吗？”

黎双倒吸一口气，放弃劝他，举起杯子：“好，不醉不归！”

梁昭昭不敢直接去看秦舟，余光却是一直都围着他转。

熟悉秦舟的人都能感觉到他今晚的心情并不是很好，只是他这样的人，大家不敢问，问了也直觉他并不会说。

梁昭昭不知道他今晚这样是不是和自己有关。

黎双心疼秦舟还能陪他一起喝，她却什么都做不了，甚至面对他时连一句光明正大关心的话也没法直接说出来，只能在心里干着急。

梁昭昭心里堵得慌，看不下去了，端起面前的酒杯，犹豫了两秒，一口灌了进去。

“喂，你不经常喝酒的，少喝点。”裴念寒手搭在她手上，告诫道。

“没事，难得今天大家开心。”梁昭昭对她笑了笑，抬手继续喝了杯里的酒。

“女神，我要敬你一杯！”坐那边的纪元洲看到后，端着酒杯走过来要给梁昭昭敬酒。

梁昭昭也不含糊，直接干了。

……

本来录节目的时间就长，来的时候已经是晚上十点多，等到散场，已经是凌晨。

回到酒店后，梁昭昭被裴念寒拖着去了酒店房间。

“好好睡一觉吧，明天我来喊你。”她把梁昭昭送回房间后，自己也回了房间。

这夜，梁昭昭做了一个梦。

她梦到了秦舟，也梦到了她自己。

梦里，她接到了秦舟的电话。

他对她说：“我在你家楼下。”

她以为自己听到这句话会很开心，多美的梦啊，偶像给你打电话还在楼下等你。

可是她看到的画面，却是一个和自己一模一样的女人，对他说：“我不会见你的，我们已经结束了。”

女人的声音冷到没有温度，不留任何转圜余地。

“梁昭昭，我这个人，从出生到现在，从没低过头。”他说完这句后，停顿了很久，“就当是我错了，不分手，好不好？”

“你能说出这句话，确实挺让我诧异。”拿着电话的女人轻轻笑了声，“就当是我错了，这句无数男人哄女朋友的话，别人说起来容易，但是对你，确实很难。还有，你是演偶像剧吗？特意挑了个下雨的天来找我？”

“就因为那件事，你真要跟我分手？”

“嗯。”女人没有犹豫，直接应道，“秦舟，你从来不低头，是因为你从来都不需要低头。但是我不一样，我们本来就是两个世界的人，没遇到矛盾之前对方的差异在你我眼中都是致命吸引，等到矛盾来了，才发现是真的不适合。”

电话那头的秦舟被她气笑了：“这个时候你跟我说不适合？”

“曾经拥有过不就行了，过分纠缠挺没意思的。”女人风轻云淡地丢下这一句，就直接挂断了电话，干净利落，不带丝毫留恋。

挂断电话后，手机收到了一条微信。

是秦舟发过来的。

“我只等你一晚，谁都是人，不是狗。”

女人看到了笑了声，然后直接将他拉入黑名单并删除好友。

接到这通电话的时候，女人是坐在床上。挂断电话以后，她直接赤脚走到了窗边，撩开了窗帘。这里是二楼，她能清楚地看到楼下站着的秦舟。

他倒还没有完全疯，还知道出门戴个口罩。

不过应该也没人能够认出他，毕竟谁也不会把眼前这个站着淋雨的傻子和屏幕里光芒四射的巨星联系在一起。

“再见了，秦舟。”

半夜的时候，梁昭昭醒了过来，她不知道自己是被噩梦吓醒的，还是因为喝了太多酒，喉头太烫渴醒了。

恍恍惚惚间，她依稀记得自己做了一个梦。梦里有她也有秦舟，明明梦境里的主人公是自己，她又觉得不是自己，她只是一个旁观者。

酒精的作用还未完全散去，她从床上爬起来走路步子都不稳，踉踉跄跄去给自己倒了一杯水，喝了半杯，再次回到床边，脑子里各种片段闪过，都是刚刚发生过的一些事。

“我……我也要加哥哥微信。”梁昭昭拿出手机，在里面翻了翻，翻了一大圈都没找到想找的人，“什么嘛，黎双都加到了，梁昭昭你还没有，真没用。”

她将手机丢到一旁，人直接倒在床上，睁着双眼，无神地看着头顶天花板，突然，脑子里灵光闪过。

她重新摸过手机，醉语喃喃：“我没有哥哥的微信，但我记得哥哥的电话啊！”

她也不知道自己为什么记得，但好像就是记得，仿佛这个号码她曾经拨过无数次。

她一个数字一个数字输进去，然后点了拨号键。

酒店的另一个房间里，秦舟是被电话铃声吵醒的。

他刚想看看是哪个神志不清的人居然敢在半夜三点给他打电话，最好是什么十万火急的事。

他摸过手机，接通放到耳边。

“哥哥，是你吗？”

睡意全跑了，他睁开眼看了眼手机上的来电显示：My girl。

当初分手的时候，梁昭昭绝情到把他的微信拉入黑名单，他也曾试着将她的电话拉入黑名单以此报复，后来又怕她后悔了想回来找他会联系不到。

于是，他又把这个号码从黑名单里捞了出来。

想着换个备注名，最后换来换去又换成了原来的那个。

这是他们分手后，梁昭昭第一次给他打电话。

刚分手的那段日子，他天天等她回头，都没有等到，却在今晚突然接到了。

一时间，他不知道该说些什么。

回忆了一下梁昭昭和他说的第一句话。

“你刚才叫我什么？”

“哥哥呀。”

“知道我谁吗？”

“秦舟！”

还好她没有说出别人的名字，他稍松了一口气，心情莫名紧张起来。

这么晚了，她给他打电话是为什么?

难道是突然想通了？想找他复合?

呵，这个女人把他当什么，招之即来挥之即去？她做梦，就算她求他，他这次也不会轻易回头。

就跟当年查高考成绩一样，他怀着紧张的心情等了她半天。

电话那头的人都没有再说话。

“梁昭昭。”他喊了她一声，对方没有回应。

“你睡着了？”今晚她喝得烂醉如泥，最后还是被裴念寒扶着回去的，这会儿大概是半夜醒了随便找个人撒撒酒疯。

想起刚才自己还紧张了大半天，秦舟沉了脸，正准备挂断电话继续睡觉的时候，她又说话了。

尽管她的声音很轻，语气恍惚如在梦呓。

但他还是听清了。

她说：“秦舟，我想你了。”

就这么一句，让秦舟血气蹿上来，他感觉自己回到了十八岁，那个最热血冲动的年纪，什么都没有想，身体已经比大脑更先一步做出反应。

秦舟直接从床上爬了起来，梁昭昭和他住的是同一酒店，就在他隔壁的隔壁。

他现在过去，一分钟都不用就能见到她。

“半夜不睡觉，你要干吗？”

就在秦舟拉开房门准备出去的时候，他的身后突然有人说话。

“你怎么在这儿？”他是真被吓到了，怎么也想不到房间里还有一个人。

周斯耀从铺好的地铺上坐起来，对他微微一笑：“为了防止你酒精上头，做出一些会让自己后悔的事，作为你最信任的经纪人的我，自然应该在这个时候贴心守护在你身边。”

开玩笑，梁昭昭就住在隔壁的隔壁，两人都喝了酒，谁知道会不会发生点什么干柴烈火的事。

他这就叫防患于未然。

“神经病。”秦舟冷声骂了句。

周斯耀丝毫没带恼，反而笑着看他：“所以你现在起来是打算干什么？”

“渴了，去外面倒杯水不行？”秦舟说完这句，甩门走了。

他们入住的是套房，除了睡觉的房间外面还有客厅，秦舟走出卧房后，拿出手机，看到电话还在通话中。

“喂。”他喊了一声，电话里没人应他。

秦舟走到冰箱旁，拿了一瓶冰水，直接灌了大半瓶。

冷意将身体的燥意降下不少，他倒在沙发上，看着手机显示通话时间已过去五分钟。

“梁昭昭。”

电话那边传来均匀稳定的呼吸声，梁昭昭已经睡下了。

“昭昭。”

他又喊了一声，空荡昏暗的室内，他只能听到自己的声音。

真是个蠢女人。

秦舟忍不住在心里骂了句。

梁昭昭第二天是被裴念寒的电话给叫醒的。

铃声响过两次后，她终于接起电话。

“喂？”

“快起来，咱们待会儿下午一点的航班，你准备一下出门。专车已经到楼下在等了。”裴念寒在电话里说道。

“好，等我一会儿。”

梁昭昭挂了电话，走到厕所里去洗漱，昨天玩得太晚又喝了酒，这会儿起来头都是昏沉沉的，像是没睡。

刷牙的时候，她脑子里突然飘过一个画面。

深夜时分，一个长发女人突然摸出了手机，指尖在屏幕上点了几下，拨通了一个电话。

……

梁昭昭迅速从卫生间跑出来，走到房里找到手机，翻开通话记录。

第一个号码是裴念寒，她刚刚打过来的。

第二个号码没有备注，看着像个陌生号码，上面显示通话时间是凌晨三点。

……

她只依稀记得自己醒来后想起黎双加了秦舟的微信而她没有，嚷嚷着要给秦舟打电话，然后拨了个号码，至于接下来她在电话里说了什么，电话里的人又是怎样回应的，她全都忘了。

应该没有这么巧吧，怎么可能会是秦舟呢？

她压根儿就不知道他的电话啊，一定是随手乱拨出去的一个号码吧？只是碰巧通了而已。

可是万一真有那么百分之一的可能她瞎摁还摁对了呢？

抓狂之间，她忍不住点了那个号码又拨了过去。

电话响起半分钟后接通了。

接通后，对方并没有立马说话，又过了十秒，她听到带着起床气的低沉男声响起：“梁昭昭，你又在搞什么？”

她巧妙地捕捉到了他这句话里的“又”字。

完了，还真被她瞎摁给摁对了。

昨夜醉酒闯的祸，今日醒后流的泪，梁昭昭对着自己头敲了几下，尴尬地开口：“秦老师，早上好。”

打都打了，总不能直接挂电话吧？好歹还能说上两句话呢。

“不早了。”秦舟没什么温度的声音从电话里传来。

梁昭昭一看时间，上午十一点，确实不早了。

“我昨天喝醉了。”

“嗯。”

“所以，如果我说了什么冒犯的话，请你不要放在心上。”

既然电话都打了，她总得解释一下。

虽然她自己都忘记自己昨天打电话和他说了什么。

“冒犯的话？”他重复了她的话。

他低沉的嗓音里带了笑意，他嘲讽道：“比如你昨天打电话叫我哥哥，今天起来就喊我秦老师？”

“……”

她发誓，以后酒这个东西，与她无缘。

秦舟回国后这些天，推了无数邀约，基本上就参加了几次活动和录了一期综艺，长期合作的项目不管是综艺还是影视，他都没一个看得上的。

周斯耀对他这消极怠工的状态十分不满：“都挑这么久了？还没挑到喜欢的本子？”

“没看到合适的。”秦舟拿着手机在玩游戏，散漫地回了句。

周斯耀怒了。

“什么样的才是合适的？我说你回国压根儿不是为了工作吧，回来一共三次在公众面前露了脸，两次你前女友都在场。还有酒店的那晚，别以为我不知道你在想什么。”

秦舟放了手机，眉梢带着冷意。

周斯耀：“我不管了，你家财万贯富可敌国，不在意钱那是你的事。我不一样，你知道我每天拒绝各位甲方爸爸开出来的天价合作邀约，看着一大笔一大笔的钱在我眼前流逝，你懂我的难受吗？不，你不懂。”

秦舟也懒得跟周斯耀说太多，指尖点了下手机，然后将手机放在桌上。

“听听。”

旋律从手机中传出来，听了半分钟后，周斯耀惊了。

“这是？”

秦舟后背靠在沙发里，神情倦懒：“为了证明我没有消极怠工，我决定发一首歌。”

“这也太好听了！你什么时候弄出来的？”周斯耀激动了。

秦舟："在国外的时候弄的，回国之后找了一些国内的音乐人讨论，又修改了几版，你今天听到的是最终版。"

"我就说你这样的天才怎么会甘心天天闲家里，任时光消磨你的青春和才华。原来你早有准备。"周斯耀笑道。

秦舟看他一眼："让你当经纪人真是屈才了，你应该去做访谈类综艺。"

话接得比谁都快，还一会儿一个风向。

"发吧。你都快两年没发新歌了，这次发出来绝对轰动。"周斯耀比秦舟还激动，这个歌他只听一次，就知道金曲预定。

秦舟就是秦舟，要么不出手，一出手一定一鸣惊人。

两人谈话间，秦舟的手机响了。

他接起电话后，和电话里的人谈了几句然后挂断。

"谁啊？"周斯耀顺嘴问了句。

"萧泽，他回国了。"

"约你出去？"

秦舟性格孤傲，看得起的人少，愿意结交的人更少。萧泽是秦舟从小到大认识的兄弟，秦舟在乎的人不多，萧泽算是其中一个。

最好的朋友回国了，总得去见见吧。

"呵。"

周斯耀这时候听到他冷哼一声。

秦舟："他刚跟我说，他要先去见他的女神，得空再找我。"

"女神？谁啊？"周斯耀想不到还有谁担得起萧泽嘴里的"女神"二字。

萧家在国内也是数一数二的大家族，和秦家是世交。萧泽和秦舟的友谊算是两位天才间的惺惺相惜，北城望族圈里的那些公子哥儿，就他俩最出众。

只是萧泽选择了接受家族重任，而秦舟剑走偏锋，去了娱乐圈。

毕竟是北城龙头企业的下一任掌门人，娱乐圈和商圈本就分不开，就算不通过秦舟，关于萧泽的事，周斯耀多少听过一些。

他只知道这位萧少爷在国内最好的大学北城大学研究生毕业后去国外攻读博士，现在回来，不会又提前毕业了吧？

"我怎么从没听你提起过萧泽有喜欢的人？"周斯耀问。

"他也只和我提过一句，没有多说，甚至连个名字都没告诉我。"秦舟嗤笑一声，"这女孩他可宝贝得紧。"

秦舟回国之后，除了参与录制一期综艺，很少有行程。

粉丝盼星星盼月亮，将哥哥回国站姐出的图翻来覆去反复看，愣是没盼到一点新物料。

就连综艺，录制后也需要制作周期，不能马上播。

某一天，在没有任何预告和宣传的情况下，秦舟百年更新一次的微博突然发了首歌。

微博和各大播放平台直接炸了。

"？？？？！！！！！"

"啊啊啊啊啊哥哥！是新歌！我没做梦吧！我现在严重怀疑自己的眼睛！"

"我哥一开口我就死了，英文发音也太标准了吧！低音炮杀我！"

"路人听完回来再评论，真的很好听，惊艳到我了。关键词曲都是他原创。这样的歌完全不输给专业歌手。我真怀疑他到底是不是个演员？"

"人家都封影帝了，你说他是不是个演员？我们哥哥虽然一直低产，但出来的作品，都很牛。"

"作品真的很绝，看得出来我哥在用心做音乐，虽然这是两年来的第一首。"

"太好听了太好听了，我可以单曲循环一万遍！曲风又丧又温柔，配上我哥那嗓音，我一滴都没了，以后这首歌就是我睡前必听曲。"

秦舟这首歌的歌名是《all day long》，中文名翻译是《朝暮》。

歌是全英文，合作的也是国外最顶尖的音乐制作团队，整首歌给人最直观的感受就是"好听"加"高级"。做到这二者之一都不容易，两者同时能兼顾的歌更是凤毛鳞角。

他却做到了。

秦舟这首歌一发出来之后，立马登上各大音乐平台榜首，许多乐评人纷纷转发，对秦舟赞不绝口。

音乐简介里是这样说的：

《朝暮》这首歌的灵感来自秦舟在国外闲适在家的某一天，是他对人类本能需求和爱的思考。

歌一开始挺丧的，你都想不出来一个当红一线影帝能写出一首这么丧的歌。

歌曲前半段描述的画面很简单。

他待在家，把自己关在房子里，无所事事地过着一天又一天。

偶尔被家里人拖着出来，依旧百无聊赖地过着一天又一天。

这首歌其实有些拉仇恨，秦舟家在国外也属于名流富商，国内的产业不过是家里的一部分罢了。他认为无聊的人生都是百分之九十九的人没法想象的奢华。

这首歌听前面，以为他是在写人生，听到最后几句，才发现，这还是一首情歌。

中文翻译过来大概是这样：

这一日又一日，我竟然开始糊涂。

我到底是因为无所事事，才会不停想起你。

还是因为想你，才只能无所事事。

多丧多浪漫的歌啊！和秦舟以前出的歌风格差异不止一星半点。

这首歌发出来后，有网友说："一代天神的陨落，从《all day long》开始。"

意思就是秦舟以前的歌词和曲风都和他本人很相似，狂妄、放纵、不屑世俗，满满的冲击力。

这首歌，像是他在低头。

像是在告诉大众，他也不是神，他也有混沌迷茫，什么也不想干的时候。

他也会有喜欢的人，会分开后从早到晚地想念，朝朝暮暮中，脑子里什么事都想不动，只余下她。

这首歌出来后，引起了很大震动，梁昭昭自然也听了。

听完之后，她挺心疼的。明明只是一首歌，就和电视作品一样，歌也不过是创作的产物，不一定是真实的。

但也不知道是不是秦舟唱得太好，她入了戏。

光是想想自己心里神一样打不倒永远闪闪发光的人居然也有这样一面，她就很难过很心疼。

一想到秦舟这一段这么丧的日子或许跟自己有关，她就更难受了。

她不知道当年她为什么会和秦舟在一起。

除了恢复记忆的自己和秦舟，也没人能告诉她到底是谁对谁错。

或许秦舟当时也有做不好的地方，让自己伤心才会选择离开他。

可是谁让她忘记了呢，忘记了记忆里他所有的不好，只记得他所有发光发亮的时刻。

就和其他粉丝一样，她希望他好，希望他健康开心，哪怕出现在他们视线里的时间少一点，只要他好就够了。

梁昭昭是晚上听的这首歌，她单曲循环听了很多遍。

也不知道为什么，这首歌她听到时，心里会一阵一阵地疼，那种疼似乎来自记忆深处。

第二天有个品牌活动，梁昭昭是该品牌策划方的品牌代言人。

活动是在希维亚商场专柜举行，品牌官博还抽选了一些报名的粉丝来参加，算是一个小型的见面会。

梁昭昭作为品牌代言人还去了现场剪裁，之后又接受了主持人采访，中间还有几个和现场粉丝互动的小节目。

见面会结束之后，梁昭昭去了楼上品牌方安排的休息室休息，顺便接受一些媒体记者的采访。

梁昭昭和记者聊了一些产品的使用心得，回答了记者抽取的一些粉丝问题。

这些记者问之前都有给她看过台本，她回答起来倒也应对自如。

这时，门外突然一阵动静。

然后，梁昭昭看到坐在自己对面的品牌副总起了身。

“萧总，是什么风把你今天吹来了？”

记者这时候停了采访，房间里的人都朝门外看。

门口走进来一个高大挺拔的身影，男人穿着一身灰色西装，袖口的银色袖扣闪着光泽，浑身气质儒雅贵气。

男人外形太过亮眼，让人无法忽视，梁昭昭也朝他这边看了眼。

是张很好看的脸，俊秀精致的五官，轮廓分明却不凌厉，双耳上架着细框的银边眼镜，随着他迈动的步伐，镜框旁边落下的防滑链微微摆动，阳光下晃动出金属光晕的涟漪。

他一进来，房间里的女性目光都不由自主地投在他身上挪不开。

梁昭昭都听到有人议论，原来还有这么帅的总裁。

“今天有空，来商场看看。”这位萧总开口对品牌副总说道。

“之前就听家父提起过你回国了，没想到今天能在这里碰见。”品牌副总笑着和萧总握了手，他这时注意到对方的视线压根儿不在自己身上，而是落在坐在对面沙发里接受采访的梁昭昭身上。

啧，英雄难过美人关啊。

像梁昭昭这种级别的女明星，就算是萧总也会另眼相看吧。

他连忙给两人介绍：“萧总，这位是我们品牌的代言人，梁昭昭。梁小姐，这位是萧氏集团的总裁，萧总。”

梁昭昭知道萧氏企业，希维亚商场都是萧家开的。

她站起来跟对方打招呼以示礼貌：“萧总你好。”

一声无奈的喟叹和轻笑落入众人耳中。

“昭昭啊，倒也没必要跟我装不熟。”

品牌副总比梁昭昭先反应过来：“二位认识？早说啊，害我还在这边瞎介绍，真尴尬，哈哈。”

萧泽淡笑道：“嗯，昭昭是我很好的朋友。”

品牌副总听了，扭头对梁昭昭说：“昭昭，你认识萧总啊，怎么都没听你提过？”

梁昭昭：“……”

我认识个鬼。

她挤出一个笑，朝萧泽伸出手：“好久不见。”

萧泽握住她半只手，镜片下的眼神耐人寻味。

“嗯，是很久没见了。”

他松开手后，看见房间里还有摄影和记者，于是道：“既然你们还有工作，我先不打扰。”

萧泽今天来视察商场，本身也有事在身，见梁昭昭他们也在忙，没停留多久便走了。

梁昭昭倒是松了口气，还好这位萧总走得快，不然她还真不知道该怎么应对。

“好，今天的采访到此结束，感谢昭昭。”

负责采访的媒体记者姐姐问完了所有问题。

“辛苦了。”梁昭昭对所有工作人员道。

等采访结束，记者收拾完设备离开房间之后，梁昭昭立马把坐在旁边等她的江落拉过来。

“刚才来的那位萧总，是不是叫萧泽？”

“是啊，我正要跟你说呢，结果你先说了。”江落上下打量她几眼，“昭昭，你不会想起什么来了吧？”

“我要是能想起来那就好了。”梁昭昭叹气，“是因为昨天有个叫萧泽的打电话给我。

刚才那位副总不是喊他萧总吗，我就在想他是不是那个萧泽。”

江落笑：“对啊，他就是萧泽。真没想到萧总这么快就回国了。”

梁昭昭：“你还笑，刚才他突然给我来那么一句都吓死我了，刘副总就在旁边。我真怕他当场和我叙旧，我连句话都不会接。”

她拍拍担惊受怕过的胸口，对江落幸灾乐祸的行为嗤之以鼻。

江落说：“不会的，虽然我也只见过萧公子几次，但我印象中，他从来都不会让你为难。”

梁昭昭听到江落这样说，想起昨天梁宇和她说的那些话。

“这位萧总是有什么特别魅力吗，怎么你们一个两个都这么向着他？”

“我们这是对你爱屋及乌，因为萧总对你很好。”

“不是，人家一大集团公子哥，无缘无故对我好干吗？我们怎么认识的啊？”梁昭昭不解了。

江落摇摇头：“这个我也不清楚，准确来说你和萧公子认识的时间比认识我和念寒姐还长，那时候你还没有成立个人工作室，活动基本上都是和团一起，或许你可以去问问子意姐她们。”

听江落这样说，梁昭昭更想不明白。

她那时候还没火，不过就是一个女团小爱豆，怎么会结识北城实力巨大的萧家二公子呢？

“算了，以后再说。念寒姐还在等我们，我们先过去吧。”梁昭昭和裴念寒约好，等她这边采访结束后开车送她回去。

下楼后，门外依旧围了不少蹲点的粉丝，梁昭昭在江落的保护下往前走。

在电话里，裴念寒和她说的是一辆黑色宾利，她看到后直接上了车。

等她打开车门，看到驾驶座上的萧泽时，她人都蒙了。

“你怎么在这儿？”

坐在驾驶座上的人，手搁在方向盘上，偏头对她笑了笑：“你家经纪人临时有事，把我喊过来给你当代驾。”

“……”

如果时间就是金钱，那萧总您的时间应该是按秒来计算的吧？咋这么闲还兼职当代驾呢？

“再不上来，你的粉丝可要追上来了，到时候被拍到的话……”

梁昭昭没等他说完，迅速上了车。

车内很沉默。

还是萧泽先开的口：“昨天为什么不接我电话？”

“没看到。”梁昭昭随口找了个理由。

“是没看到还是不想接？又或者是不敢接？”萧泽看着前方的路，语气温柔，说出来的话却让人难以招架。

“当然是没看到。”梁昭昭顿时底气不足，说话声音都小了不少。

萧泽：“那刚才为什么要装作不认识我，还喊我萧总？”

喊你一声萧总是尊重你，你还挑三拣四，真麻烦。

“那不然喊你什么？”梁昭昭反问了句，试着换个称呼，“萧泽？”

对方毫无反应。

“小泽？”

萧泽嘴角微弯，镜头后浅色的眸藏着笑。

可他依旧没吭声，好像喊的不是他。

梁昭昭只能继续换称呼。

“阿泽？”

“泽泽？”

喊到最后她自个儿都要受不了了，浑身都是鸡皮疙瘩。

车被停在了路边，萧泽突然毫无征兆地趴在方向盘上开始笑，笑得肩膀都在抖动。

刚刚还正正经经，看着无比矜贵优雅的一个人，突然笑成这样，梁昭昭都怀疑他是不是疯了。

就当梁昭昭犹豫要不要替这位萧总打个急救电话送医院看看的时候，笑趴在方向盘上的人开口说：“昭昭，这下我相信你是真的失忆了。”

“……”

所以他都知道？那她在这儿给他装半天到底在装什么？

听到这句话后，梁昭昭不想给他打电话了，她想直接送他去医院。

“你知道为什么不说？你怎么知道的？”

萧泽收了收，脸上还挂着笑：“你经纪人告诉我的。开始我还有点不信，毕竟完全丢掉几年记忆这种事情在现实生活中还挺少见。但就在刚才，我信了。”

“你到底是什么人，念寒姐让我瞒着所有人不提自己失忆的事情，怎么这么轻易跟你说了？”梁昭昭有些生气。这些天她装得多辛苦啊，就算被别人发现不对劲也只能硬着头皮说是摔了脑子还没完全恢复。她连秦舟都没说呢，怎么裴念寒就这样轻易告诉了萧泽？

萧泽感受到梁昭昭的小脾气，哄道：“裴姐不让你说也是为你好，怕你失忆的事情被有心人利用伤害你，毕竟娱乐圈里环境太复杂。至于我，她告诉我是因为我可以信任，我知道这些，可以更好地保护你。”

这些话萧泽说得很正经，丝毫没有玩笑的意思。

“昭昭，我回来了，不会再让任何人任何事伤害到你。”他说这话时，眸中闪过寒意，但仅仅只是一瞬间，他又变回了那个温润和煦的萧泽。

萧泽本想伸手握她的手，在看到小姑娘用不知所云的目光看着他时，他又将手收了回来，转而淡笑道：“好了，我送你回家。”

车平稳地朝梁昭昭家的方向驶去，一路上，梁昭昭都没有说话，车内很安静。

萧泽本身很懂进退，他知道她一时半会儿难以完全相信他，所以也不急着和她拉近关系。

梁昭昭坐在他身边，有种莫名的熟悉感，她开始有点明白为什么江落会说萧泽从来不会让她为难，而梁宇和裴念寒又都如此信任他。

很快，车开到了梁昭昭家中。

下车前，梁昭昭想了想，还是问了句：“咱们以前关系挺好的，对吧？”

“嗯。”萧泽点头。

“那我以前都叫你什么？”她又想到了刚刚她变着法喊他时，他笑成那样的神态，她有点好奇，自己以前到底是怎么喊的。

萧泽视线在她脸上转了圈，柔声道：“你以前都叫我哥哥，泽哥哥。”

男人声音很轻，声音里自带温柔和宠溺意味，浅眸带笑和你说话时，像在诱哄。

梁昭昭愣了下，随即跨步下车，关门前对他微笑道：“谢谢你送我回来，萧总。”

想骗她叫他哥哥，做梦！下辈子吧！

哥哥这个称呼可是她爱豆专属的，哪有这么廉价？

萧泽看着梁昭昭远去的倩影，无奈地笑了笑。

看来哪怕是十七岁的昭昭，也不是这么好骗的。

几天之后，裴念寒找到梁昭昭。

裴念寒的风格向来是有事直说，不讲废话。

“我这次找你，是有两个事想跟你说一下。第一，你的粉丝到六千万了，需要发一个六千万的粉丝福利，你好好想想，要发什么。”

梁昭昭思索：“这我确实还没想好，以前我都只发过十万的粉丝福利，现在直接变成六千万，我得慎重一点。”

裴念寒：“这个不急，你慢慢想，想好了把内容告诉我。接下来这件事很重要，就是有个知名度很高的导演联系了我，问我你有没有兴趣接一个片子，题材是校园类，风格偏正剧。”

“我要开始接戏了？”虽然想过这天迟早要来，但也来得太快了点吧？

裴念寒：“如果你不想接也没关系，我也不是很想让你接。只不过这个导演的片子都很好，我觉得错过可惜，就来问问你。”

“我演什么角色？”

裴念寒：“当然是女一，虽然你演技不怎样，但人气流量摆在那儿，谁会让你作配。”

梁昭昭：“我先看看剧本吧。”

“可以。”

裴念寒把剧本给了梁昭昭。

梁昭昭翻开大致看了看，虽然是校园题材，但是男女主身份差异却挺大的。

男主比女主大七岁，女主算是男主青梅竹马的邻家妹妹，直到女主上初中的时候，爸妈因为车祸过世，家里其他亲戚重男轻女不管她，女主只能靠着微薄的补助一个人生活。

这时候的男主是一名警校大学生，同情怜爱女主，经常帮助她，给她吃的穿的，还教她学习做题。

在女主的人生里，没有任何亲人，只有她身边的这位大哥哥，大哥哥以后是警察，他在，那些欺负她的人都不敢来了。

女主对男主依赖又敬爱，最终随着她年龄长大，这份爱越来越深，除了这位大哥哥，她已经没法爱其他人了。

“我喜欢这个剧本，我想接。”

这是个很温暖的救赎故事，女主的身世和梁昭昭挺像，都是自幼丧失父母，难免让她有所共鸣，她很心疼故事里的“她”，也想将“她”演绎出来。

裴念寒皱了皱眉：“真想接？”

“嗯。”梁昭昭点点头。

“这个导演很知名，所以他的戏会看演员能力，如果你没法演出他心中的效果，就算你人气再高，他也不会要你。所以哪怕你想接这个本子，你也得去试戏。试戏通过了，这个女一号就是你的。当然，只要你能演他的戏，在他眼里是合格的，片子出来谁也不会再说你是个废物花瓶。”

梁昭昭听到这觉得有点奇怪了。

“可是我不是公认的演技不行吗？那为什么这种看中演员演技的导演还会找我啊？”

如果是为了赚钱赚人气找她可以理解，既然是看中口碑的导演，为什么要找她？

裴念寒：“只能说这位导演，是个好爸爸。”

“啊？”

“简单来说，就是这位导演有一个他很爱的女儿，他女儿看了网上你和秦舟演《让爱在身边》的片段，希望她爸爸能让你和秦舟演你现在手上这个剧本。”

“那、那……”

裴念寒微笑：“是的，所以如果不是这个机会真的很难得，我是非常不情愿你接这个戏的，因为男主已经定了秦舟。”

同样的一个剧本，周斯耀送到了秦舟手上。

“这个导演的戏，你应该有点兴趣吧？”

秦舟看了眼：“苏导啊，我和他合作过，他的片子确实不错。剧本我看看。”

周斯耀把剧本给秦舟。

秦舟翻了翻：“感情戏太多了，人物我也演过类似的，没什么特别大的挑战性。先放放吧。”

这个剧本主推的是爱情，秦舟对这类腻腻歪歪的题材兴趣不大，他更想演极端人设或者是有社会深意的题材。

“我看过了，这个本子很好，特别符合大众口味，播出来票房肯定爆。你别这么看不起腻歪的爱情片行不行，你都出道这么多年了，演过的爱情片屈指可数，这个算是近期剧本和团队综合来说最好的一个。”

“嗯。”秦舟敷衍地应了声，“我考虑一下。”

周斯耀：“算了，你不用考虑了，不想接就不要接，咱们换下一个。正好我也不想让你接，谁让苏导这次也不知道走什么野路子，突然想请你和梁昭昭一起拍他的戏？”

秦舟：“？？？”

“就是有点可惜了苏导这本子。”周斯耀长叹一声，拿着本子准备离开秦舟的房间。

“等一下。”秦舟喊住了他。

“剧本放下吧，毕竟是苏导的戏，我仔细看看再考虑。”

周斯耀哼笑了声，将手中的剧本放在他桌上，也没多说什么，只是临走前似乎觉得心情有点不太美丽，转回头对秦舟说：“秦舟，我现在合理怀疑，你等这么久不接戏，就是为了等这个。”

第四章

我失忆了

▸▸▸

在决定接苏导的戏之前，梁昭昭一直都有上表演课。

这次是和对演技要求比较严格的导演合作，她本身就很有压力，一听到男主是秦舟，想到她那三流演技或许还会拖累自己爱豆，她更颓了。

要放弃吗？

她也曾在心底问过自己。

可是如果仅仅因为难度大、害怕就放弃，那她干吗还来混娱乐圈？

放弃是不可能的，就算不够格，也至少要试一试。

试镜前几天，梁昭昭都有在认真钻研剧本，请教专业的老师，看比较有借鉴意义的片子。

因为压力大，她这几天都没有睡好。

她感觉自己又回到了练习生时期，仅仅是因为长得漂亮没有任何基础被招进娱乐公司，面对同期都有一定基础的同伴，她只能付出比努力的人更多的努力。

尽管这样的努力会超出身体负荷。

到了试镜那天。

裴念寒和江落陪着梁昭昭一起去了苏导指定的试镜地点。

苏导的戏，就算是一二线的演员也是争着上的，来试戏的人并不止她一个。

梁昭昭去的时候还碰到了熟人。

纪元洲和黎双。

“昭昭姐，你来啦，听说这部戏的主演定的是你。我还在想真巧呢，上次一起录综艺，这次咱们又能一起拍戏，还真是有缘分。”黎双看到她后，和她笑着打招呼。

“嘿嘿，我知道女神你要来，我其他档期都推了来演这个呢。”纪元洲和她开玩笑道。

梁昭昭眨了下眼：“是吗？你真是因为我推档期，还是因为你身边这位呀？”

被她这样调侃，纪元洲耳朵红了一大截，抬手掩唇虚咳一声：“我先去那边看看。”

纪元洲走了后，梁昭昭和黎双待在一块聊了会儿天。

黎双告诉她这个剧本写好后苏导一直在找合适的演员来出演这部剧，直到看到了《娱乐大本营》综艺节目，他才找了他们四个。

“虽然是配角，但能上苏导戏，我也挺荣幸的。”黎双说道。

“你试过戏了吗？”梁昭昭问了句。

“过了。”黎双贴到她耳边，小声跟她说，“不过刚刚也有人试戏的时候被苏导骂得狗血淋头，说下次还演成这个样子可以不用来了。”

梁昭昭一听这话，打了个哆嗦。

她怎么有种预感，自己也会这样。

“秦舟来了吗？”她紧张兮兮地朝四周看了看，没看到秦舟的影子。

黎双笑了笑：“没有。他当然不用来试戏，年轻一辈里苏导最欣赏的男演员就是他，刚才还跟我们说这次秦舟能答应他很开心。”

没来就好。

她不希望自己待会儿演砸了，被骂得狗血淋头的样子会被他看到。

房间的门在这时候被推开，一群助理、造型师、摄影师还有经纪人围着一个人走了进来。

“怎么是她啊……”黎双看清来人的脸，皱眉嘟囔了句。

梁昭昭冷哼：“好大的架势。”

两个女人互相看一眼，确定都是彼此讨厌的人，心照不宣地笑了。

“昭昭姐，你也不喜欢她啊？”黎双问梁昭昭。

“不喜欢。”虽然她全忘了，对萧苒却是生理性厌恶。

“看来外界传你和萧苒关系不和还真不是谣言。”黎双说道。

“你为什么不喜欢她？”梁昭昭好奇地问。

“你看她那副小公主做派，做作得很。而且我喜欢秦舟啊，她仗着家里跟秦舟认识，天天捆绑哥哥炒热度，我能喜欢她吗？”

啧，黎双不愧是秦舟粉，讨厌人的理由都和她一模一样。

萧苒走进来以后，第一眼就看到了梁昭昭。

她走过来居高临下地站在梁昭昭面前：“真没想到你还会上苏导的戏。”

梁昭昭想起了第一次见萧苒的时候，萧苒说话也是这样阴阳怪气。

梁昭昭还没说话，一旁的黎双开口了：“人家不但上了苏导的戏，还是女一号哦。”

萧苒冷笑了声：“那估计是苏导没看过你演的戏吧，待会儿你试戏完他就后悔了。我听说也不是苏导想选的你，是他女儿看了综艺的突发奇想。哎，怎么连苏导也有糊涂的时候，难不成真的为了宠女儿拍烂片？”

梁昭昭：“烂片你还赶着作配？跟我说算什么本事，要不我帮你跟苏导提提？”

她演技不好，导演可以骂她，萧苒就是不行，她凭什么要受萧苒的气？

到底是在片场，梁昭昭把苏导搬出来，萧苒也不好再作妖，大眼睛用力瞪了她几眼扭头走了。

萧苒走以后，黎双不屑地冷笑：“她有什么资格说别人，自己不还是投资方塞进来的，苏导也就看她是个女三号，戏份不多给忍了。”

前面几个人陆陆续续试了戏，今天来的演员都是主演，基本上已经确定，只要没有太大问题都不会变。

尽管这样，依旧有演得不符合苏导预期被骂的，还有演得太烂直接被他换人的。

梁昭昭等了会儿，终于轮到她自己试戏。

苏导是位年过五十拍片经验丰富的名导，在圈内很有威望，他拍出来的片子获奖无数。除了脾气差点，人品这方面没得说，大家自然都尊敬他。

他看见梁昭昭也没说其他废话，直接说了句：“开始吧。”

梁昭昭的试戏内容是剧里的一段重点戏，这个本子里，她一半以上的戏份都是和秦舟，这场也不例外。

只是秦舟今天没来，导演派了个工作人员和她搭戏。

对方只需要念男方的台词，她却需要表演，这更考验演员的演技。

这部戏里男女主角关系特别。

男主对于女主来说，是哥哥，是亲人，是唯一对她好的人，也是她不知不觉深深爱上的人。

他们相差七岁，感情太复杂了，两个人都没法理清楚这份感情和羁绊到底该归属为亲情还是爱情。

梁昭昭今天需要表演的便是女主情感转折里很重要的一个片段。

是某一次上学的日子，原本晴好的天空突然降下瓢泼大雨，其他孩子都被家长接回去了，人缘不好的女主连把伞都蹭不到。

她站在教学楼前等，等雨停或者雨小一点，她就可以回去了。

然后她等来了她的哥哥。

接下来便是男主撑了把伞和女主一起回家。

雨势太大，又有风。尽管打了伞，两人还是淋湿了。

男主把女主送到她楼下，收了伞。

在看见女主脸上挂了水珠后，男主笑了笑，弯腰帮她擦去脸上的水。女主见他也淋湿了，踮起脚，抬起手，用没淋到的干净袖子细心给他擦脸。

两人就在交汇的眼神中，隐隐察觉到有什么东西好像不对劲了。

这段难就难在两位主演台词都不多，全靠眼神戏撑。

梁昭昭和苏导喊来的工作人员演了一遍，都还没演完就被苏导喊了停。

“眼神不够到位。你还不够入戏，再去想想，待会儿再来一遍。”

苏导给梁昭昭分析了一下当时女主该有的心理，让她进入状态，一会儿重来。

梁昭昭虽然被喊了停，但出乎她意料的是，苏导并没有骂她。

她拿着剧本坐在椅子里琢磨。

大家怕她难过走过来安慰她，纪元洲甚至想要和苏导说一声，他来和她搭戏。

“不用了，我们还是按苏导的要求演吧。”

她不想别人因为自己降低标准，如果最后她努力过还不行，那没事，她走。

等到其他人走了，裴念寒拍了拍梁昭昭的肩膀。

“其实我觉得，现在的你表现还可以，甚至我觉得比失忆前的你演得要更自然点。”

“是吗？”自己以前演技得有多差啊，梁昭昭苦笑。

裴念寒点头：“嗯，至少我觉得你现在不会排斥拍戏。”

她说这话，让梁昭昭很惊讶。

“我没失忆前不喜欢拍戏吗？可我从进娱乐圈起，就挺想拍戏的啊。”

裴念寒沉默了一会儿，转移了话题：“那就好好拍，你可以的。也不要给自己太大压力，毕竟是苏导，要求比其他人都高。”

“好……”

她们谈话间，房间的门再一次被推开，这次来的人，是秦舟。

“秦舟怎么来了，他不是不用试戏吗？”

“好帅啊，真天神了，感觉帅哥走路都带风的。”

“我一想到接下来能天天跟秦舟在一个剧组，感觉就算一天拍二十个小时我也可以呢。”

“可是我听说秦舟不是很好相处哎……”

毕竟是秦舟，哪怕在圈子里，他也是与其他明星不同的。

他一进来，所有人的目光都投射到了他身上。

他怎么也来了？

梁昭昭没想到秦舟会来看试镜，在她如此窘迫的时候，突然到来。

“秦舟哥哥，我叫你今天陪我来你都不愿意，怎么突然又来了？”萧苒见到秦舟很开心，自动贴了上去。

秦舟在她还没碰到自己的时候，给了周斯耀一个“帮我处理麻烦”的眼神。

周斯耀迅速挡在秦舟面前，对萧苒笑道：“萧小姐，这是片场，您这样让别人看到了，会传绯闻的。”

萧苒嘟囔了声：“我不在意。”说完又想往秦舟身边凑。

“我在意。”秦舟冷冰冰的声音传了过来。

他没再搭理萧苒，直接朝苏威导演走了过去。

今天来试戏的演员表演都不算好，苏导在试戏过程中脸色一直沉着，这会儿见到秦舟，才多云转晴。

“你怎么来了？以前试戏你都不来的。”

秦舟说：“来看看。”

苏导叹口气：“哎，因为这个片子本就是青春题材，请的演员年龄都不大，新人也不少，演技还是不够好啊。”

说完，他又看了眼秦舟，孩子气地和秦舟抱怨道：“你说你也比他们大不了多少，怎么你演的东西就那么对我胃口呢？我看他们有些人演戏，哪儿哪儿都难受，以前咱们合作的时候，我看你演，浑身都舒畅了。”

秦舟笑了笑：“试到第几个了？”

苏导指了指那边的梁昭昭：“刚试完她，咱们这部戏的女主角。

“之前选她一方面是被我家那位公主磨得不行，二是看了你俩那段综艺，觉得她和你之间确实可碰撞出不一样的火花。但是刚刚试戏，她这样还是不够的，毕竟是女主角，我的标准只会比其他角色更高。”

秦舟看了眼坐在那边的梁昭昭，正巧梁昭昭在看他和苏导谈话，他一看过来，偷看的某人被他抓了个正着。

梁昭昭见他看到她了，立马又低下头去看手里的稿子，装作无事发生。

秦舟和苏导合作过，对他的脾气了解一二，听他这样说，幽幽问了句：“你不会骂她了吧？”

苏导说：“没有啊，毕竟是我找的人家，哪能她一遍演得不行我就骂她的？再说了，我觉得她也没有网上说的那么演技差，还是有灵性的，只是差了一些火候。不过如果她只能做到这种程度的话，我还是不能要她的，至少女主不能给她。”

“嗯，差点就差点吧，大不了我教她。你别骂她，你看她娇滴滴的，一骂准哭给你看。”秦舟说了句。

苏导皱眉，嫌弃道：“女人真麻烦。”

秦舟和苏导算是老熟人，两人聊了会儿天，苏导脸上的表情都好了不少。

“梁昭昭。”苏导突然喊了一声。

梁昭昭走了过去。

“酝酿好了吧？”苏导问她，“再试一遍吧。”

梁昭昭点了下头，眼神飘忽，还看了站在一旁的秦舟一眼。

她内心是崩溃的。

为什么秦舟要看她试戏啊？她本来就紧张，这下更紧张了。

重新将刚才的内容再演了一遍，苏导都还没说话，梁昭昭看他表情就知道自己这次依旧不合格。

“你这真是……”苏导脾气又上来，刚想忍不住说她几句，又看到身边站的秦舟，想起对方刚刚说的话，硬生生把骂人的话收了回去。

“还是不够，我再给你一周时间，一周后重新试戏，如果依旧只能给我看到这种水平，那梁小姐，咱们可能没法合作了。或者如果你可以接受别的角色，咱们可以再协商一下。”

苏导并不是不能妥协，想拍好片子，需要钱，他的片子里也有投资方塞进来的人，也有为了人气请的一些人气高演技可能不那么好的演员。

但是唯独男女主角，不能降低标准，因为这两个人是这部片子的灵魂。

“我知道了。”

这种时候，除了这句话，梁昭昭也不知道该说些什么。

结果梁昭昭也不是没有料到，但发生的时候，还是会忍不住难过。

她在片场坐了一会儿，黎双和纪元洲都在安慰她。

“我没事啦，毕竟是女主角嘛，苏导要求高是对的。”她扯出笑，装作不在意的样子和他们聊了一会儿。

她之后，只有两个人还要试戏。

那两个人试完后，基本上就结束了。
“咱们走吧。”裴念寒帮梁昭昭拿过包，对她说。
“嗯。”梁昭昭应了声，跟在裴念寒后面出了酒店。
出来的时候，梁昭昭居然在门口看到了秦舟。
刚刚秦舟突然来，大家都没走的时候，他又提前离开。
梁昭昭还以为他回去了，没想到他还在门口。
要是平常她或许还会上去打个照面，虽然很尴尬，但是能多和他说句话也是好的啊。这会儿她完全没心情了，一想到刚才她演戏不过关全被他看在眼里，她就更羞愧难受了。
她就当作没看到他似的，低着头，从他身边走了过去。

秦舟看到这女人如此目中无人直接绕开他走，终于没忍住，掐灭了手里的烟，走两步追了上去，没说任何话拉住她的手腕，把人拉回来。
梁昭昭刚沉到谷底的心又紧张地跳起来，被他的动作给吓到。
“你干吗？”
这儿还这么多人呢。
秦舟刚刚抽了烟，身上还带了些烟草味，他扯唇笑，放浪形骸的样子有些邪肆。
“别走啊，没看到我？”
“不是。”
“那是什么？”
之前两人见面他也没这么咄咄逼人，梁昭昭有些慌乱，不知道该怎么回答。
那边裴念寒想走过来带梁昭昭走，却被周斯耀拦住。
“急什么，他俩都要一起演戏了，聊聊天没什么吧？”
裴念寒冷飕飕地看了他一眼，最后还是没有上前。

“我不知道。”梁昭昭躲避秦舟的目光，垂眸咬唇吐出来几个字。
秦舟刚把人拉过来的时候，怕她又跑了，所以把人堵在墙角。
这会儿见她这个样子，他松开了她，给她足够喘息的空间。
他看了看靠在墙边，一脸垂头丧气的女人，冷声说了句：“为什么不找我？”
“啊？”
他没头没尾的一句话让梁昭昭没能立马理解他的意思。
秦舟要被她气死了：“你蠢吗，你是女主演，我是男主演，你对戏不找我你还想找谁？”
他说出这句话，梁昭昭愣住了。
她的表情充分告诉了他，她压根儿没往这方面想。
秦舟看她这个样子，眸光微凝。
他情绪外露好像仅仅只存在了半分钟，随后恢复成那副和她也不是很熟的冷淡模样。
“不要自作多情，我只是不想因为你拖累整个剧组。你考虑清楚，要不要找我。”
他似乎也没有再和她聊下去的想法，转身朝外走去，淡漠疏离的样子好像刚才那个突然抓住她手臂把她逼在角落的男人不是他。

秦舟朝着两个经纪人这边说了句：“我们走。”

周斯耀看到秦舟那边结束，没再拦住裴念寒，微笑道：“打扰了。”

裴念寒叹了口气，走到梁昭昭面前。

“昭昭，我们也走吧。”

被她喊的人毫无反应，还目光笔直地看向前方，那是秦舟离开的方向。

刚才的事情发生得太突然，梁昭昭还没来得及回神，这会儿他已经走了，她还在望着他的背影发呆。

“梁、昭、昭！”裴念寒提高分贝，在她耳边喊。

梁昭昭一只手揉了揉耳朵：“听到了。”

“瞧你这点出息。”裴念寒知道她的心思，更拿她没辙。

现在的秦舟，对她来说太耀眼，她根本没办法控制住自己被他吸引。

梁昭昭决定找秦舟后，想了无数个开场白，都被自己否定。

最后她决定用最简单的方式问他什么时候有时间就好。

那么下一个问题来了，她要怎么联系他？打电话还是发信息？

她想起来虽然见过几次面，但自己似乎连秦舟的微信都没加上。

“哦，你不是疑惑你为什么微信里没秦舟这个人吗？其实本来是有的，分手后你拉黑他了。”

这话是她刚醒后不久，在她知道她和秦舟在一起过后，顾子意告诉她的。

她一直没敢去微信黑名单里看，打心底就不想承认这件事。

她怎么会拉黑秦舟呢！怎么会呢！怎么可能呢！

下一秒，她点开微信黑名单，第一个看到的就是秦舟。

他太好认了，微信头像和微博都是一样的，名字就是个很简单的“舟”字。

还真拉黑了啊，到底是以前秦舟太坏了还是自己太绝？就连她自己都对当年发生过的事情充满好奇。

梁昭昭有试着问过裴念寒、顾子意等人她和秦舟是怎么在一起又怎么分手了的。

裴念寒、顾子意等人都说不清楚，还说这种事只有当事人清楚。

现在她全忘了，记得的就只有秦舟。

难不成她去问他吗？

她才没这个勇气。

犹豫了下，梁昭昭还是把他从黑名单里捞了出来，并且点了添加好友。

她还在输入框里打字，对方先发消息过来了。

内容很简单，一个简洁的问号。

“那天你说的事，还算数吗？”她发了一行字过去。

过了会儿，他回复：“周六，来我家。”

直接去他家吗？这会不会太刺激了点？

秦舟连地址都没告诉她，大概是以为她知道。

梁昭昭也不好直接去问秦舟，正当她犹豫要不要问念寒姐又怕念寒姐不让她去的时候，秦舟又接着发了条消息过来。

“我家这边现在进来有些麻烦，我让周斯耀去接你。”

“好。”

不得不说秦舟真的很会挑日子，周六这天，狂风暴雨，梁昭昭接到周斯耀电话后打伞走到他车上身上都湿了不少。

上车之后，她看到驾驶座上的周斯耀，想着人家冒这么大的雨还来接自己，她对他说了句：“麻烦了。”

周斯耀回头笑了下：“梁小姐不用客气，你现在和我们家秦舟是合作关系，这也是公事，不是吗？”

“嗯，是我太没用了，还要麻烦你们。”

“梁小姐也别妄自菲薄，苏导能看上你，就说明你是有胜任这个角色的潜力的。”

两人聊了几句，接下来这一路都保持着沉默。

车一直开到了临江别墅区。

梁昭昭依稀记得以前就看过爆料，秦家房产遍天下，国内一线城市几乎都有房。

这里安保很严格，周斯耀开的是秦舟的车才这么容易进来，外来的人进来都是需要核查身份的。

车停放完毕后，她和周斯耀下了车。

出乎她意料的是，她刚下车，就看到了秦舟。

他撑着一把黑伞，站在大院门口等她。

男人身影落拓，站在雨幕中，和他身后华美庄严的别墅有几分不搭。

“你怎么在这儿？”

周斯耀和梁昭昭撑着伞往他那边走，梁昭昭以为他肯定是在屋子里等她的，没想到下这么大的雨，他居然会出来等。

秦舟没有回答她的话，直接把她拉进自己的伞下，夺过她手中的伞，递给周斯耀：“你先进去。”

周斯耀接了伞，也没说什么，自己走了进去。

这片别墅区是出了名的环境好，当然也是寸土寸金，价格让人望而却步。

这里的房子建得很稀，绿化面积很大，平常能看到的人就不多，这会儿又下大雨，几乎没有人出来。

除了他俩。

“咱们这是，要干什么？”

梁昭昭有点不太理解，秦舟把她喊过来不会就是想和她一起欣赏这雨中美景吧？

秦舟：“还记得你试戏的那个场面吗？”

“记得。”

“我们开始吧。”

“啊？”

直接开始吗？她还以为他会像上课的老师那样给她讲一些专业或者技巧性的东西。

“嗯，看到对面那栋房子吗？你就把它当作场景里的你家楼房。而你现在的位置，就是学校的教学楼。”

秦舟说完后，梁昭昭终于懂了为什么一周那么多天，他会选个下雨的日子。

原来，是想让她更好地入戏。

“我……”她还没说话，头顶撑的伞就撤开了。

“喂，秦舟！”她喊了声，他头都没有回就走进雨幕，直至消失不见。

她顾不得那么多，跑到旁边能躲雨的地方站着。

雨势丝毫没有变小的意思，雨点大颗大颗地落下来，砸在地上，有些被风潲到她的脸上，冰凉凉的。

秦舟走了，并且走了好一会儿都没有回来，她身后的门打不开，前面被雨封住了路。

她以为今天都会在室内，穿得本就不多，这会儿又是风又是雨的，还真有些冷。

她试着将眼前的画面想象成场景里的样子，也不知道是不是这雨下得太大，她一人站在冷风里真挺凄凉，脑子里的场景带入眼前的画面居然也不违和。

她想象周围本来不是她一个人，还有很多和她一样没料到突然的天气变化忘记带伞的学生。

只是慢慢地，他们都牵着爸爸妈妈的手走了。

而她早就无人可以等。

她忘记自己等了多久，雨依旧没有停。

她不可能一直在这里待下去，她甚至都打算直接冒着雨冲回去，大不了也就是感冒一场，只是有点可惜这双鞋子了，还是她前天刚洗的。

突然，永无休止的雨幕里，走来一个人。

是那个她喊“哥哥”的少年。

他打着伞朝她走过来，高大挺拔的身影，在那刻宛如神明。

原来，她还有个人可以等。

少年将伞撑在她头顶，似乎是觉得她等太久，出于安慰，他伸手摸了摸她的脑袋。

“走吧，小秋与。”

一大一小的身影走在雨中。

“哥哥，你怎么来了？”

“听到家里邻居说要接孩子，就想到了你，怕你也没带伞，过来看看。”

“可是哥哥，雨太大了，这样下去我们俩都会淋湿的。”

“那你打着，哥哥不打。”

“不要。”

……

等两人走回家，少年收了伞。

看到小姑娘清丽的脸上沾了雨水，他笑了笑，手指帮她擦过脸：“看吧，我就说了，会淋湿的。”

女孩仰起头，清亮的双眸专注地看着他。

那双水一样的眸子太清澈干净，一时让他晃了神。

女孩踮起了脚，用靠在里面没有弄湿的衣袖，一点一点认真地从他的头发擦到他的脸，最后擦了擦他的脖子。

在她心里，眼前这个人就是她觉得最美好的存在了。

她希望他永远干净、帅气，熠熠生辉。

少年从小皮糙肉厚野惯了，身边接触到的都是和他一样的男孩子，这是第一次，他被人如此温柔、小心地对待。

眼前这个小女孩，是在什么时候已经长大了，出落得如此清水出芙蓉，还会照顾人了？

两人心怀各自的心事，目光相撞的瞬间，又彼此躲闪，装作无事发生。

……

这场戏，秦舟一共陪梁昭昭对了两次，第二遍他总算满意，也总算没让梁昭昭再和他一起淋雨，带着她进了屋子。

“你不是专业出身，现在教你理论的东西没什么用，只能让你真的进入到这个角色，做出你作为这个角色时最该有的自然反应。刚才那两次演得都还可以，你记住那个感觉吧，到时候苏导让你和别人演，你脑子里有画面就行。”

“知道了。”不得不说，这个方法确实是她现在能最快理解的方法。

刚才两人在雨里来来回回这么几次，两个人身上都湿了。

秦舟看梁昭昭一眼，走到房间拿了件衣服丢给她。

“进去换吧。”

梁昭昭拿起秦舟丢在沙发上的衣服，是一件黑色的衬衣，秦舟长得高，看这件衬衣的长度，都可以给她当裙子了。

“不用啦，也没全淋湿，就衣服……湿了一块而已……”

剩下的话她没再说。

因为秦舟，就在客厅，当着她的面，一颗一颗地解开纽扣，然后二话不说直接脱了上衣。

窥探爱豆这件事每个女孩应该都想过，但也只是想想啊，谁会有胆子真的看！

就……就算敢真的看，那也顶多偷看吧！这样面对面正大光明地看，还让不让她活了。

梁昭昭第一反应就是捂住眼睛。

秦舟本来也没想什么，就换个衣服而已，倒是看见她这副样子，感觉挺搞笑的。

昨天刚把他从黑名单里放出来的女人，现在开始在他面前卖乖装纯。

从他们重逢见面起，梁昭昭好像动不动就给他来装疯卖傻这套。

这次又想出了新花招来试图引起他注意？

他干脆连衣服扣子都不扣了，走到她面前，扒开她的手。

结果，他看到的就是一个脸红成番茄的梁昭昭。

“……”

这装得有点过于逼真了吧？

“你害羞什么，又不是没看过？”

看过忘了还不是等于没看过嘛。

而且少儿不宜好不好，她现在怎么着意识里觉得自己才十七岁。

等等！秦舟这个意思是她以前连他的身体都看过了？

那肯定还做了更过分的事情！

啊啊啊，她好恨，为什么都忘了！

好亏哦！

“你先穿好衣服。”梁昭昭声若蚊蚋地说了句，头都不敢抬。

秦舟手指捏住她的下巴，左右打量她的脸。

“装，有人你装，没人你还装？我倒要看看，你想装到什么时候。梁昭昭，想当作没事发生是吗？我告诉你，不可能。”

他松开手，冷声道：“你在担心什么？以为我对你还有兴趣？太看得起你自己一点。”

“……”

哥哥你怎么这么天真呢？

我不是担心你对我有兴趣，我是担心你这样我会对你有兴趣。

秦舟说完这句话后，倒也没想继续为难她，湛黑的桃花眼冷冷看她一眼，转了背。

他把纽扣一颗颗扣好，然后坐在了客厅的沙发里。

茶几上有个黑瓷的水壶，他拿起给自己倒了杯水：“想感冒的话，你也可以不换。”

“那借用一下房间了。”

他都这样说了，她再倔强，就显得有点不识好歹。

他家房子很大，梁昭昭随便进了一楼的一间房去换衣服。果然如她所料，她虽然不矮，但骨架小，他的衣服穿在她身上，都快到膝盖了。

换好衣服后，梁昭昭走了出来。

秦舟依旧坐在沙发里，连姿势都没变过。

“今天谢谢你。”她向他道谢，愿意陪她冒雨对戏。

“你不会以为这样就合格了吧？”秦舟放下手中的水杯，突然反问。

“我没有觉得这样就合格，但确实对我帮助挺大的。”

“代入式演戏的方法看上去很笨，但很有用。刚才我让你在那里等了那么久，是给了你足够的时间想象画面。现场演的时候，导演可不会给你这么长的时间。专业和非专业的差别，就在于专业的人能一秒入戏，非专业的却不行。”

秦舟说到了关键，梁昭昭自己也有上表演课，对她来说，入戏之后才能演好。如果没法入戏，她压根儿拿不出套路式的东西来应付。

“那要做什么才能入戏快点？”

她现在也没想别的事儿，脑子里想的都是怎样才能过苏导这一关。

她还真是认真好学，不懂就问。

这会儿也没刚才那股害羞劲，杏眼专注地看着他，一副要认真听讲等待老师授课的乖巧样。

“剧本你都看完了吧？”

“嗯。”

其他的不说，她准备工作做得还是很足，剧本早就看完了，甚至她自己的部分做了标记还认真研究过。

“那白秋与这个人物的一生，你应该都了解过。离苏导约定的时间还有几天，这几天你不管是暗示也好、想象也好，你要让自己觉得你就是白秋与。

“一个人的经历决定性格，性格决定行为。剧本或荧幕上呈现的东西都只是这个人经历的一部分，一个有血有肉的角色不仅只存在场景内，还活在场景外。这也是为什么很多深入人心的角色大家看完片子还会觉得不过瘾，会试着幻想他片子外的人生。人物最先的存在，是在笔者手下，只有他们最了解人物，你或许可以多和编剧聊聊，深入走进这个角色。”

让自己活成这个角色，这是秦舟能想到的让她最快入戏的方法。

梁昭昭听着秦舟给她讲这些，不禁入了迷。

她以前只能通过荧幕和网络信息了解到他，那时候她看到的他是耀眼、张扬的，却也是冷淡的，气场强大到让人无法靠近。

不知道是不是因为他长得太过好看，有冲击力，哪怕在众星环绕的场合里也总是能让人一眼捕捉到。过分精致无法挑剔的脸配合他高大比例完美的身材，让他具有碾压式的气场。

他本人话不多，性子冷冷的，又狂妄，看着就难相处。

她其实以前很难想象到，秦舟会有这样一面，耐心又细致地教她怎么演戏。

哪怕两人现在身份尴尬，平常他对她也少有好脸色，但他教她的时候，似乎连他们的恩怨都忘了，就只想认真专注地教好她。

嗷呜，太迷人了，哥哥！

耳朵认真在听他讲的每一句话，心里还是忍不住花痴了一下。

“你这是什么表情？”

他刚才是边想边和她说，也没注意去看她。这会儿跟她说完再去看她，发现她眼睛亮亮的，好像有星星在闪动，人也莫名有些激动。

怎么了？激动什么？

难不成还突然顿悟啊？

他当然不能理解一个追星的人在发掘到爱豆新的优点和魅力的时候的激动心情。

梁昭昭压抑了一点自己的情绪，对他笑了笑，突然对他说：“哥哥，你真好。”

梁昭昭同样也不知道，她现在这副带着欣赏崇拜看秦舟的样子，在秦舟眼中同样具有致命吸引力。

“说正事的时候，不准开玩笑。”他拉下脸，故意凶她。

梁昭昭眨了下眼睛，无辜道：“没有开玩笑啊，我也在认真办正事。不是你让我把自己想象成白秋与吗？既然我是白秋与，那你不就是顾决吗？白秋与一直是叫顾决哥哥的呀。”

这样说，好像也没毛病。

只是她自己入戏就好了，为什么还要拉他一起？

秦舟没再说什么，两个人正事谈完，又陷入了熟悉的别扭和沉默中。

梁昭昭想着他要跟她说的事情估计已经说得差不多了，她也不好意思一直待在他家里。

正当她想提出来没事的话自己先走的时候，一团雪白的东西从楼上蹿下来，直接蹿到了她脚边。

梁昭昭低头一看，是一只白色的猫咪，养得很肥，看上去都有十来斤重了。

这只猫像是一点都不认生，跑过来翘起尾巴围在她脚边转了几圈，喵喵喵地叫了好几声，甚至还站起来用爪子扒拉她的裤子。

这自来熟的猫实在太可爱了。

梁昭昭没忍住，蹲下去伸手摸了摸它。

猫咪满足地发出咕噜声，头在她掌心里蹭了蹭。

“这只猫好可爱啊，你还养猫吗？”

“小家伙，你叫什么名字？”她伸手挠了挠猫的下巴，听说猫很喜欢人摸这里。

“它叫什么，你不知道？”秦舟嘲讽的声音从她头顶传过来。

梁昭昭心里“咯噔”了一下，心想这猫不会也和她有关系吧？

“它还是你送过来的。

“木木，过来。”

猫一听秦舟的声音，立马跑过去跳到了沙发上，蹲在了他的腿边。

秦舟把猫抱在怀里，伸手替它顺了顺毛。

“难为它还记得你。”

修长的手指扳过猫咪的脑袋，秦舟和猫眼对眼：“木木，你记得她又怎样，她已经把你忘了。”

“……”

他这话说的，梁昭昭都觉得自己要向这只猫忏悔了。

秦舟把猫放下，拍了下它的背，猫识趣地跑开了。

他的视线重新落在梁昭昭的脸上：“梁昭昭，你很不对劲，你刚刚的表现，就像你不认识木木一样。”

梁昭昭的心怦怦跳得飞快。

之前和他接触不多还好，现在接触变多怎么感觉被他看出来是迟早的事。

“我忘记它的名字了。自从摔过脑子后，我记性不是很好，以前的一些事老会突然忘记。”

这句话是裴念寒教她说的，每次发生这种要露馅的情况，她和别人说出这句话，大家也能表示理解，还会安慰她两句，祝她早日康复。

秦舟听了也没多说什么，只是黑眸多看了梁昭昭几眼，似乎想把她看穿。

“没什么事的话，我先走了，今天谢谢。”

“等等。”秦舟喊住她，“我送你回去。”

“不用，我自己打车或者喊人接就好。”

今天已经麻烦他这么多，她怎么好意思再麻烦他。

秦舟说：“外面还在下雨，你想一天淋湿几次？而且我也不是特意送你，我今晚约了人，正好要出去。”

他拿起刚刚打过的那把黑伞：“走吧。”

梁昭昭见状也没多说什么，跟了上去。

把梁昭昭送到她家楼下后，她又道了句谢，正打算下车。

秦舟摁住她的手：“伞你拿着。”

梁昭昭看了眼放在后座地上的伞，摇头道：“不用了，我家就在前面，跑过去就行。你待会儿不是还要见朋友吗，这伞你用吧。”

秦舟：“后备厢里还有其他的伞。”

“好吧……”梁昭昭拿起那把黑伞，下车之前想到自己身上还穿了他的衣服，“那个，衣服我洗了下次见面还你。”

“随便吧，也就一件衣服而已。”

秦舟升上车窗，开车走了。

萧泽见到秦舟的时候，秦舟身上湿了一半。

“你干什么？今天这么大雨，你出门不带伞？”

秦舟拧眉，拍了拍身上的水：“开车来的。”

萧泽和秦舟约在酒吧，他把车停在车位，到这儿还要走一段路。

“还不是淋湿了，多带把伞会怎样？”萧泽挑眉吐槽了句。

秦舟懒得和萧泽讨论这个，没再多说话。

两人也是许久没见，萧泽回国后知会过秦舟，但是他自己这段时间也挺忙的，公司里太多事情等着他熟悉和接手，所以一直没约秦舟出来。

秦舟这个人又是个从来不主动的性子，他不找秦舟，秦舟也不会自己去约人。

考虑到秦舟身份特殊，两人还是开了包间喝酒。

“最近在忙什么？”萧泽给秦舟和自己倒了酒。

“拍戏。”

“你接戏了？我前阵子还接到来自你经纪人的吐槽电话，说你仗着家底厚消极怠工不肯接戏。”

“没，只是没碰到喜欢的本子。”

“现在碰到了？”

这句话让秦舟沉默了一小会儿，因为坦白来说，接这个戏，他喜欢的也不是本子。

“还行吧，苏威的戏。”

这位导演萧泽倒是听过，还挺有名的，拍了好多获奖的片子。

“那就好，好好演，再多拿几个影帝回来。”萧泽举起杯子，对秦舟淡笑道。

秦舟拿着酒杯和萧泽碰了碰。

喝了几口酒后，秦舟想到什么，带着玩味问他：“你呢？进度怎么样？”

“什么进度？”

“就你那个喜欢了很久的女人，你刚回国第一个想见的人。”秦舟对别人的感情生活不感兴趣，对萧泽的倒是还有点兴趣。

本来也没多大兴趣的，只是这家伙把那女人保护得太好，连名字都不肯透露，他还真有几分好奇是何方神圣了。

萧泽状似叹息道：“她最近变了很多，好像并不是那么想见到我。”

“都这么多年你还没追到，她不喜欢你吧？”在好友胸口上插小刀这种事，秦舟做得很顺手。

“嗯，她虽然没说过，但我知道她心里一直有一个人。”

秦舟听了更感兴趣了，往后靠了靠，手枕在脑后。

“你这么说我真想知道她是谁，这得长得有多漂亮，才会让我们萧公子眼巴巴赶着去当备胎。”

“很漂亮，但不能告诉你，等我追到了再说吧。”

“为什么不告诉我？”

萧泽去国外的几年，两人见面次数少，平常没事也不怎么联系，这类话题基本上也没聊过。现在他回来，都聊到了，他为什么还藏着？

“你还怕我抢啊？”

萧泽点头：“嗯，怕你抢。”他转头对秦舟笑了笑，声音温柔，“你也很漂亮，你和她又是一个圈的，万一你因为我对她感兴趣而多看她几眼，她喜欢上你怎么办？”

“滚。”秦舟骂了句，他讨厌别人用这种娘们唧唧的词形容他。

萧泽端起酒杯，薄唇抿了口酒。

“不过你放心，以前追不到是因为我不在她身边，现在我回来了，自然有办法让她看到我。而且，她或许已经把她原本心里的那个人给忘了。”

“原来是乘虚而入。”秦舟晃了晃杯子里的酒，“是你能干的事。”

“不说我了，你呢，出国半年，想忘记的事忘了吗？”萧泽想到什么，无奈地笑了笑，“刚才还一直问我那个喜欢的人是谁，以前你和我说你谈了恋爱，不也不愿意告诉我她是谁吗？”

秦舟：“我和你情况不一样，她那时候谁都不让我说。”

“那现在呢，忘了吗？”

秦舟突然想到了今天白天发生的事情，问萧泽：“你觉得一个女人，突然表现得她好像已经完全忘记你，并且你俩的事她也好像当作没发生过一样，那说明什么？”

在碰到梁昭昭之前，秦舟对女人这种生物几乎没有研究过，现在只能找兄弟补补课。

萧泽这种性子的，一看就跟女人能相处很好，肯定比他更懂女人一点。

萧泽：“可能她不想理你吧，想和你保持距离。”

秦舟：“开始我也这么觉得，但是现在有时候她看我的眼神，会让我觉得她比以前还喜欢我？”

这是最矛盾的地方，也是他最搞不懂的地方。

“什么眼神？含情脉脉还欲言又止？”

“神了，就是这样。”

果然萧泽都懂。

萧泽想了想，说：“那她应该是想和你复合，又拉不下脸，只好装疯卖傻让你生气让你在意她，你就说你是不是有因为她最近的异常表现老想起她？”

秦舟沉下脸：“还真有。”

“那就对了。女人啊，都这样，口是心非。她越表现得忘了你，忘记和你经历过的事情，其实她越在意，越想你能生气，能突然撕破脸冲过去抱紧她甚至吻她。”萧泽对他道。

“是吗？”

这有点超出秦舟的认知范围，女人都这么麻烦又别扭？

梁昭昭表现出来的异常都是因为还喜欢他，想和他在一起却又拉不下脸？

秦舟想起了当年她决意分手时狠心的样子。

也是，当年那么坚决，现在当然没法直接拉下脸。

“我觉得是。”萧泽拍了下秦舟的肩膀，“恭喜你了兄弟，她这样的表现说明她还喜欢你。”

很快就到了和苏导约定好的时间，梁昭昭收到他的信息后，便去了约定的地点。

还是上次那个酒店，只是这次情况不同，上次是试戏，导演已经选好了人，只要演得不太差基本上角色都是定了的。

而这次是试镜，给那些还没定的角色选人。

参加试镜的明星普遍没有上次试戏的明星那么大牌，基本在二线之下。

梁昭昭去的时候还引起了不小的轰动，毕竟她现在已经是女明星里的顶流了。

“你等一下，我这里还排了几个人。”苏导看到梁昭昭来，对她说。

“没事，导演你先忙你的。”梁昭昭说完，自己坐在酒店的沙发上，等那边的几个角色试镜完。

“梁老师，能给我签个名吗，我侄女可喜欢你了。”

“这还是咱们第一次见吧，你本人比电视上还漂亮。”

“皮肤也太好了吧，怎么保养的？”

梁昭昭等试戏的这会儿工夫，现场已经有好几个女明星来找她搭话了，说的都是套近乎和夸她的话。

“谢谢。”梁昭昭笑了笑，保持礼貌又不过分熟络的距离。

中途，梁昭昭肚子有点疼，去了一趟洗手间。

就在她准备出厕所隔间的时候，听到洗手间里有人在说话，好巧不巧，她听到了自己的名字。

“真可怕，秦舟今天怎么会来？”

“谁知道呢，可能是苏导喊的吧。”

“早知道就不说梁昭昭的事了。秦舟是不是特别讨厌背后说人坏话的女人啊，我看他那眼神，真的吓死我了。”

“我总感觉他刚才听到我们说梁昭昭，有点生气哎。”

“可能就单纯不喜欢咱们这种行为吧，毕竟秦舟性子挺直的。”

“真后悔，我来这儿就是为了他，现在说不定就要被他讨厌了。”

“你还真敢想啊，那是秦舟哎，能和他演一部戏就不错了，你还想怎样？”

“可惜我试镜这个角色跟他都没有什么对手戏，要不然能和这种人在剧里谈个恋爱也好啊。梁昭昭真幸福，我印象里，这还是秦舟第一次演传统意义的爱情剧。”

“就她那烂到家的三流演技，会把秦舟拖累死吧，秦舟肯定心里嫌弃死她了。”

“哎，还不是人气高，连苏导都向流量妥协了，我要是人气高点，说不定和秦舟演对手戏女主的就是我，到时候，我和他再因戏生情发展点什么……”

两个女人想到了什么，开始笑起来。

“想多了吧你，秦舟这样的，你驾驭不了。”

“我也没想真让他喜欢我啊，我就想……露水情缘也是好的嘛。”

梁昭昭听不下去了，她推开门直接从厕所隔间出来。

这是最让那两个长舌妇尴尬的做法。

那两人本是看到秦舟来了，想临时去洗手间补个妆，谁知道被另一个当事人撞个正着，两人的脸迅速垮了下来，脸色十分精彩。

梁昭昭走到盥洗台旁，一边洗手一边欣赏着她们此刻的脸色。

两人不敢看她，互相推搡着准备开溜。

“别走啊，刚才两位姐姐不是聊得挺开心的吗？”梁昭昭仔细看清楚了她们的脸，如果她没记错的话，这两位刚刚还笑着和她套近乎。

两人没敢说话，僵直地站在那里。

其中一个推了推另外一个，两个人转过身来，低头对她说：“对不起，我们不应该在背后说你。”

梁昭昭在烘干机下烘干了双手，在路过她们的时候说了句：“别道歉了，反正你们也不会真的觉得抱歉。”

那两个人见她往外面走，站在洗手间门口都不敢动了，开始互相指责对方不应该提梁昭昭。

走出来后，梁昭昭想起她们在里面说的那些话，越想越气。

什么人嘛，两面三刀就算了，还想追秦舟，她们配吗？

想到她们说起秦舟时那浮想联翩的语气，梁昭昭就想冲过去把她们的头塞马桶里。

气死我了气死我了。

动我哥哥不能忍！

梁昭昭大概是被气得有点神志不清，折回来再去酒店的时候还撞到了人。

秦舟来了后没看到梁昭昭，正想出去看看，结果刚打开门就看到她气冲冲地往里闯。

“你干什么？走路不看路？”双手扶住她的胳膊，把人稳住，秦舟皱眉说了句。

梁昭昭看到他后，怒气消了些，小声道歉：“对不起。”

秦舟看到她这副模样，想起了萧泽和他说的话。

既然她还喜欢他……

那他是不是也不该对她这么凶?

“咳——”秦舟低咳一声，放软了语气，“发生什么事了吗，走路这么急？”

梁昭昭不想把那些污言秽语说出来玷污他的耳朵，轻声说了句：“没什么。”

秦舟视线咬住她不放：“你脸上的表情告诉我，明明就有什么。”

“真没什么，就一会儿要试戏了，我有点紧张。”梁昭昭说完，从他身边绕过去，走进房间。

秦舟看到她进去后，准备也跟着进去坐会儿，却意外看到在走廊里出现的两个女人。

今天他知道是苏导这部戏试镜的日子，昨天特意和苏导聊了几句，苏导聊着聊着就喊他来这儿帮他看看人，他也没拒绝。

来了后正好听到这两个女人等待试镜的时候，在门外走廊上说梁昭昭的事儿。

她们见他来了也没有再继续说，他也没再关注，这会儿看梁昭昭那表情，他大概能猜到她或许是又听到了些什么。

两个女人走到试镜房间门口的时候，看到了秦舟半靠在墙边。

“秦老师。”

她俩乖乖问好，一脸尊敬，视线却忍不住在他脸上多停留了一会儿。

秦舟没有应话。

他冰冷轻慢地看了她们两眼。

两个女人没想到他会看她们，很是紧张，其中一个甚至红了脸。

“也就这样的货色，好意思说谁？”

一盆冷水泼到两个女人身上，她们不敢置信地看着眼前的男人。

都说秦舟狂傲难以驯服，但大多数时候他其实不怎么搭理人，也很少去针对谁。而就在今天，她们能明明白白地感受到，自己被秦舟针对了。

没轮到梁昭昭试戏的时候，她只能坐在那儿等。

或许这些天太把自己代入白秋与这个角色了，导致她一直都在压抑自己，也想到了很多小时候的事，就像打开了被她埋在心底的负能量盒。

所以当她刚刚听到那两个长舌妇在讨论自己还有秦舟的时候，她是真有种想冲上去把她们的头摁到盥洗池水龙头下清洗清洗的冲动。

还好她忍住了。

她都不知道自己居然还能有这么暴躁的一面，好像心底住了个蠢蠢欲动的恶魔。

过了一会儿，梁昭昭又看到了那两位，她们脸色挺难看的，比被她当场抓住偷偷说她坏话的时候还要难看，她甚至觉得她们手脚都有点发抖。

不是吧，她刚刚也没做什么啊，至于把她们吓成这样?

就这么点破胆子还好意思在背后说人坏话吗?

梁昭昭看她们的时候，她们也看到了梁昭昭。

也不知道是心虚还是害怕，这两人直接转过了背。

“梁昭昭，你来一下。”

苏导终于喊到梁昭昭。

梁昭昭走过去。

苏导今天看上去心情还不错，对她说话也是和和气气的：“我听编剧说你天天找她聊角色，琢磨得怎么样了？”

“天天琢磨呢，大概在心里有了一个完整的白秋与，就是不知道是不是苏导您心目中的白秋与。”

“不要紧张，好好演就行，开始吧。”苏导说完后，又打算把之前和她对戏的那位没有感情的“念词机器”喊上来。

“等一下。”

秦舟这时候走过来，站到苏导身边，看了眼梁昭昭，沉眸道：“我和她对吧。”

苏导说：“不用，我今天喊你来是给我监工的，哪敢劳烦你亲自上阵啊？你片酬太贵，多一分钟我都出不起。”

秦舟抿唇笑了笑：“放心，不收你钱。”

苏导看了看台上的梁昭昭，视线又落回到秦舟身上。他凑近一点，音量降低：“你怎么回事啊，上次我就觉得不对劲了，平常哪见你替小姑娘说话的。这个梁昭昭谁啊，你这样帮她？”

秦舟神态平静，让人看不出情绪。

他漫不经心道：“她不是我的女主角吗，总是要对上的，现在直接让你看到效果不更好吗？”

苏导最终同意了，原因很简单，秦舟开了口，这个面子他得给。

“小潘，你下去吧。”苏导对那位拿上台词本走上去准备和梁昭昭对戏的工作人员说道。

“哦。”那位工作人员应了声，毫不留情地走了，留下梁昭昭一个人站在摄影机面前。

梁昭昭有点蒙了。

现在是什么情况啊，难不成苏导突然想提高一下难度，这场戏连个念词机器都不给她了，直接让她自己演独角戏?

就在这个时候，秦舟走了上来。

原本算是安静夹杂着细碎声音的现场突然喧闹起来，大家隐隐猜到了接下来要发生什么事。

“这是干什么？”梁昭昭愣神问了句。

秦舟说：“看不出来吗，给你对戏啊。”

梁昭昭顿时心情复杂起来，看着他不知道该说些什么。

秦舟走近一步，侧身在她耳边说：“如果不想给别人看不起的机会，那就拿出现在你能做到的最好的样子。”

他靠她有点近，她都能感受到台下人的惊异眼神。

演戏这本是她很不擅长的领域，但很神奇的是，他在的话，她又多了很多信心。

眼前的这个人，光芒万丈，连站在他身边的她，都好像有了细碎微光。

这场戏他们之前演过两次，因为状态好，两次就够了。

上次那种感觉梁昭昭还记着，秦舟今天和她演的时候，两人仿佛一起回到了那个雨天。

“卡！”

一直到苏导出声喊停，两人才从戏里跳脱出来。

毕竟刚刚演了肢体接触过的戏，梁昭昭之前也没什么演戏经验，演完后还有点害羞。

秦舟就比她淡定多了，直接问苏导：“刚刚怎么样？”

苏导探究的目光在两人身上转了圈，半天不发话。

梁昭昭都被他给整紧张了，生怕他接下来就要说自己不合格。

“行啊，你俩，挺默契的，都不像是刚刚合作的关系。”苏导说道。

“那我算是过关了吗？”尽管能从苏导的表情和语气判断出他对于他俩刚刚的表演是满意的，但之前被他打击怕了，梁昭昭还是想得到一个肯定的答复。

苏导走过来，对她伸出手：“欢迎你，白秋与。”

这么多天压在心底的石头总算放下了，梁昭昭松了口气，握住苏导伸出来的手，鞠躬道：“谢谢导演，还要请您多指教。”

苏导：“其实秦舟帮你对戏，不见得就是件好事，虽然他和你演肯定会比工作人员和你演更好让你入戏，但也是因为他太强了，很多演员在他面前就会显得毫不出彩，像个背景板。你们刚才能融入得这么好，真让我意外。我都有点懂我闺女为什么建议我要选你俩来演男女主了，是挺赏心悦目的。”

苏导算是发现了，秦舟和梁昭昭其实属于同一类人，都是脸长得太好看以至于自带一种气场，只要梁昭昭演得不出戏，他俩就般配到宛如天生一对。

“是秦老师演得好。”梁昭昭低声对苏导道。

“他当然演得好，他一站那儿，简直就是顾决本人。梁昭昭，以后你们就是长期合作伙伴了，你要是遇到什么困难的地方可以多问我，也可以多请教秦舟。”苏导说完这句顿了顿，顽童般的视线在秦舟身上绕了圈，“我看他挺乐意帮你的。”

梁昭昭演完就准备走了。

她还没来得及出酒店门，就有人喊住了她。

是洗手间里碰到的那两个女人。

她们提出想私下和她谈一下。

“我们也不熟吧，而且我很忙的，有什么话在这儿讲就行了。”梁昭昭说道。

试镜还没有结束，酒店里有工作人员还有演员，那两个女人年纪也不大，羞耻心作祟脸憋得通红。

“我们错了，希望您不要和我们计较，我们以后再也不会干这种事。”

“是啊是啊，刚才看到您和秦老师演戏，我们都觉得自己误会您了，您演得很好，是我们见识短浅，您就不要和我们一般见识了好不好？”另一个女人也跟着说。

梁昭昭也不是第一天混娱乐圈，笑脸相迎背后捅刀这种事她也见过，这两位顶多就嘴碎了点，但不至于真的能伤害到她。

“话说完了吗？说完我走了。”

她当然不会因为这种事针对她们，大家在这个圈子混都不容易，但是想在她这里求个口头上的安心，做梦吧。

“等等。”

梁昭昭的手被她们其中一个拉住，她眉头微蹙看着她俩，其中一个女人犹豫半晌，还是说了出来：“那个，您和秦老师关系很好吗？”

“为什么这么问？”

“因为我们总感觉，刚才他听到我们说你好像很生气的样子。如果是的话，您能不能也帮我们和他说说，我们真的知错了。”

听到她们说这句话，梁昭昭瞬间心情好了很多，但她面上还是不能表现出来，依旧端着，反正念寒姐说她在不熟的人面前都是这种高冷的调调。

“我为什么要帮你们说，我是你们的传话筒吗？要说自己去说。”梁昭昭说完，没再搭理她们了，她也没急着走，而是在酒店里默默坐了一会儿。

那边苏导还在和秦舟讨论选人的问题，梁昭昭等啊等，终于等到秦舟和苏导告别说再见。

梁昭昭走上去，对他说：“秦老师，我有话想和你说。”

秦老师这个称呼，秦舟在圈子里这么多年听了很多次，也算是习惯。但这个称呼从梁昭昭嘴里说出来，奇怪又讽刺。

秦舟点了点头，示意她跟他过来。

他直接带她去了酒店的顶楼天台。

“这里没人，想说什么就说吧。”秦舟背对着她，目光看向脚底的楼宇大厦。

天台风大，他今天穿的是一件短款的黑色风衣，衣角被风扬了起来，梁昭昭看着他的背影，咬咬唇还是说了出来：“我能问你一件事吗？”

秦舟搭在护栏上的手缩紧。得到太多后，这个世界上已经很少有事情能让他紧张，梁昭昭把他单独约出来，问出这样一句话是什么意思？

是她终于装不下去了，想和他提出复合？

如果她提出来了，他要怎么办？

直接答应，应该会很丢脸吧，毕竟当初他在她面前放了狠话，除非他是狗，不然不会回来找她。

就因为这句话，他被她拉入黑名单，前阵子才被放出来。

可是，如果不答应……

“你今天帮我搭戏，是不是因为听到了别人在背后说我演技不行？”梁昭昭问道。

哗啦——

一盆冷水直接把秦舟心里蹿上来的小火苗给浇了个干净。

秦舟缓缓转过身，沉眼看梁昭昭：“你想问的就这个？”

他表情有点发冷，梁昭昭不知道自己哪里又得罪他了，有点愣：“是啊，因为我听到她们跟我说……”

“是。”

秦舟没等她说完，直接承认。

“谢谢你。”

她心里很感动，很开心，但是除了说谢谢，她也不知道还能和他说什么。

“今天的事，还有之前你帮我对戏，都谢谢你。我今天能顺利通过苏导这关，你给了我很大帮助，可能你不知道……但是真的，很感谢。”

秦舟肯定不知道，他在无形中给过她多少力量，曾经是，现在也是。

如果不是因为她丢掉的记忆，如果现在站在他面前的只是十七岁的梁昭昭，她都想冲过去抱着他哭了。

追星不就是一场单恋吗？以前只是喜欢他、支持他，能在他这里得到快乐和力量就很满足了，从没想到会在他身上得到回馈。

但是现在，她的哥哥不但帮了她，还在大庭广众下站出来维护她。

她真的很感动，就算知道他这样做可能是因为那段被她忘记的过去，因为她是他的前女友。

但是秦舟怎么可以对前女友都这么好！

他真的好温柔啊。

秦舟对梁昭昭这套感谢的话不为所动，他朝她招招手：“你过来。”

梁昭昭听话地走了过去。

“啊——”

梁昭昭失声惊叫。

她刚走过去，人就被秦舟拉着摁在天台护栏上。

梁昭昭学过几年跳舞，腰很软，整个人都被他压住，她的头碰到了护栏的水泥上，有点疼。

秦舟一只手环住她的腰，沉下身子目光牢牢地锁着她。

“梁昭昭，你自己都不知道你刚刚看我是什么表情吧？”

“什……什么？”

“一个能把戏演好的人一定善于观察，我见过的人多了，像你刚刚那样的，在我面前藏不住，还是你本来就是做给我看的？”

梁昭昭听不太懂他在说什么，他们现在在酒店二十八楼的天台，她稍稍偏头余光一扫就能看到万丈深渊。

“你先松开我，我怕。”

刚刚还觉得温柔到让她想哭的人现在突然变得好可怕，梁昭昭用手推他。

秦舟压根儿不觉得她怕，他只觉得她还在装。

他双手握住她的手腕，把人牢牢摁住。

“还喜欢我吗？”他看着她问了句。

力量的制衡，让梁昭昭无法动弹。

现在的秦舟，是超出她理解范围内的。

因为把他当偶像，她看他都自带八百米厚的滤镜，哪怕他表现得很冷，脾气很跩，只要她能在他细微处发现一点温柔，她都能只记住他的好，把他的缺点也当成可爱。

所以，当被她捧成神一样的男人以如此攻击的姿态出现在她面前的时候，她是真蒙了。

就在一天之内，她看到了他的好，也看到了他的坏。

这样的秦舟，很鲜活。

她没有出声，眸里有水雾，红红的，像只受到惊吓的小兔子。

可哪怕这样了，她看他的眼神还是很温柔很容忍。

风将她的长发吹散，一些碎发遮住了她的脸。

离开我那么久，你会难过吗？

你是不是会有那么一丝后悔？

秦舟也红了眼。

他松开了梁昭昭的手，微凉的手指抚上她的侧脸，将她散乱的发丝拨到耳后。

“你知道的，我喜欢直接一点。”

梁昭昭还没弄懂他在说什么，下一秒，他的唇贴了上来。

这是梁昭昭记忆里的初吻。

她从没想过会是在这样的场景里发生。

空旷无人的天台，被人压在护栏上亲吻。

而且亲她的人，还是她喜欢了很久的偶像。

秦舟也没问她同不同意，直接捧着她的脸就亲上去，天台的风很大，他的手是凉的，唇却是热的。

太久了，太久没有碰她，以至于秦舟有点失控。

从回来第一次偷偷溜进医院见到她，他就想这么干。

在之后每一次，她在他面前拘谨装作不熟的样子时，他也想这么干。

“梁昭昭，我忍你很久了。”

秦舟在她唇边说完这句，直接一口咬在她的唇上。

“疼。”

她吃痛地喊了声，从梦中惊醒，在秦舟又要亲过来的时候，偏了头。

她抗拒的动作被秦舟收入眼底，冲上头的欲望被冲淡了些，理智回笼，他握住她手的力道松开。

梁昭昭趁机推开他，站直了身子。

他刚刚亲得有些狠，甚至还咬了人，梁昭昭唇有些肿，泛着水光。

大概是刚才真的被他吓到，她眼底有些红。

秦舟亲了也就亲了。

他和梁昭昭以前在一起那会儿，两个人都属于身体比嘴更诚实，能用亲密接触解决的事儿从来都不需要多说其他废话。

现在这是怎么了？

她这副表情，就好像他刚才狠狠欺负了她一样。

秦舟有几分烦躁，他脑子里想过的剧情发展不是这样的。按照萧泽说的，梁昭昭是喜欢他，她越别扭越作，就说明她越放不下这段过去。

萧泽给他的建议是用滚烫的怀抱和火热的吻去温暖挽回她的心。

秦舟觉得很扯，但想亲她想抱她是真的。

刚才氛围那么好，她那感动的眼神就差对他以身相许了。

所以他才一时没控制住亲了上去。

结果现在……

好像有那么点尴尬。

梁昭昭的表情让他觉得自己轻薄了一个黄花大闺女。

梁昭昭站了会儿见秦舟没有说话的意思，咬咬唇，低着头从他身边走过去。

秦舟拉住了她的手。

“你不懂我的意思吗？”

梁昭昭低声说道：“不懂，但是我不喜欢你这样。”

虽然以前她也说过一些想亲哥哥甚至想睡哥哥之类的话，那也只是说说而已啊，其实在心里她把他看得很高，其实很尊重他的。

但是秦舟一声不吭吻上来是怎么回事?

一时冲动，还是旧爱复燃?

跟她有什么关系，他问过她了吗?

梁昭昭的一句不喜欢，直接把秦舟堵得哑口无言，她从他手中挣开，快步离开了天台。

秦舟看着她的背影，脸沉如炭。

他人生里无数个第一次都给了刚刚跑掉的那个女人。

如果不是她出现，他自己都不会发现曾经他引以为傲的原则和骄傲在她面前屁都不是。

刚刚他都这样了，表现得还不够明显?

只要她服个软卖个乖，给他一个台阶下，狗他也当了。

谁知道他厚脸皮凑上去，只换到了她的一句不喜欢。

梁昭昭从天台下来，脚步都是虚浮的。

江落还在酒店门口等着，远远看到梁昭昭走过来，连忙迎上去：“昭昭，你和秦影帝聊什么呢，你怎么脸色怪怪的？”

梁昭昭捂住胸口，一时没能从刚才的冲击里缓过神。

“太魔幻了。”

“我的天，你的嘴怎么了？”江落仔细看她，才发现她嘴角处破了一小块。

梁昭昭想起刚才秦舟亲她的时候还咬了她，她吓得立马从包里翻出口罩戴上。

江落是看着她和秦舟一起出去的，稍微一联想，惊讶道：“你们难道刚刚已经——”

梁昭昭飞快地捂住江落的嘴："隔墙有耳，小声点。"

江落反复看了看四周，确定没人了，把梁昭昭拉近了点，小声道："你们怎么回事啊，秦舟怎么你了？"

梁昭昭扶住额头："别问了落落。你知道吗，在今天之前，我对于秦舟是我前男友这件事都没有实感的，因为我都忘了嘛，但是他作为我偶像却已经是好几年了。直到刚刚，我算看清了，他已经，不仅仅是我记忆里的那个秦舟了。"

还是前男友，而且很可能是余情未了的那种。

折腾了一天，回到家后天都快黑了。

今天是周末，梁宇也在家。

"砰砰……"

房间门被人敲了敲，梁宇的声音从门外传进来："姐，家里来客人了。"

她家除了团内的姐姐还有她的经纪人和助理，平常都没人来，她们几个来的话也都是直接进来不会客气。

"谁啊？"

梁昭昭应了声，踩着拖鞋走出来。

然后，她看到了站在门口的萧泽。

"萧总今天怎么来我家了？"

萧泽对她笑了笑："来给邻居打个招呼。"

梁昭昭："邻居？"

萧泽："嗯，我搬来这儿了。"

"萧泽哥，还不进来吗？"梁宇还在厨房忙活，端菜的时候看到萧泽还站在门口，招呼了句。

萧泽看了看满脸吃惊的梁昭昭，浅色的眸里荡漾着温润的笑意："我能进去吗，昭昭？"

梁昭昭回过神，挪开了点，给他拿了一双拖鞋。

"你进来吧。"

"谢谢。"萧泽对她表现得很有礼貌，自带一种让人信任想亲近的气场。

萧泽进来之后，梁宇正好饭做得差不多了。

"萧泽哥，吃饭了吗？"

"没呢，不介意我蹭顿饭吧？"萧泽说道。

梁宇："那我多去做几个菜。"

萧泽拉过他："不用，这些够了。"

三人一起坐在饭桌上吃饭，梁昭昭对于萧泽突然出现在她家这件事，还是感觉有点奇怪。

"哥，你怎么会突然想在这边买房？"梁宇边吃边和萧泽聊。

萧泽回答："这儿环境挺好的。"

"真的是因为环境好？"梁宇意有所指地看了眼梁昭昭。

“偶尔能蹭顿饭也不错。”萧泽淡笑道。

这两个男人聊得挺开心，梁昭昭都插不上话，她也不知道该说什么，就默默地坐着吃自己的饭。

不得不说，这几年过去，梁宇的厨艺倒是长进不少，做的饭菜贼好吃，味道比外面那些星级酒店都没得差。她弟弟也太贤惠了点，也不知道将来会便宜了谁。

想到这里，梁昭昭有点心酸。

“姐，你能吃慢点吗？又没有人跟你抢。”平常这样就算了，今天家里还有其他男性，他姐怎么也不稍微注意点。

梁昭昭把嘴里的饭菜咽下去，开口道：“你不知道我最近压力可大了，就怕试戏过不了，我这担心得睡也睡不好吃也吃不好，人都瘦了。现在尘埃落定，你让我多吃点补回来。”

试戏只是过了第一关，接下来还要拍戏，那可不只是一个场景，梁昭昭感觉挑战才刚刚开始，她必须养足精力才行，别到时候身体跟不上，想努力都努力不起来。

“行行行，你吃。”梁宇嘴上说她，手上却给她夹了好几次菜。

“昭昭，你看你，多大的人，饭还跑到嘴边。”萧泽看到后，从餐桌上抽了一张纸，站起来弯腰去帮她擦。

帮她擦的时候，萧泽看到了她嘴角破的那小块，尽管不明显，他还是看到了。

“嘴怎么了？”镜片后的眸光微凝，萧泽沉声问。

梁宇听了也抬头盯着梁昭昭的嘴看：“对啊，姐，你的嘴怎么破了，怎么弄的？”

梁昭昭情不自禁地伸手摸了摸嘴角，装作若无其事地笑了笑道：“没事，今天中午吃饭太急自己把自己咬了。”

“还能咬到那块去，你也真是神了。”梁宇说了一句，也没再继续问下去。

萧泽拿着纸巾帮她擦了擦，连带那块被咬破的地方也轻轻碰了碰。

他看着梁昭昭，笑着说：“下次要小心点。”

“嗯。”

梁昭昭点头应了声，心虚地躲过他的视线，低头又吃了两口碗里的饭。

第五章

重新认识一下

试戏试镜结束后，基本上就确定了演员阵容。

在新戏开拍之前，会有一波宣发，主演都需要拍摄定妆照片。

梁昭昭和几位主演如约到了拍摄地点，现场有安排化妆师替他们准备好服化。

白秋与这个角色有两个人扮演，还有一个小女孩演小时候的她。梁昭昭需要扮演的角色年龄大概是十几岁到二十几岁的阶段，百分之八十的戏份都是在学校里，所以她的定妆照是穿着蓝白校园夏服的女学生。

秦舟则是一身干练警服，头发也因为这部戏剃短了很多，寸头非但没折损半分他的帅气，甚至凸显出他精致硬朗的五官。造型师给他化妆这会儿，已经忍不住对他吹了无数个彩虹屁了。

等到服化准备结束后，他们先是拍单人照，然后剧内 CP 拍合照。

轮到梁昭昭和秦舟要拍合照的时候，毕竟不是在演戏状态，她有些放不开。

摄影师：“不对不对，你们这感觉不对。昭昭啊，他是你很亲密的哥哥啊，你最依赖的人哪，你怎么感觉很怕他的样子。”

“对不起。”让人一遍一遍地重拍，梁昭昭有点内疚。

“再重来一次。”摄影师说道。

光是一个背靠背的动作他们都拍了半天，摄影师看着相机叹气。

“明明多般配啊，就是少了那么点感觉。要不你俩沟通一下，找找感觉吧。我们先拍下一组。”

黎双和纪元洲在这部剧里依旧是一对欢喜冤家，也是女主的两位好朋友，梁昭昭找不到感觉，就让他们先上了。

待会儿还有外景，梁昭昭和秦舟一起去了外面，大家给他们俩腾出一点空间找感觉。

梁昭昭坐在草地上，秦舟也跟着坐在她旁边。

平常这个时候，她就算和他装作不熟，也好歹会客气喊声“秦老师”，这会儿干脆连话都不说，直接变成了个小哑巴。

“你就这么怕我？”刚才拍定妆照的时候，他稍微靠她近点，她身体都会有不自然的僵硬感，摄影师能拍出满意的效果那才见鬼了。

“没有。”

“工作是工作，一直把私人情绪带入工作只能说明你不够专业。”

“……”

还不因为他上次突然亲她，这一幕哪里有这么好消化，她看到他的脸就老会想起那天发生的事情。

“谁有你专业啊？”他明明是始作俑者，亲了她也没句解释，这会儿还教育起她来了。她有些不服气，低声反驳了句。

明明就有在生气，却什么都不说，憋着一股委屈劲的可怜样子更让人想欺负了。

秦舟突然觉得现在的梁昭昭也挺有意思的。

他朝她坐近一点：“喂，上次亲你一下，你这么在意？”

他真是哪壶不开提哪壶，她再不忘掉那幕真没法好好工作了。

“你以前可不是这样，以前你可比我还主动，突然亲我的次数多了去了，我哪次跟你算过账？”

秦舟面无表情地说这些骇人听闻的话，让梁昭昭恨不得立马捂住他的嘴。

“别说了，万一大家听到怎么办？”

秦舟见她害怕的样子，笑了下：“你看，我们本来就不是什么单纯的关系，一个吻而已，你就当我冲动上头一时情难自禁，这么在意干什么？”

“你不懂的。”对他来说只是随便的一个亲吻，她却现在都难以忘记。

“如果你真在意，大不了让你亲回来。”秦舟说完躺了下去，睡在草地上，头枕着双手。

他随口的一句话又让人心跳如鼓，梁昭昭侧头看了看旁边的他。

秦舟大概最近工作有些累，躺在草地上闭上眼好像就要睡着了。

制服真的适合他，将他的气场衬托得更为出众。

这个人怎么能这样呢，穿着正气凛然的警服，说的却是这么不正经的话。

不过秦舟这样风轻云淡地将那天的事情带过，梁昭昭反倒没那么在意了。

经过上次那个事，秦舟在她眼前的八百米厚滤镜碎了点，再加上他今天和她开玩笑的这些话，都让她觉得，他好像也没自己想的那么好，也没自己想的那么遥远。

《长大》的官博在半个月前就建好了，选角的时候也陆陆续续有些消息被放出来，因为是苏导的作品，又有消息透露这次男主在谈秦舟，女主在谈梁昭昭，剧组还没官宣演员的时候就有十来万的粉丝在蹲着。

等官博将男女主定妆照发出来官宣后，没多久转发就过了百万，直接登顶微博热搜第一。

“长情共话，伴你长大。”

很简短的宣传文案，下面直接放了三张图，一张是秦舟穿着警服戴上警帽敬礼的照片，一张是梁昭昭坐在教室看书的照片，还有一张是两人的合照。

合照的画面秦舟单手环着少女的肩膀，半是拥抱的姿势。

合照那张秦舟没有穿制服，而是穿的白色衬衫，和梁昭昭的白色连衣裙相称得宜，有点情侣装的味道。

两位主演官宣之后，微博直接炸了，《长大》官博迅速涨了几十万的粉丝。

剧宣之后，节目组的摄影棚已经筹划好，演员开始进组。

拍摄地点在 A 市的影视城，离北城有一段距离，剧方给演员都安排了酒店房间。

开机的前一天，导演组织了一个剧本围读，把所有的演员聚集在一起，挑选段落让他们按照自己的感觉念出这个情景里的台词，而萧苒一看到秦舟，就一直缠着他。

为了能好好演这个剧本，裴念寒这段时间都没有给梁昭昭接任何工作，她这些天就是按照剧本里白秋与的方式活着，说出的那些台词不论是语气和情绪都和角色比较贴。

“不错啊梁昭昭，情绪很到位，看来你真的有在这个角色上好好下功夫。”苏导表扬了她一句。主要是他之前听到这姑娘的负面评价太多了，现在接触下来，发现这孩子谦虚礼貌还挺刻苦，他越发觉得自己没有选错人。

“谢谢导演。”得到苏导的肯定，梁昭昭很开心。

“情绪到位了，台词功底还是要加强，这次我希望大家都尽量能用原声出演。”苏导又补充了句。

梁昭昭点点头：“我会加强练习的，导演。”

苏导笑了笑，然后对大家说：“好了，还有点时间，你们演员之间熟悉熟悉，中午大家一起吃饭，下午还有个开机仪式，到时候会有媒体来。”

秦舟在梁昭昭身边坐下来，翻了翻刚才搁手边的剧本。

“你哪里不懂？”

“嗯？”还在想萧苒的事情的梁昭昭一时有些迷糊。

秦舟抬眸打量了她片刻，突然拉了她一把。

她只得半蹲下来，与他视线平视。

秦舟看着她，桃花眼微眯：“我知道了，你根本不是来请教我的，你是不是看不惯我身边有其他女人？”

这个人，老喜欢突然搞事情……

让人烦恼又不可抑制地心动。

“没有，你想多了。”梁昭昭偏开头。

秦舟笑了声，清朗贵气的嗓音很是好听：“以前怎么没发现，你还挺爱吃醋的。”

梁昭昭还想反驳，这时候苏导拍了拍手。

“停一下，到饭点了，大家一起去吃饭吧。”

“走了。”秦舟站了起来。

梁昭昭本想跟着一起去，这时候包里手机响了。

她打开包翻出手机。

“喂？”

萧泽的声音从电话里传过来：“在干什么？”

“在剧组呢，刚结束剧本围读，导演说要请我们去吃饭。”

“今天还顺利吗？”

“还行吧，能找到一点感觉了。”

“苏导可是很严格的，我都担心你被他说。”

“没有啦，苏导其实人也很好的，赏罚分明，刚刚还夸了我两句。”

这时候走在她前面两步的秦舟回了头，他看着含笑打电话的女人蹙了蹙眉：“梁昭昭，你干什么，还吃不吃饭了？”

梁昭昭听到秦舟喊她，只能对电话里说：“我要去吃饭，先挂了。”

“好，下次再联系你。”

“嗯。”

她挂了电话，走了过去。

秦舟用冷淡的视线瞥她一眼：“和谁打电话，聊得这么开心？”

“一个朋友。”正常聊天而已，哪里有他说的很开心。

她刚刚接电话的时候，秦舟和她隔了一段距离，只隐隐听到一点声音，听上去对方应该是个男的。

他扯唇笑了笑：“你朋友还挺多。”

秦舟说完这句后，没再理她，直接抬腿走了。

梁昭昭也没搞懂他到底什么意思，没多想，跟着去了酒店。

吃完饭，休息了会儿，大概在下午两点的时候，开机仪式准时举行。

苏导本身有点迷信，每部戏都会大办开机仪式，正好影视城附近有座五华山，这次开机仪式就在山脚下举行。

现场来了很多媒体，在附近架满了摄像机，整个活动场面声势浩大。

剧组在山脚下摆了一张长长的案桌，铺了红绒布，上面堆放着水果和其他肉食贡品。

从导演到制片人再到主演，依次来上香拜佛。

梁昭昭今天穿的鞋子跟有点高，山上路陡峭，她走过去的时候脚踩到了一块石头，脚底生滑。

秦舟正巧站在她旁边，看到她站不稳，伸手在她腰间扶了一把。

梁昭昭稳住身体后，向他投去感激的眼神。

秦舟臂膀弯曲：“扶着我。”

“不好吧？”

秦舟低头看了眼她的脚跟，她刚刚那表情就算没扭伤，起码是扭疼了。

“这里路不好走，难道你想在苏导的开机仪式上摔倒吗？”

刚才那一下脚确实还有些疼，梁昭昭也不倔强了，手搭着他的臂膀，扶着他走。

同剧组的女演员差点摔倒，男演员绅士地扶一下，这本不是什么大问题。问题就在于，扶人的男演员是秦舟，差点摔倒的女演员是梁昭昭。

当天开机仪式来了那么多媒体，这一幕被许多人拍到了，开机仪式刚结束，秦舟扶梁昭昭的照片就流传到了网上。

秦舟的粉丝人多且鸡血，年龄跨度广，自然会有那么一些年纪小不理智的粉丝。

网上已经有不少这样的粉丝开始骂了。

“这剧才刚开拍，有些人就这么迫不及待赶着碰瓷啊？”

“我呕，她的手放哪儿呢，别碰我哥哥啊啊啊！”

“看到她和哥哥演戏我就知道没好事，没什么实力全靠资本捧红的艺人能有几分心思放在演戏上？秦舟这样出圈无黑点人气实力双TOP家里还有矿的影帝摆在她眼前，梁女士怕是嘴都笑裂了吧？”

“哥哥快跑啊！”

当然，这些只是秦舟粉圈里的一小部分。秦舟红了这么多年，粉圈管理早就规模化，这些言论也有被自家其他理智粉丝制止劝删，甚至被自家反黑站挂黑，只是粉丝站也没法管那么多人，仍然有很多中伤梁昭昭的言论在网上流出。梁昭昭出道这六年风风雨雨大起大落的，粉丝早就被虐成了死忠，不管对面是谁，敢骂我爱豆，我就敢骂你。再者梁昭昭背后是P.M，顶尖女团的粉丝也不是那么好惹的。

小规模的战火愈演愈烈，剧都还没开拍，男女双方的粉丝倒是开始先撕起来。

在两方粉丝开撕的同时，一个组织以迅雷之势崛起，直接登上了当天CP超话排行榜第一。

【秦时明月，可待昭昭。欢迎来到神颜CP的超话基地，秦舟X梁昭昭。】

超话里全是为两位正主撒糖的欢呼。

“我没了，天仙配呜呜呜，秦舟好man，妹妹好美！”

“啊啊啊，动手了，他动手了！”

“哥哥冲呀，把昭昭抱回家！”

“剧什么时候播，我已经迫不及待了。”

……

一时之间，剧还没播网上已火花四溅，梁昭昭和秦舟还有《长大》的剧名整整屠屏了一天。

萧泽也就是百无聊赖的时候刷了一下手机，看到手机弹窗广告给他推荐的标题他以前都是直接滑过，这次看到了秦舟和梁昭昭的名字，他就点进去看了眼。

头条新闻里图文并茂地给他重现了一下《长大》剧组开机仪式的场景。

那几张被网上热议秦舟扶梁昭昭的图萧泽也看到了，镜片下的双眸沉了沉，若有所思。

演员档期基本上都是排好的，一部戏开拍之后，都有规定每天需要拍完的戏量。苏导对于拍摄的把控比较严格，只要他不满意就会NG，很多时候一条戏能重来好几次。

梁昭昭拍这部戏的状态出乎大家意料之外地不错，和角色很贴，虽然有些瑕疵，但胜在自然有灵气。

“昭昭姐可以啊，演得不错，哪有网上说的那么差？”黎双夸她道。

“不不不，只能说我女神这部戏真的进步很大了，你可能没看过她以前演的戏，是真挺尴尬的。”纪元洲说道。

黎双在纪元洲肩膀上拍了一巴掌：“你有事吗？谁让你提昭昭姐的黑历史的？”

梁昭昭也不知道为什么，女团出道后明明一直就有个演员梦，可念寒姐她们却说，她之所以演技差，是因为她自己本身就排斥演戏，演戏时候的状态和她在舞台上完全判若两人，一点自信都没有。

失忆之后，她反倒喜欢上演戏了。

“昭昭，秦舟，你俩过来一下。”苏导指导完那边工作后，喊了他俩的名字。

秦舟和梁昭昭走了过去。

苏导翻开剧本：“接下来这场对手戏挺重要的，也是你们的第一场亲密戏，没有问题吧？”

“没问题，导演。”秦舟笑了声，漫不经心地应道。

“你呢昭昭，准备好了吗？”

剧本在昨晚他们就已经通读过了，梁昭昭也知道今天有这场戏，虽然早就做好准备，但是看到秦舟这张脸的时候，还是会紧张。尤其是他刚刚望向她时，唇边压着的若有似无的笑，她真㞞了。

演戏最忌什么？当然是因戏生情啊！

梁昭昭现在觉得她的情况有点危险。

“我应该也可以吧。”

为了不让自己显得业余，进组之后，梁昭昭在剧本和表演方面都花了很多心思，几乎天天都在熬夜。

“好，那你们把台词对一下，五分钟后开拍。”苏导说道。

秦舟连剧本都没拿，抱胸靠着，一副恣意闲散的神态：“光对台词没什么意思吧，不如我们先演一遍？”

“不用了，时间不够的，我们念完词就行。”梁昭昭拒绝了他。

这场戏有亲密举动，太惹眼了，她怕被人看到，给秦舟带来绯闻。

他也真是，这种事都不注意一下吗？

她一个事业粉真的操碎了心。

第一次提出对戏还被拒绝的某影帝愣了一秒，随即笑了。他微微侧身，漆黑深邃的眸看着她，压低嗓音道：“小姑娘防备心还挺重。”

梁昭昭笑而不语。

她防备心重？还不是因为他太会撩？再不防着点，她真该对他生出妄念了。

简单地对词之后，这场戏就开拍了。

苏导坐在摄影机前喊道：“各部门准备，Action！”

这场戏还是初中生的白秋与一个人在家，家里遭了贼，贼偷东西的时候看到了她起了歹意，意图不轨。而就在白秋与哭喊着挣扎的时候，顾决正好赶过来救下了白秋与。

揍了欺负她的人以后，顾决报了警。警察做完笔录后，小姑娘还是害怕地蜷缩在沙发的角落里，浑身都在发抖。

顾决走了过去，坐在她身边，安抚性地拍了拍她的脑袋：“坏人已经被抓住了，不会再伤害你。”

白秋与没说话，依旧保持着那个姿势，双膝弯曲，手臂抱住腿，整个人缩成小小的一团，是自我保护的姿态。

顾决继续说："我看了看，你家的锁太久没换，已经旧了，难怪坏人会进来。哥哥已经帮你换了，以后你一个人在家要记得锁好门。"

小姑娘大概是真的被吓坏了，她平常话就少，这会儿更是一言不发，死死咬着唇，盯着门外的方向。

顾决一大老爷们儿也不擅长安慰人，再者这条街上的阿姨们出了名的爱八婆嘴碎，他再留下去，孤男寡女的，恐怕会给她招来闲话。

他站了起来，在衣袋里搜了搜，一共是五十三块六毛钱，还有一部直板手机。

他把全部家当都放在了她面前的桌上。

"手机你拿着，里面存了我家的电话。有事就给我打电话。"

女孩看了桌上的手机一眼，又看了眼他，依旧没说话。

顾决没辙了。

"那我就先回去了，记得锁好门。"他说完这句往门外走，走的时候还转头看了她两眼。

背过身后，原本神态柔和的男神眸色冰寒，连搭在门上的手都暴起了青筋。

秦舟这段演得非常到位，担心又什么都做不了的无奈，看着担惊受怕的女孩时那种心疼，甚至还能感受到他看到这幕后压抑着的愤怒。

如此多层的复杂情绪，全都在他的神情和细节动作里得以体现。

"秦老师真绝啊，眼神里都是戏。"站在苏导旁边和他一起看片的工作人员忍不住夸了句。

顾决推开了门，门外的风涌进来，吹动了屋内落地的窗帘，满室狼藉。

白秋与看着站在门外的高大身影，眼神执拗悲切，一直安静着的她突然站起来，她赤脚踩在地上，冲过去直接抱住了顾决的后背。

"别走。"

"哥哥，别走。我害怕我害怕！"

她将眼前的人越抱越紧，就像抱住最后一根救命稻草。

身体紧紧地贴在他的后背，这就是她唯一可以依靠的地方。

她开始是小声喊着，让他别走。

慢慢地，她哭了起来，哭着大声喊自己害怕，想让眼前这个人来救救她。

顾决任她抱了一会儿，等她情绪稍微稳定下来后，拉开她的手，转过身面对她。

"我不走，不哭了。"

他越是温柔哄着，女孩就哭得越厉害，似乎一直压抑的情绪终于找到了闸门，她哭得止都止不住。

他试着帮她擦眼泪，擦了又冒出来。

最后，少年长叹了口气，将她重新抱入怀中，轻轻拍着她的后背一遍遍柔声说："哥哥就在这儿陪着你，哪里都不去了。"

镜头被拉长，这个画面整整拍了十几秒，还是苏导最先反应过来喊了停。

“一遍过！”

“昭昭，你真给我惊喜啊！这段演得太好了！你哭戏怎么这么好！”苏导很激动，他现在都有种想上网去替她说话的冲动。

谁说这小姑娘不会演戏的？她明明就很有天赋啊！演得太灵性了！都能让他忽略一些因为基础不够的瑕疵。

然而他夸完后，却没人理他，大家的注意力都放在了那边，因为梁昭昭还在哭，有些止不住。

“她怎么了？”站在导演旁边的工作人员问道。

苏导：“她能演这么好，是将自己完全带入了，基本上就是和主角共情，这样演戏的方式其实很伤神，白秋与痛，她也痛，没办法一下子抽离。给她点时间缓缓吧。”

工作人员将梁昭昭围了起来，江落一直在给她递纸。

梁昭昭接过纸擦着眼泪，面对大家的关心，挤出一个笑：“我没事，哭会儿就好了。”

她心里太难过了，只要一想到十三岁的小秋与经历的那些，她眼泪就不听话地往外冒。

“我来吧。”秦舟接过江落手里的纸，一言不发地替梁昭昭擦着眼泪，指腹抹过她发红的眼角。

就好像在剧中一样。

梁昭昭哭了会儿，总算将自己从剧里抽离，止住了眼泪。

导演看她演这段戏太辛苦，干脆让大家都休息一会儿。

梁昭昭这会儿已经不哭了，黎双和纪元洲怕她还一直沉浸在原角色的情绪里，两人都在她身边陪她聊天。

秦舟站在不远处，视线看向他们仨坐着的方向。

“咳！”周斯耀在他耳边低咳了声，“能稍微收敛一下你的视线吗？你这都不叫偷看，你这叫光明正大地看！”

秦舟没挪地儿，说了句：“她以前从来不哭的。”

“所以呢？”周斯耀并不想听他回忆他和梁昭昭的过去。

秦舟收回视线，自嘲一般低声笑了句：“周斯耀，我发现了一件事。”

“什么？”

他仰起头，说：“我真挺不喜欢她哭的。”

周斯耀：“这只是演戏，她刚才演得挺好的，代入太深了吧。”

“是，明明只是演戏。”可他还是会痛，会心疼。比起顾决心疼白秋与，秦舟更心疼梁昭昭。

他踹开脚边的石头，说了句：“苏导也真是，为什么要拍个这么苦情的剧本，开开心心的不好吗，女主身世就不能顺一点？”

“你可快闭嘴吧你，我真的要受够了。怎么，你秦大影帝还想抢编剧的活儿去改个剧本？”周斯耀无力吐槽，摇摇头走了。

秦舟思忖了片刻，突然戴上口罩，往片场外的方向走。

休息的时候，组内的制片人出去接了个电话，等他再回来的时候，身边多了个人。

是萧泽。

“这是萧氏集团的萧总，萧氏集团也是咱们这部片子的投资方之一，萧总今天来A市，顺便就来看看片子的进度。”制片人说道。

梁昭昭没想到萧泽家的公司也有投资这部戏，更没想到他会突然出现在这儿。

两人之前几次接触下来，已经挺熟了。这会儿再装不认识恐怕不好，就当她准备和萧泽打招呼的时候，另一边的萧苒飞快地跑过来，搂住了萧泽的胳膊：“哥哥，你真来了！”

萧泽对萧苒笑了笑：“嗯。”

梁昭昭打招呼的手收了回去，她这才想起来，萧泽和萧苒都是萧氏集团的人，又都姓萧，这两人没亲戚关系才奇怪吧？

只不过这兄妹俩行事风格相差太大了，她也就没将这二人联系到一起。

萧泽看到了梁昭昭，直接走了过来，身边还跟了个萧苒。

“昭昭，你们的事我听苒苒跟我说了，是我妹妹太任性，我替她和你说声对不起。”

“哥，你说什么对不起啊，你……等等，你俩认识？”萧苒惊了。

萧泽：“嗯，梁昭昭是我很重要的朋友，所以你以后不准再找她麻烦了，知道吗？”

“气死我了气死我了！她怎么还认识我哥啊！”萧苒气得直接从摄影棚里出来了，当她听到萧泽以“很重要的朋友”介绍梁昭昭的时候，她差点血都吐出来。

“这一个两个的都是怎么回事！你们是被梁昭昭迷了心窍吗！舟哥哥这样就算了，怎么连我哥也……”

萧苒嫌不解气，随地捡了块石头朝前面丢，恨不得那块石头能自动飞到梁昭昭身上去。

秦舟正好这时候走过来，就看到萧苒这副样子，如果不是他反应快，那块石头就丢他身上了。

萧苒看到秦舟后，连忙走了过去：“舟哥哥你没事吧，我没砸到你吧。”

秦舟：“没事。”

他说完准备往里面走，萧苒注意到他手上还拎了杯奶茶。

“哇，你还出去买了奶茶啊，是给我喝的吗？”

秦舟：“这个不是你的。我给大家都买了，拿不了这么多，商家一会儿会派人送过来。”说完他也没打算再理萧苒，准备往摄影棚里走。

“那是给谁的，梁昭昭吗？”萧苒在他背后说道。

秦舟没搭理她，连头都懒得回。

“你知道她现在在干吗吗？她正在和我哥，也就是你兄弟萧泽聊得很开心呢。”

这下秦舟停住了脚步，他转头问了句：“萧泽来了？”

萧苒笑了：“是啊，你也不知道是不是，我也不知道呢，我觉得我哥探班压根儿就不是来看我或者看你的，他是来看梁昭昭的吧。”

秦舟沉了脸。

萧苒继续说："你知道他怎么和我介绍梁昭昭的吗？他说这是他很重要的朋友。呵，我都不知道我哥还有这么一个重要的女性朋友。"

"别说了。"秦舟冷声道。

秦舟回到摄影棚的时候，远远就看到了棚里和梁昭昭聊得正欢的萧泽。

真出息，萧泽来探班，都不告知他一声。

"你刚刚干吗去了啊？"周斯耀就站在门口，秦舟一来，他就看到了，立马走过去。

秦舟脸色看着平静，但熟悉他的人能看得出来，他这是在压抑自己的情绪。

也是，看到兄弟和余情未了的前女友谈笑风生，正常的人都会生气。

周斯耀："他俩怎么认识？"

制片人是说萧泽来 A 省出差顺便来看看片子进度，明眼人都能看出来不是那么回事。

你想看片子进度不应该去找导演吗？一直和女演员聊天是为什么？

周斯耀感觉萧泽就是冲着梁昭昭来的。

"我也很想知道，他俩是怎么认识的。"秦舟冷笑道。

周斯耀看到他手里还拎着杯奶茶："你刚才出去就为了买这玩意儿？"

秦舟将奶茶拎高一点："给你买的，喝吧。"

"我不爱这个，我只喝咖啡。"

"就当换个口味。"

秦舟说完直接松开手，周斯耀眼疾手快接过奶茶袋子："喂，你……"

秦舟走过来。

萧泽和梁昭昭同时看到了他。

秦舟看了眼萧泽，淡声道："来了怎么也不跟我说一声？"

"给你个惊喜。"萧泽笑道。

秦舟扯扯嘴角，语气嘲讽："还真是个惊喜。"

"你们认识吗？"站在一旁的梁昭昭看看他俩，疑惑地问了句。

"我们何止是认识。"秦舟一只手搁在萧泽肩上。

这两个男人身高差不多，秦舟略微高点。他脸上没什么表情，手上却使了劲，萧泽在心里骂了声，脸上依旧保持着笑容。

"不过我倒是很好奇，你们又是怎么认识的？"秦舟开口问。他这话听着像对萧泽说，眼睛却一动不动盯着梁昭昭看。

"我们……"

梁昭昭还没说完，萧泽不动声色地站了出来，将她护在后面。

他对秦舟笑了笑："我和昭昭认识很多年了，一直没有机会给你介绍，没想到你们一起合作了戏。"

秦舟注意到对方话里"很多年"三个字，他气极反笑，冷色的眸沉沉地看向萧泽："藏得还挺好。"

萧泽将秦舟放在他肩上的手拿开，微笑道："彼此彼此。"

梁昭昭夹在他们中间，有些听不懂这两个男人在说什么，但两人间的这股低气压已经快要让她窒息了。

见了萧泽后，秦舟去找了苏导。

“导演，我朋友来了，我有事要和他聊会儿，你先拍别人的戏吧。”

苏导看了眼那边的萧泽，点了下头。

秦舟又直接走到萧泽面前，冷声说了句：“跟我出来。”

萧泽也没多说什么，站起来跟着他走了出去。

梁昭昭虽然还没搞清楚这两人到底怎么回事，也看出了点不对劲。

“他俩怎么了？”她小声问了句身边的江落。

江落看着两人离开的背影，连连感慨：“狗血，真狗血！”

“什么狗血？”

“兄弟变情敌啊，这还不够狗血吗？”

江落看梁昭昭一脸蒙的样子，又说了句：“你该不会感受不到萧总也喜欢你吧？”

“不是多年的好朋友吗？怎么就喜欢我了？”梁昭昭惊道。

江落：“这年头男女哪还有什么纯洁友谊？多年好友，不过是没捅破那层窗户纸罢了。”

“……”

江落讲着讲着就兴奋了，扭头问她：“这两个男人都是极品中的极品啊，昭昭，你更喜欢哪个？”

梁昭昭没回答江落这个问题，她觉得江落是想多了，既然她和萧泽认识了很多年都没在一起，那萧泽怎么会喜欢她？她不觉得自己有本事能让一个这样的男人一直等着。

萧泽跟着秦舟一路走出来，找了处僻静的地方。

影视城风景很好，到处都是绿色植被，秦舟站在树前，背对着萧泽。

“你今天是来找她的？”

萧泽：“是找她，也是找你。”

秦舟转过身，黑眸晦暗深沉：“你不要告诉我，她就是你喜欢的那个姑娘。”

萧泽扯出一个苦笑：“为什么不可以，就因为她和你在一起过吗？”

这句话成功惹毛了秦舟，他走过来直接拽住萧泽的衣领：“知道你还碰她？”

他俩自从长大后，已经很长时间没有动手过，小时候他俩倒是老打架。

萧泽看到秦舟这样，莫名想到了小时候，还好现在长大了，不然这会儿怕是拳头已经挥到了他脸上。

“我没有碰她，如果我碰了她，还能轮到你？”萧泽冷笑，一只手攥住秦舟的手，沉声说，“秦舟，我和她是先认识的。

“在你都还不知道梁昭昭这个人的时候，我就喜欢上她了。你以为憋屈的只有你一个人吗？我也是最近才知道她就是你的前女友。”

他们太了解彼此了，都不需要多说什么，就能猜到自己喜欢的人恰好也是对方喜欢的那一个。

萧泽苦笑了声："我也是真傻，都快忘了你说过你前女友也是这个圈子的，你突然接苏导这个戏，我就应该想到。"

秦舟黑眸盯了萧泽片刻，最终放开了手，转身一拳打在了树上。

秦舟现在想起萧泽说的那些他和他那位小女神之间的事，当时还当八卦听得津津有味，现在只想摁住他暴打一顿。

"我和她在一起两年，都不知道她还有你这么个多年好友。"秦舟现在倒想知道，梁昭昭究竟瞒了他多少事。

萧泽："你有我惨吗，当初她只告诉我她有喜欢的人，没告诉我她已经和别人在一起了。"

当初他也曾向梁昭昭暗示过，这丫头毫不犹豫就拒绝了他。

她说她心里有一朵带刺的玫瑰，奇艳无双，却扎得她很疼，她没法再喜欢别人。

他一直以为她心里的那个人也是她的求而不得，谁知道呢，这个人是他兄弟秦舟，两人还背着他在一块了。

"你这个多年好友也不过如此。"秦舟出言讽刺了句。

萧泽："多年好友也比过气前男友来得好，至少我现在又有了机会。"

秦舟："你就不能换个人惦记？"

"你们都结束了，我为什么不能惦记？"萧泽寸步不让。

秦舟气极反笑，舌尖顶了下上颚："行。"

他抬腿从萧泽身边离开，他怕他再待下去两人真的会打起来。

秦舟进来的时候，脸色沉得可怕，脸部线条紧绷着，浑身气场全开，大家看他这样连问都不敢上去问。

他进来之后一会儿，萧泽也跟着进来了，神色倒算是正常。

萧泽走到梁昭昭面前："昭昭，我明天要回去了，晚上一起吃个饭？"

梁昭昭不知道这两人在外面发生了什么事，但秦舟那脸色有点吓到她，她多少也能猜到和自己有点关系。

"不吃了，我们现在拍戏拍得晚，我在剧组吃盒饭就行。"

萧泽也没勉强："那行，但是你也要注意营养，不要太累了。"

萧泽今天来只是为了确认一件事，现在确认完了，他再在剧组待下去也尴尬，和梁昭昭聊了两句又和制片人打了个招呼就走了。

大家都发现自从这位投资人萧总来了以后，秦舟的脸色就很不好看，苏导能看出他有情绪，于是今天上午干脆先拍别人的场，秦舟的戏都挪到了下午。

梁昭昭只拍了一条，剩下的基本上都是和秦舟的戏，他罢工休息，她也跟着休息了。

秦舟就躺在剧组放置的长椅里，一个人在那儿坐着，什么也没干，也不见他闭眼休息。

这时候有穿着工作服的奶茶店工作人员推着小车进来，给剧组送来奶茶。

大家一问，是秦舟送的。

“舟哥，谢谢你的奶茶！”大家远远跟他道了声谢。

秦舟没吭声，依旧保持那个姿势，听到有人喊他也只是点了下头，脸色依旧冰冷。

“舟哥怎么了，看上去心情真不好啊。”

“也不知道出了什么事，看着怪可怕的。”

“他不说咱也不敢问啊，也不知道会不会影响今天下午的戏。”

剧组里的其他人围过来拿奶茶，一边压低声音讨论着。

梁昭昭到底还是没法放任自己不管秦舟。

他这个样子，她看了也挺难受的。

她想了想，拿起一杯奶茶，犹豫了片刻还是往秦舟那儿走了。

“你给大家点的奶茶到了，喝吗？”

她将奶茶递到了秦舟眼前。

整个剧组的奶茶都是为了给她买的那一杯，只是她不知道而已。

现在这杯奶茶被她拿到他面前，还真是讽刺。

秦舟掀起眼皮，眸光有些冷：“拿走。”

脸色难看成这样，他俩出去到底说了什么？

梁昭昭第一次恨自己什么都不知道。

“你的手怎么了？”

她突然看到他左手指关节处红了一大片，甚至还破皮出血了，只是他刚刚进来的时候这只手放在衣袋里，大家没能注意到。

明明出去的时候还好好的，这是怎么弄的？总不至于他和萧泽出去一趟还打架了吧？

秦舟没说话，冰冷审视的目光落在她脸上，情绪都被他藏在眼底。

他想问的太多了，如果这里不是片场，没有那么多碍事的人的话。

梁昭昭当作没看见他的脸色，转头向剧组的工作人员问来了药膏。

“受伤的地方先处理一下吧，下午还要拍戏。”她说完在他面前蹲下来，打开药膏的盖子。

秦舟的手很好看，指节干净修长，手背劲瘦白皙，能隐隐看见浅色的血管。

名品一般完美的手，大家都说他这双手天生适合弹钢琴。

这样的手怎么能受伤呢。

她抓秦舟的手时，秦舟沉着脸不让她抓，她愣了愣，将药膏放在他旁边的小桌上。

“那你自己擦吧。”

再热脸贴冷屁股就没什么意思了。梁昭昭想站起来准备走，手腕却突然被秦舟摁住。

他用的受伤的那只手，用力的同时，血丝又从破开的皮肤里冒了出来。

“你和萧泽什么关系？”

梁昭昭忍着疼，看了看周围，还好旁边没人。

“朋友啊。”

一个是他喜欢的女人，一个是他信任的兄弟，这两人居然这么多年纠缠不清，而且认识时间比他还长。这算什么？

这是第二次，他的人生里感受到这种强烈疼痛的背叛。

第一次是她和他分手，他在她楼下站了一天她都不愿意回头。

秦舟嗤笑了声，他坐起来，身体前倾在她耳边说："朋友？和你在一起两年，我都不知道你还有这么一位护花使者。"

他声音压得很低，似有怒意在嘶吼："梁昭昭，当年踹我踹得那么果断，现在是准备让他上位吗？养备胎养到我身边来了，你行啊。"

他说这些的时候，梁昭昭低着头，杏眼里眸光闪动，有震惊也有疼痛。

随后，她用力抽出了手，一句话都没有说，直接走了。

她走后，秦舟盯着她背影盯了好半晌，脸色越发难看。

看她最后那表情，她还挺委屈。

她委屈什么，她有什么值得委屈的？

今天是《长大》这部戏的粉丝探班开放日，中午的时候来了一大波粉丝探班，粉丝还贴心地给剧组工作人员和其他演员准备了吃的喝的。

各家粉丝都有，人数最多的还是男女主演的粉丝。

梁昭昭和自己的粉丝开始闲聊。

"昭昭，你最近怎么又瘦了，拍戏是不是很辛苦啊？"

"没有，还好啦，大家都挺辛苦的。"

"你要好好注意身体哦，要天天开心，网上的那些评论不要去看了，都交给我们。"

"好，你们也是，要过好自己生活啊，不要在网上吵架。"

梁昭昭这些天都忙着拍戏，没怎么上网冲浪，但网上的事情也多多少少听了一些。

大概就是因为之前的开机仪式上秦舟伸手扶她的照片流了出去，本来很小的一件事，也不知道粉丝怎么就撕了起来，两方都是大流量，撕得很厉害。

再加上一些无良营销号的煽风点火，这场男女主演粉圈间的较量愈演愈烈，开始只是粉丝间撕，后来上升到了爱豆本人。

裴念寒都说这段时间让她不要去看微博了。

梁昭昭确实没怎么看，但知道这件事她心里挺难受的，自己曾经也是秦舟粉丝里的一员，早年的时候甚至还加过秦舟的粉丝群。

现在两方粉丝撕起来，她什么都做不了。

其他的艺人都和粉丝有说有笑的，秦舟则只是站出来打了个招呼，随后站在那里，神色冷漠，眉目间压着燥意，周身散发着生人勿扰的气场。

来探班的粉丝都算是粉圈里比较狂热的一批人，对他自然也是了解的。

秦舟就是这样，从来不营业。

他心情不好的时候，也不会因为粉丝在就强颜欢笑。

但到底大家这么远来一趟不容易，他虽然冷脸不说话，但还是有站在外面听粉丝说，时不时点两下头表示他知道了。

“哥哥，你今天是不是心情很不好？”

粉丝里有人突然问了秦舟这么一句，是个戴眼镜脸上长了些雀斑的女生，看上去年龄不大。

秦舟没回答，当作没听到。

他从来不喜欢与粉丝说私事。

“是不是因为网上的评论啊？哥哥你不用在意的，我会帮你解决的。”

解决？他烦的事情自己都不能解决，她凭什么帮他解决？

秦舟觉得有点可笑了。

他淡声说了句：“不是，我不看网上评论。”

那个女生还想说些什么，旁边的其他粉丝拉住了她：“别说了，哥哥不喜欢别人问他这种私事。”

那个女生看着秦舟从她眼前走过去，眼里狂热难耐的爱意暗淡下去。

探班时间只有半个小时左右，演员们和各自的粉丝打了个招呼就又要进摄影棚。

剧方提议大家最后拍一张合照，到时候《长大》官博会发出来。

各家粉丝举着手里的横幅站后面，主演站在前，梁昭昭和秦舟作为男女主演，两人都是站中间。

因为刚刚的事，两人哪怕站在一起，都是全程零交流，甚至连眼神都没去看对方。

摄影师一共拍了两张照片，两张照片拍完之后，这次探班就结束了。

剧组演员向身后的粉丝挥手：“大家辛苦了，早点回去吧。”

人群渐渐散开，演员也往摄影棚里走。

“梁昭昭，去死吧！”

这时，人群里突然冲出来一个戴眼镜的女生，二话不说朝梁昭昭丢去一个玻璃瓶。

梁昭昭眼睁睁看着玻璃瓶朝自己飞过来，本能地用手肘去挡住头。而就在这时，一只强劲有力的手臂拉过她，她的头撞到了男人的肩膀，然后她看到了秦舟。

上午还对着她臭脸的男人，现在毫不犹豫地挡在了她前面。

啪——

玻璃瓶在两人脚边砸碎，发出骇人的清脆声响。

这一切发生得太突然，梁昭昭压根儿没有时间反应，等她注意到的时候，她已经被秦舟拉到了怀里，他的手掌摁在她的脑后。

粉丝探班突然出了这样的事情，所有人都没想到，很快保安就把那名朝梁昭昭扔玻璃瓶的粉丝控制住了。

现场完全乱了套，粉丝都被保安拦着没法再靠近两人。

周围的人很快都围了过来，梁昭昭倒是没事，而秦舟腿上被砸碎溅起的玻璃刮伤了。

“你们快先进去。”周斯耀皱眉道。

一群人围着梁昭昭和秦舟进了摄影棚，导演组的人还留在现场安抚其他粉丝。

秦舟受了伤，组里随行的医生正在替他处理伤口。

他伤在小腿处，有两道细长的口子，伤口里还有细碎的玻璃碴儿。

医生给他把玻璃碴儿弄了出来，然后上了药。

秦舟从头到尾一声都没吭，只是拧着眉。

他处理伤口的时候，梁昭昭就坐在他旁边看着，他笔直白皙的小腿处伤口有些狰狞，梁昭昭看得胆战心惊，刚刚那一幕发生得太快了。

以前她也有听说过粉丝伤人的事件，但是没想到这一幕会突然发生在自己身上，刚才如果不是秦舟拉了她一把，若是那个玻璃瓶砸在自己头上，后果不可想象。

这都是皮外伤，秦舟伤得并不算严重，但这件事发生得太惊险，大家都还在惊吓之中，更别说当事人的梁昭昭和秦舟。

苏导让他们去休息室休息了，今天可以不用拍戏。

过了会儿，周斯耀和裴念寒走了进来。

周斯耀先看了秦舟的伤口，确定不是很严重后才放下心。

“那个人已经交给警察处理了，她说是你的粉丝。”

秦舟抬眼，眸色冰冷：“我没有这样的粉丝，有病吗？”

周斯耀：“我看她是有点精神问题，情绪也不是很稳定，还说砸到了你要以死谢罪。”

“所以她为什么要砸……”

剩下的话他没说了，只是看了眼坐在不远处的梁昭昭。

周斯耀：“哦，忘了跟你说，你俩的粉丝在网上已经撕了好几天了。大概是因为看到一些对方粉丝骂你的言论，气不过想报复吧。”

“神经病。”秦舟给气笑了。

他入圈这么多年，也不是没见过疯狂的粉丝，曾经路上就有遇到过直接朝他扑来想亲他的狂热女粉。

但这是第一次，有人打着爱自己的名义去对其他人动手。而且想伤害的人，还是梁昭昭。

“林子大了什么鸟都有，你粉丝太多了，总有几个神经不正常的疯子。这事之后，剧组应该不会再允许探班了。真挺吓人的。”周斯耀说。

“其他人呢？”

“剧方一直在安抚其他的粉丝，但那个人是冲着梁老师来的，并且又伤到了你。外面你俩的粉丝都急死了，有几个小姑娘直接被吓哭。虽然我们有说今天的事情不要说出去，但我觉得吧，应该还是瞒不住。”

周斯耀接着道：“你俩做好心理准备，可能又是一轮新的舆论风波。”

“昭昭，你怎么样？”裴念寒问梁昭昭。

梁昭昭担忧地看了眼那边的秦舟。

“我没事，就是他……”

裴念寒叹了口气："有些粉丝真的太可怕了，你放心，我会让公司多派两个保镖跟着你。"

"你们先出去吧，我休息会儿。"秦舟这时候开口道。

周斯耀点了点头，走过来对裴念寒微笑道："裴经理，关于这件事，我还有些问题想跟你讨论下。咱们出去聊？"

裴念寒对梁昭昭说："昭昭，我先出去了，你好好休息。"

两人走后，休息室只留下他们两个人。

空气死一般沉寂了很久，还是梁昭昭先打破了沉默。

"对不起。"

都是因为她，他才受的伤。

秦舟冷笑了声："你跟我道歉干什么？虽然我不认为那种脑残是我的粉丝，但毕竟她伤害你是因为我，道歉也该是我跟你道歉吧？"

他又想到了什么，眸中闪过沉痛："还是你这句对不起，是因为别的事？"

他又想起了她和萧泽。

梁昭昭走过来，站在他面前："我说对不起，是因为你是救我才受伤的。"

她看到他的伤口，轻声问："很疼吗？"

"不用你管。"他倒在椅子里，闭了闭眼，冷声道。

过了会儿，周遭没有动静，秦舟再次睁开眼，发现她还在这儿，并没有因为自己放的狠话离开。

"梁昭昭，你今天的脾气倒是出奇地好。"秦舟苦笑道。

"我很早就想说了，回来之后再碰到你，你变了很多。

"变得开朗快乐了不少，现在连脾气都好了。为什么？是谁让你变成这样，萧泽吗？"

他一直想不通为什么他离开后梁昭昭身上变化会这么大，现在却有了可怕的想法。

如果萧泽能让她变得更好更快乐，那他又算什么？

压抑了很久的情绪，这会儿终于没忍住。秦舟冷淡的表情浮现裂痕，脸上满是伤痛："你……喜欢他吗？"

"我不喜欢他。"她突然开了口，"他对我来说，不过是刚刚认识了一个月不到的普通朋友。"

秦舟忍痛闭了闭眼："事已至此你还想骗我？萧泽之前就有和我说过你们的事，你们明明认识很久而且关系很好。"

"我忘了。"

这三个字把秦舟砸蒙了。

"你忘了？忘了什么？"

"什么都忘了，不记得我为什么突然从十八线变成了一线，不记得我怎么就突然得到了这么多人的喜欢和关注，更不记得我是怎么认识了你，又怎么和你在一起再分手。"

这么些天，被他用前女友的身份对待，或是恼怒吃醋，或者无端冷漠，她真的受够了。

"以前我可能真的有做过对不起你的事吧，但是我不记得了啊，法律都管不到神经病呢，我为什么要为我忘记的事情负责？”

委屈是真的，她只是单纯地喜欢他，追星明明是一种很美好的感情，哪怕它是单方面。可是现在这都变成了什么啊？

梁昭昭受不了了，再瞒下去，秦舟没崩溃她先崩溃。

人活着就要坚强，这是梁昭昭从小就明白的道理。

可是她真的好累啊，被迫一夜成长，戴上千金重的皇冠，她拼了命地努力才能让自己看上去能配得上现在这个位置。

这些天连轴转忙着拍戏，她一天都没睡好过，今天他和萧泽出现，她比他俩还要蒙，结果秦舟还要找她兴师问罪。

“如果不是因为喜欢你很久了，想你好好的，谁会想关心你？”

她看到他心情不好又受了伤，忍不住想起安慰他，结果被他说得那么不堪，尽管知道他是气话，那她呢，她就不会难受吗？

“我也不是脾气好，只是因为是你啊，你再这样凶我，我真的要脱粉了。”

秦舟听呆了。

冲上头的怒火被一泼冷水浇了个干净，这是他二十五年人生里最蒙最不知所措的一刻。

“你等等。”他理了理思路，张了张嘴问，“你说你都忘了，连我们怎么在一起都忘了？”

梁昭昭点头。

“上次坠马后，我失去了五年的记忆，这五年发生的任何事情我都忘了，我的记忆停留在 2015 年。”

她说出来这些看似很让人震惊，却完美解答了他之前所有的疑虑，难怪她第一次见他就不对劲，难怪她连木木都不认识，又难怪她性格会突然之间变了那么多。

秦舟重新抬眼看她。

小姑娘刚刚说得太激动，可能这些事放她心里憋太久了，她最近又压力大，情绪上有点收不住，眼眶都红了。

清亮的杏眼里泛着水光，硬生生被她憋了回去，没流出来。

……

秦舟突然想到她现在丢了五年记忆，也就是说她的记忆还停留在十七岁的时候。

想起今天自己的一系列操作，她估计受尽了委屈。

这些话在心里憋了太久了，梁昭昭一口气吐了个干净。

秦舟问完话后，房间里安静了很久。

这期间，坐在椅子上的男人一直在用一种复杂的眼神重新打量她。

梁昭昭被他看得都不自在了，羽睫轻颤，眨了眨眼睛。

“为什么不早说？”秦舟再次开口问。

梁昭昭搓了搓手指，低声道：“念寒姐不让我告诉你。”

就因为这个？他像个傻瓜似的被瞒了这么久？连他前女友把他忘得一干二净都不知道，像个傻瓜似的还整天揣测她到底怎么了。

秦舟在心里友好慰问了一下裴念寒，转而继续看着梁昭昭道：“所以你现在只记得五年前的事？”

“嗯。”

五年前，他连梁昭昭这个人名都没听说过，更别提认识。

那她岂不是记忆里也压根儿没他这个人？可是刚刚她说的“喜欢他”“脱粉”这种又是什么意思？

她坠马昏迷正好是他刚刚回国的那段时间，也就是说在他们重逢后的第一次见面，她就已经把他忘了。

秦舟脑子里浮现出那次见面的场景。

她好像是直接走过来，要他签名，那害羞激动的神情，和他遇到过的粉丝，如出一辙。

也就是说五年前，她还真是自己粉丝？

……

他想起了以前大大小小的采访，为了不给那些沉迷追星忘记过好自己生活的小姑娘太多幻想，记者每次问到他类似于“粉丝问你什么时候娶她”“恋爱的话会考虑粉丝吗”这种问题。

他都是斩钉截铁地回答：“不可能。”

啪——

秦舟听到了一个清脆的巴掌甩自己脸上的声音。

藏得可真好，以前他怎么就没看出来她还是他粉丝呢？以前她偶尔提过说什么以前也是他的粉丝，只不过她说这些时那毫无真诚的挑逗眼神，让他觉得只是情趣而已。

现在该怎么办？

他该拿眼前这个什么都忘记，还傻乎乎地说自己是他粉丝喜欢了他很久的女孩怎么办？

爱是他的，恨也是他的，两人经历过的那一切好像都和她没什么关系了。

也不是没察觉到她不对劲，只是两人当初在一起那会儿，走肾的时间比走心的时间要多，她性格神秘又多变，和她在一起的每一天都好像有刺激和新鲜感。

所以她近来表现出来的异常，秦舟也只认为是她和他玩的新花样。

没承想，她是真的出了问题。

把真相说出来后，两人的对话比之前还要少，梁昭昭不知道秦舟在想什么，但她以后面对他会轻松很多是真的，至少她不用担心自己会穿帮了。

秦舟没再说话，她也自觉保持安静。

梁昭昭在想，自己说出这些是不是太突然了，他会不会一时难以接受。

“你相信我说的话吗？”过了好一会儿，她终于没憋住问了句。

“相信。”

事情都到这个地步，她骗他有什么意义，而且他早就觉得她不对劲了。

他肯相信就好，梁昭昭又放松了些，她看了看秦舟：“你还有什么想问我的吗？”

秦舟想了下：“萧泽呢，他知道你失忆的事吗？”

“知道。”她如实说。

原本降下去的怒气和醋意又噌噌冒上来，秦舟直接从椅子上站起来：“凭什么他知道我不知道？”

他伤口刚处理好，突然的大动作势必会牵动伤口，梁昭昭见状走过去，想扶着他坐下来。

“刚上好药，你不要乱动，伤口会裂开的。”

秦舟甩开她的手：“这不重要。”

“这重要。”梁昭昭蹙眉看着他又看了看他的伤口，认真道，“你为什么不好好爱惜自己的身体，你还要拍戏的，你这样不注意，明天也好不了。”

她这一板一眼的话还真把秦舟唬得愣了片刻神。

秦家生意做得大，秦父秦母都是常年世界各国地跑，秦舟从小独立惯了，性格孤傲又自我。这么些年能说叨教育他的，除了身边老妈子似的经纪人周斯耀，真没人敢管他。

他在气头上的时候，就连周斯耀也管不住他。

明明这样看现在的梁昭昭还真跟十七八岁差不多，比以前乖多了，性子也温温和和的。

怎么他反而觉得她说话更有力了呢？还能唬住他，真是出息。

把人摁下坐好之后，梁昭昭又给他解释：“告诉萧泽的不是我，是念寒姐。”

“？？？”

裴念寒不怎么待见他，倒是挺待见萧泽的。

“看来我是时候找你经纪人谈谈话了。”他不记得自己什么时候，得罪过这位裴大经纪人。

梁昭昭低眸：“你别说念寒姐，我觉得她出发点肯定是好的。”

她失忆的这段时间，从一开始的无助到现在的慢慢适应，都是裴念寒在陪着她。虽然裴念寒人看着冷冷的，除了工作以外也没什么多余温情，但她能感觉到，她其实很照顾自己。

“让你瞒着我出发点就是好的？她在怕什么？怕我能吃了你吗？”秦舟一气之下说道。

说完后正好与梁昭昭清透干净的双眼对上，秦舟心莫名咯噔一下。

“好像这样的担心也不是没道理……”他自言自语轻声嘀咕了句。

“你说什么？”

他声音太小了，梁昭昭没听清楚，耐着性子又问了一遍。

“没什么。”秦舟摸了下鼻子，淡声道。

梁昭昭看他没说话了，接着说：“你还有什么想问的没？”

“没了。”

她点点头：“那我可以问你几个问题吗？”

“问吧。”秦舟随口答。

梁昭昭深吸了口气，认真地问：“我们是怎么在一起的？”

这是她失忆后醒来觉得最离奇困惑的一件事，可惜周围的人没一个人能解答她的疑惑，现在总算给她机会让她见着当事人了！这种事别人不知道，他总该知道的吧！

“我们——”

秦舟看着她现在这个模样这副神情，突然有些说不出口了。

他难道要告诉她，他们见过三次之后迅速确立了关系吗？

小姑娘大概会被成年人世界里的直来直往给吓到吧？

最后，秦舟还是保留了点良心，将这过程删繁就简说了下。

“徐白你知道吧？就挺有名的那个央视主持人。”

“知道。”

“三年前他生日宴会上，你不小心掉在了他们家的泳池里，是我救的你。”

梁昭昭眨眨眼。

原来她和秦舟的相遇这么偶像剧化吗？

“之后我们就开始联系，后来互相被对方吸引，自然而然在一起了。”

秦舟说得很是简单，简单到梁昭昭觉得她听了个“寂寞”。

“就这样吗？”

秦舟扬眉：“你还想知道什么？”

梁昭昭小声道：“你说得好简单的样子，我以为你会很难追。”

当初醒来知道自己和秦舟在一起过后，梁昭昭震惊自己追过爱豆之余，心里想法都是当年我一定是上了刀山下了火海才把哥哥拿下手的吧。

秦舟难追不只有粉丝这样觉得，而是大家都这样觉得，光是每年各路瓜主分享的瓜里就有好几条“某某大牌女星意图向秦舟抛出橄榄枝被拒绝”这种。

她这句话被秦舟收入耳内，今天一整天发生的坏事情、乱七八糟的混沌心情，都散开了。

秦舟笑了声：“我哪有很难追？”

是你的话，还真挺简单。

第六章

怪招人疼的

▸▸▸

第二天，戏还是得照常拍。

下午有一场梁昭昭和秦舟的对手戏。

场景是在白秋与家里，顾决在警校训练的时候肩膀受了擦伤，小秋与非要坚持给他擦药。

夏日的阳光透过窗棂玻璃洒进来，少年拗不过小孩，只能乖乖坐在沙发上，任凭她把他衬衫扣子解开一大半，手指涂抹上膏药，温柔细致地替他擦在伤口上，指尖还在他未破皮的红肿处揉了揉。

“训练很苦吗？”她问。

“还好吧，警校嘛，培养的都是为人民服务的警察，肯定会严格点。”顾决散漫地笑着答道。

“也不该让你受伤啊。”小女孩垂眸，轻声道。

“这点小伤算什么。”顾决笑了，转过头来捏了捏小孩的脸，“以后哥哥可是要当警察的人，命都是国家的，说不准哪天就壮烈牺牲了。”

他随口一说，小女孩手上的药膏啪嗒掉在了地上，水光蒙眬的双眸惊慌地看着他。

顾决这才想起来她受不了刺激，连忙哄道：“我胡说的，别怕，哥哥抓坏人的时候也会保护好自己。”

白秋与蹲在地上，捡起了那支药膏，她看了看坐在沙发上的少年，蹲着身子，一点一点试探地靠过去，把头枕在了他腿上。

“哥哥，只有你对秋与好了，不要离开我。”

她这举动过于亲昵，顾决愣了愣，手拍了拍她的脑袋，轻声道：“不会的，你先起来。”

“秦舟改词了吧？”副导演转头和苏导说了句。

苏导点头：“嗯，原剧本上白秋与趴在顾决腿上那段画面时间应该更长，而且不是顾决喊她起来，是她自己趴了一会儿再坐起来。”

梁昭昭倒也很快反应过来，接着演了下去。

她坐直身子，认真地看着顾决：“真的吗？哥哥一辈子都不会离开我对吗？”

眼前的少女太过柔弱，顾决没法拒绝，笑了笑道："嗯，不会。"

顾决这会儿想的是在她长大之前，会一直好好照顾她。

小秋与却开心地当成了一辈子的承诺，她重新挤了点药膏替顾决涂抹伤口，涂抹完以后，又凑近唇，轻轻呼出几口气。

"哥哥，秋与给你吹吹，就不疼了。"

……

号称演戏一遍过，从不 NG 的秦舟影帝这刻出戏了。

梁昭昭温热的鼻息和唇间的香气全都扑在他脖间耳后，他都能感觉到自己此刻迅速飙升的体温。

"卡！"

导演的这一声卡，简直将秦舟从火海里捞出来。

梁昭昭听到后，也立马撤开了。

"好，很好。这条过了。"苏导说道。

秦舟刚松下一口气，又听到导演调侃道："秦舟啊，从镜头里看，你整个脸都红了。"

"是哎，秦老师演技太好了吧，连本能的生理反应都能演出来？"

"哈哈哈，我以前剧本上要求脸红这种，基本上都靠抹点腮红还有后期。"

"影帝还是影帝啊，我们都要向舟哥学习，谁说舟哥演戏最不擅长的就是感情戏！我觉得舟哥演得就很好，跟真的似的。"

"是啊，我在旁边看的时候，我都快忘记咱们这是在拍戏了。"

面对这些人的彩虹屁，秦舟无动于衷，带了些绯红的脸甚至还有点冷。

过了会儿，他站起来，直接去了片场的洗手间。

水龙头被拧开，冰凉的水汩汩流出，秦舟掬了一把泼在脸上，总算将脸上温度降了下来，心里的燥意却没能平息。

他虽然很少拍爱情题材的片子，但是哪部戏没点感情戏了？他也不是没拍过这种，以前比这尺度大的也有，他虽然心里对搭戏的女演员毫无波澜，但凭借着专业水平还是能完成拍摄。

但一碰到她，就不对头了。

秦舟现在觉得跟梁昭昭演爱情戏，或许是个错误的选择。

她在剧里把他撩成这样，戏外他什么都做不了，甚至面对她那双干净的杏眼，还会生出几分罪恶感。

刚刚她在他脖间呼气的时候，他脑子里全都是过去二人抱在一起不健康的画面。

太久没碰了，反而格外心痒难耐。

这部戏考验的是他的演技吗？是他的耐力。

秦舟平静下来后，从洗手间里走出来，半路正好碰到梁昭昭。

梁昭昭也一眼看到了朝这边走过来的秦舟。

他应该是刚刚洗过脸，前额的碎发有几缕是湿的，鬓角处的水珠从他侧脸滑落，顺着他线条完美的下颚落入脖间。

秦舟从洗手间出来后，脸色沉着带了几分冷意，配上他沾了水珠略微凌乱的黑发，看上去有种别样的禁欲感。

“你怎么在这儿？”秦舟哑声问了句。

梁昭昭扬了扬手里的药膏：“我想着这个，你应该还有用。”

两人找了处地方坐下，秦舟卷起裤管，露出昨天玻璃溅到受伤的那块地方。

今天看上去淡了一些，伤口都结痂了，只是痕迹依旧很重。

梁昭昭看着心头颤了颤。

玻璃划破的，应该很疼吧？

想到他是保护自己受伤的，她更内疚了，蹲下身想替他擦药，他一把将她拉起来。

“干啥呢，又不是拍戏，这种事我自己来就行。”

梁昭昭将药膏塞给他，坐在一旁看他给自己上药。

“以后这种事不要做了。”

还是躲过了，玻璃瓶没有直接砸在身上。

要是没躲过呢，他走上来把她抱在怀里，用身体去替她挡，万一这玻璃瓶砸在他头上，后果她根本没法想。

秦舟擦药的手顿了顿，侧头看了眼她。小姑娘还在盯着他的腿，眼里毫不掩饰地写满了自责和心疼。

“心疼了？”他故意逗她。

梁昭昭看他一眼，小声说：“我只是希望你能更爱惜自己一点，还有那么多喜欢和支持你的人，你受伤大家都会心疼的。”

秦舟擦好了药，放下裤管。

他笑了一声：“你这个语气，真的很像我粉丝。”

“我本来就是啊，你干吗不信我呢？”梁昭昭语气有点急。

从第一次见面起，她就告诉他了，只是他一直都没信。

“我信，我现在信了。”秦舟顺着她的话笑着答。

“那就好。”梁昭昭垂头笑了下，两颊露出浅浅的梨窝。

现在的秦舟真好说话，她又找到了把他当成偶像时喜欢的那种心情，不会再怕他了。

“可我记得某人之前也说过，要脱粉来着。”秦舟又说了句。

梁昭昭：“那还不是因为你那时候太过分，我都没想到哥哥你脾气这么差。”

秦舟无所谓地来了句：“我脾气一直都这样啊，你喜欢我的时候难道不知道吗？”

“……”

好吧，也是知道的。

知道也喜欢，大概他就是有种魔力吧。

比如他现在说的这句话也很欠揍。

但是大家也都知道，他其实是很好的，就像那天他虽然在生她的气，危险发生的时候还是想也没想就挡在了她前面。

秦舟看到她一言难尽的表情，又忍不住笑了，手掌覆在她头上。

“这样，我以后对你脾气好，你别脱粉行不行？”

他这商量的语气，轻声又温柔，语调里又带了点痞气的调侃。

梁昭昭直接红了脸，声细如蚊蚋说了句：

“我本来也没打算真的脱粉的。”

“那就好。”

“药膏你留着擦吧，我先过去片场那边。”梁昭昭和他说道。

秦舟含笑点了点头。

梁昭昭走的时候，他又扣住了她：“还有一件事，和你说一下。”

梁昭昭转头疑惑地看他。

“你说得对，既然你都忘了，从前的那一切也不该让你负责。而我如果还把你当成从前的梁昭昭，那真不知道该怎么和现在的你相处了。”

梁昭昭想了想好像也是这个理。

秦舟朝她伸出手：“不如我也把过去那些都丢了，咱们重新认识吧。”

她想了下，随后咧开嘴角，握住了他的手：“好。”

这样再好不过，以后她就可以安心把他当成偶像秦舟，而不是什么乱七八糟没点实感的前男友。

“回去吧。”秦舟对她说。

“那我走了，你也快回片场吧，还有戏要拍呢。”梁昭昭对他说道。

“好。”

梁昭昭从他眼前走了，她的步子很轻快，看得出来心情不错。

这些天也真是为难她，面对这么多压力还得在他面前伪装成那样。

看她刚才的样子，应该是相信了他说的话，什么偶像粉丝，重新认识之类的。

十七岁的小姑娘，还真好骗。

她是全忘了，他又没忘，他抱过亲过的人，唯一有过如此强烈感觉的人，不还是她吗？

也挺好的，偶像粉丝这种，应该更容易拉近彼此关系吧？

不过比起这些，他现在更想知道，在他还没认识梁昭昭的时间里，到底发生过什么，她才能变化这么大。

现在的她，明明比以前简单快乐很多。

想到这儿，秦舟的脸沉了下来。

秦舟品牌方活动的直播安排在中午十一点，A 市和北城距离隔得远，秦舟和剧组请了一天的假，得第二天才回来拍摄。

上午拍摄结束后，场务工作人员给大家发放了盒饭。

《长大》这部剧的剧组氛围挺好的，大家平常相处没什么架子，从导演到主演再到跑龙套的演员，大家吃饭也不讲究，平常都是一起吃盒饭。

现代少女的特性，连吃饭也离不开手机。

黎双一边吃饭一边用手机刷着微博。

“哇，舟哥还在直播哎，都快十二点了还没下播。”

纪元洲侧过去看了眼，吐槽道：“平常天天看都没看够吗，还隔着屏幕也看。”

他真搞不懂，明明是可以天天见到的人，怎么黎双还跟个追星小女孩一样，连秦舟的直播都守着看。

“你懂什么，你不知道有科学证据表明，看帅哥能延年益寿吗？像我们舟哥这种级别的，多看一眼都是赚。而且平常面对面的，我哪好意思一直看他？”黎双瞪了眼纪元洲，继续转过头迷妹脸看着屏幕里的人。

“真是受不了。”纪元洲耸耸肩。

随后，他又看到他自己的女神搬了个小板凳挪到黎双身边，说了句：“一起看。”

“……”

纪元洲无奈了。

他难道不是帅哥吗？为什么她们不能看看他呢？

他站在两位女人背后探头看了眼，秦舟今天的造型是品牌方打造的，比较潮流。这些天在剧组见到的他的装束都是清爽男大学生。现在又摇身一变回到了巨星的样子，不得不承认，他舟哥还真挺帅的，而且他今天梳的还是背头，气场摆在那儿，还真是天神下凡，屏幕里都要溢出来的帅气。

纪元洲服了，跟着她俩一起看。

秦舟应该是品牌方这边的宣传环节已经结束，剩下的都是和粉丝互动。

粉丝这会儿疯狂刷着弹幕，主持人让秦舟喊停，她随机截取粉丝弹幕提问。

直播间一千多万的人，弹幕刷的速度眼睛都看不过来，等到秦舟懒懒散散喊了句停时，主持人截屏截到的四个问题，有三个都是类似于“啊啊啊啊哥哥我爱你”这种压根儿连问题都算不上的弹幕。

四个里只有一个是疑问句。

主持人替秦舟念了出来：

“下面是来自秦粥粥粥的提问。

“哥哥这次拍《长大》顺利吗，以后会不会接类似的片子？”

主持人念完问题后，笑着看了看秦舟：“对哦，我也一直很好奇，你怎么会想接《长大》这个戏，大家都以为你不会喜欢这种题材的。是什么让你把它当成回国复出后的第一部影片呢？”

秦舟挑挑唇，神态散漫地说了句：“喜欢我就接了。”

“哦——这个喜欢又具体指的是什么呢，是剧本吸引了你，还是因为是苏导的戏？”

秦舟：“都挺喜欢的，剧本、制作团队还有合作演员。”

主持人巧妙地抓住了他话里的信息，继续提问：“合作演员？是指这次和你搭戏的女主演梁昭昭吗？大家都说你俩这次搭配演戏是颜控的福音。”

主持人话说到这里顿了顿，还没继续说下去，秦舟难得插了句话：“嗯，大家说得没错。”

“我的天，秦老师你真的很有自知之明。”主持人笑着继续说，“和梁昭昭演戏有什么感觉？合得来吗？会不会经常 NG 什么的，因为我有在网上看过说，你和梁昭昭演戏，就是王者带青铜，你还带得动吗？”

这位主持人平常讲话的风格就很大胆搞笑，说完后自己先笑了起来，对着镜头打趣道：“我开玩笑的，如果看直播的有梁老师的粉丝千万不要打我，也不要黑我，我本人其实很爱梁老师，她超美的。”

大家都在开玩笑的时候，坐在旁边的秦舟完全没有一丝笑意，他很平静地说了句：“我们挺合得来，我觉得她就是白秋与。”

主持人：“这是很高的评价哎，你好像很少这么夸人吧？”

秦舟笑了声：“我只是说了我看到的，不存在什么王者带青铜，梁老师挺努力的。等《长大》播出来后，大家会对她有所改观。”

“我去，昭昭姐，我怎么觉得舟哥好护着你啊。”在看直播的黎双惊叹了句。

纪元洲：“你才发现吗？我都能看出来舟哥和昭昭姐最近关系变好了不少，就这两天的事。”

黎双探究的目光在梁昭昭身上上下扫视：“姐姐，你长这么漂亮还有男神护着，还让不让人活了，真让人嫉妒。”

梁昭昭将视线从屏幕里移开，弯唇笑道：“就大家一起拍戏更熟了而已，你们别想太多。还有你嫉妒什么，你旁边不也有个护花使者吗？”

“嘘！”黎双比了个噤声手势，苦着小脸，“昭昭姐你怎么这样啊？你答应过我不说这个事的。”

“谁让你先调侃我？”

两人聊天这会儿，那边秦舟直播间又抽了两个粉丝问题，回答完之后他就下播了。

“哎？这就没了？我们才看了十来分钟啊！”黎双意犹未尽，她转头问旁边的纪元洲，“现在几点了？”

“十二点。”

黎双：“还有半小时就要开工了，也不知道今天怎么回事，大家都 NG 了，这样进度下去今天还不知道什么时候才能收工。”

影视剧的制作成本几乎是按天算价，剧组租用的场地、仪器设备等每天花费的钱都很多，还有演员的档期空了多少天就只能给多少天。像这样拍戏基本上都是从早到晚拍一天，他们平常都是七点出工，晚上九点左右收工，有时候拍得晚，甚至能拍到凌晨两三点。

演员这门职业，看着光鲜有趣，其实很辛苦的。

这时候，梁昭昭手机响了一下。

她一看，是秦舟打过来的。

她默默站起了身，出去接了电话。

“喂？”

“吃完饭了吧？”苏导的宗旨是干活儿再辛苦也不能耽误吃饭，所以这个剧组什么都可能会晚，饭点儿绝对准。秦舟记得每次差不多这个时间，就是剧组放饭的时候。

“刚吃完。”

“今天拍戏顺利吗？”

“不太顺利，大家好像有点没在状态，好多人都NG了。”

电话那边传来低低的笑声。

“怎么回事啊你们，总不能我一走你们就出状况吧？”

这自大的熟悉语气，她听了有点想笑。

“是啊，所以你快点回来吧，我们这群青铜都等着你带。”

她是想到了刚刚直播间别人笑她和秦舟是王者带青铜这个梗才顺嘴接了句，说出来她就有些后悔了，这语气怎么感觉她天天盼着秦舟回来啊啊啊！

“这么想我回来？”果然，电话那边传来他愉悦语气的调侃，“也不是不可以，要不我现在去把航班改了，今晚就回来。”

“我开玩笑的，你当然要忙你自己的事。”梁昭昭连忙说。

秦舟笑了声：“好了，好好拍戏，我明天上午就归队。”

“嗯，大家都等你回来。”

说完这句，梁昭昭听到了那边电话里有人在喊秦舟的名字，像是周斯耀的声音。

“我这边还有点事，先挂了。”秦舟对她说。

“好。”

两人挂断电话之后，梁昭昭拿着手机发了会儿愣。

他们刚才都说了些什么？

好像也没说到什么要紧的事，所以秦舟是为什么要给她打电话，就是为了问问剧组的进度吗？

还是说有可能，只是想和她聊聊天，说几句话呢？

心里冒出了几个粉色泡泡，梁昭昭拍了拍自己的脸，阻止自己再往下想下去。

秦舟忙完工作已经是下午六点。

他用手机直接给萧泽发了两条信息。

一条是位置定位。

另外一条是：“过来接我。”

他发信息的时候，周斯耀就在旁边，原本周斯耀是打算把他先送回去自己再回去的，这会儿看到他已经和萧泽发上信息了。

“他会来接你吗？你俩之前的事闹得挺不愉快的吧？”

那天片场他可见证了这两兄弟撕脸的全过程，后来仔细一问，才发现他俩上演了一出八点档狗血言情剧，兄弟俩都喜欢上了同一个女人。

“他会。”秦舟淡声道。

果然到了六点半，萧总亲自到品牌商分会场来接人了。

周斯耀陪秦舟等到了人，也没说什么，自个儿先开车回去，走之前和秦舟交代了句：

“别玩太晚，早点回去睡觉，明早八点的航班，机场见。”

出来后，两人上了车，萧泽在驾驶位，秦舟坐在后座。

“想去哪儿？”萧泽问了句。

“去哪儿都麻烦。”他这样的，出来一趟都不容易，“去你家吧。”

车开到萧泽家附近的车位，秦舟和萧泽一起下了车。

两人一起往萧泽家里走。

“萧泽哥。”

走了几步路，突然听到有人喊萧泽的名字。

是个男声，声音还挺好听。

萧泽转过身，看到往这边走过来的梁宇。

梁宇站到他面前，一眼看到了他旁边的人。

“啊，这位是——”

秦舟想起自己没有戴口罩，从车里到萧泽家就几步路他懒得戴了。

“嗯，你没看错，这是秦舟。”

梁宇点了点头。

秦舟看着眼前的少年，总觉得有几分眼熟，好像在哪儿见过，又有点想不起来。

少年对他伸出来一只手，清俊的脸上带了笑意：“谢谢你，照顾我姐姐。前几天的新闻都把我吓蒙了，还好秦影帝你挺身而出，救了我姐。”

秦舟这下终于想起了这人是谁了。

他和梁昭昭以前在一起的时候，很少会去对方的家里，因为他们的家时不时都有狗仔蹲着，两人空暇的时候，一般都是约在酒店。

梁昭昭没有带他走进自己的生活，认识自己身边的人，他也同样没有将她介绍给自己的朋友。

两人就像守着一条规矩，谁都没有过线。

秦舟也只听她提起过，有个弟弟，还在她手机里看过照片，印象中模样长得挺好的，和梁昭昭有三分像。

现在看到眼前的人，瞬间和照片对上了，这不就是梁昭昭的弟弟梁宇吗？

为什么梁昭昭的弟弟，会在萧泽家附近出现？

“你好。”秦舟压住情绪，伸手与梁宇握手。

“应该做的，我和你姐姐也是很好的朋友。”他的重音落在“很好”两个字上，转头看了眼站在旁边的萧泽，声音沉了几分，“没想到你还认识梁昭昭的弟弟。”

梁宇笑了声：“萧泽哥和我姐认识很久了，现在我们还是邻居。”

“邻居？梁昭昭也住这儿？”秦舟脸色有点不太好。

“对啊，姐姐和我半年前搬到的这里。”

秦舟自嘲般低声笑起来，手搭在一旁萧泽的肩上：“行啊萧泽，近水楼台这套玩得可以。”

萧泽没理他，对梁宇说：“小宇，你先回去吧。”

“哥，虽然我姐不在家，你也还是可以来我家吃饭的，这几天学校放假，我都在家。”梁宇手里拎着一个塑料袋，看样子是刚刚从超市采购完回来。

“好。”萧泽淡笑应道。

秦舟和萧泽进了家门，他倒也不拘谨，跟在自个儿家似的，随意坐在了沙发上。

萧泽拿了瓶酒，给他和自己倒上："你不是在拍戏吗，怎么回来了？"

"回来参加个活动。"秦舟答道，他拿起盛了半杯红酒的高脚杯，拿在手中晃荡了几下，"顺便见见你。"

"见我干什么，你什么时候这么惦记我了。"萧泽双腿交叉在他旁边坐下。

秦舟将杯中的红酒一饮而尽，玻璃杯放在桌上，砸出清脆的声响。

"这套房子是你回国之后买的，你买它就是为了梁昭昭吧？"

萧泽笑了声，直接承认："是啊，我记得我搬家那天我还告诉过你。"

嗯，是有告诉过他，可他那时候怎么知道对方打坏主意的人就是梁昭昭。

"连她弟弟都喊你哥了，萧泽，你这墙脚撬得可以。"

秦舟冷静了几天，来的路上已经打算好要心平气和地跟萧泽谈谈，现在发现还真有点冷静不了。

萧泽听了脸上表情没什么变化，淡淡地说："你就没有想过，为什么我能认识梁宇，而你这个曾经算得上是正牌男友的人，连她弟弟都不认识吗？秦舟，你不该和我生气，你应该反省反省你自己。"

萧泽说话永远一针见血到让人讨厌。

秦舟靠在沙发上，下颚微抬，目光看向房顶，神情有些怀旧。

"她很少和我说到这些。"

梁昭昭告诉他，两个人在一起快乐就够了，其他都不重要。秦舟是个怕麻烦的人，她说快乐就够，那他便给她快乐，其他的她不想说他也没打算去了解。

刚刚分手时的强烈疼痛和挫败，让他确实对这个女人爱恨交织，甚至恨比爱更强烈。

出国后那半年，在异国小镇，离开镜头和灯光，他不再是那个走到哪儿都万人追捧的秦舟，开始能沉下来思考，他发现自己和梁昭昭这段感情终结似乎是必然结果。

他们都不够了解彼此，只享受从对方身上获得的快乐，却没关心在意过对方是否真的快乐。

他自傲自负，相信梁昭昭一定不会舍得离开他，最终她却选择了放手。

仔细想想，为什么不能放手，他们俩之间，甚至连爱情中最美好也最虚妄的承诺都未曾拥有，梁昭昭说过爱他，却从没说过会一直陪着他。

这个女人真的心机太深了，先是对他百般勾引，让他为她沦陷，而后及时抽身，甩他甩得很是果断。

就连他事后想去向她讨债，都发现无债可讨。

这只是她的一场游戏而已，是他当了真。

秦舟曾经是这样想的，可命运让他遇到了现在的梁昭昭，五年前，还未在娱乐圈里深陷，可爱真诚的梁昭昭。

她笑的时候说明她是开心的，她委屈的时候也会哭。

她说她是他的粉丝，关心他喜欢他也都是真的。

以前他经常觉得看不透她，也正是因为这份看不透，他才会对她更有兴趣想去探究她的秘密。

现在她变成了一眼就能看懂的小孩。

他反而心疼起从前和他在一起过的那个梁昭昭。

是什么让她变得不再相信别人，将自己从简单到复杂，全副武装起来。

“萧泽，你和她认识多久了？”秦舟突然问。

萧泽：“四五年了吧。”

“那还真是久，也就是说她失忆那段时间忘记的事情，你其实都是清楚的吧？”

萧泽笑了下：“你想问什么？”

“为什么她会变成之后那个样子？”

“之后那样又有什么不对吗？我觉得她一直都是她。五年的时间，只是让她变得更成熟更懂得保护自己而已，本质没有变。”萧泽顿了顿，唇边勾出嘲讽的笑容，“毕竟你们这个圈子，可是会吃人的。”

“你是说她是进了娱乐圈才会变成这样？”秦舟拧了拧眉。

萧泽：“难以相信是不是？也就是一份工作而已，怎么会让人性格变了那么多？秦舟，很多事情你不知道，因为你压根儿就不需要知道。

“你和她，从来就不是一个世界的人。”

从萧泽家出来之后，天已经完全黑了，夜色浓重深沉，今晚连星星都没有。

萧泽什么都没告诉他，他到最后也不想问了。

过去怎样都不重要，萧泽说得对，她还是她，只要是她，不管她变成什么样，都对他没什么差别。

他也不在乎她过去的经历，既然她忘了，让自己回到了五年前，回到最天真烂漫的时候。过去又有什么重要，他现在最想做的，是好好守住她现在这份简单纯粹。

突然又有点想她了。

秦舟拿出手机，看到上面显示的时间是晚上八点。

剧组一般拍戏拍到十点才收工，她这会儿还在拍戏吧？

手机微信上突然收到群里有人艾特他的信息。

秦舟点开一看。

是纪元洲发出来的几张图片。

“顾决今天不在，可怜的小秋与啊！”

因为平常天天都在拍戏，大家有时候会用剧里的称呼来喊对方，他有时候看到梁昭昭，也会喊她秋与。

《长大》是个治愈系的救赎故事，主要是男主救赎女主，因为女主过得真的很惨。

不仅从小没了父母，在学校里也要被人欺负。

纪元洲发的这几张照片她还真是个小可怜。

萧苒扮演的班花看她不顺眼，喊了几个男生一起欺负她。

她被人推到学校墙角，白衬衫上沾满了灰，照片上还有人用脚尖去踹她，边踹边笑。

明明知道是演戏，秦舟看到后还是莫名烦躁。

秦舟微微眯了眼。

纪元洲说完话后，薛昊冒了出来，他在剧里演的是一校霸靳山文，前期喜欢萧苒扮演的班花，替她欺负白秋与，之后自己却慢慢真心喜欢上了白秋与。

只不过他的喜欢，有些强制和变态。

也因此，在这部剧里没少挨秦舟的打，毕竟秦舟扮演的顾决，就好像是天生为保护梁昭昭而存在。

顾决知道靳山文的存在后，也不管什么以大欺小，基本上是见他一次打他一次。

薛昊："哈哈哈哈哈哈舟哥今天终于不在！不然拍完这场戏后我又得挨打了！"

黎双："太惨了秋与，这次她的哥哥不能来救她。"

苏威："并且今天全员状态都不好，这场戏待会儿还要重拍。顾决，你的秋与恐怕今晚要被欺负惨咯。"

秦舟想了想，手指轻点屏幕，输入了一句：

"你们悠着点，顾决提刀在路上了。"

也不知道今天大家是中了什么邪，拍戏状态老不对，这都晚上十点多了还有一场戏没拍完。

为了节省时间，导演有时候安排戏不会按照剧本里的时间线，而是会直接按照场景拍。

梁昭昭今天一天拍的戏都是在学校，从早到晚，连带着她被人欺负的戏都拍了两场。

这两场戏情绪要求比较高，镜头又要清楚，她 NG 了几次，终于通过了。

导演喊卡的时候，梁昭昭还蹲在地上。她拍这个戏投入了太多感情，每次拍到这种主角情绪波动比较大的戏份她都难以一下子走出来。

站在他旁边的薛昊伸手扶她起来。

"梁老师没事吧？"

梁昭昭摆摆手："没事。"

梁昭昭蹲在地上缓了会儿，心情总算平静下来，今天真是太压抑了，从下午到晚上，不是被打就是被骂。哪怕她这会儿出了戏，情绪还是很低落。

苏导："好，还有最后一场晚自习教室里的戏，大家拍完今天就可以散了。"

薛昊一看剧本："我晕，又是我撕梁老师作业本，我咋这么坏呢！这播出去我肯定会被大家骂死。"

黎双吐槽："当然啊，你这角色本来就坏，前面秋与都被你欺负成什么样了，我现在看你都想打你。你自己演这种角色你不会嫌弃你自己吗？"

"你别说，演坏人还挺爽的。就是挨的揍有点多。"

薛昊转头对梁昭昭说："虽然我天天欺负秋与吧，但也天天挨顾决的揍啊。不过今天好了，舟哥不在，没人能揍我。我可以尽情演变态。"

说到这里，薛昊得意扬扬弯唇笑起来。

对面的黎双露出一言难尽的表情。

"你确定……今天不会挨揍？"

与此同时，薛昊感觉到后背一凉，随后他的衣领被人从后面拎住，凉凉的声音从后面传过来：

“是谁要趁我不在，欺负我家秋与的？”

薛昊侧头一看，就看到他们舟哥那张风华绝代的俊脸，吓得他心下一慌。

“不是我，真不是我。”

梁昭昭也没想到秦舟会突然出现在剧组，明明他中午的时候还和她说是明天的航班。

“你怎么回来了？”她惊讶地问了句。

秦舟笑了笑，口罩盖住了大半张脸，只剩一双弯起的桃花眼。

“嗯，回来了。”

“舟哥，说好的明天才回来呢？”薛昊号叫了声，他这得意还没一天呢。

秦舟拎住他衣领的手没有松开，反而手腕稍微使了点劲，把人往后拉。

“欺负人都欺负到我头上，还敢光明正大在群里艾特我，胆挺肥。”

“哥我错了，你先松手行不行？”薛昊求饶道。

秦舟松了手，薛昊惊魂未定地看着他。

“太可怕了，舟哥你以后要是出现能不能吱个声，也好给小弟我一个心理准备啊。”

“谁让你趁着舟哥不在欺负昭昭姐，活该。”黎双冷哼了声，开始嘲笑他。

秦舟摘了口罩，看向片场里的大家。

“今天拍完了吗？”

“没呢，这不今天NG太多次耽误了进度，还有一场戏。”说完这句话后，苏导看了看秦舟，“倒是你今天怎么回来了，今天没排你的戏啊。”

秦舟顺势靠在学习围栏墙侧，神情有几分懒倦：“不是你们说我不在大家都没状态吗？怕你们太想我，连夜回来了。”

这话听着像是对剧组里的大家说的，实际上秦舟的眼睛却是看向梁昭昭的。

“来做督工啊你。”苏导说完后，拍了拍手，“现在《长大》全员到齐，大家加把劲，争取最后一场戏一遍过，早点收工回去睡觉。”苏导说道。

“走走走，拍戏去。”今天最后一场戏是在教室里，大家听到导演这样说了以后，相互推搡着走进了教室。

梁昭昭没有马上进去，她看着站在教室门口的秦舟。

他今天穿的是一件宽大的白色衬衣，夜风把衣服吹得鼓鼓的，他随意靠着，一只手搁在护栏上，姿态漫不经心，漆黑的眸却很亮。

她在看他的时候，他也在看她。

秦舟笑了声。

“看着我干什么，还不进去拍戏。”

“哦哦，好。”花痴男神被抓了个现行，梁昭昭脸有些红，听到他这声调侃后，连忙收回视线，转身一溜烟跑进了教室。

这场夜戏拍完的时候，已经是深夜十二点。

今天超时工作了一天,大家都累了,听到导演说“收工”那两个字的时候别提有多困,只想赶快回酒店去好好睡一觉。

梁昭昭伸了个懒腰走出教室，她出去的时候看到秦舟还站在原来的位置。

“你还没走啊？”

她原本以为他回来后就只是来剧组看看而已，没想到他会一直等到他们下班。

“想散步吗？”秦舟突然问了句。

“啊？”

平常他们拍完戏都是坐统一的车回酒店，秦舟的意思是不坐车了，走路回酒店?

虽然酒店离这儿也不远，走路的话二十分钟就到了。

但是他俩一起走在外面，万一被拍到，那真的洗不清了。

秦舟看了看外面。

“现在这个点，街上应该人挺少的，我们走偏僻一点的地方，不会有人发现。”说完这话他感觉有点不对劲，颔首自嘲了一句，“我怎么感觉我说这话有点像在哄骗小姑娘。”

也是自己太急了，总想和她单独相处的时间长一点。

但这种事急不得，他说过要对她脾气好，这脾气好里也包括要给予她足够的耐心。

秦舟站直身体，对她说道：“走吧，还是坐车回酒店，你今天也累了，早点休息。”

他刚转过身，梁昭昭突然伸出手拽住他后背的衣服。

“我……拍戏拍一天头晕了。”

“嗯，所以我们早点回去休息。”

梁昭昭轻咬了下唇：“头晕的话，坐车会晕车的。”

秦舟偏头笑了声：“好，那就走回去。”

两人和苏导说了一声，戴上口罩直接出去了。

他们拍戏的这块地方并不是城市中心，到了深夜十二点，街道确实有些冷清。

路上行走的路人也不多。

他们一起并排行走着，梁昭昭觉得不说话也怪尴尬，主动找了个话题。

“对了，你怎么会突然回来，上午的时候不还和我说是明天上午吗，今晚也没排你的戏啊。”

秦舟随口说了句：“来救你啊，他们不是在欺负你吗？”

梁昭昭笑了起来，轻盈的笑声在晚风中格外悦耳：“你干吗啊？这是拍戏啊。谁还能真欺负我？”

秦舟也跟着笑：“你就当我入戏太深吧。”

他说入戏太深，梁昭昭不自觉脸红了下。

他们在戏里最后可是夫妻关系呢……

“对了，我回去的这趟，见了萧泽。”秦舟开口道。

“啊，那你们这次……”梁昭昭其实是想问他有没有吵架，说到后面又没说出来了。

“你放心，没有吵架。”秦舟倒是看出了她的想法，“又不是小孩了，哪能一直吵？再说吵架也解决不了问题。”

他了解萧泽，萧泽也了解他。

在这种事情上，他们俩都不是会放手退步的人。

“那就好，上次你俩有点吓人。”梁昭昭想起之前他们在剧场碰见，秦舟那天情绪可没现在这么淡定。

“我还看到了你弟弟。”

“梁宇吗？他可能最近放假回家了。说起来我都半个月没见到他了，上次他还说要来剧组探班，我嫌太折腾没让他来。”

梁昭昭说起弟弟的时候，笑容不自觉露了出来。

“昭昭。”秦舟突然喊了她一声，“你和萧泽关系有那么好吗，连你弟弟都好像和他很熟。”

“嗯，我也很奇怪，其实我弟平常不怎么亲近人的，他性格也有点怪。”大概是从小的生长环境问题，梁宇从小就有些执拗孤僻，后来受了些她的影响，性格好了很多，也能正常和人交流了，平常也很有礼貌。

但其实她弟弟也很难从心底相信和接纳一个人，所以看到他对萧泽这么好，梁昭昭还挺诧异的。

“我还真是失败。”秦舟突然幽幽来了句。

梁昭昭满脸疑惑：“说什么呢，你都失败，那这世界上还有成功的人吗？”

他都已经是站上众生之巅级别的了好不好。

秦舟挑挑眉：“好歹咱们以前也在一起过，萧泽和你弟弟都混那么熟了，你弟弟和我今天才是第一次见面，我不失败吗？”

梁昭昭又快忘记他们还在一起过这个事了。

她摸了下头发：“好像是有点不对劲啊。”

别说第一次见面了，梁宇那样子压根儿就不知道她和秦舟在一起过。

“我以前，把你藏这么好吗？”居然连自己的亲弟弟都瞒着。

“是啊，我还挺惨的，交往两年，在女朋友的弟弟面前查无此人。你说不公开就算了吧，我连在你家人面前都不配拥有姓名，我就这么拿不出手吗？”秦舟叹息了声，有些委屈道。

“不是的，你怎么可能拿不出手！你就是最耀眼的人啊，而且……”她没好意思说下去了，憋红了一张脸，有些颓败。

“我也不知道自己以前为什么要那样对你，我都忘了。但我觉得肯定不是你不够好，而是我觉得自己不够好。”

其实就算现在她和秦舟谈恋爱，她也会选择任何人都不说。

这种心情很奇怪。

明明一想到交往的人是他，想要兴奋地告诉全世界秦舟是她男朋友了，却又没有勇气开口。

“太多人喜欢你了，和你在一起的人肯定会经常想自己有什么资格被你喜欢。”她想自己以前瞒着，可能是把和秦舟在一起这件事当成一个梦境，这个梦越少的人知道，她醒来后就越不会那么痛，也不会那么难以忘记。

“那么多人喜欢我，其中有你吗？”

“当然啊，我不是说了吗，我是你粉丝，而且是铁粉的那种哦。”

秦舟坏心眼问了句：“那我和萧泽，你更喜欢谁？”

梁昭昭丝毫不带犹豫：“你！”

这还要问吗，朋友和偶像，谁会更喜欢朋友呢？人类的本质，重色轻友罢了。

秦舟突然笑了起来，他戴了口罩，梁昭昭没法看清楚他的表情，但她能感觉到他在笑，并且还笑得很开心。

有这么好笑吗?

她又不是第一次告诉他这种事了。

“你怎么了？”梁昭昭见他一只手搁在她肩上，笑着笑着还弯了腰。

秦舟收了收表情，带笑道：“没什么，只是觉得挺解气的。”

笑完后，他没立马站直，手搁在腿上，身体压低。

“昭昭。”他轻声喊了一遍她的名字，声调温柔。

“你这样看我，是不是没有那么高？”

确实没那么高了，他一米八五，她一米六五，二十厘米的差距不穿高跟鞋的时候她看他会有点费劲，但是现在他这样的姿势，甚至比她还矮那么一点。

但是也因为这样的姿势，两人一下子靠得有点近。

这双眼睛太漂亮太蛊惑了，尤其当他用那样的语气轻声喊她名字的时候。

梁昭昭站着不动了，杏眼迷蒙地看着他，愣愣点了下头。

“所以不要高看我，我没你想的那么高。”

如果你愿意的话，我也可以为你低下来。

能被称为天才、在某一领域做到顶尖的人，哪怕他会因为道德约束平常表现得彬彬有礼，但骨子里一定是清高自负的。

秦舟不一样，他相信自己很牛，也知道自己很厉害。

他的自负狂妄都表现在那张英俊张扬的脸上。

他可以骄傲，但他不希望他喜欢的人把他看得太高。

比起偶像，他更想做她男朋友。

第二天闹钟照常七点响起，梁昭昭从床上爬起来，头有些晕，鼻子也好像被堵住了。

她悲哀地发现自己好像感冒了。

起床，换衣服，漱口洗脸，一共花了不到二十分钟时间。

梁昭昭在酒店里拿了早餐边吃边上了剧组的车，赶去了片场。

梁昭昭发现她这感冒来得还真不是时候。

今天她要拍一场下水的戏。

说起来她这个角色也是真的惨，在学校老是被人欺负就算了，到了学校外面还要被人戏弄推下水。

她本人是不会游泳的，但好在影视城里的人造河也不深，以她的身高能够站在水里，水刚好过她脖子到她下巴这儿，她只要踮踮脚，水淹不到她。

现在天气不怎么冷，水温却不高，摸上去水有几分凉。

虽然不是什么很危险的戏，导演见她娇娇弱弱的，还是问了句：“没问题吧？”

梁昭昭虽然头晕，但想着小小感冒泡会儿水也没什么事。

她笑了笑应道："没问题。"

"要不这场戏明天再拍吧。"秦舟这时候出声道。

苏导疑惑地看他："怎么了？"

秦舟抬抬下巴："她感冒了。"

从梁昭昭上车起他就注意到，她今天身体状态并不好，还有点咳嗽。

"这样啊——"苏导看了眼梁昭昭，"昭昭，你身体很不舒服吗？要不下次拍？"

拍戏都是按照场景来的，这场戏排到今天，推到下次的话肯定更费大家的时间。梁昭昭不愿意因为自己的事拖累剧组进度。

"没事，就一个感冒而已，我能行的。"

苏导也不想再推，听到梁昭昭说了后，拍拍秦舟的肩膀："就是说嘛，小感冒而已，不影响的。干我们这行的，拍戏的时候天天超负荷工作，哪能没点小毛病？"

苏导转头又对梁昭昭说："不过今天回去要记得吃药哦，身体才是最重要的。"

"知道了。"

戏开拍前，秦舟又一次拉住了梁昭昭。

他脸色有几分冷，严肃地说道："你确定你能行？我看你脸色不是很好，不要逞能。"

梁昭昭笑了笑，拉开他的手。

"真的就只是个小感冒而已，可能昨天吹风受了点寒，今天吃点药晚上再睡上一觉就好了，别担心。"

秦舟低声叹了口气："对不起，我不该昨晚让你陪我走回去。"

"怎么能怪你呢？是我身体素质不行。"

"所以你更应该好好休息，不要拍这种下水的戏。"

梁昭昭冲他眨了下眼："秦舟，我记得你曾经有次拍戏伤了腰，去医院没几天又去了片场，当时你的主治医师都发了微博在网上对你又骂又夸，夸你敬业，骂你不听医嘱不顾自己的身体去拍戏。"

秦舟愣了下神，而后扯唇笑："你是不是觉得我这个样子，有点小题大做？"

梁昭昭点了下头，偏头看了眼那边的苏导："你没看刚才苏导那表情吗，我觉得他就在说你小题大做。"

秦舟见她坚持，也放弃了说服她。

"行，那你去拍吧。不舒服一定要说。"

"嗯！"

这场戏比梁昭昭想象中难拍很多，她之前没有拍下水戏的经验，本身因为不会游泳有些畏惧水，演的时候顾不到镜头和表情，拍得有些差强人意。

苏导又要求严格，这场戏反反复复拍了两场都没过。

到了第三次的时候，苏导亲自下水给她示范，又给她讲了一遍戏。

梁昭昭泡在水里，认真听苏导说这些，边听边点头。

苏导给她讲完后，她又开始重新拍。

经过前两次失败，到了第三次，梁昭昭这场戏拍出来的效果比之前要好很多。

坐在摄影机前的苏导看着拍出来的画面连连点头。

“卡！”

“可以了。”

他说结束后，梁昭昭却没有马上站起来走出水面，她像突然失去意识一般，身体和脑袋一起沉了下去。

“她不对劲，快救人！”片场有人大喊。

这时候有人比所有人都反应迅速跳下了水。

梁昭昭昏昏沉沉间，看到了一个身影。

尽管她视线涣散，快要失去意识，但她依然认出来了，来救她的人，是秦舟。

眼前的画面和记忆深处的某一处画面重合。

好像是那么一个觥筹交错，名流巨星围绕的夜晚，她被人绊倒掉下了水里，池水将她淹没，浸透她的唇舌口鼻。

在她以为自己要死去的时候，他也是这样朝她奔来。

第七章

为什么分手?

▸▸▸

梁昭昭醒过来的时候，发现自己睡在酒店的房间。

她试着坐起来，全身软趴趴的，没什么力气。

“你醒了？”耳边传来裴念寒的声音。

“念寒姐，我……”

裴念寒走过去扶着她坐起来：“你在片场拍戏的时候晕倒了，医生说你是因为过度劳累才会突然晕过去。”

梁昭昭恍惚想起来，自己刚刚是在拍下水的戏，其实拍第二次的时候她已经很累了，本来是想说的，但是看到苏导都亲自下水给她示范，她也不好意思再开口，想着咬咬牙坚持一下，第三遍能拍好。

谁知道第三遍没撑过去晕倒了。

“我真没用，拍个戏都能晕过去。”她服了自己的体力。

裴念寒皱皱眉头：“我之前就说过，你这样拼身体会吃不消，现在果然出问题。你之前生病住院那么长时间，身体还没好透，可别又把自己整垮了。”

梁昭昭心虚摸了下鼻子，问她：“大家呢？”

裴念寒：“医生给你看过说你没什么大问题后，大家也就拍戏去了。我跟苏导说了，你休息两天。”

“啊？两天吗？我觉得一天就够了，你看我也没什么大事……”

“你给我闭嘴吧，我说两天就两天，我可不要病秧子的艺人。”裴念寒冷声说。

“好，那就休息两天吧，正好我偷偷懒。”梁昭昭笑了笑，她知道裴念寒是刀子嘴豆腐心，生气也是气她没照顾好自己。

“嗯，既然你醒了，有想吃的东西吗？我给你点。”

梁昭昭身体不大舒服，没什么胃口，推脱道：“我现在不想吃，晚点吃吧。”

裴念寒也没勉强她：“好，那你先休息，我出去了，有事喊我。”

梁昭昭这时候突然想到了什么：“等等，念寒姐。”

裴念寒转过头看她。

“那个，救我的人……”

“是秦舟。”裴念寒说完凉飕飕看她一眼，“这种情况下能救都会救，你不要想太多。”

“知道啦，我只是想跟他说声谢谢。”梁昭昭扯扯被子。

“我会帮你转告的，别想太多，好好休息。”裴念寒说完，便走了出去。

裴念寒出去之后，梁昭昭独自在房间里，想着在片场发生的事。

她记得她溺水后意识丧失前，在水里看到了秦舟。

那一刻她脑海中一闪而过从前的画面。秦舟说过，他们相识是因为他在某一次艺人朋友的生日宴会上救了落水的她，那么说明她想起来的那瞬间记忆是真实存在过的。

这是梁昭昭失忆之后，第一次想到了从前的事，尽管只是短短一瞬间。

梁昭昭一直睡到了晚上，中间裴念寒有让酒店的人给她送过吃的，她吃了两口就不吃了。

到了晚上，大家收工回来，听到梁昭昭醒了，集体探望了她。

苏导：“昭昭啊，以后身体不舒服还是要说的，我还真以为你只是普通小感冒，谁知道是劳累过度。这段时间辛苦你了。”

剧组其他演员跟着说：

“梁老师要注意身体啊。”

“不要太过操劳了。”

“少熬点夜吧。”

面对这样的关心，她好像除了“我以后会注意”“我没事的，大家别担心了”这样的话，也没其他的可以说。

“那我们就不打扰梁老师休息了。”大家一番嘘寒问暖结束后，都从她房间里走了。

她房间里就只剩下坐在她床边的黎双还有站在一旁的纪元洲。

黎双替她掖了掖被角。

“昭昭姐，你感觉怎么样，还晕吗？”

梁昭昭：“好多了，只是头还有点疼。”

“吓死我们了，还好舟哥反应快，立马跳下去救了你。”黎双心有余悸，“以后你不舒服真的要说，再劳模也不能这样。”

梁昭昭苦笑：“我是真没想到自己会晕，我以为自己能行的。”

她说完看了看门口，刚才那么多人来看她，却没有看到秦舟的影子，现在大家都快走了，他还是没来。

黎双看她眼神似乎猜到她在想什么，不怀好意地笑道：“昭昭姐最想见到的人应该不是我们吧？”

“说什么呢你？”梁昭昭故作听不懂。

“你说你和舟哥没点什么我都不信，今天他把你救上来以后，那脸色差得我都怀疑他要当场和苏导翻脸。说实在的，关注了他这么久，我还是第一次见到他这么关心一个人。”黎双说着嘿嘿笑了两声，“你们该不会已经……”

“咳咳！”梁昭昭咳嗽了两声。

站在旁边的纪元洲对黎双道：“行了，昭昭姐都生病了你还调侃她。我们还是走吧，让她好好休息。”

说完，纪元洲想伸手拉黎双起来，结果他的手被黎双一巴掌拍开。

“要你管，别碰我。”

纪元洲耸耸肩，手缩了回去。

黎双凶完他，转头对梁昭昭笑了笑："那昭昭姐我们就先走了，明天再来看你。"

"好，你们也早点回去休息吧。"

梁昭昭看着这俩走出了房间，出门的时候纪元洲似乎还想和黎双说话，可惜黎双没给好脸色，都不带搭理他。

"真是一对欢喜冤家。"

梁昭昭摇摇头，感叹了一句。

等人都走了，梁昭昭看了看手机上的时间，已经是晚上十一点。

就在她准备躺下的时候，手机上传来了秦舟发的信息。

"好点没有？"

梁昭昭弯弯唇，看来他虽然没跟大家一起来看她，但也没有把她完全忘了。

"好多啦。"

秦舟："看你的人都走了？"

"嗯。"

"你怎么没和大家一起来呀，是有其他的事吗？"

她发完第二句后意识到自己也太直白了些，连忙撤回了。

撤回后，她忍不住用手敲敲自己脑袋，梁昭昭你还真是今天脑子进了水啊，怎么可以想到什么就问什么了呢？

她后悔死了，虽然发送不到半分钟就撤了，也不知道秦舟看到了没有。

她发送完这条消息之后，等了好一会儿秦舟都没回她信息。

"完了完了，他一定是看到她撤回的这条信息了。别人不来就不来啊，梁昭昭你怎么可以问这么尴尬的问题！"

她越想越后悔，甚至开始在床上打滚捶枕头。

放在床头柜上的手机突然响了。

梁昭昭拿起来一看，是秦舟打过来的。

打电话了，那说明她还有的救？

梁昭昭连忙接起电话。

"喂？"

秦舟："还有力气下床吗？"

"有啊。"

"开个门。"

"？？！！"

梁昭昭立马点开手机打开前置摄像头，确认了下此时也没有很仪态不整，随手整理了两下头发，她从床上爬下来。

打开房门后，她看到了站在门口的秦舟。

他站在她房门前，身姿挺拔，大概习惯了出门必戴口罩，就连在酒店里他也是戴着的。

"你怎么来了？"梁昭昭说话压低了声音，她探出半只脑袋，东张西望，确定走廊上没有人看到秦舟来她房间，才稍微放心一点。

“来看你。”

“刚才你为什么不来？”大家都来了，他没来，她还沮丧了那么一下下。

秦舟笑了声：“现在不能来吗？”

“那倒也不是，只是这大半夜的，我们俩这样，万一被看到就惨了。”

他也太大胆了点，半夜直接过来敲她的房门。

“所以你还不让我进去，是真的想被人看到吗？”秦舟幽幽说了句。

梁昭昭听了连忙侧身给他让了道。

他进来后，她立马关了房门，重新坐在了床上。

“躺着吧。”秦舟看了她一眼，淡声道。

“啊？”好端端的，他干吗突然叫她躺下！

秦舟直接走过来帮她脱了拖鞋，把她的腿搁床上，往被子里一塞。

“你现在需要休养，躺着会比坐着更容易恢复体力。”

“哦。”原来他是这个意思啊。

她刚刚怎么就想歪了呢……

秦舟视线在她房间里扫了眼，看到她房间里不远处的桌子上，还摆了份没怎么吃的食物。

“你没吃东西？”

梁昭昭：“吃了一点，没什么胃口，就没再吃。”

“不吃饭怎么行？”秦舟听了，直接按了酒店服务。

？？？

酒店服务，那待会儿不是会有人进来？梁昭昭慌了，她想去挂秦舟的电话，却被某人一只手摁住。

“您好，这里是龙捷酒店，请问有什么可以为你服务的吗？”

电话里传来客服甜美的声音。

“1602房间要一份小米粥。嗯，甜的，可以多放点糖。”秦舟说道。

“好的，请您稍等，一会儿就为您送过去。”

电话结束之后，梁昭昭无奈了。

“会被人看到的。”

秦舟笑着看她：“你怎么这么怕？”

“我能不怕吗？万一被发现了，咱俩还能有宁静日子过？不行不行，太可怕了。待会儿酒店送餐的人来了，你别出去，我出去拿就行。”

“但是我打的电话，你出去他们不也知道你房间里藏了个男人吗？”

梁昭昭蔫了点，又重新振作起来。

“出卖一个总比出卖两个强，总之不能让他们知道你在这儿！”

砰砰——

“您好，送餐服务。”

房门被人敲响，不得不说这个酒店的办事效率还真是高，打电话还没十分钟，粥就给她送过来了。

“我去拿。”梁昭昭想起身去拿的，但是一起身，手腕就被秦舟重重地抓住，并且他足足抓了她十来分钟，一直没松手，连中间两人聊天，也一直保持着这个姿势。

“你放开我呀——”她本来力气就小，这会儿身体虚弱更是挣不开了，只能喊着让他放手。

秦舟低低笑起来，他发现他现在多了一种新乐趣，在想对她好的同时，偶尔也会想欺负她。

他怕她真使劲，还是松开了手。

眼见着梁昭昭要下床，他再次把人摁了回去。

“我去就行。”

让她下床给他开门他都嫌累着她，这会儿更不可能让她去拿。

他见她一脸担心他的样子，站起身来后回头说了两句：

“放心吧，就算知道是我也没人会说出去。

“没有人会为了聊八卦不要自己饭碗的，这家酒店，其实是我家开的。”

梁昭昭：“……”

秦舟出去把粥拿回来后，打开。

淡黄色小米粥冒着热气，粥香钻入了她的鼻子。

很清淡的香味，她终于不那么反胃了，一整天没怎么吃东西，看到小米粥居然有几分饿。

秦舟舀起一勺粥，放在嘴边吹了吹，然后送到她面前。

“吃吧。”

他这是，在喂她吗?

梁昭昭有些不好意思，想拿过勺子。

“我还是自己来吧。”

秦舟桃花眼眯了眯，压低声音：“再乱动我又抓你了，说了你现在要节省体力，不宜劳累。”

“……”

喝个粥也算不上劳累吧?

梁昭昭心里默默吐槽了句，还是就着他手的姿势，喝下了那口粥。

秦舟又喂了她几口，看到她都乖乖吃下去满意地笑了笑。

“你这点还是没变，生病的时候什么都不想吃，只能吃点甜粥。”

这是梁昭昭的一个习惯，却是她自己都没怎么注意到的习惯。她也不是经常生病，一旦生病了，确实不怎么爱吃东西，印象里好像还真就有两次梁宇给她熬了甜味的粥，她能吃下去一些。

她自己都快忘记的习惯，秦舟居然记得。他能记得这些，至少能够说明，以前两人在一起的时候，他应该是有将她放在心上的吧。

梁昭昭心头颤了颤，乌黑的羽睫覆下。

她突然想起了顾子意和她说的话。

“呵，你是都忘了，他又没忘，你俩以前好过的事他可记得清清楚楚，这怎么重新认识？”

“他二十五岁，你现在心智才十七岁，肯定容易被老男人骗。姐姐提醒你啊，一定要保持理智清醒，不然以后我怕你想起来了会后悔。”

“秦舟，我们以前为什么会分手呢？”

她终于问出了一直缠绕在她心间的问题。

她问出这句话，房间内的时间好像被按下了暂停键，连空气都停滞。

秦舟放下了手中的碗：“为什么突然问起这个？”

手不由自主抓紧被子，又松开，梁昭昭抬眸看着他道：“因为你最近对我很好。”

“对你好还不好吗？”秦舟笑了声，黑眸有几分沉，“是你说我脾气不好，我已经在改。”

“有些事情，我也总得知道的。”她低声说，“万一你真的对我做过什么不能原谅的事情，我却……”

她说到这声调扬高一点又迅速止住，把话咽了回去。

秦舟顺着她的话问：“你却怎样？”

我却又重新喜欢上你，那我怎么对得起当初决意离开你的自己？

她心里这么想，嘴上却只是说：“我却还把你当偶像，那我不是很吃亏吗？万一哪天想起来了，我不得捶爆自己的头？”

秦舟笑了声：“你这样的担心，好像也挺有道理。”

“是吧是吧，所以快点告诉我，我们那时候到底是为什么分手？”她趁热打铁问。

看她一脸急切想知道真相的表情，想必是很早之前就想知道了，一直忍着没问而已。

秦舟做出回忆过去的思考表情。

梁昭昭盯着他看，等待从他嘴里冒出来的答案。

“你说想知道我们为什么分手，是怕我做过伤害你的事，你却把我当偶像，以后会后悔？”

“嗯嗯。”梁昭昭用力点头，希望他赶快说出来。

秦舟转眸，目光落在她身上，嘴角带了丝笑意。

“那如果我们分手是你伤害的我，你现在知道了，要怎么补偿我呢？”

她呆住了。

是啊。

这也是个问题。

秦舟叹了口气：“你说吧，本来你忘了，我也只好大度一点，当往事如烟。现在你跟我说要追究过去了，那咱们是不是也要算算帐？”

“算什么账啊？”她突然有些紧张了。

秦舟从她床边的沙发里站起身，手撑在她床边，屈身靠近，两只手正好放在她腰间两侧。

“当然是算算，你当年煞费苦心引我上钩，把我钓到手后吃干抹净又不负责的恶劣行径。”

“吃、吃干抹净？”她慌张到结巴。

“嗯，而且不止一次哦。”

男人越靠越近，身上浅淡的香气将她包围，眼鼻之间，感受到的全是来自于秦舟的强大气场。

梁昭昭后悔了。

她为什么要问这种问题?

好不容易秦舟对她态度好了很多，和之前咄咄逼人完全不同，对她是又好又温柔。

现在好了，那个强势、侵略性极强的秦舟又出现在她眼前。

“对不起……”

梁昭昭不敢去看他蛊惑人心的双眼，抬手用手肘挡住自己的脸，喊了句。

秦舟本来只是想逗逗她，看到她被他欺负以后面红耳赤还软声跟他道歉的样子，眸色沉下去，嗓音也有点哑。

“光是说一句对不起可不够。”他倾身，和她越靠越近。

梁昭昭脑子早就一片空白，看到秦舟逐渐放大的俊脸，她紧张地闭上了眼睛。

他是真的想亲下去的。

小姑娘的唇粉粉嫩嫩，刚才喝了粥和水，唇色水润了不少，凑近看着，对他来说是种致命的吸引。

她虽然闭了眼，但是轻颤的睫毛和紧紧攥住被褥的手都泄露了她的紧张。

秦舟闭了闭眼，撤开了，随后迅速坐回她床边的小沙发里。

“逗你的。”

梁昭昭听到他说这句话猛然睁开眼，提到嗓子眼的心放了下去。

她转头看到秦舟略带玩味的笑容，意识到自己是被他耍了，恼羞成怒下也不顾自己的形象和他是谁，随手抓了个枕头就朝他扔过去。

秦舟抬手接住了枕头，看着她气鼓鼓的样子笑了笑。

“还是这个样子好看，有生气多了。现在还有力气打人，看来我喂的粥还是有用的。”

梁昭昭又恼又气，偏偏还拿他没辙。

她干脆躺下去，转过背不理他。

“我要睡觉了，你回去吧。”

她装作睡觉闭了一会儿眼，没听到房间里的动静，转过头看到他依旧还坐在那儿。

“你怎么还不走？”

“你想知道的事没问出来，能好好睡着？”

梁昭昭一听，迅速转过身：“你愿意告诉我？”

秦舟收了脸上玩笑的神色，认真道：“你想知道的，我都会告诉你。其实我们在分手之前，两人因为一些事也有吵过架。或者说，我们都不够了解对方，矛盾出现的时候，都不愿意做先低头的那个。”

他开始回忆过去的事。

秦舟和梁昭昭见面三次就好上了，他刚刚和她在一起的时候，还不懂什么叫爱。

他只知道自己喜欢她，对她很有兴趣，甚至有些沉迷于拥抱亲吻和她做爱时的感觉。

这对一个从小到大都不怎么喜欢与人亲密的人来说，是种奇特的体验。

周斯耀和他说过，梁昭昭是蓄意接近勾引他，这样的女人，压根儿看不出来她是不是真心。

其实他一开始真不怎么在乎，真心不真心有那么重要?

他喜欢她，她也喜欢他。

他们彼此吸引，彼此纠缠，这不是很正常的事?

是什么时候，开始慢慢偏了呢?

大概是他发现自己对这段感情开始没那么无所谓的时候。

他开始想要得更多，而不仅仅是她对他的微笑和知道他生气后软声两句诱哄。

当时他没能发现，分手后的那段日子，他才慢慢意识到，他们会分手，是因为他的贪念。

他想彻彻底底占有她，让她只属于自己。

他甚至想过，把她打晕了，直接拖到民政局去盖个章，在她的名字前，加上秦太太的称谓。

"因为你我身份的问题，我们交往的这一两年里都很谨慎，几乎没有被人抓拍过。"

秦舟开始和她说过去那些事。

"这我知道，不然我们早就被爆料了吧，哪还能这么平静？"

她和秦舟谈恋爱，这事爆出来，绝对是腥风血雨。

"但是有段时间，我们的状态不太对劲，两个人经常吵架和冷战。"

"为什么吵架啊？"梁昭昭问了句。

秦舟勾了下唇："都是些情侣间鸡毛蒜皮的小事，太多了。"

"哦，那你继续说吧。"

"问题出就出在，我们吵架的时候，偶然一次在街边，我——"他顿了下，继续说，"我没顾你愿不愿意，亲了你。"

梁昭昭听了瞬间双手捂住脸。

妈呀，听上去好霸道好偶像剧!

可惜她又都忘了，唉!

"本来这也没多大的事，我当时也没真失去理智，亲你的时候明明看到旁边没人。坏就坏在，那天旁边的花坛里，还藏了个狗仔。"

梁昭昭听到这瞬间觉得从偶像剧变成了惊悚剧，眼睛睁大："然后呢？"

秦舟："然后狗仔嘛，你知道的，他们很多追拍明星，并不是为了爆料，而是为了抓住你的把柄，趁机要挟你让你给他钱。"

"所以最后用钱解决了？给了多少啊？"梁昭昭问。

秦舟冷笑："这个世界上威胁我的人还没出生，所以我就想，与其让他爆料，不如咱们直接公开。"

？？？

您还真是足够有勇气，不过这也很符合秦舟的风格。

"那最后为什么又没有公开？"

秦舟眼中闪过一丝伤痛，再次看她的时候，眸里带着无奈的笑。

"因为你不愿意啊。"

他是打算把那偷拍的狗仔抓出来后，直接送对方进局子的。

但是他还没把发照片的人给找出来，梁昭昭直接联系了那个人，给了对方五百万，把照片买了回来。

曾经的秦舟年轻气盛，恣意骄纵，他决定的事情也很少有人会违背他的意愿。

梁昭昭这一举动，对当时的他来说，是戳到了他的脊梁骨。

一想到小人拿到钱后得意的嘴脸，他就想吐。

当天他知道消息后，直接去了梁昭昭家里，给了她一张五百万的卡。

他问她为什么不愿意公开，他就这么见不得人吗?

梁昭昭脸上无悲无怒，只是平静地说了句：“为什么要公开？公开对你对我的事业都没有好处。”

事业，事业，她脑子里只有她的事业，压根儿就没有他。

他生气地质问她：“不公开怎么办，一辈子都要偷偷摸摸谈恋爱？每次被人拍到，你都打算用钱去解决？”

梁昭昭淡淡瞥了他一眼。

“之前我们不也做得很好，是你这次太冲动。我都说了最近有人跟着我，你还跑来和我见面。”

秦舟没忍住，朝她大声喊了句：“那天不是你生日吗！我能不来？”

“我不需要。”她当时是这么和他说的，“比起会被发现咱们的关系，我宁愿生日那天没有男朋友的出现。”

“如果我们的关系现在威胁到了你的事业，你会选择终止，是吗？”他问。

梁昭昭没有回答，垂眸算是默认。

他当时气急，直接一脚踹在她家椅子上，那张椅子直接被他踹翻在地，发出巨大声响。

“那你当初又为什么要和我在一起？”

她没有说话，无声的沉默更伤他的心。

秦舟冷声道：“梁昭昭，依我的性子，我不喜欢偷偷摸摸，这两年不公开也是为了你。现在你二选一，要么公开，要么分手。”

“那就分手吧。”她都没有犹豫，直接说出了这句话。

他那天被她伤到失去了理智，两人都在气头上，他想都没想就答应了。

“行，分手就分手。”

事后冷静下来，他也想过，她一个小姑娘在娱乐圈混到现在这个地步不容易，而且她不像他，背后不止一个人，她还需要担负团队的责任。

现在公开，他确信自己有足够的能力保护她，但是她可能还没能这么相信自己。

想通之后，秦舟去找了她。

但不管他找几次，她的答案都只有一个：

“我们已经分手了，我也没兴趣再复合。”

他以为只是一次闹得比较厉害的吵架，却成了梁昭昭头都不回的理由。

他开始还以为她只是闹脾气，和他冷战，后来她发现她是认真的。

那天雨夜，他在她楼下等了一晚，这是他人生里最卑微的一刻。

水落下来时，他仰着头，看别墅二楼她房间的方向。

雨水滴进他的眼睛、嘴里。

“秦舟，你也会有今天。”

他当时是这样想的。

可就算这样，她也没有下来。

回忆到此止住，秦舟身体往后靠了靠，神情涣散，自嘲般笑说了句：“你问我到底为什么分手，其实我也一直想知道，到底为什么分手？”

仅仅只是因为那次吵架吗？

他能为她低头，能为她慢慢改变，她却只因为他气恼冲动时的一次吵架，头也不回要放开他。

他对她来说，到底算什么？

梁昭昭听完他说的这一切，有些惊讶：“所以我们分手，是因为你要公开，我不愿意？”

秦舟不想她想得太复杂，颔首道：“你也可以这么理解。”

“这也太……”

太可惜了。

她完全没法理解，当初的自己是为什么会做出这个决定。

明明秦舟是给过她最多力量，她最喜欢的人不是吗？

她以前常常想，她家哥哥这么优秀这么好，没有哪个女生能配得上的，如果他最后真的找到了归宿，她也一定会祝福。

能被秦舟喜欢的女生，上辈子一定是拯救过世界吧，才能让被那么多人喜欢的他，仅仅喜欢她一个人。

可是最后他喜欢上了她，她却因为秦舟不同意地下情，而选择放弃他是吗？

梁昭昭想不通。

什么事业能比秦舟更重要，那可是秦舟啊。

“原来我们分手，是因为我不够珍惜你。”

梁昭昭听了这段故事后，很难过。

说不上来的感觉，就感觉心里很堵，也很失落。

梁昭昭垂着眼，卷而密的睫毛覆下来，在眼睑处落下一道重影。

秦舟从回忆里走出来，却发现她好像比他还情绪低落。

那垂头丧气的样子，好像被甩了的人是她一样。

“被甩的人是我，你难受什么？”

梁昭昭微微扬头，看他一眼，瘪了瘪嘴：“你说的事结果和我想的不太一样。”

“那在你的想象中，我们会因为什么而分手？”

“肯定是有什么过不去的坎或者你做了对不起我的事，我才会放开你吧。”她说完又摇头，“也不对，就算再过不去的坎，你不放开我我也不会放开你的。那只剩一种情况了，你，做了对不起我的事。”

秦舟听到她这样说，神情一愣。

他没有想到，自己以前最想听却没法从梁昭昭嘴里听到的话，现在却在失忆后的她嘴里听到了。

说到这里，梁昭昭泄气了：“可听你这么一说，这也不算什么啊，倒是我还挺让你委屈……”

和秦舟谈恋爱，还一定要把他藏着！藏不住了还要分手！这是人干的事吗！

秦舟低声笑了起来：“昭昭，你现在这个样子让我想到了一句话，是我以前在网上经常看到粉丝维护我的时候说的。那时候我觉得有点幼稚有点好笑，但也有点感动。”

“什么？”

“立场秦舟，还有更夸张的，底线秦舟。”

“……”

是十多岁追星小姑娘最上头的时候，会说的话了。

不但秦舟，她自己也见过很多，网上很多小妹妹为他打 call 为他哐哐砸大墙，愿意为他与全世界为敌。

“我还没有到这一步。”她低咳一声，辩解道。

“但是你没发现，你刚才一直都在维护我吗？”

“那是因为我真觉得当初自己让你受了很多委屈。”她愿意相信秦舟说的都是真的，那按照他说的，他就是很委屈啊。

秦舟从椅子上站起来，随后朝她招了招手：“昭昭，坐过来。”

梁昭昭虽然不懂他想干什么，还是听他的掀开被子移动了身体，坐到床边。

然后，她看到这个高大的男人直接蹲了下去，随后握住了她的手。

“谢谢你。”他指腹摩挲着她的手背，声音温柔。

“什么？”这句谢谢完全把梁昭昭搞蒙了。

秦舟抬起头，桃花眼里印着室内的灯光，分外璀璨。

“实不相瞒，过去的一年里，我都觉得自己挺委屈的。”

“但是你刚刚那句话，让我觉得自己好像不委屈了。”

“我说了什么吗？”她迷惑道。

秦舟：“你说不管发生什么，只要我没做对不起你的事，你就不会放开我。

“是真的吗？”

他像是不敢相信一般，目光闪动，抬头看她等待确信答案。

这是梁昭昭第一次，低着头看他，这样的姿势，好像他不再那么高不可攀，反而多了一丝脆弱。

她受了蛊惑一样轻轻点了点头。

“那我不委屈了。”秦舟笑着道。

“你不要觉得对不起我，当初的事不是我三言两语就能说得清楚，我不想骗你，我们这段感情也许从一开始就有问题。最后那次分手，不过是个导火索。

“也不要怪自己。我也有错的地方，我不该不顾你的意愿就想要公开，更不该冲动拿分手要挟你。

“既然你已经都记不起来了，那没有人能知道，当时的你到底是怎样的立场，或许真有我也不知道的苦衷。所以，也不要怪那时候的梁昭昭。”

发生过那一切后，他曾经是真的恨过她，也真的以为她压根儿就没爱过自己。

可是认识了现在的他，他却更愿意相信，他们之间或许是真的有什么误会，或者她身上有发生过他不知道的事情迫使她以那次吵架为借口选择分手。

“而且我现在觉得，你以前也或许比我想象中要喜欢我。”

他最后说道。

这半年压在心里的郁结，好像一下子化开了。

从前他总是不愿意低头，现在他遇到了一个无比柔软又赤诚的她，他发现原来低头，是一种享受。

男人为自己喜欢的女人低头，有什么不可以?

他们当初，两个人都太要强了。

爱情从来都不是一场较量。

如果当初他能懂这个道理，或许很多事情都能说开。

梁昭昭说不出话来，她心里好像酥酥麻麻的，有些缺氧。

太多情绪袭来，新的、旧的，过去的、现在的。

秦舟情难自抑，微合上双眼。

“我可以，摸一下你的头吗？”

他听到坐在床上的小姑娘突然说了这样一句话。

秦舟睁开双眼，有点愣。

梁昭昭脸红了：“算了，你还是当我没说过吧。”

上次就想干的事没干成，她也不知道自己怎么就是贼心不死。

耳朵里传来他浅声的笑，他将头凑近了点。

“摸吧。”

她犹豫了下，抬起手轻轻在他头顶上放了放，他们最近拍戏拍到他从警校毕业，去当了一名刑警。

秦舟也因为这部戏剃了板寸头，他的头发不长，摸上去有点扎手。

那样一张轮廓分明，五官俊朗的脸，此刻收了全部气场，以一种柔软的姿态出现在她的面前。

她好像也能感受到他的孤独和隐藏的脆弱。

她放下手后又轻轻地顺了顺他的头发，像是在安慰。

“我怎么感觉，你是把我当小狗在摸。”秦舟抬眸看她，玩味道。

梁昭昭听了愣了下，飞快地收回手：“才没有！”

她是觉得他说了过去的事情有点难过，想安慰他才多摸了两下好吗!

秦舟勾唇笑了下，抓过她的手放在自己头顶。

“没事，继续吧。”

梁昭昭休息完两天之后，重新回到剧组上班。

她落下的戏比较多，但苏导考虑到她身体，也没有给她排太多戏，天天劝她不要逞强要保重身体。

大概是真的被她那天突然晕过去给吓到了。

“昭昭，状态还 OK 吗？要不要再多休息一天？”回来之后，苏导问她。

“昨天就没事了，都是你们大惊小怪，非要我多休息一天。”梁昭昭笑笑道。

“没事就好，待会儿拍的时候有不舒服一定要及时告诉我。”

“好的，导演。”

“那你准备一下吧，十五分钟后我们开拍。”

“好。”

梁昭昭走之后，跟在苏导旁边的助理走过来，对苏导说：“导演，你对梁老师是不是太宽容了一点，以前也有艺人拍戏生点小病，没见你这么千叮万嘱啊。”

苏导摇头叹了口气。

“哎，上次都是我让她重来几次才让她病倒晕过去，你没看见秦舟抱她上来的时候，那表情都要跟我翻脸了吗？这尊佛可惹不起。”

梁昭昭和导演聊完之后，拿着剧本坐在一旁开始背台词。

最近这几天，气温回升，初秋的日子，气温却像夏天一样热。这都 10 月了，还有这么毒辣的太阳，实在古怪得很。

梁昭昭本来被太阳光照得有几分刺眼睛，倏地，剧本上落下一块黑影。

秦舟在她面前坐了下来。

“怎么了？”她转头问道。

秦舟摊开剧本，弯了弯唇：“找你对戏啊。”

梁昭昭仅是愣了一秒就迅速反应过来，全心投入到工作里。

“哦，那对吧。”

“咱们先对这段，待会儿你……”

“卡！”

“好，很棒，今天上午的戏就拍到这儿，大家休息一会儿，下午一点开始。”苏导说道。

上午最后一场戏拍完，梁昭昭有些累更有些困。

以前在剧组天天拍戏，她能睡的时间差不多五六个小时，上次晕倒之后，她被全剧组要求休息两天，这两天也没干其他的事，光顾着睡觉去了，一天能睡十几个小时，这会儿起早一点到了中午就开始犯困。

她打了个呵欠，伸伸懒腰往平常爱待的那块休息区域走。

靳山文走到她面前，怪不好意思地对她说了句：“梁老师，你今天的造型真好看。”

她刚刚拍的那幕戏是她高三毕业，年级里举办毕业晚会，原本打算直接穿夏季校服去参加的白秋与收到了顾决哥哥送给她的第一件礼服。

是一条白色的连衣裙，很梦幻漂亮的裙子。

苏导的戏一贯追求真实感，梁昭昭演初中、高中生的时候，基本上都不化妆或者直接化裸妆。

今天拍的这个场景还蛮反转的，是她第一次穿着漂亮的裙子化上淡妆出现在同学视线里。

平常不施粉黛便是校花级别，精心装扮之后更是艳阳天里的出水芙蓉，清新秀丽又惊艳出尘。

戏里被她迷倒，就连戏外，靳山文也没法将视线从她身上移开。

“确实是我这部戏目前为止最好看的一次造型了。”梁昭昭听了后笑着拎起裙摆低头看自己的裙子。

在她目光下落不曾注意到的时候，靳山文看她一颦一笑看傻了眼。

“趁我不在，又想对我妹妹打什么鬼主意？”

梁昭昭肩膀上搭上来一个手臂，她转头一看，是秦舟。

秦舟手揽过她的肩，语调闲散，模样有些痞，他状似开玩笑对靳山文说了句。

靳山在戏里被他揍得有心理阴影，此时秦舟眉毛稍稍一挑，他总感觉对方下一秒就要朝自己重拳出击。

“不是吧舟哥，戏里管这么严，戏外还管呢？”

梁昭昭配合秦舟，飞快入戏，往他怀中缩了缩：“哥，他欺负我。”

秦舟冷冷凝眸，痞里痞气来了句：“哥哥帮你教训他。”

靳山文一溜烟跑掉了。

梁昭昭看到他慌张跑路的样子觉得挺好笑，笑到耸肩。

“哥哥，果然他还是最怕你。”

秦舟低头看她：“你喊我什么？”

梁昭昭意识到现在已经不是在拍戏了，这些天喊得太顺口，再加上以前网上也喜欢喊他哥哥，梁昭昭最近有点转不过来，戏外偶尔也会喊他哥哥、顾决哥哥之类的。

“咳，那个秦老师，麻烦你的手放一下。”光天化日下，他手搭在她肩膀上都好一会儿了。

秦舟收了手，笑道：“我还是更喜欢你喊我哥哥。”

关系好些以后，这人越发没有正形。

梁昭昭直接跑开了。

《长大》拍摄到一大半的时候，剧方想替这部剧做个先行宣传曲兼主题曲。

片尾曲和插曲早就定好了歌手届实力一流的几位歌手，只是这主题曲迟迟还没有定下来，最后苏导找了秦舟。

“我听过你的新歌《all day long》，我很喜欢这首歌，我认为这首歌也和《长大》这部片子的意境很相合，你愿不愿意为这部片子唱主题曲？”

虽然已经是十年前的事情，但无可否认秦舟最开始是以歌手身份出现在大众视野的，哪怕他后来主要工作重心移到了影视这块，他依然断断续续出过歌。

数量很少，胜在质量。

每一首都是原创，每一首都是精品，尤其以他这两年里推出的第一首单曲《all

day long》突破最大，这首歌在上月入围了年度金曲，不出意外的话，今年音乐榜会将年度金曲这个奖项搬给秦舟。

他入圈这么多年，人气高成这个样子，谁不想请他？

哪怕不是演戏，只是唱个主题曲、片尾曲或者插曲，都能给片子提高一大波人气。但秦舟这些年除了给自己演过的一部电影唱过插曲，再也没接过这类的工作。

这次苏导提出来想用《all day long》做主题曲，秦舟倒是答应得爽快。

“行。”

苏导见他这么好说话，心放下来。

“好，你看看这首歌唱成剧版的话你有什么想改的地方可以和录音团队交流一下，准备好的话咱们尽快把主题曲给录了吧。”

秦舟：“原曲是全英文，相对中文来说没有那么符合这部剧，我想把词改成中文版本。”

苏导对他向来都是百分之百的信任，立马点头：“行啊，中文的话确实用来做宣传曲更合适，流传度也会更广。但是时间上，你能行吗？”

剧组拍摄的进度不能耽搁，只能抽时间录制歌曲，还要改词的话，苏导担心他精力会跟不上。

“没有问题。”

“那行，就这样定了吧。”

“我还有个想法——”秦舟顿了顿，目光看向那边的梁昭昭，“不如这次主题曲，我和梁老师一起录吧。”

“这个好啊！男女主角一起录主题曲肯定更有意境！”苏导拍手称赞道，他转头对那边喊了声，“昭昭，你过来一下，有事和你商量。”

梁昭昭听了后，走过去，看到秦舟和苏导在聊天。

“怎么了？”

苏导：“昭昭，咱们这个剧也拍得差不多了，主题曲要录一下。”

“嗯。”梁昭昭听他继续说。

“你有没有兴趣，唱《长大》的主题曲？”

梁昭昭本身是爱豆出身，比起演戏，唱歌跳舞才是她的专业领域。

既然苏导开口了，这是她现存记忆里演的第一部戏，对她来说意义非凡，她自然是愿意替它唱主题曲的。

“好啊，歌出来了吗？”

苏导指了指站在旁边的秦舟。

“是秦舟新歌改编的，你之前应该听过他那首吧？”

“《all day long》吗？听过的。”

开玩笑，这首歌她那阵子天天睡前必听，单曲循环，完全都会唱了。

苏导点头：“嗯，你和秦舟一起唱这首歌。”

梁昭昭吃惊地看了眼秦舟，后者倒是平静无波，甚至看她的眼神里带了点笑意。

“怎么了？有问题吗？”苏导问。

“秦老师没问题吗？”梁昭昭问道。

苏导笑："你是说你们合作吗？他当然没问题，这个要求都是他跟我提的，看来你们俩拍这部戏已经比我想象中还要合拍了！"

《all day long》改编之后直接用的中文歌名《朝暮》。

秦舟的效率非常高，两天就把词改了出来，编曲上请了他喜欢的音乐人重新调整。

没过一周，梁昭昭就拿到了这首歌的 demo。

确定没问题后，两人一起去录音棚录了歌。

两人对这首歌都很熟悉，录制了两个小时就把歌给录好了。

梁昭昭没想到自己和秦舟合作完剧以后，立马又取得和他合作歌曲的成就。

她一直都很喜欢秦舟的声音，他每出一首歌她都能单曲循环很久，只可惜他出得太少，都不够听。

现在居然能听到他的歌里有自己的声音，还有他们合唱的声音，还真是神奇。

录音师听完两人录好的最终版本，连连夸赞："你俩声音条件太好了，歌录出来的效果真好。"

秦舟听完两人合作的新版 demo，唇勾了勾。

"嗯，挺好听的。"

秦舟录歌有专业的合作团队，今天来的这个地方和帮他们录音的这位录音师都是他很熟悉的，录音师也比较了解他喜欢的风格。

"以前你都是一个人录歌，我记得有几个挺有名的歌手想跟你合作你都婉拒了。这次怎么带人一起来录歌了？还是位大美女。"录音师调侃道。

秦舟："别多想，这个歌是电影主题曲，我俩是主演。"

录音师听了点点头："原来是这样啊。"

从录音棚里出来之后，梁昭昭跟着秦舟上了车。

正好这个录音棚地点也在 A 市，他们录完就能回剧组。

梁昭昭坐在车上，手机里存了《朝暮》的新版 demo，路上她闲得无聊，干脆直接戴上耳机听歌。

秦舟开车的时候余光瞟到她戴了耳机，问了句："在听我们的歌？"

梁昭昭心情很好，点头应道："对呀，好好听。"

好听到她觉得会唱歌真好，还能和他的声音一起出现在歌里。

"不过这哪能说是我们的歌，这明明就是你的歌啊。"她唱歌还可以，写歌真的不行，这整首歌的制作都是秦舟完成的，她只是负责唱了一下。

"你知道我为什么从来不和别人合作歌曲吗？"秦舟突然说了句。

梁昭昭仔细想了想，想半天才发现他真的出的歌全都是自己一个人唱，没有和任何歌手合作过。

秦舟："因为我出的歌都是我自己写的，都是我自己的东西。我这个人脾气有点怪，如果只是我的歌，我不喜欢别人和我一起作为原唱。这么些年我在歌曲方面投入的精力少，所以也没找到合适的、能和我一起做歌的人。"

秦舟就是这么想的，如果这首歌的歌曲里只有他自己的思想、自己的曲子，那这首歌的原唱也只能是他一个人。

所以他一直独自写、独自唱。

从未与人合作。

梁昭昭听到这里笑了笑：“那还真是难为你为《长大》这部戏做出的巨大让步，苏导真应该好好感谢你。

“因为我好像除了唱，没有参与《朝暮》的任何制作。你居然还愿意为了剧，让我参与唱这首歌。”

既然苏导说是秦舟提出来让她参加《朝暮》歌曲的录制，那应该也不是勉强他吧？不过既然这次打破了他以前一直有的坚持，说明他真的很在乎这部剧吧。

“你错了，我让你唱这首歌不是因为《长大》。”秦舟说道。

“你虽然没有参与这首歌的制作，但这首歌从初版本到现在这个版本，我写它的时候，脑子里全都是你。

“它是你的歌，因你而生的歌。”

《长大》这部电影，历时三个月，拍摄终于快接近尾声。

剧组里已经陆陆续续有几个演员杀青了，梁昭昭和秦舟作为这部剧的男女主演是要陪着《长大》走到最后一刻。

在只剩下最后一周拍摄时长的时候，梁昭昭接到通知，还有半个月，她便需要和P.M组合的其他三名女团成员一起集训，为六周年演唱会做准备。

去年五周年四人行程太满，抽不出时间集训，公司和她们本人也不愿意自毁招牌，在时间不充裕的情况下随便抽出几天排练然后再上台。

这样的舞台没办法给观众惊喜，所以五周年的时候她们干脆没办周年演唱会。

从去年开始，她们都有了各自独立的团队和工作室，P.M的四位成员分别在圈内不同的领域发展，很久都没有一起正式合作，演唱会的消息从今年年初被各路瓜主放出去后，无数粉丝翘首以盼，期待价值无限高。

这次公司制定的集训时间是整整一个月。

其中更是要准备推出新EP，排练新歌。

现在的她们拥有了足够的话语权，想做的事情公司会相信，也会支持。

梁昭昭之前和姐姐们讨论过。

演唱会，要么不做，要么就做最好。

不然怎么称得上国内第一女团，内娱爱豆标杆？

前几天子意姐她们还和她视频电话讨论这事。

梁昭昭听着她们聊各种各样演唱会的想法，弱弱地说了句：“各位大佬，我的记忆还停留在五年前，咱们还是十八线的时候。我怕自己的业务能力跟不上，拖你们后腿。”

其实这几个月的日子，梁昭昭早就适应了现在的身份，她流过的汗身体都帮她记着，不论是舞蹈和唱功，她都比过去厉害很多。

但平常逼着自己戴起“顶流”艺人的皇冠，在外面硬撑坚强惯了，到了最亲近的人面前，梁昭昭就只想做回小孩，被姐姐们宠着的“忙内”。

她说这话是半开玩笑半认真，本来是指望姐姐们安慰她两句，说会帮她抠动作、教她舞台经验这种。

结果她收到的是三位这样的回复。

顾子意：“没事，反正你红靠得也不是实力，是脸。”

楚烟：“没错，这种担心太多余了，你要自信点，相信自己只是随便站上去跳两下都能倾倒众生。”

林灵：“你可是这代女团的颜值山脉啊，谁敢说你拖后腿？”

梁昭昭：“谢谢各位，请不要捧杀我。”

随后，顾子意语气认真起来：“昭昭，我们是一个团体，这么多年风风雨雨都走过来了，没有什么是可以把我们打倒的。相信我们，也相信你自己。团队的意义就在于相互成就，一个人的舞台不容许失误，但是四个人会好很多，所以你不要紧张，拿出你最好的状态，能让观众感受到你的能量和真诚就行。”

“只要努力，奇迹就会降临。我们，可是 pinkmiracle 啊。”顾子意说到最后一句话，笑了起来。

仿佛回到了以前，她们几个一起上台前，也都是会说这句口号相互打气。

梁昭昭：“呜呜呜呜呜，我会拼命的！”

楚烟：“昭昭！你是最棒的宝贝！我现在就好想和你们一起集训！”

林灵：“这两年做选秀，每次看到那些选手我就老想起以前的我们，我都触景生情在节目里哭了两三次了，前阵子不是还有‘林灵哭包’上热搜吗？我真的好想你们，好想和你们一起的舞台。”

本来是一次关于演唱会的商讨会议，最后却被她搞成了忆往昔的煽情环节。

最后还是林灵说：“对不起。再说下去我又得哭了，人家等会还要录节目呢！”

林灵走后，其他三位也陆续挂了视频电话。

梁昭昭打视频电话的时候，正在剧组拍摄。

有好几个同剧组的小演员都看到她在打视频电话，大家见她讲完了，都围了上来。

“哇！世纪同框啊！梁老师刚刚是和 P.M 的其他老师视频吗？”

“听你们刚才说，要准备筹办演唱会了是吗？好期待啊。”

“昭昭姐，大家一个剧组的，好歹也同甘共苦了三个月，送我们几张票呗，我很早就想看你们的演唱会了。”

这人话一说出来，立马就有人怼道：“你也真好意思，还叫昭昭姐送，不会自己买吗？买张演唱会门票的钱都舍不得哦？”

“嗐，我倒是想买，你去抢她们演唱会的门票试试，一秒没，抢都抢不到。”那人叹息道，然后可怜巴巴看了眼梁昭昭，“昭昭姐，你看咱们都认识了，你总不忍心我去买黄牛票吧？”

梁昭昭听了笑了笑：“好啦，到时候送你。”

“我也要，我也要。”

其他人跟着起哄。

梁昭昭：“我能拿到多少票我自己也不确定，但是各位想去的话，都可以找我。”

人群散开之后，秦舟走了过来。

他看了眼刚刚得到她许诺演唱会门票后写着满脸开心走过去的几个人，唇一勾，打趣道：“哟，梁老师挺受欢迎的嘛。”他双手环胸，靠在旁边的石柱上，姿态懒散，身影落拓，随意一站就跟画报似的。

梁昭昭听到他的调侃，笑着回了句：“哪有我们秦老师受欢迎，您的迷妹加起来别说这个影视城，连整个A市都能填满吧。”

秦舟笑了下，问：“准备开演唱会了？”

“嗯，等这部戏拍完就要开始准备了。”

虽然离集训的时间还有半个月，但她想提前做准备。

“挺好。”秦舟说，“到时候也给我一张票。”

梁昭昭看了他一眼：“你去吗？你去大家注意力都在你身上了，你这真不是去抢风头的？”

“哪有这么夸张，去那儿的粉丝都是冲着你们团来的，谁会看我？”秦舟说完这句，目光瞟了眼周围，微微倾身，凑到她耳边说道。

“当然，我是冲着你来的。”

梁昭昭脸一红，压下心头悸动，若无其事道：“那……到时候我送你。”

“好。”

秦舟身体靠回来，下巴抬了抬。

“两年前，也就是你们四周年的时候吧，我也去看过你们的舞台，你真的……”

他说这话的时候目光上下打量她，梁昭昭老觉得他眼神有那么点不正经。

“真的怎么样？”

“很棒。”他弯唇评价道。

梁昭昭听到来自偶像的夸赞，很开心，追问：“哪里棒？”

“哪里都棒。”

惹火撩人，柔情似水。

看得他恨不得将台下所有人都赶出去，只留下他一个人，能观赏到她如此性感迷人的时刻。

“喂，你该不会是为了敷衍我随口夸的吧。要不然怎么只会说好，说不出哪里好。”

一般敷衍式夸人不都这样吗？

秦舟笑着说了句：“因为你哪里都好。

“开演唱会的感觉挺好的吧，好好享受一下。”

“应该挺好的吧，不过你知道我都忘了，以前的舞台经验都是些商演，像这样的大型专场演唱会在我记忆里还是第一次。我听她们说，这次选的场子能容纳三万多人，这么多人都看着我，我能不紧张吗？”

秦舟手扶了下她的肩膀：“别怕，我在台下给你撑台面。”

“那可真是大场面。”

秦舟来的话，确实很给她们面子。

毕竟年轻一辈里，他在圈里的地位几乎无人能敌。

梁昭昭突然想到什么，问了句："对了，你自己都说开演唱会的感觉会挺好，为什么你从来都没开过啊？"

她以前喜欢秦舟的时候，做梦都想见他，可惜正式见他的机会太少了，盼着他开个演唱会、生日会、见面会什么的，盼了几年都没见他开过。

今天聊到这个事，她正好就想问他一句。

为什么他从来不开演唱会？

秦舟："嫌麻烦。我这个人不怎么喜欢和人打交道，有时候看到粉丝也不知道说什么，心里挺感激的，嘴上说什么都觉得别扭。但你开演唱会、见面会这些，总不能光唱歌吧，总得聊几句。万一聊不好，我这冷言冷语、动不动怼人的性子，让小姑娘们不高兴了怎么办？她们大老远看我一趟不容易。我懒得聊，也怕辜负她们，干脆就不开了。"

他这番话倒也实诚。

梁昭昭听了无奈摇摇头，笑着抱怨了句："原来你是这么想的，当你的粉丝真惨，难怪我以前想见你一面这么难。"

秦舟听了，饶有兴味地看她一眼："想看我开演唱会？"

"嗯，你的歌那么好听，想听你唱现场。"专辑里听再多次也不如现场来得过瘾。

她有时候听他的歌，都会幻想他在演唱会上唱现场的样子，一定很惊艳帅气吧。

"好啊。"

他应得太突然，梁昭昭都愣住了。

她以前以为那么困难的事，他现在这么简单就答应了？

秦舟笑了下，低声道："到时候我开个演唱会，你给我做嘉宾，我们一起在现场唱《朝暮》。"

说起《朝暮》，梁昭昭又想到那天他在车里给她说的那些话。

"我写这首歌的时候，满脑子都是你。"

"它就是你的歌，因你而生的歌。"

一首歌最能反映表达者的情绪，梁昭昭第一次听到《朝暮》的英文版发布的时候，歌的曲调颓靡轻柔，她能感受到曲子里的沉重和伤怀，她甚至还听哭了。

而现在，新版的《朝暮》，重新改词编曲后，再由他俩演唱，已经是一首完全不同的歌。

她唱得很开心，听得也很开心。

听歌时能感受到曲子里的通透和温暖。

歌变了，是不是也代表现在的秦舟，心态上也发生了改变呢？

一想到这些，梁昭昭不由得害羞地低下了头。

"秦舟，昭昭，你俩过来一下。"苏导拿着喇叭喊他俩的声音打破了两人之间微妙的氛围。

"苏导找我们了。"梁昭昭说完后，连忙朝导演那边跑了过去。

秦舟低笑了声，也跟上她的步子。

“干啥啊你俩，一天到晚都找不到人的。”苏导见他俩来了后，吐槽了句。

“导演，有什么事你直说吧。”秦舟道。

苏导指了指剧本：“是这样的，我看了下午要拍的内容，你们这场戏要提前一天拍了。”

他说完视线在两人身上转了圈：“你们，可以吧？”

他之所以特意提前通知他俩一下，是因为下午要拍的这场戏，是吻戏。

吻戏？

光一听这个词，再看看站在旁边的秦舟，梁昭昭就心跳脸热了。

不得不说她当年痴迷他是有理由的，这个男人无论从哪点上来看，都全方位长在了她的审美上。

“我没问题。”秦舟状若无事说了句。

苏导：“你当然没问题，这场戏是白秋与亲顾决，是需要昭昭主动的，你一个被亲的能有什么问题？”

秦舟听了眼含笑意，看了眼略微低头的小姑娘。

“嗯，要被亲了啊。”

他嗓音低沉性感，故意拖长语调的时候，有种别样的戏谑。

梁昭昭杏眼微睁瞪了他一眼，输人不输阵，对导演说：“我也没问题。”

“那就好，我还担心昭昭你不适应，毕竟这好像是你的银幕初吻吧？”

梁昭昭一共也就拍过三部戏，之前那两部公司考虑到她的爱豆形象，都向剧组提出借位拍摄。

倒是苏导的戏，从来就没有借位这一说法。

吻戏在一部以感情线为主的片子里，是重中之重，苏导只会要求更高。

是银幕初吻没有错。

如果不是上次秦舟在天台上强吻了她，这就不仅仅是她的银幕初吻，更是她记忆里真真实实的初吻。

梁昭昭笑了笑没有说话。

导演询问过后，直接给他们开始讲戏。

剧情进展到后期，女主上了大学，男主在警校工作了好几年，干出了一番成就，已经晋升为中队队长。

只是男主年过二十五，依旧尚未婚配，家里人开始着急。

两人的感情线在此时还没有完全明朗，双方有意，可碍于身份和世俗，都没有戳破那层窗户纸。

男主的家世和女主不同，他出身书香世家，家境算是富裕，工作之后表现优越，连连高升，再加上高大俊逸的长相，这样的男人放在哪儿都是抢手货。

顾决家里天天都有人找上门，问顾决父母顾决有没有女朋友，想把自己的女儿嫁给他。

顾决父母想着儿子也老大不小，一直单身也不是个办法，就给他介绍了以前单位领导的女儿，并因为男主抗拒，在男主不知情的情况下，安排了相亲饭局。

一顿敷衍的饭局结束后，男主的父母逼着男主送那位女孩回去，男主从小和家里关系挺好，父母嘱咐他之后溜之大吉。顾决没办法，只能开车送女孩回家。

该有的礼数他还得尽到，顾决没有为难那位女生，想着客客气气把人送回去，到家的时候再和她说清楚。

他替女生打开车门的时候，女生对这样一个各个方面都是顶配的男生动了心，故作高跟鞋走路崴到脚，扶住了男主的手。

而这一幕，刚刚好被和同学一起出来玩的女主看到了。

“秋与，那不是你哥哥吗？”

“哇哦，旁边那位美女是谁呀，你的嫂嫂？”

白秋与一句话都没有说，转头离开了。

当晚她和同学在聚会上喝了很多酒。

同学看到她手机响了就帮她接了，原来顾决当时看到了她，发了信息见她一直没回，干脆就打了电话过来。

知道她喝醉后，顾决开车过来把白秋与带了回去。

到了她家后，他把她抱上床，随后想替她擦擦脸。

也就是在这时，白秋与醒了，醉意和醋意双重刺激下，她对顾决撒泼哭闹，亲了人家后，还对他又咬又啃。

梁昭昭一边听苏导讲，一边时不时看看剧本。

在她看到剧本上那行——白秋与搂过顾决的脖子，两人双双跌在床上，白秋与对顾决又哭又闹，一口咬上他的喉结。

她整个人都不好了。

她掩唇咳嗽了声，跟苏导提议道：“导演，这尺度有点大吧，我认为的白秋与挺含蓄的啊，要不改改？”

怎么喝醉酒后变成了这样。

苏导大手一挥，不在意道：“哎，就是因为平常太含蓄太收着，爆发的时候才能凶猛啊！你想想，顾决这个人物对你来说多么重要？是你唯一依赖相信的人，是你的亲人、爱人，他曾经告诉过你会一直陪着你，现在却要和别的女人在一起，你气不气？”

“你能接受未来一直以他妹妹的身份站在他身边，然后喊别的女人嫂子吗！”苏导入戏太深，还把秦舟推了出来，指着他道。

这九十多个日日夜夜，梁昭昭每天脑子里想的都是白秋与，这个角色已经深入到她骨子里了。

她看着秦舟，也就是顾决。

不，不能。

她不能失去，因为他是她灾难命运里，上天唯一留给她的幸运。

“但是真的要咬吗？”理解归理解，一想到自己要咬秦舟脖子，她还是有点慌。

你说拍吻戏就吻戏嘛，能不能唯美一点，让她主动就算了，现在还要她咬人。

拍完以后她要怎么面对秦舟啊！

“当然！不但要咬，还要咬狠一点！白秋与这个角色本来就有一定的极端性。”

苏导说完，看了眼秦舟，“秦老师，你觉得呢？”

秦舟垂眸看了眼戏还没开拍耳根就开始发红的小姑娘，笑了声：“听苏导的，咬吧，我不怕疼。”

这场戏拍摄时间很长，从下午拍到晚上。

在开拍之前，需要对戏，对戏地点就是白秋与卧室的床上。

这场戏之前，整部剧都走的清水路线，尺度最大的亲密戏也就是摸摸头，抱一下。

现在一下子尺度跳跃到这么大，导演更加慎重，反复给他们讲了几遍人物动作和情绪，还让秦舟和梁昭昭现场演绎。

“对，你就直接扯他的衣领，抱他的腰，把人扑倒在床上。”

导演显然拍戏经验丰富，这种话用十分正经的语气说出来，脸色都不带变的。

梁昭昭看到一米八几大个儿的秦舟，躺在床上尝试性地拽了拽他的衣领。

“导演，我怕我扑不动。”

“你用大点劲，放心，我会配合你的。”

秦舟手撑在床边，笑着低头看她，从今天导演说他们要拍这场戏起，他的表情一直都这样，似笑非笑的，眸光里带着调侃。

坏死了。

明明知道她不好意思。

“这个动作不对，昭昭，你脸往那边侧，镜头拍过去会好看点。”

“这样吗？”

“哎，可以，再凑近一点。”

对戏的时候自然不会真的亲，只是为了保证镜头好看，得提前确定好。

梁昭昭开始还挺害羞的，进入状态后她反而放开了。

反正都是工作嘛，其他多余的情绪都不该带入工作里。

这场亲密戏几乎都是她在主动，秦舟被她扑倒后，小姑娘直接翻身坐在他身上。

所以对戏的时候，秦舟基本上也只要躺着就行。

他开始还挺淡定，甚至还兴致盎然地抬头看着坐他身上的梁昭昭害羞拘泥的各种表情。

到了后面，她毫无意识地听从苏导的指导后脸凑到他唇边、脖间，甚至坐在他身上毫无自知地乱动。

秦舟脸色有点不好了。

“苏导，我看差不多可以了吧？现在定了动作到时候也得忘，演戏还是要看临场发挥。”他开口道，声音有些哑。

苏导听了点点头：“行，那就先这样吧。”

梁昭昭听到后，立马从秦舟身上下来，还顺便扶起他：“秦老师，不好意思啊，在你身上坐了那么久，我挺重的吧？”

她坐在他身上的时候难以忍耐，她下去后他又觉得分外空虚。

秦舟收敛心绪，说：“不重，你有九十斤吗？”

“八十八斤了，最近这几天吃胖了点。”

秦舟目光落在她不盈一握的腰肢："还可以多吃点，你太瘦了。"

下午把顾决被家里骗来相亲的这场戏拍了。

其他的戏基本上都在晚上。

梁昭昭拍吻戏前，有一段戏是和同学们一起喝酒，喝醉后才被哥哥接回家。

他们拍摄地点选在一家饭馆，饭菜都是真的，并且味道还挺好。

有酒有肉，大家都开玩笑说就当改善伙食了。

梁昭昭想着自己接下来这场戏需要在酒醉后的状态下拍，吃饭的时候也需要拍她连连喝酒的镜头，她干脆就真的喝了不少酒。

"梁老师这是真快喝醉了吧？"

梁昭昭显然酒量不行，几杯啤酒下去，脸就开始红了。

"有点醉也好，就是要最真实的状态，只要她不醉过头忘记词就行。"导演笑着说道。

镜头切换到顾决登场，一把抱起喝醉趴在酒桌上的白秋与。

秦舟把人抱起来的时候，酒气扑面而来，刚刚他们拍戏的时候他就在旁边看，其他人都是象征性地喝两口，就她是真的喝。

秦舟拍完抱起她上车后的镜头之后，看着梁昭昭问了句："醉了？"

梁昭昭摇摇头："没有。"

他手指戳了下她的脸："脸红成这样。"

梁昭昭笑了声："我这不是借酒壮胆，待会儿我可是要对你下嘴的。"毕竟是她偶像，还是放在心里尊重了挺久的人，突然对他又啃又咬，怪难为情。

就算到了今天，她在秦舟面前还是顾着点面子。

秦舟看出来她还是有点紧张，偏头侧过去，在她耳边小声说："尽管来就行，想想上次酒店天台上，我是怎么对你的。就当作报复吧。"

镜头切换到顾决把白秋与抱上楼，放在床上。

他替她脱了鞋，随后轻车熟路地去拿了热毛巾，替她擦脸。

"刚刚酒店门口，是不是你？"

"我都看到你了，跑什么？哥哥都没来得及和你打招呼。"

他一边轻轻替她擦着脸，一边自说自话。

"怎么喝了这么多，不是教过你，女孩子在外面不要喝太多酒吗？能不能听点话！"

躺在床上闭着眼的女孩睁开了眼睛。

"不能。"

顾决："醒了？头疼吗？"

女孩没有回答他问题，反而问他。

"哥哥，那个女生是谁？"

顾决实话实说："家里安排的相亲对象。"

说完，他自嘲地笑了声。

“一转眼我都到了被催婚的年纪。”

说完，他低头状似开玩笑问了句：“你今天看到了吧，觉得那位姐姐怎么样？”

白秋与实话实说：“很有气质，也很漂亮。”

“是吧，其实有时候觉得娶个漂亮媳妇也挺好。”

“哥哥会结婚吗？”

“会吧，总要结的。”

他回答完她这些问题后，突然发现小姑娘没声了，低头一看，她不知何时开始哭起来，泪水打湿了整张脸，连枕头都湿了一块。

“秋与，你怎么了，是不是有人欺负你？”顾决立马紧张地问。

躺在床上的人泪眼婆娑看着他：“哥哥，你能不能不要娶别人？”

男人笑了：“说什么胡话，长这么大还黏人呢？就像我刚才说的，总是要结婚的，家里那俩老人还等着抱孙子。”

“我不行吗？”

男人脸沉下来。

女孩抬着水雾蒙眬的眼看向他：“我不行吗？我也可以嫁给你，也可以给你生孩子。”

“胡闹！”男人垮了脸，“你才多大，说这种话害臊吗！”

“我不害臊！我说的都是真的！我喜欢你！我……”

“别说了。”男人打断她，转过头，“你喝醉了，这些话哥哥就当没听到。你才十八岁，刚刚上大一，以后你会明白的，你的选择还有很多。”

他二十六岁了，这八年的鸿沟，他们没法跨过去。

就像她才步入大学，完全可以多谈几次恋爱，人生才刚刚开始。

而他已经被家里安排相亲，只等他挑个顺眼的，光速结婚生孩子。

“既然是我的选择！那你凭什么帮我做决定。”女孩说完，直接扯过他的衣领，在他毫无防备的状态下把人推到了床上。

她坐在他腰间，眼泪滴下来，落在他脸上。

“你说过陪我一辈子的，你怎么可以说话不算数？”

顾决皱眉，拍了拍她的手：“你冷静点，听我说——”

“我不听！既然这样，当初你还不如不管我。”她弯下身，趴在他颈边哭，“让我以为我也可以幸福，也可以有期待。你一开始就不该救我的，哥哥。”

白炽光下，他微扬着头，冷白的天鹅颈上喉结凸起，分外性感。

她一口咬在上面，直到听到男人吃痛哼了声，才松口：“流言蜚语我都不在乎，如果我在乎这些，我早活不下去了。”

撒气报复性地在他脖子上咬完以后，她褪去眼底戾气，变得乖顺温柔，双眸里满满都是他。

“是你让我活下去的，哥哥。”

她低头，蜻蜓点水的一个吻落在他唇上，随后又试探性地微微张唇，含住他的下唇，借着酒意上头，她还在他唇上咬了下。

到这里，导演给梁昭昭设计的动作就结束了。

梁昭昭眨了下眼，示意秦舟快点把她推开。

秦舟太入戏了，比剧里要求的顾决愣得久，久到梁昭昭都不知道下一步该做什么。

“秋与，你喝醉了，哥怕你以后会后悔。”秦舟回过神，终于推开了她。

“卡！”苏导喊了结束，“挺好的。”他满意地看了看镜头。

刚刚停在唇上的感觉还意犹未尽，秦舟瞥了眼旁边的梁昭昭，没经过脑子说了句：“导演，你确定还行吗？不需要再来一遍？”

“以前想让你拍个吻戏死活不愿意，说什么这场戏多余还让我删了。现在居然自己主动请求重拍吻戏了？”苏导一脸“小伙子你有事瞒着我”的表情看向他。

秦舟神色恢复自如，笑了声道：“我开玩笑的。再说你之前那个动作片吻戏本来可有可无，哪像这部，感情戏里没个吻戏，观众愿意看吗？我这还不是为了你的票房考虑。”

“行行行，你怎么说都对。”苏导对他一如既往没什么原则地惯着。

拍完这场戏时间就比较晚了，大家乘坐上剧组准备的车回了酒店。

梁昭昭拍戏时喝了酒，后劲有点大，加上累了一天，回酒店的路上直接睡了过去。

车开到目的地之后，大家下了车她都还没醒。

“梁老师这睡得有点沉啊，咱们叫醒她吧。”组里有人说道。

大家正准备喊梁昭昭的时候，秦舟拦住了：“不用了，她今天拍的场次挺多，挺累的。让她睡吧，我抱她上去。”

“啊？这不太妥吧！万一被人看到了……”

秦舟这一举动实在是冒险。

“走 VIP 专属通道和直达电梯就行，没人能看见。”秦舟说完，抱起梁昭昭直接进去了。

大家看到他的背影吃惊到嘴张成了“○”形。

这时，有人疑惑道：“难道舟哥的名气已经大到他在这种五星级酒店都能为所欲为了？”

“你难道才知道这是舟哥家开的酒店吗？”同剧组有人给他解答道。

秦舟把梁昭昭抱回房间后，把她放在了床上。

这一幕太熟悉了，一个小时前就发生过，在戏里他也是这样，把喝醉后睡着的她抱上了床。

想起刚刚拍戏时发生的那些，秦舟突然感觉喉头有几分干，如果刚刚不是职业操守提醒他，他很可能就要流氓故意 NG 了。

仅存的一点良心让他没这么干。

毕竟小姑娘拍戏挺认真，他哪能捣蛋？

秦舟看着床上躺着的人，手指抹过嘴唇，刚刚她亲他的感觉似乎还停在上面。

还有那一声声软着嗓子喊他的“哥哥”。

睡着的梁昭昭似乎察觉不到她周围狼一般的目光，从车里躺回到她熟悉的被子，她神态一脸满足，微醺的脸蛋红晕未褪。

有些事，压根儿不需要过脑子。

比如从他遇到她起，被她吸引，都是听从身体最本能的呼唤。

秦舟坐在她床边，逐渐俯身，想要寻求他渴求太久，无数次梦到的东西。

低下头在离她唇瓣仅隔一寸距离时，他又停住了。

还是算了吧，只是个小姑娘。

下不去手。

理智回笼，秦舟刚想撤开，结果某人这时候睁开了眼睛。

两双眼睛撞上后，秦舟脸色有些尴尬，正准备当作什么都没发生趁她还没跳起来想打他快点开溜的时候，梁昭昭抬起双手捧住了他的脸："抓住了！"

"？"

她的力气不小，两只手拍在他脸上还有点疼。

秦舟微眯起眼，盯着她看了好一会儿。

他这才发现这丫头刚刚喝了酒，这会儿酒劲上头人也还没完全睡醒，说的也像是醉话。

"抓住你要怎样？"他手掌覆过她的手背，低声笑着问了句。

梁昭昭眼睛睁大了些，看着他说："你上次还不承认，这次被我抓到现行了吧，以前在医院想偷亲我的人就是你。"

到了这个时候，他也没什么想否认的。

"嗯，就是我。"

梁昭昭秀眉蹙起，松开了手。

"你怎么这样就承认了，真没劲。"说完，她还失望地噘了下唇。

"梁昭昭。"

"嗯？"

"我其实是想忍的。"

她没懂他说的话，水灵灵的双眸疑惑地看着他。

"但是好像，有点忍不了了。"

"忍什么……"

剩下的话她没机会再说出口，秦舟手撑在床边，低头寻到她的唇，亲了下去。

她唇间酒香弥散，秦舟本是只想浅尝辄止，一碰却食之入髓。

等到他从她唇上撤开，他低头看着床上的人。

她好像只是短暂醒来，又睡过去了，他亲她的时候她闭上了眼睛，到现在都没有睁开。

"昭昭。"他哑声喊了她一声。

床上的人睡得很沉，完全没有反应。

"关键时刻，你怎么又睡了？"秦舟无奈叹道。

他坐在她床边，静静看着她熟睡的样子，手掌从她的乌发再到她的鬓角，落在她的脸侧。

“不会喝酒，以后就不要逞强。”

秦舟在她房间里停留了会儿，最后替她掖好被角，轻轻关上了房门。

第八章
为什么躲我?

▸▸▸

之后的拍摄梁昭昭勉强找回一点状态，紧赶慢赶把她落下的戏份拍完后，她跟导演请了个假。

“苏导，今天我弟弟生日，我想回去一趟。”

苏导：“这都四点了，你现在回北城，连晚饭都赶不上吧。我觉得你啊，别自己折腾一趟，寄个礼物得了。反正还有几天就杀青了，到时候再回家多方便。”

梁昭昭：“不行啊导演，生日这种事每年都只有一次，今年他十九岁，这是成年后的第一个生日，总得有人陪他过的。”

“你爸妈也不在家吗？”苏导随口问了句。

“我爸妈过世了，家里也没有其他人。”

“啊，抱歉，我不知道。”苏导神色有些尴尬。

梁昭昭笑了笑：“没关系，我小时候的事了。”

她也已经习惯了别人知道她父母早逝后抱歉和遗憾的眼神。

“那你快去吧，晚一天回来也没关系，多陪陪你弟弟。”

这三个月的拍摄，梁昭昭没因为私事请过一天假，听她说了这些后，苏导有些触动。

“放心导演，不会很久的，我明天晚上就回来了。”

跟苏导请完假后，梁昭昭拦了车去酒店收拾东西准备去机场。

秦舟看到她和苏导聊完天后往外走的背影，走到苏导面前问了句：“今天不是还没收工吗，她怎么先走了？”

苏导在头顶上摸了一把：“哎，我刚才好像说错话了，戳中了人家的伤心事啊！秦舟，你知道她父母都不在这事吗？”

“知道。”

“看来是我关注娱乐新闻太少了，都不知道这丫头没了父母。怪可怜的。”苏导感慨。

秦舟目光看向她走的方向，淡声道：“嗯，怪招人疼的。”

只是回家住一晚，连行李都不用带的，梁昭昭回到酒店后随意收拾了东西便出发去了机场。

为了避免不必要的麻烦，她这次出门将自己捂得很严实，口罩、墨镜都戴上了，一路上也没人认出她来。

飞机降落在北城后，梁昭昭本想拿出手机给梁宇先打个电话。

转念一想，这小子很久都没见到她，这会儿连生日都要一个人过，八成以为她忘记了，肯定在生她气。

她干脆直接回家，给他一个惊喜。

她到家的时候已经快晚上八点，梁昭昭回来的路上还特意去蛋糕店买了蛋糕。

她左手拎着包，右手拿着蛋糕，终于到了家门口。

梁昭昭摁了门铃，然后藏在门后，等梁宇开门。

她躲了会儿，大门打开，梁宇探头看了看，没见着门口的人，正当他以为是谁恶作剧准备把门给关上的时候，她冲出来，提起蛋糕放在他眼前。

“Surprise！”

巨大的蛋糕把梁昭昭的脸都给挡住了，梁宇看到这巨物本能性地后退了两步，皱皱眉。

“姐，你搞什么？”

梁昭昭放下蛋糕，笑着说：“怎么样，惊喜吧！是不是没有想到姐姐会突然回来？有没有感动到想哭？”

“还好吧。”梁宇帮她拿了拖鞋，接过她手里的蛋糕，往屋内走。

梁昭昭换了鞋跟在弟弟身后：“高兴就直说嘛，装什么，姐姐知道你肯定很感动，如果我不回来你是不是要一个人过生日了！”

“我没你想的这么惨。”

弟弟长大了以后性格怎么跟个小老头一样爱端着，什么都不爱说了。

口是心非的，哪有小时候可爱？

梁昭昭趿着拖鞋啪嗒啪嗒地走过去，趁梁宇手里抱着蛋糕无力反抗伸手去捏他的脸蛋。

“想姐姐回来就说嘛，我肯定不会让你一个人凄凄惨惨度过十九岁生日的！”

“姐，我劝你说话前先看看家里。”梁宇说道。

梁昭昭转头一看，这才发现家里还坐了两个人。

客厅内的一男一女正脸上带笑地看着他俩。

梁昭昭将捏弟弟脸的魔爪收了回来，略带尴尬地笑了笑。

“萧泽，林灵姐，你们怎么在这儿？”

林灵：“你弟弟说你要拍戏不能陪他过生日，我和萧总代友尽责，来陪你弟弟过生日呗。”

梁昭昭压低声音，对梁宇说：“你这个死小孩，自己没朋友吗，过个生日还要把姐姐的朋友喊过来？”

“姐姐的朋友就是我的朋友，谁让你不陪我？”

“我这不是回来了？”

“你没早说啊，我怎么知道？”

“那我回来的时候，你怎么不早点告诉我萧总和林灵姐也在？”

“你也没问。”

姐弟俩斗了半天嘴，梁宇像是懒得跟她计较，问了句：“这么晚回来，你吃饭了吗？”

“没有。”

“刚才我们都吃完了，你坐一会儿，我去给你做。”

“今天你生日还是别下厨了，我吃外卖就行。”

“没事，一会儿就好了，外卖也不卫生。”

梁宇说完，走进了厨房。

梁昭昭没赶上晚饭，还好赶上了给弟弟过生日。

吹过蜡烛之后，她把给梁宇的礼物送给了他。

是C牌的一块机械表，表盘不大，五金非常出色，低调又质感，很适合梁宇佩戴。

这块表是她在一本时尚杂志看到的，当时一眼就相中，想着买来送给弟弟，一看价格，一百六十万的表，在普通三线城市，都能抵上一套房子了。

以前别说一百六十万的表，她连十六万的表都买不起。

有钱好就好在这儿，想买的东西都能买。

她再一次体会到了富婆的快乐。

其他三人都住在这儿，多晚都没关系。

吃完蛋糕之后，林灵说她第二天还要录节目，该回去了。

“林灵，我送你吧。”梁宇开口道。

林灵笑了声，伸手拍了下他肩膀：“行，长大出息了。”

她往前面走，把包丢给梁宇：“走吧，给你个机会送姐姐。”

梁宇他们走了以后，家里就留下梁昭昭和萧泽两个人。

算起来他们好像也很久没见到过了。

上次他和秦舟的事情过去后，梁昭昭或多或少能感觉到萧泽对她的那种好或许不是她想的那种，很有可能掺了男女之情。

但是萧泽也没说过，她总不能真自作多情地怀疑人家一个大企业集团公子哥暗恋她吧。

“拍戏怎么样？”还是萧泽先开启话题。

梁昭昭：“还算顺利吧，快杀青了。”

“到时候电影上映，我一定包场支持。”

梁昭昭想起他和秦舟的关系，笑着问了句：“你是支持我，还是支持你兄弟呀？”

萧泽想了想：“那我就包两场，一场支持你，一场支持他。”

“你倒是两边都不得罪。”她笑道。

话题进行到这儿，安静了片刻。

“你和秦舟呢，怎么样？”萧泽突然问了句。

梁昭昭说：“挺好的啊，他其实也没我以为的那么难相处，工作上我俩也磨合得好……”

“你应该知道，我问的不是工作上。”他的语气还是那么温柔体贴，可又好像多了一丝压迫。

萧泽低头自嘲了一句："我竟然之前都不知道你和秦舟曾经还是那样的关系。现在呢，你打算怎么办？"

萧泽问她怎么办，她其实自己也不知道该怎么办。

她又不傻，秦舟怎么对她的剧组里有些明眼人都看出来了，她不可能完全毫无察觉。

尤其那天晚上，他还亲了她。

如果她当时没装作睡着，秦舟要给她一个结果的吧？

可她也不知道为什么，那一刻选择了逃避。

那可是秦舟，她喜欢了那么久的人。这么多天相处下来，再说自己对他只是简单的粉丝喜欢偶像那种喜欢，她自己都不信了。

是什么时候起，她也开始有了妄念呢？

可能是那天玻璃瓶飞驰而来时，他挡在了她前面。

也可能是某个有晚风有星星的晚上，他在她面前低下身，告诉她也可以平视他。

更可能是这么多天里，他明明对谁都没什么耐心，却偏偏在她面前没有脾气。

就像一头狮子收敛所有野性，在她面前低下了头，任她抚摸。

这样的秦舟，她不可能不动心。

她以前在小说里看过有女孩子说，遇到了很优秀很喜欢的男生，那个男生向她表白了，她却退缩了。自己心里很难受，可就是没法迈出那一步。

她那时不理解，喜欢的人喜欢你，多好的事啊，有什么理由拒绝？

但是现在她好像有点懂了。

原来喜欢一个人，真的会让人卑微。

尤其当你喜欢的人优秀到好像你怎么努力，都会比他差一点。

再说秦舟只是亲了她，万一那只是拍完吻戏后荷尔蒙作祟的冲动呢？

他只说过喜欢以前的昭昭，从没说过喜欢现在的她。

就算喜欢，他们真的可以吗？

她忘了那么多事，以前分手过，现在再重新在一起，结局就会改变吗？

在梁昭昭很小的时候，她就学会了一件事，那就是保护自己。

其他小朋友都有爸爸妈妈保护，她只能靠自己保护自己，毕竟她只有保护好了自己，才能去保护好弟弟。

所以问题真正来临的时候，她会习惯性地缩进自己的龟壳里。

她不想伤害自己，也不想伤害秦舟。

在她还没想明白之前，她只能先躲着，能躲过一时就躲一时。

"能怎样啊，我都忘记了，他总不能还跟我计较过去的那些事吧？"梁昭昭扯唇笑了下，对萧泽回应道。

"昭昭，有什么心事可以和我说的，在我面前不必伪装。"萧泽看出来她不像她嘴里说的那样简单，追问了一句。

"我说的是事实啊。对了，秦舟没有怎么样你吧，上次他好像误会了咱们。"她故意这么说，目的就是想试探萧泽对她到底是怎样的态度。

误会？

有什么误会，他和秦舟都敞开说明白了，从那天起，他们既是兄弟也是情敌。

只不过他这个情敌，好像一直没有什么竞争力。

“放心吧，都说清楚了。”

萧泽跟打太极似的，让梁昭昭没听懂他这意思到底是误会都说清楚了，还是说别的什么都清楚了。

梁昭昭笑了笑，也没接着再问下去。

“对了，今天谢谢你，陪我弟弟过生日。他这个人从小朋友就很少，信任的人也不多，看得出来他真的挺喜欢你的。”

他喜欢我有什么用？你又不喜欢我。

萧泽心道。

梁昭昭在家里待了一天，第二天下午，她就准备飞回A市继续拍摄。

她在机场候机的时间，正好赶上剧组放晚饭，大家在组里闲聊，还在讨论她是不是今晚就要回来了。

梁昭昭正准备往群里回应几句。

她今晚直接回来就去酒店了，明天早上再拍摄，恐怕他们今晚也见不到她。

她信息还没编辑完发出去，就收到了秦舟发过来的信息。

“几点下飞机？”

“九点多吧。”梁昭昭如实回复。

秦舟：“嗯，我来接你。”

看到这条信息后，她倒吸一口气，连忙回复：“不用了，我自己打车回酒店就行！”

“你一个女明星大晚上打车也不方便，还是我来接你吧。就这样说定了，你要是敢自己打车，明天你就能看到秦舟深夜流落A市机场的头条新闻。”

“……”

他都这样说了，她还能说什么呢？

下了飞机之后，梁昭昭出了机场。

虽然她武装得很严实，但机场这种地方，毕竟是公共区域，她还是怕被发现。找到秦舟的车后，梁昭昭飞速上了车。

秦舟也没多说什么，见她上车后发动引擎直接开出了机场。

“吃过饭了吗？”他问。

“吃了。”

“嗯。”

一段毫无营养又简短的对话结束了，梁昭昭靠在副驾驶座位上，歪头假装睡觉。

车开了大概半个小时，到了酒店的专用停车场后，梁昭昭本想下车，却发现车门怎么也拉不开。

“秦舟？”

他把车门锁了她要怎么下去啊！

秦舟听到她喊他也丝毫不为所动。

“咱们聊聊吧。”

“有什么好聊的，你先让我下去。”梁昭昭说道。

秦舟半只手搁方向盘上，双眼睨她：“为什么要躲我？”

“你想多了吧，我哪有躲你？”

“还说没有，你走的那天就开始躲我。如果不是我刚刚放狠话，你肯定也不会上我的车。”

他倒是都知道。

“你还是让我先下去吧，咱们一直停在这儿不好，万一被人看到了……”

“梁昭昭，那天晚上，你其实是醒着的吧？”他的黑眸直直看向她，沉声道。

梁昭昭放在车门上的手一顿，随后立马道：“我听不懂你在说什么，我要下去了，你快开门。”

“话没说清楚就想走啊，哪有那么容易？”他像没听见她话似的，丝毫没有想给她开门的迹象。

他不开锁，她也不可能力气大到能将车门用蛮力拉开。

梁昭昭放弃了，万分无奈道：“秦舟，你怎么能这么无赖？”

秦舟听到她说这话，还真故作起反思来：“你这么一说，我突然也发现，我对你挺无赖的。”

“你！”

梁昭昭没话说了，对秦舟彻底服气。

秦舟笑了一声，眸色沉了沉，一把拉住她的手臂，把人拉到怀里。

“你干什么呀你，这是酒店地下停车库，会被人看到的。”

“没事，这车玻璃特殊，外面的人看不清里面。”秦舟从背后抱住她，握住她的双手，让她没法动弹。

“你好好看看，现在我在抱你。”秦舟下巴抵着她的头，抬眸还看了眼车内的反光镜。

梁昭昭顺着他的视线看过去，反光镜内，她整个被秦舟圈在了怀里，脸红成熟虾。

“你还想找什么借口，不会到了明天又说自己喝醉酒或者睡着了吧？”反正做都做了，他不在乎更不要脸一点，人是他亲的，他总要负责吧?

梁昭昭：“我还可以说明天我又失忆了，咱们在剧组三个月发生的事情，我也忘了。”

“……”

这借口有点牛。

秦舟还是松开了她：“梁昭昭，我是无赖，但不是浑蛋，如果你对我一点感觉都没有，我不会对你做这种事。”

梁昭昭纠正他：“你没经过我的同意对我又搂又抱，还亲我，就是浑蛋。”

她接着又小声道：“如果不是你长得太帅，你早挨打了。”

秦舟漫不经心地笑了笑：“行，我的错。”

嘴里说是说自己的错，可看他神情可没个认错的样子。

果然男人的认错都是嘴上说说而已。

“你刚刚说我对你又搂又亲又抱，你这是承认想起来我那晚亲了你吧？”秦舟笑着又问了一句。

“你又不止一次亲我，还有那次天台上……”

那可真是光明正大的强吻了。

“如果真要算次数，算上以前的，那还真数都数不清了。”秦舟说了句。

收起玩笑的神色，秦舟正色道：“其他不重要，我就问你一个问题，想不想和我在一起？”

梁昭昭点点头，又摇摇头，最后低声说：“我还没想好。”

秦舟侧目睨她：“你害怕？”

“当然会有点，你粉丝多恐怖啊，上次你仅仅是扶了我一下，我就被人丢玻璃瓶了，如果我跟你在一起，被大家知道了，我还能活着出门吗？”

“放心，你要是不能活着出门，我一定死在你前面。”秦舟笑了声道。

“而且这也不是主要的原因。”

“主要的原因是什么？”他今儿个还非得把问题都理明白了。

梁昭昭看了他片刻，问道：“你喜欢我什么？你是喜欢以前的我，还是现在的我？”

秦舟迷惑：“有啥差别？不都是你吗？”

“差别大了，我都忘记了。就像咱们如果在一起，对我来说那是初恋，对你来说，就是吃回头草。”

……

神的吃回头草！

梁昭昭垂头：“而且大家都说我五年后就跟变了个人似的，你要是喜欢以前的我，我可能没法给你想要的感觉……”

听出来她担心什么，秦舟双手捧住她的脸，扭过脑袋，让她正视他。

“你这脑子都想的什么，我想要的感觉？我想要什么感觉？

“我喜欢一个人，就喜欢她的全部，不管她变成什么样，我都喜欢。”

面对秦舟突然如此直接的表白，梁昭昭脸又开始发烫，偏偏他的两只手还固定在她脑袋上，她都没法动弹，只能看他。

“知道了。”她小声应道。

“还有什么问题吗？”秦舟接着问。

她想了想，还是决定告诉他：“其实从下水那天起，我偶尔会想到一些从前发生的事，虽然只是一闪而过的片段，但这也说明了，我还是有记忆恢复的可能对吧？”

秦舟眯起眼：“你想起什么了？”

“说不上来，而且也有些模糊。”梁昭昭丧气道，“所以能不能等我想起来了，再给你答复？”

秦舟笑了笑，拖长语调：“哦——那如果你想不起来，我得等上一辈子吧？”

“我不是这个意思，我的意思是说再等等，说不定我很快就能想起来了，而且咱俩身份特殊，我现在也没法……”梁昭昭连忙解释。

如果可以，她是不舍得他受一点委屈的。

但是他俩谈恋爱这件事，本身就很危险。

她的话还没说完，秦舟打断了她："好了，不用给我解释的，你想怎样都可以。"他笑了下，语气里都是纵容，"这次我们的关系，交给你决定。"

以前是她追他，现在该换成他来追她了。

黑色石碑前，黑压压围了一大群人，他们穿着黑色衣服，打了一把黑伞。

或许是上天都在垂怜英魂早逝，哀戚戚降下缠绵细雨，为烈士送行。

墓碑前，堆满了花。

那刻的画像，是一位英俊无双的男人，看上去不过三十。

人群朝墓碑敬礼，那些平常出任务受苦受累受伤不留一滴眼泪的警察，此时都双眼饱含热泪。

就在半个月前，他们的队长，特级刑警——顾决，在一次执行任务的途中牺牲了。

今天，是他的追悼会。

人群中甚至有些年轻一点，在顾决手下待过的同志，在他墓碑前痛哭，为他痛恨命运不公，这么好的一个人，怎么得不到最美满的结局。

他才三十岁啊，他的孩子还没出生，他的妻子才二十二岁，他们才新婚一年。

匍坐在墓碑前的女人十分年轻，脸蛋素净苍白，不施粉黛却貌美惊人。

她很纤瘦，唯独腹部微微隆起。

白秋与静静抚摸着他的墓碑，安静到像是失去了生命。

"嫂子，你要是难过，就哭出来吧。"旁边的人安慰她道。

她没有出声，也没有理会，只是看着墓碑上的人，仿佛这个世界只有她和他。

"她一直没能接受顾决走的事，除了最开始哭了好几天，之后就跟失去灵魂一样，再也没发出任何声音。"旁边白秋与的大学朋友说道。

"如果不是肚子里还有孩子，她啊，怕是要随顾决去了。"

这时，人群里走出来一名警官。

他走到白秋与面前，将手中的东西交给了她："顾队知道这次任务危险，特意嘱咐我，万一他出了什么事，这个交给您。"

是他们结婚的戒指，还有一封信。

信中的最后两段话是：

你总说是我陪你长大，是我成就了现在的你。但你可能不知道，正是因为看到当年幼小又无助的你，我才长成为一个男人，为了能更好保护你。可是你长得很好，比我想象中还要坚强、优秀，能够独当一面。但是这样的你，依旧还会像小时候一样依赖、离不开我。我很喜欢这样的感觉，感觉只要怀里抱着你，我就拥有了一切。真不想这样的日子结束，所以求求菩萨保佑，我希望你永远也不要看到这封信。

但你万一看到了，秋与啊，记住一句话：长大的意义是，你没有我也能好好生活。

她终于，在他墓碑前，放声大哭。

“卡！”

“好，恭喜各位，我宣布《长大》杀青了！”拍完最后一个结尾镜头，苏导宣布全戏杀青。

剧中的悲伤气氛一扫而空，演员们都松了口气，还有一些人围着苏导骂，好好的，难得白秋与和顾决两个人历经九九八十一难终于在一起了，结局却给了一记大刀，还是一刀砍死的那种。

“苏导，你看你这干的是人事吗？我都能想象得到，到时候片子播出来，电影院里哭倒一片的画面了。”

“太虐了，这两人才甜了多久啊！”

“嗐，可能这就是苏导要的虐恋情深吧。”

“看把梁老师哭的，现在都停不住。”

那边导演喊了杀青之后，梁昭昭还是趴在墓碑前哭，哭得上气不接下气，像是丝毫没有听到那声“卡”。

大家本来听到导演喊杀青后挺开心挺放松的，结果看到梁昭昭哭成这个样子，大家也跟着揪心了。

组里的人都围过去安慰了她很久，梁昭昭哭到最后嗓子哑了哭不出来才停住。

她被助理和经纪人推着上了车。

除了一些先离组的演员，大家都是先回摄影棚。晚上苏导做东，在酒店举办杀青宴。

梁昭昭上了车后，没有说话，直接抱了个抱枕靠在座位里闭眼休息。

等到车到了摄影棚，导演提出照杀青合照留念，现场还准备了一个大蛋糕。

“昭昭，秦舟，你俩是主演，你俩跟我一起切吧！”苏导招呼他俩过去。

梁昭昭哭得眼睛有点肿，听到苏导的话以后，还是过去了。

她看到那个蛋糕，脑子里想的却是，从白秋与十一岁起，每一年生日都是和顾决哥哥过的，现在再也没有人陪她切蛋糕了。

梁昭昭情绪有些止不住，转头对导演说：“苏导，你们先切蛋糕吧，我有点累，想去休息室先休息一会儿。”

苏导点点头，而后拍了拍她的肩膀：“昭昭，戏已经拍完了，好的演员不仅仅要入戏快，还要出戏快，你一直带着这种情绪，怎么回归自己的生活，又怎么投入到下一部戏？”

“我知道的。”

“好了，快去休息会儿吧。待会儿我们叫你。”

梁昭昭一个人去了休息室，正好里面没人，她能一个人好好静一静。

她也知道是假的，都是拍戏而已。

但是三个月啊，一百多个日夜，她为了做白秋与，已经快要放弃做梁昭昭了。

为什么是悲剧，为什么不能圆满？
她已经很惨了，最后老天爷连她唯一的幸运都要没收走吗？

秋与，长大的意义是，你没有我也能好好生活。
这是什么狗屁话！
如果长大就意味着要承受伤痛，那她宁愿不要长大。

“浑蛋啊！”
因角色痛而痛，梁昭昭情绪翻涌，坐在梳妆镜前，随手抓了个东西往外砸。
她随手一丢的东西，正好砸中了进来的人。
秦舟看到她坐在椅子里，双目通红，明明已经哭到嗓子哑了，那泪珠子却还在一直往下掉。
他摸了摸自己被砸中的额头，无奈道：“我有这么浑蛋吗？”
梁昭昭现在看到他，一时分不清他到底是秦舟还是顾决。
“有。”她说道。
秦舟走过来，蹲在她椅子前，替她一点点擦干净眼泪。
“别哭了，顾决和白秋与的故事已经结束。但是秦舟，会一直陪着你。”
梁昭昭看着眼前的他，脑子里又想到了那幅墓碑上的画像，眼泪流得更凶了。
她直接弯下身，抱住他的脖子，放肆哭泣。
“别怕，我在，一直都会在。”
秦舟一只手搂住她的腰，一只手摸着她的脑袋，一遍又一遍地告诉她，他在这儿。
除了戏中，这还是她第一次在秦舟面前如此失态，梁昭昭也不知道自己抱着秦舟的脖子哭了多久，等她哭到没力气了，情绪稍微平复了点，她才松开他，慢慢坐直身子。
看到他肩头那一小块濡湿的地方，都是她的眼泪鼻涕。
她吸吸鼻子，声音沙哑：“对不起，弄脏你衣服了。”
“无所谓。”秦舟说道。
他看着她突然笑了声：“你看你，眼睛肿得跟核桃一样，怎么这么爱哭啊？”
梁昭昭用肿得跟核桃似的眼睛瞪他一眼，有点生气道：“我都这样了，你还笑话我。”
总算见着她除了沉浸在戏中悲伤外，有些不一样的情绪了。
秦舟：“还难过吗？”
“还是有点。”
哭完之后好多了，眼泪本身就是种宣泄吧。
再说她哭，是为白秋与哭，为顾决哭。
看到顾决的扮演者好好地站在她面前，她多少不会那么伤心了。
“以前看小说和电影我都能哭呢，现在亲身演了个这么惨的戏，我能不难过吗？现实已经够苦了，为什么连虚构的世界都不能圆满。”
越了解深入这个角色，她越替角色不忿，一时意难平。
“为什么你能这么快出戏，明明这部戏是咱俩一起演的。”那些虚构世界里的快乐幸福、痛苦悲伤，明明是他俩一起经历的，他怎么这么快就走出来了？

“谁说我不难受了，第一次和你演戏，就是悲剧。看到这个结局我都差点没杀到编剧房间威胁他改剧本。”秦舟说完这句，站了起来。

他将她再次抱入怀里。

“但是昭昭，故事结束就结束了，我们还得回归现实。这部戏你拍得很好，比我想象中要优秀出色很多。”

一开始，他只是因为她是梁昭昭，才答应接下这部戏。

完整拍完后，他也庆幸自己接下了这部戏。

“不要光看戏里的结局，看看现在的自己。”秦舟低下头，看着被自己抱在胸前的女孩，“长大的不止秋与，还有你。这部戏拍完后，你就是演员了。”

梁昭昭扬起下巴，他让她看看自己，于是她就在他的眼中看到了自己，也看到了一双无比温柔的眼睛。

“我这是得到了影帝的认可吗？”

秦舟松开她，笑道：“嗯，亲口认证，如假包换。”

梁昭昭看着他，小声说了句：“我现在发现，你挺会安慰人的。”

“你是第一个这么说我的人。”秦舟说道。

杀青后的第二天，梁昭昭就坐着飞机飞回了北城。

距离演唱会开始还有一个月，她戏刚刚杀青，公司里除了给她新接了两个代言暂时没有其他的行程安排。梁昭昭和裴念寒沟通过，接下来这个月少接点活动，她更想将大部分精力投入到演唱会中。

一次演唱会，两个多小时，她们要表演近二十首歌的数量。

虽然这些天她经常听自己的团歌，看视频，但很多歌都没有实际表演过。

公司给她找了专业的舞蹈老师，教她舞蹈动作，她先自己把动作记熟了，再来和团内其他人联排。

梁昭昭回来后的几天都是待在舞蹈教室里，天天早上八点去晚上八点回，江落全程陪着她。

女团舞蹈讲究整体统一性，动作难度并不算大。

梁昭昭底子打得好，做这些动作没问题，但这次表演太多了，她只有几天时间单独排。并且 P.M 的舞蹈又在女团里算是比较复杂的，她要记住每个动作不出错已经算是很不容易。

最主要的问题是，她现在自己的风格和原来的差太多，当初她一个人上综艺表演的时候，是将曲子给改了，现在团队表演，她必须符合整体风格才行。

“落落，你看我这样的眼神有没有杀气？”梁昭昭天天对着镜子练习，时不时会问问旁边的江落。

“凶是挺凶的，但比你以前好像少了点什么。就只能凶到表面，看不到眼底的狠，奶凶奶凶的。”江落实话实说。

梁昭昭颓了：“我不要奶凶，我要真飒，老娘就是 queen 的那种。”

她一边说一边看 P.M 以前周年演唱会的视频，每看一次她都要自卑一次。

呜呜呜，她什么时候才能像视频里的自己一样优秀呢！这气场太绝了。

舞蹈老师不知道她失忆的事情，以为她只是很久没跳生疏了，于是安慰道："你不要急，多练练就能找到感觉了。现在最关键的是把动作先记熟，咱们再来一遍吧。"

"好。"

音乐重新播放，梁昭昭跟着节奏开始跳舞。

"动作幅度再大点。"

舞蹈老师一边看一边帮梁昭昭调整动作。

"还是不行啊，你整个人的情绪和感情与这首歌不太贴。昭昭你怎么回事呢？以前我也教过你，这些你已经能做得很好了。"

"表情再性感一点。"

"你停一下，这里这个动作有点问题。"

舞蹈老师走过来，站在她旁边给她演示刚才那段舞蹈。

梁昭昭本来在看老师跳的，突然头有些疼，脑子里一闪而过一些画面。她揉了揉太阳穴，安静了好一会儿。

老师见她没有看自己，转头喊她："昭昭，你在看吗？"

"老师，我知道该怎么做了。"她出声道。

舞蹈老师："好，咱们就再练习一遍。"

这次的表演，从音乐响起到她最后一个动作收尾，舞蹈老师都没说一句话。

直到最后音乐停了，老师拍了拍手掌。

"酷！"

梁昭昭收了动作放松下来，江落连忙走上去给她递了一瓶水。

老师笑着表扬道："这遍的感觉就对了，昭昭，恭喜你找回原来的状态。"

"老师辛苦了。"梁昭昭说道。

这间舞蹈工作室，是北城最出名的，很多明星爱豆都在这里学习过舞蹈。

梁昭昭结束上午的排练后，准备带着江落去附近的餐厅吃点东西。

她从排练室出来之后，远远地好像看到了熟人。

是她的前经纪人李雪。

"那不是雪姐吗？"

"谁啊？"江落问。

梁昭昭："你那个时候应该还没在，雪姐是我们团以前的经纪人。"

李雪身后还跟了两个女生，梁昭昭不认识，看上去年纪不大，应该是刚刚出道的新人，李雪估计是来带她们训练的。

江落听了了然地点点头："哦，那就是念寒姐的前辈了，要不要上去打个招呼啊？"

梁昭昭没有说话，她想到了很多从前的事。

几年前她们出道的时候，公司觉得她们四个各方面条件都很不错，让当时公司能力比较强的经纪人带她们。

那便是李雪。

只是除了她们，李雪手里还有另外一个艺人张惜如，张惜如比她们火多了，李雪事事都优先顾及她，对她们这个团不算上心。

之后的事她忘了，等她醒来后，身边的经纪人就换成了念寒姐。

现在看到李雪，梁昭昭还有些感慨。

虽然李雪对她们不咋样，但好歹也是第一个带过她们的人，梁昭昭也在想要不要上去打个招呼。

“天啊，那个是梁昭昭吗？”

“好像是吧，好漂亮啊。”

跟在李雪身后的那两位艺人看到了她，两人停住脚步，一边朝她看过来，一边小声和对方议论。

“你俩干吗？”李雪见她俩没跟上来，转头问了句。

两人飞快跟上去，李雪注意到这二人神色有异，顺着她们刚才看的方向看过去，她看到了梁昭昭。

既然被看到了，那也不好不打招呼了。

梁昭昭走过去，对李雪道：“李姐，好久不见了。”

李雪看到她后，脸色青一阵白一阵：“好久不见，你也在这儿啊。”

梁昭昭：“嗯，这不是快开演唱会了嘛，我来这儿学习舞蹈。”

李雪身后的两名女孩看过来，梁昭昭看到她们后，笑了笑：“你们是李姐新带的艺人吧？”

“是，前辈好。”

两名女生乖乖朝她鞠躬问好，看向她的眼睛里有藏不住的艳羡。

在她们眼中梁昭昭好像整个人都发着光，是她们最梦想成为的样子。

两位女生和她问好之后，看了看自己的经纪人，其中一名女生问道：“二位认识吗？”

梁昭昭也不避讳：“嗯，李姐是我以前的经纪人。”

两位女生神情惊讶，显然是没有想到她们的经纪人居然还带过这么红的明星。

李雪脸色越来越难看，对梁昭昭说了句：“我们还有事就先走了。”说完都没等她应声便飞快往前走。

“前辈，那我们也过去了。”两位女生显然看到梁昭昭很惊喜，有点舍不得走，被李雪呵斥了两声才拖拖拉拉跟上去。

她们走了以后，江落看着三人的背影，对梁昭昭道：“昭昭，你这个前经纪人怎么怪怪的，我感觉她好像有点怕见到你。”

梁昭昭：“别说你，我都觉得很奇怪，她好像在躲我似的。以前明明都是我怕她。”

江落笑道：“不会她从前对你做过什么亏心事吧？”

梁昭昭摇头：“谁知道呢，我也忘了。”

“不过我刚刚跳舞的时候，想到了一些我以前练习的记忆，好像能对舞台找到一点感觉了。”

“真的吗？那太好了！”江落兴奋道。

“看来情景重现确实会刺激我想起一些以前的事情，只不过太短暂了，有时候我刚想起，过会儿又忘了。”梁昭昭垂眸，“如果能都想起来那就好了。”

江落手搭在她肩膀上：“别想那么多，现在这样也很好啊，你看今天舞蹈还得到老师肯定了呢。”

“嗯。”梁昭昭回头对她笑了笑。

吃饭的时候，梁昭昭忍不住在群里分享她刚刚看到的事。

她在她们四人群里发信息：“你们猜，我今天看到谁了！”

顾子意：“谁？”

楚烟：“别卖关子，有话快说。”

梁昭昭：“我看到李雪了，就我们以前那个经纪人。你们还记得吧？”

顾子意：“呵，还真是冤家路窄。”

楚烟：“她现在怎么样啊，她不在新锐干了以后，我都快感觉这个人不存在了。”

梁昭昭：“应该还是在这行混吧？我今天还看到她带了两个新人哪，好嫩哦。”

楚烟：“啧，当初说我们火不了，现在自己还不是在带小透明，她见到你估计都想找个地洞钻进去了吧？”

梁昭昭：“还真是，不过她为什么会从新锐辞职啊？”

顾子意：“什么辞职，她是被辞退的好吗？我们开始走红之后，公司怕我们跑掉，提议将五年的经纪约改成十五年。我们加了很多条件，第一个，就是给我们换经纪人，并且让李雪从新锐滚蛋。”

梁昭昭震惊了：“公司能同意？”

“当然能，那一年娱乐行业不景气，很多中小娱乐公司都倒闭了，如果新锐再不抓住我们，很难在行业里生存。”顾子意道。

“为什么呀？她虽然对我们不怎么好，也没啥仇吧？我们这么做会不会太毒了，换了就行了呗，还辞退干吗，我们图啥？”梁昭昭觉得把这个作为和公司谈判的条件有点不值。

她也终于懂李雪今天看到她那复杂又恐惧的眼神是为什么而来了。

为了你。

顾子意打出这句话又删掉，随后她发了条：“图一个字，爽。”

练了好几天，今天总算能找到感觉了，甚至还在练习室里想到了从前的事。

梁昭昭不想错过这个机会，她决定今天多练习一会儿，平常晚上八点回去，她一下子就跳到快十点了。

江落在等梁昭昭的时候不知不觉坐在练习室地板上歪头睡了过去，梁昭昭帮江落盖了件衣服，其实她刚刚是有想过让江落先回去不必陪她这么晚。

但是她失忆后就不会开车了，这里打车也有点麻烦。

只能辛苦江落一下。

这时，她的手机突然响了。

梁昭昭一看，是秦舟打过来的。

戏杀青之后，他们回归到了各自的生活之中，交集比以前少了很多。

之前天天见面，现在也都快一个礼拜没见了。

但联系没断过，几乎隔一两天，秦舟都会给她打电话。

“喂？”

“在干吗呢？”

“排练室练舞呀。”

“十点了，你还在练？”

“嗯，今天状态比较好，多练练。”

秦舟笑了声：“真拼啊。”

他接着又问：“累不累。”

“还好吧，跳舞费的是体力。其实时间精力上，比拍戏那会儿松多了，拍戏才是真累。”她现在回忆起来，都感慨自己当时是真的能熬。

秦舟那边安静了一小会儿，低低的声音传过来：“但是我想拍戏了。”

梁昭昭笑道：“你想拍戏还怕没戏拍吗？圈内的知名制作人和导演都快把你家门槛给踩破了吧。”

“你知道我不是这个意思。”他说道。

梁昭昭不再接话了，秦舟暗示到这个地步，她再不懂就是傻子。

想拍戏并不是真的想拍戏，是因为拍戏的时候，能够天天见到。

“要不要见一面？”秦舟在电话里问。

第九章

在一起吗？

▸▸▸

“要不要见一面？”

秦舟漫不经心的几句话就像在梁昭昭心间激起千层浪。

她发现，自己好想见他。

但是不行啊，舞蹈工作室的地点很多人都知道，还经常有人来这儿蹲明星，人多眼杂的，并不安全。

她想见他是一回事，但怎么能拿哥哥的安全开玩笑呢！

梁昭昭在心里劝诫自己要“克制、克制、克制”。

“今天吗？不太好吧，这么晚了。”她对着电话里说道，“而且我还想再练会儿呢，改天吧。”

“没事，我又不要带你干吗，只是单纯想见见你，你反正要回家的，我送你回家吧。”

“不用啦，落落还在呢，她会送我的。”

天知道，拒绝秦舟的时候，她的心在滴血。

“只是单纯见一面，这样都不行吗？”

电话里秦舟声音哑了几分，性感低音炮里带了点委屈。

救命啊！

这谁抵得住！

刚刚在心里拼命用小砖块堆积起来的堡垒瞬间崩塌。

“那、那就见一面吧。”

“好。”秦舟愉悦地笑了一声，“你这边还要多久，结束我来接你。”

梁昭昭：“到十一点吧。”

她想了想又问：“你有没有低调一点的车，不会被发现的那种。”

她见识过秦舟的豪车，上千万的限量款，整个北城能开这辆车的都不多，太有辨识度了，她怕惹麻烦。

“我开新车过来吧，最近家里刚送了一辆宾利，没开出去过，应该没人会知道那是我的车。”秦舟说道。

“嗯，那就好。”

十一点的时候，梁昭昭按照秦舟给她发的定位去找他，上车之前她反复看了周围，确定没人了才打开车门钻了进去。

坐上车之后，梁昭昭才松了口气，摘下口罩，露出一张惊艳绝伦的天仙脸。

秦舟侧目看了看她，笑道：“化妆了呀？我还以为你们跳舞的时候不化妆的。”

本来没化的，但想到这是回来之后秦舟第一次约她出来，她这样蓬头垢面满身都是汗去见他多不好。

于是趁着这大半个小时，她去洗了个澡顺便化了妆。

梁昭昭“嗯”了一声，准备去系安全带。

“我来吧。”秦舟俯身过来，扯过安全带替她系上。

也不知道他是有意还是无意，替她系的时候，修长如玉的手指轻轻擦过她的腰侧，梁昭昭微微战栗。

秦舟帮她系好之后，抬眸看她，眼里有几分笑意。

“好香。”

梁昭昭脸彻底红了，身体往后靠了靠，小声说：“跳完舞后我嫌汗太多，冲了个澡。”

“是吗，难怪这么香。”秦舟眸色暗下来，对她道。

明明安全带已经系好了，他却没有马上撤开，反而依旧保持着这个姿势，潋滟的桃花眼直勾勾地看她。

美色当前，梁昭昭不争气地咽了下口水，手里安全带攥得更紧，脑子里想过那天也是在车里，秦舟把车门给锁死，从背后抱了她，还强势逼她从反光镜里看两人拥抱的姿势。

不行——再这样下去，她比秦舟都还要坚守不住。

梁昭昭垂下头，不去看他那双勾魂的眼：“你说过的，咱们只是见见。”

虽然他是她爱豆，但她也是有尊严的，没确定关系前，不能让他随便搂搂抱抱！

秦舟听到她说这话，愣住了，随后弯身笑起来。

“昭昭，你怎么这么可爱。”

明明脸红害羞成这个样子，还不忘提防他。

“谁让你有前科。”

梁昭昭嘀咕一句，被他笑得不好意思了，羞恼道：“有什么好笑的呀，你别笑了。”

秦舟带笑看她：“没有，是因为你现在的样子跟你以前差太多，我觉得很可爱。”

越和现在的她相处，他越喜欢。

“你放心吧，只要你不躲着我，我不会对你做什么的。”秦舟说道，随后发动了引擎。

车一路行驶到了梁昭昭家门前。

秦舟看了看周围：“你家这地方，环境不错啊。”

“是挺好的，我很喜欢这里的绿化带。”

他夸完后过了几秒，又慢悠悠来了句：“不如我也在这儿买个房子吧，我觉得这儿真挺好的。”

自打他知道萧泽也住这块地方后，他早就想这么干了。

梁昭昭睁大眼：“不是吧？这附近真的要成为狗仔窝点了。”

她和秦舟刚拍完戏就住隔壁，这听上去足够让人浮想联翩，说他们没点什么她都不信。

秦舟笑："也是，那再说吧。"

虽然是在忙演唱会，但梁昭昭作为一个顶流明星，邀约从来就没有断过。演唱会毕竟还有大半个月，碰到好资源也不可能真白白浪费。

梁昭昭回来不到一周，公司就有打算给她接个综艺。

娱乐总监："昭昭啊，你看这个综艺，S+ 级别的制作，而且录制一期的费用也相当可观，你考虑一下。"

梁昭昭看了下这档综艺的策划文案。

坦白来说，确实挺不错的，只是录制长期综艺也是件费时间的事情，她怕自己现在有心无力。

"可是离我们集训也就一两周的时间了吧，我怕时间上有冲突。"

娱乐总监："这个你放心，这档综艺是分期录制的，并不需要你天天都去，节目组那边是和我说，这个节目的前四期，基本上都是一周去一次，一次录制一两天的时间，后期的话可能会一起录制十来天，全部录完。"

"现在离演唱会还早呢，你抽一两天录制综艺也没关系啊，到了演唱会的那周，你缺席一期节目组也会批准的，行程上没有冲突。"

梁昭昭听他这样说，觉得好像也没什么问题。她转头问裴念寒："念寒姐，你觉得呢？"

裴念寒："这次综艺制作很有新意，挺不错的，艺人需要曝光，你拍戏拍了三个月，片子没这么快上，是时候接个综艺了，我看这个可以。"

有时候综艺比作品更容易圈粉，毕竟综艺给人的感觉更接近明星本身。

梁昭昭听他们都这样说了，点下头。

"那好吧。"她答应后又问了句，"一起去的嘉宾都有谁啊？"

以她以往看综艺的经验，录制综艺都是需要朝夕相处的，而且她刚刚看了那档综艺的台本策划，他们嘉宾还需要一起同吃同住，所以她还挺好奇会有谁的。

娱乐总监："具体名单还没出来，节目组有好几个预备人选，估计还在谈吧。我听说其中在谈的人里，首选就有秦舟。如果他来啊，这档综艺铁定大爆。这也是我们想你接下这档综艺的原因之一。"

秦舟拿到策划案后，翻了翻："这个综艺挺好的，有深意也有新意。"

今天他一大早就被喊到公司来，公司黄总亲自找上他，往他手里递了个综艺策划案。

这档综艺的名字叫作《来者是客》，大致内容就是明星嘉宾去往不同的地方做客拜访，做客的地点都是一些中华传统工艺文化的世家，例如泥塑、皮影、曲艺、棋艺这种。

黄总："是吧，我也觉得很好，你有没有考虑接？"

秦舟刚刚睡醒，整个人都是困倦状态，他背靠着转椅，笔直修长的腿直接搁在会议桌上，相比较旁边坐得端端正正的黄总，他看上去感觉更像老板。

"节目好，并不一定代表我要接。黄总，咱们共事这么多年，你还不了解我？我是个演员，我想专注演戏。"秦舟说完，一松手，策划案掉落在桌上。

“祖宗哎，你还不够专注演戏吗？这些年你上过的综艺屈指可数吧？更别提这种常驻嘉宾的综艺，你压根儿就没接过！你想想你的粉丝，他们多想看看生活中的你啊！你就满足满足群众的呼声吧！”黄总说道。

“粉丝更希望我随心而活，做自己想做的事。综艺方面我没什么兴趣，除非你能找出让我有兴趣的综艺，我就考虑接。”秦舟说完，从椅子上站起来，不打算再继续和黄总聊下去。

他还以为大早上把他喊过来是有什么重要的事，原来就这个，真是耽误他睡觉。

“你不是说他会接吗！”黄总急了，对站在一旁的周斯耀说道。

公司一直都想让秦舟接综艺的常驻嘉宾，但这位祖宗一直坚持己见，从来不肯点头。他听周斯耀说秦舟会接还高兴了很久，以为秦舟想通了，结果秦舟还是不同意。

秦舟听到黄总说这话，掀掀眼皮看着周斯耀：“你跟他说我会接？什么时候你也这么不了解我了？”

他这个人只喜欢做有兴趣的事，一旦做了就必定会做到极致。所以他并不想为了钱或者是吸粉，去接下这档综艺。

周斯耀对他道：“我就是太了解你了，所以我知道你肯定会接的。”

秦舟听到他这么说，瞌睡都没了，停住往门外走的脚步，转头看向周斯耀。

“哦？那我倒要看看周大经纪人打算怎么说服我？”

周斯耀走过去，在他身边说：“我听说这档综艺在谈的人除了你，还有梁昭昭。”

秦舟愣了愣。

周斯耀胸有成竹地笑了笑：“有兴趣了吗？”

秦舟侧脸眯眸道：“有你的。”

他抬腿走回会议室，拿起刚刚那份被他丢桌上的策划案，对黄总道：“其实通过综艺的形式来传扬中华传统文化，也挺不错的。

“这档综艺，我接了。”

这档综艺的录制时间很紧张，签下合同后的第三天，梁昭昭就坐上了前往录制地点的车。

为了展现真实性，这次综艺录制没有台本，完完全全就是个真人秀。

在到达录制地点之前，他们嘉宾也不知道会发生什么。

虽然一期综艺只录制两天，但毕竟要在别人家里过夜，该带的换洗衣服、化妆品护肤品还是得带齐，这些东西加在一起林林总总也有一个小行李箱，更别提梁昭昭还在箱子里塞了很多零食。

来接她的司机是一位穿着黑色西装戴墨镜的大哥，看上去非常酷。

他接到梁昭昭后，帮她把行李放到后备厢。

车到达之后，梁昭昭拖着行李箱走下车。

古香古色的小镇映入眼帘，大四合院，青石板路，江岸杨柳依依，连空气都比城市中清新了不少。

而她站的四合院大门前，还悬了一块牌匾。

上面刻着四个大字：

赵记剑堂。

“哇，剑堂，我这是穿越来了古代吗？”梁昭昭叹道。

这时，四合院的大门打开一条门缝，一个圆溜溜的脑袋从里面探了出来。

是一位穿着武术服的小男孩，看上去十来岁，白白胖胖的，大眼睛像两颗黑葡萄，十分可爱。

“姐姐，你也是来我们家的客人吗？”小胖墩问道。

“是呀，我能进去吗？”梁昭昭笑着问。

她话音刚落，大门被推开，随后又跑出来三四个小孩，有男有女，看上去年纪都在十岁左右。

这群小孩跑出来以后，在小胖墩一声命令下整整齐齐站成一排，中气十足对她喊了句：“欢迎姐姐来剑堂做客！”喊完后还扎了个马步，对着空气比画了几拳。

虽然他们年纪小，动作却很标准，力道十足。

梁昭昭朝他们竖起大拇指：“你们好厉害。”

一位小女孩跑到她身边，个子还没到她腰。

小女孩抬起脸，笑容无邪灿烂：“姐姐你好漂亮，比电视里还漂亮。”

被这么可爱的小孩睁着圆溜溜的大眼睛奶声奶气夸奖，梁昭昭心花怒放，蹲下身来，对小女孩说：“是吗？你认识我啊？”

“认识！在电视里看过姐姐跳舞，就那个——”说着，小姑娘还边唱边跳了几句。

实在太可爱了，梁昭昭被她逗笑了，忍不住上手捏了捏女孩的脸蛋。

“姐姐，姐姐，我们也都认识你！”其他几位小孩跟着说道。

梁昭昭看着为首的那个小胖墩：“小师傅，你家小朋友那么多的吗？”

小胖墩：“他们都是我爸爸收的学徒，是我的师弟师妹！”

小孩拍着胸脯，一脸骄傲。

梁昭昭配合地点点头，笑道：“那你就是大师兄喽，好厉害。”

小胖墩被她一夸，害羞得红了脸。

梁昭昭还没进剑堂大门，就先被这群学剑法的孩子给萌到了。

她想起自己行李箱里还有很多小零食，连忙放下箱子，拉开拉链。

“姐姐这里有吃的，我分给你们吃。”

小孩天性爱吃，原本除了小胖墩和小女孩，其他三个孩子有点认生的，一听到有吃的都围了过来。

“看，姐姐这次带的零食可多了，你们挑自己喜欢的拿去吧。

“不要全拿走哦，给我留点。”

在孩子们拿零食的时候，节目组的人不知道从哪里杀了出来。

导演大哥直接和她说：“梁老师，录节目不能带钱还有零食，你这个要没收。”

“你们之前没说啊！”梁昭昭一听，本能地用手护住了行李箱，生怕导演大哥直接给她拖走。

“谁也没想到你会带这么多。原来梁老师私下是个吃货啊！”

“女孩子爱吃一点怎么了，反正我吃不胖。”她小声怼了句。

这时候又有一辆车开了过来，秦舟从车上走下来，看到了大门口导演组和以梁昭昭为首的她身后那群小孩形成的两方阵营的对峙。

“啊，是秦舟哥哥！”

刚刚还一副要和她誓死守卫零食的小女孩立马从她身边跑开，跑到秦舟跟前，笑得比花还灿烂，一口一个秦舟哥哥，喊得比谁都甜。

梁昭昭抬头看着秦舟一步步朝这边走过来。

他看了眼蹲在地上抱住行李箱的梁昭昭，问了句：“怎么回事？”

导演组的人道：“是这样的，梁老师藏了很多零食，但是我们是规定除了手机和必要的生活用品，其他的东西都是不能带的。”

手机也只能用节目组交给他们的新手机。

秦舟侧头看到行李箱这大半箱零食，忍不住笑了：“你怎么带了这么多，跟小孩似的。”

拍戏相处了那么久，梁昭昭和秦舟已经很熟了，看到亲近的人她自动将秦舟划为她这边的人，和他说话的语气也像是受了委屈告状一样。

“平常念寒姐不准我吃这些，我想着录这个节目她不会跟过来我终于自由了。谁知道他们居然要没收，简直残忍。”

秦舟问工作人员：“你看她都这样了，你让她带进去吧。”

工作人员公事公办道：“不行，其他艺人也不准带的。”

梁昭昭没辙了，哀怨地说了句：“那你们合同里怎么没说，也没人通知我？”

秦舟替节目组答了：“他们啊，精得很。合同上不是有一条一切听从节目组安排吗，意思就是想让你干吗你就得干吗。”

导演大哥听秦舟这么说，立马道：“秦老师这么说可就折煞我们了，我们怎么敢，你们要有点小事儿，身后那千万粉丝还不得追着我们砍？”

从事他们这行的太了解顶流明星的粉丝战斗力了。

既然是节目组规定的，梁昭昭也不好真的违规。

“那行吧，零食你们可以收走，但是我刚刚分给他们的那些，就算了可以吗？”

梁昭昭实在不忍心再把给小孩的零食从他们手里拿回来。

“这个——”导演组的工作人员还在思考。

秦舟出声道：“我们这节目不是叫《来者是客》吗？做客人的，送点礼给主人家小朋友，不过分吧？”

秦舟都这么说了，节目组再不同意就显得有些不近人情，于是点了头，只收梁昭昭箱子里剩下的零食，不收小朋友手里拿的。

解决完零食风波后，梁昭昭和秦舟跟着那几名小孩往院子里走。

小孩倒是开心了，抱着零食蹦蹦跳跳往里跑。

梁昭昭嘴上说不在意，一想到这两天都吃不到这些东西，她就有点难过，尤其是昨晚她还精心挑了那么久，带过来的都是自己最爱吃的。

秦舟走在她身边，注意到她的视线老往人小孩手里瞟。

“要不要帮你抢回来？”他问了句。

梁昭昭被他这话吓了一跳，捂住麦提醒他：“说什么呢你，这在录节目。”

秦舟无所谓道：“我们在这儿待两天，正片播出去的时候两小时不到，很多东西他们不会播。”

说到这里，他嘴角扬了扬：“也不敢播。”

感受到他威胁的导演组听到这话在幕后磨了磨牙。

秦舟说着手肘碰了碰她：“你要不要？”

自打他知道梁昭昭失去记忆是这样的性子后，逗她已经成为秦舟最大的爱好。

他非常喜欢看她因为他一两句话、一些小举动自然而然脸红害羞的样子。

“当然不可以，你怎么可以和小朋友抢吃的？”梁昭昭义正词严道。

秦舟低低笑了起来，他不动声色地朝她靠近一点。

这次他捂住了麦，在她头侧说：“因为你也是小朋友。”

他的小朋友。

两人跟着这几位小师傅进去后，在庭院里看到了其他的嘉宾。

这次参与录制的常驻嘉宾一共有五个人，两男三女。

她和秦舟去的时候其他人都已经到齐了，坐在庭院里等他们，见他们来了，其他三个人都纷纷起身。

“秦舟哥哥，你来啦？”

这熟悉的声音，没错，这次参与录制的熟人里除了秦舟还有阴魂不散的萧苒。

梁昭昭算是发现了，有秦舟的地方就有萧苒，这位大小姐运用家里金钱和人脉时时刻刻紧跟在秦舟身后，好像她进娱乐圈不是来演戏的，更像是来追星的。

“昭昭，你也来啦？”萧苒和秦舟打完招呼以后，又笑着和梁昭昭打招呼。

她这回眸一笑差点让梁昭昭鸡皮疙瘩都起来了，他们在剧组拍戏拍了三个月，萧苒就没有一天对她有过好脸色，今天居然对她笑了！还喊她小名！

看来这位姐还是专业的，知道现在在录节目，不宜当众撕破脸。

梁昭昭也扯出一个营业性假笑，算是回应她。

除了他们仨，另外还有两位嘉宾，是之前没有过合作的。

不得不说，这次节目组请的嘉宾都是人气高的艺人，这两位也是今年选秀出道的，女生名叫夏云，刚刚女团 C 位出道。而另外一位男生名叫唐学明，是《唱响明天》歌手大赛的冠军选手，两位都是新生代里炙手可热的偶像。

不过相对其他嘉宾而言，这两位资历确实不深，年纪也挺小的，夏云才二十岁，唐学明今年才十八岁。

两人都显得十分拘谨有礼貌，给他们打招呼的时候一连弯腰鞠躬好几次，嘴里连连说着“前辈好”。

“别这么拘谨，喊我名字就行。”梁昭昭和他们握过手后，对他们说道。

两人点点头，换了个称呼："梁老师好，梁老师好。"

昭昭心道，这有区别吗？

打完招呼，梁昭昭注意到夏云一直在盯着她看，一脸欲言又止的样子，她出声询问道："怎么啦，我脸上有东西吗？"

夏云飞快摇头："当然不是，是——"小姑娘脸上飞来两抹霞红，"是我见到您太开心了，我很喜欢梁老师的。"

刚被小朋友夸完，又被美女妹妹告白，梁昭昭心情好多了，暂时忘记了被没收零食的悲伤。

"这样吗？谢谢你。"她笑着继续道，"其实我也有在网上看到过你的视频，跳舞很棒。"

夏云脸上闪过惊喜神色，又是朝她弯腰鞠躬："谢谢老师。"

梁昭昭哭笑不得，连忙扶起夏云："不要叫我老师啦，喊我昭昭就行。"

夏云腼腆一笑，喊了声："昭昭姐。"

她们打招呼聊上的时候，另外一边秦舟也和唐学明聊上了。

秦舟："我知道你，我有看过《唱响明天》。你表现挺出色的。"

"谢谢哥。"唐学明说完后，又试探性问了句，"我能这样喊吗？"

秦舟笑了声："当然能。"

等他们几个人聊完，大家才意识到不太对劲。

这院子里怎么只有他们和小孩，剑堂的主人呢？

就在大家疑惑的时候，院子里房间的门被打开。

走出来一老一少两个男人。

年长的这位看上去年过六旬，除了发鬓处微白，仪态和精神都很好，完全不像个老人。

而另外一位则是一位孔武有力的中年男子。

导演组这时候派出人和他们介绍，这二位便是这个剑堂的主人，一对父子。

能被节目组找上的人自然是不凡的，这个剑堂创建已经有一二百年的历史，在清朝时期就存在，一直传承到今天，赵记剑堂已经成为当地的一处名胜景点了。

两位主人和嘉宾打过招呼，二人都姓赵，为了在称呼上区分他们，大家都喊老人"赵老"，有时候也会喊成"老赵师傅"，而喊中年男子"小赵师傅"。

小赵师傅对几位嘉宾道："各位请跟随我过来。"

他们在父子俩的带领下参观了剑堂。

进去参观后才算是大开眼界，堂里摆放着一把把的宝剑，样式各样都有。有些上了鞘，有些没有，每把剑冷冰冰立在那儿，像在讲述一段尘封的故事。

剑堂里不仅仅有剑，还有刀、长矛、弓箭这类古代常用的兵器，做工比较复古，有些样式很旧，被放在玻璃容器里珍藏。

这些都是不卖的，仅供参观。

他们从剑堂出来之后，去了屋子里，也就是这家人住的地方，这时候有一位女人出来迎接他们，小胖墩跑过去喊妈妈，那应该就是这家剑堂的女主人了。

女人穿着旗袍，容貌清秀，气质温婉，看着就是很让人舒服的长相。

“我带你们去你们住的房间。”她对他们道。

一共有三间房，两个双人间，和一个单人间。

女生有三个人，秦舟和唐学明选了一间房，把另外两间房让给她们女生。

梁昭昭和萧苒不对头，自然睡不到一块去。

好歹之前萧泽和秦舟警告过后，萧苒不敢明着和她对着干，比起不待见她，萧苒似乎更不待见夏云，摄影机没跟着拍的时候，她对夏云的态度简直就像她平时对她助理那样，喊东喊西还指手画脚。

梁昭昭不忍心这小姑娘和萧苒这位公主病独处一室，于是就邀请她来当自己室友了。

两人参观房间的时候，梁昭昭捂住麦，问夏云：“为什么我感觉萧苒对你态度怪怪的，你之前得罪过她吗？”

夏云无奈笑了笑：“我哪敢得罪她啊，只不过我和她一家公司出来的，她算是我的师姐吧。”

“我看她不是把你当师妹，而是把你当助理了，对待助理都不带这么趾高气扬的。”

萧苒这臭脾气也不知道什么时候能改改，想到自己还要和她一起录制那么多期节目，梁昭昭要窒息了。

参观完剑堂和房间，他们又被带到了刚来的那个院子。

小胖墩的妈妈抱着一些衣服走出来，分给他们。

是很简单的蓝色布衣，和小胖墩他们身上穿的很像。

“这些都是平常来我们这儿学武术剑术的人会穿的衣服，你们也穿上吧。”女人对他们说道。

拿到衣服以后，萧苒皱皱眉：“这衣服有点难看吧，我可以不穿吗？”

最后，她见大家都拿着衣服去换了，没辙也拿着衣服跟着走进了房间。

等衣服换好后出来，几人彼此望了一眼，颇有点少林寺武学弟子的感觉。

秦舟是最后一个出来的，明明是最简单的蓝布长衫，穿在他身上反倒愈显沉稳，有种洗尽浮华，翩翩公子隐居于世的出尘感。

“哎，你们帮我看看，我这身衣服合身不？”唐学明换好衣服后，出来问其他嘉宾。

在场三个女生没人搭理他，目光全都在秦舟身上了。

“舟哥真的是绝了，连粗布大衣穿在他身上都能有种别样的气质，这衣服穿在他身上，都能直接去米兰走秀了。”唐学明感慨道。

衣服换好之后，过了会儿，小赵师傅出来了。

“来者是客，大家既然来到这儿，我就不能让你们这趟白跑，赵某人要在这儿教大家些东西。”

梁昭昭眼睛亮了亮：“是要教我们用剑吗？”

她小时候看过的那些武侠片里，那些大侠剑耍得可潇洒飘逸了。这家剑堂既然有这么多年的传承历史，里面的老师傅又是武学大师，想必他的儿子也一定很厉害吧！

小赵师傅：“没那么快，有些基本功我要考验一下大家，合格的人才有资格佩剑。”

“……”

果然综艺都是坑，节目组不会这么简单放过他们。

接下来小赵师傅开始教他们一些基础功和基本动作。

光是扎个马步他们都不行了，更别提他接下来的那些拳法腿法动作，他们根本没法一下子学会。

当然，也总有人是例外。

当大家看到秦舟跟着小赵师傅完整地完成好那套动作时，所有人都是目瞪口呆的。

“秦老师，还有什么是你不会的吗？”唐学明嘴都快张成“○”形。

“秦舟哥，你好厉害。”萧苒满脸崇拜夸道。

秦舟收了动作，浑身劲松下来后又变成了那副闲散不羁的模样。

“之前拍戏学过。”

他戏拍得少，最主要的原因是他每次选的片子难度都不小，有些片子你想演得好，前期功夫就得下得深，秦舟又爱演动作片，古装大片也演了好几部。

他不屑于用替身，里面的所有动作都是他自己完成，想达到片子呈现出来的效果，必须得下死功夫。曾经有部片子，在开拍前，秦舟就有跟着武打老师练习三个月，最后那个角色的每场打戏几乎都被大众拿出来反复细品，对于秦舟的演技称叹不已。

最后这套动作的考验，他们全员五个人，只有秦舟一个人过关了。

小赵师傅：“过关的人有额外的学习机会。秦舟，你过来，咱们去另外一处地方。”

夏云：“小赵师傅这是要偷偷传授给秦老师武功秘籍啊。”

“你们也不许偷懒，现在由我来监督你们。”小胖墩从旁边走出来，接替他爹的位置，一板一眼地监督起他们。

“你，就是你，怎么站的，脚都没站稳。”小胖墩走到萧苒身边，指正她动作不到位。

萧苒扯唇笑了下：“小师傅，你看我们这马步都扎了这么久了，能不能休息会儿？”

小胖墩皱眉嘟起唇：“这久吗，才十五分钟不到吧，我们平常练习起码半个小时起呢。”

萧苒翻了个白眼，心想这是在录节目，要不然她一定揍死这个死小孩。

“昭昭姐姐，喝口水吧。”小胖墩严肃不过五分钟，看到梁昭昭马步蹲得满头大汗后，不知道从哪里找出一瓶矿泉水递给梁昭昭。

梁昭昭依旧保持着动作，对他说：“可是还没到半小时呢。”

小胖墩把水递到她面前，讨好笑道：“没关系，你先停下喝口水再做呗。”

片子播出来后放到这里，弹幕都在刷：

“这小胖子简直是驰名双标！前一秒刚怼完萧苒不准休息，后一秒主动喊昭昭姐姐停一停！”

“笑死我了，不过比起萧苒，梁昭昭确实很讨小孩喜欢啊，更别提这小胖子第一眼看到她就一直围着她夸姐姐好漂亮。”

“萧苒也是美女啊，只不过梁昭昭是仙女，看来仙女和美女之间还是有壁垒的。”

“哈哈哈，萧苒不是低配版梁昭昭吗！”

萧苒看到这一幕也不服了，对小胖墩说道：“小师傅，你这不公平吧？我想休息的时候你怎么不答应，怎么梁昭昭休息就可以了。”

小胖墩理直气壮道：“因为昭昭姐姐动作比你更标准！你都偷了多少次懒了，别以为我没看到！”

萧苒被怼得哑口无言，毕竟是录节目，她满肚子气又不能撒出来。

“如果不是为了秦舟，我才不会来参加这个破节目！”萧苒心里暗道。

之前在片场看到他俩抱在一起，萧苒气了整整一天，她也有想过放弃的，但这么多年了，秦舟在她心里早就成了执念，她如果不得到他，这辈子都不会快乐不会甘心，于是她求着爹爹把她安排进了这个综艺，又追到了这里，她就算不痛快也不能一个人不痛快！萧苒盯着梁昭昭愤愤想。

扎完半小时马步之后，他们几个人又跟着这位小师傅练习了一些其他的动作。

“秦舟呢，你爸到底在教他什么呀？”

这都一个小时过去了，秦舟跟那位师傅进去后就再也没出来过，梁昭昭一时好奇忍不住问了小师傅。

小胖墩晃着脑袋，故作玄虚地来了句：“天机不可泄露。”

又等了一个多小时，等到他们肚子都饿了，一个个大早上赶到这里，现在都到了中午。

原本只有虫鸣鸟叫的庭院，这时候突然响起了一阵音乐，音乐的曲风很古典，曲调悠扬婉转，恣意畅快。

紧闭的大门再次打开，秦舟从里面走了出来。

这次，他换了一身衣服，和刚刚的麻布大衣截然不同，这次是一件白色长袍，面料一看就是最上乘。

他们终于知道为什么秦舟进去这么久了，他这次出来完全换了一个人。

是古代公子的装扮，节目组为了给他这次惊艳亮相，做了一套完整的造型。

他踏步而来，行步如风，身后的镂空木门为他大开。

墨发仅仅用一根竹钗束上，其余的任凭散落肩头。

宽袍广袖，衣白胜雪，公子世无双。

应是极其儒雅俊秀的人，偏偏他眉宇间桀骜不驯，腰间一把佩剑更显孤傲。

所有人都看呆了。

秦舟出来的那刻，梁昭昭仿佛时间穿越一般，她记得她看秦舟的第一部剧，就是他演的道家弟子，那里面的装扮和现在很像，也是一身白衣，腰间别着佩剑。

当时她一眼沉沦，疯狂爱上了秦舟在里面扮演的那个角色。

而现在时空穿梭，她再次看到了秦舟这样的装扮。

怦怦怦——

是心跳的声音。

秦舟出来的这幕，节目组简直是准备了八个机位全方面拍摄，播出去后弹幕炸了。

“啊啊啊啊啊啊哥哥好帅！”

“天神颜就是天神颜，我就问问这张脸，有哪个女生能抵挡得住！！”

“别说了，我一个男孩子也不得不承认他真的好帅。”

节目为了播出后的收视率和网络播放量，不可能是完全没有安排的，每期录制里总得有惊喜和爆点。

秦舟这一白衣造型出场，无疑就是重磅炸弹。

他的身材、容貌，还有整个人的气场太绝了，仅仅这样朝你走过来，就是压迫式侵占你的视线，你目光没法从他身上移开。

他能给人带来的惊喜从来不仅限于他的相貌。

秦舟走到庭院后，从腰间取出佩剑，修长骨感的手握住剑身，拔鞘亮剑，剑面的冷光映射出他的黑眸，光芒四射，石破天惊。

秦舟挥剑的招式和动作标准又力道十足，并且还兼具美感。

雪色的身影在庭院间游龙穿梭，坚硬冰冷的兵器在他手腕转动间收放自如，势如破竹，猎猎煞风。

最后长剑划空，庭院那棵大树纷纷扬扬落下几片叶子。

仅仅只是两三分钟，便带来了一次叹为观止的表演。

与刚刚挥剑时的俊冷相比，收剑后的秦舟放松下来，他拿着剑在手中掂了掂：“还挺重。”

“哇——”

现场的其余人都为他鼓掌，大家感觉自己贫瘠的语言无法表达自己的赞美，干脆化身为尖叫鸡。

“想必这位优秀的弟子已经给你们做了一个很好的示范，接下来该轮到各位了。”

老赵师傅这时候从房间里走出来，这次不止他一个人，身后还跟了五个男人，这五个男人手中都捧着一个剑匣，里面各自放了一把剑。这些剑都是真剑，只不过还没开刃。

“大家请挑选一把属于自己的佩剑。”

老赵师傅说完这句，看了眼自己的孙子，说：“挑选的顺序由刚才的表现决定。新霁，告诉爷爷，刚才谁的表现最好。”

原来小胖墩名字叫赵新霁啊，还真好听。

“这位姐姐。”小胖墩伸手一指，指到了梁昭昭头上。

“啧啧啧，胖子，你还真是偏爱得明目张胆，我记得坚持最久的人除了昭昭姐，还有我吧。你怎么不说我呢？”唐学明笑着调侃起来。

经过这会儿相处，他不像刚刚见面时那么拘谨了，一个嘻哈歌手的放荡不羁渐渐显露出来。

小胖墩听到他说这话，立马回击道：“男人要让着女人，你懂不懂啊？”

他奶声奶气说着这种故作成熟的话，唐学明笑得直不起腰："对不起，是我错了，我还真没有你懂。"

梁昭昭第一个挑，她想着待会儿可能要拿着这剑练习动作，于是挑了一把看起来小巧一点的。她挑完后其他人也跟着陆陆续续挑完。

挑完剑后，他们就需要练动作了，当大家听到他们接下来要练习的动作和秦舟刚出场时候表演的那套一样时，整个人都不好了。

秦舟那套动作不长不短，但看起来挺复杂。

"师傅，舟哥他是有基础啊，我们这能行吗？"唐学明嚷嚷道。

赵老摸了把胡子："行，也得行。不行，也得行。"

"果然综艺就是给嘉宾挖坑的，让我们挑战不可能。"夏云忍不住小声和梁昭昭吐槽道。

"没点难度观众看了也没意思，有些节目为了追求惊险刺激，还让嘉宾挑战高危项目受伤甚至闹出人命呢，咱们这个综艺应该顶多就是辛苦一点。没事，练吧。"梁昭昭安慰道。

小赵师傅走出来亲自教了他们两遍动作就进去了，然后让他们自己练习，说给他们一个小时的时间，一个小时后再来检查，不合格的人会有惩罚。

"这下怎么办啊，我们动作都还没记住，教我们的人就先走了，待会儿检查肯定过不了。"萧苒说道。

她说完眼睛转到秦舟身上："秦舟哥，你能教教我吗？"

因为太过优秀被特批可以休息的人，已经在庭院处的凉亭里喝了半天的茶了，秦舟被喊到后，放下手里的茶杯，拿起佩剑。

"行。"

萧苒面露喜色，脑子里开始幻想秦舟手把手教她练习的画面。

秦舟走出来后直接站在几人的正前方。

"那我再给你们慢动作演示一遍吧，你们跟着我学。"

"……"

原来他答应不是教她一个人，而是教大家，萧苒瞬间失落。

不过有秦舟教他们，这些动作他们总算学得快些了。

秦舟就在旁边看着，他们哪里错了会给他们提醒。

梁昭昭记了半天，总算把招式全都记熟，就在她一个一个动作练习的时候，一只手握住了她的手腕。

冷白干净的指节，这手一看她就知道是秦舟。

他不知道什么时候出现在她身后，抬高她的手腕："做这个动作的时候手再抬高一点。"

不管是之前演戏还是现在，每次秦舟认真教她的时候，她对他一点抵抗力都没有，她偷偷瞄过去，是前后轮廓精致的侧脸。

好帅!

“看我干什么，看动作。”秦舟低头在她耳边说了句。

梁昭昭耳根微红，甩掉脑子里乱七八糟的心思，专心看他抓着自己的手教她这个动作该如何做到位。

他和她保持着不远不近的距离，小姑娘的慌乱心虚全都收进眼底。

“昭昭，你也会有这一天。”秦舟在心里道。

他若有似无的一个随意撩拨，她就害羞得不得了。如果一直这样下去，以后他想对她做点更过分的事情可要怎么办?

这段练习完以后，小赵师傅来检查，结果他们四个没有一个能过关的。

惩罚也就罚了男生五十个俯卧撑，女生五十个上下蹲。

看着不难，实际上他们今天练了一天，已经精疲力竭了。

下午的环节就轻松很多，大概也就是吃吃饭和这家人还有嘉宾之间相互聊聊天。

大家都知道房间里的摄像头在哪儿，不想被摄像机拍到的时候就直接盖住镜头，或者去到没有摄像机的地方。

晚上他们去了仓库，这里的兵器比外面摆放的还要多，大多数都是工艺品了，真刀真剑也有，不过一把价格几万到数十万，能消费得起的人并不多。大家来这儿旅游路过赵记剑堂，大多都是买个仿真的工艺品回去收藏。

他们听老人讲了很多这些剑的故事，又讲到了他们家族的故事，听着听着夜就深了。

回到了各自的房间里，梁昭昭和夏云因为粉丝和偶像的这层关系熟得比较快。两人睡觉前还聊了挺久的。

白天要录制节目，在镜头面前还得顾着点，到了晚上睡觉，她们把房间里的摄像头盖住，整个人都放松了下来。

“昭昭姐，其实在接这个节目之前，还有另外一个节目在同一时间也找上了我。这个节目制作上确实比那个好，但是那个综艺可能更适合我。”夏云和她聊天的时候说道。

梁昭昭此时正在脸上抹睡前的护肤品。

毕竟现在这个身体已经不是十七岁了，二十二岁的人还是得注意保养。

她一边在脸部按摩，一边问：“那为什么最后选择了这儿啊？”

夏云腼腆笑了笑：“因为姐姐你呀。”

梁昭昭惊讶转头：“你还真是因为我啊。”

夏云：“嗯啊，我是因为受了你们的感染才走上女团爱豆这条路的，姐姐，我真的一直都特别想见你一面。”

夏云是今年C位出道的女团成员，现在在网上热度也不比她低，看着喜欢自己的人如今变得这么优秀，梁昭昭也挺感动的。

两人这晚聊得比较晚，夏云和她聊了很多她们那时候选秀的事儿，梁昭昭忘记了很多东西，只能和她分享一些她记得的事。

聊天的时候，梁昭昭的手机响了下，是秦舟打过来的。

梁昭昭想着反正她和秦舟合作过，关系比较好大家也看得出来，干脆也不避讳夏云，接通了电话。

“喂？”

“没睡吧？”

“没，在聊天呢。”

“看来你和你的新室友相处很愉快。”

“对呀，你和你的室友呢，在干吗？聊音乐？”

她和夏云有过相似的经历，聊起梦想来有说不完的话。秦舟和唐学明的话，那就应该聊音乐了吧？

事实证明她想得太多，秦舟低笑了声。

“聊什么音乐，我们打了一晚上游戏了。”

……

果然是男孩子呢。

“对了，我现在在你们房间门口，你出来一下。”秦舟又道。

梁昭昭听了，拿起外套披上，穿着拖鞋下了床。

她走到门前打开房门，并没有看到秦舟，走出两步，四下看看，在走廊不远处看到了他。

“这么晚来找我有什么事吗？”梁昭昭走过去问。

秦舟拎出背后藏的那袋零食：“边吃边聊。”

梁昭昭接过一看，这些都是白天的时候节目组给她没收掉的，这会儿居然被秦舟给拿回来了。

“你怎么做到的？”她吃惊问道。

秦舟：“我说半夜我饿了，看上了你那些零食，吃不到的话明天没力气录节目，他们就给我了。”

“就这么简单？”那她白天死活求了半天节目组都不答应，秦舟私下一问就答应了？

秦舟笑：“傻瓜，你以为他们是真的想没收你的零食吗，为了节目效果而已。”

“我感觉自己受到了欺骗。”说得那么大义凛然，还说这就是节目组定的规矩不能更改，结果私下秦舟这么简单就要回来了。

秦舟背微微弯曲，手掌覆上了她的脑袋。

“我在这儿，谁敢骗你。你看这不是帮你要回来了吗？”

不知道什么时候起，他好像真的在把她当小孩，会特意弯身与她目光平视，还会特意帮她要回零食。

梁昭昭看到他黑眸里的笑意，抱在怀里的零食紧了紧。

拎着那袋零食回到房间以后，梁昭昭拿出来对夏云说：“夏夏，来一起吃。”

夏云惊奇地看着这凭空多出来的一袋零食：“这不会是刚刚秦舟给你的吧？”

梁昭昭：“是他给我的，但本来就是我的，白天被节目组没收了。”

她说着，将袋子里的零食拿出来放在桌上。

夏云还沉浸在巨大的震惊里。

她印象里秦舟是出了名的真高冷啊。

半夜偷偷送零食，真的不是男朋友才会有的操作吗？

虽然是录制真人秀，但不可能完全没有台本，节目组还是会和他们沟通给他们一个大致方向。

第二天的录制只有白天，下午他们就结束这期录制了。

看到导演组的人，唐学明笑着问了句：“姐姐们，今天节目组又给咱们准备了什么样的坑呢？”

工作人员A：“我们怎么坑你们了？让你们来这小镇玩，还在这家人家里白吃白住。”

工作人员B：“就是啊，你看赵家人对你们多热情啊，好吃好喝招待着，还给你们每个人都送了一把剑作为纪念品。”

工作人员C：“咱们这节目叫《来者是客》，你看你们来光吃光喝了，都没给人带点礼物，是不是有点过意不去？”

听到这些，梁昭昭心里就来气。

“我们白吃白喝这都拜谁所赐呢，我们倒是也想给赵家人准备礼物，但是你们把我们的东西都没收了，我们现在身上一分钱都没有，两手空空，你让我们怎么准备？”

节目组的人十分不要脸地来了句：“没有钱你们可以去赚呀。靠自己的双手去创造的东西才最珍贵！”

“……”

果然综艺就是为了节目效果，想方设法“坑”嘉宾。

他们五个围坐在一个圆桌前，一起商量着临走前，替赵家人做点事情感谢他们，毕竟这家人是他们这季节目里遇到的第一户人家。

“要不做顿饭？”梁昭昭建议道。

送东西难选到合适的，他们现在手头又没有钱，还不如亲自下厨给赵家人做顿饭来表达心意。

唐学明：“这个主意不错。”

夏云：“我赞同！”

萧苒见他们都同意了，跟着说：“我觉得可以。”

所有人目光看着秦舟，等他一锤定音。

秦舟：“主意是不错，问题是，我们谁会做饭？”

梁昭昭举起手，然后她环顾一圈，发现好像只有她一个人举手。

她突然感觉自己好像做了个错误的决定。

看到没人举手后，夏云也举起了手：“我会一点，但是很久都没做了，可能味道不咋样。”

“尽力就行嘛。”梁昭昭道。

“做饭也得有食材吧，我们哪里去弄？”唐学明思索道，“难不成就地取材，直接用厨房里的？”

“那怎么能行！先不说厨房里食材不够，我们用别人家里备用的菜给他们做，那做出来的饭还叫礼物吗，我们不成了厨子了？”梁昭昭抗议道。

萧苒：“可我们没钱啊，还能怎么办？”

“节目组的意图已经很明显了吧，就是想让我们自己去赚钱，大家想点办法吧。”夏云说。

“还能怎么办，街头卖艺吧。”唐学明撩了把碎发，开始起范，给他们来了一段freestyle。

“咱们这阵容，还真可以。”夏云笑道。

在座的人，两个选秀出身，一个女团出身，还有一个歌手。

除了萧苒只是个单纯的演员，他们四个拎出去都能开演唱会了。

当然他们也只是说说而已，就算去街头唱歌，也只能免费，不然收钱太掉身价了。

这时，梁昭昭看着房间里陈列的剑，想到了一招：“不卖艺，我们可以卖东西呀。”

通过和小赵师傅沟通，小赵师傅答应把店里出售的货物交给他们去卖，每卖出一把给他们分取百分之二十的利润。

一行人拖着这几箱未开刃的剑，开着车去了当地一个有名的景点贩卖。

嘉宾、节目组的工作人员，还有保安一行人的出现引起了不少骚动。

在他们去之前节目组就已经选好了有资格前来购买的游客，其他的人都在不远处围观。

都是高人气的演员，大家都认识他们，特别是秦舟，来找他买东西的小姑娘左一句“哥哥我是你的粉丝”，右一句“哥哥能给我签个名吗”。

这些工艺品的价格并不低，利润却很高，因为定价高，平常放在店里每日卖掉的并不算特别多。

而他们来卖就不同了，明星效应，价格就算再高，也总有人买单。

短短一个小时，所有的工艺品都售空了，他们抽了一千块用于买菜，其余的盈利都交给节目组，节目组会以他们的名义乘以十倍的金额拿去捐给贫困地区的孩子。

钱筹到手后，就是买菜，做饭。

为了这顿饭，他们整整累了一天，特别是梁昭昭和夏云，又要义卖又要做饭。

萧苒回来后提出被太阳晒到有些中暑，回卧室休息去了，秦舟和唐学明不忍心她们两个女孩子太辛苦，走到厨房来帮她们打下手。

兵荒马乱的一天过后，他们终于完成了一桌的杰作。

赵家一家人坐在餐桌前，看着这满大桌的菜，惊呆了。

他们事先并不知情，节目组为了给他们惊喜，在梁昭昭他们筹备的时候，特意把这家四口支出去玩了。

“这些都是你们做的吗？”小胖墩妈妈惊道。

秦舟看向梁昭昭那边。

“是这两位大厨做的，我们没帮什么忙。”

一家人感动地看着梁昭昭和夏云。

夏云："菜主要都是昭昭姐做的啦，我只会做两三种菜。"

梁昭昭被大家这么看着不太好意思，开口道："钱是我们所有人一起赚的，菜也是大家一起买的，这顿饭是我们几个人的一点心意，这两天感谢你们的款待。快吃吧快吃吧，大家一起吃。"

九个人正好一张桌子都坐满。

小赵师傅夹起菜，感叹道："真神奇，平常电视里看到的人来我家做客，还给我们做饭了。"

"姐姐，你做的菜真好吃，比我妈妈做的还好吃。"小胖墩从来不吝啬对昭昭的彩虹屁。

"那你多吃一点。"梁昭昭笑道。

赵老试了几样菜后，满意地点头："姑娘，手艺不错，你经常在家做饭吗？"

梁昭昭点头："没出道前经常做，出道后就比较少了，家里都是我弟弟在做。"

"你家里还有弟弟啊。"唐学明接话道，"我也想要个弟弟妹妹，我爸妈就只有我一个孩子。"

赵老："儿女双全，你父母幸福啊。"

"可惜我父母从来没有吃过我和我弟的一顿饭。"尽管已经习惯父母早逝这个事实，但听到赵老这句话后，梁昭昭的心理防线还是没绷得住。

鼻子开始发酸，她微微抬起头，努力平复心情，不让眼泪冒出来。

夏云小声说了句："昭昭姐父母很早就去世了。"

梁昭昭拿了张纸擦掉眼角的眼泪之后，看到在座的人都用心疼的眼神看她。

她笑道："没事，这都多少年的事了。"

说完，她转头瞪了眼摄像头。

"这段不准剪进去啊，观众该说我卖惨了。"

这类话题她不想多说，大家也懂得分寸迅速转移了其他话题。

一顿饭吃完，就到了说再见的时候。

虽然只有短短两天的相处，但对于他们来说，却是一种很奇特的体验，这是他们第一次去一个与他们截然不同的家庭里做客。

他们来是为了拍节目，却意外感受到了真情。

这两天里，赵家人的温暖让他们这种常年在外，不时常和家人相处的人挺受触动的。唐学明说和他们一起吃饭，他都想自己爸妈了。夏云也说想回家，就连萧苒也和家里打起了电话。

只有她和秦舟，没有再提及这个话题。

"姐姐，你们真的要走了吗？"送他们到大门口的时候，小胖墩扒着门，探出头目光不舍地看着他们。

"是啊，再见了新霁。"

这次梁昭昭喊了他的名字。

小胖墩委屈巴巴对梁昭昭道：“不能再多住两天吗？”

夏云看出来小胖子挺难受的，对梁昭昭说：“昭昭姐，小孩子肯定不太习惯离别，小小赵真的挺喜欢你的，你去哄哄他吧。”

梁昭昭往回走，蹲在小胖墩面前，摸了下他圆滚滚的脑袋。

“姐姐还有其他的事情要做，再说了，我总不能天天在你家白吃白喝吧？”

“没有白吃白喝，姐姐给新霁做饭了，姐姐做的饭很好吃。”

“那以后有机会你来北城找姐姐，姐姐再给你做。”

哄完小孩，他们坐上了节目组送他们回去的车。

古镇的景色离他们越来越远，黄昏日落，他们告别了第一站。

梁昭昭看着车窗外隐没在烟波浩渺处的房屋，有些伤感。

“也就两天，你怎么和那小胖子一样。”

秦舟坐在她身边，看出来她的情绪。

“两天，能感受到的东西已经很多了。”

比如那些她从未感受过的，三世同堂。

车还要开很远，梁昭昭实在太累，歪头睡了过去。

秦舟坐在她旁边，看到她睡了，轻轻托住她的脑袋，让她靠在自己肩膀上。

车里除了司机就是他们五位嘉宾，萧苒坐在他们后面。

他们这排旁边是夏云和唐学明，唐学明也累得睡着了，夏云是闭眼休息，睁眼的时候就看到了这样一幕。

“秦老师你——”她是真的被吓到了，本能说了句。

她话还没说完，秦舟用眼神制止她不要再说下去。

“她累了一天，让她睡会儿。”

夏云点点头，闭住了嘴巴。

她转头看了看四周，萧苒坐在后面睡了，她旁边的唐学明更是戴着耳机睡得很沉，甚至还打起了呼噜。

只有她看到了这幕，不是昭昭姐靠过去的，而是秦舟亲手把她的头抱到自己肩上。

啊啊啊，这才第一期啊，自己就好像知道了什么了不得的事！夏云又偷偷看了眼那边，此时秦舟嘴角微弯，目光温柔，正垂眸看着半靠在自己怀里的女生。

为了让她睡得安稳一点，他一直保持着那个姿势一动未动。

节目录了两期后，距离演唱会只有半个月的时间，她们四个推了接下来的所有行程，被公司安排到特定地点参加集训。

网上不少媒体放出了P.M合体赶赴集训地点的剧透照片，演唱会还没正式开始，大家已经燥热难耐了。

“啊啊啊啊神仙合体！小粉红冲啊！”

“姐姐们太漂亮了吧！这腰这腿，瞬间觉得自己不配活着。”

“真的是并肩为王啊啊啊！四个人走在一起的感觉太好了！”

“果然老牌顶流女团就是不一样，这行走的巨星气场我真是给跪了，姐姐请正面UP我！”

“哇，梁昭昭今天扎的双马尾！可爱到犯规了吧啊啊啊！这女人为什么这么好看！”

“门面大人在萌妹这条路上越走越远了！我可以我可以，女王昭昭我最爱！”

“哈哈哈哈哈昭昭今天好显小，感觉像是跟在姐姐后面的小女生。”

“嘻，今天看其他剧透图，看到了灵灵给昭昭喂吃的，楚烟捏她的脸。哦，这个双马尾，是子意心血来潮在车上帮她扎的。”

“一时不知道该羡慕谁，今天又是想魂穿昭昭的一天呢。”

练习室里，刚刚练习完的四个人席地坐在地板上。

“太累了，我感觉自己很久没有跳舞，都有点生疏了。”顾子意拧开一瓶矿泉水，给自己灌了几口。

“累，但是很痛快。”林灵笑道。

顾子意用手碰了碰旁边的梁昭昭，偏头对她道：“昭昭，刚刚表现挺不错，还以为你失忆了会没那么快找到跳舞的感觉。”

“是啊，虽然跟你以前风格差得挺大，但是已经很给我们惊喜了。”楚烟跟着说。

林灵也探头过来对梁昭昭道：“继续加油！”

乖巧接受完姐姐们的夸奖之后，梁昭昭在心里想，她能表现不好吗，也不想想她比她们仨都提前了半个月练习啊，就怕跟不上。

现在看来偷偷开小灶还是很有效果的。

梁昭昭忍不住垂头笑起来。

她还没得意多久，就听到顾子意突然说：“对了，昭昭，你和秦舟是怎么回事？”

一听到秦舟，梁昭昭心里咯噔忐忑了下。

“什么怎么回事呀？”

顾子意拿出手机，一边翻一边道：“你之前录的那个综艺，前两天播出来后，网上热度挺高啊，你没看吗？”

“还没来得及看，怎么了？”

楚烟：“就你和秦舟啊，现在网上好多人在嗑你俩CP，说你俩甜呢。”

“是……是吗？”在其他三位团员的注视下，梁昭昭开始紧张。

顾子意对她笑了下，随后迅速变脸：“拍戏就算了，和前男友一起上真人秀，你怎么想的？”

梁昭昭：“就正好碰上了。”

“那你俩还真挺巧，拍戏能碰上，综艺也能碰上。”顾子意说道。

综艺播出来后，网上传的那些绯闻她多多少少也听到了一些，她之前都没怎么管，现在被姐姐们这样一问，她立马心虚了。

“对不起，我……”

她刚想承认自己现在确实对秦舟有了不一样的感情。但她还没来得及承认，就听到子意姐开始骂人。

“太过分了。”

“很过分吗？”梁昭昭咬了咬下唇，可怜巴巴看着子意姐。

“不过分吗？哪有这么巧的，他这摆明就是想诱拐你，知道你现在……”说着，顾子意上下打量了眼梁昭昭，“知道你现在什么都不懂，趁机下手，秦舟也太为老不尊了！”

“他不老！他过几天才满二十五呢！”她连忙为秦舟证明。

顾子意：“和你一比，他不就老了吗？你现在心理年龄是十七岁，他都二十五岁了。”

林灵也说：“昭昭，他没对你怎么样吧？我看了你们那期节目，我感觉他就是在撩你。”

楚烟：“你们这个节目要在别人家里过夜的吧，晚上记得锁好房门。”

梁昭昭无奈道：“我和夏云睡一起，秦舟和唐学明睡一起，还能发生什么。”

各位姐姐大人，是不是操心得有点太多了？

秦舟又不是什么洪水猛兽，能怎么样？

反而，他是全天下最帅最好的秦舟。

想到秦舟，梁昭昭就忍不住低头偷笑。

她这副样子被其他三人收入眼中，林灵试探性地问了句：“宝贝，你和秦舟相处这么多天了，你觉得他对你怎么样？”

梁昭昭抬头看了眼林灵姐，笑着抿抿唇：“很好啊。”

好到都明目张胆了。

第十章

亲我一下

▸▸▸

对于P.M全员来说，这次集训时间并不长。现在大家邀约太多，行程排得满，四个人能同时抽出半个月不是一件容易的事情。

但是半个月的时间还是太短了，想排练出最佳的舞台效果，就得日夜不停训练。

晚上八点，她们还在排练的时候，江落从外面推门进来，跟在她身后的，是梁宇。

梁宇带了夜宵来看她们。

看着满桌摆放的食物，四个人训练一天，还真有些饿。

“梁宇，你给我们送这么多吃的，是何居心？你不知道姐姐们维持身材都很辛苦吗？你以为谁都跟你姐姐一样，吃不胖的。”楚烟调侃道。

梁宇笑了笑：“你们都好瘦，哪里胖了。训练这么辛苦，吃点吧。”

吃的都送到嘴边，再不吃就是对不起自己了。

四人也没客气，席地而坐，拿起筷子开始吃。

梁宇陪着她们下了训练，之后便开车回去了。

她们四个为了方便都住在集训地点附近的酒店里，梁昭昭回到酒店洗完澡已经是晚上十点。

她想起来，还有两天就是秦舟的生日了。

秦舟不提倡粉丝在他生日应援上花太多钱，以往粉丝庆祝他过生日都是以他的名义做公益，其余的基本是线上为他庆生。

梁昭昭记得自己刚喜欢他那会儿，为了让更多的人知道他的好，她还特意学习了剪辑视频。他每年生日，她都会剪他的视频当作庆生礼物送给他。

尽管她知道人海茫茫，他大概会看不到。

现在两人是朋友了，他生日，她总得送点东西吧。

梁昭昭想到这儿，拿起手机给秦舟发了条信息。

“你最近有没有什么喜欢的东西啊？”

秦舟几乎是秒回：“我喜欢什么，我不是告诉过你吗？”

“你什么时候告诉我了？”梁昭昭想不起来秦舟告诉过她，他有什么喜欢或者想买的东西。

"我喜欢的不是东西，是一个人。并且不是最近喜欢，是以前喜欢，现在喜欢，未来也会一直喜欢。"

反正他的心意她也知道了，他不介意再多表白一次。万一这一次就成了呢？

像她这个年纪的小姑娘，都爱吃甜言蜜语这一套。

发完后，秦舟看了一遍，又嫌肉麻油腻，皱皱眉头，点了撤回。

他重新发："怎么，你是想给我过生日？"

梁昭昭这下倒是回得快："嗯，想送你个礼物。"

她想了想，又发了句："感谢拍戏还有录综艺的时候秦老师对我的照顾。"

啧，还客套上了。

秦舟挑眉，回复道："礼物不用了，人来就行。昭昭，哪天咱们见一面吧？"

"好啊。"

"不过我不能陪你吃饭了，我妈会过来，所以可能会晚点。"

"没事，我白天也要训练。"

"地点到时候我告诉你。"

"好。"

到了秦舟生日的那天，梁昭昭训练到下午，今天是她们各自准备SOLO舞台的训练，她不和姐姐们一起。

在集训前，她最先练的就是SOLO舞台，今天基本上就只要找声乐老师纠正一下音准，没有什么大问题。

晚上，梁昭昭和其他团员一起吃过饭，偷偷自己先回了酒店。

她洗完澡化了妆，拿上给秦舟的礼物，全副武装出了门。

戴上口罩和墨镜，几乎没人能认出她是谁，虽然晚上戴墨镜确实有些奇怪。

梁昭昭打车去了和秦舟约定的地点，是一个公园附近。

这个公园位置比较偏，离市中心有一段路，里面除了有一个游乐场也没什么特点，并且这个游乐场还只在白天开放，夜晚是关门的。

所以晚上基本上没有人来这儿，除了一些散步路过的路人。

梁昭昭见人少，就把墨镜摘了只戴上口罩。

秋天夜里有点冷，她只穿了一件长袖连衣裙和针织马甲，风吹过来有些凉。

秦舟是和她说等他喊她了，她再出门。

梁昭昭不想让他在生日那天等人，就先出来了。

她一边等一边看着手机的时间，快到晚上九点了，秦舟还是没有给她发信息。

又等了半个小时，就在她都想发信息问秦舟什么时候出来时，她终于看到了他。

不远处，出现了一个鸭舌帽压得很低、戴着口罩的男人。

尽管她看不清他的脸，但她知道，那一定是秦舟。

秦舟走了一段路，也看到了她。

他脚步一顿，抬起头，梁昭昭从他眼底看到了惊讶，大概他也没想到自己会先过来。

梁昭昭拿起手里的东西，朝他走过去。

“给你的！”

秦舟垂眸一看，是一个精致的透明盒子，里面装了一个小蛋糕。

“虽然你不爱吃甜食，但是生日总得吃蛋糕的呀。”她说完，又有几分沮丧地道，“虽然我知道，你肯定已经和家里人吃过了。”

想给秦舟做生日蛋糕，是她还没认识他时就想做的事，这个蛋糕是她特意学了亲手做的，就想今天能够亲手送给他。

“没有。”秦舟低声说，“我没有和家里人吃。”

梁昭昭有些惊讶：“啊？可是你刚刚不是和家里人一起过生日吗？”

秦舟扯出笑，语带讥讽：“我也以为，这么久没见面，她过来是想替她儿子过个生日的。”

结果不是，那只是一个局。

一个为了撮合他和萧苒的局。

这顿饭，别说蛋糕了，他连饭都吃不下去。

听着他母亲和萧苒的父母在包间里聊天，明里暗里都是在说他和萧苒的事情，如果不是为了保全母亲的面子，他早就走了。

什么给儿子过生日，都是借口。

在他妈妈心里，利益永远比儿子的喜好更重要。

梁昭昭看出他脸色不太对，小声问了句：“发生什么事了吗？”

秦舟：“没事，家里的一些烦心事而已。”

这些事情，他都不想让她知道。

梁昭昭不知道他家里发生了什么，也不知道如何安慰他，只能想办法让他开心一点。

“那还好我准备了蛋糕，过生日不吃蛋糕怎么行！”她说着拿起了蛋糕，举高递到秦舟的面前。

秦舟看着眼前的女孩，她对他笑一笑，他刚刚应付那些人的厌烦和疲惫好像在这刻都消失了。

放在外套口袋里的手伸了出来，秦舟一把拉过她的手臂，将人整个抱入怀里。

他动作太突然，梁昭昭来不及做任何反应，就被他带入了怀中。她杏眸微睁，鼻息全都是秦舟身上特有的清冽气息，干净又好闻。

啪嗒——

她手上蛋糕没有拿稳，掉落在地上。

秦舟手托着她的脖子，下巴抵在她的发顶，低声道：“礼物，这个就够了。”

梁昭昭不知道他这是怎么了，为什么会突然抱她，手在他腰侧推了推。

“秦舟——”

可惜她这点微不足道的力气对秦舟起不到任何作用，人被他整个儿抱入怀里，就连警告似的喊他名字也更像撒娇。

她失忆之后，有些习惯没变，有些却变了。

比如以前抱她，她身上的香水味都是浓情魅惑类型的。而现在，她好像不怎么爱喷香水了，平常靠近她，都是她发间的清香和沐浴露的牛奶香味。

今天她应该是精心准备了一番，还喷了点香水，很清新好闻的果香。

秦舟低下头，头埋在她颈间，她的气息能让他安定下来。

“还是你最好。”

他把人抱得更紧一点，像是怕别人看见一样，严严实实整个包住。

抱了会儿，秦舟终于依依不舍松开了手。

梁昭昭从他怀里钻出来，脸红成一片，晶亮的杏眸看着他，骂他也不是，不骂也不是。

又做了无耻的事，他倒是有几分心虚。

“那个——”

他想说两句话缓解一下气氛，就见她蹲下了身。

秦舟这才注意到，梁昭昭脚边摔碎的蛋糕。

刚刚没管那么多，现在看到地上盒子里已经摔得不成型的蛋糕，秦舟有些后悔。

“对不起。”他软下语气道歉。

盒子包装严实，蛋糕倒没摔出来，只不过已经挤压变形到不能看了。

梁昭昭把盒子拎起来，叹气：“好可惜，我做了好久呢。”

秦舟一听这话，惊愣道：“你自己做的吗？”

“是啊。我想着你什么都不缺，干脆就做个蛋糕给你好了。谁知道呢，唉。”

梁昭昭说着，提起蛋糕往那边垃圾桶的方向走。

“现在也不能吃了，丢了吧。”

她居然亲手给他做蛋糕了。

秦舟开心惊喜还没过一分钟，反应过来立马走上去，拦在她和垃圾桶中间。

“丢了干吗，还能吃。”

梁昭昭看了眼盒子里歪七扭八的蛋糕。

“你确定还能吃？”

“能。”

秦舟说完，像是生怕她再把蛋糕丢掉一样，抢过她手里的盒子，抱着走了。

梁昭昭在他身后笑了下，也跟了上去。

两人在公园里找了块没人的地方坐下，秦舟打开蛋糕盒，看着丑到变形的蛋糕蹙起眉。

他从未如此心疼一个蛋糕。

刚刚自己怎么就那么冲动呢，好歹也等人把蛋糕放下再抱啊。

梁昭昭注意到他的表情，安慰道：“没事，下次我再给你做一个好看的。”

秦舟笑了声，拿起袋子里的纸盘，把这坨蛋糕里最完整的一块切下来给她。

“吃吧。”

她接过去，又催促他：“你也吃。”

秦舟拿起叉子：“我直接这样吃就行。”

已经破坏了这个蛋糕最开始的样子，他不能再浪费了。

梁昭昭做的是六寸的蛋糕，虽然不大，但他一个人吃那么多肯定很腻。

“你吃点就行了，生日蛋糕这种东西本来就是形式呀。”

“我觉得挺好吃的。”秦舟一边说一边往嘴里送了一块。

怎么会很好吃，他明明不是个爱吃甜食的人。

梁昭昭想着，把自己手里这块吃完，又去抢他那里的。

最后这块蛋糕，两人抢着吃了一大半，基本上只剩了一些奶油。

“我这段时间都不想吃蛋糕了。”梁昭昭宣布投降。

她就算爱吃甜食，但一下子吃这么多，她怀疑接下来这段时间她看到蛋糕都想吐。

秦舟倒是没什么事，甚至还用叉子沾了点奶油送到嘴里。

“挺甜。”

梁昭昭见他还有兴致再吃下去，迷惑道：“你不腻？”

秦舟：“还好吧，我感觉我要爱上蛋糕了。”

“……”

奇葩。

解决完蛋糕后，梁昭昭还是觉得有点遗憾。

“可惜那个蛋糕碎得不成样，都不能吹蜡烛许愿。”

秦舟笑了声：“许愿才是形式吧，蛋糕至少还能吃，许愿你以为老天爷真的能听到吗？”

“大家过生日都这样啊，吹蜡烛许愿，唱生日歌。”

“我就不这样。”秦舟说道。

“为什么？”

秦舟双手撑在草地上，看天上的星星，想到了些从前的事。

“大概是因为小时候许过的愿望，从来没实现过吧。”

他现在还能想起那种失落的感觉，一个人住在大房子里，家里只有用人，连个和他说得上话的人都没有。和父母见面全靠运气，有时候半年也不见得能见上一次。

每年生日他们可能还记得，也可能是不记得了。

但是助理会帮着记得，至少每年一个定制的生日蛋糕会往家里送过来。

随着一起送到家的，还有各种昂贵的礼物。

从小到大他收的那些礼物，家里一个仓库都快堆不下，他的父母总觉得有这些东西他就会开心。有时候生日连个电话都会忘记打回来。

开始的时候他还会哭会闹，会发脾气，所以从小到大他脾气也养得不怎么好。

后来发现自己再闹脾气，除了家里堆更多的礼物，根本没有任何作用。

他每一年都会对着那个比他还高的大蛋糕许愿，希望今年的生日能和爸爸妈妈一起过，每一年都只有他和那些冷冰冰的礼物。

到了十多岁的时候，他已经习惯了这种家庭模式，有没有人陪他过生日也不再重要，甚至一年没见到父母，他也没什么感觉。

除了爱和陪伴，他们给了他最优渥的一切，他有什么资格抱怨？

梁昭昭看出来秦舟有心事，也能猜到是和他家里有关的。

“如果不介意的话，有什么事你可以和我说说，说出来会好受一些。”

秦舟侧身看了眼她，她眼底的关心毫不掩饰。

和她比起来，他家里的那点事算什么，至少从小到大，他都活得一帆风顺、威风八面。

可是她不一样，她得多勇敢坚强，才能活成现在的样子。

光是因为小时候爸妈不关心他，他脾气都养成了这个破德行。

她怎么能这么好?

秦舟终于知道为什么他和现在的梁昭昭相处模式完全变了。

以前他只是爱她，所以想要占有。

现在他爱她，更心疼她，只想把最好的一切都给她。

“昭昭。”他喊了她一声。

“嗯？”梁昭昭回过头，看着他。

“如果生日愿望真的可以实现的话，我希望你能给我一个机会名正言顺地陪伴你，照顾你。”秦舟开口道。

梁昭昭没想到他会在这个时候表白，其实两人之前已经把话说开了，秦舟说他们的关系交给她决定。这阵子她也一直在犹豫不决，一边不可抑制地对他心动，一面又有所顾忌。

她还没开口，秦舟却笑了起来：“好了，开玩笑的，瞧把你紧张的。”

他想和她在一起，光明正大站在她身边，肆无忌惮拥抱亲吻她。

可哪怕他看到她眼中有一丝犹豫，他都会把这些心思通通藏起。

梁昭昭低下头揉了揉手指，她对秦舟，太没有抵抗力了，刚刚如果再慢一秒，她可能就点了头。

哪怕她还有顾虑。

“走吧。”

秦舟喊她起来。

梁昭昭跟着他站起来，一路走到了游乐场的大门口。

里面漆黑一片，只能看到大门内高耸的各种娱乐设施。

“想玩吗？”秦舟问道。

“想玩啊，但是现在不可以玩吧？”这个点，游乐场都关门了，附近一个人都没有。

游乐园是个减压放松的好地方，以前每次她不开心或者压力太大了，都会跑到游乐场里，坐上那些刺激的娱乐项目，在空中放声尖叫，好像一切烦恼和压力都能释放出来。

“在我这儿，没有什么是不可能。”

秦舟说完，抬手看了看手表。

“还有一分钟。”

“什么一分钟？”

“之前咱们聊天的时候，你不是说过想去游乐场，可是因为现在身份限制，去哪里都不自由吗？”

他的话音刚落，身后那片隐匿在黑暗的游乐场突然全都亮起灯光，骤然将夜空点亮。

大门缓缓打开，控制室里的灯也亮了起来，原来还有人在控制室里。

那人朝他们比了一个“OK”的手势。

梁昭昭看呆了，她完全没想到秦舟把自己约到这儿的目的是这个，她以为只是因为这块地方晚上人少而已。

秦舟的手搭上她的肩膀，低头在她耳边道：“今晚，整个游乐场都是你的。”

他推着她走了进去。

这块游乐场地方挺大，什么设施都有，有些已经在运作，有些还没开启。

“那位工作人员是我认识的，你可以放心，想玩什么都可以。”

这种一个人承包一整个游乐园的感觉太好了，梁昭昭记得小时候奶奶有带她和梁宇来过这儿，当时正是周末，游乐场里人可多了，想玩一个项目都得排队。

她好像一夜回到了童年，回到了最快乐的时候。

梁昭昭都没马上挑项目玩，而是在偌大的游乐场里跑来跑去转了一圈，到处看看。

“原来，这里晚上这么美，为什么只白天开呢？”

明明晚上的时候，更好看。

“我想玩什么都可以吗？”

“都可以。”

“我想玩那个。”她指了指那个高空飞车，她本人喜欢刺激的项目，玩的就是心跳。

秦舟侧目瞥了她一眼：“看不出来，你胆挺大。”

“你怕吗？”梁昭昭问，她印象里秦舟也是喜欢极限挑战的，这种娱乐项目对他来说太小菜一碟了。

“当然不。”

在这件事上，两个人都是不怕死的，越刺激的东西玩得越开心。

最后两人把游乐场里比较经典的一些项目玩过之后，梁昭昭下地脚都是软的，脑袋顶也在冒星星。

秦舟扶着她，怕她走不稳摔着。

“今晚真爽。”她笑着感慨。

“你开心就好。”他看她的眼里，全都是温柔和宠溺。

梁昭昭走了几步，晚风吹过来，把她脑子吹清醒了一些。

她终于想起自己刚刚玩的时候是啥样了。

披头散发，毫无形象地大声尖叫。

“我平常不这样的。”她扭头对他说。

“不哪样？”

“我平常挺文静的。”

她还想试着挽回一下形象。

秦舟弯唇应道：“知道了。”

出了游乐场，两人戴上了口罩，往路上走。

梁昭昭想起今晚发生的事，心里甜滋滋地冒泡，但又有些遗憾。

她没想到聊天时候的顺嘴一提，他会放在心里。

更没想到，他会选择在他生日的时候，给自己惊喜。

明明应该她满足他的愿望才是。

梁昭昭又想起来他对她说的那些话，如果不是顾虑两人身份，怕谈恋爱被发现会对秦舟和 P.M 有不好的影响，她真不想管失忆前的事，直接答应他算了。

两人走了一段路，梁昭昭突然看到了什么。

她拉住秦舟："哥哥，你快看。"

秦舟听到她脱口而出的"哥哥"，唇弯了弯，顺着她手指的方向看过去。

不远处的商业区内，那栋最高的大厦，上面滚动着巨型 LED 灯幕。

滚动播放的，是他的照片，还有祝他生日快乐。

"说了不要做这种，他们还是做了。"

倒也不是不喜欢，只是不想让粉丝替他花太多钱。

"你看那么多人都记着你的生日，今天也是很多人的节日呢。"

梁昭昭抬眼，巨大的灯幕上，他意气风发，光芒万丈。

奇妙的命运，让他现在就站在自己身边。

"秦舟，生日快乐！"她笑眼弯弯，对他道。

"嗯，生日快乐！"秦舟看着她轻声重复了一遍。

他原本以为今天是一个糟糕的生日。

现在却发现好像不是的。

家里的人忘记那么多年，今年依旧没有想真心给他过一个普通的生日。

好在还有那么多人记得，那么多爱包围着他。

最重要的是，他身边还有她。

梁昭昭在抬头看远处为他庆生的应援。

他却在看着她。

如果这个世界是美好的，他想通过她的眼睛看到。

"咦，那是梁昭昭吗？"

两人站着的这会儿，被路过的人注意到了。

哪怕两人戴了口罩，但优越的身材和气质依旧引起了别人的注意。

秦舟还好，毕竟戴了口罩和鸭舌帽，几乎是整张脸都遮了。

梁昭昭只戴了口罩，眼睛露在外面，被熟悉的人认了出来。

三位女生结伴而行，注意到他们后，站在不远处反复看了很久，想要确认是不是他们知道的明星。

但是晚上天比较暗，有些看不太清。

看了一会儿后，一位女生道："就是她吧，越看越像，不过她旁边的男人是谁啊？看着身材好好。"

"要不过去问问？"

"走吧走吧，难得碰到大明星，去问个签名！顺便看清一下她旁边的男人是谁。"

三名女生说着，朝那边走过去。

“有人好像认出了咱们。”

秦舟碰到这种事太多了，很是敏感。

梁昭昭看了眼三个朝这边走过来的女生，有些慌：“那怎么办？”

“还能怎么办，跑。”

说完，她的手就被他牵起来。

他拉着她，在夜空下，放肆奔跑。

秦舟牵着她往前面人少的地方跑，那几名女生见到他们跑，更确信自己是见到明星了，拼命跟在身后追。

她和秦舟都不熟悉这块地方，被人追着逼到了巷子里。

巷子里又黑又暗，秦舟拉住她靠在墙后，侧身看外面的情况。

“她们还在追吗？”梁昭昭问。

“嗯，而且还开始分头行动了，看着是想堵我们。”秦舟皱眉道。

“我们现在该怎么办？”

要是被人拍到正脸放到网络上，她都不敢想象会发生什么。

“他们应该就在这里面吧，我看到他们跑过来了。”

“我们会不会认错人了啊，追这么久，别扑了个空。”

“傻吧你，如果不是明星，他们跑什么？”

那几名女生议论的声音越来越近。

梁昭昭心被提到了嗓子眼，她低头看了眼自己被秦舟紧紧攥住的手，都这个时候了，她脑子里居然还在想刚刚他牵着她一路跑过来的画面。

秦舟视线在周围搜索了一圈，最后目光定格在一个点上。

“没办法了。”

随后，他脱下自己的外套罩在梁昭昭的身上。

“这里黑，她们看不清楚的。”说着，他又把帽子摘了，迅速给她戴上，巴掌大的小脸几乎被全部遮住。

梁昭昭看着他把自己裹得严严实实，杏眼微睁问道：“那你呢？”

秦舟替她将外套拉链拉上，宽大的外套几乎将她整个包住，只露出来裙摆和一截嫩白的小腿。

“待会儿你就背对她们站着，她们要找的是两个人，不会注意到你。”

他看了看她，又问：“有发圈没？”

“有。”

“把头发也扎上。”

秦舟说完这句，从她身边走开，而后，他掀开了两人旁边绿色垃圾桶的桶盖。

梁昭昭整个人都愣了。

她亲眼看见秦舟单手撑在垃圾桶边缘，以一个帅气的姿势跳进了垃圾桶里。

而后，他还顺便站起来捡起桶盖给盖上。

啊啊啊，这可是垃圾桶！

她哥哥怎么能待在这里面！要钻也是她钻啊！

梁昭昭第一反应是想把他从里面拉出来。

她手碰到垃圾桶的盖子边缘，想掀起来，却被待在里面的人死命拽住，她用力拉都拉不开。

“秦舟，你干吗！你快出来！”她压低声音敲着桶盖喊道。

这时，她听到了往这边走过来的脚步声。

她别无选择，只能迅速拿起发圈把头发扎上，而后拿出手机，面对着墙壁若无其事地玩着手机。

那三个女生往里跑来，看了一圈，见只有她一个人就走了。

“明明看到两个大活人跑进来，怎么一会儿工夫人就不见了？”

“你看清了吗？这儿又不是什么繁华地段，梁昭昭会来这儿？”

“这大晚上的，我们该不会碰到鬼了吧？”

“别瞎说，怪吓人的。”

她们三个你一言我一语走远了。

梁昭昭见她们走了，连忙喊：“秦舟，你快出来，她们走了！”

垃圾桶盖被人掀开，秦舟从里面站出来。

“这玩意儿是真臭。”

他的表情极其难看，似乎是不能忍受此时的自己。

梁昭昭看到他身上脏了，伸手要帮他擦，他拉住她的手腕。

“别碰，脏。”

“你干吗这样啊？”她真没想到，他居然为了躲避那些人的视线会选择往垃圾桶里钻，他明明是一个有轻微洁癖的人。

秦舟看到她表情才稍微缓和一点，扯唇苦笑道：“我也没想那么多，我就想着一定不能被她们看到了。”

如果看到了，他不能确保她们不会将这件事说出去，甚至还可能拍照放在网上，那等于变相公开他们之间的事。

人都还没追上，这一公开，她又得躲着自己了。

当年的事，一直也是他心里的一道坎。

以前因为傲气和自尊不愿意承认。

现在敢面对了，其实如果重头来过，只要她愿意和自己在一起，公开也好，不公开也好，都随她。

梁昭昭从包里拿出纸巾，替他擦身上沾的东西，有些能擦掉，有些擦都擦不掉。

她垂着头没再说话，心疼极了。

“好了，这里也不是能久待的地方，我们快走吧！”秦舟说道。

他对于自己现在这副状态没法忍受太久，这里离梁昭昭集训住的酒店不太远，她干脆将他带回了酒店。

进了酒店房门后，秦舟才稍微松了一口气。

他一直觉得自己不是一个有偶像包袱的人，但现在这个模样，也太糟糕了吧？

万一被人认出来，他基本上可以提早退休。

实在没法见人。

“从酒店进来的时候，没人看到我吧？”秦舟问了一遍。

“看到了也认不出你。”

他用外套把整个头都包住了，一路低头弯腰走回房间，谁能想到这会是秦舟，说出来都没人敢信的。

此时回到房间开了灯，梁昭昭才能看清秦舟此刻的样子，她印象里，他永远是完美的样子，老天将所有最好的都给了他，这些特质融合在他身上，使他无时无刻不在闪闪发亮。

可是现在的秦舟——脏兮兮的，像只流浪回来的大狼狗。

尤其是他嫌弃自己时露出的那副厌恶表情，真的很像某类凶悍的犬科动物。

刚刚在巷子里的时候，外面光线太暗了，她没能看清楚。

现在才发现，他的脸也被弄脏了。

梁昭昭抬手帮他去擦。

秦舟怕弄脏她，头往后缩。

她像是跟谁较劲一样，不管不顾伸出手去帮他擦脸上的脏东西。

起初她是一只手一点点地擦，之后双手都捧住了他的脸。

今天明明就是他的生日啊。

可是这一晚上，蛋糕碎了，愿望是他帮她实现的她的，最后还因为她被人认出来害得他钻进了垃圾桶。

如果不是因为她，以秦舟的性格，别说是曝光而已，就算有人拿枪抵着他，他也不可能这样干。

都是因为她。

梁昭昭垂下眸。

秦舟拉开她的双手。

“别碰了，真的脏，我先去洗澡。”

“不脏。”她说道。

秦舟笑了声。

“怎么可能，那可是垃圾桶？”

他说着拿起酒店里备用的浴袍，往浴室走。

梁昭昭像是想证明什么，一把走上去，从背后抱住了他。

“我说不脏就不脏。”

秦舟听到这里，才发现有点不对劲。

他转过身一看，面前的小姑娘不知道什么时候眼眶都红了。

“你哭什么？”

他软下语气，想帮她擦眼泪，又放下了手，他还是嫌弃自己现在这个样子，没洗澡前不想碰她。

“我没哭。”她把眼泪又憋了回去。

秦舟看她半晌，笑了起来，漫不经心道：“心疼我啊？”

她乖乖点头，眼里还泛着水光。

秦舟：“有什么好心疼的，我又没受什么伤，洗个澡就好了。”

“我就觉得，你因为我，委屈了你自己。”她轻声道。

“确实挺委屈的，我也没想到自己有一天，会干出这种事？”要是之前有人和他说，他秦舟为了不被人认出来躲垃圾桶里，他一定把那人先踹进垃圾桶。

结果今晚，他还真自个儿钻进去了。

并且心甘情愿的。

“但是老子乐意。”秦舟扯唇，露出不屑一顾的笑，“只要我愿意，钻垃圾桶也不是什么事。”

“在我这里没什么是该做或者不该做的，只有我愿不愿意。”

“为你钻个垃圾桶，我还是挺乐意的。”

秦舟说完，梁昭昭头又低下去了。

他只当她在害羞。

“不过真让我一直保持这个样子跟你说话，那就是真委屈了。”

“你快去洗澡吧。”梁昭昭连忙道。

秦舟想起刚才她抱了他，略微挑眉，嘴里蹦出来一句话：“你要不要——”

“一起”两个字没说出来，被他硬生生憋了回去。

梁昭昭纯洁的眼神看着他：“要不要什么？”

“没什么，我去洗澡了。”

以前和她在一起信手捏来的露骨言语，现在连说一句他都觉得自己有罪。

梁昭昭说他委屈，钻个垃圾桶有什么委屈的？一个男人要在自己喜欢的女人面前克制成这个样子，那才是真委屈。

这一刻，他突然有点怀念以前的昭昭了。

秦舟洗完澡后，穿着浴袍从里面走出来，他的头发还是湿的，正用白色毛巾擦拭着头发。

梁昭昭坐在床边，一抬头就看到了这样一幕。

秦舟从浴室里走出来，浴袍松松垮垮穿在他身上，胸前露出一大片冷白肌肤，上面还滚落着未完全擦拭干净的水珠。

宽大的睡袍也盖不住他比例完美的身材，宽肩窄腰，浴袍带系在腰间，有种说不出来的慵懒性感。

他抬手一撩头发，碎发都被他推到脑后，湿发甩出几粒水珠，衬得那张精致张扬的俊脸更显野性与冲击力。

这个男人真的帅到极致了！

她突然不能理解像秦舟这样的人，为什么还会有妈妈粉的存在。

如果是她，母爱早就变质，试问谁看到他这个样子，不会冲动呢？

巨大视觉冲击之下，她连内疚感都少了一些。

突然觉得今晚能看到这一幕，好像也是种福利呢。

秦舟坐在她身边，用毛巾再擦了擦头发，确定干得差不多后，将毛巾丢在一边床头柜上。

“舒服了。”

从他进垃圾桶那刻，到他打开酒店水龙头，这中间的每一分每一秒，他都在备受煎熬。

现在终于解放。

秦舟看了眼旁边的梁昭昭，问了句：“你要不要也去洗一下？”

或许是洗完澡和没洗澡前感觉对比太大，秦舟情不自禁就对她说出了这句话。

说完之后又觉得自己这话好像也不怎么正经，他又连忙道：“你别误会，我只是怕刚才我身上的脏东西也弄到了你身上，所以才这样建议。”

为了不让这个话题继续下去，也为了让自己静静心，梁昭昭从床上站起来。

“那我也去洗个吧。”

半个小时后，梁昭昭穿着睡衣，秦舟穿着睡袍，两个人坐在床边。

洗完澡后，两人身上都散发着热气，鼻翼之间都是彼此的气息，连空气中都流淌着暧昧因子。

“要不这个房间留给你，我再去开个房间？”梁昭昭说道。

他衣服都换下来了，应该不太好出去。

秦舟：“不用了，我刚刚已经给周斯耀发了信息，让他带着衣服过来接我。应该过会儿他就会到了吧。”

“那他是来这儿接你吗？”

“嗯。”

秦舟答完后，又带着笑看她。

“怎么，怕被看到？误会我们这孤男寡女的在这儿……”他顿了顿，幽幽又道，“但我总不能穿着这身衣服下去吧，这得引起多大骚动？”

“当然不行，你就让他来这儿吧。”梁昭昭迅速说。

秦舟见她脸越来越红，心满意足收手，笑着说：“放心吧，我会和他说清楚的。”

“我们，还能说清楚吗？”梁昭昭小声嘀咕了一句。

秦舟听了，玩性大发，朝她坐过去一点，桃花眼微眯，侧头在她耳边道：“怎么说不清了，这不是没在一起吗？”

“可是我刚刚还抱了你。”她心虚道。

他头偏回来，桃花眼看着她。

“那我能抱回来吗？”

她没说话，他当作她默认了。

本来也只想口头上逗她而已，实在没忍住还是上了手。

刚才两人说话间，本来就离得极近，他的手不自觉地挪到了她腰间，轻轻一勾手，她就到了他怀中。

满怀都是她的香气，秦舟眸色暗了下来。

她就在离自己这么近的距离，眸里的慌乱羞涩都被他看得一清二楚。

好像只要他稍一低头，就能抱住她，肆意亲吻。

“要不你再亲我一下？”

那他就可以再亲回来了。

说出这句话的秦舟感觉自己在梁昭昭面前已经不要脸到了一个境界，一个连他自己都佩服的境界。

他也只是顺嘴一说，说完连他都对自己嗤之以鼻了。

怎么能这么哄骗小姑娘呢？万一哪天她想起来，真的要跟他算账的。

但是再这样下去，他怕自己真忍不住了。

就在秦舟放在她腰间的手慢慢松开力道的时候，怀里的人突然咬咬牙，抬起头，以光速在他唇上啄了一下。

秦舟呆住了。

梁昭昭都没想到自己居然如此大胆，想亲就亲了。

秦舟从惊诧中回过神，看着偷亲完他低下头去的小姑娘，手指将她下巴抬起来，目光灼灼地盯着她看。

“知道你刚刚做了什么吗？”

“反正是你让我亲的。”她脸已经红透了，仍不忘记嘴硬。

她心跳得太厉害，不敢去看他的脸。

秦舟身上都在散发着危险因子，给她的压迫感越来越强，在他的目光凝视下，她本能地想往后缩。

然而，她还没来得及躲，放在她腰间原本松下去的手重新又使了力道。

两人的距离被拉得更近，肌肤相贴下，她都能感受到秦舟胸前肌肤传来一片灼烫。

梁昭昭看着瘦，抱起来却软乎乎的。

秦舟有些失控，脸上的表情没多大变化，身体却早已给了他最诚实的反馈。

他的手覆过她的脊背，摁在微凸的蝴蝶骨上，不轻不重的力道，使两人间的距离越拉越近。

“再亲一下。”

他低哑的声音传入梁昭昭的耳朵里，她脑子一下子就炸开了。

眼前的秦舟太过性感，充满着无限诱惑力，这样的他，难以想象谁能驾驭。

羞耻心蹿上来，梁昭昭结巴道：“不、不亲了。”

“刚刚太快了，我都没感受到。”

秦舟抱着她，像个大男孩一样对她撒娇。

从来没有过这样经历的梁昭昭人都傻了，她开始后悔刚才的冲动行为，这下要怎么收场。

“昭昭，再亲一下，嗯？”他换了姿势，从后面抱住她，将她整个搂在怀里，薄唇贴在她耳边，不依不饶。

梁昭昭心又软了，攥住掌心，鼓起勇气偏头又亲了他一下。

这次她停留的时间稍微久一点，大概两秒。

两秒之后，她想撤开，却看到他眼里闪过一丝狡黠。

秦舟低下头，擒住她的唇，反客为主。

他的亲吻显然不满足于蜻蜓点水，梁昭昭开始被他亲得有些蒙，而后干脆闭上了眼睛，任凭他亲吻。

秦舟的吻霸道而强势，是他一贯的风格。

“呜——”

她哪里受得住这样的刺激，在秦舟这样的吻技攻势下，她闷哼了一声。

声音软而媚，能“酥”到人骨子里。

秦舟微微撤开唇，双眸含笑看着梁昭昭。

“叫得真好听。”

这一句话让梁昭昭羞耻到爆炸，她感觉全身气血都涌上来，双脸爆红。

“你放开我。”

她用手去推他，可惜刚刚亲吻让她酥麻到全身都软了，这会儿一点劲都使不上来。

“别害羞啊。”

秦舟握住她的手，与她十指交叉，将人扣在床上。

“怎么可能不害羞，你明明就是故意的。”

故意把她弄成这个样子，梁昭昭觉得自己太吃亏了，她什么都忘了，这方面一点经验都没有，只能任凭他拿捏。

房间内传来秦舟愉快的笑声，他垂下头，嗓音沙哑。

“嗯，我是故意的。”

他的视线从她爬满红晕的脸蛋再移到她红润的唇。

“谁让你这么可爱？”

可爱到让他既想疼她，又忍不住欺负她。

秦舟说完俯身又想继续亲她，这时候他放在床头的手机响了起来。

他全然当作没听到，就在唇快碰到梁昭昭的时候，她偏开了头。

“你电话响了。”

“不想接怎么办？”他的声音依旧很哑。

“接下吧。”梁昭昭现在有点怕他，她虽然这方面经验少之又少，但基本常识还是有的，两人靠得如此之近，饶是秦舟脸上表情再淡定，她都能感受到他身体的变化，这种变化让她害怕。

“听你的。”

秦舟察觉到她脸上的表情，放开她，走到床头前拿起了手机。

“你到了吗？”

“半个小时后你再上来吧。”

电话里周斯耀一听这话，费解地道：“我都到酒店大楼下了，为什么还要等半个小时？”

秦舟：“我这里还有点事要办。”

“哦——”周斯耀阴阳怪气拖长语调，“你确定半个小时够了？我还以为以你的体力，应该可以再久一点。”

“滚，老子如果真的要办事，还轮得到你来接我？”秦舟骂完后，直接挂断了电话。

然后，秦舟看到旁边梁昭昭正在用一种复杂的目光看他，他立马想到了刚才在电话里和经纪人开的黄腔。

“是周斯耀，他这人有病，你看我刚刚已经骂过他了。”

“你也不是什么正经人。”她嘀咕了声。

想起刚刚他对她做的那些事，她现在都羞于启齿。

“我要是对你还能正经，我还当什么明星，干脆出家当和尚吧。”秦舟说道。

说完这句后，他放下手机，重新回到床上，往她身边靠。

梁昭昭见他靠过来，刚刚发生的事还心有余悸，本能地往后缩。

她穿的睡衣是一条盖住膝盖的真丝长裙，秦舟看她想跑，双手直接拽住了她白嫩的脚踝。

这是要将不要脸进行到底了。

梁昭昭没想到他还有这一动作，抬头惊愕地看他。

“就这么大的房间，你还想躲哪儿去？”

“我没想躲。”冲动过后，她只是还不太能适应两人现在关系的转变。

她朝他走近一小步，就能给他无限勇气。

秦舟继续凑过来，坐在她旁边。

“昭昭，你刚刚亲我了。”

“嗯。”

“是我想的那种意思吧？”

“不是你想的那种意思，我能亲你，还能让你亲回来吗？”

她是决定要答应和他在一起，才亲他的。

秦舟凑过来，在她脸颊上又亲了一下。

他笑了起来，一双眼睛弯弯的，平时如此冷峻的一张脸，此刻却笑得像个大男孩。

“你真好。”

她看到他笑，心里紧张感全都消失了，也跟着情不自禁地笑起来。

“你才是。”

“我现在都觉得，我在做梦呢。”

她居然真的和喜欢了这么久的男神在一起了。

虽然他和她想象中有些不一样，但并不妨碍他是她在这个世界上最欣赏最心动的人。

所以哪怕未来有很多困难会等着他们，她也不想再让他委屈自己了。

她要他永远像她初次见到他时那样，自信狂妄，万人瞩目，在他的领域，做他的国王。

“我才是做梦。”秦舟重新搂住了她，头埋在她颈边，深吸了一口气，“这么久了，你终于回到我身边。”

梁昭昭被他抱着，突然想到一个问题。

“秦舟，你希望我恢复记忆吗？”

对她来说，两人这次在一起是她曾经不敢想的初恋。

对秦舟来说，却是失而复得。

“希望，又不希望。”他说道。

“这是什么回答？”他这个回答就跟没答一样。

“昭昭，无论你有没有想起来，都不会影响我对你的感情。”秦舟说道。

他拉起她的手。

“我不希望是因为现在的我们，相处比以前更真诚，我喜欢这样的方式。

“也喜欢现在这样的你。”

“以前的我你不喜欢吗？”女人就是这样，一谈起恋爱，就开始钻牛角尖。

“当然喜欢，不喜欢我能栽在你手里吗？”

梁昭昭想想也是。

这个答案她还算满意，也没再继续问下去。

秦舟捏着她的手，又说了起来：“其实仔细想想，我觉得现在的你才是最本质的你，这样挺好的，我希望你一辈子开心下去，不要有太多负担。”

“但是吧——”他话音一转，有些遗憾地看着她，“以前我们也有很多美好回忆，只有我一个人记得也太可惜。”

“而且——”他顿了顿，继续说，“如果你恢复记忆的话，周斯耀今晚就不用来接我了。”

梁昭昭过了十几秒才反应过来他话里的意思，拿了个枕头朝他丢过去。

“你怎么这样啊，能不能有点偶像包袱？”

秦舟也没躲。

枕头直直砸到他脸上，梁昭昭还在诧异他为什么连躲都不躲一下时，就听到他轻笑了一声，随后又把她拉到怀里搂住。

“在你这里，没有偶像，我只有一个身份，就是你男人。”

梁昭昭听到后没有说话，浓密的羽睫下漆黑的眼珠转来转去。

“听到了吗？”他又问了一遍。

“知道了知道了。”梁昭昭也是怕了他。

“真乖。”他笑了声，又想亲她了。

砰砰砰！

人还没亲到，房间里的门被人敲响。

秦舟只能放开她，去开了房门。

周斯耀站在门口，先是从上至下打量了他一番，而后又试着往里探头，想看看室内的风光。

“看什么看，衣服呢？”秦舟拦住了他的视线。

周斯耀把手里提的袋子交给他：“快点换了走，酒店也不是什么安全的地方。”

秦舟接过衣服后，迅速关了门。

等他换好衣服出来，一边整理衣服一边对她道：“我要走了。”

“好，你出去的时候小心点。”

“嗯。”

秦舟笑了下，对她张开手臂："要不要再抱一下？"

她羞红着一张脸，走过来，搂住了他的腰，脸埋在他怀里。

秦舟手掌覆在她脑后，摸了摸她的黑发。

抱了大概一分钟，梁昭昭松开他，每次有过亲密举动后，她视线都会不自觉移开，不敢直视他。

"你快走吧，你经纪人还在外面等你呢。"

"那我真走了。"

"走吧。"

"很快我会来看你的。"

"好。"

秦舟戴上口罩，往门外走了几步，又返回来转头看她。

"今天的事明天也作数吧，你不准反悔。"

听到这里，梁昭昭忍不住笑了。

"不会。"

她才舍不得反悔。

出了房间之后，周斯耀看了秦舟一眼，道："换个衣服也要这么久？"

秦舟："你不懂。"

"呵。"

周斯耀从鼻子里哼笑了声，他不懂什么？秦舟的好心情全都写在脸上了，想必刚刚房间里发生了一些事情，才能让他如此春风得意。

为了怕被人再看到，秦舟一路低头跟着周斯耀上了车。

他直接打开后车座的门坐了进去。

周斯耀坐在驾驶座上，从反光镜里都能看出他此时有多开心，扬起的嘴角就没下去过。枉费他这一路上又给他买衣服又亲自开车来接他，光是在楼下等半个小时还不算，上去之后他换个衣服又跟房里的人腻歪了半天。

结果秦舟和他碰面后，完全沉浸在自己的世界里，都不带多看他一眼。

"禽兽。"周斯耀骂了一句。

秦舟眯起眼："骂谁呢？"

"你。"周斯耀接着说，"她都失忆了，心智还不成熟，你也下得去手。"

梁昭昭的事，秦舟之前和他说过。

"我要是真禽兽，还能用得到你？"

"那你俩开房干什么？"

"这事一言难尽，总之过程不太美妙，结果却很好。"

早知道钻个垃圾桶就能让梁昭昭答应他，他应该早点钻的。

周斯耀一路开车把人送到别墅楼下。

"谢了。"

秦舟愉悦的心情维持了整整一个晚上，道别的时候还破天荒向他劳苦功高的经纪人道了声谢。

“等等。”周斯耀喊住他。

秦舟也没急着走，懒懒地抬眼看过去。

周斯耀拿起一个袋子，递给他：“生日快乐。”

秦舟接过去，打开一看，是一双限量款的运动鞋，刚刚上市他正准备买，周斯耀给抢先了。

“这么多年了，还是你最懂我。”

是他喜欢的款。

“我懂你有什么用，你啥时候能懂懂我？”周斯耀转过身，看着车座后的人痛心疾首地说，“你看看你，多好的条件啊，我干这行十多年，你是我见过最完美的艺人。”

“咱们周大经纪人今天是改行了吗？平常你可不会对我有这么高的评价，我记得你以前都是说我是你见过最难搞的艺人。”秦舟知道他今晚一定有话说，这会儿也不急着走了，干脆懒懒散散靠在车座里，听他说完。

“难搞是难搞了一点，也或许因为你抹不平的棱角让你在这个圈子里显得格外与众不同，也格外珍贵。”

这么多年，秦舟都是被他身后的团队和粉丝宠大的。

从秦舟十多岁出道，一路走红至今，快十年了。

尽管他早已能独当一面，家喻户晓，但他确确实实是养成系偶像。

粉丝和全国人民看着他长大，看着他发光发亮，成为现在人人称赞的实力派演员。

真实、有个性，都不是缺点，甚至他的狂妄清高在大家眼里也是他可爱的部分。

他身上几乎找不到任何污点。

不论家庭背景、学历，任凭你怎么翻，都翻不出他一个石锤黑料。

秦舟在圈子里混了这么多年，想把他这座难以逾越的高山踏平的同期竞争对手不计其数，最后都败下来，因为秦舟身后不但有雄厚的资本，更有极其护短的团队。

他被保护得太好了，给大众呈现了一个梦幻般的秦舟。

他的完美不需要人设，他只需要做他自己。

就是最好的秦舟。

“我知道你很喜欢她，我不想劝你什么，也劝不动你。但是作为你的经纪人，利害关系还是要和你说清楚。”

现在木已成舟，周斯耀知道自己劝什么也没用，秦舟要是能听他的，当初也就不会再和梁昭昭搅和在一块。

今晚是他的生日，周斯耀已经很久没见到他这么开心过，但是该泼的冷水还得泼，自己不能阻止他，至少得在风暴来临前，给他提前准备。

“你知道你能走到今天这步，全民偶像，除了你的长相和实力，还有一个重要的原因，你没有污点。”

听到周斯耀说完这句话，秦舟扯了下唇，不屑地道：“你不要告诉我，谈恋爱也是污点。”

周斯耀：“谈恋爱不是污点，但它会打碎梦。

“秦舟，你是很多人追的梦，粉丝喜欢你，是为了在你身上找到自己追梦的样子，这也是为什么很多人，把追星当成精神寄托。

“别看你和梁昭昭现在网上一大堆 CP 粉，天天说你俩颜值高。但其实吧，只是因为你俩的事大家还不知道。如果真的公开了，你俩双方的唯粉一定会下场的，到时候那些把你们当作男友女友的粉丝，都会跑。

“我就没见过公布恋爱不大面积掉粉的偶像，除非是不靠脸吃饭的。”

秦舟听到这儿，眸光微冷睨着周斯耀。

他这位经纪人今晚可真敢说，自打他拿了金马影帝后，再也没人敢在他面前说他靠脸吃饭这句话。

不过周斯耀说的也是事实，如果没有这张脸，他或许能拿影帝，但绝对没有这么多粉丝。

这个圈子的本质还是看脸。

“掉就掉吧，我总不能为了不掉粉，一辈子不恋爱吧？”

秦舟对这些看得很淡，喜欢他的人他感激，不喜欢了也没关系。人都是独立的个体，大家都有自己的生活。

周斯耀：“好，你不在乎掉粉，那你在乎名声吗？”

“怎么，我和她在一起这事万一公开，还会影响我俩的名声吗？”秦舟嗤笑道。

“会。”周斯耀推了下眼镜，薄薄镜片下那双丹凤眼，有种别样的冷感，“梁昭昭的事，你知道多少？”

秦舟听到这儿，察觉到一点不对劲了，他收回那副懒散的样子，一本正经道：“你什么意思？”

“我稍微去查了查梁昭昭过去的事。其实都不用查，现在一搜，网上都有很多。”周斯耀说到这儿，语气有几分沉重，“你知道梁昭昭当年，曾经遭受网暴吗？”

秦舟脸沉下来，表情冷得可怕：“什么时候的事？”

“三四年前吧，反正你和她还不认识的时候，她那时候也刚刚红了没多久。有段时间网上到处都是她的黑料，说她私生活不检点，圈内关系混乱，还说她被潜规则，背后有金主之类的。总之都是些艺人大忌的黑料。”

他说完后，秦舟没说话。

周斯耀以为秦舟一时接受不了，安慰道：“我看了，锤不怎么硬，不一定是真的。”

他怕秦舟发疯，没和秦舟细说，只大概说了些。

当年梁昭昭被网暴，主要是被人恶意放了一张照片在网上，有人匿名指责梁昭昭勾引他从他这里牟利之后又找到新的金主，弃他不顾。

当时梁昭昭公司也就发了一张律师函，澄清是造谣之后再也没作为，这事不了了之，紧接着引发了一轮又一轮的舆论风波。那时梁昭昭可谓是处在风口浪尖，网上天天都有黑她的帖子。

时值 P.M 成立两周年，周年演唱会上她因为这些事心不在焉，本来基础就落后于其他团员，表现欠佳的情况下更是被大众骂得厉害，骂她划水，只配当个花瓶，甚至还有很多 P.M 的偏粉喊着要她退团。

再之后，应该是有资本介入帮了她，这些东西才被压下去。

也正因为如此，更有人确信她背后有人护着，有金主帮她。

这么多年了，关于梁昭昭这些黑料一直存在，只不过因为她越来越强大，粉丝也越来越强大，那些黑子渐渐被更多喜欢她的人淹没了而已，但不代表他们就不存在。

秦舟听完这些后，表情严肃，眼里都是寒意。

“就这些？”

周斯耀看他表情实在可怕，决定先顺顺狮子毛。

“你淡定点，不一定是真的，三四年前，不就是她十八九岁的时候，和现在差不多大，我感觉她应该不会做那种事吧。”

虽然网上都说的有鼻子有眼的。

最主要是那张酒店里梁昭昭衣服暴露的照片，还有当时事情闹到那么大，以新锐当时的能力压根儿没法处理，舆论能压下来，背后肯定有人帮她。

周斯耀也不想把人往坏处想，但这些事情确实可疑。

他说完这话后，发现秦舟的表情非但没有任何好转，反而越来越冷，并且连看他的双眼里都有了杀气。

“你这么看着我干什么，这事跟我又没什么关系……”

他话都还没说完，秦舟站起来，拎起他的衣领，他能感受到秦舟压抑着的怒气。

“什么叫不一定是真的？”秦舟目光冰冷，一字一句冷声道，“我告诉你，一定不是真的。”

“就算这样，你能先放开我吗？”

秦舟手上的力道越来越重，周斯耀感觉他再不松手，自己就要被他勒死了。

秦舟的桃花眼冷冷看他一眼，松开了手。

“能查出当年放照片的人是谁吗？”

“太久了，查不到的。”周斯耀松了松衣领，继续道，“而且当年事情能闹这么大，正是因为梁昭昭公司对于这件事含糊其词。照片，我查了是真的。我猜当时曝光的事就算不像说的那么难堪，和梁昭昭也有一定关系，不然新锐也不至于这么㞞。现在事情真相到底怎样，已经无从探知了。”

“什么破公司。”秦舟骂了句，眉拧在一起，表情像是要杀人，“别让我查到造谣的人是谁，我一定让他后悔长了张嘴能说话，生了一双手能打字。”

周斯耀看他：“不是，虽然我也觉得是假的，但你难道就不怀疑，有那么一丝丝可能性，这事是真的？”

他怎么能这么相信梁昭昭！

那女人到底给他灌了什么迷魂汤了？

“在我面前说这种话，你是真不想活了吧？”

周斯耀投降：“行，我闭嘴，你说啥就是啥。”

秦舟靠回后座里，思绪飘飞。

“看来我以前真的了解她太少了。”

他一向不怎么关注圈子里那些乱七八糟的事，梁昭昭当年身上发生的这些，他都不知道。两人在一起后，她也从没有和他提起过。

“所以你们还是慎重吧，在大家心里，尤其是你的粉丝心里，一定得是个非常完美的女人才能配得上你，大家未必会认同她。”

如果秦舟和一个粉丝不能认同的女生在一起，必定会对他的名誉有损害，这就是自己想告诉他的事，并且很有可能重新把梁昭昭再次推向刀口。

“你别说了。”秦舟止住他。

周斯耀挑眉：“这就承受不住了？你们以后要是公开，需要承受的远比我说的多。”

“不是。”

秦舟冷眸扫过来，讥笑道：“我怕你再说，我会忍不住现在就立马公开。”

秦舟听到这些后，脑子里有两个想法。

第一个想法，现在冲回酒店，回到她身边抱抱她。

第二个想法，向全世界宣告，她是他的，容不得任何人诋毁污蔑。

想要伤害她，有本事先让他倒下。

周斯耀听到他这话原地愣住。

敢情他说这么多，秦舟都当他在放屁，他越让秦舟不要冲动，秦舟越想拼个头破血流。

“你还真是……”周斯耀想吐槽，又觉得糟多无口，最后反倒释然笑了声，“也是，这才是你。”

躲藏，规避风险，从来不是秦舟的风格。

正面“杠”才是。

“不过事情没查清楚之前，我会忍忍。”

他得为梁昭昭考虑。

周斯耀说得对，如果他们这时候公布恋情，有心之人一定会借着热度再把当年的事情翻出来伤害她。

他自己怎样都无所谓，涉及她就不能有任何行差踏错。

“我会帮你的。”周斯耀说道。

“嗯，你都说完了吧，我先上去了。”

“还有最后一个问题。”

秦舟给了他一个“你话真多”的冷漠眼神，示意周斯耀有屁快放。

周斯耀目光在他周身转了圈。

“你真没有一丝怀疑过，她或许真的不是像你想的那么单纯？我们在圈子里也待了这么多年，这种事，不少见吧？”

“她不是那样的人。”秦舟淡声道。

周斯耀：“她现在确实挺单纯可爱的。”

“但是这个圈子，是吃人的，我也见过一些本来挺好的孩子，为了红，一次次降低自己的原则和底线。你看梁昭昭，她现在不就和当初我们认识的她，差别很大吗？”

他也希望是假的，毕竟这些天的相处，他看梁昭昭，确实有那么几分可爱。

“变化再大，本质不变。她就是她，这种事，不会做。”

“你还真是无条件相信她。”

“我自己的女人，我为什么不相信？”

秦舟想到了以前的一些事，对他说道：“周斯耀，你知道我是什么时候遇到她的吗？”

周斯耀：“不就是酒会上那会儿？她掉水里了，你跳进去救她。随后她就买通了咱们司机，溜进了我们车里，死皮赖脸要我们送她回去。”

在那晚的车里，他就看出来这个女人是带着目标来的，她的目标就是秦舟。

“不是。”

秦舟想起了他第一次见到梁昭昭的时候。

那年正是她们团爆红的时候，他也听到或在网上无意间刷到过她们的视频。当时印象就是觉得四个人实力都不错，其中有个女生确实挺漂亮。

漂亮到连他这样一个对美女没什么感觉的人，都忍不住多看了几眼。

但也仅限于此。

直到某天，他见到了她本人。

那天是圈内一个关系和他挺好的音乐制作人邀请他和圈子里的一些人吃饭，秦舟吃完之后，嫌包间里太闷，找了个借口打算先走。

推开包间门后，他听到了别人谈话的声音，顺着声音看了一眼。

前面走廊上站着一男一女，男的穿着西装，手里端了酒杯，年纪看上去四十来岁。

女生背对着他，他没看到脸，从身材来看，实属一流。

他多看两眼是因为，这个男的他认识。盛意集团的王总，最近打算将商业版图拓展到娱乐圈，财大气粗投了不少项目。

这位王总的风评并不是很好，大家都说他赞助的项目里，都有他塞进来的女明星。

这样的场所，一位是满身花边新闻的老总，一位身材姣好的妙龄女生，会发生什么可想而知。

秦舟在圈子里混了这么多年，这样的事也看了不少，见怪不怪，打算走。

也就是在这时候，他看清了女生的脸。

一张明艳十足、让人过目难忘的漂亮脸蛋。

是梁昭昭，最近挺火的女团成员。不仅在圈外火，圈内也挺火的，毕竟这么好看，放哪儿都是众星拱月。

“梁小姐，你怎么出来了呢？你不在里面，我都没心思吃饭了。”那位年纪可以当上梁昭昭爸爸的王总端着一杯酒，对她笑道。

他因为喝了酒，嗓门挺大，说话的声音连站了离他们有几米远的秦舟都能听到。

接下来秦舟看到的画面便是女生笑着推却了几下，盛意那位王总只当她是欲拒还迎，一双眼睛盯着她看冒出色眯眯的光，甚至还倾身在她耳边说了一些话。

从她的反应来看，那些话应该是极其不堪入耳。

接着，女生不再推却了，而是对男人说：“王总，你来找我，是想请我喝酒的吗？”

男人大笑：“是！”

“可是我现在没酒，不如你把你手上的酒杯给我吧，我帮你喝。”女生浅笑盈盈，声音又软又媚。

看到这里，秦舟扯唇嗤笑了声。

“可惜了。”

他在心里想。

不管是长相还是声音，她都很符合他的审美。只是再好看的皮囊，也和其他的女人没有什么不同。

秦舟没兴趣再看下去，抬腿往与他们相反的方向走了两步，突然听到一声惊叫，是那位王总发出来的。

他转头往回看。

只见女孩拿起酒杯，将里面的酒从男人头顶倒下去，一滴不剩地浇了对方一身。

在男人的惊叫声中，她将酒杯重重砸在他脚边，百灵鸟一般的嗓音此刻却无比冰冷：

“你给我听着，我拼了命地努力才站到今天这个位置，为了什么？

“为的就是不让你们这种垃圾出现在我的视线里。”

这两句话秦舟现在都还记得，他当时听了差点当场替她鼓掌。

之后女生要走，那位王总在她身后大呼小叫地威胁她。

而她，只是拿出了手机，笑着说：“王总，今天发生的事我都录音了，你要是不想你的企业和你一起声誉扫地，还是闭嘴吧。

“我也不是什么十八线小明星，还是有点影响力的。”

盛意的王总在这方面也是个人精，见她说出这样的话，一改盛怒的脸色，笑着走过去：“消消气嘛，我想我和梁小姐之间是有点误会，是我唐突了。你大人有大量，这份录音……”

“王总放心，只要你不对我做什么，咱们井水不犯河水，这份录音除了咱俩，不会有第三个人知道。”她说完这些，干净利落地转身离去。

为了不让她看到自己，秦舟当时还躲了躲。

等到她离开后，那位王总骂骂咧咧，扬言以后定要给她好看。

秦舟也不知道当时自己出于什么心态，居然想管管闲事。

于是，他出面和这位王总交流了几句，确保对方日后不会找梁昭昭的麻烦。

这件事只是他生活中的一个小插曲，连帮她也不过是一时起意，很快他就忘了。

再之后，他又见到了她。

酒会上她掉入水里，他跳下去救她。

那是两人第一次正式见面，她显然也没想到会是他来救她，那双含水的杏眼里都是茫然不可置信。

之后的事，就变得顺理成章，她说要报答他，和他交换了联系方式。

酒会散场后，她又不知用了什么手段，钻进了他的车里，让他救人救到底，要负责把她送回去。

要是换个人，秦舟早把她赶走了。

可他看着她柔声卖乖，央求着他送她回去的样子。想到了那天晚上，她毫不留情将酒泼人脸上的冰冷模样，一时来了点兴致。

他想看看，这个女人到底有多少不同面孔。

就像周斯耀说的，她对他是明目张胆的勾引，其狼子野心再明显不过。

在未认识她之前，他对她的了解，仅限于从圈内人议论声里听到的一些：

“哎，你知道梁昭昭吧，我在一次活动上见过，真人美绝了，比电视里还好看，只可惜是个冰美人，撩都撩不动。”

“不会吧？我记得梁昭昭风评不是很好啊，网上不是说她很随便吗？”

“网上说的能信吗？我的几个想追她的哥们儿都在她这碰到钉子了，是真拒人千里之外那种。”

“啧，这么高冷吗，你说得我都想试试了。”

她就像是个矛盾体，明明在别人嘴里很难追，是个无法接近的冰山美人，却对于仅仅只有几面之缘的他如此主动。

当然，秦舟很快也想通了。

以他的魅力，什么样的女人喜欢他都不奇怪，能看上他的女人，看不上其他男人也正常。

或许是被她身上的神秘矛盾感所吸引，他开始对她产生兴趣。

喜欢一个人，从你的视线被她抓住开始。

成年人的爱情更为简单，他随性惯了，她又主动，两人没多久就在一起了，感情升温得也快，后来他发现自己越来越离不开她。

……

回忆到这儿，秦舟没让自己再往下想。

他把在酒店第一次碰到梁昭昭的事和周斯耀说了后，周斯耀也陷入沉思。

“照你这么说，她确实不会是为了利益委曲求全的人。”

“但有没有一种可能，她曾经被公司逼着做了一些不愿意做的事，这也就能解释她为什么五年前和五年后性格变化会这么大。”

秦舟：“有这个可能。”

“如果是真的，那你还不得把潜规则她的那个人找出来剐了。”以秦舟的性格，周斯耀先在心里替那个人默哀一秒。

秦舟这时嗤笑一声，冷峻的表情反倒放松下来。

“潜规则倒不可能，我自己的女人我心里有数。”桃花眼里皆是旖旎色彩，似有几分回味，“我和她发生关系的时候，我俩都是彼此的第一次。”

他这句话再配上他那有点骄傲的小表情，一口狗粮差点没把周斯耀噎死。

从周斯耀车里下来，回到家后，秦舟坐在客厅沙发里，脑子里想的还是梁昭昭。

过去的她，现在的她。

他没法想象，他不在她身边的那几年里，她到底是怎么过的。

也许忘记，也是件好事吧。

和周斯耀聊天一直忘了看手机，这会儿到家之后，秦舟拿起手机，看到了梁昭昭给他发的微信消息。

“你到家了吗？”

他刚刚和周斯耀在车里待太久，这条消息已经是半个小时之前了。

秦舟回："到家了，你睡了吗？"

他晾了她这么久没回信息，她也不懂得闹闹脾气。他刚发出去，她就秒回了。

"还没。"

秦舟弯唇，直接给她打了电话。

"怎么还不睡觉？不是明天还要排练吗？"

他没记错的话，她们演唱会只剩不到十天了。

"睡不着。"

"为什么睡不着？"秦舟柔着嗓子，耐心问了句。

小姑娘声音闷闷的，像是从被窝里传出来。

"你没回我信息呀，我都不知道你经纪人有没有好好把你送回家。"

确认关系后，有些东西还是悄然发生了一些变化，比如她开始会埋怨他，也开始会撒娇了。

"我能有什么事，你是被今晚发生的事吓到了吧？放心吧，我已经完好无缺回到家，路上也没碰到追我的粉丝或者狗仔。你可以放心睡觉了。"秦舟哄道。

"好，那我睡了。"

"晚安。"

"晚安。"

道过晚安之后，梁昭昭飞快挂断了电话，脸上依旧还热热的，心跳加速的感觉持续了一整晚，到现在都还没停息。

原来谈恋爱的感觉，是这样啊。

明明还没分开多久，听到他的声音又想见他了。还好后天她还要在演唱会之前录一次节目，到时候就能见到他啦。

第十一章
演唱会

▸▸▸

这天晚上，梁昭昭成功失眠了，第二天她顶着两个重重的黑眼圈去集训。

“昭昭，这是怎么了，昨晚没睡好啊？”林灵看到她这副样子，问道。

“有点失眠。”梁昭昭有点心虚，她能说自己是因为太兴奋睡不着吗？

顾子意走过来：“昨天是秦舟生日吧，我抽空网上冲个浪，点进微博都被他刷屏了，不愧是国民男神啊，这热度让人羡慕。”

梁昭昭听到她提起秦舟就知道这事不简单，果然顾子意的下一句就是：“昭昭，我听说昨天晚上你不在酒店啊，去哪儿了？”

梁昭昭知道这些都瞒不过她，干脆承认。

“出去见他了。”

“他是谁啊？”顾子意不依不饶，故意逗她。

“行了，子意姐，别逗她了，看把昭昭害羞的。”林灵出声道。

“嗐，孩子大了，管不住，让她去吧。”楚烟跟着说。

她们几个在一起生活了这么多年，早就对彼此了解透彻了，梁昭昭这几天想什么做什么，她们都能感觉到一些。

她不在的时候，她们三个还一起开过商讨会，关于梁昭昭和秦舟这事儿，到底管还是不管。

这些天她们也明里暗里试探过，这傻姑娘现在明显是被秦舟迷得七荤八素了，再去拆散他们不太可能。

最后干脆统一决定，不管了，她开心就好。

人生就这么短短几十年，趁着年轻，应该多去做想做的事情。

就算最后受伤了，也还有她们陪着她，谁敢欺负她，她们也不是吃素的。

之前姐姐们在她和秦舟这事上基本上都是持反对的态度，这会儿突然说甩手不管了，梁昭昭有点儿蒙。

“为什么啊？你们之前不是让我离他远点儿吗？”

顾子意就站在她旁边，凉凉看她一眼，佯装无奈道：“不管了，累了，反正你也不会听我们的。”

说完，顾子意故意叹了口气，摇摇头走了。

梁昭昭追上去，跟在顾子意身后，放软语气：“别嘛，你还是管管我吧。”她去拉顾子意的衣服，撒娇，“子意姐——”

顾子意装生气装不了一分钟，被她磨得没办法，破了功，笑道：“行了行了，怕了你。”说着她抬起手捏了捏梁昭昭的鼻梁，“我们怎么可能真的放任你不管？”

梁昭昭笑着挽住顾子意的胳膊，脸贴过去：“我就知道姐姐们会一直站在我这边的。”

她十四岁进了公司，最黑暗的那段日子，都是她们陪着她，这样的感情，在梁昭昭心里，P.M 的几位姐姐，早就是她的家人了。

这次演唱会，准备起来确实很辛苦，但她们四个，都很开心。

她们终于能一起并肩作战了。

练了一上午的舞蹈，中午休息的时候，梁昭昭拿到手机，才发现自己似乎错过了很多。

《长大》杀青后，剧组群里的大家关系好归好，但是都挺忙的，戏杀青后，都有各自的行程，群里平常都很安静。

今天一上午没看手机，意外发现这个群的消息已经达到 99+，并且显示有多条消息艾特她。

梁昭昭点进去一看，才知道原来电影的主题宣传曲《朝暮》今天发了。

这是她和秦舟唱的歌，剧组安排在今天发她居然都不知道！

她连忙切换到微博里，网上全都是在议论这件事的。

发主题曲 MV 的是《长大》的官博，艾特了她和秦舟。

梁昭昭点开听了一遍，这首歌是秦舟之前发的歌的中文版，秦舟把词改了，英文版的歌词是慵懒颓靡的曲风，而中文版的词却很温暖治愈。

她当时录这首歌的时候，还没有拍完整部戏，是怀着一种感动的心情唱的。

现在配合视频，剧情仿佛又重新在她脑海里走了一遍。

她看着白秋与和顾决两个人相处的点点滴滴的画面，听着歌，不知不觉眼泪就流了出来。

歌曲唱到最后一句，视频画面里播放的，是她拿着一封信，念到最后一句放声大哭。

“长大的意义，是没有我，你也能好好生活。”

接着画面结束，出现一片黑色，上面滚着《长大》的宣传语——“长情共话，伴你长大。”

五分钟的主题曲视频，电影的看点泪点都有了。

梁昭昭看完后，发现自己满脸都是眼泪，她拿起一张纸擦了擦，心怀忐忑点开了视频下方的评论。

“……”

果然官博下面的热门评论都是粉丝的控评，秦舟和她的粉丝就跟打架似的，前排控评微博点赞都过十万了。

机智的她点了个按时间查看，这样就能看到大众对这首歌和这部电影比较真实的反馈。

“看我点到了什么神仙宝贝！啊啊啊啊《all day long》居然出中文版了？还被哥哥用作电影主题曲，好好听啊啊啊！”

“意外的惊喜，好听的歌配上有质感的电影画面，这部片子值得一看。”

“我酸了我酸了，我印象里，这是我哥第一次和人合作歌曲吧？还是女生呜呜呜。”

“两人声音好配啊，脸也好配！就是电影剧情怎么看到后面好虐，前面又好甜！啊啊啊啊什么时候上映，我钱已经准备好了！”

“大家都在认真听歌看电影预告，只有我一个人在嗑 CP 吗？秦舟和梁昭昭也太配了吧，神颜 CP 是真的！”

“楼上不止你一个人！嗑死我了嗑死我了！我命令这两人立马给我原地结婚！”

……

翻了会儿评论之后，梁昭昭总算稍微松了一口气。

还好歌和电影预告出来，网上反响不错，也算是给了她一点小小的肯定吧。

梁昭昭切换到大号，转了《长大》官微艾特她的那条微博。

文案：给我听哭了 / 流泪 / 流泪。

梁昭昭微博刚发出去，没多久评论就过万了。

她看了会儿评论，退出了微博，随后给秦舟发了条信息。

“我才发现，节目组把歌发了。”

这次秦舟倒是挺快回了她信息。

“嗯，听了吗？”

“听了。”梁昭昭发完这句，又接着发了一句，“还挺好听。”

秦舟：“我们的歌，当然好听。”

梁昭昭捧着手机忍不住低头笑了，她喜欢听他说“我们”这个词。

《来者是客》又要进行新一周的录制了，这次他们去的是陶艺之家。

梁昭昭因为行程比较赶，集训不能缺席太久，所以只参与一天录制，她白天录完晚上就回去排练，不再参与第二天的录制。

既然是陶艺之家，免不了要学习制作。

和之前一样，这家的主人会给他们介绍相关文化历史知识，之后便会带着他们亲身体验。

陶艺制作过程无非是揉泥、拉坯等一些基础步骤。

成品制作需要时间烧制，他们没有那么多时间，所以只需要制作出坯体即可，这家主人承诺会将他们亲手做的陶瓷烧制好寄给他们。

参与录制节目的常驻嘉宾一共是五个人，外加这期来了一个飞行嘉宾，一共就是六个人。

节目组要求他们分成三组，两人一组，一起制作。

上期表现最好的人有权利优先选择队友，这个表现最好是由他们上次去拜访的那家剑堂的主人决定。

画外音公布的结果，都没什么悬念，上期用剑那块，表现最好的人除了秦舟还有谁？

节目组画外音：“秦舟，你拥有优先挑选队友的权利。”

秦舟听了挑挑眉，视线往梁昭昭那儿看过去，梁昭昭见他看过来立马低下头。

不知道为什么，确定关系以后，两人一起录个节目，一想到房间里到处都是摄像头，秦舟多看她几眼，她都觉得跟偷情似的，太难为情了。

“梁昭昭。”他都没有犹豫，目光直接锁定她。

播出后弹幕：

“啊啊啊啊果然是昭昭啊！神颜 CP 的股又涨了！”

“恭喜二位嘉宾牵手成功！”

“啊，我哥哥看梁昭昭那眼神，好像在说，老子不选你还能选谁？啊啊啊啊好撩！我现在照着梁昭昭的样子整还来得及吗？”

“太甜了太甜了，这两人最近的糖一波又一波，真让人上头。”

“天知道我一个秦舟女友粉为什么看到这一幕会忍不住疯狂嘴角上扬，我是不是有病？”

梁昭昭他们看这家主人做的时候觉得挺简单，自己动起手来，发现怎么做怎么不对劲，光是揉个泥巴都得揉半天。

那边萧苒没选到秦舟，选了和夏云一组。

萧苒嫌泥巴脏，捏起来费劲，基本上就甩手给夏云了。

“萧苒也真是的，就知道欺负云云。”梁昭昭捂住麦，小声抱怨了一句。

旁边的秦舟听了，偏头看她：“云云？才认识多久，你叫得倒是挺亲热。”

“我们一见如故不行吗？”她回怼了一句。

秦舟听了后，笑了声，低头在她耳边说：“那你为什么只喊我秦舟，不能换个称呼？”

“比如，舟舟。”他挑眉看她，笑容有些痞，“再比如，哥哥。”

梁昭昭倒吸一口气，满是泥巴的手拍在他手背上，嗔怪道：“录节目呢！”

秦舟见她是真的害羞，也没再继续逗她，收敛了些。

然而他的收敛，并没有持续多久。

揉泥这个步骤结束后，就是拉坯了。

梁昭昭力气小，刚刚第一个步骤几乎都是秦舟出的力，到了拉坯这块，她想自己来。

将泥团放在转盘之上，她试着用老师刚刚教过的技巧，手沾了些水，向泥锥用力。这种事看别人做的时候都觉得简单，等到自己上手才知道有多难。

梁昭昭弄了半天，想要的形状没弄出来，泥团反而越来越小，眼看一半都没了，明显是没找对方法。

她一个人捣腾的时候，秦舟就坐在她身后看。

唐学明和这期新来的飞行女嘉宾合作得挺愉快，基本的坯体已经做出来了，他看了眼梁昭昭这边，替她打抱不平道：“舟哥，你有点过分了吧，这种事让女孩子一个人来，你看昭昭一个人多无助啊，你还不去帮她？”

秦舟嘴角带着笑，半撑起脸，懒散的目光一直没从梁昭昭身上移开过：“我太优秀了，你昭姐嫌我抢她风头，主动请缨一个人作战。”

“……”

什么叫她嫌他抢她风头啊，明明是他和她一起的时候，老会有小动作！

为了避嫌，她干脆就让他歇着了。

没想到秦舟还恶人先告状。

“你别听他胡说。”

她对唐学明说完，转头瞪了眼秦舟。

秦舟见她看他了，笑着问：“要不要我帮忙？”

梁昭昭看着快被自己搞砸的泥坯，妥协了。

“你过来吧。”

她和秦舟说完之后，转过身继续弄手里的东西。

“怎么就是不行呢？”

明明看老师给他们示范的时候是这样做没错呀。

她刚喃喃自语完，一双手覆盖住了她的手。

“你中心没找好，当然不行。”

秦舟嗓音响起的瞬间，梁昭昭的心怦怦怦地就要撞出胸腔。

她惊讶地转头，看到他就坐在她身后，两条长臂伸过来，侧面看过去就是以拥抱的姿态将她整个圈在怀里。

“……”

“还在录节目”这句话她已经说不出口了。

梁昭昭开始后悔。

她应该等录完节目再答应和他在一起的，不然这也太明目张胆了一点吧！

她面红耳赤慌张到不行，秦舟却仿佛是全身心投入到工作中一般，淡定地握住她的手教她该怎么做。

秦舟显然不是第一次玩这个，他手法很娴熟，没多久泥团成了泥筒，接下来的步骤就好办多了。

“你怎么什么都会！”

上期节目是这样，这期也是，好像就没什么是他不会的。

“当然，我是谁啊？”秦舟扬唇道。

怀里的人半抬起头看他，眸光亮亮的，闪着欣赏和崇拜。

秦舟突然觉得有个老艺术家的爷爷真好，他小时候在国外爷爷家里生活过挺长时间，他爷爷就爱弄这些，什么陶艺雕塑、琴棋书画之类的。他学东西本来就快，耳濡目染之下，什么都会一点。

学这些以前没觉得能有多少用，录这个节目倒是派上用场了。其他人的看法他不在乎，能在梁昭昭面前小露一手，让她用这样的目光看着他，他就挺心满意足。

梁昭昭因为演唱会的关系，只能参与白天的录制，基本上做完陶瓷她就该走了。

“昭昭姐，我们会想你的。”

夏云拉着梁昭昭的手，有些舍不得。

梁昭昭走了，她便要和萧苒住一间房，光是想想她都觉得窒息。

“我也会想你们的，少了我你们也要好好地完成任务哦。”梁昭昭笑着和大家道别，她不仅要缺席明天的录制，连下一期的录制也不能来了。

唐学明：“演唱会顺利啊，早点回来。”

夏云听到“演唱会”三个字后，释然了，开心地拉着梁昭昭的手：“昭昭姐，我们演唱会上见吧！”

梁昭昭知道夏云喜欢自己，也一直关注她们团，没想到夏云真买票了。

“你会来吗？”

“当然啊，P.M 的周年演唱会啊，我必须得来！我们要给你和林灵姐加油的，我和团里的大家磨了公司好久，才拿到了你们的 VIP 门票。”

虽然 P.M 的四位都很优秀，她也都很喜欢，但梁昭昭是她最喜欢的那个，而林灵姐是她选秀的导师，她和她们俩私下认识，还是有些不一样的。

“好啊，欢迎你们。”

……

和他们道别之后，梁昭昭最后才和秦舟道别。

说实在话，两人因为身份和行程，就算确定关系，能私下在一起的时间也不会很多，就像她这一走，直到演唱会结束，她都不可能再抽出时间陪他。

或许等她忙完了，秦舟又有别的行程。

反而一起录节目，是他们见面最好的机会。

刚刚梁昭昭和其他嘉宾道别的时候，秦舟不在。梁昭昭只能去他房间里找他。

其他的人都在客厅陪这家主人聊天，梁昭昭悄悄来到秦舟的房间门口，敲了敲房门。

“秦舟，你在里面吗？”

“嗯。”

里面的人应了一声，梁昭昭推门进去，看到秦舟正坐在房间的沙发里，手里还拿了本书。

“在看什么呀？”她走过去。

“没什么。”秦舟合上书，把书丢在桌上，“你怎么来这儿找我了？”他说话带着三分调侃笑意，听上去就不怎么正经。

这些天梁昭昭也习惯他这个样子了，不和他计较，认真道：“我是来跟你说再见的，我要走了。”

“我知道。”

“知道你还不送我？”

“不想和他们一起。”

梁昭昭听到后，低头笑了声：“你呀，就是想让我找你是不是？”

男生是不是都这么矛盾，很多时候她都觉得秦舟很成熟，懂很多她不懂的，能教会她很多东西。

但有些时候，他在她面前，又特别幼稚，像个大男孩儿。

“你猜对了。”

秦舟说完，站起来，走到桌边，把房间里的摄像头转过去。

梁昭昭看到他这一举动后咽了咽口水：“你干吗？”

“你猜我要干吗？”秦舟朝她步步逼近，笑容里带着痞气，“你都来我房间了，咱们怎么也得做点见不得人的事吧？”

“你疯了吧，这是在别人家。”

梁昭昭看秦舟走过来，深觉此地不宜久留，打算在他还没真发疯的时候趁早开溜。

她转身往房门外走，手刚刚够到门扶手，人就被秦舟拉住。

然后，他当着她的面，将门给反锁了。

“……”

牛。

除了这个字，她也没话说。

她背靠着门，秦舟站在她面前，双臂封死了她能跑的路。

“急什么？接你的车没到，我们还能多待一会儿。”秦舟低头看她，哑声道。

梁昭昭手背碰到冰冷的门板，心下紧张，咬了下唇，说：“大家会怀疑的。”

“他们早怀疑了。”秦舟说完后，头朝她偏过来。

察觉到他想做什么，梁昭昭睁大眼睛，抬手挡住了自己的嘴。

秦舟动作顿了顿，随后一笑，低头吻在了她的掌心。

掌心处酥酥麻麻的触感一路蔓延到全身，梁昭昭放下手，小声说：“你别乱来。”

“好。”秦舟好脾气地应道。

随后，他微微弯身，将她整个抱入怀中，头埋在她的肩窝里蹭了蹭。

“好烦。”

她听到他抱怨。

“你不在这儿，节目录起来还有什么意思？”

要命了！

他怎么比女生还会撒娇！

梁昭昭伸手摸了摸他的头发，安慰道：“我会很快回来的。”

距离演唱会开始的最后三天，为了确保演出效果，她们直接去了演唱会地点彩排。

之前公司计划是开三万人的演唱会，结果网上粉丝都说场子太小票不够抢，最后定了个六万人的体育场，这已经是北城能容纳最多观众的场子了。

在练习室里排练是一回事，在舞台上又是一回事。

梁昭昭走上舞台，光是看着四面八方一排排的空座位，她都能想象得到演唱会开场的那天会是怎样壮观的景象。

对于姐姐们来说，这样的场面已经是见怪不怪。

但是她不一样，她现在站在这里，还会觉得跟做梦一样。

当年她们一起许愿，希望以后能在一个很大的场子里开属于她们的演唱会。现在她们做到了，六万人的场，票放出来不到十分钟，全部售完。

这六万个观众，是为她们而来的。

一根线绷得太紧，总会有断掉的时候。

第二次彩排的时候，梁昭昭因为太紧张失误了几次，崩溃到蹲在舞台上哭起来。

其他三个人围在她身边安慰她。

梁昭昭边哭边说："我好怕我搞砸。"

尽管她已经拼了命在努力了，可是那天现场这么多人啊，万一正式表演那天她忘记走位怎么办？万一她忘词了怎么办？万一她一失误没法迅速调整好脑子一片空白接下来的动作全忘了怎么办？

林灵："怎么回事啊昭昭，之前不都练得好好的吗？我们看你除了风格有些变化，其余已经和以前没什么差别了啊。"

"可是我一彩排，就会失误。"

练习室里练习得好好的，到了彩排的时候，她越是想记住动作越是容易出错。

顾子意拍拍她的肩："你太紧张了，要享受舞台啊。live又不是录音，怎么可能完美无缺，出错了也没关系，你尽情释放表达自己就好。"

这是她以前最擅长的事，三年前从低谷爬出来后，梁昭昭在舞台上就处于一种放飞自我的状态。她不会去管镜头怎么好看，也不会去管哪种表情管理最完美。她只要听到音乐，就能让整个身体和音乐融合，所有的肢体都只是她表达情绪和欲望的工具，是她在征服舞台，而不是舞台限制她。

梁昭昭听到顾子意的话，抬起湿漉漉的眼："出错了真的没关系吗？"

这一刻，顾子意她们的心软得一塌糊涂，四个人抱在一起。

林灵被她感染得都忍不住冒了眼泪："没关系的，我们都在。就算搞砸了，也是四个人一起搞砸，不会让你一个人独自承受。"

队友是让人安心的存在，被姐姐们抱着，梁昭昭感觉压在自己心头上的那块石头稍微移动了一点，她总算能喘过气了。

"我不会搞砸的。"梁昭昭看着她们，愈加坚定，"这是我们的演唱会啊，怎么可以搞砸？"

她转头，看四周连成海的坐席："这可是我们的梦想。"

对她来说是一年前，对姐姐们来说应该是六年前，她们为了庆祝出道，一起切了蛋糕许了愿。

希望以后能在大得不得了的地方，开一场她们的演唱会。

她说完这句，其他三个人愣了片刻。

成名后，对她们来说，得到越来越容易，想要的越来越少，梦想这个词也好像越来越远。

所以这些年，她们为了更好地发展、为了钱或者人气，她们都选择了不同的路，渐渐离舞台也远了。

可是舞台，是她们的初心啊，是梦想最开始的地方。

三个人安静片刻，顾子意先开口，她笑道：“嗯，是梦想。”

林灵：“一晃这么多年过去了，我还是最爱舞台。”

楚烟：“是啊，永远最爱的都是舞台。以后我们再忙，周年演唱会也不能落下了。”

“我赞同。”

“我也赞同。”

三人表态之后，看向梁昭昭：“昭昭，你也没意见吧？”

“我当然没有意见！”梁昭昭说完后，又抱住弱小的自己，“可是就算团歌有你们，我还有一段SOLO啊！SOLO部分真的就是我一个人了。”

她想到这儿，从地上爬起来，抹干眼泪。

“不行，我得再排两遍。”说完，她又跑去和舞蹈老师调整动作去了。

三人看着她风风火火的样子，愣了数秒后，相互笑了。

娱乐圈这阵子最热门的事情莫过于P.M的六周年演唱会，从演唱会倒计时三天起，P.M天天都会去体育场彩排。粉丝早早就围在广场外替她们应援，陪着她们排练。

这天，一组P.M彩排照片被曝光到了网上。

照片内容里是梁昭昭蹲在舞台上，拿着纸巾擦眼泪。

这组照片里，有她哭的照片，也有队员安慰她的照片。

照片爆出来后，“梁昭昭哭了”这个话题直接飙升到热门第一。

“我听说昭昭准备这次演唱会真的很辛苦，比其他姐姐提早了半个月练习，熬夜也是熬到最晚的一个。好像彩排因为太紧张一直失误，妹妹心理压力太大终于没忍住哭了。”

“啊，我死了，这是什么仙女落泪，昭昭怎么哭起来都这么好看！（对不起我好像重点放错了。）”

“大家别担心啦，我在彩排现场，昭昭没难受很久，最后还擦干眼泪反过来哄姐姐们开心呢！我们要相信她们啊，有困难一定也可以调整过来的！”

“神仙组合，一个人哭，一群人哄。P.M是什么神仙友情啊啊啊！”

“呜呜呜辛苦美女们了！演唱会我一定要给你们最大的尖叫和掌声！”

而此时，秦舟正在外地进行广告拍摄，拍摄的中途他休息拿起手机看了看。

他看到了唐学明给他发的消息。

“舟哥，昭昭姐哭了啊。”

秦舟眼皮跳了跳，发了几个问号过去。

唐学明直接给他甩了一条微博链接。

秦舟点进去一看，网上是说她彩排的时候哭的。

看到这些照片，秦舟心疼又自责。

他女朋友哭了，他居然还要通过其他人和网上的消息才知道。

“周斯耀，帮我订一张晚上回北城的机票。”秦舟看完后，对他的经纪人道。

周斯耀听到后，说：“你晚上回去干什么，明天还有拍摄任务啊。”

“那明天再飞回来。”
“你着急回去？”
“嗯。”
“干什么？”
“哄人。”

最后两天了，给她们的时间不多。
这天，P.M 的四位成员彩排到很晚才结束。
尽管很累，熬夜到很晚，每次她们累得不行的时候，总能听到广场外面粉丝如浪潮一般传过来的一阵又一阵的应援口号声。
训练结束后，梁昭昭揉着酸胀的肩膀回了酒店。
这些天高强度的练习和彩排，她人都快入魔了，连走路的时候脑子里都是训练时的动作画面。
快到她的房间时，梁昭昭偏头对旁边的江落道：“落落，把房卡给我一下。”
“落落？”她伸出去的手半天没接到房卡，疑惑地看了眼江落。
江落像是根本没听到她说话一样，目光直直地盯着前方看，双唇微张，满脸不可思议。
梁昭昭刚刚一直都在想事情，也没怎么看路，这会儿见她这样的表情，顺着她的视线朝前面看。
她房门口站了一个人。
秦舟靠在走廊的墙边，黑色鸭舌帽遮住大半张脸，看她往这边走，正抬眸含笑往她那儿看。
“昭昭，我没看错吧，那是秦舟？”江落没想到她能在这儿见到秦影帝。
梁昭昭脸红了红，从江落手上拿的包里翻出房卡，然后扶住江落的肩膀把她转过去，推着她说：“落落，你也快回去休息吧！”
江落一边被梁昭昭推着往外走一边忍不住回头看：“不是，秦影帝怎么会在你房间门口？你们已经在一起啦？”
“演唱会后我再跟你解释，你先回去吧！”

送走江落之后，梁昭昭走到秦舟面前，看到他出现在酒店那刻，别说江落，连她都吓到了。
“你怎么来这儿了？”
秦舟：“想你啊。”
梁昭昭顾不上那么多，左右看看，确定周围没人后，用房卡开了门，飞速把秦舟拉入房间。
“你不是在 A 市拍广告吗，怎么跑回来了？”
两人不见面的这段时间，都是用微信联系，秦舟和她说他在外地拍广告，要拍两天。
“原因刚才不是和你说了？”
梁昭昭想起他刚刚说的那句“想你啊”。

“什么嘛，就因为这个你连夜飞回来？”她心里早就乐开了花，嘴上还是没忍住嘴硬。

“这个还不够吗？我可是一下飞机就想来找你，又怕耽误你排练，只能守在你酒店门口当‘望妻石’了。”秦舟状似抱怨说道。

望妻石？

这个形容亏他想得出来。

不过她今天训练确实挺晚，想到他一个人在房间门口等了那么久，梁昭昭有些心疼。

“你来了怎么不和我说，应该要和我说的呀！”

秦舟笑了声：“你忙事业，我哪敢打扰？”

“不差这会儿，你这么远跑回来，这些哪有你重要。”北城的气温比 A 市要低，梁昭昭看他穿得挺少，去摸他的手，冰凉凉的。

“冷吗？”

秦舟看到她心就软了，反手握住她的一只手。

“你怎么这么乖？”

乖到他又想使坏欺负她了。

她牵他手的时候，注意到他手上还提了一个袋子。

“这是什么？”

“给你的。”秦舟把东西递给她。

梁昭昭低头一看，里面装的是一小盒甜品。

“你还去买了这个？”看到美食那刻，她焦虑都少了一大半。

她开心地捧着甜品盒走到桌前，打开舀了一勺开始吃。

“是我喜欢的味道。”梁昭昭吃得很满足。

她紧张压力大的时候就喜欢吃东西，一会儿一盒甜品就被她干掉一大半。

梁昭昭吃的时候秦舟就在旁边看着她，她被他看着也不好一个人吃独食，舀了一勺放到他嘴边：“你要不要也尝尝？”

秦舟眯了眯眼，就着她的手吃了下去。

“还要吗？”

“你吃吧。”

她听他这样说，杏眼弯了弯，放心吃完剩下的甜品。

秦舟看着她吃完后，装作漫不经心地问了句：“为什么哭？”

梁昭昭吃东西的动作顿了顿：“我哪里哭了，我没哭啊。”

秦舟：“还嘴硬，我都在网上看到了，有人拍到你彩排的时候哭了。”

梁昭昭听到后笑了声。

“嗐，我还以为什么呢？别听网上的，我也就哭了那么十几二十秒吧，很快就调整过来了！”

说到这儿，怕秦舟不信，她还大大咧咧朝他笑了笑。

“你看，我现在不好好的？”

秦舟抬抬眼：“行。”

敢情是他白操心了。

梁昭昭放下手上的勺子，侧眸睨他：“你该不会是因为担心我，才从大老远的地方飞过来吧？”

秦舟没答话，只给了她一个懒懒散散的眼神。

“我哪有你想得那么脆弱？这点事我自己能处理的，你以后可别小题大做了。”他拍摄还没完，看完她还要赶凌晨的航班飞回去，她心疼死了，不想他因为自己的事太劳累。

她故意把话说得重一点，就是希望他以后别这样了。

“小题大做？”秦舟重复了一遍她刚刚说的话，他指尖在桌面敲了几声，黑眸沉了沉，“看来是我最近太惯着你，还真骑我头上了。”

他一听她哭，什么都不管飞回来看她，却落得一句“小题大做”，搁谁谁不气？

梁昭昭说完也有点后悔。

她摸了摸鼻子。

“我也不是那个意思，我就是心疼你啊，你工作也很忙，不能我一有点儿事，你就跑回来看我吧？”她说完，抬眸看了看秦舟的脸色，见他脸还是沉着，有些慌张地扯了扯他的衣袖。

“对不起嘛，我第一次谈恋爱，可能嘴笨，不是很会说话。”

秦舟眸色闪动，突然拉过她的手臂，把人拉到了自己怀里。

她猝不及防地跌坐在他腿上，吃惊地看着他。

秦舟手放在她腰侧，不怀好意地捏了捏。

“谁说我是担心你才来的？我进门就说了，我是因为想你才来。”

“这有什么区别吗？”梁昭昭被他绕得有点晕。

“当然有。”

秦舟说完，手指捏住她的下巴，抬起她的脸，偏头吻了上去。

虽然两人在一起没有多久，也不知道是因为太喜欢他，还是对他早就熟悉，总之不管他对她做什么，她都很自然会去迎合。

两人抱着腻歪了会儿。

秦舟松开她。

“我要走了。”

看到她没什么事，他也能放下心。

梁昭昭站起来：“我送你吧。”

“送什么送，你快睡觉。”秦舟说完，拿起桌上的帽子和口罩戴好。

他打开房门要出去的时候，梁昭昭犹豫片刻，问了句：“那个，我们的演唱会，你会来现场看吗？”

秦舟开门的动作顿了下，偏过头对她道：“你想我来我就来，你不乐意我就不来了。”

如果他去的话，演唱会那么多人，他不能保证自己不被人看到。

他记得两年前，她就不希望他出现在P.M的演唱会上，他最后还是没管她的意愿去了，她当时还跟他生气来着。

“我为什么会不乐意？”梁昭昭不太能理解他这句话。

“你以前不喜欢我和你一起出现在任何公众场合。”

“……”

秦舟以前和她谈恋爱这么卑微的吗？这话要是被其他人听到录音放出去，她真要遭秦舟亿万粉丝追杀了。

梁昭昭突然能理解，为什么那天秦舟看到有人追过来的时候，会慌不择路地躲进垃圾桶。

“你等等我。”

她说完回到房间里翻了翻，找到什么后又折回来。

“这个给你，你要是行程不冲突能赶得回来的话，就来吧。”说着她将手里的东西放在了秦舟的手上。

秦舟低头一看，是一张演唱会的内场门票。

“好。”

他笑了声，拿起门票小心折好，收进衣服口袋里。

演唱会的时间定在晚上七点半，网络上有多个平台同步直播。

作为顶流女团，P.M 的演唱会一直备受外界关注。她们开演唱会的日子，选在了出道日，当天各社交媒体新闻报道都被 pinkmiracle 的消息屠了榜。

点进微博、各大视频里，首页都是她们演唱会的海报。

全网都在为她们庆祝。

“爷的青春啊啊啊，六年了！我终于又等到了演唱会！”

“光是看网上线下应援的视频我都已经热血沸腾了！好恨啊，为什么我没有抢到票去现场 QAQ。”

“七点半怎么还不来啊！我太迫不及待了！”

“这次演唱会有邀请其他嘉宾吗？还是说就是四位美女的专场啊！”

“那必然是专场！演唱嘉宾应该只邀请了一支乐队，但肯定会有很多明星去现场替她们加油的！各位去现场的姐妹们可以蹲一下！”

“去现场的我能 dream 蹲到一个秦舟吗，他最近不是和昭昭关系挺好吗？”

“哈哈哈，楼上真的是大梦想家呢，秦舟自己演唱会都懒得开，还能跑去别人演唱会？他家粉丝哭着求他们哥哥开个演唱会见面会生日会什么的已经求了很多年了。奈何哥哥无动于衷。”

距离演唱会开始还有两个小时。

最后一次彩排结束后，P.M 四人在后台准备妆发。

做完造型之后，梁昭昭拿到手机，发了条信息给秦舟。

“你今晚会来吗？”

等了一会儿，秦舟给她回了信息：“昨天 A 市下雨，拍摄推到了今天，可能赶不到了。”

梁昭昭看了，顿了秒，回道：“没事，那你好好工作吧！”

秦舟：“嗯，你也是。演唱会加油！”

得知秦舟不能来以后，梁昭昭说不上来自己是什么样的心情。

她明明知道秦舟若是来了被人认出来，两人的绯闻势必会放大。

她有些怕他来，又期待着他来。

她准备了那么久，成果不仅仅想和观众粉丝分享，也想和他分享。

一直以来，都是他在前方闪闪发光，照亮她的路。

偶尔，她也会想在他面前耀眼一次。

这次场子大，来观看演唱会的观众人数达六万，为了保证人员安全，下午的时候观众就通过安检陆续进场。

她们四个从出道开始，不管是巡演还是周年演唱会，统一规定不带灯牌，现场会在座位上放置礼包，礼包里有配合舞美的应援荧光棒。

她们的团名是粉色奇迹，应援色自然也是粉色。

能来到这里的，都是她们的粉丝，一群志同道合的人怎么都有话聊，等待的时间也不算漫长。

晚上七点三十分，体育场内的灯光全部熄灭，现场一片尖叫声。

正前方的荧幕上开始播放 P.M 六周年成团概念宣传片。

这个片子是四位妹妹穿着马卡龙色系的衣服，在主题城堡里拍的。

画风那叫一个清新可爱。

粉丝看到自己爱豆后一个叫得比一个大声。

宣传片重复播放了两次，屏幕暗淡下来，一个巨大的发光数字弹出来。

“10。”

“9。”

……

“3。”

“2。”

“1。”

最后一个数字划过，音乐响起，舞台四周火花炸裂，追光打下来，六万粉丝的尖叫声要将广场掀翻。

半明半暗的舞台上，升降台升起，千呼万唤，终于等到了！

与刚刚宣传片里的可爱甜心相比，她们出场的造型服装完全是另外一种风格。

黑金色系的服装，楚烟和顾子意穿的是短衣热裤，林灵则是黑色吊带短裙，而梁昭昭，黑色抹胸外面罩了件重金属夹克，下身是一条超短裙，火辣十足。

女团成员，脸和身材都是硬核条件，P.M 之所以能称为完颜女团，四位成员的身材管理都数一流。

个个长腿细腰，舞台上一站，白到发光。

第一首歌是开场舞，选的是一首快节奏的歌，P.M 四人全员全开麦，边唱边跳，稳到让人尖叫。

“啊啊啊，全开麦！P.M 牛！”

“这四个女人太美了！”

“唱跳好稳啊，内娱爱豆天花板真不是吹的呜呜呜，我是粉到了什么神仙！”

梁昭昭最开始进团的时候定位是门面和副主唱，之后几年练习，她定位慢慢变成了门面和主舞。

顾子意和她同为舞担，林灵和楚烟负责主唱和副主唱，楚烟主要唱高音，林灵负责垫音和 rap。

林灵的 rap 结束后，到了梁昭昭的 part，这里有一段她站中心位的舞蹈。

“这力度和卡点，我舒服了！”

“人体节拍器不是吹的，昭昭牛！”

“啊啊啊，我的舞台女王回来了！门面大人太 A 了！”

四人最后的 Ending pose 定格，全场齐声大喊：“P.M！P.M！”

“大家好，我们是——”

“pinkmiracle！”

随后四人相互搭着彼此的肩膀，弯腰深深朝四面的观众鞠躬。

尖叫声和掌声此起彼伏，经久不息。

如同海浪一般，朝她们席卷而来。

梁昭昭站在台上，舞台下方是暗的，她看不清楚大家的脸，可是她能看到他们手里举着的粉色应援棒。

一根一根，六万根荧光棒，连成了粉色的海洋。

炽烈、沸腾又温柔的，将她们四个包围。

开场秀几句简单的寒暄之后，又是一首接着一首的团歌表演。

硬核女团，不需要太多花里胡哨，直接干就完事。

演唱会的时间是被规定好的，她们能做的，就是在这短短的两个小时里，尽可能地带给大家更多的精彩舞台，不负他们的远道而来。

中间她们换了两次衣服。

为了不让观众等待的时间里太无聊，她们换造型的时候中间一次是播放的其他明星的祝福视频，另外一次是请了乐队老师在现场表演。

第二次换衣服的时候，就该到了她们的 SOLO 舞台表演。

时长关系，她们每人只有十分钟的时间。

大概能表演一到两个舞台。

按照 P.M 的国际惯例，出场顺序由大到小，梁昭昭压轴。

顾子意上的时候，她们三个还在准备造型。

从梁昭昭失忆后，她出现在大众面前的形象就回到了五年前，清纯可爱，小仙女类型。

这次她的 SOLO 舞台，她自己也想做出改变。

“昭昭，别紧张啊，相信自己，你可以的。”

“对啊，演唱会一大半都过去了，你都做得很棒。”

楚烟上台的时候，下一个就是她。

顾子意和林灵已经表演完回到后台候场，她俩一直围在梁昭昭身边，不停地安慰她。

梁昭昭搓着手心。

“可是我最担心的就是 SOLO 舞台。”

团歌表演的时候，看到队友在，她会有底气一些。到了单打独斗的时刻，难免紧张，况且她还要挑战突破自己。

舞台一片漆黑，梁昭昭站在黑暗中，注视着台下。

这次是她一个人。

但又不是她一个人，场控把台下的灯都换成了绿色，绿色是她的应援色。

追光落下来，打在她身上。

她坐在台上，在云雾缭绕中，安静唱歌。

“是《朝暮》啊！《朝暮》的现场版！”

“啊啊啊，怎么会想到唱这个！好可惜秦舟没来哦！好想听两个人的现场版！”

“谁告诉你秦舟没来的，秦舟来了啊！”

“姐妹看演唱会的时候也可以抽时间看看网上，秦舟就坐在下面的 VIP 区，都有人看到他来了！现在网上全都在说这个事，热度比妹妹们的舞台都要高了！”

“秦舟真来了？你确定是秦舟？哈哈哈哈哈，我们小粉红也太有排面了吧！”

这首歌梁昭昭是原唱之一，版权秦舟早就给她了。

她唱这首歌连他都没告诉。

喊他来现场，就是想把这首歌唱给他听的，也不是没想过邀请他一起合唱，但姐姐们都没请合作嘉宾，她也就没好意思请。

再者，邀请他同台，也只是个疯狂的想法而已。真的实施起来，她第一个㞞。

梁昭昭唱歌的时候，舞台上的灯光扫过台下。

她一瞥，看到了他。

尽管戴着帽子和口罩，光是那双璀璨的桃花眼，她就能认出来，一定是他。

秦舟注意到她看过来，双眸弯起，深情地与她对视。

骗子。

还骗她说不能来。

结果还不是来了。

为了不分心，梁昭昭移开视线不再看他。

一首歌唱完之后，她眼角带了眼泪。

“一个月过去了，唱到这首歌，我就知道自己还没能走出来。”她拿起话筒，对着台下的观众，温柔地说。

“过去跳舞太多了，也想给你们好好唱首歌。选《朝暮》是因为，我真的很喜欢这首歌，也真的怀念另一个世界的那个她。”

她演《长大》投入太多感情，就连现在晚上睡觉，都偶尔还会梦到电影里的画面。

“不哭！昭昭不哭！”

这首歌梁昭昭唱得很动情，唱到最后自己湿了眼眶，台下的好多粉丝哭得比她还夸张。

梁昭昭笑了笑：“好啦，接下来我要跳舞了。”

她话音刚落，舞台上重新恢复一片漆黑，黑暗中能隐隐约约看见人在走动。

等到台上灯光再亮起，舞台上已经是另外一副光景。

台上摆了椅子，她的身边还站了一排舞伴，个个穿着性感。

梁昭昭转过身，一把摘下刚刚戴的礼帽，露出一头红色的大波浪卷发。

她脱下白色风衣，里面是一件黑色吊带和亮片短裙。

这段舞她练习了很久，因为要运用到道具，还加了一些考验体能的高难度动作，练起来不是那么容易。

有些动作她练了无数次，才练出想要的效果。

“那就享受舞台吧。”心底有个声音对她说。

梁昭昭曾经以为，自己一个人面对万人场的舞台会紧张、会害怕。

但好像不是的，人群的尖叫声让她兴奋，快乐。

甚至于好像唤醒了身体深处的自己。

她在告诉她：“不要害怕，征服这一切。”

舞台对于数万人的广场来说实在太渺小，现场几乎只有第一排的观众能够看清楚。

梁昭昭的这段舞台秀看得台下人尖叫连连，尖叫声几乎将伴奏都给盖住了。

“昭昭感觉状态全回来了啊！”

“这段表演我鸡皮疙瘩都起来了！昭昭的舞台真的太有魅力了啊啊啊！”

梁昭昭给秦舟的票，是内场贵宾区的第一排。

视野足够清晰，也足够震撼。

紧身的衣服勾勒出她曲线完美的身体，裙摆处的亮片随着她的律动闪闪发光，红发飞扬，连每一根头发丝都在为她伴舞。

舞台上其他舞伴全都成了摆设，她气场震慑全台，压住了六万人的场。

桀骜、性感，又狂傲的梁昭昭，如一朵绮丽的玫瑰花，在舞台上绽放。

镜头拉近，上方的大荧幕上投射出梁昭昭的脸，精致绝伦的脸蛋被放大到整个广场的人都能看清。

全场倒吸一口气，接着继续欢呼：

“眼神杀我！我没了啊啊啊啊！”

“这个特写镜头美到我窒息！真的心跳卡拍那种！”

最后一个动作结束。

所有人大声呼喊梁昭昭的名字。

“梁昭昭！梁昭昭！”

声嘶力竭、万人呼喊声贯彻云霄。

全场黑暗，只有她，才是万众瞩目下最亮的那颗星。

秦舟坐在贵宾区，和其他地方是隔开的，但他依然能看到场内很多粉丝为她尖叫，甚至有些还激动到开始哭泣。

明明几个月前，她还是站在他面前，低头害羞向他讨要签名的小女孩。

现在却已经成长为名副其实的大明星了啊。

不论有没有失忆，她都还是她，只要站上舞台，她便是光芒本身。

炫目、美好到让人挪不开眼。

他是如此为她着迷。

他和所有人一起注视着台上的她，梁昭昭在跳完最后一个动作后，视线落在了他身上。

表情里带着如释重负的轻松和一点孩子气的炫耀。

秦舟低笑一声，摘下口罩，双眸深情注视着她，手臂举起来，中间二指弯曲，冲她比了一个手势。

梁昭昭跳完 SOLO 舞蹈后，四人又一起换了造型，再次回到台上。

时间只剩下最后的二十分钟，唱完最后两首歌，四人再一次弯腰向四面一一鞠躬。

“pinkmiracle！ pinkmiracle！”

尖叫和掌声如同层层热浪由四周朝她们聚集。

四人齐声喊：“永远年轻，永远少女，永远相信奇迹。我们等待着下次见面！”

她们四个站上了升降台，直到舞台降下去那刻，都在朝大家挥手。

粉丝喊着她们的名字，让她们不要走再唱一首。

许多粉丝都哭了，对他们来说，今晚就像一场梦。

演唱会结束，梁昭昭和 P.M 其他成员回到了后台。

公司和团队对于她们这次演唱会的效果十分满意，大家都在夸。

江落看到梁昭昭，两步并一步蹦过去，激情拥抱她：“啊啊啊啊啊，老板你今晚太帅了！你就是我最牛的老板！”

梁昭昭将江落的手掰开一点，才能喘口气。她看了眼身边站着的裴念寒：“念寒姐，我今晚表现还行吧？”

“不是还行。”裴念寒难得笑起来，“是很棒。”

知道内情的所有人都在担心她，她却给了他们一个巨大的惊喜。

“姐姐，恭喜你。”梁宇不知什么时候被工作人员带到了后台，他手里拿了一束玫瑰花递给梁昭昭。

梁昭昭接过花，闻了闻，满鼻清香：“臭小子知道送姐姐花了，没白养大你。”

“萧泽哥今晚也有和我一起过来，但是他说他公司里还有点事，就不亲自来后台恭喜你了，让我转告你，你今晚表现很棒。”梁宇说道。

梁昭昭：“难为他了，公司事务繁杂还抽空来看我演唱会，你也替我转告他，就说我梁某人感激涕零。”

梁昭昭这时注意到他身后的桌子上放了不止一束花，笑了起来。

“这是给其他姐姐买的吧，快给她们送过去吧。”

“嗯。”

梁宇应了声后抱着花给其他人送过去，走之前，他站在原地憋了很久憋出一句话：“姐，我永远为你骄傲。”

他们姐弟俩打闹惯了，很少讲这种煽情的话，梁昭昭听了以后愣了秒，笑道：“知道了。”

“那是秦舟吧！”

“是他啊，我都看到他来现场了。”

“真人好帅。”

后台的人一阵躁动，都在看向门口进来的人。

梁宇对于秦舟和梁昭昭的事情也听说了一点，传说中这位影帝正在和他姐姐传绯闻。

“我姐追星还挺成功啊，都把偶像拐来看她演唱会了。”

岂止是演唱会啊，你姐的出息可不止如此。

站在他身边的林灵听到这句话后，忍不住在心里说了句。

梁昭昭看到秦舟后，走过去：“你不是说你不来吗？”

演唱会前他还在骗她。

“嗯，本来确实走不开，但为了你，我还是来了。”秦舟笑道，样子没个正形。

“我才不信你。”

骗她好几次，他在她这儿已经失去公信力了。

两人在这边说话时，P.M队内的其他三人相互使了个眼色，朝秦舟和梁昭昭走过来。

顾子意：“秦老师也来了我们演唱会呢，我们大家都不知道，要是知道一定早早就放出消息替我们演唱会做宣传。”

秦舟：“你们哪里还用得着我宣传，如果不是昭昭给我票，你们的票怕是抢都抢不到吧。”

林灵看了眼他，又看了眼梁昭昭。

“前辈这次过来，不会又和以前一样，直接招呼不打，把我们妹妹拽走吧？”

楚烟：“当年前辈可好威风呢。”

……

出来混总是要还的。

这波嘲讽秦舟只能硬着头皮接下。

“当然不会。”秦舟扯出一个笑，“各位姐姐就当我那时候是年少不懂事吧。”

“谁是你姐姐呀，我可比你小。”楚烟说道。这个团里，顾子意和林灵都是二十六岁，她二十四，昭昭二十二岁。

“总之，我不会再像以前那样胡来了。”秦舟说道。

“什么胡来？”梁宇走过来，正好听到这句。

梁昭昭想起自己和秦舟的事从以前到现在，从未让梁宇知道过，连忙抢着说：“我们在说现在媒体报道，都喜欢胡来。”

“哦——”梁宇了然地点点头，“所以报道上说的你俩的绯闻，也应该是胡来吧？”

梁昭昭心虚之下顺嘴道：“当然是了。”

秦舟：“那可不见得。”

两人毫无默契地回答。

梁宇震惊地看着他俩：“这什么情况？”

梁昭昭也不否认了，低头装死。

秦舟看了眼旁边的小女人，微笑道：“我在追你姐。”

梁宇听到后，一愣。

他没记错的话，这位秦舟哥和萧泽哥是朋友吧？他亲眼看到秦舟去萧泽家里来着，萧泽哥喜欢他姐他是知道的，这秦舟……

当明星的人果然不一样，他姐姐的人生都显得比其他人戏剧化呢。

梁昭昭没想到他会这样回答，惊讶地看向秦舟。

一整天都在忙演唱会，晚饭都没来得及吃，公司早就替她们几个在住的酒店里订了包间。她们四个加上梁宇和秦舟还有几位助理经纪人一起去了酒店。

等人都走了，梁昭昭看着秦舟问：“你为什么这么说啊？”

秦舟轻飘飘地看她一眼：“不然呢，我有什么办法，你又不愿意给我名分。”

这语气，怎么莫名有点像古代受了委屈的小媳妇呢。

她家哥哥真可爱。

“好啦，我这不是怕我弟生气吗？找个机会我会和他说。”她拉扯了下他的衣角，哄道，“不会不给你名分的。”

“干杯！”

演唱会结束后终于轻松了，这阵子大家都过得比较紧张，趁着兴致高，四位姑娘酒喝得多了一些，旁边的经纪人拦都拦不住。

“你们少喝点，一会儿要醉了。”林灵的经纪人劝道。

林灵不理人，拉着其他人一起喝。

“昭昭！来！陪姐姐喝酒！”

“我来啦！”

四个人完全不管其他人，抱在一起又哭又笑，拿着杯子碰杯。

喝醉后的P.M全员都开始放飞自我，似乎嫌一晚上还没有唱过瘾，四个人在包间里又给在座的几个人开了一场临时演唱会。

“我看差不多了，把她们送回酒店房间吧。”裴念寒说道。

作为在场“唯二”的男生，秦舟和梁宇点了点头，同时走向了那边四人。

顾子意和楚烟还在唱歌，林灵和梁昭昭已经醉倒睡在包间的沙发里了。

秦舟对梁宇道：“我送你姐吧，你去送其他人。”

梁宇微笑：“不用麻烦你，我的姐姐，我来送就好。”

“你这是不放心我？”

“我不放心任何人。”

啧，未来小舅子防备心这么重啊。

秦舟还想着该怎么解决时，沙发上的梁昭昭半睁开眼，看到坐在自己旁边的秦舟，她撑起一只手坐起来。

“姐，你小心点。”

梁宇看她摇摇晃晃的，生怕她从沙发里掉下去。

“我没事！”

梁昭昭推开弟弟的手，转头看向秦舟。

她双手直接摸上了秦舟的脸。

“哥哥，你真好看。”

秦舟拉下她一只手，语气放软：“你喝醉了，乖，我们先回去睡觉。”

梁昭昭的手从他的脸上滑到脖间，最后扯过他的衣领。

“睡觉？我和你吗？”

秦舟敛眸，目光开始变得危险。

“好啊！我们去睡觉吧！”说完，她自觉跳到了秦舟怀里，手搂住他的脖子，双腿自动勾上他的腰，整个挂在他身上。

秦舟目光对上震惊到失语的梁宇，抱歉笑道：“现在这个情况，我也没办法。”

梁宇调整了一下情绪，神情复杂道：“那就麻烦你了。”

他突然觉得自己的担心似乎有点多余，如果他姐姐和秦舟真发生点什么事，恐怕也是他姐姐先动的手吧？毕竟她觊觎这位影帝已经很久了。

唉，只是可怜了他萧泽哥。

秦舟抱着梁昭昭一路到了酒店房间门口。

他用江落给他的房卡打开了她房间里的门，进去后关上门。

“昭昭。”他摸了下她的头，喊了声。

梁昭昭依旧没什么反应，整个挂在他身上，头埋在他肩窝处哼了两声。

秦舟无奈，只得就着这个姿势将人抱到了房间里。

将人放到床上后，他刚要站直身体，脖子又被人搂住。

梁昭昭睁开眼，醉意蒙眬地对他说了句。

“说好的一起睡觉，你不准走。”

“我不走。”

秦舟拉住她的手，低声哄。

他手撑在床边，看着躺在床上的人，目光越来越沉。

“我终于做到了。”她笑着对他道。

“嗯，你做得很好。”

她从来没和他喊苦喊累，但他都知道，她为了这次演出，准备得很辛苦。

台上呈现的效果是她拼了命地努力才达到的。

梁昭昭的手搂上他的脖子，看着这张她喜欢了那么久的脸。

“那你有没有那么一瞬间，也有被我迷住？”

既然他们开始谈恋爱了，不能只有她一天到晚被他迷得死去活来，她也想在他面前证明自己，闪耀一次。

“当然有，你是我的女王。”

秦舟说完，低下头含住了她的唇。

不止这一瞬间，他时时刻刻都为她倾倒。

第二天，梁昭昭睁开眼睛，这是她这一个月里，第一次睡觉睡到自然醒。

身上的被子软乎乎的，头下的枕头也软乎乎的。

太阳透过窗棂洒满房间，一切都太美好了。

演唱会结束，她终于可以放假。

梁昭昭惬意地伸了个懒腰。

随后，她转过身，看到秦舟单手半撑在枕边，目光正深情凝视着她。

眼前这幅景象太过美好，导致梁昭昭脑子有那么一瞬间是卡住的。

秦舟身上就穿了一件白衬衫，扣子一共就扣了两颗，跟没扣没多大差别，从她这个视角看过去，完全就是一个美男，极其香艳。

“早上好。”

见她醒了，撑在床头的美男动了动，黑眸带笑看着她，嗓音低哑绵长，说不出来的性感。

对上秦舟带了戏谑笑意的桃花眼，梁昭昭心里一咯噔，昨天发生过的事情翻江倒海一般涌进她脑子里。

比如她整个人扑到秦舟身上，手挂住他的脖子，嗲声说：“哥哥，要不要一起睡觉？”

再比如秦舟把她送回房间后，她扯着他的衣领不让他走，最后两个人亲得难舍难分。

……

“早啊。”

她扯出一个笑，回应了句，然后迅速转过身，一巴掌拍在自己脑门上。

梁昭昭啊梁昭昭，喝酒误事这是第几回了，你咋就不长长记性呢？

问题是她暂时也只能想起这么多，剩下的全忘了。

这生米到底有没有煮成熟饭她也……

她脑子里还在想这些乱七八糟的事情的时候，人整个被秦舟从背后揽进了怀里。

他的手牢牢搂住她的腰肢，滚烫的身体贴上来。

“一大早的，就不想见到我？”

他动作突然，梁昭昭倒吸一口气，心中腹诽，一大早的，你怎么就玩这么大？

她拉了拉他搭在自己腰间的手，试图让他别抱那么紧。

“说什么呢，怎么会不想见你？”

“那为什么不敢看我？”

秦舟的嗓子哑哑的，带着刚刚睡醒的懒倦，他低头看着怀里的人视线暗了暗，唇凑到她耳边，轻轻咬了口她的耳垂。

梁昭昭不敢动了，乖乖待在他怀里，闷声问了句：“那个，昨晚我们……”

秦舟看着她娇红欲滴的脸，淡笑一声，道：“昨晚你，很是热情。”

梁昭昭捂住嘴，一双眼睛瞪得又圆又亮。

“所以我真把你给那个了？”

砰——

秦舟手指弯曲在她额前敲了一下。

“小小年纪，想的都是些什么？”

他松开手，翻身坐起来，一副气定神闲清心寡欲的样子。

“你放心，就算你想，我也会克制的。”

秦舟垂眸，看着被窝里的人笑了笑，伸手捏起她的脸。

“毕竟我们昭昭，心理年龄还小。”

“什么就算我想，我不想，我那是喝醉了，你怎么能当真？”梁昭昭被他说得小脸一红，扯过被子盖住自己的脸。

秦舟捏在她脸上的手移到她唇边，指腹拂过粉色软唇，他笑容戏谑：“真不想？”

这宠溺柔情的眼神，再配上这能让耳朵怀孕的磁性嗓音！

梁昭昭崩溃了。

她突然想骂人。

去你的秦舟，一边嘴里说着克制，一边身体力行地色诱她！

还能再无耻一点吗？

因为演唱会的关系，梁昭昭缺席了一周《来者是客》的录制。

这个节目一共有八期，前面四期是录播，后面四期是直播的形式。录播基本上是每周录制一次，每次去大概两天，直播时间则是每天早八点到晚上十二点，分段直播。直播形式有直接现场画面直播，也有主持人视角对艺人和做客房子的主人采访直播，更有艺人本人视角进行直播。

这个综艺概念曝光的时候，大家都在期待后半段的直播形式。

毕竟录播存在剪辑和后期，观众看到的都是节目组想给他们看到的内容，直播就不一样了，你永远无法预知现场会发生什么样的突发情况，观众能第一时间看到明星嘉宾本人最真实的私下状态，比录播真实鲜活多了。

从《来者是客》第一期播出起，观众就嗷嗷叫更想看之后的直播。

特别是P.M演唱会结束之后，秦舟和梁昭昭两人演唱会的糖吸引了一大波路人CP粉前来看两人的综艺。

“啊啊啊，录播都这么甜了！直播得是什么样啊！”

“听说这个综艺前面是一个星期录制一次，后面直播综艺是所有嘉宾一起录制十天哎。十天同吃同住，啧啧。”

“我来跳一个预言家，这个节目直播铁定能爆出个娱乐圈第一大瓜。”

“第一大瓜？比如打开梁昭昭房间，正好看见秦舟在里面的那种吗？”

“楼上是什么虎狼之词，小心男女方粉丝今夜将你暗鲨。”

重新回到综艺录制，这已经是录播的最后一期了，这期的主题是戏剧。他们做客的地方，是京剧世家。

同样是极具古典气息的四合院，走进这家主人的戏园，四处都飘散着梨花香。

这家主人姓谈，从祖辈起就从事京剧行业，一代代传承下来，在业内享誉盛名。

“我去查了查，这位谈先生的百度百科比我的都长。”唐学明凑到秦舟耳边，说了句。

“人家是京剧大师，你是什么？”秦舟嗤笑道。

唐学明：“我可是新一代嘻哈男神，哥你别瞧不起人。”

园子里除了谈先生还有他的学徒，整个戏园面积非常大，能住很多人，谈先生的亲传弟子都住在园子里。

“我先带你们看看他们平时排练的地方吧。”

谈先生说着，领着他们去了京剧排练的地方。

唱京剧，有特定的服饰和脸谱。这些都是有讲究的，脸谱和角色对应，角色分为生旦净丑。比如生角大多是男性的正面角色，和女性角色的“旦”妆容会相对另外两种角色素一些。“净”和“丑”角是性格妆，根据角色特点用夸张的妆容上脸谱，也就是俗称的“花脸”。

从视觉上来看，“生”和“旦”这样的角色肯定会比另外两个角色更好看。

戏园的弟子们在专心排戏，他们就在旁边安静地看。

夏云赞叹：“看上去好厉害啊，他们唱得好有气势，我感觉我的嗓子压根儿唱不出来。”

“这种头套和妆容看上去都好麻烦，每一行都不容易啊。”梁昭昭感慨。

“哈哈哈哈哈，那个人的脸真的好好笑，鼻子都涂白了，好像小丑啊。”萧苒盯着其中排练的一个丑角笑出了声，“还有那个也是，大花脸也太好笑了吧？”

旁边的谈先生见状微微一笑：“姑娘你别笑，好好看，待会儿你们也需要排练一段京剧。说不准你分到了丑角，也需要画这种脸谱。”

萧苒听了脸色一白，嘟唇嚷嚷了一句：“我才不要。”

谈先生给他们讲解完京剧，又带着他们看了表演，接下来就该轮到他们学了。

谈先生给了他们一个剧本。

讲的是一位朝堂贵公子和绿林好汉相识，义结金兰的故事。

贵公子是丞相之子，绿林好汉是武林侠士，劫富济贫那种。一次偶然，侠士救了贵公子，在不知对方身世下结拜成兄弟。

可惜丞相是个奸臣，控制皇帝，欺压百姓，搞得国家民不聊生，怨声载道。

侠士一心想刺杀丞相，丞相也一直在抓这位和他作对的江湖中人。

最后这位贵公子在孝义和仁义之间，选择了仁义，帮助侠客阻止了丞相许多阴谋计划，同时也替他父亲挡下侠客的剑，成全了孝义。

这剧本的主要角色有五个：侠客、丞相公子、公子夫人、丞相、丞相侍从。

角色分类侠客为“武生”，贵公子是“小生”，公子夫人为“花旦”，丞相净角，丞相身边出谋划策的小人则为丑角。

角色介绍完了之后，他们五位嘉宾就得分配角色了。

为了公平起见，大家选择的是抽签的方式。

谈先生给了他们编号一到五的五张字条，让他们一人抽取一张。

从秦舟开始第一个抽，依次抽过去，梁昭昭拿到的是最后一张字条。

唐学明最先打开手中的字条。

他对着镜头亮出了自己的角色：“我是丞相哎，没想到第一次演京剧就得演坏人。来来来，让我看看谁演我儿子。”他说完，转头去看他舟哥手里的字条。

秦舟用手一遮，挑眉道：“干吗，这么希望我演你儿子？”

唐学明嘿嘿笑：“怎么敢呢哥，我就看看。”

秦舟扬唇一笑，在他面前摊开字条：“不好意思，爷不是你儿子，爷是来杀你的。”

秦舟的角色是侠客。

“啊啊啊我可以不演吗？”萧苒看到字条之后，整个人都不好了，她的角色是丞相侍从，也就是这部戏里的丑角，需要画大花脸，脸中刷上一层白漆的那种。

“哈哈哈，萧苒，让你刚刚笑人家，现在自己要演了吧？”唐学明不嫌事大地起哄。

萧苒脸色更难看了，那张纸被她握在手上皱皱巴巴的。

“那我就比较幸运了，拿到了我最想演的花旦。”夏云笑道。她演的是这部戏里唯一的女性角色，丞相公子的夫人。

梁昭昭最后摊开字条，上面写着：丞相公子。

“哇，昭昭姐，那咱们是要演夫妻吗？”

梁昭昭听到夏云说这话后，故意挑起她的下巴，笑容恣意：“来，美人，喊声夫君听听。”

秦舟这时看了她一眼，语气戏谑道：“梁老师这是要和我拜把子了吗？”

梁昭昭听了，回敬了秦舟一句：“嗯，和秦老师拜把子可真是危险，要丧命的那种。”

她可记得这部戏她这个人物的结局是死在了侠客的剑下。

她刚刚有看完全剧本，侠客和贵公子的感情还真可谓是相爱相杀、难舍难分。如果不是贵公子家里还有个夫人，她都要怀疑这是个同性剧本了。

“你们了解完自己的角色，都去准备吧。”抽完签后，谈先生对他们说。

大家分别去找安静的地方背台词。

“知道这戏为什么是悲剧吗？”秦舟不知道何时走到梁昭昭身后，捂住麦对她说了句。

“为什么？”梁昭昭顺着他的话问。

秦舟满是笑意的声音在她耳边响起：“因为咱俩不是该拜把子的关系，应该直接拜堂才是。”

“……”

梁昭昭没话说了，她给了个眼神让秦舟自行体会，眼神里流露出来的意思大概能翻译成：兄弟，你能别骚了吗？

第十二章

恢复记忆

▸▸▸

京剧的台词和他们平常拍戏背的台词不一样，京剧的唱词比较有古意，读起来文绉绉的，背诵起来更有难度。

刚刚有师傅教过他们这些词的唱腔，他们刚刚入门，基本上只能模仿学习。

“看戏园里的人唱的时候感觉也没有那么难，自己唱起来就感觉不对了。”梁昭昭拿着词本练习的时候，小声吐槽了句。

坐她身边的秦舟听到了，凑近一点对她说：“要不要我教你？”

梁昭昭睁大眼：“你可别告诉我京剧你以前也学过？”

“没有。”秦舟笑，“但我可以先学，再教你。”

秦舟扫了眼旁边没有人，偷偷伸手捏了捏她葱段般白嫩的手指。

“毕竟你哥哥，无所不能。”

这拽屁模样让她忍不住笑起来，推了他一把：“你还是学你自己的吧，不要耽误我背词。”

他老在这儿闹，她都得分心了。

“别啊，咱们一块背。”秦舟说。

“舟哥！舟哥你在哪儿啊？”

院子里传来喊声，是唐学明的声音。

他喊了半天，终于在院子里一处僻静没人的地方找到了他舟哥。

“哥你咋在这儿呢，我找你老半天。”

他刚说完，看到了旁边坐着的梁昭昭，会意地笑了笑。

“哟，昭昭姐也在啊，怪不得舟哥不见了人。”

梁昭昭当作没听见，低下头继续看她的剧本。

“找我有什么事？”秦舟嫌弃地看了唐学明一眼。

唐学明：“找你和我一起背词啊，一个人背好无聊，咱们一起回房间背词吧。”

“……”

这货怎么跟没断奶的崽子一样，熟了以后天天缠着他。

秦舟并不想放弃和女朋友独处的机会去和塑料室友背什么台词，刚想把唐学明赶跑让他自个儿去玩，旁边的梁昭昭发话了。

“人家都找你了，你陪他背会儿词吧。”

唐学明年纪小性格活泼，不太喜欢一个人待着，几位嘉宾都是女孩子，他平常都是找秦舟玩，哪怕秦舟经常性对他冷着一张脸。

“行。”秦舟见她这样说了，站了起来，给了唐学明一个冷冷的眼神，“走吧。”

“嘿，果然还是昭昭姐说话管用，舟哥都只听你的。”唐学明向梁昭昭道了声谢后，跟着秦舟一起走了。

唐学明刚刚找秦舟的时候，喊他的声音大到满院子都听到了，夏云和萧苒也跑了出来。

夏云看到这幕后，情不自禁地笑着感慨了一句：“果然想找秦老师，先找到昭昭姐就行了。”

旁边萧苒脸色沉沉，这些天她别提有多憋屈，只能看着秦舟和梁昭昭的感情越来越好，什么也做不了。

这时候，她看到旁边笑意盈盈的夏云就愈加觉得刺眼。

“夏云，我有事和你商量，你跟我过来一下。”萧苒对夏云道。

夏云听到萧苒喊她，挂在嘴边的笑容僵了僵，无可奈何还是跟了上去。

萧苒一直走到厨房，先查看了下周围确定没有摄像头了，然后摘下麦，坐在餐台前，对夏云使了个眼色：“我口渴了，给我倒杯水。”

他们几个人一起录了这么多期综艺，夏云有些事情也都看清了。

很明显地，萧苒是冲着秦舟来的，可惜秦舟眼里压根儿没她，反而一门心思都在梁昭昭身上。萧苒不敢当着秦舟的面对梁昭昭怎么样，每次受了气就来找她的碴儿，夏云都习惯了。

她也不想这样逆来顺受，可是有什么办法，娱乐圈里都是师哥师姐为尊，更何况她所在的经纪公司里有一半都是萧家的股份，她只能事事都依着这位大小姐。

“师姐，喝水。”夏云给萧苒倒了杯水，扯唇笑着放到萧苒面前。

萧苒轻慢地看她一眼，端起杯子喝了口。

“凉了。”

“……”你也没说你要喝热的啊！

夏云重新给萧苒倒了一杯，再次放到她面前。

萧苒喝了口，然后慢慢放下杯子：“夏云啊，你看咱们都是一个公司出来的，互相关照是应该的吧？”

“当然了师姐。”夏云听到她这话心里就有种不祥的预感。

果然，下一秒她就听到萧苒对她笑着说：“师姐看剧本的时候，就可喜欢丞相公子夫人这个角色了，可惜我手气不好，抽到了一个不喜欢的，你看咱们能不能换一下？”

夏云脸色一变，尴尬道：“抽签都抽好了，不好换吧？”

萧苒：“怎么不好换呢？你待会儿就跟大家说，你更想挑战花脸角色，主动提出要跟我换。”

萧苒难得对夏云露出笑脸，可惜夏云此刻只想撕烂她的脸。

梁昭昭找了块地方独自练了会儿，唱着唱着喉咙有些干，于是便去厨房找水喝。她去的时候，发现厨房已经有人了，萧苒和夏云正好在里面。

她刚要进去，就听到里面的谈话内容好像有点不对劲，脚步顿住了。

萧苒：“就一个角色而已，你都不肯跟我换？”

夏云：“我为什么要跟你换，都是抽签决定好的，现在换你觉得公平吗？”

“公平？”萧苒冷笑出声，“你跟我谈什么公平，这个世界上哪里来的公平？”

她朝夏云走近一步，手指戳到她肩头，表情傲慢。

“像你和我之间，从出生起就不公平了，你辛辛苦苦得到的这一切，我压根儿一点都不屑。别以为你现在红了一点，就能骑在我头上。别忘了公司里是谁说了算，把我惹毛了，以后你丢的可就不止一个角色。”

“你既然不屑，为什么还要抢？”夏云气得浑身都在发抖。

“因为我不想演那个丑角色！”一想到自己的脸要被涂成那个样子，萧苒面目都扭曲了，她皱眉冷冷地看着夏云，“你就说换不换吧。”

“……”

站在外面看到这一切的梁昭昭彻底无语。

萧苒果然是萧苒，任性妄为、仗势欺人这臭毛病怕是改不了，她还真是比自己想象中还要讨厌。

就是可怜云云，和萧苒待在同一个公司，还要受她压迫。

梁昭昭手搭在门把上，刚想推门而入去替夏云主持公道，突然脑子一阵疼痛，无数画面涌了进来。

同样是萧苒轻蔑不屑的脸，萧苒讥笑着对她说：

“你就是梁昭昭吧，前阵子因为机场照片赚了点名气的那个？”

“都说你和我有点儿像，还有人叫你小萧苒，我看也不过如此嘛，哪里跟我像了？”

“你今天是来试镜‘无双’这个角色的吧，我可以告诉你，这个角色，现在是我的了。”

自从梁昭昭拍戏时候掉入水中起，她时不时会想起一点点以前的画面，但那些画面都是朦胧模糊、转瞬即逝的。

而今天，她脑子里的画面却无比清楚，甚至当时的场景她全都记起来了。

那是四五年前，她被人拍了一组机场路拍图片传到网上，以长相出圈，被网民疯转，大家知道 P.M 这个团也是从这时候开始，当时她确实小红了一把。

随之而来的，她得到了一次对她来说异常珍贵的古装电影试镜机会。

尽管是试镜一个配角，她却无比珍惜，因为这部戏的男主，是秦舟。

而她饰演的角色，是他的心腹侍女。

这是她第一次得到了接近偶像的机会，还是和他一起演戏。

为了这个角色，她做了很多功课，没日没夜地读剧本，揣摩角色心理，因为戏里的无双会武功，她甚至还做了体力训练，找了武打老师学习。

不懈努力之后，试镜那天，她和其他两个女演员一同竞争这个角色，结果是她胜出了。

就在梁昭昭以为她拿到了无双这个角色的时候，她在试镜片场碰到了萧苒。

是萧苒找到她，和她说了那些话，随后还抢了她的手机。

“我刚刚看到了，你手机屏幕上设的壁纸是秦舟吧？”

梁昭昭将手机抢了回来，紧紧握在手上。

“关你什么事？”

萧苒笑了声：“知道为什么你明明试镜通过，无双这个角色还是给了我吗？因为我喜欢，所以喊秦舟哥哥亲自打电话帮我和试戏的副导演说了。你大概不知道吧，我和秦舟青梅竹马，他妈妈，我喊干妈。就你这样的人，也配接近我舟哥哥，我是不会给你机会的。”

最后萧苒扬起下巴，高高在上地看了她一眼，蹬着高跟鞋离去了。

她想起了自己当时有多崩溃，不相信萧苒的话，跑到副导演那里去质问求个解释。

副导演只是说，萧苒背后有他们得罪不起的人，这个角色只能给萧苒。

她缠着那位导演问了很久，哭着问他是不是秦舟，最后那位副导演对她点了头。

曾经追星追得有多真情实感，报应来得就有多突然。

那天的梁昭昭，觉得自己就好像一个笑话。

她喜欢秦舟始于颜值，终于人品和才华。

她以为他的一切都是靠他自己努力来的，他对每一部作品的认真她都看在眼里。

她会心疼他因为拍戏辛苦不睡觉，为了融入角色去苦练各种技能。

尽管外界都说他后台有多牛，但她作为粉丝，依旧相信她家哥哥不是靠后台而是靠他自己的努力。

结果呢？

他好大一巴掌，打在她脸上。

他靠不靠后台她不清楚，她只知道他靠后台扼杀了一个普通女孩的努力。

更可笑的是，那个女孩还将他当成努力的目标。

……

厨房内，夏云和萧苒还在因为角色的事情争吵。

夏云显然也是忍得太久，面对萧苒得寸进尺的欺压终于不堪忍受，一朝爆发。

“我不换，这个角色是我抽签抽来的，本来就属于我，而且我也很喜欢。”夏云说完，不想再跟她纠缠下去，拿了个杯子去接水了。

“你真不换？”萧苒气愤地又问了一遍。

夏云这次表现得异常硬气：“不换，你要告状要找你爸就找吧。我现在有人气了，真以为我还像没出道时那样好欺负啊？你再逼我，我就把这事曝光到网上，我想公司也不愿意引起粉丝激愤吧？”

萧苒脸色白了，她真没想到一直在她面前言听计从的师妹，突然就变得如此嚣张。

忍了这么久终于出了口气，夏云看到萧苒脸上的精彩表情，爽了，端着刚接好的热水，打算往外面走。

“站住！事情没解决你想去哪里！”萧苒拉住夏云。

她这一动作，夏云手里刚端的热水洒出来，溅到了两人的手背上。

夏云最近感冒，每次打水都是打开水，水溅出来，两人的手背以肉眼可见的速度红了。

两人都叫了声，夏云第一反应是放下玻璃杯，打开厨房的水龙头把手伸到水龙头下面去冲凉水。

疼痛让萧苒的怒气到达高潮，她看着弯身洗手的夏云，咬了咬牙，举起手臂：“我看你就是故意的！”

她这一巴掌还没甩下去，手腕就被人拽住了。

萧苒一看是梁昭昭，更愤怒了：“关你什么事，你给我放手。”

梁昭昭双目冰冷，手下力道毫不留情，五指捏在萧苒烫红的地方疼得萧苒嗷嗷尖叫。

“这么多年了，你还是老样子。”

梁昭昭终于知道，为什么她失忆后见到萧苒的第一眼起，就对她无比厌恶。

“疼！你给我放手！”萧苒叫着，尝试用另外一只手掰开梁昭昭的手。

梁昭昭甩开她的手，弯身转头去看夏云：“你没事吧？”

夏云摇摇头：“我及时冲了凉水，应该没有多大的事。”

萧苒听到她的话，想起自己刚刚太疼太气愤只想着教训夏云，都忘记冲凉水了，她连忙走过来，要将手往水龙头里伸。

她的手背还没碰到水，人就被梁昭昭拽了回来。

梁昭昭弯唇讥笑，美目冷冷地看着她：“想什么呢，先道歉懂不懂？”

“你个疯子，你给我放开。”萧苒举起手想打梁昭昭，梁昭昭拽住她另外一只手，双手用力将她一推。

萧苒穿着高跟鞋，人没站稳，跌坐在地上。

“梁昭昭！”萧苒尖叫着在地上撒泼，一双眼睛死死盯着梁昭昭。

站在旁边看着这一切发生的夏云目瞪口呆。

她只觉得眼前的昭昭姐，好像跟以前不太一样了，她做了自己一直想做却没敢做的事情。

“昭昭姐，咱们这样会不会太过分？”

萧苒那眼神，简直是想把她俩都杀了。

梁昭昭淡声问了句：“这里没有摄像头吧？”

夏云：“萧苒来的时候检查了，这里没有。”

“那就好。”

她这副云淡风轻的样子成功惹毛萧苒。

萧苒从地上爬起来。她哪里受过这种委屈，气得眼眶都红了，泪珠在眼里打转，手指着梁昭昭颤巍巍道：“你给我等着，我不会放过你的。”

梁昭昭红唇扬起，对她笑了笑。

“这次是想向谁告状？你爸爸，还是你哥哥？或者是——”她顿了声，轻慢道，“秦舟？”

“其他人我不知道，秦舟肯定不会帮你的。”梁昭昭走了过去，附在萧苒的耳边说，“因为他现在，什么都听我的，可乖了。”

她很懂萧苒的痛处在哪儿，一踩就直击要害。

看着萧苒憋屈愤怒恨她恨到死的表情，梁昭昭很是满意。

砰砰砰——

厨房外面传来敲门的声音。

“萧苒？夏云？是你们在里面吗？”

是唐学明的声音，外面站了几个人影，应该听到夏云和萧苒的尖叫声赶过来的。

“昭昭姐，你还反锁门了啊？”夏云记得她进来的时候，门没锁啊。

“嗯。”

梁昭昭点了下头，走过去打开了厨房反锁着的门。

门外是唐学明和谈先生，不远处还站了个秦舟。

“里边怎么了？”唐学明探头问道。

梁昭昭回答：“没什么，夏云和萧苒被开水烫到手了，你们找人帮她们处理一下吧。”她说完，掠过唐学明，径直走了出去。

唐学明和谈先生听到梁昭昭说的话后，都去厨房了，室外就只剩下她和秦舟。

秦舟看到她走过来，拉住她的手，攒眉道：“你怎么了，看上去脸色不太好。”

梁昭昭抬眸，定定看了他两秒：“没事，头有点晕，我去休息会儿。”说完她抽出手，头也不回地走了。

滑腻嫩白的小手从他掌心里迅速抽出，等他回神，那道倩影已经消失在他的视线范围之内。

秦舟微微敛眸，往厨房里走去。

厨房里，谈先生和唐学明在分别为萧苒和夏云被烫伤的地方涂药膏。

萧苒看到秦舟进来了，刚刚憋回去的眼泪又冒了出来。

“舟哥哥……”

秦舟没管她，走到夏云面前说：“夏云，我有事想问你。”

夏云上完药了，见秦舟找她，跟唐学明说了声，跟着秦舟走了。

两人走到外面，秦舟问她：“你们刚刚里面到底发生了什么？”

夏云听到他这样问，半晌没说话，显然是在犹豫。

秦舟：“没事，你就把真实发生的事情告诉我就行。”

夏云听了，放下心：“那就好，不然我还真不敢把事情告诉你。”

她将刚刚发生的事一五一十地和秦舟描述了一遍。

秦舟听完后，眉心微蹙。

“萧苒威胁你跟她换角色？”

他还以为萧苒只是任性刁蛮了些，没想到她会拿师妹的前途来威胁对方。

夏云点头："这种事她也不是第一次做了，我之前就听说她抢过同剧组演员的角色，其实我这种还算好的。"

只是一个综艺里临时扮演的角色而已，如果萧苒好言好语和她说，她可能也会考虑和萧苒换，只是萧苒那高高在上的态度太恶心人了。

"所以梁昭昭是因为替你出头，才气成那样？"秦舟好像终于能找到问题所在。

"对啊，我也吓到了，我都没想到昭昭姐会有那么大的反应。"

夏云回想起刚刚梁昭昭替她教训萧苒那一幕，嘴角扬起笑，标准迷妹脸。

"真的太帅了，不愧是我偶像！"

秦舟看她一脸花痴样，象征性安慰的话吞回了肚子里。

搞清楚梁昭昭为什么心情不好之后，秦舟来到了她房间门口。

梁昭昭依旧是和夏云分在同一个房间里，他刚刚已经暗示过夏云，这会儿先别回来。

秦舟敲了敲房门。

"谁？"坐在里面的梁昭昭问了句。

"是我。"

里面的人安静片刻，过了会儿卧室的门被打开，秦舟刚想进去，梁昭昭手挡住了他。

"怎么，还不让我进去了？"

"有事吗？"她脸上表情无悲无喜，看上去格外平静。

"有事。"秦舟一挑眉，"你让我进去说。"

梁昭昭依旧拦着他没动。

"在这儿说也是一样的。"

秦舟轻笑一声，偏头过去："你确定？"

他的手搭上她皓白的手腕，从门边缘拉下来："我就找你聊聊，又不会做什么坏事，你怕什么？"说着指腹就开始在她掌心按压，眼神暧昧。

往常这个时候，秦舟说出这种调情的话，梁昭昭早就羞红着脸由着他来了。

然而今天，她神情依旧淡淡的，似乎对他的话并不感冒。

秦舟眼睛眨动两下，再接再厉："就算生气，我也是无辜的吧？你说你心情不好，我想哄你，你也得给我个机会才行啊。

"乖，让我进去。"

他刚想侧身进去，梁昭昭挪动一步，继续挡在他面前。

"我没生气，我说了我只是累了想休息。我也不需要你哄。"梁昭昭勾唇笑了下，"我看是你的萧苒妹妹现在更需要你哄吧？"

"我哄她干什么，她又不是我女朋——"

秦舟话都没说完，直接被关在了门外边。

绝，是真的绝。

第二天需要化妆、彩排还有登台表演，录制内容比较多，大伙都起了个早。戏园给他们选了合适的服装头套还聘请了专业的化妆师来给他们做服化。

妆化好后，他们就去换衣服了。

梁昭昭手里拿的是一件锻白色的长袍，从衣服面料到细节做工都很精致。她换好衣服，系上腰带，拿起一把纸扇，从更衣室内走出来，还真和翩翩贵公子别无二致。

只不过这公子模样，也太俊俏了些。

“昭昭姐，你这衣服也太好看了吧，一看就不便宜。还有脸上的妆也是，怎么我的妆就那么重，你的妆就这么小清新。”唐学明见梁昭昭走出来，对她说了句。

梁昭昭折扇一摇，笑道：“要不然怎么叫白面小生呢，自然是要好看的。”

唐学明上下打量他，嘴角往上歪。

“你笑什么？”梁昭昭见他一个劲儿地朝自己笑，问道。

唐学明：“待会儿姐你就要喊我爹了，一想到自己白捡一个这么好看的儿子，有点小激动。”

两人说话时，其他人也换好衣服出来了，秦舟扮演的角色是侠客，造型和服装都比较飘逸，一袭黑衣英姿飒爽。而作为这幕戏里唯一的女花旦，夏云的装扮清新脱俗，很是好看。

“为什么你们的妆都这么好看，我手气也太不好了吧，你看我这都是啥啊？”唐学明扮演的是丞相，年纪长于他们这一干人等，妆容老气，下巴处还粘了一大撮黑胡须。

“谁让你是我爹呢？”梁昭昭说着还扯了扯他的胡子，“这玩意儿还粘得挺牢固。”

“别扯了！疼啊姐！”

梁昭昭没松手，对他笑了下。

“还想不想当爹了？”

“不当了不当了，您是我爹。”唐学明一秒变㞞。

“我没你这么丑的儿子。”梁昭昭松开了手。

唐学明立马蹦跶到离她三米之外的地方，跑到秦舟身边告状：“舟哥，她太过分了！你也不管管？”

秦舟看了眼那边的梁昭昭，对方在看到他后，装作没看到似的挪开了视线。

他抬腿走了过去，站在梁昭昭身后，上下打量她一番。

“造型不错。”

“谢谢夸奖。”

秦舟的目光落在她腰间那根被她系得松松垮垮的水蓝色腰带上。

“腰带没系好吧？”他站在她身后说了句。

梁昭昭听到他的话后低头去看，谁知道她刚低头，秦舟的手就放在了她的腰带间，轻轻一扯，她差点倒入他怀中。

秦舟装模作样给她整理腰带，头凑过去，在她耳畔低声道：“还生气呢？”

“咳——”

房间里的其他人连忙转过头，当作没看到。

感受到来自某人的魔爪之后，梁昭昭杏眼冷冷地看他一眼。

“别老动手动脚。”

秦舟的手依旧停留在她腰侧，无所谓地说了句：“谁动手动脚了，我这明明是帮你系好腰带，你看你连个带子都不会系。”

“谁要你系，我有人系。”

梁昭昭说完，对那边转过去的两人喊了声：“云云，来帮我一下。”

“有我在还要什么别人帮你？”秦舟一气之下扯着她的腰带用力一系。

夏云这时候走过来，看了眼梁昭昭，又看了眼秦舟，颇有些进退两难：“要不还是让舟哥帮你吧？”

她可不敢和秦舟抢人。

“过来。”梁昭昭朝夏云招招手。

夏云乖乖走过去。

“当然是你帮我，你现在可是我夫人。”梁昭昭说着，用扇子挑起了夏云的下巴。

梁昭昭这身少年装扮，再加上她撩人的动作，还真把夏云整得脸红心跳了。夏云站过去，对秦舟说：“秦老师，麻烦你让开一下。”

秦舟被迫给夏云腾了地。

唐学明见状走了过去，小声在秦舟耳边说：“舟哥，还没哄好呢？”

秦舟看着那边的场景，冷笑了声道：“你说得对，这女人，就不能太宠着。”

瞧给惯出的毛病。

几人在门口聊天，更衣室内走出来最后一个人。

一见到她，在场所有人都没忍住笑。

实在也不能怪别人，主要是萧苒鼻梁中心那块“白豆腐”实在太醒目了，这“丑角”的作用更像是给剧增加喜剧的成分。

“哈哈哈哈哈，这花脸画得着实妙啊。”唐学明已经毫不客气地先笑为敬。

其他人倒是没怎么表现出来，但那隐隐在嘴边压不住的笑，让萧苒更加恼火：“笑，笑什么笑啊你们！有本事自己来演！”

“苒姐，你还是别说话了，你一说话，你这张脸显得更搞笑啊，哈哈哈！”

萧苒听到唐学明这么说，才刚刚出来又被他气得躲回了化妆间。

到了正式表演，他们在后台候场的时候便看到台下坐了很多人，除了乐队老师还有戏曲界的大师。

“别紧张，好好表演就行。”戏园的谈先生安慰他们道。

他们一个接着一个上台，最先上台的是梁昭昭和夏云。

这幕戏大概就是丞相公子厌倦朝野争端，向妻子辞行要去江湖闯一闯。

节目播出去看到这段时，弹幕都炸了：

“啊啊啊，昭昭居然是男装！好俊俏哦！”

“这贵公子也太美了点，出去闯江湖真的不会被坏人拐走吗！”

“哈哈哈哈人家这不是有大侠保护吗？”

“秦舟演侠客吧，我看他们几个对戏念词的时候，侠客和丞相公子的词可真是啧啧啧……什么蓝颜知己，此生最好的兄弟啊，如果不是公子家里有个夫人，我都要怀疑他俩才是一对儿了。”

接着便是秦舟和梁昭昭的戏，侠客和丞相公子的初相遇。

内容很狗血，初入江湖的公子遇到劫匪，差点丢了钱财和性命之际，侠客挺身而出救了他。

再接着是丞相和侍从一起密谋大计，这幕戏轮到唐学明和萧苒一起上。

他俩的妆容都比较夸张，尤其是萧苒。

“哈哈哈哈哈哈哈哈，萧苒这是什么鬼！”

“她来这个节目真的是为了搞笑的吧。”

“太逗了哈哈哈。”

“演得真的不好，念个词都有气无力，我看她这段戏的看点也就在于她脸上这点妆了。”

最后一幕戏，全员都在台上。

侠客拿着剑刺向罪行昭昭的丞相，可他万万没有想到，他的兄弟会冲上来挡那么一刀。

最后贵公子倒在地上，有一段侠客的独白和一段公子夫人抱着丈夫尸体哭着指责众人的唱段。

全剧到这里就结束了，台下纷纷鼓掌。

躺在地上的梁昭昭睁开了眼睛，秦舟朝她伸手本意是想扶她起来，却没想她自个儿利索地从地上爬了起来，秦舟只能装作若无其事地收回手。

这期节目结束，就意味着《来者是客》上半季的录制已经结束。导演组的人和他们说下次录制时间会再通知他们，到时候便是以直播的形式进行录制。

戏园就在北城，回去都挺方便。

录制结束后，梁昭昭直接打了个电话给江落。

“喂，落落。”

“嗯，我们这边录制已经结束了，你来接我吧。”

“好，我在戏园门口等你。”

和江落打完电话，她转身想去屋内等，结果一转头就看到了站在她身后的秦舟。

“怎么了？”

这次是她主动和秦舟说话。

秦舟双眸沉沉看了她许久，想从她表情里窥探个所以然出来。最后盯着看了半天，对方在他直勾勾的视线下依旧目光平静，反倒是他越看越心浮气躁。

“怎么了，我还想问你怎么了。”

他往前走一步。

“你到底在闹什么？”

这样没有由头的冷落，一两次他还能觉得她是瞎吃醋，也是一种情趣。可她已经整整一天都没理过自己了。秦舟想不通，明明昨天上午都好好的，下午萧苒和夏云吵了架后，她反而和他翻脸不认人。

“我没闹。”

“没闹你这个态度对我？如果是因为萧苒的话，我再跟你解释一遍，我不喜欢她，我对她也没有任何感觉。”秦舟左思右想，还是觉得问题应该出在萧苒这儿。

毕竟除了这个，他想不出还有什么能让她在意的。

梁昭昭没说话，漆黑漂亮的眼睛安静地看着他。

秦舟见周围没人注意到他们，又开始心猿意马起来，他走过拉起她的手，勾住她一根小指头。

“你知道的，我只喜欢你。

“所以不要闹了，好不好？”

梁昭昭看着他求饶的样子，突然觉得有些好笑。一朝梦醒，以前种种皆在眼前浮现，秦舟确实改变了很多。以前的他，就算和她在一起，也很少会说一句软话，更别提像现在这样放下架子一而再再而三来哄她。

她没有甩开他的手，任凭他握着。

“不喜欢，你还不是纵容着她一路追你追到这儿？”她看着他，轻笑着反问了句。

“什么？”秦舟皱了皱眉，脑子没转过来。

“说起来，能看到你的地方都有萧苒吧，她还真是追你追到天涯海角呢。”这次轮到梁昭昭朝他走近，她微扬起下巴，语带讥讽，“大到你演的每部戏，小到你参加的每次活动，她都得跟着。你呢，也没拒绝，就让她这么跟着，跟在你后面，狐假虎威，胡作非为。”

她这一问，秦舟还真语塞了，他以前都没注意，现在仔细想想，还真是，几乎他参演的戏里都有萧苒。

“她要跟着我也没办法啊，她是导演招进来，又不是我招进来的，我总不能把她换了吧？”

“你当然不会换她，你只会把别人换了。”梁昭昭冷笑着接了句。

“什么意思？我怎么听不懂？”

梁昭昭突然有些烦，敷衍道：“没什么，听不懂算了。”

她说完正准备走，人又再次被秦舟拉回来。

“你把话给我说清楚。”

“说不清楚了，反正你什么都不知道。”梁昭昭说完，接着又道，“而且录节目的时候，咱俩不应该避嫌吗？你是嫌我们的事知道的人太少是吧？早知道这样，你当初干吗钻那个垃圾桶，直接站出来让大家都知道得了。”

讽刺完一波后，梁昭昭走了。

留下秦舟站在原地，还没消化完刚刚到底发生了什么。

江落的车很快开了过来，梁昭昭坐上车，系好安全带。

“昭昭，节目录完这期算是告一段落了吧？”

“嗯，下次录制就是直播了。”

“听上去就很有意思。”

“有意思什么啊？”梁昭昭笑，“多少明星在直播里翻车，人设崩塌，被人追着骂。”

江落：“你不会啊，你本人私下和镜头里一样可爱。”

梁昭昭这才反应过来，她失忆的这段时间大众对她的印象似乎有了挺大的改观。

“是吗？”她想了想最近这段时间发生的那些事，这哪是可爱，简直是傻。一想起她在秦舟面前做的那些事，她都开始头疼了。

车正好行驶到梁昭昭家门口，江落停好车后，伸手捏了把梁昭昭满满胶原蛋白的脸。

“是啊，我们昭昭最可爱了。”

感受到对方的“爪子”已经伸到了自己的脸上，梁昭昭对她微微一笑：“落落啊，我告诉你一个秘密好不好？”

“好呀好呀。”

“我已经恢复记忆了。”

江落捏她脸的动作一顿，双眼眨巴两下，迅速放下手，惊讶地捂住嘴：“你想起来了？”

“嗯。”

“想起来多少？”

“都想起来了。”

“我去。”江落对她露出一个讨好的笑，“Boss，刚刚的事你就当没发生哈。”

都怪失忆时的昭昭太软萌好推倒，又长得这么漂亮，她才忍不住下手的嘛！如果是她老板回来了，她是万万没有这个胆子的。

“我去打个电话给念寒姐，这件事她知道了一定会挺开心。”江落说着，拿起手机准备打电话。

梁昭昭拿过江落的手机给她摁了锁屏：“这件事不用告诉念寒姐，目前也只有你一个人知道，你不要告诉任何人。”

江落：“你不打算让其他人知道吗？”

“先瞒着吧。”

“那为什么就告诉我啊？”江落突然觉得压力好大，万一她嘴没把严咋办？

梁昭昭冲江落眨了下眼，手搭在车门上。

“因为你可爱啊。”她说完推开了车门，迈腿走了出去。

江落在车内眨了两下眼，后知后觉反应过来自己被撩了。

啊啊啊，她熟悉的 Boss 居然回来了！

可是就算是恢复记忆的昭昭，她还是觉得好可爱怎么办！

刚刚她还夸她了呢！

梁昭昭回到家后，一个人在家安静坐了会儿。

随后，她打开手机，发了条信息给梁宇。

“我回来了。”

她接着又发了一条。

“想吃你做的饭。”

梁昭昭坐在家里等了快一个小时，终于听到了开门声。

她看到梁宇走进来。

“你怎么这么晚才回来？”

“打了场球赛，才看到信息。”

“饿死我了。”她趴在沙发上，看着他道。

梁宇对她笑了笑：“我现在就去做。”说完他往厨房走过去。

路过沙发的时候，他的手臂被他姐拉住。

梁昭昭盯着他看了一会儿。

梁宇疑惑地问了句：“怎么了姐？”

“没什么，就想好好看你两眼。”

“干吗呢，你不就去录了两天节目吗，整的咱们跟很久没见似的。”梁宇笑道。

梁昭昭扯唇笑了笑，放开他的手。

“好了，你快去做饭吧。”

晚上。

梁昭昭坐在沙发上玩手机看电视，梁宇坐在她旁边打游戏。

这时候家里的门铃突然响了，两人开始都没动。

梁昭昭：“去开下门。”

梁宇盯着手机头都没有抬。

“你去吧，我这没空走不开。”

梁昭昭瞪了他一眼，站起身走到客厅门口，从监控画面来看，找她的人不是秦舟，是萧泽。

她稍微松了口气，打开了门。

萧泽看到她后，笑着道：“昭昭，好久没见了。”

梁昭昭也对他笑了笑：“先进来吧，萧泽哥。”说着她弯腰替他拿了一双拖鞋，放在他脚边。

萧泽站在门口却半晌没动，镜框后的眼睛微微眯起。

“你刚刚叫我什么？”

自从她失忆后，她一直都是喊他“萧总”，再也没有唤过他一声“萧泽哥”。

“呃——”梁昭昭反应过来，转头对萧泽道，“萧泽哥啊，我听小宇说我以前一直这么喊你的，没什么问题吧？”

萧泽打量她片刻，收回目光，笑道：“当然没有，你能这么喊我，我很开心，也很怀念。”

“我也挺怀念的。”梁昭昭在心里想。

两人进了客厅，梁宇那把游戏还没结束，正在浴血厮杀中，看到萧泽过来了也只是抬头喊了声又立马低下头专心玩他的游戏。

“要喝点什么吗？”梁昭昭问道。

萧泽：“咖啡吧。”

十分钟后，梁昭昭端了杯咖啡递给萧泽。

“小心烫。”

萧泽端起杯子，薄唇微抿了口，而后看了看杯中的咖啡，抬眼道：“你怎么知道我只喝不放糖的黑咖啡？”

“你们这些成功企业家不都这样吗？我看电视里，那些总裁都是这样喝的。”她对答如流。

萧泽笑了声：“电视里的东西可不靠谱。”

“至少我现在蒙对了，不是吗？”

萧泽放下手中的杯子，看着她问道：“昭昭，你是不是已经想起来了？”

沙发另外一边坐着的梁宇正好结束一把游戏，听到这句话后猛然抬起头。

“什么？姐，你都想起来了吗？”

“没有。”她快速否认，抱着枕头楚楚可怜道，“我偶尔会想起来那么一点点，但是很快又忘了，就跟没想起来过一样。这样下去我什么时候才能找回丢失的记忆？”

梁昭昭朝梁宇肩膀上拍了拍。

“时间不早了，小孩子快去睡觉。”

梁宇耸耸肩：“挺早啊，不才十一点嘛，夜生活才刚开始。再说了，我是小孩你是什么，你明明现在比我更小。”说完，他还伸出手摸了下梁昭昭的头，“昭昭乖，快去睡觉，睡眠时间对未成年人来说可太重要了。”

“你走不走？”她双眼一瞪。

梁宇闹归闹，本质还是很听他姐的话，乖乖回房间睡觉去了。

空荡的客厅内就剩下她和萧泽两个人。

萧泽先说话：“和秦舟在一起了？”

梁昭昭愣了下神，随即点头。

萧泽笑容有几分苦涩：“我到底还是再次错过了。”

“就和小宇说的一样，你会找到更好的。”恢复记忆后再次见到萧泽，她比以前更心疼他，可是心疼不是爱，就算知道他的心意，她也什么都给不了他。

“可你才是我最喜欢的。”萧泽说道。

梁昭昭心里一疼。

从前萧泽从未和她说过这样的话，他一直都像个大哥哥一样守在她身边，帮助她保护她，这些年她欠他的太多了。

“对不起。”

除了这句话，她也不知道该说什么。

“傻丫头，你又没做错什么，说什么对不起？”萧泽说道。

那天演唱会，他也去了，演唱会结束之后，他本来想亲自到后台和她说一声恭喜。

可是他在现场看到了秦舟，秦舟看台上的深情眼神完全是沉浸在幸福里的样子，梁昭昭唱《朝暮》的时候，视线也总是落在观众席位上秦舟坐的位置。

兜兜转转，这么多年，她还是选择了秦舟。

两个都是他重要的人，除了退出，他好像没有第二条路可以走。于是当晚他找了个借口离开了，连祝福的话都没亲口告诉她。

梁昭昭低下头，她怕自己抬头会忍不住想哭。

“其实我今天来，就是想告诉你，我喜欢你，但这种喜欢，可以是爱情，也可以是友情。昭昭，一直以来我都希望你能幸福。既然再来一次，你依旧和他走到了一起，那就好好珍惜吧。”

比起喜欢，他对她更多的是心疼和怜惜，久而久之这种感情就转化成了爱。

“秦舟他——”萧泽想到什么，笑了笑，“他能敞开心扉爱一个人也不容易。”

毕竟那小子从小到大，学会了各种各样的本事，唯独没学会好好爱一个人。

“你还真是……”梁昭昭把眼泪憋了回去，看着他道，“什么都让你说了，你这样搞得我好内疚。”

萧泽：“你内疚什么？你什么都忘了，拒绝一个普通朋友而已，不需要内疚。”

他以前不说也是怕给她太重的心理负担。

“我就觉得，你人真的挺好的，我好像伤害了一个很好的人。”

连被人拒绝都那么温柔的萧泽哥。

“行了，我拒绝好人卡。”萧泽说完，看了下手表，“时间不早，我也回去了。”

“嗯，我送你到门口吧。”

萧泽笑：“被发好人卡后还真不一样啊，以前我哪有这待遇？”

梁昭昭看着他走后，关上门，重新坐回沙发里。

这一刻她发现，自己居然有些想秦舟了。

在一起之后睡觉前互相道晚安已经成为他们的习惯，今晚，她还没和秦舟说晚安。

她摇摇头，阻止自己再去想这些。

打开抽屉翻出药盒，她服下一粒安眠药，躺下睡了。

不得不说《长大》的制作团队效率高，杀青一个多月后，就宣布了《长大》的定档日期，并同时召开媒体见面会，所有主创皆要出席。

见面会现场，所有主创人员，导演、制片人、投资方还有演员都来了，今天将会在现场播放影片最终版超长预告片。

预告片播放完了后，媒体的焦点再次回到主创团队上，记者们纷纷提问。

梁昭昭和秦舟作为这部戏的男女主角，自然被点名次数最多。

“请问二位片场发生过最感动的一幕是什么呢？”

“这个问题涉及剧透，我就先不说了吧。”梁昭昭笑着道。

“和秦舟影帝搭戏有什么样的感觉？会不会压力很大？”

“压力肯定会有的，不过秦老师工作很认真敬业，和他一起拍戏我真的学到了很多。”标准官方式回答。

对方话筒挪到了秦舟面前：“大家都知道这是昭昭第一部大银幕女主戏，作为合作的男演员，秦影帝有什么想对昭昭说的吗？”

秦舟听到这个问题后，转头看了眼旁边的梁昭昭。

她今天穿了条贴身红裙，裙摆开衩，衬得她身材玲珑有致、肤白若雪，一双交叉的笔直小腿露在外边，分外动人。

“我就想问她什么时候能理老子。”秦舟在心里腹诽。

“秦老师？”记者见他半晌没说话，喊了他一声。

秦舟依旧侧目看着梁昭昭，片刻后说了句：“下次什么时候再合作？”

满堂哗然，这位银幕新人好大的面子！

记者：“哇，虽然是第一次演女主电影，但是我们影帝对昭昭还是很认可的嘛，这就开始预约下次合作了？”

话筒又递回给了梁昭昭。

梁昭昭接过，笑着回应：“有机会当然是希望可以再合作的，毕竟能和秦老师这样优秀的演员搭戏，是我的荣幸。”说完，她还满脸感激地对着秦舟也笑了笑。

等到采访结束后，媒体还要求他俩站一起拍合照。

“两位怎么好像有点拘谨，再靠近一点嘛。”摄影师说道。

梁昭昭手里拿了束花，听到摄影师说话后朝秦舟靠过去一点。

咔嚓！

拍照声响起时，秦舟嘴角微动，手臂揽过梁昭昭的肩，两人之间的那点缝隙荡然无存。

拍完照之后，秦舟接受了几个记者的采访，等他回答完问题，发现刚刚还在视线范围内的梁昭昭又不知去向了。

“抱歉，有点事，先不接受采访。”

推拒了来找他的记者，他开始在会场内搜寻梁昭昭的身影。

找了一圈，他终于看到了那道倩影。

刚想走上前，却发现她的身边还有另外的人。

萧泽作为投资方也来到了今天见面会的现场，两人此时正在会场一处有说有笑地聊天，梁昭昭对萧泽的脸色可比对他好多了。

想起那天给她打电话，萧泽也在她家，这俩到底什么时候又走这么近了？

梁昭昭和他闹脾气难不成是因为萧泽？

秦舟站在暗处，目光沉沉地盯着不远处的那两个人，气到快失去理智。

而这一边，梁昭昭碰到萧泽后，两人聊了会儿。

没多久记者就找上了她，她又接受了几个采访。她感觉自己有点累了，便和记者说今天不再接受采访，想着回后台找裴念寒一起回去。

反正今天的活动也差不多结束了。

后台依旧还有一些媒体在和剧方还有演员交流，梁昭昭一整天在镜头下面维持得体的仪态，这会儿肩都有些酸了，她捶着肩膀往裴念寒所在的会客间走去。

她路过一间房时，原本开了条门缝的房门突然打开，随后一只手从里面伸出来，在她猝不及防的情况下就这样将她拖进了房间里。

梁昭昭刚想尖叫，嘴巴却被人捂住了。

她第一反应是自己遇到了变态，也怪自己心大，以为这样的场合，一般人没法进来，身边也没带个助理或者保镖。

“别叫，是我。”秦舟低头在她耳边说。

梁昭昭听到他声音后总算放松下来，随后更气了，秦舟他这是想吓死谁？

高跟鞋一脚踩在他皮鞋上，他吃痛地放开了她。

“秦影帝这是干什么，绑架？”梁昭昭没好气地问了句。

“我找你就是绑架，你和萧泽整天黏在一块就合适了？”他这话说出来，醋劲大到连他自个儿都被酸到了。

“我哪有和萧泽……”梁昭昭刚想反驳，随后想起自己刚才确实和萧泽聊了那么几句，“我和他没什么，人家萧泽比你正人君子多了。哪像你，你不知道外面都是媒体记者啊，就这样把我拉进来。”

她刚刚是真的被他吓到了。

秦舟黑眸眯起，扯了扯唇，笑容有几分邪气：“你说什么？”

她现在越来越能耐了，还开始拿萧泽和他做比较，看来最近真的太惯着她，她说什么是什么。现在居然还敢在他面前提别的男人名字。

“我说……”

她话都还没说出口，整个人突然被秦舟抱了起来。

梁昭昭非常纤瘦，秦舟搂着她的腰稍微一提，她整个就被他提起，随后他撩开她的裙子，托住她的腿，将人抵在墙壁和他之间。

“你说得没错，萧泽是正人君子，我不是。”

她今天妆容较为艳丽，看上去倒是成熟不少，娇艳妩媚的样子，让他心头发痒。

秦舟一只手抱着她，一只手抚过她的脸侧，随后来到嘴角。

“所以你最好乖点，不要逼我。”

他这副痞气十足的样子反倒让他看上去更为性感，梁昭昭晃了下神。

都怪自己失忆这段时间对他太花痴，导致现在都没法完全扭过来。

这个姿势确实不怎么雅观。

梁昭昭捶了下他的肩膀，小声道：“你先放我下来。”

“求我啊，求我我就放你下来。”秦舟看到她羞窘的模样心情好了很多，连带刚刚的怒气和醋意都退了一大半。

“秦舟，不要太过分，你会后悔。”她对他笑道。

秦舟倒也没真想对她怎样，把人放了下来。

梁昭昭瞪了他一眼，刚想走，结果她往左走一步，他也跟着往左走一步，她往右挪一步，他也跟着往右挪一步，把她的路堵得死死的。

“你真的是——”

太无赖了。

“别走啊，我这绑架人质，总得有所图吧？”秦舟吊儿郎当地道。

“说好的给我点冷静思考时间呢，秦老师这是要说话不算数？”梁昭昭手扶着墙，脸上看着还淡定，实则已是心乱如麻，他越靠近她，她便越失控。

房间内轻轻荡起他的一声低笑，秦舟一手撑着墙壁，黑眸看向她。

“你冷静啊，没说不给你时间。”

“那你这是——”她微微皱眉。

秦舟头低下去，温热的气息蔓延到了她的耳后。

“你冷静时间那么长，再冷我要被你冷死了，我得先讨要点甜头。”

说着，他低下了头。

梁昭昭看他这架势是要亲过来，脑子还没来得及思考，眼睛就先闭上了。

在距离她嘴角一厘米的位置，秦舟停住了。

他暗沉的视线落在她脸上，她此刻正双颊微红着闭眼，一副等待他来亲她的模样。

拔掉了刺，还是他熟悉的昭昭。

秦舟放心了，他站直身体，当作无事发生轻描淡写地说了句：“好了，你走吧。”

梁昭昭睁开眼，后知后觉地发现自己着了秦舟的道。

如果不是她现在没心情对付他，哪还有他撩她的份儿？

不想看他春风得意的样子，梁昭昭正准备打开房门走的时候，他又摁住了她的手。

梁昭昭瞥他一眼，眼神意思是：“你还有事？”

秦舟：“我的事我会解决，你也不准和萧泽走太近了！”

“这房间真的酸到我要待不下去了。”

梁昭昭说完，摁下房间门把，走了出去。出去后，为了怕别人看到，她还很贴心地帮秦舟把门给关上。

赶完一天的行程回到家里之后，梁昭昭放了热水，脱下衣服泡了个热水澡。

刚刚恢复记忆，一段又一段的事情涌进她脑子里，等到全部想起来了，她才发现自己无忧无虑地和这个世界赤诚相对的这几个月真的是白捡回来的。

她已经很久没有如此放松地活在镜头下、活在大众视线里，也很久没有试着放下一切防备和遇到的演员、明星交朋友。

更别提，敞开心扉毫无保留地去谈一场恋爱。

她又想到了秦舟。

因为当年萧苒那事儿，她已经不再把他当作偶像，之后她身上发生的那些，再软的心也给磨硬了。她开始学会给自己套上一层硬壳，游走在这个五光十色的圈子里。

其实她本来没想过要和他有交集的，毕竟她对这个圈子所有美好的幻想都是从他这里开始打破。她越走越远，终于到了能见到他的高度。

却没曾想他们的相遇，是如此具有戏剧化。

秦舟跳下来救她的时候，她居然又不可抑制地对这个男人心动了，当年她这么迷恋秦舟是有原因的，这个男人的每一处都恰好踩在她的审美点上。

她喜欢他，可那种喜欢，太过浮于表面。

她更想探究，私下的他到底是个怎样的人。她曾经喜欢了他那么久，以为他很好，结果到头来却给了她当头一棒。

就跟猫咪对看上的猎物会充满好奇一样，她也没忍住朝秦舟伸出了试探的爪子。

这一试探，才是真正的惹火上身。

到了最后，真情假意，她自己都分不清了。

只能说她和秦舟这段感情的开始就缺少信任，最后也没法支撑她为了那不确定的爱放下所有。

说来也可笑，她和秦舟虽然曾经在一起将近两年，可惜这两年，他俩行程都忙得飞起，见面的时间少之又少。每次就算见到了，基本上也是直奔主题。所以她一直都觉得秦舟对她身体的兴趣盖过对她本人的兴趣。

不过这些她也从不计较，反正她一开始也不是奔着和他正经谈恋爱去的，本质也是喜欢他的颜值罢了。有点带报复性地，蓄意接近他。当年的伤害已经在她心里刻下一道疤，喜欢与厌恶交织下，这道疤成了执念。

她想得到秦舟，就当是圆了她当年的一个执念。

之后两人性子都要强，又不够坦诚，这段感情里堆积了太多问题。

她那时候一心忙于事业，想要证明自己。

秦舟却差点违背她的意愿想要公布恋情。

这一刻，梁昭昭才看清了她和秦舟之间的差距。他是天骄之子，身后退路无数条，来娱乐圈更像是玩票性质。就算最后玩脱了，也没什么关系。

可是她不一样，她只有这条路，这是她唯一能够证明自己价值的地方。她如果跌倒，就再也爬不起来了。

所以当秦舟的母亲找上她，和她说了那样一句话，她现在都还记得。

那时候她和秦舟被狗仔拍到的照片，不仅仅传到了他们手里，还传到了秦舟母亲手上，当时他母亲拿着照片过来找她。

秦母来的意思很简单，希望她可以和秦舟分手，条件随她开。

梁昭昭当然不会同意，她就算真的和秦舟分手，也绝不会用这个做买卖，这是她的底线。

当时那位高高在上的美艳妇人对她说了这样一句话，用状似怜悯的语气说：

“其实你也挺可怜的，我知道你从小没有父母，在这个圈子里混很不容易吧，如果你能答应我的条件，我可以帮你。到时候你得到的，会比你想象中的还要多。”

这是压垮她自尊心的最后一根稻草。她想起了当年的事情，或许秦舟也只是借着名和势，给认识的妹妹行个方便而已。

他们这些上位圈的人，哪能想到他们这些两手空空，只能靠自己努力咬碎牙往上爬的人的痛苦呢?

所以她永远没法指望秦舟能理解她，因为他们从来就不是一个世界的人。

她也不愿意去和秦舟说这些，她觉得没什么意义，不过是将自己软弱灰暗的一面再次展现给人看罢了。

在圈子里的这些年，她一直都很压抑自己，人前光彩艳丽，人后却每晚只能靠吃安眠药才能勉强睡着，甚至还需要用药物来调节情绪，当时的她想什么都是悲观的。

不可否认，这些年她名利都得了，却过得越来越不开心，有些东西她劝自己别去管别去想，真正放下又哪里来的那么容易。反倒是和秦舟在一起，她能够获得短暂的快乐。但是这样的感情，太虚幻了。

在没能证明自己之前，她和秦舟在一起，只会被更多人看不起，她那些被大众津津乐道的“黑料”也会成为秦舟的污点。

那时候的她，已经没有能力再去承担这份感情。

还不如趁彼此没有深陷的时候，趁早结束，也可省去很多麻烦。

可她低估了秦舟对自己的影响，和他分手之后，她才发现他并没有自己想的那么不重要。能够维持两人在一起长达两年，也绝不可能仅仅只是兴趣那么简单。

她好像，也爱上了秦舟。

那时候，他人已经去了国外。

她没想挽回，谁没了爱情不能活?

况且在她眼里，事业排在感情前面，与其拥有一个说不准哪天就离开你的男人，倒不如你自己越站越高来得踏实。

她争着一口气，更加努力地工作，想要挽回在那些人面前，曾经丢掉的自尊。却没料到，拍戏的时候因为想到他一走神，不慎坠马，最后落得个失忆的下场。

再醒来，她把这些年在圈子里的风风雨雨全都忘了，回到了十七岁时，那个还对一切怀着美好憧憬的梁昭昭。

恰逢他回国，他们再次相遇，在她失忆的情况下，再度走到了一起。

以前梁昭昭和秦舟在一起的时候，比起被他掌控，她更喜欢将主动权握在自己手里，喜欢看他为她失控的模样，她自以为自己能在这段感情里做到游刃有余。

但是现在不一样了，什么都好像乱了套。

就像刚才，秦舟朝她靠过来的时候，她会不可抑制地对他脸红心跳，甚至大脑缺氧忘记思考。

他好像，又重新在她眼中闪闪发光。

比起过去那两年，现在的记忆似乎更加鲜活，他们这几个月的朝夕相处，秦舟对她的温柔与耐心，她全都记得。甚至他和萧苒之间的关系，也好像不是她想的那样。

她记忆恢复的开端，是来自萧苒，想起那段事后，她确实在生秦舟的气，也对他冷脸了几天。

但其实冷静下来之后，她也在想，当年的事情会不会是她误会了。

秦舟对演员这份职业的专注认真她看在眼里，也是因为有他，她才能在失忆时演戏进步那么快。他平时再宠她，工作上该严格还是一样严格。当初她试镜得到白秋与这个角色，也是他陪着她在雨中沉浸式对戏感受角色，会用这样方式帮她的人，真的会帮萧苒走后门儿去抢其他人的角色吗?

她甚至没有问他，就已经快相信当年的事不是他做的，或许是萧苒故意串通副导一起来骗她。毕竟萧苒就算不靠秦舟，也是经常性带资进组。

多可怕啊，她现在对秦舟已经迷恋到这个地步了？

都还没问，就选择了相信他。

可是这突然之间，她又没办法像失忆时那样重新和他在一起。所以这些天她假意在和他闹脾气闹别扭，处处找他碴儿，其实就是想躲着他，给自己多一点时间思考。

她到底该怎么办？要不要将她已经想起来的事情都告诉秦舟？但过去她在意的那些事情，就都不存在了吗？

她想不出答案。

不知不觉已经在浴缸里泡了半个多小时，梁昭昭站起身，拿起浴巾擦了身子，又换上了睡衣，干脆吞下安眠药倒头睡了。

“明天再把方案交给我，散会。”

晚上十点，结束完视频会议的萧泽摘下眼镜，揉了揉眉心骨。

手机放在桌案上，他拿起一看，上面显示有三个未接来电，全是他堂妹萧苒打过来的。

萧泽迟疑了下，还是回拨了过去。

“哥，你在干什么啊，我打你好几个电话你都不接？”电话打通后，萧苒在电话里抱怨。

萧泽：“刚刚在开会，手机静音了，有什么事吗？”

“哥，你妹妹被人欺负，你都不管的吗？”萧苒又开始在电话里哭哭啼啼。

“谁能欺负你，你不欺负别人都算不错了。”

“除了梁昭昭还能有谁！自从她出现后，我没有一天开心过！”萧苒接着问，“你是不是也喜欢她？”

萧泽沉默片刻，道：“苒苒，我应该和你说过，让你不要去惹她。”

萧苒今天本来就在秦舟这里受了一肚子气，听到萧泽这样说瞬间就炸了。

“你以为我想惹她吗？是你们！你们一个个眼瞎吗？她到底哪里好了，你们一个一个都护着她。哥哥，她都和秦舟在一起了，你还放不下吗？”

电话那边的人戾气太重，萧泽不禁皱了眉头。

随后，他又听到萧苒说：“哥，以前别人欺负我，你都会帮我的。如果我让你帮我对付梁昭昭，你会答应吗？”

“你想做什么？”萧泽冷了语气。

瞧瞧，这就是她的好哥哥，一提到要对付梁昭昭，他和她说话的语气都变了。怕是她这个妹妹在他心里的分量早就不如那个狐狸精了！

“你就别问了！反正我想做什么哥你也不会帮我，但是我自己的幸福我会自己去争取！”

萧苒说完后，直接挂断了电话。

听着电话里传来的忙音，萧泽总有些心绪不宁。

第二天，梁昭昭有个品牌广告拍摄，是国内知名的彩妆品牌。

“哎，好，看镜头。”摄影师一边告诉她想要拍出来的效果，一边举着相机对她疯狂拍摄。

这种照片往往拍上上百张最后选几张最好的。

梁昭昭自身气质与该品牌很是契合，拍摄过程中倒也没出现什么问题，一上午便完成了拍摄。

拍摄结束后不久，梁昭昭与品牌经理聊了会儿天，不一会儿，手机响了起来。

“我接个电话。”她对那位经理说，随后起身接了电话。

她一听电话里的声音，便皱眉走了出去。

五分钟后，梁昭昭重新走进来。

“不好意思张总，我还有点事，就先走了，下次再聊。”

被她喊作张总的男人站起来，和她握了握手：“很高兴我们品牌能和梁小姐合作，下次再见。”

从拍摄棚里走出来后，梁昭昭脸色一直不怎么好，脚步走得飞快。

江落跟在她身后，担心地问了句：“昭昭姐怎么了，是发生了什么事吗？”

梁昭昭把刚刚品牌商送给她的礼盒塞到江落手上。

“落落，你先坐公司的车回去吧，我有点私事要处理。”

江落：“什么私事啊？需要我陪你吗？”

“不需要，我自己一个人去就行了。”

她出去之后，刚想拿手机叫车，这时候迎面朝她走来一个西装革履的男人，站在她面前对她道：“梁小姐，我们是夫人派来接你的，请跟我们上车。”

梁昭昭上下看了看他：“你家夫人怎么知道我在这儿？”

男人板着一张冰块脸，不带感情道：“夫人想知道的事，自然有办法知道。”

他朝她微微鞠躬：“梁小姐，请吧。”

梁昭昭跟着他上了车，车一路行驶去了一家私人会馆，她随着这名保镖走进了一间包厢。

典雅古朴气息十足的包间里，雍容华贵的女人坐在软垫之上，正在烹茶。

她的动作极其优雅，侧颜娴静端庄，光是看脸，压根儿看不出来这是一位接近五十岁的女人。

梁昭昭走进房间之后，妇人放下手中的茶壶，对她一笑。

“来了啊，进来坐吧。”

时隔两年，她再次见到了秦舟的母亲。

她在房门口站了片刻，还是走了进去。

不得不说秦舟的相貌完美遗传了他的母亲，尽管岁月逝去，美人依旧。

秦舟的母亲严曼凡，未出嫁前便是北城名媛，和秦舟父亲秦方淮的联姻也算是一段金童玉女、门当户对的佳话。

严曼凡看到梁昭昭坐下后，拿起小壶，给她斟上一盏茶。茶水青翠，淡淡的碧绿色清新怡人，热气中氤氲，清淡的茶香飘散开来。

“尝尝。”严曼凡将茶杯推至她面前。

杯壁清透光亮，看着像玉，也像琉璃。

梁昭昭未动，杏眼微抬，问：“夫人叫我过来不是为了品茶的吧？”

“别急，先喝茶吧，凉了就不好喝了。”严曼凡说着，端起茶杯微抿了一小口。

对面的妇人始终端庄优雅，难以从表情上判断她的情绪。

梁昭昭看了她一会儿，也端起茶杯尝了口。

茶水进入味蕾，香气馥郁，回味甘甜。到底是出身名门，严曼凡烹得一手好茶。

“姑娘，一年前，咱们见过一次，你还记得吧？”片刻后，严曼凡切入主题。

“记得的。”这时候梁昭昭无比庆幸自己已经恢复记忆，不然秦舟妈妈找上门来，当年的那些话还要再重新说一遍给全部都忘记的自己听吗？

严曼凡：“最近我听到了一点消息，你和我儿子秦舟似乎走得很近。”

梁昭昭听到后，放下手中的茶杯，淡淡笑道：“嗯，工作需要，秦舟回国后，我们合作了挺多次。”

严曼凡：“不仅仅只是工作需要那么简单吧？”

“夫人到底想说什么？”梁昭昭问，她更喜欢干脆一点。

严曼凡朱唇微弯：“一年前我找你，以为你能明白我的意思。现在发现，我好像是高看了你。

“不用瞒我了，你和秦舟重新在一起的事我已经知道了。”

昨晚萧泽听到萧苒的话，总有些心神不宁。以他对这位堂妹的了解，她不达到目的是不会罢休的，既然找他没有用，她应该还会去找别人。

她能找的人无非就那几个。

萧泽先是打了个电话给伯父，萧苒的父亲显然没收到什么消息。

除了他和她爸，她还能找谁替她出气？

萧泽思来想去，想到了一个人。

他记得自从秦舟生日，他母亲从国外飞回来之后，好像一直留在北城没有离开。

萧苒从小跟秦母走得近，这事又涉及秦舟，她很有可能会找严曼凡。

萧泽拨了电话，将总裁特助喊到办公室。

“萧总，有什么吩咐吗？”

萧泽：“你去帮我查查这个人现在在干什么。”

难得没有工作放假一天，秦舟不在自己家里待着睡大觉，跑到了他亲爱的经纪人家里。

结束一把游戏之后，他看着界面上显示的十五连胜，手机丢至一侧，摇头叹息了声：“真没意思，又赢了。”

赢得太顺利，毫无游戏体验。

突然，秦舟的手机响了。

手机响的时候，秦舟第一反应是梁昭昭给他打过来的，脸上一喜，赶紧拿起手机。

周斯耀见他这副神色，调侃道："啧，小情人给你打电话了？"

秦舟脸色微冷："错了，是情敌。"

他按下接通键，电话里萧泽难得声音有些急，直接开门见山对他道："秦舟，你妈去找昭昭了。"

"你说什么？"秦舟脸沉下来。

"我想应该是苒苒和伯母说了什么，你们的事估计伯母都知道了。"

秦舟从沙发里站起来，拿起车钥匙往门外走，边走边打电话："我妈她人现在在哪儿？"

"我把地址发给你。"

"行。"

周斯耀看秦舟黑着一张脸急匆匆往外跑，猜到肯定是出了什么事，他也站起来跟着秦舟来到了门口。

"发生了什么？要我陪你去吗？"

"我妈去找梁昭昭了。"

"什么？你妈？严曼凡？"周斯耀提了口气，"那梁昭昭可惨了，她现在这状态，你让她面对你妈，这画面我可不敢想象啊！这好端端的，你妈怎么会找上她？难不成你妈已经知道了你们之间的事？"

他这边话还没说完，秦舟已经一溜烟跑没影了。

萧泽打完电话给秦舟之后，仍然觉得不放心，他又打了个电话给梁昭昭。

梁昭昭此时还在包间内和严曼凡聊天，看到来电后，看了眼对面的秦母，默不作声挂断电话，随后关了机。

严曼凡笑了声："我刚才的建议梁小姐考虑得怎么样？"

梁昭昭呼了口气，对她道："一直都是听伯母说，可否耽误几分钟，让伯母也听我说几句？"

"梁小姐请说。"

"一年前伯母没能用钱财权势打动我，今天更不可能。像您这样的人，应该也不屑于要挟我一个弱女子吧？"

严曼凡目光在她身上审视："能让我儿子在你手里栽两次，你可不是弱女子。"

梁昭昭："您这话就说错了，当初分手伤心的不止您儿子一个人，同样的，栽了两次的人，除了秦舟还有我。"

严曼凡看着她："梁小姐是想跟我说，你和秦舟是真爱不愿意分开所以又走到一起了吗？其实他谈恋爱，我不会管，毕竟男孩子嘛，爱玩，多谈几段都正常。但太认真可不行，舟儿他的婚姻不能儿戏，秦家的门也不是什么人都能进的。我希望梁小姐能明白这个道理。"

梁昭昭笑了笑："伯母无非就是看不上我，觉得我不够资格和秦舟在一起。"

严曼凡："梁小姐大可不必这样说，我不会看不起任何人，但是事关我儿子终身大事，家族声望，我一个做母亲的自然是自私的，希望他能找个门当户对、声誉清白的女孩子。”

“那如果我能配得上秦舟呢？”梁昭昭抬头问。

严曼凡微微皱眉，碍于修养没有明着说出来。

在她眼中，梁昭昭不过是一个在台上唱唱跳跳吃着青春饭的偶像，拿什么跟她儿子匹配?

梁昭昭握住手中的杯子，酝酿片刻，看着秦母的眼睛对她道：“您是他的母亲，本质是爱他的，我也是爱他的，我们不是敌对的关系。我答应你，如果你不点头，我不会嫁给秦舟。哪怕和他谈一辈子恋爱，我也不会占着秦太太的名头。”

严曼凡显然没想到她会这么说。

“你一个女人，难道不需要名分？”多少人挤进豪门，无非就是想争得一个名分。

梁昭昭笑：“我和秦舟在一起，是喜欢他，我不缺名利更不缺钱，也不需要男人和名分给我安全感，结不结婚对我来说没那么重要。”

“可是他的心在你那里，他还怎么会乖乖和其他人结婚？”严曼凡冷声道。

梁昭昭自顾自再续上一杯茶。

“我连自己的心都管不住，我还怎么管他人的心？您也不能太强人所难吧。”

她端起茶杯喝了口茶，笑道：“夫人说得对，这茶凉了，果然就不好喝了。”

“再次见面，梁小姐和第一次见的时候好像有些不同了。”严曼凡打量她片刻，美目微眯道。

“那我是变好了，还是变不好了？”

严曼凡笑：“变得好还是不好，这个没有标准去度量，但我能看出来，你对秦舟的感情更深了。”

梁昭昭神色一愣。

秦舟一路飙着油门赶到会馆，下车之后直接按照萧泽给他的包间号冲了进去。

“先生，这是高级 VIP 的包间，您不能这样闯。”服务员拦住了他。

这家会馆保密措施做得很严格，安保也十分周全。

秦舟摘下墨镜：“订包间的是我妈，所以我能进去了吗？”

屏幕里出现的俊脸此刻就这样出现在自己的面前，服务员倒吸了口凉气，专业素养让她不至于表现太明显。

“请您跟我来。”服务员道。

他跟着服务员一路走到包间里，服务员用余光偷偷地瞄他。

这位影帝真人比电视上还要高大帅气，只是这脸色好像有些不太好看，冷得跟冰碴子似的。

“先生，您母亲订的就是这间包间。”

他听到这个消息后，又怒又急，本来他和梁昭昭的关系就处于冷战状态，他妈这么一搅和，他还能有好日子过吗?

梁昭昭怕是更不想理他了吧?

而且她现在才十七岁的心智，一个小姑娘家的，被人拉过去说这些，还不得被他妈给欺负死了?

秦舟沉了脸，用力推开了门，语带怒气道：“妈，有什么你冲着我来。”

出乎他意料之外的是，包间里只有一个人。

那道曼妙亮丽的背影缓缓转过来，看向站在门口的他。

梁昭昭微微歪头，饶有兴味道：“我可不记得自己有你这么大的儿子。”

第十三章

我有多爱她

▸▸▸

秦舟也顾不上儿子不儿子，大步走进去，看了看室内确实只有梁昭昭一个人。

梁昭昭看出来他在找人，对他说：“别找了，你妈已经走了。”

秦舟敛眸，坐到了她对面的位置。

他握住梁昭昭的手：“我妈她，和你说什么了吗？”

“狗血豪门偶像剧经典片段呗，夫人发现自己的儿子和一个她不满意的女人在一起，又不想伤害母子之情，所以先来游说女方主动离开他儿子。”梁昭昭道。

秦舟原本不太好看的脸色彻底黑了，他攥紧拳头，神色越来越紧绷。

梁昭昭一边喝着茶，一边偷偷欣赏他此刻的样子。

砰——

秦舟突然一拳砸在桌子上，他力道不小，离他最近的茶杯里的茶水都溅了出来。

“你干吗呀，你妈刚找我麻烦你又凶我是吗？”他这突然的动作，还真把她给吓到了。

“我妈的事情我会处理，你什么都不要听，我不会让她再来找你。”秦舟说完，直接站了起来，看那架势是要去找他母亲。

梁昭昭故意这么说是想看他为她着急紧张的样子，没想到他反应这么大，连忙拉住了他。

秦舟刚站起来，手就被她拉住了。

他转过头，看了眼坐着的梁昭昭。

他在她面前蹲下来，反握住那双小手，道：“别怕，也别听。我妈的事我会解决，你相信我。”

“秦舟，不用找阿姨，我和她已经谈好了。”梁昭昭对他说道。

“你们谈什么了？”秦舟蹙眉。

“这个你不用知道，反正我心里已经有了答案。”她说完，也站了起来，“好了，时间不早，我该走了。”

“我送你。”秦舟跟在她身后，道。

“不用，我已经喊了我助理来接我。”

梁昭昭走了几步，秦舟又喊住了她。

“你心里的那个答案，是什么？”

“这个你以后会知道的。”

梁昭昭说完就走了。

秦舟想去找梁昭昭，可如果他连家里的事都解决不了，又好像没有资格找她。

等梁昭昭走后，他拨通了严曼凡的电话。

“喂，妈。”

他还没开口，严曼凡就猜到了他要说什么。

“你打电话给我是为了那个女孩子吧？”

秦舟问：“您对她说什么了？”

“让她离开你。”严曼凡直言不讳道。

“您有什么资格这样做？我和谁在一起那是我的事，都什么时代了，你们二老不会还妄想给我指派个结婚对象吧？

“妈，我的脾气您知道，我认定的事情谁也改不了。不管您同意不同意，我都要和她在一起。既然从小你们就没怎么管过我，现在也别管了。”

等秦舟说完，电话那边的人才开口：“啧，平常跟你说个话聊个天，你嘴里都蹦不出来几句话，今天倒是挺听话。”

“我是认真的。”

“没说你不认真，你要是不认真，怎么可能跑出国大半年，回来没几个月又和她在一起。”

秦舟听到这儿，察觉出不对劲。

“妈，我们的事您到底什么时候知道的？”

严曼凡：“一年前吧，那时候我也找过她一次。”

秦舟总算知道为什么当年他和梁昭昭冲动分手后，她怎么也不肯再回头，原来其中还有他妈也横插一脚。

“那时候您也是找她，让她跟我分手的？”秦舟尽量让自己语气平静一点，可他怎么能平静得了。

“嗯。”电话里他妈的声音倒是一贯的淡定自若。

秦舟被气笑了。

“我居然现在才知道，妈，还是您厉害。”

“我是为了你好，那样的女孩子，配不上你。”先别说一个靠脸吃饭的女爱豆根本配不上她儿子，更别提梁昭昭那些乱七八糟的黑料了，严曼凡甚至查了这两人认识的经过，一眼就看出来这个女孩从一开始就是故意接近他儿子。

“配不配得上，是您说了算还是我说了算？这是我女朋友，是我喜欢的人。您是我妈，您这样对我喜欢的人，您考虑过我的感受吗？

“这么多年了，我不奢求您能懂我一点，不奢求你能弥补我缺失的那些。可您能不能不要再让我痛苦了。”

很多话，秦舟在心里埋了很多年了。

他一直觉得自己是男孩子，所以从小到大，有什么委屈不满都自己吞，从来不会去和父母说，但不说，不代表他真的不在意。

天下有谁能真的不在意自己的爸妈，他只能装作对他们冷冷淡淡，不稀罕他们的关怀与爱，好像这样就能骗自己，他是真的不在意了。

“我让你，痛苦了吗？”严曼凡淡定的脸上终于浮现裂痕。

秦舟不想再说下去。

“您在哪儿，我现在要见您。”

严曼凡：“我已经在机场了，还有十分钟左右就要登机。”

“干了坏事就想甩担子走人？”

严曼凡听到他说这话轻轻笑了声：“我是真的有事，所以也是特意临行前找了那位姑娘。”

“所以您到底和她说了什么？”

“秘密。”

秦舟：“……”

一个两个都开始和他玩保密这套了。

严曼凡：“好了，我要走了。你放心，你妈我这次飞走之后，短时间内不会回国，你想干什么我也管不着。”

说完，严曼凡就挂断了电话。

“喂？”秦舟听着忙音，差点没被气死。

她是走了，那他怎么办？他现在要怎么去面对梁昭昭？

严曼凡挂断电话后，手机直接开了飞行模式。

她没想到秦舟的反应会这么大，她忍不住开始反思自己是不是真的做错了很多事。

一直以为给他最优渥的生活就是爱，可刚刚他居然说她给他的只有痛苦。

那谁能给他爱呢？那个女孩吗？

严曼凡想起梁昭昭和她说的：“原生家庭我是没法改变了，但我相信以秦家的背景，也不需要未来的儿媳妇家庭背景有多优渥吧？我认为夫人更看重的是人。如果我站到了能配上秦舟的位置，希望夫人能够重新考虑我们的事。”

梁昭昭说得没错，秦家的背景不需要联姻，但他们需要一个外界称赞、体面的儿媳妇。明星这个行业，如果有实力有作品，在商界的地位一样不低，甚至娶一个巨星老婆，还能给集团增添声望。

今天一席谈话，严曼凡对这个女孩子倒是另眼相看了，如果她真能做到像她说的那样优秀，那她和秦舟的事自己也未必不能同意。

毕竟，她也是母亲。

没有哪个母亲不希望自己儿子幸福。

从包间里出来后，梁昭昭反倒心情放松了很多。

她想起一句话。

你要相信，这是命运最好的安排。

老天爷安排她失忆，重新和秦舟像其他情侣那样相知相识再谈恋爱，或许是真的用心良苦吧。

她出来时，江落已经在门口等她。

上车之后，江落对她道："昭昭，我刚来的时候好像看到了秦舟，那是他吗？他戴了口罩，我不敢确定。"

"嗯，是他。"梁昭昭应道。

江落："那你们怎么没一起出来啊？"

"我们为什么要一起出来？"梁昭昭朝江落眨了下眼，"落落，你要记住，谈恋爱也是要保持神秘感的，天天腻在一起可不行。"

江落："你有将你恢复记忆的事情告诉秦老师吗？"

"没有。"

"为啥啊？"

"之前是在思考一些事情，现在想通了，但是——"

江落等待着她的回答。

梁昭昭美目微眯，想起这段时间秦舟趁着她失忆各种撩她逗她，连录节目都那么明目张胆，他还真是大胆。

也怪自己那时候什么都忘了，只有十七岁心智的小妹妹，还不是他想怎样就怎样！

是时候，她也该向他讨回一点了。

"落落，其实现在也挺好的，以前我和秦舟在一起的时候，他哪有现在这样小心翼翼地对我。我想让这段日子稍微长一点，所以你先帮我瞒着，谁也别说，尤其是秦舟，知道吗？"梁昭昭对江落道。

江落没太懂她话里的意思，但还是听话地点了点头。

酒吧内。

周斯耀看着秦舟在他面前一杯酒一杯酒往肚子里灌，大概就能明白今天他妈找梁昭昭准没好事。

"你妈逼你们分手了？"他问了句。

"差不多吧。"秦舟说完，又拿起酒瓶往杯子里倒了杯。

周斯耀看秦舟这样，和一年前他与梁昭昭分手时简直如出一辙。

周斯耀攒起眉，抢过他的酒杯："别喝了，你胃不好。"

秦舟把酒杯抢回去，还冷冷地看了周斯耀一眼："别管我。"

"嘿，你以为我想管你？这不是你喊我陪你喝酒的吗？"

"我要是能找别人，我也不会找你。"

他朋友不算少，真正能全然放下防备的只有周斯耀和萧泽。

他总不能在他情敌面前露出这副样子吧，想想也只剩周斯耀这个选项了。

秦舟说着，还看了两眼周斯耀。

"你，也还算凑合吧。"

他说完，一杯酒又灌了下去。

周斯耀："……"

他这当爹又当妈的，到秦舟这儿就成了一句还凑合。

真是个不孝子。

周斯耀在心里骂了句。

骂归骂，周斯耀也不忍心看他这个样子，把事情来龙去脉问清楚后，他也有些吃惊：“这么说你妈当年就找过梁昭昭？”

秦舟点点头，扯唇道：“最可笑的是，我什么都不知道。”

秦舟的牛脾气，劝也劝不动，周斯耀能做的就是陪在他身边，看着他，等他喝醉了再安全地把他送回去。

刚开始，秦舟还是走的高贵冷艳风，话不多说，只闷声喝酒，一杯杯往肚子里灌，杯杯见底，那叫一个豪气。等到他有些醉了后，他开始变成另外一副样子。

“你说我，多惨。爹不疼，娘不爱的。好不容易找到一个媳妇，还要被亲娘给搅和没了。”

周斯耀看着他哭丧着脸，跟个孩子似的，又不忍心了，安慰他道：“别悲观啊，不一定没了。”

秦舟：“你不知道，我总觉得昭昭最近有点不对劲，我怀疑她想起一些事情来了。说不定想起的都是不好的事，因为她最近都不想理我。当年她就要和我分手，现在我妈一来，她肯定更不想和我在一起了。”

他端起酒杯，看着周斯耀，眼睛有些红。

“我以前，确实不相信什么爱情，也没感受过什么爱。我觉得一个人挺好的，不期待什么，也不会被伤害。

“可是她来以后，什么都不一样了。她好像，成了我情绪的主宰，有她在，什么烦恼都算不上事，她不在，再快乐的事也开心不起来。”

“行了行了，别喝了。”周斯耀看不过，抢过他的杯子，想把他扶起来，“走，我们回去。”

秦舟抓住周斯耀的手臂，赤红着一双眼看周斯耀，他薄唇勾起一点，像是苦笑，又像是自嘲。

“为什么你们都不愿意相信，我有多爱她。”

周斯耀抓秦舟手臂的动作一顿，他从来没想过，秦舟会说这样一句话。

是，他也不相信。

谁又会相信呢，秦舟这样的人，还真能被一个女人收服了。

所以哪怕是他，从他俩再次重逢开始，他也是劝分不劝和，希望秦舟能离梁昭昭远一点。

当秦舟红着眼在他面前说出这句话的时候，周斯耀意识到，他错了，秦舟的母亲也错了。

他们都信奉一个道理。

这世界上没有谁离开谁会活不下去。何况他是秦舟，天下的好姑娘排着队等他挑选的秦舟。

他们以为这是真理。

却没想到在秦舟身上，并不适用。

离开梁昭昭，秦舟能活，却再也没法快活。

周斯耀把人从酒吧带回到了家里，他放不下心，干脆在秦舟的房间里守着对方。

秦舟的酒量并不差，到家后他躺了会儿，人清醒了不少。

“你怎么在这儿？”秦舟睁眼后，看到了房间里的周斯耀。

“我在这儿还能是为了什么，当然是为了你。”周斯耀给他递了杯水。

秦舟看周斯耀一眼，接过水杯喝了口，随后把杯子放在床头柜上，神情放空。

周斯耀看不下去他这个样子，开口道：“你是不是想和梁昭昭重新在一起？”

“我们现在也没分手。”秦舟纠正他的话。

“差不多就这个意思吧，你想梁昭昭原谅你，我有办法。”

“你有什么办法？”

“我的办法那就要看你接不接受了。”

“你说。”

周斯耀看着床上的秦舟，哪怕是喝醉了酒，都还是一副清高冷艳的样子，臭小子也就刚刚醉了拉着他哭的那会儿表现得稍微脆弱些。

“有一招挺好使的，特别是对女人。”周斯耀顿了顿，吐出两个字，“卖惨。”

果然他刚说完这两个字，秦舟一个眼刀扫过来，对他说了一个字：“滚。”

秦舟这个反应在周斯耀意料之中，毕竟以秦舟的性格，卖惨这种事他压根儿不屑于做。以前秦舟拍戏受伤，公司高层有人建议他拿这个事到粉丝面前卖卖惨，虐粉固粉来一波，结果他把人高层都骂了顿，他觉得卖惨这种事是在侮辱他的人格。

周斯耀：“又没叫你跟别人卖惨，你不是说梁昭昭是你媳妇吗？跟媳妇卖个惨怎么了，你看你现在这样已经挺惨了。

“其实卖惨也就是一个面子的事，而且你不是舔狗吗，舔狗还要什么面子？以我多年的经验，这绝对是对付女人最好用的一招。”

他说完这番话，看到秦舟很难看的脸色，默默闭上了嘴，装作若无其事地推了下眼镜。

“行吧，我也只是建议而已，干不干看你自己。既然你没事了，我就先回去了。”

周斯耀说着，拿起自己的外套，准备离开。

“等等。”

他还没走两步，就被秦舟喊住了。

周斯耀缓缓转过来，秦舟双眼一闭，豁出去道：“你说的那个，真有用？”

“当然了，女人都是心软的动物，你又没犯什么原则性错误，卖个惨，用你这张俊脸装个可怜，没人能抵挡得住的。”

“具体要怎么做？”怎么卖惨实在不在秦舟的认知范围。

周斯耀：“很简单，明天我就打个电话给梁昭昭，说你为了她深夜买醉，然后喝到犯了胃病，再加上你感冒发烧，现在躺在家里半死不活，如果她再不来看你，你就一命呜呼了。”

“你太夸张了。”秦舟皱眉嫌弃。

“不夸张她能为你心疼为你六神无主吗？你就信我的，反正你一个影帝，装个病总不在话下吧。”

秦舟听完周斯耀这一番话后，从床上爬了起来。

周斯耀："你要干吗？"

"为了做戏做得真实一点。"

然后，秦舟就去了房间内的浴室，打开了水龙头，开的冷水。

自从恢复记忆以后，过去的自己一直在和现在的自己闹别扭，所以面对秦舟，梁昭昭才会表现得如此奇怪。现在她总算能放下一些事情，也算是自己和自己和解。

梁昭昭当天睡得不错，第二天除了下午要录个采访，没什么其他的事，她一觉睡到了中午才醒来。

起床后，梁昭昭洗漱完毕后，简单给自己做了点饭菜，吃的时候手机却突然响了。

她一看，居然是周斯耀打过来的。

秦舟的经纪人居然会找她，难道是秦舟的事？

梁昭昭接起电话。

"喂？"

"梁小姐，我有件事想拜托你。"

"周大经纪人说笑了，我有什么事能让你拜托的？"在圈内，周斯耀人脉极广，他能力极强，大家都默认没什么是他做不到的。

"这件事我还真只能拜托你。"周斯耀语气沉重，"秦舟他病了，病得很严重。"

梁昭昭一听沉了脸，放下手中的筷子："怎么回事？"

半小时后，梁昭昭赶到了秦舟的公寓内。

秦舟在北城除了一套老宅别墅，还有这个公寓，一年前她就来过这儿，甚至还在这里和秦舟住过一段时间。

站在门口，梁昭昭刚要输密码，门却打开了。

周斯耀看到梁昭昭后有点吃惊。

"梁小姐这么快？你怎么不敲门呢，我还想着要不要下去接你。"

梁昭昭想起周斯耀还不知道自己恢复记忆的事儿，她也是一时心急就直接输密码了，差点就露了馅。

"我也正想敲门，谁知道门这么巧就开了。"梁昭昭道。

"快进来吧。"周斯耀招呼她进来。

梁昭昭拎着买的一些东西走进去，问："秦舟呢？"

"还在房里躺着。昨天也不知道怎么了，他心情不好，拉着我一个劲地喝酒，喝醉之后还发疯似的冲了冷水澡，一折腾就病了。"

"看过医生了吗？"

"吃过药了，他不愿意去医院。你知道的，他这样的身份，去医院也有点麻烦。"

梁昭昭点头表示理解。

周斯耀看了看手表。

"我下午和晚上都有事，秦舟交给别人我不放心，我就交给你了。"

"你放心吧。"

周斯耀对她笑了下：“梁小姐，我不知道你和秦舟之间又发生了什么，但是他这副样子，我只见过两次。一次是一年前你们分手，一次是昨晚。能伤他的人是你，能治好他的也只有你。如果可以的话，对他好点吧。”

梁昭昭沉默了片刻，道：“我知道了。”

她去了秦舟的房间。

秦舟躺在床上，安静地闭着眼，黑黑的羽睫柔顺地垂下来，俊颜有些苍白。

“才一天不见，你怎么把自己搞成了这样？”梁昭昭对床上的人说了句。

她坐在床头陪了他一会儿，见他有只手臂露在被子外面，站起身来替他盖好了被子。

梁昭昭摸了摸秦舟的额头，确实有点烫。

应该是发低烧了。

周斯耀说他已经吃过药，那应该是没什么大问题。

见秦舟还在睡觉，梁昭昭站起来打算走，人还没走，手却被拽住了。

秦舟睁开了眼，手拉住她，眼睛盯着她看，一句话也不说。

梁昭昭先开口：“那个，周斯耀跟我说，你病了，我来看看你。”

“你不生我气了吗？”秦舟嗓子有些哑，声音低低的。

梁昭昭对他笑了笑：“你病了，别想太多，好好休息。”

她说着拉开他的手，准备离开，可他这手松开不到一分钟又抓上了，并且抓得比第一次还紧。

他是真生病了吗？怎么还有这么大力气？

“你放心，我不走的，我只是想你肯定没吃什么东西，我去给你煮点青菜和粥。”她拍了拍他的手背，安抚道。

秦舟听到她这样说，深深看她一眼，然后松开了手。

过了会儿，梁昭昭把煮好的粥和菜端到秦舟床头。

“有没有胃口都多少吃点吧，不吃东西不行的。”

秦舟垂头看了看摆在他面前的粥，低声道：“上次你生病的时候，我也是这样照顾你的。”

梁昭昭想起来，他们之前拍《长大》的时候，她因为过度劳累加上溺水病倒了，秦舟当时还给她喂了粥。

饭菜都端到他面前了，也不见他动一下，说这样的话，意思是想让她亲手喂他喝吗？

也不知道是不是因为他生病了，平常多强势一个人，现在看上去居然有几分可怜，尤其是他那双黑漆漆的眼睛盯着自己看的时候。

她端起碗，舀了一勺粥吹了会儿，递到秦舟嘴边。

“来，舟舟，喝粥——”

她故意拖长语气，跟哄小孩似的。

秦舟倒很是受用，桃花眼弯了弯，微微低头喝了下去。

他也没真让她一直喂，等她喂了几口后，他很自觉地接过了她手中的碗。

梁昭昭看着他一口一口乖乖把她煮的粥喝下去，心里总算好受了些。刚刚周斯耀给她突然打电话，都把她吓坏了。

“你昨晚是怎么回事？为什么酗酒，又为什么要冲冷水澡？”她问。

秦舟喝完碗里的最后一口粥，放下碗。

“喝酒是因为难受，不能原谅自己。”

“你不能原谅自己什么……”

“昭昭，我妈是不是一年前就找过你？”秦舟问，“还有，你是不是想起一些事来了？”

梁昭昭沉默片刻，开口:“你说得对，你妈妈确实以前找过我，但我只记得一点画面，具体内容我都忘了。但我猜，她或许是喊我离开你吧，就跟这次一样。”

“对不起，我那时候什么都不知道，没有保护好你。这次也是，我妈还是先我一步找了你，甚至我还是通过萧泽才知道这件事的。”

这才是他最在意的地方。

他突然觉得自己很无能，什么都不知道，还妄想和她过一生。

“我冷落你，不是因为我想起来你妈以前找我的事，这件事我也是见到你妈妈后才想起来一点，我现在记忆只恢复一点点，需要特定熟悉的场景刺激才能想起来。”梁昭昭开始编瞎话，她才不想让秦舟现在就知道她记忆全部恢复的事情。

“那是因为什么？”

梁昭昭看了看他，萧苒那件事，她虽然已经从心底相信了他，但她毕竟曾经为此受到过伤害，并且还是她没法释怀的伤害，所以，她还是想亲口找秦舟问清楚。

“我问你，四五年前，你有没有帮萧苒走后门，把别人的角色换了给萧苒？”

“什么？”

秦舟的表情告诉她，他压根儿没听懂她在说什么。

“我为什么要做这种事，这可能吗？就算是你，我也不可能为了帮你，去做这种事。这是对演员的不尊重，也是对你的不尊重。更别提萧苒了。”

“哦。”梁昭昭应了声，头低下去若有所思。

秦舟察觉不对劲，把人扳正过来，拧眉道：“你为什么这么问，是不是那时候发生了什么事？”

“没什么，我就随便问问。”

现在该轮到她心虚了，如果所有的事都和秦舟无关，那她一开始蓄意接近他，好像是显得有那么点目的不纯。

“肯定有什么，你告诉我。”秦舟直觉不是小事。

梁昭昭见他不依不饶的，转移话题道：“我先帮你把碗拿走吧，你吃完饭再睡会儿。”

她说着打算去端盘子，手腕却被秦舟摁住。

“话不说清楚，不准走。”

梁昭昭翻了个白眼，忍无可忍。

“你真想知道？”

“当然。”

“你先松开我，我就告诉你。”

秦舟听她的松开了手。

梁昭昭飞快地站起来，端起盘子往房门外走。

“你还是去问你那青梅竹马的好妹妹去吧，也不知道她打着你的名号干了多少坏事，我劝你小心一点。”

当年的那件事，她已经不想再提了，如果秦舟感兴趣，那就让他亲自去问萧苒吧。这件事萧苒伤害的也并非她一个人，秦舟替萧苒背了黑锅，他有权知道。

虽然她看着萧苒那样子，很可能将这件事已经忘了。

对萧苒来说，这样的事情可能根本不算什么。

也该让萧苒想起来了。

梁昭昭刚从秦舟房里出来，手机便响了，是裴念寒打过来的。

“喂，昭昭，你准备好了吗，一会儿我接你去录采访。”

梁昭昭这才想起来，自己今天还有采访要录，之前一听周斯耀说秦舟为了她把自己折腾生病了，她什么都没想就跑到了这儿，把正事都给忘了。

“我不在家。”梁昭昭说道。

“那你在哪儿？”

“我在秦舟家里。”

裴念寒：“……”

“采访能推吗？”

“不能，你早点说还行，现在人家团队都已经准备好了，我们总不能爽约吧？”

“那好，你等我会，我马上来公司。”

挂断电话之后，梁昭昭走到秦舟房间。

他此时还坐在床上，拿起手机看着在拨电话。

都生病了，还不好好休息。

梁昭昭走过去，问：“你在和谁打电话？”

“萧苒，有些事我要问清楚。”

他话音刚落，显然电话是打通了，听筒里传来萧苒兴奋的声音，音量大到梁昭昭这边都能听见。

“舟哥哥，你居然主动给我打电话了！”

秦舟还没开口，梁昭昭一把抢过他的手机，对着那边说了句：“不好意思哦，打错了呢。”

她语气贱贱的，听得那边萧苒立马奓毛。

“梁昭昭，怎么是你？你为什么会拿着秦舟的手机？我不想和你说话，你让秦舟和我说话。”

“他没空理你。”

梁昭昭说完后，立马把萧苒的电话给挂了，顺带将这个号码拉入了黑名单。

“咱们还没分手吧？”梁昭昭一边点着秦舟的手机，一边问。

“当然没有。”

“那作为你女朋友，拉黑个对你图谋不轨的女人，这点权利我有吧？”

“你开心就好。”

梁昭昭点了下头，又切到秦舟的微信账号，找到萧苒顺道也拉黑了。

帮他手机清除完垃圾之后，梁昭昭把手机丢给他。

“生病就该睡着好好养病，不要用手机了。”

“我想问清楚你说的那件事。”

“……”

这还真怪不了他，毕竟是她让他找萧苒问的。

“我后悔了。”她说，“你不准问萧苒，你以后都不准和她联系，最好连话都不要说，能不见面就不要见面了吧。”

她发现比起当年那件事，她更不想秦舟和萧苒再有什么联系。

不是不相信他，只是她一想到萧苒那嗲声嗲气和秦舟说话的样子，她便浑身难受。

“有什么事，以后我会告诉你。”她低声说道。

“好。”秦舟弯起眼，一副对她宠起来没原则的模样。

采访录的时间比梁昭昭想象的要长，等她录完回到秦舟家里时，天都已经黑了。

她打开门后，房子里一片漆黑，她摸到墙上的开光打开了灯。

这一打开灯，她着实有点被吓着。

她以为客厅是没有人的，结果一开灯便看到秦舟坐在沙发里，此时正转过头来，墨黑的桃花眼盯着她这边看。

梁昭昭走过去，坐在他旁边。

“你吓死我了，不是让你好好待在房间里睡觉吗，你怎么出来了？”

她手碰上秦舟的额头，又摸了摸自己的。

“好像不烫了。”

秦舟依旧没说话，只是静静地看着他，目光深沉而专注。

梁昭昭被他看得有些不好意思。

“你饿了吧？我去给你做饭。”

还没等她完全站起来，手腕被秦舟拽住，他稍稍一用力，她就被他带入了怀中，坐在了他的腿上。

随后，他的头靠过来，搁在她肩窝处。

“别走，让我抱会儿。”

低沉又沙哑的声音，夹杂着眷恋。

“我还以为你不会回来了。”

梁昭昭心头一颤。

她微微侧头，对他道：“我怎么会不回来。我不是和你说了吗，我录完采访马上就回来的。”

“可是你最近都不想理我。”秦舟闷声道。

此时的他，就像个孩子似的，抱着她撒娇，有些委屈，更多的是害怕。害怕她再次离开，害怕他又一次把她弄丢了。

“秦舟。”梁昭昭喊了声他的名字，随后侧过身，捧起他的脸，认真对他道，“你听着，我不会走。

“之前我不是和你说了吗，我心里已经有了答案。

“我的答案就是，我不会离开你了，不管以后发生什么，我们都会在一起的。”

她双眸弯起，杏眼温柔而明亮。

“这就是我想告诉你的。”

他陪伴了她整个青春，从憧憬到心动，他便是她灰暗生命的那道光。

哪怕这道光暗下来过，她还是不可抑制地喜欢上了他。

连恨他的时候，都没忍住爱上他。

她这辈子算是栽了。

现在这道光重新亮起来，比之前更明耀，夺走了她全部视线。

除了他，她不可能再看别人。

从梁昭昭走后，秦舟便一直心神不宁，她不在家里，他没法睡觉，脑子里想的都是她。

梁昭昭走之前告诉自己，她录个采访很快就回来了，大概下午四五点。

于是他坐在客厅里等，看着墙上的挂钟从四点走到五点，再走到七点，他都快以为她不会再回来。

这时，刚刚七点半，家里的门打开了。

她从黑暗里走了出来，打开了一盏灯。

满室明亮，她便是光。

秦舟没有再说其他的话，他更喜欢用行动表达。

他手指弯曲挑起怀中人的下巴，吻了上去。

他吻得很温柔。

梁昭昭闭上眼睛，任他动作。

她能感受到，他吻里的隐忍和珍惜。

温柔缠绵的一吻结束后，秦舟撤开，桃花眼灼灼地看着梁昭昭。

“昭昭，说过的话，就不准反悔了。”

他也不会给她机会反悔。

“谁要反悔了。”梁昭昭被他抱在怀里，抬眼看了看他，哼道，“倒是你呀，我说了这么多，你一句表示都没有，显得我多尴尬？”

秦舟双手穿过她的发间，捧起她的脸，在她额头上印下一吻。

“我爱你。”

简单三个字，胜过一切。

这种话以前秦舟没有说过，失忆后两人在一起他也很少这样郑重地说出来，梁昭昭听了后，两抹红霞飞入脸侧，她低声应道：“知道了。”

这次和好之后，梁昭昭好像变得更黏秦舟了一些。

秦舟说不上来，总感觉和之前有了些变化，好像变得更依赖他了，和他也没有任何生分的感觉，好像两人已经在一起很久了。像是情侣从刚刚在一起不久还有些放不开的忸怩阶段正式步入了腻歪的热恋期。

正好两人最近没有特别重要的行程，一些可有可无的活动他们全推了，就这样在秦舟的公寓里待了两日。

白天，他们一起窝在沙发上看电视，秦舟打游戏的时候，梁昭昭就睡在他腿上，戴上耳机听歌。有时候她听歌听着听着快要睡过去的时候，秦舟玩游戏一激动闹出点动静就把她吵醒了。在她瞪他半天后，后知后觉的秦影帝才意识到自己的错误，开始低头哄老婆。

她来的第一天，买了很多东西，将他家的冰箱都给塞满了，这两天他们足不出户就可以自给自足。

锦衣玉食的少爷自然不擅长厨艺，还好她会做饭。

但是秦舟实在太黏人了，一刻都不想跟她分开似的，连她进厨房炒菜煮饭都跟着。

“你进来干什么，你又什么都不会。”

“我帮你洗菜。”

然而，大少爷压根儿不会择菜。

“我帮你切菜。”

连个肉丝都切得一言难尽。

“亲爱的，我觉得你可能不适合厨房。要不你去打会游戏，等我做完饭再喊你。”梁昭昭不忍心打击他，建议道。

秦舟抱住她的腰，像只大狗似的在她脖间蹭。

“看不到你，我没心情打游戏。”

“……”

我在你身边的时候，你打起游戏来也不怎么想理我啊？

呵，这就是男人。

晚上两人还是会睡在一块，梁昭昭发现自己爱上了和秦舟睡一起的感觉。

只要他躺在自己身边，她心里就会很放松，不用吃任何药物也能睡得很舒坦，大觉到天光。

就是苦了秦舟了，她还没将自己失忆的事情告诉他，他还一直以为她没有完全恢复记忆，还是十七岁心智的那个自己，哪怕再想也忍着不对她下手。

到了第三天，平静的日子终于被打破。

裴念寒给梁昭昭打电话的时候，她还窝在秦舟怀里嗑瓜子。

接起电话后，她神色都变了，立马从秦舟身上坐起来，秀眉蹙起，脸色冷凝。

“你说什么？”

“你快去网上看看吧，出事了。”

梁昭昭挂断电话后，点进去裴念寒给她发过来的链接。

是一段视频。

点开之后，她瞬间手脚冰凉。

视频里的人是梁宇，是还在读高中的梁宇。

而画面内容则是学校教室内的监控，监控画面显示的是梁宇正把另外一名男同学摁在地上，朝对方身上一拳一拳地砸下去。

这是当年梁宇打架的视频。

当时对方家长把这件事闹到了派出所，梁宇被拘留，老师和警察让他联系家长，他顾忌她公众人物的身份，没有找她，而是打电话给了萧泽，后来还是萧泽把这件事告诉了她。

对她来说，那是最难的一段岁月，那段时间，网上四处都是谩骂她的帖子。那些不明真相的键盘侠，躲在阴沟里的蛆虫都肆无忌惮地攻击着她。没经历过之前，她没法想象，原本和她无冤无仇甚至都不认识的人隔着网络能够如此厌恶、仇恨她，好像她不是被人拍了一张没头没尾就被说成勾引某集团有家室副总未遂的照片，而是去杀了人放了火。

骂的人多了，好像连维护她的人都是错的。

她那段时间本身就很痛苦，是因为想着梁宇，她才坚持下去。

她弟弟多好啊，次次考试年级第一，贴心又听话，做的饭还好吃。

只要心里还有块干净美好的地方，她的世界就不至于完全崩坏。

所以当她知道梁宇和同学打架进了局子的时候，她整个人都崩溃掉，哭着问他为什么这样做，为什么要打人。

梁宇一开始死死咬牙不肯说，任她打骂，都一声不吭。

那时，萧泽安抚了她的情绪，告诉她他来想办法。

于是，她装作回了房间，实则偷偷躲在墙后偷听到了萧泽和小宇的对话。

“我什么都可以忍，但谁要是在我面前诋毁我姐，那就不行。”

“就算再来一次，我还是打他。”

听到这些话的梁昭昭捂住嘴泣不成声，她这才明白，原来一向聪明懂事的弟弟打架，是为了她。

……

这件事已经过去很多年了，突然被人翻出来，并且还找到了当年的视频放到网上，很明显就是冲着她来的。因为帖子的内容指名梁宇便是她的弟弟，还放出了梁宇出入她家里的照片。

这个帖子很快就爆了，一时之间网上讨论的全是这件事。

“这真是梁昭昭的弟弟吗？一直只知道她有个亲弟弟，但从没公开亮相过哎。”

“视频里看脸不是很清楚，大体上看应该长得很帅，但是人品啊……”

“好可怕啊，打人打得好凶，这是校园暴力了吧？心疼那个被他打的男同学。”

“梁昭昭好像黑料也挺多的，只不过最近两年人气太高洗白了而已，感兴趣的可以翻翻她以前的黑历史……”

梁昭昭看了一些，再也看不下去了。她关掉手机，站起来。

“我需要去一趟公司。”

刚刚她翻这些的时候，秦舟也跟着看了些，大概能猜到发生什么事。

“我送你去。”他起身道。

“不用了，这个时候你还是和我保持距离吧。”

接下来的日子跟着她的人应该会不少，且皆来者不善。

她刚刚站起来，却发现腿有些软。

秦舟扶住她，坚持道：“我送你。”

梁昭昭看了他一眼，没有再拒绝。

如果这些攻击落在她身上，她眼睛都不会眨，毕竟当年再难听的话她也都听过了，这些压根儿不算什么。

可她不能容忍她的弟弟被推到公众视线前，被人怀着恶意评头论足、肆意辱骂。

那些肮脏的字一个都不配出现在梁宇面前。

最终梁昭昭还是没有选择去公司，直接把裴念寒喊到了家里，同时她打了电话给梁宇。

可惜梁宇没有接。

这个时候，他一般是在上课。

但事情闹这么大，他很快就会知道，不可能瞒得住。

“别担心，会有办法解决的。”秦舟抽出一只手搭在她手上，安慰道。

等梁宇回到家之后，家里已经有半屋子的人。

梁昭昭、秦舟、裴念寒还有江落都来了。

大家都是为这事来的。

梁昭昭看到梁宇后，立马从沙发上站起来，走到他面前：“小宇，你没事吧，学校里有没有人说你？”

梁宇拍拍她的手背，安抚道：“我没什么的。”随后他垂下眸，“但是这事爆出来，对你影响会很大吧？”

“我怎么样都无所谓，没有这件事照样会有人说我，但是你不行啊，你以后还怎么在学校安安心心读书。那个视频怎么就会被人翻出来呢？”

梁昭昭怎么都想不通，都好几年了，这件事怎么会被人翻出来放到网上。

“学校不会因为这件事追究处分你吧？”她还是担心。

“当然不会，都多少年前的事了。”

“那同学呢，有没有说你？”

“没有，男生嘛，年轻的时候打个架很正常啊。我室友还说我打架挺帅呢。”

他话音刚落，耳朵就被梁昭昭给揪住了。

“帅？我让你帅？如果你不打架能惹出这种事吗！有什么不能好好说的，非得动手？”

“疼疼疼，姐，你先松手。”梁宇求饶。

梁昭昭松开手，气愤地坐在沙发里。

秦舟对梁宇道：“你也别怪她，你姐是替你着急。”

“我知道的，姐夫。姐姐是为了保护我。”

“姐夫”这二字让秦舟格外受用，唇不自觉地弯了弯。

“瞎喊什么，谁是你姐夫？你姐还没结婚。”梁昭昭瞪梁宇一眼。

梁宇：“别以为我不知道，你这几天都不在家吧？说说，是不是和秦舟哥过二人世界去了？”

梁昭昭听完后不自觉看了眼秦舟，脸色微羞。随后，她迅速反应过来，一记眼刀扫向梁宇：“现在是说这个的时候吗？”

“现在确实不是说这些的时候，当务之急，想想这件事怎么解决吧。”一直沉默的裴念寒开口道，“这件事不是小事，散播这个视频的人一定是有预谋的，任何事情放到网络上，都会很快发酵。我怕这仅仅只是个开始。”

江落：“你们觉得，这背后的人可能会是谁？”

裴念寒说得没错，这仅仅只是个开始。

一段高中男生打架的视频，不足以掀起那么大的风浪。视频被曝光之后，矛头很快就指向了梁昭昭。

不仅当年的事情被翻出来，更有爆料称她死性不改，看着外表清纯性格高冷，实则在圈内到处勾勾搭搭。也不知道从哪儿冒出一些知情人士，说是圈内人知道真相，暗指梁昭昭是圈子里出了名的狩猎高手，圈子里不少男明星都为她神魂颠倒，更有人透露她最近的目标本来是萧氏集团的太子爷萧泽，随后和秦舟拍戏合作之后又将目标转成了秦舟。

这件事爆出来后，公司里的公关团队为她忙得焦头烂额。

裴念寒告诉她，现在很明显是有人想害她。不仅仅翻出了梁宇当年打架的视频，连带将她过去的那些黑料也牵扯出来，再买通了一些无良营销号和百万水军，狂发黑她的通告。

“之前还想过把视频压下去，这件事过个两三天热度散了也就好了。现在看来不能放任不管。公司公关部会想办法帮你澄清黑料，扭转舆论。你下午来一趟公司，我请了律师，这件事咱们走法律程序吧。”

“好。”梁昭昭应道。

律师函发出去后，确实有许多在网络上带节奏的人消失了，粉丝也在四处替梁昭昭发澄清的帖子。再加上P.M国民度高、路人盘庞大，还是有很多人站出来替她说话。

只是当年她对于那张照片和爆料帖，只有公司团队处理，本人没有发声。这次事件后，梁昭昭本人依旧没有出面。

她在犹豫，是否要把那件事公布于众。

不是所有人都有勇气将伤口展露在阳光之下，一个弄巧成拙，或许原本已经结痂的伤口，会再度裂开，流血生脓。

何况，在圈子里的这么多年，她感受到的恶意远远超过善意，更别提那些看似善意的虚情假意，很可能某一天就成了从背后捅你的冷刀。

律师函也管不了那么多人，网上关于梁昭昭的非议依旧不止不休。

最初爆料发帖的人用的是新注册的小号，压根儿无处追寻。

“现在还没查出来到底是谁在害你，主要是发帖子的人太贼了，没法定位他的 IP 位置。就连他注册的账号也是借用的别人的身份信息。”这天裴念寒来到梁昭昭家，再一次和她提起这件事。

“找到他又能怎么样？”

“让他给你道歉啊，他总得为自己做的事情负责吧？再说了，谁害你咱们心里也得有个数，我怀疑是圈子里的人，很有可能是你的同期竞争对手。毕竟演唱会和综艺播出来后，你风头太盛了，年轻女星里单论热度近期数据你是最好的，难免会遭人眼红妒忌。我们总得搞清楚对手是谁，才能反击吧？”裴念寒道。

“你有怀疑的目标吗？”梁昭昭问。

裴念寒拿出 iPad，翻动照片给梁昭昭看。

“这些是我能猜到的人。”

梁昭昭翻了翻，大多是同期的流量花，还有两个是以前有过摩擦的女艺人。

她翻着翻着，翻到了萧苒。

“念寒姐，你还把她也放进去了？”

裴念寒说：“很有可能就是她啊，她不是喜欢秦舟吗？你和秦舟在一起了，她能甘心？女人嫉妒起来可是能干出很多疯事。”

梁昭昭点头：“确实。”

她也在怀疑萧苒。

“但是没有证据，我们都只是瞎猜，还是得找出发帖造谣的人弄清楚真相。”梁昭昭说道。

裴念寒握住梁昭昭的手，欲言又止：“昭昭，网上说的那些事，你别放在心上。虽然你都忘记了，但是我可以告诉你，当年的事，不是像网上说的那样。你没有做错任何事，是……”

她现在都忘了，裴念寒不忍心将当年那些肮脏的事情告诉她。

难得能见到铁血无情的经纪人这副小心翼翼的样子，梁昭昭笑了起来。

“念寒姐，有件事我一直忘记告诉你了。”她指了指自己，“我，恢复记忆了。”

裴念寒一怔：“什么时候的事？”

“有一阵子了。”

“你怎么都不说？”

梁昭昭莞尔一笑：“因为我觉得被你们当作什么都不懂的小孩也挺好。”

“这种事别人不说，你怎么可以连我都瞒着，我们合作这么多年，最重要的不就是信任吗！亏我还担心失忆后的你无法接受这些黑料。想着怎么跟你解释当年发生的那些事情都快想破头了。”裴念寒冷冷地瞪了她一眼。

梁昭昭挽住她的手，讨好道：“好啦，辛苦你了，我的经纪人。

“你放心吧，我是谁啊？我可是梁昭昭，没什么是我杠不了的，这点流言蜚语就想把我打倒，做梦吧。”

裴念寒看着她嘴角微弯：“但你现在和我以前认识的你，真的不一样了，不然也不可能你恢复记忆了，大家都还没有发现。”

梁昭昭微微一愣。

“看来失忆一场，你变了很多。”裴念寒说道。

梁昭昭对她笑了笑：“不是我改变了。”她将手掌放在胸口的位置，“而是十七岁的那个她，重新又活了过来。”

两人相视一笑，而后裴念寒从包里拿出一张邀请函。

“你记得苏导有个女儿吧？”

梁昭昭点头：“记得。”

“今天是苏导家小公主成人礼，苏导打算给她办个私人派对。这是邀请函，你暂时忘记这些烦心的事，今晚去玩玩吧。”

梁昭昭对苏威导演的女儿有印象，听说当初还是她向苏导推荐自己和秦舟演这部戏的男女主角，苏威才考虑自己的。

之后拍戏的过程中，苏导的女儿苏诺也有来剧组探班，挺活泼可爱的一小姑娘，嘴也很甜，一见面就喊她昭昭姐姐。

“苏导的面子，我当然得给。”

梁昭昭将邀请函收进包中。

和裴念寒刚聊完，从公司出来，梁昭昭接到了秦舟的电话。

“在干吗？”

“去公司办了点事，怎么了？”

“没什么，就是有点想你。”

自从两人心意相通后，这位傲娇的大影帝是一天比一天肉麻。

梁昭昭弯唇笑了笑。

“咱们分开也没多久吧，也就一天没有见面，我才不信。”

“你不信只能说明你没有想我。哎，有什么办法，谁让我爱你爱得更多一点？”电话里的人声音透出来一丝委屈。

“秦舟，你怎么越来越幼稚了，还跟我计较这些。”梁昭昭笑出了声。

听到她笑，秦舟总算放心了些，他就怕她因为网上那些事情不开心。

自从知道那些黑料之后，他一直都在暗中派人调查，可惜都没什么结果，当时那家酒店有关的监控也全被人删除了，流出来的也仅仅只是那张没头没尾的照片。

在他的干预下，网上关于她的那些热搜已经全部撤下来。

但正是因为梁昭昭关注度太高，大众对于这件事的议论声音并没有就此停止。

“昭昭，要不我们公开吧？”

以前这些事发生的时候，他们还互不认识。现在他是她的男朋友，理应站在她身边。

“网上说的都是些什么乱七八糟的，你都有我了，还能看得上其他人？”

这是秦舟能想到最快让那些造谣的人闭嘴的机会。

这熟悉的自大语气，梁昭昭忍不住笑了笑。

“你说得对，有了你，我谁也看不上。”

“那你是同意了？”

只要她点头，他立马公布恋情，然后亲身上阵让那些诋毁她的人都闭嘴。

“我不同意。”梁昭昭道。

秦舟的怒火和激情瞬间被浇灭一半，他眉头紧拧：“为什么，你还是不愿意和我公开吗？”

他以为这次他们已经足够坦诚相待、心意相通，都能确定对方是陪伴自己一生的那个人。

“不是。”梁昭昭对着电话里的人轻声道，“秦舟，如果真有公布恋情的那一天，我希望是因为我们觉得这份感情足够稳定美好，所以将这份喜悦和大家一起分享。而不是现在，网上都在骂我，你看不过去，想要出来替我挡枪。你相信我好吗？这些事情我自己就可以处理好。”

电话里的人沉默了片刻，哼笑了声：“什么都让你自己处理，我这个男朋友有什么用？”

“当然有用啊，你可是最强大的靠山，等我以后碰到处理不了的事情了，再来使出你这个撒手锏。”梁昭昭笑，“这种程度的事情，我还是能对付的，你就别担心了。”

现在庆幸的是，矛头对准的人是她，不是梁宇，也不是秦舟。

那她就什么都不怕了。

秦舟拿她无可奈何，尽管他再有满腔热血，想为她冲锋陷阵、上阵杀敌，终究抵不过她的一个“不”字。

既然这是她的决定，他尊重她。

“好，那你要记得，我是你的撒手锏。”

“知道了。”梁昭昭说完，想到什么又问，“对了，今晚苏导要给他女儿开生日派对，你是不是也收到邀请了？”

“嗯，好像是晚上七点吧？”

“那咱们晚上见吧。”

“好。”

既然是去参加别人的生日派对，该尽的礼数还是得尽到。

梁昭昭下午去商场挑了一套衣服当作送给苏导家小公主的生日礼物，随后换了身衣服简单做了个造型，七点赶到了派对举办的酒店。

因为是私人派对，苏威并不想女儿的私生活受到外界关注，请的都是一些圈内圈外的朋友，没有请任何媒体。同时为了防止狗仔和“私生饭”混进来，进入酒店的人都必须出示邀请函。

梁昭昭递出邀请函后走进了酒店大门。

苏导爱女心切，几乎包下酒店整层的大厅来给女儿庆生。

既然是来别人的地方做客，进去第一件事自然是要和主人打招呼。

“苏导。”看到苏威后，梁昭昭走上去笑着打招呼。

“来了啊，来了就好。”或许是因为女儿生日，苏威今天心情很好，脸上一直挂着笑，和平时严肃正经的样子有点不太一样。

“昭昭姐姐。”耳边响起甜甜的声音，是今天的寿星主人公，苏诺。

苏诺自从看了梁昭昭和秦舟上的那期《娱乐大本营》的综艺后，就成了这二人的CP粉，通过父亲的关系，她已经成功在两人面前都混了个脸熟，还顺便拿到了两人的联系方式。

平常倒没怎么联系，但梁昭昭记得每次《来者是客》的综艺播出来后，苏诺都要给她发一大段微信，内容大致如下：

“啊啊啊啊啊啊啊！姐姐，你和秦舟哥哥是在一起了吧！你们这没在一起我绝对不信，偷偷告诉我呗，我又不会说出去。呜呜呜，我嗑的CP是真的对吗？”

“苏诺，生日快乐。”梁昭昭把带过来的礼盒交到她手上。

“哇，姐姐你还给我准备了礼物呢。我好开心。”苏诺笑弯了眼，随后她看了看她身后，疑惑道，“秦舟哥呢？我也喊爸爸邀请了他呀，他怎么没和你一起来？”

梁昭昭装作听不懂，笑了笑：“他为什么要和我一起来，我们又不顺路。”

她话音刚落，一只手的手肘搭在了她的肩上，秦舟从后面走上来，似笑非笑道：“你要是愿意，我也可以把不顺路变成顺路。”

“秦舟哥你来啦。”苏诺一看到他俩在一起就有种说不出来的激动。

“嗯，生日快乐！”秦舟对苏诺道。

和苏导父女俩聊了几句他们俩就走开了，毕竟今天来得宾客多，苏导还需要招待很多人。

“不让我陪你一起过来就算了，还找什么不顺路的借口。”秦舟掀了掀眼皮，对梁昭昭道。

梁昭昭白他一眼：“你是嫌咱俩的绯闻还不够多吗？没看到网上现在都在说我在勾引你，劝你离我远点吗？”

“你又不让我说，不然我保证给你面子，就算公开，我也会说是我追的你，不会把你倒追我的事说出去的。”

“这次，好像是你追的我吧？”梁昭昭凉凉道。

秦舟轻笑一声，凑到她耳边道：“所以宝贝，什么时候让我顺你家的路，或者你干脆住我家得了，这样咱们多顺路。”

大庭广众之下，他说这些话也不害臊。

梁昭昭没理他了，正好看到坐在那边的黎双在朝她疯狂招手，她走了过去。

觥筹交错满堂华彩的酒店大堂内，正在播放着舒缓怡人的古典音乐。宴会进行到一半，宾客要么把酒言欢，要么步入舞池。

梁昭昭吃着宴会上的果品和甜点，看着舞池里姿态优雅的男男女女。

这种宴会其实挺无聊的，梁昭昭和苏诺算不上太熟络，也没法和那群小朋友玩到一块，她来纯粹是卖苏导一个面子。

也不是没人来邀请她跳舞，从刚刚开始，她已经拒绝了不下五个男士的邀请。

一是因为不熟，二是因为最近发生的事情太多，她实在没心情。

反倒是秦舟，真的挺受欢迎。

一圈名媛夫人还有女明星围着他，跃跃欲试想和他搭讪。

尽管秦舟长了张无可挑剔的天神颜，可惜他并不怎么懂得怜香惜玉。两三个女生在他这儿碰了钉子后，其他人也打了退堂鼓。

这地方面积太大，苏导今天请的人又多，秦舟在人群里找了半天才找到梁昭昭的影子。

众目睽睽之下，刚刚还冷脸伤了无数姑娘芳心的男人朝她这边走过来。

秦舟站在她面前，微微弯身，朝她伸出一只手："这位美丽的小姐，能否请你跳一支舞？"

其他人的目光纷纷往这边看过来。

巨星不愧是巨星，秦舟的一举一动，都是所有人视线的焦点。

不管是圈里圈外，最不缺乏的永远都是吃瓜群众。

众人纷纷交头接耳小声议论：

"刚刚秦舟拒绝了那么多人，居然主动邀请梁昭昭跳舞？"

"他俩传绯闻也不是一天两天了，也不知道现在到底是个什么情况。"

"网上不都说是梁昭昭勾引的秦舟吗，怎么现在看上去，好像秦舟还更为主动？"

"但是梁昭昭名声一直不怎么样哎，也就是长得漂亮所以红而已吧，也不知道秦舟喜欢她什么。"

在所有人的议论声中，梁昭昭看着那只朝自己伸过来的手，杏眼微微眯了眯，她像是用目光询问秦舟：说好的先避嫌呢？

秦舟读懂了她眼神里的意思，嘴角噙着漫不经心的笑："只是跳一支舞而已，梁小姐如此犹豫，是不是想太多了？"

还调侃起她来了是吧？

行，给她等着。

梁昭昭红唇微弯，将手放入他的掌心中。秦舟握住她的手，带着她走向舞池。

两人天生万众瞩目，流光溢彩下，男人高大俊逸，气场爆棚，女生高挑纤瘦，容貌冠绝。这样的两个人一起跳舞，无疑是一场视觉盛宴，其他的人不自觉停下来，看向了他们这边。

"就不能低调一点吗？"梁昭昭抬眼看秦舟，小声道。

"你要相信，我已经很低调了。"秦舟拉着她的手，带着她转了个圈，随后手掌放在她的后腰，稍稍用力，两人的身体几乎贴到了一块儿。

他轮廓分明的俊脸在眼前被放大，秦舟低声在她耳边道："难不成你要我去和别的女人跳舞？"

她对于他这套有点无赖的说辞无可奈何，低头轻笑。

秦舟带着梁昭昭又是一旋转，梁昭昭的目光不经意间扫到了宴厅里的某处，她脸色立马变了。

"怎么了？"秦舟看出她的不对劲。

梁昭昭视线低垂，目光闪躲：“没什么，我有些不太舒服，我先去休息一会儿。”

“怎么了，哪里不舒服？”秦舟立马问。

“没事啦，就是有点累了，我去那边坐一会儿。”梁昭昭说完，推开他的手，朝宴厅的另外一处地方走去。

秦舟想跟过去，可他刚刚松开梁昭昭的手，苏诺便走了出来：“秦舟哥，和昭昭姐姐跳完舞，是不是也能和我跳一支？虽然你拒绝了很多人，但我今天是寿星啊，总该有点不同的待遇吧？”

毕竟是她的生日宴，秦舟再怎样也不能不给她面子。

“行。”他拿小姑娘没办法，答应下来。

梁昭昭快速走到宴厅僻静一角，拿起了长桌上的一杯水灌了下去，才算稍稍能冷静下来。

她怎么都没想到，自己会在这里碰到他。

当年噩梦一般的画面再度在她脑海里浮现。

她闭了闭眼，努力将那些画面从脑子里驱除干净。

几年过去了，她以为再也不会碰到的人，居然在这样的场合里让她见到。

秦舟和苏诺跳完舞后，目光扫了一圈没看到梁昭昭。

他想着她刚刚不舒服，怀疑她是自己先去酒店的包房里休息了，于是一边拿出手机给她打电话，一边往包房那边走去找她。

“今晚去哪里玩？”

“我知道有个地方挺不错的，那里的妞儿特正。”

“就上次你找的那些小嫩模？也就那样吧，没觉得有多稀奇，早就玩腻了。有没有极品的？”

走廊的一处，站了三个喝多了酒的男人，正勾肩搭背地说醉话。看上去都是四十来岁的中年男人，其中有一个秦舟知道，是国内一家电影投资公司的老板。三个人穿得倒是西装革履人模狗样，嘴里没一句干净话。

秦舟也没想理会他们，只不过听到这样的内容，他现在走过去确实尴尬。

他正准备绕道去其他的地方找找梁昭昭，结果却因为他们接下来说的内容顿住了脚步。

“极品的，你想要什么极品的？文兄你不是电影公司的老板吗，身边都是些女明星，就没一两个你看得上的？”

那位被称作文兄的中年男人大手一挥，踉跄走了两步，满口酒气道：“那些都是次品，不是极品。”

“极品是谁？你告诉我们呗，我们要是认识，没准还能帮你牵牵线。”另外两人坏笑道。

中年男子像是想到了什么，双眼放光：“刚刚那个，你们不是看到了吗？和秦舟跳舞的那个。”他一边说，一边露出垂涎之色，“这才称得上是极品啊，瞧瞧那脸蛋那身材，哪是你们嘴里那些庸脂俗粉能比的？”

“你是说梁昭昭？”另外一个男人听了笑，“这我还是劝你别想了，她要什么有什么，你拿什么追她？瞧瞧你这脸，能……能和她那绯闻对象秦舟比吗？”说着还拍了拍中年男人的脸，嘲笑道，“老兄啊，我还是劝你撒泡尿照照自己，不要老想着吃天鹅肉了。”

中年男人听了后愤怒得一把挥开对方的手：“你们别不信！就那梁昭昭，当年我差点就搞到了！如果不是因为萧家那兔崽子突然闯进来坏我的事，她早就是我的女人了！”

旁边的两人看到有人走过来后，拉了拉中年男人的衣袖。

“快别说了。”

可惜男人正在醉头上，压根儿顾不上那么多，依旧满脸憧憬地道：“你们可不知道，她那小脸摸起来有多滑，叫起来的声音有多动听。虽然过去那么多年，但我……”

他话还没有说完，一记拳头落在他脸上。

男人本就喝醉酒，脚步虚浮，被人这样一揍，瞬间倒在了地上。他捂住脸，喊道：“谁啊！谁敢揍我！”

“是秦舟！你快别说了！”另外两人刚想扶男人起来，秦舟冷冷一个冰眼闪过去，他们又住了手。

“滚。”

那两人见状，自知难为情，立马跑了。

中年男子这才清醒一点，看着双目赤红朝他逼近的秦舟，不由得手撑着地面朝后挪动身体，满脸惊恐道：“你干吗？这大庭广众之下，你还想打人不成？”

此时的秦舟，就像从地狱走来，面目冷肃，周身好似没有一丝温度。

“我何止是想打你。”秦舟将人从地上拎起来，拽住男人的衣领，冰冷的声音从牙缝里蹦出来，“我想废了你。”

他说着，举起拳头又要朝男人挥过去。

他这模样实在太吓人，男人被吓得浑身发抖，也不敢反抗，见拳头挥过来，紧紧闭住了眼睛。

秦舟的拳头没有挥出去，因为有人紧紧拽住了他的手。

他的怒火无法止息，差点连拉他的人都要一起揍，可他看到了她。

梁昭昭不知道什么时候站在了他的旁边，她身后还站了很多人，都在惊异于宴会上发生的这一幕。

“别打了。”梁昭昭将秦舟的手拉下来，长睫颤抖，看着他轻声道，“不要让他脏了你的手。”

“昭昭。”这两个字从喉头滚出，秦舟红了眼。

梁昭昭看了眼地上正准备爬起来的人。

她原本以为她再见到这个恶心的蛆虫会害怕，会想逃，可是她突然发现，自己已经不在乎了。

也就是一段可怕的经历而已，她应该庆幸，自己当时还能逃过那一劫。

梁昭昭看了眼不远处停着的餐车。她走过去，对侍从小哥莞尔一笑道：“能借我一瓶酒吗？”

这一笑侍从小哥都慌了神，端酒杯的手都微微有些抖。

“谢谢，不过我要这个。”梁昭昭直接拿起了一整瓶红酒。

她打开酒塞走过去，就这么当着大众的面，将酒浇在了躺在地上的中年男人身上。

在男人的惨叫声中，她五指张开，酒瓶应声落在地上，噼里啪啦砸碎在男人脚边。

“以后，别让我看到你了。”

梁昭昭说完这句话，拉着秦舟，对人群前面吃瓜吃到震惊得嘴都没合拢的苏威说：“对不起苏导，破坏了你女儿的生日宴会我很抱歉，改天一定登门赔罪，今天我们先走了。”

说完，两人穿过人群，头也不回地走出了酒店大堂的门。

第十四章

朝朝暮暮

▸▸▸

从酒店大堂走出来后，梁昭昭再也没说过话，秦舟在她身后跟着她，一直到两人上了车。

坐上驾驶座，秦舟弯身替旁边的人系好安全带。

“想去哪儿？”

梁昭昭侧过头。

“想回家。”

“好，那就回家。”他声音轻得不像话，所有的情绪都藏进了眼里。

视线从梁昭昭身上收回来，秦舟发动引擎，目光看向前方时又变得刺骨冰寒。

车内太闷，梁昭昭降下一半车窗，深秋的冷风灌进来，吹散了一些燥意。

她望着窗外的车水马龙发了会儿呆，在车窗玻璃上看到了身旁男人的身影。秦舟全身都紧绷着，眉目沉寂，周身气压低到可怕，就连握住方向盘的手也格外用力，手背上隐隐浮现的青筋在冷调的白皮上格外明显。

她看得出来。

他在忍。

刚才乌烟瘴气的事情好像不那么重要，她更在意的，是眼前这个人的情绪。

“秦舟，我们回公寓吧。”

那个公寓，是她和秦舟一起生活过最长时间的地方，她想回到那儿。

公寓位置偏僻而隐蔽，连一些常年跟拍秦舟的狗仔都不知道，当年秦舟买它也正是因为看中这点。

秦舟平常都是住老宅，其实这儿，他住的时间也不长。

两人上了电梯后到房门前，秦舟看着梁昭昭自然而然地输入密码，打开了门。

进屋之后，两人坐在沙发里，半天没说话。

空气安静到有些可怕，梁昭昭站起来，到厨房里给自己和他各倒了一杯水，她端起自己的水杯喝了两口，将他的水杯放在桌前。

秦舟沉眸看了她一眼，没有动。

梁昭昭喝了口水后，淡声道：“你洗澡吗？”

“……”

刚刚发生了这么大的事，他没想到梁昭昭对他开口的第一句话居然是这个。

梁昭昭见他没说话，又道：“那我先去洗了。”

她说完，去卧室里拿了衣服，轻飘飘地走进了浴室。

等她出来以后，梁昭昭看到秦舟还坐在沙发上，连姿势都没变过。

“你不洗吗？”她问了句。

“昭昭，你不觉得咱们之间需要好好聊聊吗？”

知道她曾经经历过那样的事情，他没法淡定，如果当时不是她拉着他，这件事绝对不会如此轻易收场。

梁昭昭坐在沙发里，散开了头发。

她这次依旧是从他衣柜里拿了件衣服当成睡衣穿，黑色的绸缎衬衫穿在她身上，衬得她肤如凝雪，袖腕处卷起一小截，露出纤瘦皓腕。

“聊啊，你去洗完澡再聊。”说完，她抬起小腿，踢了踢他。

盈白纤细的腿朝他伸过来，秦舟微微眯眸，手掌握住她的脚踝，阻止她乱动。

“行。”

秦舟洗完澡从浴室出来，发现梁昭昭人已经不在客厅。他走进卧室，发现她正安静地半躺在床上，屋内只开一盏昏黄的壁灯。

暖黄的光晕打在她的侧脸，美好又安宁。

他的心脏被紧紧揪了一下，如果他能再早一点遇见她就好了，或许那些伤害也不会在她身上发生。

秦舟走过去，坐在床头。

“昭昭，你是不是已经恢复记忆了？”

他之前就有怀疑过，只是她说没有，他也就信了。

其实早就疑点重重，这间房子的密码他没告诉过她，之前他以为是周斯耀喊她过来的时候和她说的，刚刚他发信息问了周斯耀，周斯耀也说不是他说的。

那就只剩下一个可能，她本来就知道。

这房子是他和她在一起后买的，酒店毕竟是公众场合，他们各自在北城的房子又时不时有狗仔来蹲守，所以他才特意买了这套公寓。以前两人不忙的时候，会一起在这儿住上一阵子，门锁密码就是她的生日。

更让他确信她全都想起来的，是今天晚上。

她将酒倒在那个浑蛋的身上，神情动作与他当年初见她时，如出一辙。

“嗯。”事已至此，梁昭昭也没什么好否认的。

秦舟瞬间想起这些天发生的事，早在她录制综艺的时候，她对他的态度就很奇怪，现在看来，应该是那时候她就已经想起来了。

“为什么瞒着我？”秦舟问。

“我失忆的时候，你老欺负我。”

“我什么时候欺负你了，我不是天天把你当宝贝宠着吗？”他这样性格的一个人，在她面前都完全没了脾气，她居然还说他是在欺负她。

“别以为我不知道你的那些套路，都是骗小姑娘的。”

明明知道自己把他当偶像，还老不正经。

秦舟笑了声，把她拉到怀里：“可我还是骗到手了。”

梁昭昭哼了声：“那是我以前太单纯，才会被你骗。”

他揉着她的头发，轻声说：“昭昭，能告诉我以前的事吗？”

这些事不应该她一个人来承受，好的、不好的，他都希望能和她一起来背。

也只有知道是谁在害她，他才能替她一一讨回公道。

那些伤害过她的人，他一个也不会放过。

“我还以为你知道，不然你为什么会打那个人。”

秦舟打人的时候，梁昭昭吓得不轻。

“他说了不该说的话。”秦舟想到男人嘴里吐出来的那些污言秽语，目光冷峻。

“你真想知道吗？”这些事她在心里压了很久了，除了当年知道的几个人，她再也没向别人提起来过。

“嗯。”

“那你得答应我，以后不准当众打人。”

“我没打人啊，我打的是畜生。”秦舟理所当然道。

“那也不行！虽然今天是私宴，但是毕竟这么多人都在现场，还不知道这件事会不会传出去。你想让‘秦舟打人’上头条吗？”

她抬手摸上他的脸：“你可是无数人的偶像，不要因为我而毁了自己。”

她的目光有种说不出来的温柔和缱绻，秦舟看得有些醉了，缓缓拉下她的手，唇凑了过去。

梁昭昭偏过头躲开，对他笑了笑道：“不是要我把当年的事告诉你吗？”

秦舟挑眉：“行，你说。”

梁昭昭把当年发生的事全都和秦舟说了一遍，不仅仅是她和今晚那位令人作呕的文总的事，还有当年萧苒抢她角色的那件事。

“你应该知道，我以前很喜欢你的。”梁昭昭开始回忆过去。

她并不属于佛系追星的那派，她喜欢秦舟，就想离他更近一点。所以当得知自己有试镜他参演电影角色的机会时，她会拼了命去争取。

最后被萧苒借着他的名头抢走试镜机会，她当时才不过十八岁，一时被打击得意志消沉了一段时间。

也就是这个时候，她原来的那个经纪人李雪，那段时间格外关心照顾她，劝她不要太消极，她会帮她想办法，拿到更好的资源。

尽管她当时难过的压根儿不是丢了几个资源，她真正难受的一是自己的努力竟然被别人以这样的方式窃取，二是她的偶像，就此在她心中幻灭。

但不可否认的是，因为这段消沉时间，她和原本不怎么喜欢的经纪人李雪关系开始得到缓和。

她以为李雪是同情她的遭遇，开始对她多有照顾。

实际上，李雪是替她布了一个局，等待着她跳进去。

那天李雪和她说，替她谈了一个好资源，对方老总要见她，晚上请她们一起吃饭。

她信以为真，跟着李雪去了。

“当时包间有好几个男人，为首的便是你今晚见到的那位文总。”梁昭昭说道。

他们开始灌她喝酒，她不会喝酒，开始是拒绝的。

这时候李雪告诉她，这些老板最讨厌别人不给他们面子，如果她拒绝的话，谈好的戏说不定就飞了。

她当时憋着一股气，总想证明些什么，她想着经纪人在身边，也不会有太大问题，于是便喝下了那一杯杯朝她递过来的酒。

她不胜酒力，几杯酒下肚就喝醉了。

喝醉之后，李雪搀扶着她送她去了酒店房间，没过多久那位文总也跟了进来。

两人站在酒店房间门口也不知道达成了什么交易，醉眼蒙眬中，她看到了那位文总在笑。

“昭昭，别怪我，我也是为了你好。”李雪和她说完这句话后，便离开了。

之后便是噩梦一般的场景，那位文总想潜规则她，她不同意，他便开始用强。

她使出全身的劲儿，一口咬在他的手臂上，逼得他放开了自己。

她打开门跑到门外，大声喊着救命，可惜没有人理她，那个男人再次冲出来将她拖了进去。

“让你咬我！让你咬我！”

啪啪的两个耳光扇在她脸上，她被他打得头昏脑涨，本就不清醒的意识更模糊了。

那一刻她体会到了什么叫万念俱灰，她哭着喊着求他放过他，可是魔鬼又怎么会有同情心？

幸好，她刚刚的呼救有人听到了，在她绝望之时，萧泽喊人打开了房门，将她救了出来。

“在那之后，我发现自己，好像就不会演戏了。如果不是这次失忆，我可能很难再找回对演戏的热爱。”她对拍戏有种骨子里的畏惧，这两段经历，让她觉得自己的不幸都是由拍戏带来的。

她想过去克服，也接了一两部戏。

可不管她再怎么努力，演出来的东西都很生硬。

那时候网上骂她的人很多，花瓶这个词几乎成了她的标签。

“好了，差不多也就是这些。”梁昭昭说完后，对着秦舟笑了笑，“现在，我把我心里最黑暗、最沉重的这部分，也交给你了。”

梁昭昭和他说的时候，只说了个大概，很多让她痛苦的细节她都轻描淡写略去了。

可哪怕她不说，秦舟也知道她当时得有多难过、多无助。

“我应该更早一点喜欢上你。”

如果知道他这辈子会如此爱一个女人，他应该从她出生起，就陪在她身边。

梁昭昭笑了笑。

“你不是碰到了十七岁的我吗？”

她像是想到什么，问出了她一直纠结的问题：“秦舟，你是喜欢以前的我多一点，还是十七岁的我多一点？”

秦舟嘴角微勾，笑容有几分邪气。

他手掌落在她的后脑勺，将她拉过来，额头抵住她的额头。

“我最喜欢现在的你。”

愿意相信他，把一切都告诉他的梁昭昭。

接下来发生的事情变得顺理成章。

秦舟将梁昭昭放倒在床上，怜惜的吻落在她的额头，又来到她的唇瓣，两人环住彼此，热切拥吻。

“这次，你可不能再找借口了。”

“你以为忍的就你一个人？我也忍得很辛苦好不好。”

“那今晚，我一次性补偿你。”

……

事后，秦舟抱住梁昭昭，在她耳边低喃：“昭昭，以后有我在，你不用怕了。”

他想起晚宴上跳舞时，她突然惊惧的神色，当时还不知道她怎么了，现在想想，那时她应该就看到了那个畜生。

“我怎么觉得你比我还在意这件事。”她都要放下了，反而是秦舟只要一提起那个人，就恨不得将对方千刀万剐的样子。

“我都不舍得骂你一句，他居然敢那样对你。”

秦舟心疼地又在她嘴角处吻了吻。

“秦舟，我以前，确实挺怕的。”

梁昭昭捧起他的脸，深深地凝视着他。

“但是现在我不怕了。”

恐惧是源于黑暗。

而她现在，找回了那道光。

翌日。

因为过度劳累睡死过去的某人醒来时，已是正午。

被窝里的美人揉了揉惺忪的睡眼，扬起双手伸了个懒腰，这才撑起身子从床上爬了起来。

她刚刚一动，浑身都酸。

昨晚发生的事情浮现在脑子里。

这个浑蛋，梁昭昭在心底里骂了一句。

她累成这样，结果秦舟倒好，一大早人都跑没影了。

就在梁昭昭心中愤懑的时候，房间的门打开了，秦舟从外面走进来，看到从床上爬起来的她，笑着道：“醒了啊？”

梁昭昭看着他神清气爽的俊脸就来气，一个枕头丢过去。

“浑蛋。”

秦舟倒也没躲，站在那儿乖乖被老婆砸。

等她砸完了，还拎起枕头走过去，坐在她身边问道：“怎么了？一大早的，起床气比我还重？”

梁昭昭瞪他一眼，没好气道：“你看看你干的好事，以后不准碰我了。”

秦舟挑眉：“昨天后来不是你在主动吗？宝贝儿，半年过去了，你还是没变，跟以前一样带劲。”

“那你也不能没完没了吧？”

秦舟看她是真的有点生气，也想起自己昨天确实有些狠了，凑过去安慰她。

梁昭昭摁住他的手：“算了。”她指挥着他，“你去把衣服拿给我，我还有事要去一趟公司。”

秦舟看了她片刻，低声笑了声，随后替她捡起掉在地上的衣物递给她。

梁昭昭接过后，正准备换，结果却看到某人还站在房间里。

“你站在这儿我怎么换衣服？”

“这有什么，咱们什么关系，你身上哪里是我没看过的？”他的桃花眼暧昧地上下打量她，“要不，我来帮夫人更衣？”

梁昭昭抬手指了指门：“你给我滚。”

秦舟走出去后，看着紧闭的房门，心想他的宝贝还真是变化不少，以前她都是当着他面换衣服的，现在怎么反而害羞起来了？

梁昭昭从房间里出来之后，已经整理好一切。

她戴上口罩，然后拿了顶秦舟的鸭舌帽，对他道：“我先去公司了。”

她还没走出家门，人又被他拉了回来。

秦舟将她摁在餐桌前：“先吃饭。”

梁昭昭看着他这一大早替自己准备的这一大桌早餐，都够三个自己吃了。

原来他起来是为了替自己准备这些。

吃东西的间隙，秦舟问了句：“今天为什么要去公司？”

梁昭昭吃完嘴里的这片吐司，拿起旁边的玻璃杯，喝了口里面盛的牛奶。

秦舟见她吃得差不多，拿过纸巾给她擦手。

“有些事情，也该解决了。”梁昭昭道。

当天，和公司商议之后，梁昭昭发了条微博。

此条微博震惊了整个娱乐圈。

【时隔多年，有些事情，我想告诉大家。】

她把当年经纪人是如何利用她的信任，将她骗去酒店，联合某影视公司老总妄图对她进行迷奸这件事的来龙去脉都说了出来。

事情本身就是真相，她是当事人，手上总会握着一些证据。

再说了，她还有人证。

这件事她和萧泽沟通之后，不仅萧泽，连当年在酒店工作的服务员也被找出来替她证明此事的真实性。

> 以前没有勇气说，一直都在逃避。但是这些事不是我想躲就能躲得了的，我知道把事情说出来，对一个女明星会有多大影响。但是现在网上的言论已经对我的家人造成了困扰。我没法再忍耐下去。这是别人犯下的错误，凭什么要我来替他们承担？此事我会交给律师，为当年怯懦的自己求得一个公道。这样的事情，我不是第一个，肯定还有很多女孩子遭遇过类似的事情，只不过她们也像当年的我一样，没有勇气说出来。我很庆幸自己现在还有那么点影响力，不会再任由资本拿捏。但我真的希望，这样的事情，我是最后一个。
>
> 最后，年轻、漂亮，都应该是褒义词，不应该成为攻击女性的有色眼镜。一张照片，加上一些莫须有的造谣，我就成了某些人嘴里企图勾引有妇之夫的女人，这未免也太可笑了。以后对待诸如此类造谣辱骂，对我名誉造成损害的，我不会手软，见一个告一个。

梁昭昭发文之后，直接造成了微博瘫痪，这简直是一个晴天炸弹，惊天大瓜。

一夕之间，她从黑料傍身的绯闻缠身的女明星变成了一个被娱乐圈潜规则迫害的无辜少女。

网上的言论，向来听风就是雨，大众习惯跟随主流煽风点火。

那些原本骂她的，现在全都开始倒戈，无数人同情她的遭遇，向她道歉，而后义愤填膺帮她声讨害她的那位老总和经纪人。

褒贬任剪，笑骂随意。

她对于这些言论，已经不在乎了。

她只需要知道，自己想要什么就好。

不过令梁昭昭惊异的是，她的微博发出来后，居然有很多圈内的人都帮她转发了，而且个个好像比她还气愤。

黎双：“人渣去死啊！”

纪元洲：“心疼我女神，还好最后没有事，你会越来越强大的。”

唐学明：“支持我昭姐，就是干！”

夏云：“看完后我哭了，呜呜呜，我的昭昭。”

……

还有很多，和她拍过戏的、合作过的，甚至有些她都忘记过名字的。

以前她总是习惯戴上面具，不愿与人交付真心。所以大家也都觉得她高冷孤傲，不容易接近。

但是这段时间，她忘记了那些事儿，重新做回了十七岁的自己，反倒是收获不小。

最挺她的人，自然还是团内的三位姐姐。

梁昭昭决定公开这件事时，也是有和她们商议的，她们都选择尊重她，并站在了她这边。

顾子意转发了她的微博，直接说：

“心疼了几年，你终于愿意说出来。我话放在这儿，以后拒绝和李雪和那个畜生的一切合作，但凡项目里有他们参与的投资，他们带的艺人，我都不会参加。”

楚烟和林灵随后都转了顾子意这条微博，P.M 全员表态，不计代价也要与姐妹站在同一战线。

圈子里和梁昭昭关系好的都发声了，反倒是她的头号绯闻对象，还没有发声。

网上无数网友都在议论：

“我听到有爆料说，昨天苏威导演的宴会上，秦舟好像和人起了争执。”

“对，好像说是打人了，被打的那个人好像就是今天梁昭昭说的那位文总。”

“不是吧，秦舟为了梁昭昭打人，这怎么可能啊！”

“怎么不可能，我以为秦舟和梁昭昭在一起已经是大家都知道的秘密了，瞧那综艺里暧昧的，你见过秦舟对其他女艺人那样吗？”

“什么乱七八糟的爆料，抱走秦舟，秦舟什么都不知道。”

“秦舟单身哦，综艺只是剪辑的锅，不要乱猜。至于动手打人，那更是子虚乌有。而且就算打了，帮朋友揍个人渣也不过分吧？你看姓文的那玩意儿是个东西吗？”

“哈哈哈哈哈，我也不承认！虽然我现在觉得昭昭姑娘很好也很让人心疼！但是只要哥哥不官宣！我坚决不承认他恋爱了 55555。”

“是的！只要不是牵手接吻的照片摆在我面前！我都不会认的！来自秦舟女友粉最后的倔强。顺便大家快去那畜生公司官博下面替昭昭妹子说话啊。这种禽兽不开除企业还要不要声望了？”

同时，趁着舆论好转，公司公关团队将之前准备好的底牌都亮了出来。

网上关于梁昭昭弟弟梁宇的打人视频也得到了解释。

裴念寒帮梁昭昭找到了梁宇的高中同学，搜集了他们的爆料。

原来，梁宇打人并不是想欺凌同学，相反，被他打的那位，才是学校校园暴力的施暴者，经常拉着别人欺负学校里的无辜同学。

那时，也是因为那位男同学当着梁宇的面用很下贱的词语来辱骂梁昭昭，梁宇警告无效后，才忍无可忍动手打人。

网上爆料的那段视频，只有画面，没有声音。

而事发的时候，班上有同学偷偷用手机拍下了完整版的带音效的视频。

“我就骂梁昭昭怎么了？你也喜欢她啊？”

“哟，咱们班的学霸还追星呢，可真是稀奇。”

“不就是个出来卖的吗，有什么好值得喜欢的？等我以后发达了，说不定也找她玩玩，就是不知道她一晚开价多少……”

这句之后，梁宇彻底被激怒。

被打的那位男生虽然经常打架，可是他打不过梁宇，因为那会儿的梁宇已经不要命，最后老师及时赶到，那个男生受了伤，住了三天院。

澄清视频发出来后，梁宇的资料也被完全曝光出来。

北城的理科状元，北城大学计算机院绩点年级第一，国内最年轻网络安全大赛的获奖者。

最重要的是，长得可帅了。

“啊啊啊，之前网上传的都是小哥哥的丑照吧，丑照都是帅哥了，这大学生活照，简直帅到让我无法呼吸！”

“这什么小说人设？你们见过长这么好看的状元吗？无语了，梁昭昭家到底什么基因啊，姐弟俩都长这么好看有病吧，还让不让其他人活了 TAT。”

“别说了，弟弟快出道吧，姐姐 pick 你！”

“嘻，家里一个明星就够了，昭妹子现在这么优秀，就让她弟弟造福国家吧，国家培养人才也不容易啊！”

梁昭昭从公司出来后，直接回到了家。

这一进家门，她直接被吓到了。

客厅里坐了一排男生，还有一个畏畏缩缩地缩在沙发里的人。

如果不是坐在最中间的人是她亲爱的弟弟，她可能会以为家里遭了贼。

“姐，你回来了？”

梁宇见她进来，和她打过招呼。

“吓死我了，怎么这么多人？”梁昭昭问。

梁宇抬抬下巴，看了看身后的几个，和姐姐介绍道：“他们都是我的室友。”

宿舍三人激动到手脚不知道该怎么办，一个个笑得腼腆。

“您好，我们是梁宇的朋友。”

其中宿舍老二性格开放一些，见到梁昭昭有些激动。

“我老喜欢你了，没想到还有机会见到真人，更没想到你是老四的姐姐。原来女神也离我们并不遥远嘛。”

老大跟着笑道：“是啊，平常都是在电视机里看，没想到今天有机会见着真人了。”

既然梁宇愿意带他们来家里，那想必是信任他们的。

梁昭昭笑了笑，对他们伸出手：“你们好，平时我们小宇承蒙各位照顾了。”

宿舍里的男生不怎么追星，但一个个全都是梁昭昭的颜粉，只不过碍于面子端着而已。

和她握过手后，宿舍内几人悄悄交头接耳：

“我决定几天都不洗手了。”

“瞧你这点出息，女神是梁宇的姐姐，以后还怕没机会见到？”

……

“那这位是？”梁昭昭指了指那个畏畏缩缩的眼镜男。

梁宇说：“他就是发帖子的人。”

梁昭昭：“你们找到了？”

宿舍老二笑：“姐姐，我们是谁啊，我们大计院的高才生。只要他上网，我们就能逮到他。只不过有点尴尬的是，这位还是我们的同班同学。”

“他为什么要这么做？他又是怎么知道梁宇是我弟弟的？”按道理来说，这件事知道的人很少。

梁宇说：“我们学网络的，班上同学平常可能会捞些私活，他正好接了别人的单，对方把视频交给他，让他传播并且将这件事在网上发散。”

“所以那个背后指使的人是？”

“你应该认识，和你一起录综艺的那个。”

“萧苒？”

“嗯。”

果然是她，梁昭昭其实第一个猜的人就是她，上次秦舟和萧苒撕破脸，她就应该想到萧苒不会就此放过她，只不过无凭无据她不可能凭空想来定一个人的罪。

“唔唔唔——”那个眼镜男盛强支支吾吾半天，像是有话要说。

“把他放开吧。”梁昭昭说道。

“好嘞。”

盛强吐了口气，看着他们人多势众的，还是有些怕。

“那个，如果我告诉你们对方接下来的计划，你们可不可以不要告我了？”

他做的这些事都是违法的，如果梁昭昭追究起来，他不但要被学校开除，甚至可能进局子。

“我求求你们了，我也是家里爸妈生病缺钱，才会铤而走险接这样的单子，你们看这件事就算我不做，其他人也会做的。害你的人真不是我啊。”

冤有头债有主这个道理他懂，所以接单的时候他都会摸清楚雇主的真实身份。

“那就要看看你说的信息对我来说有没有用了。”梁昭昭道。

盛强：“萧苒说，她不仅找人查到了梁宇，还买通了你身边的化妆师，她已经知道你失忆的事情了。准备在你们录制直播综艺的时候想办法在百万观众面前戳破你，让你难堪。”

梁昭昭：“你怎么知道这么多？”

萧苒会蠢到把所有计划都告诉他？

盛强嘿嘿笑了笑：“答应和她交易的时候，我偷偷把她账号黑了，看到了她和她经纪人的聊天记录，不然我怎么知道她是谁？”

梁昭昭：“……”

弟弟你这智商为什么不能用来走正途呢？

“姐，你现在打算怎么办？”梁宇问。

梁昭昭挑眉：“还能怎么办？以其人之道还治其人之身吧。”

之前是看在萧苒是萧泽的堂妹，萧泽对她有大恩，以前的事她也没再计较。

这次，她不会再手软了。

梁昭昭发声之后，事件持续发酵，甚至还有一些女明星也站出来说出了曾经遭受到的不公正待遇。

一时之间，她的那句“年轻、漂亮，应该都是褒义词，不应该成为攻击女性的有色眼镜”被无数人转用。

大众的怒火，总需要找到平息点。

李雪从新锐出来后跳槽到的那家娱乐公司发布了声明，表示这样品德的经纪人公司不予聘用，并且将重新为她手下的艺人分配经纪人。

而那位电影公司的老总，一夕之间投资的项目股东纷纷撤股，更有传言说这几天他的那家公司已经被海外某集团收购，新的董事来公司第一件事就是把这位文总踹出了公司。

刚刚开始大家还以为只是传言，没过多久，那位文总所在的公司发布声明，宣布他已经不在公司任职。

大家都在夸这位新来的董事干得漂亮，并且暗自揣测这家公司的新董事到底是谁。

就在公司发布声明的当日，那位文总也发了条微博。

内容是向梁昭昭道歉，表示自己对于当日对她造成的伤害内疚万分，并且他也已经受到了惩罚，不求梁昭昭原谅他，只希望她能忘记这段不愉快的经历。

他那篇道歉声明倒是言辞诚恳，只不过没人会在意，他的微博下面聚集了不少人，个个口才一流口吐芬芳，花式教他做人。

梁昭昭看到这个声明之后，花了大概一分钟的时间看了几眼，然后便关闭了。

这上面说的话，她一个字都不信。

如果真的还有点良知，他在酒宴上也不会因为当年的事沾沾自喜而说漏嘴。

只不过这个道歉，是他欠她的。

就算只是表面形式，她也让当年伤害她的人向她低下了头。

梁昭昭关闭了微博之后，给秦舟打了一个电话。

“喂。”电话那边男人的声音懒洋洋的，透着秦舟惯有的慵懒。

“你在哪儿？”

秦舟看了看自己所在的位置，他虽然喜欢拍电影，但从没想过要当什么电影公司老板，现在突然收购了一家电影公司，他还没想好要怎么运营。

“公司。”

一个道歉怎么够，他要让曾经伤害过她的人再也爬不起来。

“哪家公司？”

秦舟不想她太多心，没打算把这事告诉她，听到她这样问后笑了声。

“还能有哪家公司，我难不成还能和两家公司签约吗？”

梁昭昭：“秦舟，那件事是你做的吧？”

“什么？”

“别装傻了，除了你，谁还会突然去收购一个名声已经被前任总裁败成这样的电影公司。而且收购公司的第一件事就是把人扫地出门，这种事除了你还有谁会做？”

秦舟低笑一声："这可怎么办，我的宝贝越来越聪明了，什么都瞒不过你。"

梁昭昭嘴角微翘："那是，不然你还想瞒我什么？"

秦舟放松了身体，靠在转椅里，目光随意地落在办公室内的一株盆栽之上。

"我还能瞒你什么，我都已经被你吃得死死的了。"

没过多久，又到了《来者是客》的录制时间。

之前四期是采取的录制形式，而接下来确定采取直播的形式进行。

前面四期的主题是传统文化，直播一共录五期节目，全程十天。每隔一天录制一次，中间空白的那天，会不间断放出直播花絮、突击采访等。

这次他们做客的地方更偏向于现代化一点，是很多年轻人都感兴趣的主题。

比如第一天，他们做客的地方就是国内一家比较有名的电竞俱乐部。

从踏进这地方的那一刻开始，梁昭昭就感受到了身边三位男生的躁动。

这次来的飞行嘉宾也是一位饶舌歌手，是唐学明圈内的好友。

两人一看就是玩游戏的老手，看着那些穿着队服的电竞选手，一个个都能叫上名字，甚至还挺熟的。

夏云："你们都认识啊？"

唐学明："认识啊，我们还经常和他们队长一起开黑呢，对吧小白？"

被他喊作小白的飞行嘉宾点点头。

"嗯，跟着职业战队的打游戏，躺就够了，谁不喜欢躺呢？"

梁昭昭看了眼秦舟："你不也挺爱玩游戏的吗？怎么这里的人你一个都不认识？"

秦舟："我喜欢一个人玩游戏。"

而后他又想到了什么，缓缓补充了一句："偶尔也带儿子上上分。"

梁昭昭刚想问他什么时候背着她多了个儿子，想到是在直播又把话憋了回去，转念一想就猜到了他嘴里的"儿子"是指把他含辛茹苦拉扯大的经纪人周斯耀。

接下来的录制大概就是带他们去参观这些职业选手平时生活和训练的地方，以及听他们讲一些职业生涯中的故事。

《来者是客》这个综艺的意义在于不同职业之间的碰撞，每个人都在各自的领域专注做事，都有不一样的闪光点。

最后还有个避免不了的环节——组队开黑打游戏。

《王者荣耀》这款手游，基本上是全民都在玩。

明星玩这个的也不少，毕竟打游戏是很好的放松方式。

这款游戏梁昭昭倒是也玩过，只不过她发现自己实在没那方面天赋，动不动就被杀，打游戏非但不能放松反而给自己添堵，跟风玩了一段时间就放弃了，之后再也没碰过。如果她没记错，她放弃这游戏时，自己是秩序白银还是荣耀黄金来着？

他们六个人，梁昭昭段位最低，萧苒玩得不多，好歹也钻石了。

剩下四个人都是经常玩的。

唐学明和小白都是王者段，连夏云也都星耀了。

等到秦舟登上账号。

唐学明开始吹："瞧瞧咱们舟哥多酷，荣耀王者！"

分队是，秦舟、梁昭昭、夏云一队，唐学明和小白带上一个萧苒。

每队再分别配上两名职业选手，算是实力相当。

他们是在基地打游戏，游戏画面能通过电子大屏投射出来给正在收看直播的观众看。

这个节目播出效果很好，一开播就有几千万观众在蹲守直播。

梁昭昭当初玩这个游戏时，只会玩一个法师妲己，队友也没勉强她，直接将中路给她了。

秦舟一向喜欢玩打野位，夏云辅助，剩下两名职业选手，一名打上路，一名下路ADC。

梁昭昭好久没玩，压根儿不怎么会玩。和她对线的人又是萧苒，萧苒看出她不会玩，压着她打。

在梁昭昭掉一血之后，形势发生了翻天覆地的变化。

秦舟这位打野选手，活动范围开始不在野区，而是频繁往中路跑。

秦舟杀萧苒毫不手软。

耳机里传来队友的呼唤，两边下路对抗的都是职业选手，甚至由于小白的辅助比夏云更优秀一点，秦舟这队是吃亏的。

"秦老师，你家是住中路了吗？拜托看看我们下路吧！"

"太惨了吧对面妹子，秦老师你也太狠了点。"

就连带对面唐学明也忍不住笑。

"啧，英雄难过美人关啊，舟哥，你再往中路跑，你家野区可都是我的了。"

萧苒直接被打崩了心态，整局游戏都玩得很崩，反倒是梁昭昭，在秦舟和队友的指挥下，慢慢还是上手了。

妲己属于后期英雄，前期疲软，后期暴发伤害高，一套秒人，且她操作起来较为简单。

在队友的保护下，梁昭昭打到后面居然还拿了好几个人头，最后这局游戏还赢了。

"无语吧，前期野区都丢得差不多，你们还赢了？"摘下耳机，唐学明吐槽道。

秦舟挑挑眉："这你就不懂了，这就叫作保中政策，中路都丢了，你还打什么？"

唐学明："……"

我信了你的鬼，如果梁昭昭在下路，你是不是又要保下政策了？

打完游戏之后，俱乐部的人就领着他们去休息室休息。

秦舟走到梁昭昭身边，像个大男孩似的朝她炫耀道："刚才帅吧？"

梁昭昭笑："还行。"

两人自然而然就走在一起，完全无视了其他人。

萧苒在他们身后死死地盯着两人的背影，拳头暗自握紧。

她现在对秦舟再也没有当初那般浓烈的爱意，她恨他，更恨梁昭昭。

明天，她就要在大众面前，揭穿梁昭昭的真面目。

向大众隐瞒病情，装作若无其事地参加节目，梁昭昭这个行为就是在欺骗观众。她倒要看看，大家能不能接受一个十七岁心智的顶流。

直播也并不是全天 24 小时，一般是正式直播录制一天，另外一天艺人基本上是在所住的地方自由活动，不定期会有突击采访和定点安排艺人轮班直播，每次直播时长大概一个小时。

他们在排轮班的时候，萧苒主动说想要排在第一天完成直播任务。

唐学明："你第一天？有想好做什么内容吗？毕竟这个形式的综艺我们大家都是第一次接触到。"

萧苒笑了笑道："这个就比较随意啦，反正我也经常拍短视频啊。就带大家看看俱乐部成员的日常嘛，也可以当主持人采访你们，粉丝应该都挺爱看这种的，到时候你们可要记得配合我哟。"

她说出这句话后，在场的另外五个人都没出声。

《来者是客》一共五位常驻嘉宾，萧苒已经得罪了三位。最后还是唐学明看气氛太奇怪，尴尬笑了两声。

"没问题啊，你采访我吧。"

他们彼此的关系大家都心知肚明，唐学明知道如果连他都不理萧苒，那大概是真的没有人理她了。

"谁想采访你啊，你一个大男人，咱们之间有什么好聊的。"萧苒的目光落在梁昭昭身上，"梁昭昭，我直播的时候能够邀请你来我的直播间吗？"

梁昭昭有时候很佩服萧苒的一点就是，明明她俩早已经撕破脸皮，在某些特定的时候，萧苒却总能装作无事发生过。

夏云听了，凑到梁昭昭耳边，对她道："别去，她肯定没好事。"

萧苒见梁昭昭半晌没说话，阴阳怪气又说了句："这可是录节目，咱们都是拿了节目组钱的，你该不会不答应我吧？"

梁昭昭抿唇一笑："好啊，我没问题。"

"那就这么说定了，明天你可要配合我。"萧苒说完，冷冷看她一眼，转身走了。

晚上，梁昭昭一个人去了俱乐部顶楼的天台上，她拿出手机给萧泽打了一通电话。

她拨号码出去后，那边很快就接通了。

电话里传来萧泽一如既往温润柔和的声音。

"喂，昭昭。"

"萧泽哥。"她喊了声。

"怎么了，难得你主动给我打电话。"

"放出我弟弟视频的人，是萧苒。"

电话那边沉默了片刻，萧泽叹息道："昭昭，是我们家对不起你。我也没想到她会做这种愚蠢的事。"

"是萧苒对不起我，不是你，也不是萧家。"

“毕竟她是在我眼皮子底下犯的错，我有责任。你放心，这事我会给你一个交代。”

梁昭昭对着电话笑了声：“萧泽哥，我说了这不是你的错，你也不需要给我交代。你知道的，她这次把梁宇牵扯进来，我不可能再让这事这么过去。我打电话给你，是因为我已经有了主意，但我想了想，她是你的妹妹，我应该告诉你一声。”

“原来你是顾虑这个。”萧泽听了后温声道，“我这个堂妹，从小到大被我伯父溺爱坏了，做了很多错事都不用受惩罚。如果你能让她长点教训，我没有意见。”

“而且……”萧泽顿了顿，像是想说什么，最后又一声轻笑掩盖过去，“算了。”

他想告诉她，对他来说，一个性格他不怎么喜欢的堂妹，其实更多的是一种责任，他对萧苒没有多深厚的感情。他更在意的人，是她昭昭。

可是这种话，说出来已是不合时宜。

萧泽是个有分寸的人，既然决定放下，便不会再越雷池一步。

“萧泽哥你想说什么？”梁昭昭见他欲言又止的，便追问了一句。

她刚说完这句话，手里的手机被人抢了过去。

梁昭昭转头一看，抢她手机的人正是秦舟。

“你干吗呀？把手机还给我。”

秦舟一扬手，手机就到了她够不着的位置。

梁昭昭试着跳起来去抢，可某人铁了心不给她，她想要也拿不到。

“秦舟！”梁昭昭警告般喊他名字。

结果，秦舟一只手握住手机，另外一只手抓住她妄图从他这儿抢东西的手。

“萧泽，我们还有事要办。”秦舟长臂将梁昭昭整个圈入怀里，对着电话那边又淡声道，“对了，以后没什么事，少和你嫂子联系，你哥我先挂了。”

秦舟说完，也不等电话那边的人应声，直接掐断了电话。

被挂断电话的萧泽有些无奈地看着黑掉的显示屏笑了声。

到底谁是哥哥？他没记错的话，秦舟比他还小吧？

秦舟怎么老爱在这些事上占便宜。

男女力量的悬殊在此刻得以体现，梁昭昭被秦舟圈在怀里动都不能动，他一只手就能将她的小手包在掌心。

“行了，手机还你。”

挂完电话后的某人，看了看怀里的人，此时她正睁着老大的杏眼瞪着他。

“秦舟，谁给你的权利，乱挂我电话？”梁昭昭冷声道。

他依旧是那个散漫样子：“我为什么不能挂，在他没有完全放下你前，你俩不准打电话。”

他想了想，又补充了一句：“更不准见面。”

梁昭昭：“那我有事情和他说怎么办？”

秦舟指了指自己，笑：“我来帮你们传达。”

“你有病吧，以前怎么没发现你这么能吃醋？”梁昭昭彻底无语了，“我看你干脆也别当什么最年轻影帝，我给你个亚洲醋王的封号好不好呀？”

她话音刚落，双手被秦舟一拉，直接被他带入了怀里。

秦舟眸色暗下来，低声道：“那我得对得起这个称号才是。”他说完，直接低头吻了上去。

梁昭昭推了推他：“你干吗啊，这里是俱乐部，万一被人看到了怎么办？”

秦舟看了眼四下无人的楼顶天台。

“哪里有人？就算有人也无所谓，正好将咱们的绯闻给坐实了。”

“你怎么这样，这都没官宣呢，还是有很多人不知道的……唔。”

剩下的话她没机会说出口了，秦舟嫌她太吵，吻住了那张喋喋不休的小嘴。

星星一闪一闪的，看着天台上热切拥吻的两人，许是看不下去了，偷偷躲进了云层。

一吻结束后，秦舟放开了梁昭昭。

他双手捧起她的脸，桃花眼里映着月色和她，风华灼灼。

“昭昭，不要怪我爱吃醋，以后也不要嫌弃我管你太严。”

他在她额头落下一吻，重新将人拥入怀中。

“我克制不住自己的。”

他无法控制，一天比一天爱她，对她的占有欲越来越强烈，哪怕要被她说亚洲醋王，他也认了。

梁昭昭被他抱入怀中，似乎能感应到他的心声。

她低笑了声，环住他的腰：“好啦，那以后我也同样以你的标准管着你，你也不准有意见。”

“乐意之至。”

第二天，萧苒倒是真的说到做到，才上午十点，萧苒便举着自拍杆来到了梁昭昭的房间。

毕竟是录制节目，私下她们关系再怎么差，也不会摆到台面上来。

萧苒举着摄像机，对着镜头甜美一笑。

“这里呢，便是我们昭昭的房间啦，让我们看看她起来了没有。”

她刚敲了两下门，梁昭昭房间的门便打开了。

梁昭昭打开房门，她此刻已经穿戴整齐，素面朝天却依旧美得惊人。

观众开始疯狂发弹幕：

“啊啊啊啊不愧是女团颜霸，姐姐太美了！”

“仙女就是仙女，素颜也这么美，您下凡辛苦了。”

“有一说一，梁昭昭的颜是真的能打，配秦舟也配得上。”

弹幕里闹哄哄的，议论的内容全都是梁昭昭，说梁昭昭又会提起秦舟。

总之，明明是她萧苒的直播，却被梁昭昭的粉丝和两人的 CP 粉给占据，连她粉丝的评论都很快被淹没。

萧苒咬咬唇，随后若无其事地对梁昭昭笑道：“昭昭，我能进来吗？”

“进来吧。”梁昭昭让萧苒进去后，还很贴心地搬了张椅子给她坐。

梁昭昭：“抱歉啊，时间比较赶，没有来得及化妆。”

萧苒扯出一个笑：“你这么美，哪里还用得着化妆？”

萧苒说完这句后，不想再和她扯太多，直奔正题道："其实呢，我今天是带着任务来的，那就是要替我们广大粉丝采访一下你。咱们开始吧。"

"嗯。"

梁昭昭点头后，萧苒先是问了她一些问题，这些问题都是这五年内她身上发生的一些事情。

梁昭昭都回答完后，萧苒心里疑惑。

难道是消息有误？她的化妆师不是说她失忆了吗？还说她这些天都是装的，为了不影响她录综艺向大众隐瞒了实情。

不，不会的。

梁昭昭确实和以前很不一样，这是大家都能感受到的。

一定是她提前做好了功课！

萧苒想了想，对她道："昭昭，你还记得两年前咱们一起在《花样少女》的节目上也曾经见过面吗，那时候主持人还调侃咱俩长得像呢。"

梁昭昭听到她说这话后，沉默了片刻，弯唇微笑道："你记错了吧，我从没参加过《花样少女》。"

萧苒皱皱眉，她本来是想当众戳穿梁昭昭失忆的事儿，然后再让自己买通的那些营销号和水军借题发挥黑梁昭昭一波的，她也知道这不是什么大黑料，但只要是给梁昭昭难堪的事，她就愿意做。只是没想到梁昭昭把她的问题全都答上来了。

就在萧苒思考是哪里出了错时，梁昭昭突然道："萧小姐问完了吧，那接下来换我了。"

梁昭昭直接点开手机，放了一段录音。

是两个经过处理后的声音。

一个交代了萧苒指使他发梁宇视频借机翻出梁昭昭黑料，另外一个则是梁昭昭身边的人，说出了萧苒花钱向她打听梁昭昭的事。

萧苒一听，脸色大变。

她第一反应便是想骂人或者砸掉梁昭昭的手机。

可是这是直播，现在有一百多万人在观看的直播。

"你什么意思？"萧苒咬牙问，"凭这两段录音就想栽赃我吗？连声音都是处理过的，你这个也太可笑了点。"

"行。你要没处理过的声音是吧？"梁昭昭见萧苒不到黄河不死心，又点了个录音。

这次是萧苒自己的声音，是她和经纪人发送的微信语音聊天记录。里面有萧苒对梁昭昭做过这一切后，沾沾自喜地和经纪人汇报战果的内容。

萧苒听到这里再也不能淡定，直接从椅子上站起来，朝梁昭昭吼道："不可能！你怎么有我的微信聊天记录，你黑了我的账号？"

梁昭昭无辜道："我哪有这个本事，黑你账号的可是当初和你做交易把我弟弟视频在网上散播的那位小朋友，你没想到他会留一手吧？哦，对了，你刚刚已经承认了。"

萧苒神色慌乱，随即反应过来现在还在直播，手忙脚乱地关闭了摄像头。

关掉直播后，萧苒彻底情绪失控："梁昭昭，你早就知道了对不对！你耍我？"

她恼羞成怒，朝梁昭昭扑过去。

萧苒这几招几式，梁昭昭也不是第一次领教过。她偏头躲过萧苒的手，在萧苒还没来得及反应前，旋即反手甩了萧苒一个耳光。

“你疯够了没有？”梁昭昭冷声道。

萧苒看着虎，实则被家里娇生惯养着，不堪一击。

“你打我？你敢打我？”她看着梁昭昭，不敢置信。

梁昭昭嗤笑：“你也真有意思，我打都打了，你还问我敢不敢。要不我再打你试试？”

“我不会放过你的。”萧苒捂住脸，哭哭啼啼道。

梁昭昭掏了掏耳朵：“我求求你换句词吧，这句我都听腻了。”

这次直播翻了车，没多久导演组的人就跑到房间里找了她们。

梁昭昭坐在椅子里，垂眸看着自己的手指甲，淡声道：“节目组打算怎么处理？”

导演要哭了，姑奶奶你给我捅这么大一娄子还反过头问我怎么处理？

“我和她。”梁昭昭伸手指了指还在哭哭啼啼的萧苒，“我俩都这样了，你们不会还打算让我们继续一起录制综艺吧？”

“不是，这种事你们就不能私下解决吗？或者有矛盾可以找我们私下调解啊，这闹到直播上，这真的……”导演一脸无奈。

“我经历过什么大家应该都清楚吧？我说过的，对想害我的人，不会再手软。”既然萧苒想通过直播，让她难堪，那她便以牙还牙。

之前两人私下有矛盾，录节目的时候还能粉饰太平。

现在她俩都敢当着百万人的面撕了，这还让她们一起录节目显然不太现实，毕竟他们是做节目的，不是来给大众当笑话看的。

梁昭昭和萧苒，节目组只能留一个。

这件事明显是萧苒理亏，如果留萧苒的话，绝对会引发众怒，节目肯定录不下去。

再者，这档节目最大的流量就是秦舟和梁昭昭。

这两人的关系内部人心知肚明，要么走一个，要么走一双。

怎么考虑，都只能留梁昭昭，不能留萧苒，尽管这档节目有萧家的赞助。

最后这事的处理结果是节目组发了一篇声明，先是把自己撇得干干净净，表示自己对于艺人之间的恩怨纠葛毫不知情，二是公布处理结果。

节目组还是给萧苒留了面子，说她是因为情绪不佳的原因退出录制。

声明发出来后，评论分分钟就过万。

毕竟这节目才直播第二天，就爆出了一个如此惊人的瓜，广大吃瓜群众火速赶来。

“看直播的时候我整个人都傻了。这是什么惊天大瓜？萧苒这么可怕的吗？背后捅了梁昭昭多少刀啊！”

“感觉我们的女王昭又回来了 QAQ，好飒好刚！帅死我了！”

“呃，萧苒这次形象算是全毁了。她以前都是走清纯风吧，没想到心机这么深。

对付同期竞争对手就算了，还把人家素人家属都拉进来，真的好过分。”

“哈哈哈哈哈哈说竞争对手真的辱昭了，有一说一，这俩不是一个咖位。”

“萧苒黑料一直挺多的啊，只不过她后台硬钱花得多，搜她的广场自然干干净净，看不到不好的。其实某乎上很多关于她欺压女艺人的爆料。”

“不过我看这两天直播，我都觉得萧苒怪怪的，情绪有点不对劲。她是不是受了什么刺激啊，难不成因为秦舟已经和梁昭昭在一起了？”

而另外一边俱乐部基地。

他们这次在这边一共也就待三天。

第二天还因为直播事故而停录了。

“你们娱乐圈水真的深。”俱乐部队员们感叹。

他们这些职业选手都是昼伏夜出，等他们睡完一觉醒来，瓜都凉了一半。

“你们电竞圈也好不到哪里去吧。”梁昭昭回敬了一句。

“早就看出来你俩不对头了，难怪之前打游戏的时候她打你那么凶。”俱乐部队长道。他说完，看到秦舟又忍不住八卦了一句，“秦老师，这萧苒是不是真喜欢你啊？”

秦舟凉飕飕看他一眼，言简意赅吐出四个字：“关我屁事。”

“行吧，也看出你不喜欢她了，不然之前能杀她这么狠？”队长八卦之魂继续燃烧，“那秦老师，再问你一个问题，你是不是喜欢昭昭啊？”

提到梁昭昭，男人的脸色以肉眼可见的速度好转，他扬了扬唇：“你猜。”

“……”

这个“你猜”就很有灵性了。

“昭昭，你呢，是不是对咱们秦老师也有意思啊？这可是万千少女男神，我以前看秦老师电影的时候，就那部谍战，可真帅！”

熟悉一点后，大家才发现这俱乐部的队长是个话痨。

梁昭昭没回答他的问题，反而用手肘碰了碰秦舟。

“你看，夸你呢。”

“？？？”

这算哪门子夸？

“你们慢慢聊吧，我去补会儿觉。”梁昭昭伸了个懒腰。

碍眼的人走了，剩下的录制，应该会很有意思吧。

毕竟留下的，都是顺眼的人。

尤其还有，她爱的人。

在俱乐部住了三天，他们又该开启下一段旅程。

走之前，俱乐部的队员还送了他们一人一套游戏手办，俱乐部队长说：“以后有空，一起开黑。”

梁昭昭拿着姐己的模型，左右看看。

“算了，我不适合这个游戏，你们玩吧。”

认识到自己在这方面毫无天赋后，梁昭昭选择放弃。

“别啊女神，我们带你飞嘛，你负责躺就行。”俱乐部的队员连忙挽留她。

队长目光在她和秦舟身上转来转去，笑道：“实在不行，这不是还有秦老师的保中政策嘛，一定可以保证你的小妲己在王者峡谷畅游无阻的。”

“你们真的是够了。”梁昭昭收起她的小妲己，坐上了节目组安排他们去下一地点的大巴车。

秦舟没说什么，扬眉跟了上去。

唐学明见状拍了拍队长的肩：“你知道得太多了。”

队长指了指前面走的那两位的背影，泪目道：“你以为我们想知道吗！我们也不想啊！他俩在俱乐部里天天秀恩爱的时候，有考虑过我们这群单身宅男的感受吗？”

可怜他们，只能仗着他们单身二十年的手速在峡谷多杀几个人泄泄愤了。

大巴车缓缓行驶，将他们带到了下一个目的地。

一栋两层楼房，装修大胆新潮，墙上还有很多风格迥异的涂鸦。

这里是国内一支著名乐队的家里。

他们几个一下车，乐队成员站成一排，在家门口迎接他们。

这支乐队名字叫作山路乐队，也是做地下音乐出身的，最早是在学校附近的 livehouse 演出，后来慢慢做出了名气，虽然不如他们这些流量明星，但在音乐的领域里，还是很知名的。

在场的几位都是懂些音乐的，特别是秦舟和唐学明，他俩是原创歌手，自己写词作曲，和这些乐队里的人就更聊得来了。

这支乐队一共有四个人。

主唱老 K，吉他手夏天，贝斯手小狗，鼓手阿酷。他们玩乐队挺多年了，年纪三十岁左右，普遍比这些明星更为年长。

见面之后，大家都是惯有的礼貌客气。

老 K：“你们好你们好，都是大明星啊，小舍蓬荜生辉蓬荜生辉。”

唐学明和人熟络起来最快，号称他们《来者是客》小分队里的交际花。

他立马接话道：“前辈说笑了，我们才是久仰大名，以前我还听过你们的现场呢。”

山路乐队确实很有名，演唱会都开了好几场，一些歌手也会经常邀请他们去当自己演唱会的嘉宾。

几人寒暄客套之后，老 K 领着他们去了房间。

这是一栋四层楼的别墅，老 K 说他们四个人都住在这栋房子里，因为朋友多，所以租了栋大一点的房子，三楼基本上都是空着的客房，他们四人一人一间恰好合适。

“啊？为什么要一人一间啊，我不喜欢一个人待着，舟哥，咱们继续一起睡吧。”

这些天相处下来后，唐学明俨然成了秦舟的小迷弟，天天想黏着他舟哥。

秦舟无情拒绝：“谁要跟你睡？自己睡去！”

唐学明努努嘴，拖着自己的行李箱，往自己的房间里走。

他刚进去，又将门打开一点，对着梁昭昭说：“昭昭姐，晚上记得锁好门哦，女孩子一个人在外面睡，太不安全了。”

他话音刚落，秦舟摁住他的头，直接把他塞进了门里。

这小子嘴真没个把门，还好现在也不在直播时间段。

乐队最活跃的时段在晚上。

山路乐队虽然现在已经有了一定的知名度，但偶尔还会去朋友的酒吧里唱上一两首歌。

既然来到这边了，自然就该体验他们的生活。

白天，他们大多都是排练、写歌、练习乐器。到了晚上则是活跃的时候，可能会去酒吧玩，也可能会去 live-house 演唱。

他们在山路乐队家里要过上三天两夜。

第一晚，阿酷带着他们来到了酒吧。

这家酒吧是他们圈子里的朋友开的，这位朋友算是北城一富二代，原本是阿酷的朋友，后来也成了老 K 他们的朋友。

这家酒吧消费水准高，并不是一般人能进来的，来这儿的大多都是一些小明星和富二代，也是这群人玩得最疯。

他们一行人进来之后，整个酒吧大堂都热闹了起来。

老板亲自出来迎接，阿酷走上前和老板握手碰肩。

“Hi，bro！”

他们人多，除了艺人还有跟拍他们的摄像大哥。

节目组事先有和酒吧老板打过招呼，附近安保也做得很足。

老板看着他们一行人，满脸笑容。

“稀客稀客啊。兄弟，这么牛的人都被你请来了，阿酷，你是真的酷。”

阿酷：“对啊，都是大明星。他们一来，你今年店里的业绩都得翻倍吧，还不好好谢谢我们。”

老板笑：“今天大家尽情喝、尽情玩，都算在我账上。”

能来这家酒吧消费的都是非富即贵，一晚上消费十万以上是家常便饭，这免的也不算小单了。

他们一桌人坐下后，酒吧里所有人的目光都落在了他们身上。

“啊啊啊，我居然在这儿看到了秦舟！真人怎么比电视上要帅！好有气场啊！”

“梁昭昭也是啊，真仙女下凡了。我好喜欢 P.M 啊，我能上去要昭昭的签名吗？”

“今晚这趟来得真值，居然赶上了《来者是客》节目组来这儿录制节目，咱们是不是也要上电视了？”

“肯定啊，他们这不是录节目吧，这可是同步直播呢！”

大家都拿出手机来拍，但也很懂礼貌，很少会有人上去打扰他们，并且虽然是在录节目，其实他们附近都是站了保镖的。

“大家尽情喝啊，我这兄弟别的没有，就是好酒多。”阿酷热情地招呼他们，点起单来毫不含糊。

唐学明凑近一看："我去，你还真不心疼钱啊，专挑贵的点。"

阿酷嘿嘿笑道："没事，我这兄弟有的是钱。再说在座各位都是大人物，自然得拿出最好的酒来招待。"

毕竟还是在直播，他们只是象征性地碰杯，只在镜头外时才喝一口。

这家酒吧氛围很好，并不算很闹腾，适合坐下来聊聊天喝喝酒，顺便听听音乐。

梁昭昭不太会喝酒，无奈他们要玩游戏，输了的人得罚酒喝。

她今晚运气不太好，输得比较多，喝了两杯之后，脸就开始红了。

"这鸡尾酒还挺好喝的。"她觉得有点像带了酒精浓度的果汁。

"你别喝太多，这酒度数不高，但后劲挺足的。"唐学明劝道。

梁昭昭瞥他一眼，微醺后的杏眸有种别样的清媚。

"你以为我想喝啊，这不是你们太无赖，老让我输吗？"

"是是是，都是我们的错，那要不，姐你先歇会，退出游戏？"唐学明道。

"不，我就不信我会一直输。"梁昭昭较上劲了，越输越想玩。

反正这酒好喝又不醉人，喝多点也没关系。

下一把开始，她又输了。

梁昭昭也不含糊，端起酒杯就要喝，结果杯子还没送到嘴边，坐在对面的秦舟站起来，拿过她的酒杯，就着她的杯子，直接帮她喝了。

秦舟一杯直接干掉，手背擦过嘴角，对她道："你玩，输了我替你喝。"

夏云和唐学明相互看了眼，先是惊诧而后又习以为常。

唐学明直接朝秦舟竖了个大拇指。

"牛。"

护成这样，生怕全天下看不出来他喜欢昭昭姐吗？

老 K、阿酷他们陪着他们坐了会儿，便走开了。

没过多久，山路乐队登上酒吧驻唱台，他们在台上一共唱了两首歌，一首抒情一首摇滚，酒吧内的气氛被掀至高潮。

"明天，我们会在糖果三楼的 live-house 开演唱会，大家记得来哦。"

老 K 唱完歌，还不忘记宣传明天的小型演唱会。

"他们也会来吗？"

底下有人喊。

老 K 笑了笑，明知故问道："谁？"

"秦舟！"

"梁昭昭！"

"夏云！唐学明！"

下面七嘴八舌喊他们的名字。

大家喊完后，又全体起哄喊他们能不能也上台来表演一首。

直播弹幕疯狂滚动。

“啊啊啊啊今晚这家酒吧的人运气也太好了吧！如果秦舟上去唱歌，我真的要当场去世！”

“几百年了，都没蹲到哥哥的演唱会，结果他先去酒吧卖唱了？”

“呜呜呜，我不允许，我会酸死的。”

“哈哈哈，去啊，最好一起去，我蹲一个神颜CP的情歌对唱！”

最后现场闹到有点没法控制，老板站了上来，苦笑着对酒吧里的大伙道：“各位别为难我们小店了，你们想看的这几位，我一个都请不起啊。”

“嘁——”

大家比了个扫兴的手势。

“都在叫我们上去呢。”唐学明看了看那边，转头对他们道。

夏云：“你不会真的要上去吧？”

“玩玩呗，我们吃人家的住人家的，这是前辈朋友的店，我们总得给一点面子。”唐学明说完，放下手中的酒杯，走上了台。

“唐学明！唐学明！”

台下的观众也很给力，大声喊他的名字。

“那我就给大家来一段freestyle吧。”唐学明拿过话筒，露齿一笑，对着台下道。

他平常看着奶，台风却很炸，一米七的身高唱出了两米的气场，现场一片尖叫声，嗨到爆棚。

唐学明肯上来表演已经是很给老板面子了，观众也懂什么叫见好就收，毕竟让他们四个全都上台也不太现实。

唐学明回来后，看着在座的三人，撺掇道：“你们不上去玩玩吗？”

“我们就算了吧，派你一个上台就行。”夏云道。

“行，在座的都是大牌，就只有我这种小歌手才会喜欢在酒吧唱歌。”

“得了吧你，你还小歌手，有几个人十八岁能红成你这样的？”

唐学明指了指秦舟，又指了指梁昭昭。

“这儿就两个呢！舟哥好像十五岁就红了吧？pinkmiracle都出道六年了，昭昭姐才二十二岁，你敢信？”

夏云笑：“娱乐圈里能有几个秦舟，又能有几个梁昭昭，你干吗和他们比？”

“既然你们都不去，那我去吧。”酒劲上头后窝在沙发里快睡过去的梁昭昭站了起来。

她本来很困的，山路乐队和唐学明一上台又把她给唱嗨了。

“我去，昭昭姐你真上啊？”

唐学明也就是随便一说，没想到她真会上去。她这一上，直播间肯定得炸，自从P.M六周年演唱会之后，她演唱会上的视频在网络各大社交媒体上疯传，甚至连外网的播放量都破亿。

大家都在感慨昭昭居然已经成长到这个地步，女团之中，很少有门面业务能力能强成这样，控场能力和台风也让人惊叹。

她离开吧台后，往台上走去。

酒吧里的尖叫声快要将屋顶掀翻，现场气氛沸腾至高潮。

“当时小粉红的演唱会门票一秒全没，老子不想便宜黄牛没去现场，看的直播。没想到今晚在酒吧里还能看到梁昭昭上台。”

“啊啊啊，我开始激动了！我爱漂亮妹妹！”

“梁昭昭！梁昭昭！”

吧台卡座里的观众都齐声呼喊她的名字，看着她一步步走上了台。

现场氛围太嗨，梁昭昭内心的那团火烧了起来，舞蹈对她来说，是最能释放情绪的肢体动作。

她站在话筒前，黑眸一扫下方，开口道：“DJ Drop the beat！”

DJ 小哥哥很配合地给了她一段 P.M 团专里很有名且舞好看的歌曲片段。

梁昭昭听到音乐后，红唇微勾，抬手脱下了外套。既然来泡吧，穿的衣服自然不可能太正规，外套之下，里面是一件黑色的抹胸连衣裙。

笔直雪白的胳膊还有长腿明晃晃露出来，跟着节奏律动。

酒吧内五彩斑斓的灯光落在她身上，尖叫声此起彼伏，这一刻，如在演唱会现场。

弹幕开始狂刷。

“啊啊啊啊要命了！好帅好辣！今晚昭昭就是酒吧里最辣的妹！”

“身材太好了，腰肩腿的比例好绝啊，她真的天生适合舞台！”

“最近感觉昭昭风格又变回来了一点，今晚更是火力全开啊啊啊，我要是在现场我肯定已经流鼻血了！”

又辣又性感，还带了一点野性。

这就是今晚的梁昭昭。

酒吧里已经快被尖叫声给淹没了，唐学明目瞪口呆：“我的天，昭昭姐真厉害，这也太……”

太撩了，哪个男人受得住。如果不是知道台上的人已属舟哥，他都要心动了。

“舟哥，你不管管啊？”镜头已经切换到了梁昭昭那边，不对着摄像机，唐学明说话也没了顾虑。

秦舟看着台上火辣四射的人，目光紧紧盯住。

最后，他扯唇笑了下，语气散漫道：“算了，她想玩就让她玩吧。”

他端起酒杯，薄唇抿了口酒，视线落在台上，眼神里是无边的纵容与宠溺。

可爱无瑕是她，野性乖张也是她。

他的小玫瑰，如今已全然盛放。

直播到十点就结束了，不用录节目，大家才能完全放松。

这晚他们一直玩到快凌晨才回来。

上车之后，梁昭昭才发现自己今晚是真的有些醉了。

晚上玩得太疯，又喝了酒，嗨过之后脑子有些晕乎乎的。还好明天没什么事，负责值班直播的人是唐学明，和她没什么关系。

“小唐，你明天直播没有我们的事吧？”梁昭昭问了句。

唐学明：“我拉夏云一起吧，我俩就在直播间和大家聊聊天就好。”

梁昭昭：“行，那我就安心睡了。”

梁昭昭在车上睡了一觉，车一直开回别墅她才醒过来。

节目组的人对他们说道：“各位老师今天辛苦了，明天除了小唐其他人也没什么事，大家好好休息吧。”

大家回到大别墅后，各自回了自己的房间。

秦舟走之前，嘴角噙着笑，对她说了句：“晚安。”之后才缓缓往自己的房间走去。

可悲的是，梁昭昭发现自己在车上睡完后，回到房间躺在床上反而睡不着了。

她习惯性地打开床头柜想去找安眠药，手摸到拉手的时候才反应过来这是别人家，哪来的安眠药给她吃？

反正也睡不着，干脆玩会儿手机。

梁昭昭拿起手机才发现秦舟刚刚还给她发了消息。

“睡了吗？”

她回了条信息过去：“没有。”

这条信息发出去还不到五分钟，随后又一条信息发了过来，简单明了的两个字：“开门。”

他还真挺迅速。

梁昭昭从床上爬起来，穿上拖鞋，走到房门前打开门，果然看到了站在门口的秦舟。

“你干吗？”

秦舟弯唇一笑，笑容有些痞：“夜探香闺。”

“啧，小唐说得没错，我晚上睡觉要记得锁好房门。”说完，她装模作样要将门给关上。

秦舟手撑住门板。

“锁门，那是对别人。我是别人吗？”

“别人哪有你这么坏，还夜探香闺？”梁昭昭没好气道，嘴上虽然损着他，看到他心里却是高兴的。

梁昭昭说完，转身进了房间，门倒是没关死，像是特意给他留的。

秦舟踏入房门，看着她的背影喊了声：“昭昭。”

“嗯？”

梁昭昭听到后回头，结果她刚转过身，秦舟直接捧着她的脸低头吻了上去，两人今晚都喝了不少酒，连接吻唇间都弥散着酒香。

一吻结束后，秦舟又在她嘴角亲了亲。

“今日份的晚安吻。”

“什么嘛？”梁昭昭低头笑。

秦舟抵住她的额头，嗓音有几分哑：“刚刚就想亲你了。”

又是想公开的一天，什么时候他才能光明正大随时随地想抱她就能抱，想亲便能亲呢。

两人腻腻歪歪了一会儿，秦舟放开她。

“时间不早了，你今天也玩累了，快点睡吧。”

她爬上床后，秦舟弯身替她盖好被子掖住被角。

梁昭昭看着站在床前的人，心想，最好的安眠药不就在眼前吗?

“晚安。”秦舟摸了下她的头，准备离开。

一只手拽住了他的衣角，床上的人朝他眨了眨眼。

“要不，一起睡？”

这一晚，梁昭昭睡得很沉，第二天她是被手机的声音给叫醒的。

梁昭昭迷迷糊糊摸过手机，懒洋洋半掀起眼皮，视线蒙眬中看到是夏云打过来的微信电话。

梁昭昭也没多想，点下去就接了。

“昭昭姐——”夏云在视频里笑着和她打招呼。

昨晚喝多了酒，这会儿醒了脑子还有些昏昏沉沉，梁昭昭躺在被子里，一半的脸陷入软枕，她半合着眼，轻轻“嗯”了一声。

然而她此时不知道的是，夏云已经在唐学明开的直播间里，此刻正在和她现场连线。

梁昭昭睡意惺忪的样子落入大家的视线里。

弹幕俨然成了一片尖叫鸡。

“啊啊啊，我爱豆刚醒的样子也太软了一点吧！这小尾音也太奶了！”

“哈哈哈，昭昭是不是昨天喝多了酒，感觉一副没睡醒的样子。”

“睡衣宝贝真的太甜了，这还是昨晚那个在酒吧蹦迪的帅酷性感辣妹吗！”

梁昭昭毫不知情夏云在直播，只当她是打电话喊自己起床。

“几点了？”她问了一声。

夏云：“十点啦，我在和唐学明直播，昭昭姐你的粉丝太热情了，唐学明就喊我现场连线你，如果打扰到你睡觉不要怪我哦，都是唐学明怂恿的。昭昭姐，要不你和大家说几句吧。”

唐学明这时候也把脑袋凑过来，对梁昭昭笑道：“嗨，昭昭姐，早上好！”

直播?

等等，所以夏云是在直播的时候给她打的电话，那也就是说现在正有数百万观众盯着她看?

梁昭昭有点蒙，说好的今天直播跟她毫无关系，她只需要好好睡觉呢?

这节目太坑了。

观众看到梁昭昭沉默的样子，疯狂笑起来，弹幕一直刷:

“哈哈哈哈哈哈，昭昭还在状况外吧！”

“好吃惊的样子，哈哈哈！”

“昭昭：说好的今天我不用营业呢，怎么又打扰老子睡觉？”

而这时，梁昭昭房间里洗漱间的门被打开，走出来一位穿着深蓝色睡衣极其俊美的男人。

梁昭昭视线是背向那边，她没有看到，但是直播视频里却看得清清楚楚。

数万条弹幕刷爆了直播间，无数问号和感叹号打满在公屏，消息刷到直播间都卡炸了。

“妈呀，这不是秦舟吗？”

“为什么秦舟会穿着睡衣出现在梁昭昭房间里？”

“啊啊啊啊啊，秦舟！你昨晚是不是和媳妇睡一起了！呜呜呜，我好恨自己不能住在神颜 CP 的床底！”

“这个节目要炸了，以两位当事人这种咖位，这种公开方式载入娱乐圈史册也不为过吧！”

梁昭昭还不知道发生了什么，从她这边也看不到弹幕，她只能看到夏云双眼睁大的震惊表情。

就当她刚想问怎么了的时候，身边的床陷下去一块，男人从背后搂住了她：“怎么这么早就起来了，再睡会儿？”

梁昭昭：“？？！！”

她怎么差点忘了，秦舟昨晚是睡在她这儿。

这下真是——天塌了。

画面中男人躺在床上，长臂一伸将女人整个圈入了怀中，两张过分精致的脸凑在一起无疑是巨型视觉冲击，画面太过香艳劲爆。

“宝贝儿，我刚刚用你的沐浴露冲了个澡。你闻闻，现在我们身上的味道，是不是一样了？”秦舟环住她，埋头在她脖间说了句。

“可为什么，还是你身上更香？”他脑袋蹭了蹭她，又补充说了句。

我闻你个头！

梁昭昭双眼一黑。

她怎么忘了，昨晚从酒吧回来之后，自己因为失眠睡不着，还留了秦舟在她房里睡了一宿。

她一把推开秦舟凑过来的脸，强作镇定地对视频里的夏云道：“云云，我这边有点事，先挂了。”

夏云张了张未合拢的双唇：“好……”

梁昭昭挂断电话后，转过身，美目愤愤瞪向秦舟。

秦舟大概猜到点什么，略微尴尬道：“对不起，我不知道你和夏云在打视频电话。”

他的道歉没有让梁昭昭脸色得到丝毫缓解。

秦舟搂了搂她的肩，哄道：“好啦，也不是什么大不了的事儿，我们这事，夏云他们应该早就猜到了。大家心照不宣没揭穿我们而已。”

梁昭昭闭了闭眼，心如死灰道：“那如果刚刚这幕是出现在直播间里，数百万观众都看到了，你还觉得不是什么大不了的事吗？”

秦舟：“？？？”

“都是你，好端端的这时候走出来干什么？”梁昭昭一个枕头砸他身上，崩溃地捂住了脸。

一想到刚刚那一幕被这么多人看到，她真恨不得砍掉自己接电话的手。

而另外一边，梁昭昭挂断电话之后，留下原地蒙的夏云和唐学明，以及百万观看直播的吃瓜群众。

夏云看了看身边坐着的唐学明，愣愣地说了句：“糟了，咱们好像，做了什么错事。”

唐学明也还沉浸在吃瓜的震惊里，他张唇失语片刻，还不忘记安慰身边的夏云：“这事要怪也怪我，昨晚都说了直播只会找你，结果还拉上了昭昭姐。”如果不是秦舟手机关机，他是想先找秦舟的。

弹幕已经炸掉了，感叹号和问号还在刷屏。

“刚刚发生了什么？所以秦舟，昨晚是睡到了梁昭昭房间里？”

“我去，真房子塌了。”

“你们没听到秦舟说话吗！虽然声音不大，但是我努力放大音量听了一亿遍！哥哥喊了梁昭昭宝贝儿啊啊啊啊啊啊，我嗑的 CP 是真的是真的！神颜夫妇太给力了，呜呜呜呜！”

“呜呜呜，哥哥穿睡衣出来的样子简直帅断腿，太迷人了啊啊啊！所以这就是梁昭昭每天看到的吗，我真的太酸了。”

“还让昭昭闻他们身上味道是不是一样。我的天，这还是我认识的那个秦舟？是个假的吧？”

“宝贝儿一喊出来我真的命都没了，还有我爱豆声音好软好好听，我一时不知道该羡慕谁。”

“炸了炸了，虽然大家都有预感，但你们这也太刺激了点！居然睡到了一起！”

“用这种方式公布恋情，谁看了不说一句秦舟牛！这不是我嗑 CP，是 CP 要我命。”

房间里，梁昭昭和秦舟两人陷入沉默之中。

“我的清白啊，就这么被你给毁了。”一想到刚刚发生的那么羞耻的一幕，梁昭昭就想把自己埋在枕头里，再也不起来了。

她光是想想那个画面，就不忍直视。

尤其秦舟最后说的那句话。

什么“宝贝儿闻闻咱俩身上味道是不是一样了，可我觉得还是你更香点”这类的。

好羞耻。

秦舟倒是比梁昭昭淡定，看着她这副抓狂的样子反而笑了起来：“早就是我的人了，你还要什么清白？”

梁昭昭一脚踹过去："现在呢，天都让咱俩给捅破了，我们要怎么办？"

秦舟表情带着惯有的散漫："都到这个地步了，还能怎样？要么装死，要么承认。"

"我真后悔，我怎么就忘了你还在房间里呢，我为什么要去接那个电话？"

梁昭昭好想穿越回十几分钟前，先把那时候的自己掐死再说。

她心如死灰地躺在床上开始装死。

"事情已经发生了，谁能想到那两个小鬼会在直播的时候给你打电话？

"还有你，怎么这么大意？昨晚还拉着我的手不肯我走，让我陪你睡觉。今早就忘记我这个人的存在了。"秦舟叹息道。

梁昭昭："我不该喝酒，真的。我现在发现了，我每次惹事都是因为喝了酒。"

"然而你下次还是会忍不住喝。"秦舟也躺上去，侧卧在她身边，湛黑的一双桃花眼就这么深情地看着她。

梁昭昭也转过来，头枕在手背上，对他道："我都能想象外面是一场怎样的腥风血雨了。用这种方式公布恋情的，咱们是头一个吧？"

"你害怕吗？"秦舟问。

"也不是害怕，就是太突然了，我还没缓过神。"她扯了扯唇，伸手捏了捏秦舟的脸，"外面肯定有几千万的女孩子都在骂我，拐跑了她们的心上人。"

这次失忆，她找回了曾经作为粉丝迷恋他时的感觉，还挺能和他的粉丝感同身受的。

秦舟薄唇微勾，轻笑了声将她整个搂入怀中。

外面的纷纷扰扰好像在这刻和他俩没什么关系，用最舒服的姿势与爱人相拥而眠，没有比这更惬意舒心的了。

"昭昭。"头顶传来他的声音。

梁昭昭抬起脸，秦舟此刻也正在看着她："我是想和你过一辈子的，不管其他怎么变，这个不会变。"

他难得神色如此正经地说出这样的话，梁昭昭心头颤动。

"既然如此，是早是晚，让大家知道又有什么关系？外界的言论不会影响我爱你分毫。"秦舟抱着她，垂眸对她道。

被他这样深情地看着，梁昭昭毫无招架之力，在他怀里软声道："那我们现在该怎么回应，直接发微博公开？"

既然不能否认，那就只能面对了吧。

刚刚还深情款款的人，一会儿又没个正形，秦舟扬唇，眸里带了戏谑的笑意："我刚刚不是说了有两种选项吗？"

梁昭昭仔细回忆了一下他的话。

秦舟说，要么公开，要么装死。

梁昭昭挑眉，将选择权丢回给他："你选哪个？"

"我选择装死。"他把她抱在怀里，不要脸道，"我们就当今早上这件尴尬的事情不存在，照样录制咱们的综艺。他们能把我们怎么样？"

"……"

"你干脆去死吧。"梁昭昭不想理他了，推开他翻身下床，套上衣服往洗漱间走去。

前面他煽情半天，说什么要和她过一辈子，外界不能影响他对她的爱分毫这种话，她都快要感动落泪打算不管不顾发条微博告诉大众，这个男人，现在属于她了。

结果最后他来一句。

我选择装死。

真是人不要脸天下无敌。

事情毕竟还是发生了，躲是不可能躲得掉的，没过多久，梁昭昭就接到了来自经纪人、公司老板，还有团里其他队员的电话。

她的手机都快被打爆了。

秦舟也好不到哪里去，只是他比较任性，接了两个后不想接了，直接摁了关机键。

到了饭点，秦舟和梁昭昭才出现在大家的视线内，饭菜是由乐队里定点来做饭的阿姨做的，味道还算不错。

等他们下来，其他人都到齐了，大家就这么直勾勾地盯着他俩看。

两人看上去倒是神色平静，坐下来后，若无其事地吃着饭。

唐学明狗腿地给秦舟和梁昭昭夹菜，讨好地笑道："舟哥，昭昭姐，吃菜。"

如果不是他拉着夏云想着要搞什么突击采访，秦舟和梁昭昭的恋情也不会以这种形式在直播里曝光，他现在整个人都是提心吊胆的，生怕这两位大佬一生气先杀他泄愤。

秦舟黑眸淡淡瞥了眼他，倒也没说什么，甚至还挺给面子地吃下了他夹过来的菜。

唐学明一见秦舟吃了，顿时觉得自己有了将功补过的机会，连忙站起来，疯狂往秦舟碗里夹。

"来，舟哥，多吃一点，昨晚上累坏了吧？"

"咳咳——"

他这话一说出口，桌上的几个人同时差点把碗里的饭都给喷了。

兄弟你是哪壶不开提哪壶吗，明明知道秦舟昨晚是睡在梁昭昭房间里，还说什么昨晚累坏了这种让人误会的话！

秦舟也听出不对劲，掀起薄薄的眼皮，凉飕飕地看唐学明一眼："我看你才需要多吃点，补补脑子。"

唐学明：QAQ！

他们一直避讳的话题，倒是老K提了起来："网上都吵翻天了，你们打算怎么办啊？"

秦舟和梁昭昭粉丝数太庞大，什么粉丝都有，有看好他们恋情的，自然也有不看好的。还有很多粉丝不管对象是谁，压根儿没法接受偶像谈恋爱，总之现在全网都在说这个事。

《来者是客》节目组也建议他们尽早给个说法，哪怕是发条微博，或者开个直播说明一下也好。

秦舟还没说话，坐在餐桌上一直安静吃饭的梁昭昭先开口了，她嘴角微弯，对着在座的人轻笑道："秦舟和我说，他决定装死。"

梁昭昭说完这句话后，拿起纸巾擦了擦唇，而后站起来："我吃完了，各位慢用。"

众人相互看看，都能感受到梁昭昭的低气压。

反倒秦舟，倒是一脸淡定。

“舟哥，你不追上去哄哄吗？”唐学明试探性地问。

“哄人不是这么哄的。”秦舟丢下这么一句，继续若无其事地吃饭，神情完全让人看不出来他在想些什么。

没过多久，他放下筷子。

“老K，我有事找你，咱们去你房间聊吧。”

老K听了点点头：“行。”

梁昭昭回到房间之后，又看到她们团群里发来无数条消息。

顾子意：“昭昭，给我出来。如今胆子肥了啊，当着百万观众的面，都敢干这样的事了。”

林灵：“哈哈哈哈哈哈，但我觉得昭昭挺争气的哎。亿万少女的梦，就这么被你实现了，有出息！”

楚烟：“有一说一，你男人头发半湿穿睡衣走出来的样子真有种别样的性感，我看啊，你还是把他关严实点吧，既然有主了，就别这个样子出来祸害其他人。”

梁昭昭看到她们的消息之后，发送了一串省略号过去表达她的心情。

林灵：“大家都吃一天瓜了，你俩怎么到现在都没个说法啊？事情都到这份儿上，你们不会还想装死吧？”

“你们说对了，我们目前就是这么打算的。”她回复道。

被拍到的艺人也不止他们这一对，很多艺人被拍到照样不会站出来说什么。

只不过他们这个太劲爆了点，毕竟是在节目里直播。

一想到自己当着百万观众的面和秦舟睡在一张床上，秦舟还说了那样羞羞的话，梁昭昭真想挖个洞让自己钻进去。

算了，装死就装死吧。

以后他们在一起的事，就当作是一个所有人都知道的秘密好了。

今天是他们在山路乐队家里待的最后一天。

这期节目直播录制是在晚上，这晚，正好是山路乐队在糖果三楼的live-house举办小型演唱会。

糖果算是北城最好的live-house，可容纳一千人左右。

这样的小型演唱会最有气氛，现场观众也和歌手之间距离隔得比较近。糖果的音响设备在国内算是一流，很多知名乐队都会选择在这里演唱。

选择在live-house演唱的很多都是小众音乐，比如嘻哈摇滚这些，除了乐队，还经常有地下rapper在这里演唱。唐学明在没有成名前，也经常会参加live-house的演唱或者是比赛。

这次演唱会主要是山路乐队的主场，他们四个作为观众前去观看。

节目组给他们安排了第一排的座位，因为live-house现场氛围比较活跃，不像传统演唱会那样固定位置，很多人都是站着听歌，人与人之间也隔得很近。

为了确保艺人的安全，节目组在第一排特意给他们设了 VIP 座位，周围还站了好几个保镖，将他们与其他观众隔开了一段距离。

昨天梁昭昭和秦舟被曝光恋情，今天两人出现在这上千人的场子里，自然免不了议论，一直到山路乐队上场前，整个场子的人都在盯着梁昭昭和秦舟看。

“大家晚上好，我们是山路乐队。”山路乐队站上台，老 K 站在最前面，按照惯例和台下的观众打了招呼。

这次售票是提前出售的，大家买票的时候都事先不知道《来者是客》的节目组会来这儿录制，除了一些粉丝高价收票来到现场，大部分来这儿的人还是想听音乐的。见他们上台了，很多人也没有再去讨论娱乐八卦，安静下来专心听乐队演奏。

山路乐队一晚上唱了大概十首歌，有抒情也有摇滚。

唱到摇滚的时候，现场的人几乎都站了起来，跟着音乐疯狂律动尖叫，现场气氛嗨到爆炸。

这样的演奏一般是一个半小时，唱十来首歌差不多就到时间了。

最后山路乐队唱了一首原创的抒情歌《时光》，老 K 的嗓子偏沙哑低沉，最适合唱这样的情歌，从他的声音里就能想象出无数个故事。

刚刚嗨到蹦迪的人群都安静下来，静静享受这场音乐盛宴。

“好了，今晚我们乐队的演奏就到这儿结束了。”老 K 唱完这首歌，对着话筒道。

一场好的音乐会，总是让人流连忘返，台下的观众都恋恋不舍。

“但是今晚的演唱会还没有结束，有一位朋友，和我说他想和我们乐队合作一首歌，将这首歌送给他喜欢的女孩子。”

老 K 一只手扶住话筒，另外一只手朝左边示意：“下面让我们请出这位朋友——”

秦舟从后台走出来的那一刻，全场的人疯狂尖叫，所有人都没有想到，秦舟会在这个时候上台。

包括梁昭昭。

她刚刚听歌听得投入，连秦舟什么时候走掉她都没有察觉，等到她反应过来，他人已经站在了台上。

他连造型都换了，皮衣外套，黑色破洞长裤，黑发中挑染了银色。

秦舟站上来，站在立麦前，握住麦架，开口道：“大家好，我是秦舟。

“下面这首歌，是我这个月新写的一首歌，还未发行，很开心能利用这短短三天时间，用这首歌和山路乐队的老师完成一次合作。

“这首歌对我来说很珍贵，因为我要将它送给我最珍贵的一个人。

“接下来，新歌《朝朝暮暮》，感谢大家聆听。”

直播还在进行，弹幕已经疯了。

“啊啊啊啊！这是什么漫撕美男！秦舟这个造型太绝了吧啊啊啊！国内爱豆真该庆幸秦舟走的是影视不是唱跳艺人！”

“最珍贵的人？那肯定是梁昭昭了吧！难怪直播翻车后他一直没有回应，大家还说这不像秦舟的风格，原来他是想今晚公开呜呜呜！”

“不是发微博也不是简单的开口承认，而是现场用写的歌来浪漫告白？谁说这个男人他不懂浪漫，他浪漫起来不是人，呜呜呜我好想哭。”

“等了八百年没等到你的演唱会，现在居然在直播里看到了你的现场。原来你是大家的演员秦舟，却只是梁昭昭一个人的歌手秦舟。”

“楼上姐妹你这句话太好哭了。他真的把所有浪漫都只给了一个人。写过的情歌一共两首，《朝暮》和《朝朝暮暮》，全是给她写的。我真的受不住，我先去哭了。”

“《朝暮》的升级版来了吗！啊啊啊我宣布《来者是客》综艺真的是最精彩的综艺，一天比一天刺激！”

老 K 把主唱的位置让给了秦舟。

秦舟站在舞台中央，在欢呼尖叫声中，开口唱了起来。

“日升第一束光，落在你脸庞，睡眼惺忪可爱模样，是我一生的守望。”

曲调空灵悠远，秦舟的嗓音却绵延温柔，配合乐队的演奏，现场沉溺在一片柔情里。

梁昭昭看着他，脑子里不仅仅是和他现在的点点滴滴，还有很多过去的秦舟。

他年少成名，性格高傲孤僻，行事乖张放纵。

一度被人说成放浪形骸、难以约束。

而现在的他，却也能收敛所有锋芒，安安静静站在台上，深情唱歌。

她曾经以为她爱他的狂妄自信，也爱他有棱有角，和其他明星不同的独有锋芒。

可是——

没有棱角、满腔柔情的秦舟，却成了她最心动的样子。

他是她的偶像。

也是她爱的人。

不管是那个少年成名骄纵的秦舟，还是那个曾经无法融入她的世界，会和她经常吵架的大男孩。

他都成长了。

他的光芒，更胜从前。

脸上有些凉，梁昭昭后知后觉地发现，自己已是热泪盈眶。

台上秦舟还在唱：

“落日告别晚霞，星星偷吻月亮，一日终了，一生虚妄，回首还好你在啊。”

……

他唱完整首歌，抽出话筒，轻笑了声：“昭昭，能上台吗？”

梁昭昭坐在第一排，离舞台本就很近，她擦了擦眼泪，走上了台。

“梁昭昭！梁昭昭！”

“秦舟！秦舟！”

“在一起！在一起！”

台下观众纷纷起哄大喊。

梁昭昭上台的时候，秦舟还走过去拉了她一把，牵着她走到了舞台中央。

聚光灯下，他黑眸熠熠生辉。

秦舟对她笑了笑，问：“这首歌好听吗？”

梁昭昭用力点头。

“给你的。”

她太过开心感动，反而不知道说什么才好，有些控制不住地哭和笑。

秦舟：“还有个礼物要送给你。”

他刚说完这句话，后台走出来一位工作人员，提了个航空箱，里面装了一只奶白色的猫。

“木木！”梁昭昭惊喜地喊道。

梁昭昭抱起猫，揉了揉它的脑袋。

很多猫咪在陌生环境都会认生，甚至出现应激反应，但是木木不一样，它从小就爱往外跑，人越多它越喜欢，一点都不认生。哪怕是这种大场面，它依旧没有丝毫慌乱，看到梁昭昭和秦舟，反而欢快地摇起尾巴。

秦舟看着一人一猫，整颗心都被填满了，嘴角不自觉上扬。

他拿起话筒，对她说：“昭昭，我把木木带来了。现在，你愿不愿意重新回到我们身边？”

梁昭昭撸猫的手一顿，有些错愕地看向秦舟。

她没有想到他会这样说。

明明他们都在一起了，他却问她愿不愿意重新回到他身边。

别人不懂，她却知道其中的意思。

他在哄她。

哄那个记忆停留在一年前，他们分手还未和好的梁昭昭。

这次和好，是他在她失忆的情况下，重新追了她。

而她也重新爱上了他。

可是现在，他却依然愿意低下头来哄过去的自己。

“你好讨厌啊，我不想哭的。”

她不想在镜头下哭，更不想当着现场这么多人的面哭。

可是她忍不住。

秦舟笑了声，抬手替她擦干眼泪。

梁昭昭看到他的脸就忍不住笑了。

“你笑我就当你答应了，以后可不准反悔。”

秦舟说完，将她紧紧搂在怀里。

猫从梁昭昭怀里跳了出来，睁着一双湛蓝的眼睛看着台上抱在一起腻歪的两人。

“木木不能没有你，这个家不能没有你，我也不能没有你。”秦舟手放在梁昭昭脑后，低声在她耳边道。

“那咱们录完节目，就回家。”梁昭昭在他怀里说道。

他低声轻笑："好。"

没有人相信他有多爱她，那他就证明给全世界看。
给她最肆无忌惮的宠爱和他能想到的所有浪漫。
日升为朝，日落为暮，他这一生的朝朝暮暮，只想与她度过。

番外一

你是我最大的圆满

▸▸▸

梁昭昭和秦舟是在《来者是客》这档节目里公开的。从开播起，两人就因为颜值般配、互动甜蜜，圈了无数 CP 粉，到了最后几期的录制，两人在直播里意外被拍到睡到同一房间，至此恋情曝光。

恋情曝光之后，神颜 CP 就开启了超速模式。

秦舟不仅在乐队演唱会上公开演唱情歌表白梁昭昭，更是被人扒出这两人并非一时起意，而是早已暗度陈仓。早在两年前，两人便在一起了，只是大家不知道而已。

甚至于在节目录制的最后一期，篝火前，两人相拥热吻，将虐狗这项运动进行得很是彻底。

节目播完，两人在节目里的各种甜蜜片段被剪辑成视频流传到网上。

二位都是超高人气的明星，粉丝群体本就庞大，又因为《来者是客》真人秀综艺圈了一大票粉丝，一时神颜 CP 超话粉丝过百万，成为现象级的 CP 粉丝团体。

点进去超话，全都是欢天喜地其乐融融的嗑糖帖。

还有什么是比嗑真 CP 更快乐的事呢？这二位简直就是人形造糖机。

节目播的时候，大家嗑糖，节目播完，大家一边嗑糖一边催婚。

超话里有个带话题的帖子被顶到首页，下面盖了好几万大楼，粉丝天天来打卡。

帖子内容就是——

今天神颜结婚了吗？没有。#

大多数人还是热爱美好的人和事，对于两人的恋情，大多数人都是祝福的，两家毒唯粉偶尔吵架，也掀不起太大的水花。

直到某天，秦舟万年不更新的微博，晒出了一张梁昭昭在厨房做饭的侧脸。照片中的女子面容精致，神态娴静，配上身上穿着的天蓝色围裙，颇有种岁月静好的感觉。

秦舟发完图片的配文是：等饭！

这条微博发出来后，瞬间评论过万。

“？？？”

“哥哥好久不营业，一上来就是秀恩爱？”

“我看到这个我都惊了，哥哥你真的没有被盗号吗？”

“笑死我了，儿子你给我收一收！不就是媳妇给你做个饭吗！瞧把你荡漾的，呜呜呜我也好想吃昭昭做的饭哦！”

“公开谈恋爱后，秦舟真的是换了一种画风，还我那个冷酷拽的哥哥呜呜呜。”

“这糖，我嗑还不行吗！你们能不能给单身狗留条活路！”

有人欢喜有人忧，秦舟这条微博无疑是戳中了部分毒唯粉的玻璃心。

“哥哥我们只想看你哦，能不能不要发某人呢。”

“不想看，难看。”

秦舟这条微博下，首页除了疯狂嗑糖的热评，这两条评论也被顶了上来，粉丝又在下面吵了起来。

没过多久，秦舟回复了那条说只想看哥哥，不想看某人的。

他的回复十分简单粗暴：不能。

至于那条“不想看，难看”的秦舟没有理，直接删除并拉黑。

这事被营销号搬运后，引发网友热议。

“哈哈哈哈哈，秦舟也太刚了吧，留言那两个好像还是他圈子里的大粉。有一个直接被他拉黑了，这男人真绝。”

“什么大粉不大粉，嘴上说着爱他，实际上天天骂他喜欢的人。秦舟这性子，能忍才怪。”

“OTZ，真的是全网护妻第一人了。以前他刚拍戏的时候，别人骂他也没见他理啊，现在在他微博下面骂梁昭昭的，基本上都被他拉黑了。”

“有些粉丝也真的是有病，我还以为秦舟这样从不媚粉的实力演员应该没那么多脑残粉，看来是我太单纯。那些想操纵偶像人生的粉丝，趁早滚吧。秦舟这波干得漂亮！”

而这会儿，梁昭昭还在厨房做饭，秦舟偷拍完她发微博后，象征性地看了看评论，又顺道拉黑了几个骂人的。

“别玩手机了，过来吃饭吧。”梁昭昭做完饭后，看到秦舟窝在沙发里半天没有动，走过去喊他，却发现他在翻微博。

“好。”

秦舟刚准备丢下手机去陪媳妇吃饭，结果手里的手机却被梁昭昭抢了过去。

两人这次重新在一起后，和他们以前的相处模式改变了很多。

一段感情里坦诚和信任尤为重要，很幸运的是，他们将这两样东西给找了回来。

梁昭昭直接用指纹解锁打开了秦舟的手机，点进去就是微博的界面，她稍微往上一翻，就看到了秦舟发的微博。

是自己在厨房做饭的偷拍照片。

“秦舟！你干吗呢！你怎么可以偷拍我！”

她辛辛苦苦认认真真给他做饭，他呢，帮不上忙就算了，还在她背后搞小动作！太过分了！

面对她的指控，秦舟倒是脸不红心不跳，淡声说了句：“我拍我自己女人，有什么不行的？”

这理直气壮的口吻，更让梁昭昭想打他。

“那你也不能未经过我的同意发出去吧？我今天都没化妆呢！”她好歹也是一人气女星，还是有点偶像包袱的好不好，秦舟怎么可以就这样将她穿着围裙、不修边幅的素颜照片放到网上呢！他知道她平常发一张照片都要修多久才贴上去吗！

看着梁昭昭喋喋不休指责他的样子，秦舟唇不自觉向下弯。

眼前这幕，莫名让他感觉到生活中的烟火气息。只要陪在身边的这个人对了，就连吵架，也会觉得很过瘾。

但一直吵下去可不行，待会儿饭菜该凉了，那岂不是辜负了她一片心意。

秦舟转念一想，将旁边还在看手机的人拉入怀中，在她的侧脸和嘴角处亲了亲。

有句话说得好，女朋友无理取闹，抱一抱亲一亲，再甜言蜜语哄一哄她就好了。这套看着俗，却无比适用，梁昭昭被他抱在怀中亲了又亲后，安静了很多。

秦舟附唇到她耳边低声道：“发出去又有什么关系，反正我老婆，不管化没化妆，都是天下第一好看。”

梁昭昭听了，抬手在秦舟胸前捶了一下，怒道：“什么你老婆，谁是你老婆？不要乱喊。”

秦舟挑眉：“当然是你，这不是迟早的事吗，你还想跑到哪里去？”

“我懒得理你，吃饭了。”梁昭昭说完，从他身上跳下去，转身去了餐厅。

秦舟以为他发照片这事到这儿就结束了，结果事情远远没他想的那么简单。

吃完饭后，梁昭昭说为了公平起见，她也要发一张秦舟的照片放微博。

媳妇难得对他提出要求，秦舟自然是全力配合。

他整理了一下衣服，往墙边一靠。随意的一个动作和眼神，都是巨星降临，超模风范。

“拍吧，你老公帅，怎么拍都能给你长脸。”

梁昭昭掀起眼，对他笑了笑：“这样拍有什么意思，你得按我说的来。”

秦舟看到她这样笑，总有种不祥的预感。

“你想怎么来？”

当晚，紧跟着秦舟的脚步，梁昭昭也发了一条微博。

配文：哈哈哈哈哈哈哈哈！

下方是一张照片，照片里的人是秦舟，只不过是用一根手指抵住鼻头，做猪鼻子的秦舟。

微博发出去后，粉丝都笑疯了。

“哈哈哈哈哈哈！我哥怎么变成这个样子了！秦舟啊，你的偶像包袱呢！”

“dbq 真的好好笑，我做梦都没想到有生之年还能看到秦舟这样的照片！”

“哈哈哈，这应该是哥哥偷拍嫂子被抓包后的惩罚吧，说真的，就算是猪鼻子，哥哥也还是很帅的！”

“秦舟真宠媳妇没底线了是吗！居然还配合拍这种照片我真的笑死了。”

……

网上一片哈哈哈哈大笑声，就连梁昭昭发完微博后，都忍不住刷了很久的评论。

这届网友还是很有才的，她发出来这张照片后，调笑秦舟的段子如雨后春笋似的冒了出来，梁昭昭越看越觉得好笑。

“真有这么好笑？”坐在她身边安静了很久的男人沉声开口。

“有啊，哈哈哈，我真是天才！”梁昭昭笑道。

得，还让她骄傲上了。

秦舟点了下头，也没多说其他什么，大掌直接把人捞过来，摁在床上就要就地正法。

“你……你干吗，别乱来啊，我还没洗澡。”她还没止住笑，一边笑着一边偏头去躲他的吻。

秦舟听到后，双手撑在床边支起身，幽深的桃花眼染上几分欲望。

“你说得对。”他说完这句，直接将床上的人打横抱起，往浴室走，“那就一起洗。”

自从公开恋情后，围绕在梁昭昭和秦舟身上的话题从未断过。

一个月后，两人合作的电影《长大》首映，话题热度冲向顶峰。

这部电影不论是剧本、演员还是其制作团队，都是选用的最好最合适的。片子还没播就火了，大众翘首以盼了小半年，终于要上映了。

首映的时间是凌晨，首映礼定在北城某知名电影院，现场会邀请被抽中的粉丝和电影主创一起观看影片，同时影片将在全国影院内同步上线。

“啊啊啊，我迫不及待，快点抽我吧抽我吧！我想去首映礼现场和神颜一起看《长大》。”

“《长大》终于要播了！我真的等了好久啊啊啊！”

“看预告虐得我心肝疼，各位姐妹去电影院记得备好足够的纸巾……”

“这两个主演现实里那么甜！我就不信他们演的片子能虐到哪里去！我已经准备好戏外嗑神颜，戏内嗑秋与和顾决了！”

首映礼当晚。

他们所有主创坐在影院前排，和身后的粉丝一起观看影片。

影院的灯光暗下去后，梁昭昭看着偌大的投影屏，不自觉地挺直了背，端正坐姿。

坐在她身边的秦舟看出来她有些紧张，在黑暗中伸出手握住她的手背。

“看个电影而已，没必要这么紧张。”

梁昭昭偏头小声道：“这是看普通电影吗？这是我主演的第一部电影，我怎么可能不紧张？”

身后坐着的黑压压的人群，她觉得都是检阅她的人。

非但如此，还有全国数万观众。

“那行吧，我其实也有点紧张。”秦舟说道。

梁昭昭："你紧张什么？"

她是因为第一部片子，秦舟都演了无数大片了，这种场面对他来说应该是司空见惯了吧。

秦舟看向亮起的银幕，目光专注："我也很期待，一起在大银幕里的我们，会是什么样子。"

因为太期待，所以这刻来临的时候，也免不了紧张。

梁昭昭听到他这个答案后，微微一愣，而后转头看向前方："嗯，我也是。"

她也很期待看到她和秦舟用另外的身份相遇时的样子，并且，她也开始怀念顾决和小秋与了。

影片不长，两个小时还差一点，剧情却十分紧凑完整，苏导的戏，向来没有一个多余的镜头。

片子播到最后，不出意料，影院里观众都哭成了一片。

"太虐了，呜呜呜，我没想到真的会是悲剧。"

"为什么要这样啊，顾决怎么能死呢，秋与还在家等着他啊！"

"看片子之前，我还抱着嗑糖的心态来的呢！结果呢？导演、编剧，我恨你们！"

"太难受了呜呜呜，前面有多治愈美好，后边就有多虐。导演想告诉我们什么，长大的意义在于承受苦痛吗？"

影片播放到最后一秒，因为是悲剧，现场气氛有些压抑。

场内的灯亮起来，接下来是媒体采访的环节，导演和几位主演都被请上台，站成一排接受提问。

主持人提问梁昭昭和秦舟。

"片子里的顾决和秋与实在太虐了，这部片子可是赚够了大家的眼泪，你们有什么话想安慰被《长大》虐到的观众吗？"

梁昭昭想了片刻，很认真地道："每个人物都有他的使命，就像顾决，为国献身他不会后悔。就像秋与，就算提前预知结局，我相信她还是会义无反顾嫁给顾决。这是他们要走的路，《长大》的意义可能意味着承担吧。幸好我们在苦痛中能窥见温暖，失去中不忘本心。"

主持人听完她这句话笑道："昭昭这番话说得有点东西哦，不愧是经过大风大浪的人。看得出来梁老师对这部片子感情很深了，就连说出来的话，都感觉像是片子里的白秋与本人。"

"是挺深的，这部片子是我第一部全身心真正投入到戏里的片子，我希望以后自己对待每一部片子都以这个态度为基准。"梁昭昭说道。

主持人问完梁昭昭，又将话筒递给秦舟："那秦老师呢，看完片子有什么想说的呢？"

"是要安慰大家吗？"秦舟问了句。

主持人笑："是啊，刚刚昭昭这话好像没有安慰到呢，你看好多粉丝还在哭。"

秦舟听完，五指交叉握住了旁边梁昭昭的手。

他垂眸看向她，温声道："影片里顾决此生有憾，但是秦舟，已经找到了他最大的圆满。"

幸好他们的结局，是由他们自己书写。

番外二

嫁给我吧

▸▸▸

转眼，到了梁昭昭的生日。

明星的生日总归是和普通人有些不大一样的，尤其是当红明星。对于粉丝而言，爱豆的生日，相当于逢年过节。

尽管在生日应援这块，梁昭昭曾经公开表示过，并不希望粉丝花太多钱用在应援上。但每年，她生日的时候，粉丝都还是会给足排面，花费不少用在为她庆祝生日上。

在梁昭昭生日快到的时候，秦舟曾经问她：“这次生日，你想怎么过？”

梁昭昭：“其实如果是我想的话，我是想只要没有工作，能和朋友家人简简单单待在一起吃顿饭就很好。”

她顿了顿，又说：“但是我的粉丝们，好像很希望我能办一场生日会。”

出道这么多年，虽然组合舞台很受大家欢迎，但很多特别喜欢她的粉丝，一直都在期盼她的个人演唱会。

其实以她们四个现在的水准，完全可以单飞开办个人演唱会了，只不过梁昭昭经历过失忆之后，重新找回了想演戏的热情，她最近又接了两部戏，入组后应该会很忙，近两年都不一定有时间来好好筹办一场个人演唱会。

所以她就想着，不如办一场生日会吧，也算是回馈粉丝。

生日会和演唱会还是有区别的，演唱会是以售票的方式，粉丝买票入场。而生日会则是抽取粉丝，免费到现场和爱豆一起庆生。扯上钱的，总有带了点营利性质，生日会不一样，完全就是一种福利了。

秦舟听她这样说后，抱着她沉默了片刻，也不知道在想什么，半晌后，突然开口：“那就办吧。”

梁昭昭转头看了看他。

秦舟垂眸看着她笑道：“不过，想送你的东西我都送完了，到了你生日，我还真不知道该送什么。”

“那你别送呗。”梁昭昭没好气道。

“这可不行，还是得送的。不如——”他拖长尾音，对她道，“我送你一个生日会吧。”

梁昭昭还真没想到他今年的礼物会这么别出心裁，顿时笑了。

“这可不便宜，我本来是打算让公司掏钱的。”

办一场生日会的开销可不是小额数目，光是场地就得花不少钱。

秦舟：“那有什么关系，只要你开心，钱是问题吗？”

梁昭昭无从反驳，确实，对他来说，再大的数目都不是问题。

而且据她了解，生日会她看中的那家酒店好像也是秦家的产业，秦舟帮她办的话，说不准场地费都免了。

有人帮梁昭昭包办生日会，还是给梁昭昭省心不少，至少她不需要操心其他太多的事，只需要安心地排练舞台就行了。

只不过梁昭昭发现了奇怪的一幕。

自从公开之后，她大部分时间都是和秦舟住在公寓里，但最近，秦舟好像比她还要忙。有时候她排练生日会上的歌曲舞蹈练到晚上回来，秦舟都不在家。

梁昭昭给他打电话，他只是说在忙工作，她都不知道他什么工作这么忙，一天二十四小时都见不着人。

甚至还有粉丝在机场拍到他飞去国外的航班，而这些，秦舟都没和她提前报备。

“他绝对有问题！还和我说什么去国外和以前合作过的音乐团队做新歌，什么新歌？我怎么不知道？”梁昭昭打电话和林灵抱怨。

林灵：“那你干脆问清楚点嘛，真有问题，总问得出端倪的。”

梁昭昭：“算了，我最近也忙，生日会之后再说吧。”

林灵笑：“秦舟现在对你这么好，就差把‘我女朋友第一重要’这几个字贴脑门上了，我看他不太可能做什么对不起你的事，更有可能是背着你准备什么惊喜吧？”

梁昭昭：“惊喜他都告诉我了，这次生日会是他帮我办的，其实他也挺好的，我听现场负责人说秦舟就算在国外，也会经常打视频电话和他们商量现场的事情。”

林灵叹了口气：“啧，我都不知道你这是抱怨，还是来给我秀恩爱的。”

到了生日会这天，地点定在北城某五星级酒店，场地大概能容纳五千人，这五千人都是通过报名公司专人审核后选的五千名粉丝。

梁昭昭出道后，一共就办过两次生日会，上一次还是在四年前，那时候她刚刚小有名气，公司也刚刚从不入流的小作坊变成一家在圈内拥有名号的娱乐经纪公司，连给她们举办的生日会看上去也总有那么点寒酸。

这次不一样，秦舟的性子，要么不做，要么就做到最好。尤其是她的事，他都会按照最高标准来。

梁昭昭还在后台准备，粉丝先入场。

大家纷纷感慨这次梁昭昭办生日会真的是大手笔，现场的布置太奢华了，粉丝还开玩笑说感觉自己不是去参加生日会，而是去参加婚礼现场，因为从入场的地方开始，就宛如走进一座梦幻城堡。

到了晚上七点，生日会准时开场。

这次梁昭昭的出场是从空中坐着吊椅，缓缓降落，第一套开场的服装是白色的纱裙，仙气逼人，梦幻十足。

梁昭昭一手扶着吊绳，一手握住话筒用心歌唱，台下一片沸腾的尖叫声，属于她的应援色点亮全场。

站在高处，好像看他们，看得更清楚了。

养成系的偶像，不仅仅是粉丝对爱豆更长情。在她心里，这些陪她这么多年的人，早已经是生命里很重要的部分，她是何其幸运，能得到这么多人的喜欢。

想到这儿，她情不自禁地弯唇笑了起来。

作为唱跳女团，以往她们的开场表演，都是炸裂全场的风格。这次，梁昭昭却选了一首抒情的歌，坐在空中，低吟浅唱。

生日会在视频播放平台上同步直播，一打开弹幕，满屏都是夸梁昭昭的绝世美貌。

“啊啊啊啊，姐姐太美了吧！真仙女下凡！”

“刚刚那一笑，真的太苏了，姐姐今晚好温柔呜呜呜。”

唱完开场歌曲后，梁昭昭又连唱了好几首歌。

中间她下去换了身衣服，现场播放了圈里其他明星给她的祝生视频，视频里的明星有很多，每个人大概半分钟左右的时间，内容都是打个招呼说上两句祝福的话，最后祝梁昭昭生日快乐。

视频里出现 P.M 其他团员的时候，现场的尖叫声最大。

等了半天，大家最后也没等到一个秦舟。

粉丝还在笑，作为昭昭的官方 CP 秦舟居然都不露脸，回去跪搓衣板！

梁昭昭换好衣服上台后，没有马上开始接下来的表演，而是和粉丝聊了会儿天。

这次生日会的场地不大，但是气氛特别好。

大家说说笑笑的，都没觉得台上台下有什么身份差别，比起粉丝和偶像，现在的他们，好像更像朋友。

“其实我以前，挺活泼的。之后因为一些事情，关闭了自己很久。那时候我也会偷偷上网看你们的留言，很多粉丝朋友都说我越来越酷，越来越高冷了。其实我看到这些，也会有些无奈吧，会担心自己没办法变成大家喜欢的那个昭昭了。”

她站在台上，拿着话筒看着台下的人群，唇弯了弯，声音特别温柔。

“但是你们，好像比我想象中，还要包容我。哪怕我变了，还依然喜欢着我，哪怕外面的声音都在说我不好，你们还会坚持为我辩解。”

她说到这里，眼角里泛了泪光。

粉丝最听不得的就是她说这样的话，下面的人哭成了一大片，有些粉丝还边哭边对台上的她大喊：

“昭昭不哭！”

“宝贝别哭了！你是最棒的！”

梁昭昭说到后边，声音有些哽咽，偏过头平复了一下情绪，随后才重新拿起话筒。

目光扫视台下，她眼里星光熠熠。

“幸好啊，我找回了自己。以后，让更好的昭昭来陪着你们吧。”梁昭昭说完，深深地朝台下鞠了一躬。

而就在这时，现场开始播放祝福生日的歌曲，P.M 的其他三位队员推着蛋糕走上了台。三人分别对梁昭昭说了一些话，还将礼物亲自带到现场送给了她。

四个人合体表演了一首歌之后，其他三个人瞒着梁昭昭，擅自改了舞蹈最后的 Ending pose，直接三个人抱住她，一人在她脸上亲了一口。

“昭昭！生日快乐！”三人齐声道。

梁昭昭事先还真不知情她们会来这一套，发生的时候人是有些蒙的，整个人宛如石化。

弹幕笑疯了。

“哈哈哈哈哈，姐姐们又趁机亲昭昭！”

“呜呜呜，小粉红真的太好了，还谈什么恋爱啊，我建议她们四个相互配对得了！！”

“秦舟，你怎么还不出来！我一个神颜粉看到这幕都想去搞队内 CP 了啊啊啊啊！”

就在观众都在呼唤秦舟快出来，再不出来老婆要被拐回娘家的时候，秦舟总算出来了。

他今天穿的是一身剪裁合体的西装，白色的。

“啊啊啊，狗男人一出来我就原谅他了，也太帅了。”

“好多人一穿白西装就土味十足，秦舟一穿，宛如中世纪油画里走出来的王子，太有贵族范了！”

“啊啊啊，穿这么帅你是来结婚的吗！昭昭，快点嫁给他！”

两人都公布恋情了，秦舟会出现在现场，大家一点都不意外，但是大家没想到的是，这两人会在现场，一起合唱《朝暮》。

弹幕都疯了，这简直是 CP 狗的狂欢。

“啊啊啊！有生之年我居然蹲到了《朝暮》的现场版本！”

“我太泪目了，这一幕好好嗑，好好哭。”

“呜呜呜，你们怎么还不结婚！”

就在全网都在疯狂刷弹幕让这两位立马结婚时，唱完《朝暮》最后一句，两人看了眼彼此，秦舟对梁昭昭笑了笑，然后猝不及防地，他直接单膝跪了下去。

秦舟看了眼台下，拿起话筒，深情的眸重新落回她身上。

“我看今天日子挺好，地点挺好，来的人也挺好。昭昭，不如，你嫁给我吧！”

灯光下，男人英俊深邃的脸有种别样的深情，他用最漫不经心的语调说着最重要的话，没有人知道他此刻有多紧张，尤其是当她的目光为他驻足。

秦舟从裤兜里摸出一个盒子，将它打开。

全场尖叫声此起彼伏，在所有人的注视下，他将里面的钻戒拿了出来：“这个，是我和意大利一名设计师朋友，一起设计的，全球仅此一枚。”

那张棱角分明的美丽侧脸，此刻分外柔和。

秦舟抬起头，像大男孩一样嘴角微勾，和她炫耀：“好看吗？”

不等她回答，他又望着她轻声自言自语说了句：“你戴肯定好看。”

梁昭昭这下终于明白，为什么他这阵子会经常消失不见，还一走就是奔赴国外，原来是因为这个。

她曾经也幻想过，秦舟会在什么时候向她求婚，让他们的名字真真正正连在一起。只是两人感情越来越好，她反而觉得这些形式的东西，没有那么重要。

其实就算秦舟没有钻戒，不向她单膝下跪，是他的话，只要他说，结婚也不过就是跑一趟民政局的事情。

然而这幕真正发生时，她才知道，原来仪式感真的很重要。

因为她现在，特别特别惊喜，特别特别开心，看着单膝跪在她眼前的秦舟，她心里有种拥有全世界的充实感。

漫天的樱花花瓣落下，连空气都是粉色的。

秦舟记得她曾经和他说过，她最爱樱花。

“答应他！答应他！”

粉丝在现场朝台上大声喊着。

秦舟依旧保持着这个姿势，好像她不答应，他就不会起来。

“你看你的粉丝已经把你许配给我了。”他笑着道。

这么正经的时刻，他居然还开这样的玩笑，梁昭昭扑哧笑了起来，笑着笑着，眼泪就从眼角冒了出来。

她一只手擦了擦眼睛，另外一只手，朝他伸了出去。

秦舟会心一笑，将戒指套在了她的无名指上。

戴完戒指后，他站起来，将一只手半遮住脸还在落泪的人搂入怀中，双手紧紧抱住。

“我爱你。”他在她耳后对她道。

“我也是。”她声音中还带了点哭腔。

两人在台上搂了几分钟才舍得放开彼此。

台下的观众像是比他们还要激动，好些粉丝都直接哭了起来。

秦舟拿起话筒，在所有人面前，对着镜头，大声说了句：

“昭昭是我的了！”

而后他声音低下去，满眼宠溺地看着身边的人。

“我一直都是你的。”

开心归开心，这么多人面前，梁昭昭都被他整害羞了：“什么嘛，肉麻死了。”

公司审核很严格，来这次生日会的，都是最喜欢梁昭昭，为她付出最多的那一批人。粉丝都在下面对秦舟喊话：

“秦舟！你一定要对我们昭昭好！”

“是啊，一定要对她好，她值得！”

不管是男明星还是女明星，追星最狂热的永远都是女孩，来到现场的也大多都是女孩子，一个个哭得比梁昭昭还厉害。

不追星的人没法理解追星女孩，不懂为什么她们能对一个遥不可及的人投入那么多感情。其实真正了解，会发现她们，也挺可爱的。

秦舟这辈子不靠粉丝，他的路都是他自己走出来的。

但是梁昭昭不一样，在她们团寂寂无闻的时候，如果不是粉丝没日没夜爆肝替她们的歌打榜，用尽一切办法将她们送上更高的平台，P.M 也没法走到今天。

人应该感恩，更何况他的姑娘，本质便是个很善良的人。

“不管怎么样，我今天能求婚成功，还要感谢现场各位的助力。你们放心，我会对昭昭好的，一辈子都会对她好的。”

“好！”

粉丝在下面回答。

秦舟对梁昭昭道：“今天我还给见证咱们喜结良缘的粉丝朋友准备了礼物。”

“喜结良缘不是这么用的吧……”

这不是刚刚求婚完吗，怎么就喜结良缘了？

“等等，什么礼物？”

这次生日会她是完全交给秦舟了，秦舟到底做了多少事，她还真不知道。

秦舟笑了笑，对大家道：“相信大家来的时候，都有注意到座位上放了一个礼包吧？”

明星的演唱会和生日会，一般都会给到场的粉丝准备一个礼包，礼包里最常见的东西就是手提袋和应援棒这些，一些有心的明星，可能也会放其他的小礼物。

梁昭昭这次生日会同样也有，大家进来的时候早就将礼包翻了，里面都是一些比较常见的东西，应援棒、纸巾还有小零食。

只是除了这些，大家还发现有个密码盒。

大家猜到这是生日会准备给粉丝的惊喜，但是没有想到准备这一惊喜的人不是梁昭昭，而是秦舟。

“有人打开了吗？”秦舟问了句。

台下粉丝纷纷摇头，他们试了很多密码，有梁昭昭的生日，P.M 的出道日期，甚至还有很多对梁昭昭而言重要的日子，但是没有一个人能打开这个密码盒。

梁昭昭看到这一幕后，连她自己都好奇秦舟在卖什么关子。

“你就告诉他们嘛。”她说道。

“好，听你的。”

他说完，公布了几个数字。

梁昭昭听到这几个数字心头颤了颤，这是她和秦舟三年前在一起的日子，除了他们，其他人自然是不知道的。

秦舟说完后，低声在梁昭昭耳边道：“我本来想把密码设置成你的生日的，但是一想，这谁都猜得到，没什么意思，就换成我们在一起的日子了。”

“你还挺聪明。”梁昭昭挑眉道。

粉丝按照秦舟给的密码，打开了密码盒。

密码盒里放了一个精致的锦盒，打开锦盒一看，粉丝惊了。

秦舟居然给在场的五千人，每人送了一对朝暮情侣对戒。

现场的人都疯了。

值，太值了，能来梁昭昭这次生日会的，都是人生赢家。

看直播的观众不淡定了。

“？？？？？”

“？？？？？？？”

“这一幕是真实的吗？价值两千的戒指，秦舟说送就送？”

“太有钱了吧！啊啊啊，我好酸。”

“无语，帅哥来娱乐圈真的是玩玩的吧。求婚成功一高兴，情侣对戒随便送？”

“哈哈哈哈哈，这有什么，这戒指本来就是秦舟家里生产的啊，不过市价近两千的戒指送了全场的人，总价值近千万，这真是闻所未闻。可以载入娱乐圈史册了吧哈哈哈哈！这波恩爱秀的，真的是天价。”

“我真跪了，去现场的姐妹也太幸福了吧呜呜呜呜，我好酸。”

“本秦舟粉哭了，哥哥你什么时候也开个生日会！我们也要！！！”

……

梁昭昭也惊了，她没想到秦舟这么大手笔，五千人啊，这得多少钱，虽然是她的粉丝，但也不带这么玩的，她开始心疼钱了。

“你干吗，这也能送吗？”

她还是第一次听说生日会上明星送粉丝价值上千的礼物的。

秦舟掀起眼皮，漫不经心地说了句：“还好吧，没花多少钱，我妈还没把代言费结给我，我让她拿戒指来抵了。”

“……”

秦舟见她不说话，又道：“你看今天多重要的日子，来到现场的人，拿点彩头也没错吧。你看他们多开心，我这样做是不是很给你长脸？”

长脸是长脸了，毕竟用了一千万，能不长脸吗？

梁昭昭看了眼台下的粉丝，见大家都很开心，也懒得和他计较了。

“钱不能这么花的，这次就算了，下次没和我打招呼，不要这样。”

他开了这样的先例，还让不让其他人混了，大家以后给粉丝演唱会生日会礼包，是不是还得按照他这个标准来啊。那真的送几次，就能直接卷铺盖回家。

大少爷依旧是大少爷，依旧是这样我行我素。

秦舟倒是也听劝，乖巧地点了下头，握起梁昭昭的手在她手背亲了一口，扬眉笑道：“行，以后家里的钱都归你管。”

他顿了下，又补充了句：“我也是。”

他这个人放荡不羁野惯了，遇到她才算找到着陆点。
别人管不了他，只有她能管。
因为他的心脏，是为她在跳动着。